Der Mysterienwandler
Erster Band
Mondlichtdämon

MÄNGELEXEMPLAR
— NICHT FÜR DEN
VERKAUF BESTIMMT —

Das Buch

Als der Student Elias in eine Parallelwelt gelangt, scheint er endlich seine Berufung zu finden: Er wird zu einem magischen Geheimagenten ausgebildet.

An der Master Macademy erleben er und seine neuen Freunde einen tiefgründigen Unterricht voller Überraschungen. Doch die heimlichen Machenschaften einiger Lehrlinge und ihre mysteriösen Wunschkästchen geben ihnen Rätsel auf.

Und nicht nur das bereitet Elias Sorgen. Er wird außerdem von einem gespenstischen Skelettdämon in seine eigene Unterwelt geschickt, in der sein größter Feind die Angst ist.

Da ist noch etwas anderes für Elias vorgesehen ...

Die Autorin

Avery S. Emerald, 1980 in Süddeutschland geboren, hat in Naturwissenschaften, Geisteswissenschaften und im Sozialwesen jeweils einen Abschluss gemacht und war im klinischen Bereich tätig. Themen wie Quantenphysik, Tiefenpsychologie, östliche Lebensweisheiten und Mystik inspirieren sie zum Schreiben.

Sie lebt mit Hunden und Katzen am Bodensee. Den Sommer verbringt sie in Italien.

Der erste Band ›Mondlichtdämon‹ der Fantasy Reihe ›Der Mysterienwandler‹ ist ihr Debütroman.

Mehr unter https://averysemerald.com/

Avery S. Emerald

Der Mysterienwandler

Erster Band

Mondlichtdämon

Alle Rechte, einschließlich das des vollständigen oder auszugsweisen Nachdrucks in jeglicher Form, sind vorbehalten.

Alle Namen, Handlungen und Personen sind frei erfunden. Ähnlichkeiten mit realen, lebenden oder verstorbenen Personen, Gegenständen, Orten oder sonstigen Begebenheiten sind rein zufällig und nicht beabsichtigt.

Sämtliche psychologische und philosophische Inhalte basieren auf einem weltanschaulichen Konstrukt, das unter dem Einfluss von diversen Theorien, Ideen und Ansichten entstanden ist. Dieses Konstrukt ist zentrales Element des fantastischen Weltenbaus und erhebt als solches keinen Anspruch auf Wahrheit.

Für Inhalte auf Webseiten Dritter, die in dieser Publikation verlinkt sind, wird keine Haftung übernommen.

Bibliografische Information der Deutschen Nationalbibliothek: Die Deutsche Nationalbibliothek verzeichnet diese Publikation in der Deutschen Nationalbibliografie; detaillierte bibliografische Daten sind im Internet über http://dnb.dnb.de abrufbar.

Covererstellung: germancreative – Lesia

© 2023 Avery S. Emerald

Herstellung und Verlag: BoD – Books on Demand, Norderstedt

ISBN: 978-3-7578-4581-0

Für Daniel

PROLOG

In der Welt der Dinge
droht das Anhaften.

Verlangsamt sich das Pendel,
wird das Jenseits zum Mythos,
der Tod wird absolut
und Wissen wird Macht.

In der Welt des Wissens
ist Anhaften das größte Übel.

Der Erstarrte wartet nur darauf
dich abzutrennen von allem,
was dir lieb ist.

Doch stets folgt dir ein uralter Schatten,
der das Unerkennbare kennt.
Er folgt dir überall hin,
auch wenn dein Weg in die Dunkelheit führt.

Textverfasser: unbekannt,
Passage aus den Mysterien der Eldevar Traktat III,
Anhang im siebten Buch der Vibráldera-Sage

TEIL I: SAMHAIN

Wenn der Abend dämmert, schlafen wir ein.
Und wenn der Morgen dämmert,
wachen wir auf.
Jeden Tag und jedes Leben aufs Neue.

Die Welten berühren sich wie Tag und Nacht.
Alles geht ineinander über.
Es ist ein ewiges Dämmern.

Wir sind nie ganz hier oder ganz dort,
sondern irgendwo dazwischen.
Wir sind nie absolut wach
oder absolut schlafend,
sondern irgendwie dazwischen.

Das innere Auge
sieht in der Dämmerung kristallklar.
Du musst es nur öffnen.

FINSTERNIS UND LICHT

Es gibt Dinge zwischen Himmel und Hölle, die es besser nicht gegeben hätte, weil deren Gebrauch das menschliche Urteilsvermögen strapaziert, gar übersteigt. Wobei die eigentliche Bedrohung nicht das Ding an sich ist, sondern der Umgang damit und daher der Mensch selbst. Denn er ermisst nur selten die Konsequenzen seines willentlichen Handelns.

So ein Ding war dieser Spiegel. Er war ein Mysterium, ein Relikt aus einer vergangenen, einer untergegangenen Welt. Nur wenige wussten von seiner Existenz. Sie wussten nicht, wer ihn geschaffen hatte, geschweige denn zu welchem Zwecke.

Er stand in den geheimen Katakomben unter der Burg Nawalos. Figuren von finsteren, miteinander ringenden Kreaturen waren aus dem handbreiten, silbernen Rahmen des mannshohen Rechtecks von kunstfertigen Händen herausgeformt worden. Die Spiegeloberfläche war schwarz mit metallischem Glanz, sie erinnerte an geschliffenen Obsidian. Nichts und niemand spiegelte sich darin.

Es war eine Vollmondnacht Anfang Oktober, als sich die eisernen Flügeltüren der unterirdischen Halle mit schwerem Ächzen öffneten. Herein kamen zwölf Personen in langen, schwarzen Roben mit weiten Kapuzen, die ihre Gesichter verhüllten. Sie verteilten sich zu beiden Seiten des Raumes entlang an den mit brennenden Fackeln bestückten Wänden. Es herrschte minutenlang eisige Stille.

Fürst Raakul erhob sich. Er war größer als alle anderen. Seit Stunden hatte er vor dem Spiegel gekniet. Er trug ebenfalls eine schwarze Robe, doch hatte er seine Kapuze zurückgeschlagen. Mit seinem schwarzweiß gesträhnten, mittellangen Haar, dem spitzen Kinn, den dunklen Augen und dem perfekt gestutzten Bart wirkte er ehrwürdig. Seine tiefe Stimme hallte bis in den äußersten Winkel des Raumes, eine Stimme, die gewohnt war, Befehle zu erteilen, ohne dabei laut zu werden. »Tritt vor, Initiand.«

Eine Person löste sich aus der Reihe. Im Vergleich zu Fürst Raakul war sie schmal und mindestens einen Kopf kleiner. Sie stellte sich mit dem Rücken vor ihn. Die weite Kapuze verbarg ihr Gesicht.

»Knie nieder«, sagte Fürst Raakul.

Die Gestalt ließ sich wortlos auf den harten Stein sinken.

Sie sahen beide Richtung Spiegel, der hoch vor ihnen aufragte. Leise stimmte Fürst Raakul einen sonderbaren Sprechgesang an. Die Verhüllten fielen mit ein. Es waren fremdartige Wörter, die sie im Kanon vortrugen. Die Laute schienen von den Wänden reflektiert zu werden, wodurch eine Obertonschwingung entstand.

Der Spiegel vibrierte. Von der Mitte breiteten sich Wellen kreisförmig zum Rand hin aus, als wäre ein Stein in schwarzes Wasser geworfen worden.

Fürst Raakul setzte mit dem seltsamen Singsang aus und rief: »Blut für Macht, Leben für die Ewigkeit.« Der Sprechgesang schwoll an und wurde eindringlicher. Jeder der Verhüllten nahm einen Dolch in die Hand.

Auf einem Altar in der hinteren Ecke der Halle stand ein silberner Kelch. Fürst Raakul nahm ihn und schritt damit langsam die Reihe ab. Ein Kuttenträger nach dem anderen schnitt sich in die Handinnenfläche und ließ ein paar Blutstropfen hineinfallen. Am Ende angelangt übergab der Fürst den Kelch an den knienden Initianden. Dieser hielt ihn mit beiden Händen vor sich und sah unverwandt zum Spiegel.

Mit lautem Dröhnen öffnete sich das eiserne Tor erneut und herein kam ein weiterer Kuttenträger. Er schob einen sperrigen Gegenstand auf Rollen vor sich her, der von einem schwarzen Tuch bedeckt war, und platzierte ihn zwischen dem Initianden und dem Spiegel.

Fürst Raakul nahm ein Schwert mit langer, schwarzglänzender Klinge vom Altar und zog das Tuch herunter. Es kam ein großer Käfig zum Vorschein, in dem sich eine schwarze, wurmartige Kreatur wand, die darin kaum Platz fand.

In einer fließenden Bewegung erhob der Fürst das Schwert und sagte: »Oh Nihil Duratus. Nimm unser Opfer an.«

Der Singsang brach abrupt ab. Der Glanz des Spiegels schwand. Ein bodenloser Abgrund klaffte dem Betrachter entgegen. Die Verriegelung des Käfigs wurde geöffnet, die Tür sprang auf und der Wurm glitt aus seinem Gefängnis.

Mit einem schnellen, geschmeidigen Schlag trennte Fürst Raakul den vorderen Teil der Kreatur ab.

Das gesichtslose Wesen bäumte sich mit grellem Zischen auf. Eine schleimige, graue Substanz spritzte quer über den Spiegel, dessen Oberfläche sich kräuselte, als würde Wasser darin erhitzt.

Fürst Raakul stellte sich hinter den Initianden und sagte beschwörend: »Wir rufen dich, Nongul, Schatten des Nihils, lass uns teilhaben an deiner Macht.«

Flüsternde Stimmen drangen aus dem Spiegel. Silberne Schemen tauchten auf und schwebten geisterhaft auf die Oberfläche zu. Sie drehten sich umeinander, wodurch ein Strudel entstand, der die Luft in Bewegung versetzte, so dass der Umhang des Fürsten aufgebauscht wurde.

Da nahmen zwei Gestalten auf der Oberfläche des Spiegels Form an, eine kniende mit einem Kelch in der Hand und eine stehende. Im Hintergrund erkannte man die Fackeln rechts und links vom Eingang. Es war das tatsächliche Spiegelbild, klar und deutlich. Doch es veränderte sich.

Aus der abgründigen Tiefe des Spiegels kroch ein grässliches Wesen herauf. Die Reflexionen der Flammen wurden zu zwei rotglühenden Augen, die das Spiegelbild des Kelchs fixierten und eine dürre, ausgemergelte Hand griff danach. Das Wesen begann, um den Kelch herum zu rotieren, immer schneller, bis sich alles in einem rauschenden Wirbel verlor.

Dann trat plötzliche Stille ein. Das Spiegelbild war verschwunden, die Oberfläche war dunkel wie zuvor.

Mit weit aufgerissenen, wilden Augen starrte Fürst Raakul auf den Kelch. Das rote Blut hatte sich tiefschwarz verfärbt, es glänzte wie Erdöl. »Blut für Macht, Leben für die Ewigkeit«, rief er mit entrückter Stimme. Die Anwesenden stimmten erneut den schaurigen Sprechgesang an.

Der Initiand legte seine Lippen an den Kelch und leerte ihn in einem Zug. Mit lautem Klirren ließ er ihn auf den Steinboden fallen. Er stürzte schwer keuchend auf seine Hände, rollte zur Seite und umfasste seinen Leib, als hätte er unerträgliche Schmerzen. Die Ärmel seines Umhangs rutschten zurück und entblößten seine Unterarme. Dünne, verästelte Linien zeichneten sich schwarz auf seiner Haut ab. Die dunkle Substanz bahnte sich ihren Weg durch seine Adern bis in die Zehen und Fingerspitzen, hinein in sein Gehirn und in die feinsten Kranzgefäße seines Herzens.

Fürst Raakul beugte sich zu dem Initianden hinunter und betrachtete ihn.

Die Lippen des jungen Mannes waren zusammengepresst, seine dunklen Augen glänzten feucht und das schwarze Haar klebte in nassen Strähnen an seiner Stirn.

Fast schon liebevoll flüsterte der Fürst ihm ins Ohr: »Das ist nur ein geringer Preis für die Macht, die dir zuteilwird, Kyle. Du wirst im Namen des Nihils Großes vollbringen. Er folgt dir von nun an wie dein Schatten. Und du wirst uns von dem Abschaum, der uns seit Jahrhunderten im Wege steht, befreien.«

***

Es war ein goldener Herbst. Elias ließ seinen Blick über die bewaldeten Hügel streifen, die im Sonnenlicht des Nachmittags in bunten Farben leuchteten. Von Hellgelb bis Tiefrot, von Sattgrün bis Dunkelbraun. Er saß auf Gretes Terrasse, und das Beste daran war, nur er, Grete und die Natur waren hier. Sie waren abseits der Stadt, der Menschen, des Lärms, der Rastlosigkeit, des Wahnsinns. Elias zog den letzten Rest seiner Holunder-Minze-Limonade geräuschvoll durch den Strohhalm. Er würde am liebsten hierbleiben, für immer. Dieser Ort strahlte Wärme aus, nicht zuletzt, weil Grete da war, etwas Leckeres kochte und ihm zuhörte, wirklich zuhörte.

Schon in seiner Kindheit war hier sein Zufluchtsort. Er kam heraus aus dem grauen Alltagssumpf bei sich zu Hause, in dem er manchmal stundenlang verloren durch die leeren Flure und riesigen Zimmer wanderte auf der Suche nach Aufmerksamkeit. Außer ein paar geschäftigen Hausangestellten, die freundlich waren, doch unnahbar blieben, traf er aber niemanden an. Elias war eine Randfigur, egal, wo er sich aufhielt, er war unauffällig und entsprechend wenig beachtet. In der Schule gehörte er weder zu den Coolen noch zu den Nerds. Überall war er das arme, reiche Söhnchen, das seine Mutter viel zu früh verloren hatte.

Grete stand schmunzelnd in der Terrassentür. Sie hatte ein großes Stück Apfelkuchen mit Sahne auf einen Teller geladen und sagte: »Ich weiß, was du denkst, Elias.«

»Ah ja?«, sagte er geistesabwesend.

»Du dachtest gerade, dass du für immer bleiben wirst.«

»Ertappt.«

Grete stellte den Teller vor Elias auf den runden Metalltisch mit der Blümchentischdecke und setzte sich neben ihn. Ihre violett und gelb gemusterte Arbeitsschürze passte so gar nicht zu ihrem kupfernen Haarschopf, der am Ansatz einige Zentimeter hellgrau herausgewachsen war, aber das störte hier niemanden und schon gar nicht Elias.

»Jetzt wirst du vierundzwanzig Jahre alt und hast noch immer keine Lust auf das ganz normale Leben«, sagte Grete.

Er schob sich ein Stück Kuchen auf eine winzige Silbergabel. »Im Gegenteil Grete, ich habe Lust auf das ganz normale Leben, nur keine Ahnung, was ich eigentlich machen soll«, sagte Elias und schob sich die Gabel in den Mund.

Grete seufzte. »Immer noch am Hadern mit dem Studium? Du wirst das Richtige schon noch finden, da bin ich mir sicher. Immer weitermachen, nie stillstehen. Schau dir die Welt an und sammle Erfahrungen. Lern ein Mädchen kennen.«

Grete war die beste Freundin von Elias' Mutter. Seit ihrem Tod vor zweiundzwanzig Jahren war Grete wie eine Tante für ihn. Sie hatte selbst keine Kinder und ihr Mann war früh gestorben. Als sie jung waren, besuchten sein Bruder und er sie oft und erlebten Abenteuer in den Wäldern rund ums Haus. Doch in den letzten Jahren kam Samuel nicht mehr mit hierher. Er hätte keine Zeit für Rumhängen und Kuchen essen.

»Das Wichtigste, was man übers Leben wissen muss, hab ich schon herausgefunden, Grete – es geht immer nur ums Geld. Ich sehe es tagtäglich. Und nicht nur bei meinem Vater. Samuel ist noch schlimmer. Erstmal muss man sich auf diesem Schlachtfeld behaupten. Und dann findet man vielleicht ein Mädchen.« Für Elias waren junge Frauen sowieso ein Rätsel. Er wusste nicht, wie er sich ihnen gegenüber verhalten sollte. War er zu nett? Zu unnahbar? Zu eigenbrötlerisch? Nach ein paar peinlichen Aktionen in seiner frühen Jugend zog er es vor, ihnen nicht zu nahe zu kommen. Vielleicht würde er sie ja irgendwann noch durchschauen.

Grete sah nachdenklich in die Ferne, während sie sich die Knie rieb: »Ich habe deinen Bruder ewig nicht gesehen. Wie geht es ihm denn?«

»Er glaubt, es geht ihm blendend. Aber meiner Meinung nach entwickelt er sich immer mehr zur Maschine, zu einer diabolischen Maschine.«

»Einer was?«, fragte Grete stirnrunzelnd.

»War nur so ein Spruch aus einem Film. Sagen wir es so: Samuel funktioniert ganz ausgezeichnet in diesem System, im Gegensatz zu mir.«

Grete sah nachdenklich zu ihm. »Er kann sich besser anpassen als du. Du wirst deine Nische noch finden, Elias. Aber versuche, gut auszukommen mit deinem Vater und Bruder, sie sind Familie und man hat doch nur eine.«

»Ja, ja, ich versuch es.« Er ließ den Blick wieder den Waldrand entlang streifen. Seit der Pubertät stritten sein älterer Bruder und er über, ja, so gut wie alles: Autos, Klamotten, Sportarten, Freunde, Frauen, Filme, Musik und so weiter. Später war Elias zu der Erkenntnis gelangt, dass es um die Frage ging: Was macht ein erfülltes Leben aus? Ihre Ansichten waren dabei so unterschiedlich, als würden sie von zwei verschiedenen Planeten kommen.

Da unterbrach Grete seine Überlegungen und fragte so pragmatisch, wie sie eben war: »Wissen dein Vater und dein Bruder denn, was du so machst? Du lernst interessante Dinge und hast gute Noten und alles.«

»Das interessiert die nicht. Die denken, dass man es mit geisteswissenschaftlichem Mist nie zu etwas bringt. Vielleicht haben sie sogar recht.«

»Man weiß nie, wofür etwas noch gut sein wird, Elias. Geh nur weiter auf deinem Weg.«

Einen Moment lang schwiegen sie.

»Aber welcher Weg ist der richtige für mich, Grete?«

»Deiner«, sagte sie schlicht und erhob sich schwerfällig. »Und jetzt komm mit. Wir durchstöbern den Dachboden.«

Die steile Holztreppe ächzte und knarrte unter ihren Füßen. Grete ging voraus. Als sie oben ankamen, hob sie einen instabil wirkenden Stapel aus alten Zeitungen auf, der direkt vor dem Eingang lag und ließ ihn lautstark in einen kaputten Wäschekorb fallen. »Prima zum

Einheizen«, murmelte sie. Sie drehte sich zu Elias um und deutete in eine Ecke. »Gleich da drüben sind die Bücher. Nimm alles mit, was dich interessiert!«

»Okay«, sagte Elias und bahnte sich einen Weg zwischen altbackenen Möbeln und Bergen von vollgepackten Kartons hindurch. Licht fiel durch ein kleines Fenster am Giebel und ließ tanzende Staubteilchen in der Luft glitzern. Er setzte sich auf den Boden und las mit zusammengekniffenen Augen Titel, Rückseiten und Klappentexte. Es waren an die hundert Bücher: alte Kochbücher, Gartenbücher, Romane, Krimis, Fachbücher zu den Themen Kunst, Geschichte, Literatur und Geologie. Er arbeitete sich systematisch durch. Nach einer Stunde hatte er ein paar Exemplare ausgesucht. Da bemerkte er, dass ein Stück der Holzdiele im Boden fehlte. In der breiten Fuge steckte ein dünnes Buch mit dunklem Einband. Er griff nach einem verrosteten Schraubenzieher auf dem klapprigen Nachtisch neben ihm. Damit hebelte er eine Buchecke heraus, so dass er sie zu fassen bekam.

Das Buch war schmal mit schlichtem Stoffeinband ohne Titel. Es besaß nur leere Seiten aus Pergament, die nicht genau übereinander lagen, sondern nachlässig einmal mittig gefaltet und provisorisch in den Einband geklebt worden waren. Was sollte das?

Ein Lichtstrahl fiel in Elias Augen, er blinzelte und hob den Blick zum Giebelfenster. Irgendetwas dort reflektierte das Sonnenlicht. Er stand auf, um nachzusehen.

Da fragte Grete: »Wann fährt eigentlich dein Bus?« Sie befand sich auf der anderen Seite des Dachbodens und sah hinter einer alten Schranktür hervor.

Elias schaute auf sein Handy. Er hatte die Zeit ganz vergessen. »In zwanzig Minuten.«

»Du musst los! Hast du denn etwas gefunden?«, fragte Grete.

»Ja«, er deutete auf den Stapel.

Sie kam mit einer Papiertüte zu ihm hinübergeeilt. »Ich packe dir die Bücher ein. Wo ist deine Jacke?«

»Die ist noch draußen, ich hol sie.«

»Ich bring die Bücher mit, wir treffen uns unten.«

Elias legte das merkwürdige Notizbuch auf den Bücherstapel und stürmte los.

Seine Jacke hing über dem Stuhl auf der Terrasse. Er zog sie an und warf einen letzten Blick auf das im Licht der untergehenden Sonne rotschimmernde Waldpanorama.

Als Elias den Flur entlang kam, polterte Grete gerade die Treppe herunter. »Nun aber los«, sagte sie und drückte ihm die Papiertüte in die Hand, »nicht, dass du zu spät heimkommst und dein Vater sich beschwert.«

»Der hat nichts zu melden«, sagte er und grinste.

»Hier, das ist auch noch für dich«, Grete gab ihm ein zugeschnürtes, kleines Stoffsäckchen. »Zum Geburtstag.«

»Danke Grete, aber du weißt ja, dass du mir nichts schenken musst.«

»Das ist nur eine Kleinigkeit«, sagte sie lächelnd.

Er umarmte sie und eilte zur Haustür hinaus. »Bis bald!«

»Ich ruf dich dann an deinem Geburtstag an!«, rief Grete. Sie sah ihm nachdenklich nach, schloss die Tür, ließ sich langsam auf einer Treppenstufe nieder und blieb dort lange Zeit grübelnd sitzen.

Elias hätte die Semesterferien lieber an der Uni verbracht, aber sein Vater hatte darauf bestanden, dass er im Sommer einige Wochen zu Besuch in ihre Stadtvilla kam. Man sähe sich ja das übrige Jahr kaum. Das Ironische daran war, dass sein geschäftstüchtiger Vater oft selbst nicht zu Hause war, und das war schon in den letzten zwanzig Jahren so gewesen. In Elias Augen war er ein handfester Workaholic.

Sicher war es toll, dass sie zwei Anwesen, eines auf dem Land und eines in der Stadt, und einen Haufen Geld besaßen. Elias bekam schon als Kind alles, was er haben wollte. Die beste Kleidung, die besten Spielsachen, die beste Schulausbildung. Aber in seiner Jugend erkannte er, dass es nur ein Mittel war, um ihn bei Laune zu halten, und er begann, dagegen zu revoltieren.

In seiner schlimmsten Phase trug er abgewetzte Klamotten, trank billiges Bier, hörte laute Rockmusik und hing mit seltsamen Typen auf der Straße ab. Manchmal schwänzte er die Schule, weil der Unterricht sowieso zu banal war. Er musste nicht viel lernen, um gute Noten zu schreiben. Das war ein Vorteil, da die Lehrer ihn in Ruhe ließen. Mit Drogen hatte er außer dem einen oder anderen Versuch, der unangenehm auf der Toilette endete, nichts am Hut. Er vertrug das Zeug einfach nicht. Und irgendwann wurde ihm auch das Revoltieren zu dumm, denn es interessierte sowieso keinen. In dieser Familie war jeder mit sich selbst beschäftigt.

Auf seine Art war Elias vernünftig, vielleicht, weil er schon als Kind wie ein Erwachsener behandelt wurde, schließlich war er der gewissenhafte Brave, der schon mit vier sein Zimmer selber aufräumte. Aber zu einem Freund des Luxus wurde er nie. Besonders nervten ihn Gourmetabende, die sich seine Familie hin und wieder gönnte. Er mochte keine Sieben-Gänge-Menüs. Den einzigen Reiz, den er daran finden konnte, war Brechreiz wegen Überfressen. Er bevorzugte Pizza und Pommes.

Deswegen war er nicht scharf darauf an diesem Abend im Oktober an einem edel gedeckten Tisch mit blitzblanken Weingläsern und gestärkten, weißen Stoffservietten zu sitzen. Es war eines der besten Restaurants der Stadt. Fünf Gänge und mehr waren hier Standard. Dezente klassische Musik erklang im Hintergrund, goldene Leuchter und purpurfarbene Polsterstühle komplettierten das Bild von altbackener Noblesse. Dieser Anblick und der der Speisekarte veranlassten Elias dazu, den Gedanken ›Ich will hier weg! Wo ist die nächste Dönerbude?‹ wieder und wieder durch sein Gehirn schweifen zu lassen.

Sie waren zu viert. Richard, Elias' Vater, sah mit seinen grauen Haaren und tausend Denkerfalten zwar schon verlebter aus als dreiundfünfzig, aber er hatte Charisma und wusste, wie er die Menschen für sich einnehmen konnte. Samuel, Elias' älterer Bruder, hatte graublaue Augen, braunes Haar, das er stets kurz und modisch frisiert trug und war ein echter Frauenheld, hochgewachsen, schlank, sportlich. In seinem weißen eng geschnittenen Hemd mit aufgeknöpftem Kragen und dem Blazer in Dunkelblau wirkte er wie ein Model. Krawatte trug er nur, wenn es geschäftlich erforderlich war. Richard und Samuel waren gepflegt, glattrasiert und weltoffen. Dagegen sah Elias in seiner ausgebeulten Jeans und seinem dunkelgrünen Feinstrickpulli mit V-Ausschnitt fast verwahrlost oder zumindest studentenhaft aus. Sein braunes Haar stand recht verwildert in jede Richtung ab, einige Strähnen hingen ihm in seine Augen. Er hatte sich schon länger nicht mehr zum Friseur begeben. Immerhin war er frisch rasiert, dazu hatte man ihn genötigt.

Die vierte Person am Tisch war Richards neue Freundin Jaqueline. Vor einiger Zeit hatte Richard sie auf einem Kongress kennengelernt.

Elias hatte sie bisher nur zweimal gesehen. Sie war schlank, groß, blond, fünfzehn Jahre jünger als sein Vater und grundsätzlich overdressed. Über ihrem glitzernden, beigen Kleid trug sie eine Fellweste. Das war vermutlich der neueste Schrei. Man würde sie als attraktiv bezeichnen, wäre da nicht dieser arrogante Blick, mit dem sie alles, was sie ansah, zu verurteilen schien. Sie roch, als hätte sie den Tag in einer Parfümerie verbracht. Elias wurde schwindelig davon.

Heute sollte es aber ein netter Abend ohne Streit werden, daher hatte er beschlossen, sich so wenig wie möglich in die Gespräche einzubringen und dabei freundlich vor sich hinzulächeln.

Die Themen kreisten um Richards Geschäfte, Samuels Job in der Pharmabranche und Jaquelines Modeboutique, die sie gemeinsam mit ihrer Schwester von ihren Eltern übernommen hatte.

Nach einer Weile Smalltalk über das Essen musterte Jaqueline Elias mit kühlem Blick. »Wie läufts in der Schule?«, fragte sie.

Er sah einige Sekunden lang auf seinen Teller. Sollte er anmerken, dass er nicht mehr zur Schule ging, sondern studierte? Um Zeit zu schinden und eine adäquate Antwort zu ersinnen, stocherte er in dem mickrigen Blattsalat herum. »Es läuft echt gut beim Studieren«, er rang sich ein Lächeln ab und nippte an seinem Glas Wein. Ihm war klar, dass das der Startschuss für die Diskussion über seine berufliche Zukunft war. Er hatte dieses Gespräch bisher vermeiden können, aber nächste Woche würde er abreisen und sie würden nun die Gelegenheit ergreifen.

Und prompt ergriff sein Vater das Wort: »Elias, ich habe ein Angebot von einem meiner Geschäftspartner. Sie suchen noch jemanden für die Marketingabteilung. Das wäre hier in der Stadt. Du könntest wieder bei uns wohnen.«

Elias durchlöcherte den welken Salat mit seiner Gabel.

»Gib es auf, Dad. Er ist nicht von dieser Welt«, sagte Samuel.

Richard ignorierte die Bemerkung und fuhr fort: »Ich gebe dir alles, was du brauchst: ein Auto, einen Laptop, Klamotten. Und das Studium schaffst du mit links. Schließlich warst du Klassenbester.«

Elias kamen Gretes Worte in den Sinn: ›Immer weitermachen, nie stillstehen‹. War es dabei egal, was man tat? »Danke, aber ich will eigentlich nichts ändern. Ich bin zufrieden. Außerdem mag ich meinen Job in der Kneipe.«

Samuel lachte abfällig: »Vom Tellerwäscher zum Thekenclown.«

Elias vermied es, ihn anzusehen, spießte den Salat mit der Gabel auf und stopfte ihn in den Mund.

Jaqueline räusperte sich. Ihre hängenden Augenlider verstärkten noch ihren herablassenden Blick. Sie legte den Kopf schief und fragte: »Wirst du denn irgendwann auf eigenen Beinen stehen können?«

Elias kaute. Neben dem matschigen Salatblatt lagen ihm nun auch ein paar unschöne Worte auf der Zunge. Jaqueline sorgte sich um das Geld seines Vaters. Sie würde es sicher bevorzugen, dass er ihr mehr stinkende Duftwässerchen kaufte, womit sie ihre Umgebung vergiften konnte, anstatt Geld an Elias' geisteswissenschaftliches Studium zu verschwenden. Er schluckte den bitteren Klumpen hinunter, atmete ein und sagte: »Sicher. Als Professor oder Thekenclown. Irgendetwas wird sich schon finden.« Dann schob er den Teller von sich weg und ließ sich in den unbequemen Stuhl sinken.

Jaqueline schaute ihn abschätzig an, einige Sekunden vergingen. »Wir werden sehen.« Sie schürzte die dick rot bemalten Lippen und tupfte sich den Mund an ihrer Stoffserviette ab.

Wut wallte in Elias auf. Diese versnobte Frau, die ihn überhaupt nicht kannte, mischte sich unverschämterweise in sein Leben ein. Sie war nicht seine Mutter. Jemand sollte ihr das Maul stopfen.

Jaqueline stieß plötzlich einen erstickten Laut aus. Ihre Serviette war ein Stück weit in ihrem Mund verschwunden. Was tat sie da? Wollte sie sie essen? Hilflos zerrte sie daran.

Die anderen beiden Männer sahen entsetzt zu ihr. »Um Himmels willen, Jaqueline«, sagte Richard, »spuck die Serviette aus.«

Elias hielt den Atem an. Was ging hier vor sich?

Jaqueline sprang auf, packte die Serviette mit beiden Händen und riss sie mit einem kräftigen Ruck aus ihrem Mund. Angewidert warf sie sie auf den Tisch und rannte Richtung Toilette davon. Spuren von ihrem roten Lippenstift glänzten wie Blut auf dem weißen Stoff.

Samuel nahm die Serviette in die Hand und betrachtete sie, dann sagte er grinsend: »Du musst deine Freundin besser füttern, Dad. Sie scheint sehr hungrig zu sein.«

»Rede nicht so von Jaqueline. Sie könnte deine Stiefmutter werden. Wahrscheinlich hat sich die Serviette in ihren Zähnen verfangen. Kein Wort mehr darüber!« Richard nahm Samuel die Serviette aus der Hand und ließ sie unter den Tisch fallen.

Elias sah nachdenklich vor sich hin. Er versuchte, zu verstehen, was eben passiert war. Hatte sich der Stoff in Jaquelines Zähnen verklemmt? Klang das nach einer plausiblen Erklärung? Ihm war noch nie eine Serviette zwischen den Zähnen stecken geblieben. Da bemerkte er, dass Samuel ihn anstarrte. Sein Gesichtsausdruck war lauernd. Dachte er etwa, Elias hätte etwas damit zu tun? Oder steckte er womöglich selbst dahinter? Einen solchen Streich zu spielen passte irgendwie zu seinem Bruder. Elias erwiderte seinen Blick, während er darüber nachdachte, wie er heimlich Klebstoff auf die Serviette geschmiert haben könnte.

Endlich hörte man Jaquelines Stöckelschuhe klappernd näherkommen. Sie hatte ihren Lippenstift aufgefrischt und lächelte, als wäre nichts passiert. Nachdem sie Platz genommen hatte, begann sie überschwänglich von irgendeiner Modenschau zu erzählen. Sie hatte ebenfalls beschlossen, den Vorfall unter den Tisch fallen zu lassen. Der restliche Abend wurde von Richard und Jaqueline mit Belanglosigkeiten gefüllt. Elias klinkte sich geistig aus.

Elias lag ausgestreckt auf seinem Bett im Dunkeln und starrte an die Decke. Er hatte die letzten Stunden darüber nachgedacht, was aus ihm werden sollte. Aber jeder Beruf, den er sich durch den Kopf gehen ließ, passte einfach nicht zu ihm. Er setzte sich auf und sah zu dem großen Fenster seines Zimmers hinaus. Aufgrund der Hanglage konnte er seinen Blick über die ganze Stadt mit ihren bunten Lichtern schweifen lassen.

Es war ein schönes Haus und er hatte ein schönes Zimmer. Sie hatten außerdem eine riesige Terrasse, einen Swimmingpool, eine Haushälterin und einen Gärtner. Sein Vater hatte die Firma von seinen Eltern geerbt. Er hatte damals nicht die Wahl gehabt, sich dagegen zu entscheiden. Seine Eltern waren schon vor langer Zeit gestorben und Richard musste jung die Rolle des Firmeninhabers antreten.

Elias sollte sich glücklich schätzen, in so wohlhabenden Verhältnissen aufgewachsen zu sein, doch er hätte das nullachtfünfzehn Einfamilienhaus vorgezogen, wenn sein Vater dann nicht so viel gearbeitet hätte; und wenn seine Mutter noch da gewesen wäre.

Und so blieb ihm nur Grete. Sie war nicht blutsverwandt, sondern besser, sie war seelenverwandt. Sie lebte ein einfaches Leben und war zufrieden damit. Für Elias war klar, dass er irgendwann auch so leben wollte. Ihm war auch klar, dass Geld nicht glücklich machte. Und ganz besonders klar war ihm, dass er niemals in die Fußstapfen seines Vaters treten würde. Aber in welche dann? Grete war Floristin und Elias hatte den roten Daumen. In ihre Fußstapfen passte er mit Sicherheit nicht hinein.

Er ließ sich wieder auf sein Kissen fallen. Eine trübselige Schwere überfiel ihn. Das passierte ihm in letzter Zeit häufiger. Es war ein Gefühl, als würde er mit angezogener Handbremse durch sein Leben fahren. Sein Studium war zwar unterhaltsam, aber irgendetwas fehlte. Er schrieb gute Hausarbeiten, verstand sich mit seinen Dozenten, hatte ein paar Freunde, einen coolen Job und trotzdem war da diese Leere. War er womöglich depressiv?

Etwas in ihm wollte gelebt werden. Aber was? Wo war sie, diese vor Lust und Freude strotzende Lebendigkeit? Die Begeisterung und Leidenschaft für sein Tun?

Grete sagte: ›Immer weitermachen, nie stillstehen.‹ Sie hatte recht. Er durfte nicht in Lethargie verfallen. Bevor er nichts mehr tat, tat er lieber irgendetwas. Weiterhinausgehen, weiterstudieren, weiteratmen, weiterleben. Er war noch nicht am Ende.

Die grün leuchtenden Ziffern des Radioweckers neben seinem Bett zeigten 23:20 an. Er war hellwach und konnte noch nicht schlafen. Als er die Nachttischlampe einschaltete, fiel sein Blick auf die Papiertüte mit Gretes Büchern, die er unter seinem Schreibtisch verstaut hatte. Er zog sie hervor und schüttete den Inhalt auf seine Bettdecke. Ein Büchlein lag offen oben auf, als würden die blanken Seiten nur darauf warten, dass er sie beschrieb. Lesen war gut, Schreiben war besser. Er nahm das Notizbuch und einen Stift und kroch wieder unter die Decke. Früher hatte er sich seine Sorgen oft von der Seele geschrieben und sich dabei gewünscht, in einer anderen Welt zu leben, in einer Welt, in der alles, außer Geld, bedeutungsvoll war.

Er setzte den Stift an, um seinen ersten Satz aufzuschreiben, der da lauten sollte: ›Ich gebe nicht auf!‹. Doch das Papier leuchtete schneeweiß, als würde es irgendein Licht reflektieren. Er hob den Blick. Der Vollmond war am Rande seines Fensters aufgetaucht. Und das war auch das Letzte, was er sah. Sein Kopf glitt plötzlich auf das Kissen und er schlief ein.

Elias ging einen Weg an einem lichten Wald entlang. Es war Tag, die Sonne schien. Zu seiner Rechten fiel ein dicht mit Frühlingsblumen bewachsener Hang ab und in der Ferne erahnte man eine Gebirgskette, die in silbriges Grau und Blassblau getaucht war.

Elias setzte einen Fuß vor den anderen, aber er hatte Mühe voranzukommen. Zuerst konnte er nicht feststellen, woran es lag, dass er sich so anstrengen musste. Da war irgendein unsichtbarer Widerstand. Plötzlich hörte er ein Rauschen. Er sah zu den Blättern in den Baumkronen und stellte fest, dass Wind aufgekommen war, der von Moment zu Moment zunahm. Es dauerte nicht lange, da hatte er es mit einem ausgewachsenen Sturm zu tun, der ihm grell in die Ohren brüllte und sich wie eine unsichtbare Wand vor ihm aufstellte. Er presste die Zähne zusammen und blinzelte. Was war hier los?

Plötzlich verblassten die Farben, alles wurde Grau in Grau. Der Wald, die Wiese, die Berge, sie waren verschwunden und der Weg hatte sich in Luft aufgelöst. Elias sah sich nervös um. Da bemerkte er die Gestalt eines Menschen in der Ferne. Der Sturm schien ihm nichts anzuhaben. Er winkte ihm zu und rief: »Können Sie mir helfen? Ich habe meinen Weg verloren!« Erst jetzt fiel ihm auf, dass die Person merkwürdig dünn war. Und mit Entsetzen stellte er fest: Das Gesicht der Person war ein fleischloser, bleichknochiger Schädel. Es war kein Mensch, der dort stand, sondern ein zum Leben erwachtes Skelett.

Panik stieg in Elias auf. Was war das für ein grauenhaftes Wesen? Er versuchte, in die entgegengesetzte Richtung zu laufen. Er wollte nur eins: Weg von dem Ungeheuer! Doch er kam keinen Zentimeter voran, der Sturm wölbte sich auf und ließ ihn nicht durch.

Eine leise, hallende Stimme rief ihm wie aus weiter Ferne zu: »Streng dich nicht an!«

»Aber ich muss fliehen!«, schrie er gegen den Sturm und versuchte mit noch mehr Kraft weiterzukommen. Doch er schien an stählernen Ketten zu hängen. Das Getöse war ohrenbetäubend, so dass er Schwierigkeiten hatte, seinen Kopf gerade auf den Schultern zu halten. Seine Beine gaben nach und er sank auf die Knie. Diese Naturgewalt zerrte an seinen Haaren, seiner Kleidung, seinen Gedanken, seinen Empfindungen, an seinem Dasein, an seinem Ich. Als er sich umdrehte, standen knochige Füße direkt hinter ihm. Er hob den Blick. Ein bleicher Totenkopf sah aus gespenstisch weißglühenden Augen auf ihn herab.

Elias' Kopf fiel wie an einem zu langen, schwachen Hals nach hinten und er sank rücklings in den Boden hinein. Er sah nichts mehr und er hörte kaum noch etwas, als hätte er Watte im Ohr. Alles fühlte sich dumpf an, als sei auch sein ganzer Körper in Watte gepackt worden. Wo war er? Je mehr er einen klaren Gedanken fassen wollte, desto verwirrender schossen Ideen durch seinen Kopf. Es war zu viel, zu hoch, zu weit. Sein Gehirn war zu klein, um das zu erfassen. Was musste er tun? Sich nicht anstrengen? Wie sollte das gehen? Er musste doch fliehen!

Da hörte Elias ein Geräusch. Es klang wie das Rauschen des Windes, aber sanfter, leiser und regelmäßiger. Es nahm zu und flaute ab wie ein Pulsieren in einem konstanten Rhythmus. Es beruhigte ihn, obwohl er es nicht zuordnen konnte. Er lauschte eine Weile ohne jegliches Zeitgefühl, ohne darüber nachzudenken. Dann dämmerte ihm plötzlich, was er da hörte: Es war sein eigener Atem. Er atmete ein und atmete aus. Aber eigentlich ging es von selbst. Es atmete ein und es atmete aus.

Dann hörte er ein Klicken. Die Nachttischlampe war ausgegangen.

Elias war in seinem Zimmer. Aber er war nicht allein. Irgendetwas war hier. Er fühlte es und auf sonderbare Weise sah er es auch, obwohl seine Augen geschlossen waren. Auf der anderen Seite des Zimmers unterhalb der Decke befand sich ein fahler Schein, der von leuchtenden Strahlen durchzogen war. So etwas hatte er noch nie zuvor gesehen. Es war auf unspektakuläre Weise unheimlich. Er wollte die Augen nicht öffnen, denn wenn dieses Leuchtobjekt wirklich in seinem Zimmer war, musste er sich über seinen Geisteszustand Gedanken machen. ›Es ist nur ein Traum, keine Panik‹, versuchte er sich selbst zu beruhigen.

Das Licht intensivierte sich, die Strahlen wurden heller. Es vergingen einige Sekunden, oder auch eine halbe Ewigkeit, dann riss plötzlich der Raum auf und das Zimmer wurde von gleißender Helligkeit durchflutet.

Elias wollte schreien, aber kein Laut kam über seine Lippen. Der Kosmos brach in sein Zimmer ein. Nur für einen Moment.

Und mit einem Schlag war es vorbei.

Elias schreckte auf. Er sah sich in seinem Zimmer um, alles war unverändert. Als er den Lichtschalter der Nachttischlampe betätigte, musste er feststellen, dass die Glühbirne durchgebrannt war. Er setzte sich an den Bettrand und rieb sich mit beiden Händen über das Gesicht, sein Shirt klebte verschwitzt an seinem Oberkörper und seine Haarpracht stand zu Berge. Sanftes Mondlicht fiel durchs Fenster. Gretes Bücher lagen auf dem Boden verstreut herum. Das pergamentene Notizbuch lag aufgeschlagen auf seiner Bettdecke. Er schlug es zu, stopfte es mit den anderen Büchern in die Papiertüte und verstaute alles wieder unter seinem Schreibtisch. Er brauchte dringend eine heiße Dusche.

REISEVORBEREITUNGEN

Elias sah zum Zugfenster hinaus. Felder und Wälder zogen an ihm vorbei, während er seinen Gedanken nachhing. Er hatte die dunkelblaue Sportjacke an, die er von seinem Vater zum Geburtstag vor ein paar Tagen bekommen hatte. Richard war zwar auf Geschäftsreise und konnte ihm die Jacke nicht persönlich geben, aber immerhin schenkte er ihm keinen Blazer, wie sonst immer in den letzten Jahren. Am Handgelenk trug er das Armband mit den schwarzen, runden Steinen, das sich in dem Stoffsäckchen befunden hatte – Gretes Geburtstagsgeschenk an ihn.

Nur wenige Fahrgäste reisten mit diesem Zug, so dass er sich in einem eigenen, vom Gang abgetrennten Abteil breitmachen konnte. Da er an beiden Wohnorten voll ausgestattet war, hatte er nur einen kleinen Rucksack und Gretes Papiertüte dabei. Die Fahrt führte an Städtchen, Dörfern und Höfen vorbei. Es war eine ländliche, idyllische Gegend. Hin und wieder grinsten ihn geschnitzte Kürbisse an.

Auf der Fahrt in seine Unistadt plante Elias oft einen Besuch beim Grab seiner Mutter ein. So auch dieses Mal. Es befand sich auf einem kleinen Waldfriedhof am Rande eines Dorfes.

Der Zug fuhr schnell, für diese Gegend zu schnell, da es recht kurvig war. Oder kam es ihm nur so vor? Wenn er nicht zum Fenster hinaussehen könnte, würde er dann bemerken, dass er sich bewegte? Er schloss die Augen und spürte ein leichtes Vibrieren und Ruckeln. Alles war Bewegung. Auch die Erde stand niemals still. Doch niemand fühlte, wie die Welt sich drehte. Elias fielen die alten Griechen ein. Sie hatten den Begriff eines ›unbewegten Bewegers‹ begründet. Dieser sei der Ursprung von allem. Würde dieser dann vollkommen stillstehen?

Elias hörte einen dumpfen Schlag aus dem Abteil nebenan. Etwas Schweres war gegen die Abteilwand geprallt. Er stand auf, um nachzusehen. Durch die Plexiglasscheibe sah er einen jungen Mann inmitten von Klamotten, Kabeln, Konsolenspielen und anderen

Habseligkeiten neben einem offenen, halbvollen, ausrangierten Koffer mit rotgrünem Karomuster auf dem Boden sitzen.

Mit dem Fingerknöchel klopfte Elias gegen die Scheibe und öffnete die Abteiltür einen Spalt breit.

Der schlaksige, dunkelgelockte Mann hielt sich seinen Fuß und sah mit schmerzverzerrtem Gesicht auf.

»Hi«, sagte Elias, »brauchst du Hilfe?«

»Nein, danke, es geht schon. Ich habe den Koffer nicht richtig auf der Ablage platziert und er hatte es auf meinen großen Zeh abgesehen.«

Elias zog die Augenbrauen hoch. »Gegenstände mit Eigenleben? Das kenne ich.«

Der junge Mann sah erst verdutzt drein, dann sagte er: »Vor allem Koffer sind hinterhältige Kerle. Schaust du einmal nicht hin, ergreifen sie ihre Chance!«

Beide lachten.

Vorsichtig stand er auf und belastete seinen Fuß. »Geht schon wieder.«

Die Stimme des Schaffners kündigte durch die dröhnenden Lautsprecher an, dass sie in Kürze halten würden.

»Ich muss aussteigen«, sagte der junge Mann, sammelte in Windeseile seine Sachen ein und stopfte sie in den Koffer. Seinen schmerzenden Zeh hatte er vergessen.

»Soll ich dir helfen?«

»Nein, kein Problem, aber danke!«

»Ich muss auch raus«, sagte Elias und wandte sich um.

Plötzlich bremste der Zug mit lautem Quietschen und Hupen. Aus den Augenwinkeln sah er, dass der andere im Begriff war mitsamt seinem Koffer, den er mit beiden Armen umschlungen hielt, rückwärts umzufallen.

Elias reagierte blitzschnell. Er schob die Tür zur Seite, war mit einem Satz im Abteil und griff nach dem Kofferhenkel. Mit Kraft riss er daran, was den jungen Mann wieder auf die Füße stellte. Ihre Blicke trafen sich über den Rand des Koffers hinweg.

»Der Koffer gehört in ein Museum. Der ist ja gemeingefährlich«, sagte Elias.

Der andere musterte ihn erstaunt.

»Komisch, wir sind noch gar nicht im Bahnhof«, stellte Elias fest, als er aus dem Fenster sah.

Der Blick des Jungen wanderte an den Ort, an dem Elias sich befunden hatte, bevor der Zug gebremst hatte.

Da fiel es Elias auch selbst auf: Obwohl er sich außerhalb des Abteils aufgehalten hatte, hatte er den Kofferhenkel noch im Fallen in die Finger bekommen. Das war eine sportliche Leistung.

Einen Moment lang sagte keiner etwas.

»Vielleicht stand 'ne Kuh auf dem Gleis. Das passiert hier manchmal«, durchbrach der junge Mann die Stille.

Der Zug hatte inzwischen wieder Fahrt aufgenommen.

»Ach so, dann hoffen wir mal, dass wir sie nicht umgefahren haben«, sagte Elias, »also dann ciao.«

»Wiedersehen«, antwortete der junge Mann, »und danke!«

Elias nickte ihm zu und eilte in sein Abteil, um seinen Rucksack und die Büchertüte zu holen.

Sie fuhren langsam in den Bahnhof ein. Der Junge stieg vor ihm aus. Ohne sich umzudrehen, preschte er davon, sein Museumsstück fest umklammernd. Die Leute vom Land waren schon sonderbar.

Es war ein winziger Bahnhof. Nur zwei Gleise führten von hier aus in die große, weite Welt hinaus. Er war früher oft mit Grete hergekommen, um das Grab zu besuchen. Ein rosarotes, verwittertes Bahnhofsgebäude hockte vor den Gleisen. Es erinnerte ihn schon seit seiner Kindheit an ein klotziges Ungeheuer mit zwei großen, halbrunden Fensteraugen. Mittlerweile stand immerhin ein Automat mit Getränken und Süßigkeiten an der Hauswand.

Elias holte sich eine Cola und schlenderte langsam die Dorfstraße entlang Richtung altem Waldfriedhof, der nicht weit vom Bahnhof entfernt lag. Sein nächster Zug kam erst in zwei Stunden, er hatte also genug Zeit.

Es war später Nachmittag und mild für Ende Oktober. Nach einer halben Stunde erreichte Elias den lichten Wald voller Laubbäumen. Sogar ein paar alte Eichen und Buchen wuchsen hier. Die Sonne ließ die Farne am Wegesrand in hellem Grün leuchten.

Der Friedhof war klein. Viele Gräber waren mit Sträußen aus Wiesenblumen und selbstgeflochtenen Kränzen geschmückt. Niemand war hier.

Zielstrebig bahnte Elias sich seinen Weg und blieb vor einem weißen, ungeschliffenen Marmorblock stehen. Der Name seiner Mutter und ihr Geburts- und Todesdatum prangten in silbernen Lettern darauf. Ziergräser, Immergrün, Moos, Heidekraut und ein paar Sukkulenten umwuchsen den Brocken. Am unteren Ende des Grabes lagen einige flache, runde Steine in sämtlichen Farben. Es waren Mitbringsel von Elias. Dieses Mal hatte er einen Rötlichen dabei, den er zu den anderen legte. Eine der wenigen Erinnerungen, die er an seine Mutter hatte, war, dass sie an einem Strand gemeinsam Steine gesammelt hatten. Außerdem waren Steine langlebiger als Blumen.

Schräg gegenüber stand eine Holzbank. Elias setzte sich darauf und nahm den letzten Schluck seiner Cola.

Welchen beruflichen Weg würde seine Mutter ihm empfehlen? Leider wusste er nicht viel über sie. Das meiste hatte ihm Grete erzählt. Sie war Stewardess und immer in der Welt unterwegs gewesen, bevor sie Kinder bekommen hatte. Elias war kein großer Fan des Reisens und schon gar nicht des Fliegens. Es war schon ironisch, dass seine Mutter bei einem Autounfall ums Leben kam. Die Erinnerungen kamen hoch, sie trieben wie graue Schlieren auf der Oberfläche eines Sees.

Vor zweiundzwanzig Jahren fuhr Elias mit seiner Mutter im Auto zum Einkaufen. Sein Vater war bei der Arbeit und sein Bruder im Kindergarten. Die Straße verlief an einem breiten Fluss entlang. Plötzlich kam der Wagen ins Schleudern, seine Mutter schrie. Elias wurde in seinen Kindersitz gedrückt. Dann hörte er ein lautes Platschen und das Auto landete im Wasser. Seine Mutter kurbelte die Autoscheibe herunter, löste Elias' Sicherheitsgurt und zog ihn zu sich. Sie sagte laut Dinge zu ihm, aber er verstand nichts. Das Wasser stieg am Auto hoch. Sie schob ihn durchs offene Fenster und er fiel in eisige Kälte. Das Auto sank und zog ihn mit in die Tiefe.

Aus Erzählungen wusste er, dass Passanten den Unfall gesehen und ihn aus dem Wasser gezogen hatten. Er war bewusstlos und wurde von der Ambulanz ins Krankenhaus gebracht, wo er einige Zeit im Koma gelegen hatte. Glücklicherweise hatte er keine Gehirnschäden davongetragen und auch keine Phobie gegen das Autofahren oder gegen Wasser entwickelt. Das Auto wurde geborgen, aber seine Mutter fand man niemals. Sie suchten wochenlang, durchkämmten den Fluss, erfolglos. Dieser Ort auf dem Friedhof war ein Andenken an sie, nicht ihr Grab.

Da kletterte plötzlich ein Eichhörnchen über den Marmorbrocken. Es war fuchsrot mit einem buschigen Schwanz. Flink rannte es zum nächsten Baum und an seiner rauen Borke hinauf, verharrte angeklammert auf halber Höhe des Stamms und beobachtete ihn. Dann kletterte es weiter und verschwand im Laub.

Zwischen den Baumwipfeln sah Elias ein paar Vögel gen Süden ziehen. Wegfliegen, abhauen, das wäre jetzt in seinem Sinne. Sollte er doch eine Laufbahn in der Flugbranche in Erwägung ziehen? Oder besser gleich auf einen anderen Planeten auswandern?

Mit einem Schreck fuhr Elias hoch.

Es dämmerte. Ein Blick auf sein Handy verriet ihm, dass er seinen Zug verpasst hatte, der nächste würde erst in einer Stunde kommen. Er stand stöhnend auf und streckte sich. Die Holzbank war nicht der bequemste Ort, um ein Nickerchen zu halten. Er schulterte seinen Rucksack, griff nach Gretes Tüte und wollte sich auf den Weg zum Bahnhof machen, als das Eichhörnchen wieder an seinen Füßen vorbeihuschte. Es hielt an und sah zu ihm zurück, dann rannte es in Richtung Wald davon.

Zwischen den Bäumen sah man in der Ferne einen flackernden Schein wie von Feuer. Gehörte dieser Bereich zum Friedhof? Das Unterholz war nicht dicht, so dass Elias kaum Geräusche machte, als er sich dem Ort näherte. Da war wieder das Eichhörnchen. Es huschte an einem Baumstamm hoch, kletterte auf einen Ast und sprang auf den nächsten Baum. Elias verharrte in einigem Abstand, um sich einen Überblick zu verschaffen.

In der Mitte einer Lichtung lag ein großer, flacher, mit Moos und Flechten bewachsener Fels. Darum herum lagen einige Findlinge. Brennende Fackeln steckten im Boden und tauchten die Szene in warmes Licht. Auf einem Stein gegenüber dem großen Felsen saß ein dürrer alter Mann im Schneidersitz. Er hatte krauses, graues Haar, das er zu einem mickrigen Pferdeschwänzchen gebunden hatte. Mit einem Stock in der Hand gestikulierte er in Richtung einer weiteren Person. Diese stand hochgewachsen und schmächtig vor dem großen Felsen neben einem Koffer mit rotgrünem Karomuster. Den Koffer kannte er doch!

Der alte Mann sagte mit knarziger Stimme: »Hör mal Junge, ich habe dir schon ein paar Mal gesagt, dass du den Koffer nicht mitnehmen kannst. Jetzt hol das wichtigste Zeug raus und pack es in den Rucksack.«

»Uropa, ich kann nicht nur mit einer Zahnbürste verreisen«, sagte der junge Mann aus dem Zug. Er hielt einen zerschlissenen Rucksack in der Hand.

»Eine Zahnbürste brauchst du nicht, das haben die da alles vorrätig. Ich ruf mir nachher ein Taxi und nehme deinen Koffer mit. Jetzt stell dich nicht so an«, sagte der Alte ungeduldig.

»Oh Mann«, ächzte der Junge und setzte sich mit verschränkten Armen auf seinen Koffer. »Wie kann man mit nur so wenig Sachen überleben?«

»Als ich im Krieg war, hatte ich nur meine Klamotten am Leib und sonst nichts und ich habe auch überlebt. Ihr jungen Leute von heute habt sowieso viel zu viel, das ist doch alles nutzloser Krempel!« Der alte Mann drehte plötzlich den Kopf zu Elias: »He, du da!«

Elias erschrak. Er hatte nicht damit gerechnet, dass man ihn so gut sehen konnte. Langsam trat er unter den Bäumen hervor.

»Du?«, rief der junge Mann, als er ihn sah und sprang auf. »Hast du mich etwa verfolgt?«

»Nein, habe ich nicht. Das ist Zufall. Ich war beim Grab meiner Mutter und hab den Feuerschein gesehen. Wollte nur sichergehen, dass der Wald nicht brennt.« Elias Blick wanderte von dem jungen zu dem alten Mann und zurück.

Es vergingen einige Sekunden, in denen beide ihn schweigend anstarrten.

Dann fragte der Alte seinen Urenkel: »Kennst du den?«

»Ich habe ihn vorher im Zug getroffen.«

»Soso«, sagte er und musterte Elias mit zusammen gekniffenen Augen. »Pah, Zufall«, der alte Mann machte eine wegwerfende Handbewegung, »so was gibt es nicht. Komm näher Junge. Wie heißt du?«

Elias trat auf die Lichtung und sagte: »Mein Name ist Elias. Elias Weber.«

Der Alte kratzte sich am Kinn, das von einigen grauen Stoppeln geziert war: »Also, Elias Weber, ich bin Norbert Fuchs und das ist mein Urenkel Mikael Jansen.«

»Aber alle nennen mich Mika. Dann also hi nochmal«, sagte Mika, hob die Hand zu einer grüßenden Geste und ließ sich auf seinen Koffer sinken.

Norbert kletterte flink für sein Alter von dem Findling herab, ging mit Hilfe seines Stocks um Elias herum und betrachtete ihn von allen Seiten.

Elias umklammerte Gretes Tüte und sah skeptisch zu dem schrulligen Alten.

Genervt sagte Mika: »Uropa, was soll das jetzt? Lass den armen Kerl in Ruhe. Ich glaube, er wollte gerade gehen.«

Aber Uropa dachte nicht daran und positionierte sich direkt vor Elias. Aufgrund seiner gebückten Haltung war er einen Kopf kleiner als er. »Was ist in dieser Tüte?«

»Uropa, du bist grad ein bisschen peinlich«, sagte Mika.

»Bücher«, sagte Elias knapp.

»Darf ich mal sehen?«, fragte der Alte.

Mika verdrehte die Augen.

»Klar«, sagte Elias und hielt dem alten Mann die Tüte mit den Büchern hin.

Norbert warf einen Blick hinein: »Bücher. Also gut.« An seinen Urenkel gewandt sagte er: »Der Junge ist sauber. Er kommt mit.«

Elias runzelte die Stirn.

Mika sah seinen Uropa an, als hätte dieser nicht mehr alle Tassen im Schrank. »Echt jetzt?«

»Er ist genau jetzt genau hier. Er ist kein Lügner und Zufälle gibt es nicht. Er geht mit dir mit, Mikael.«

Elias überhörte geflissentlich Norberts Aussage: »Ich muss jetzt wieder los, Leute. Mein Zug fährt demnächst.« Er wendete sich eben um, da riss seine Papiertüte unten auf und alles fiel auf den Erdboden. »Mist«, flüsterte er, ging in die Hocke und stopfte die Bücher in den Rucksack, aber er konnte nicht alle darin unterbringen.

Norbert und Mika sahen ihm wortlos dabei zu.

Da sprang ein Eichhörnchen auf Elias' Knie. Er zuckte zusammen, aber es ließ sich davon nicht beirren, kletterte an ihm hoch und hockte sich auf seine linke Schulter. Es roch nach Waldboden und Harz. Sein buschiger, roter Schwanz kitzelte ihn im Gesicht.

»Kendra will, dass du bleibst, Junior«, sagte der Alte verschmitzt, er war zwischenzeitlich wieder auf seinen Findling geklettert und hatte sich dort niedergelassen.

»Wer?«, fragte Elias.

Der Alte deutete mit seinem Stock auf das Eichhörnchen. »Also! Setz dich zu uns und hör dir eine Geschichte an. Es kommt später auch noch ein Zug.«

Elias sah auf sein Handy. Bevor er gelangweilt am Bahnhof stehen würde, konnte er sich auch eine Geschichte anhören. Außerdem mochte er das Eichhörnchen. »Ich habe höchstens eine halbe Stunde Zeit«, sagte er und streichelte über das weiche Fell.

»Setz dich da hin und lausche!«, sagte der Alte und fuchtelte in Richtung des Felsens.

»Und du da«, sagte Norbert zu Mika, »packst jetzt dein Zeug um, wir haben nicht ewig Zeit.«

»Okay, okay«, sagte Mika widerwillig und öffnete den sperrigen Koffer.

Elias ging hinüber zu dem flachen Felsen, der ihm bis zur Hüfte reichte und setzte sich an den Rand. Das Eichhörnchen blieb die ganze Zeit auf seiner Schulter sitzen. Seinen Rucksack nahm er auf den Schoß. Die Bücher, die nicht mehr hineingepasst hatten, lagen auf der zerrissenen Tüte auf dem Boden.

Mika versuchte gerade eine Spielkonsole in seinen Rucksack zu stopfen.

»Hey Junge, diese Höllenmaschine brauchst du nicht!«, sagte Norbert.

Mika schnaubte, legte die Konsole wieder zurück in den Koffer und packte mit finsterem Blick auf seinen Urgroßvater seine Zahnbürste ein.

Dieser hob die Augenbrauen, sagte aber nichts.

Das Eichhörnchen kletterte über Elias' Kopf, huschte an seinem Rücken wieder nach unten und verschwand im Gebüsch.

»Was ist das für eine Geschichte?«, fragte Elias.

»Es ist eine sehr alte Geschichte. Seit vielen Jahrhunderten erzählt man sie sich in so mancher Familie. Nicht genau so, wie ich sie jetzt erzähle, aber so ähnlich. Viele haben sie leider schon vergessen«, antwortete Norbert.

Mika schloss den Koffer, schulterte den Rucksack, allerdings vorne rum, so dass er sich auf seinem Bauch befand, und setzte sich neben Elias auf den Felsen.

Norbert begann mit knorriger Stimme zu erzählen:

>Vor sehr langer Zeit gab es ein Reich, das von magischen Wesen besiedelt war. Sie waren uns Menschen nicht unähnlich, jedoch verfügten sie über die Magie der Elemente. Sie lebten lange Zeit in Frieden miteinander und mit der Welt. Sie spürten die Verbindung zum großen Mysterium und waren im Einklang damit.

Irgendwann begannen Einzelne von ihnen Fragen zu stellen. Sie fanden sich nicht mehr mit dem großen Mysterium ab, sondern wollten es erforschen. Sie strebten nach Sicherheit, und sie fanden diese Sicherheit im Ansammeln von Wissen. Doch ihr Vertrauen schwand, mehr und mehr, und ihr Wissensdurst wurde unstillbar.

Bald zog Finsternis in die Welt ein. Sie verführte die Wesen dazu, ihr Wissen zu benutzen, um Macht auszuüben. Macht über andere, Macht über die Welt. Das Gespür für das große Mysterium ging verloren und damit auch die Magie.

Das ist alles schon sehr lange her. Doch die Magie ist nicht gänzlich verschwunden. Wenige Menschen tragen das Erbe dieser Wesen in sich und damit ein Potential an besonderen Fähigkeiten. So geben wir diese Geschichte in unseren Familien weiter, von Generation zu Generation. Und wenn du diese Geschichte hörst, dann suche den Weg in die Sphäre der Elemente. Vielleicht fließt Magie auch in deinen Adern.«

Einen Moment lang schwiegen sie.

Dann fragte Norbert: »Hast du etwas Ähnliches schon mal gehört, Elias?«

Elias schüttelte den Kopf. Das kam ihm absolut nicht bekannt vor.

Norbert seufzte und nickte. »Mika, lass mal hören, ob du das Gedicht noch kannst!«

Dieser kratzte sich verlegen am Ohr, räusperte sich, stand auf und rezitierte wie vor einer Schulklasse:

»Geh in der Nacht der dünnen Grenzen
an einen Ort der Zwischenwelt.
Er scheint so kühl und fremd zu glänzen,
komm, leg dich unters Himmelszelt.

Auf dass Magie hier wirksam werde,
um dich durch Stern und Staub zu leiten.
Durch Feuer, Wasser, Luft oder Erde,
zwei Tore musst du nun durchschreiten.

Das erste Tor kannst du selbst wählen,
doch sei kein Geist, der stets verneint.
Beim zweiten Tor wird es dich quälen,
das Element, das um dich weint.
Es hat dich in die Sphäre erwählt,
drum lass es zu, das ist, was zählt.

So sorge dich nicht um die Scherben,
und sei empfänglich für das Stück.
Du wirst trotz Drama noch nicht sterben,
es gibt auch einen Weg zurück.
Doch wirst du bald ein anderer sein,
sie weisen in Magie dich ein.«

Einige Sekunden lang trat Stille ein, die nur von den Rufen eines Waldkäuzchens unterbrochen wurde. Es war mittlerweile dunkel geworden und das Licht der Fackeln warf tanzende Schatten auf die Findlinge.

Elias sah in der Ferne zwischen den Bäumen hindurch einige Grablichter auf dem Friedhof leuchten. Ein Gedanke hatte sich in seinen Kopf eingeschlichen: Die beiden waren entweder knallharte Rollenspielfans oder ausgewachsene Spinner. Er stand auf. »Das klingt alles sehr abenteuerlich. Aber jetzt muss ich los.«

»Aber es ist wahr«, sagte Mika.

Elias drehte sich zu ihm um und sah ihn irritiert an. »Was ist wahr?«

»Es gibt sie wirklich. Die magische Welt. Und es gibt da so eine Schule.«

Elias hatte den jungen Mann sympathisch gefunden, aber das musste er noch einmal überdenken.

Mika sah hilfesuchend zu seinem Urgroßvater.

Dieser seufzte leise und blickte zu Elias. »Ich glaube, er glaubt uns nicht.«

»Ich will nicht unhöflich sein. Das war eine schöne Geschichte und auch ein schönes Gedicht, aber ja, beides klingt absolut unglaublich«, sagte Elias.

»Na schön, Junior, du denkst jetzt, dass wir 'ne Schraube locker haben. Aber ich sehe da etwas in deinen Augen.«

Elias blinzelte irritiert. »Den Willen zum Aufbruch?«

»Ja, aber nicht nach Hause. Ich sehe da eine Sehnsucht«, sagte der Alte.

Elias hob die Augenbrauen, darauf fiel ihm nichts ein.

»Ich habe recht, nicht wahr? Willst du in eine magische Welt reisen? Ja oder nein? Hier ist deine Chance. Ergreife sie oder geh zurück in dein langweiliges Leben. Wir halten dich nicht auf.«

Das saß.

»Uropa! Du bist voll unhöflich«, rief Mika, dann wandte er sich Elias zu und sagte: »Wenn du meine Meinung wissen willst, du solltest es versuchen!«

»Was versuchen?«

Statt Mika antwortete Norbert: »In die magische Welt zu reisen natürlich.«

Da tauchte das Eichhörnchen auf dem Findling neben dem Alten auf. Es sah Elias fast schon nachdenklich an.

»Hör mal, Junge, hast du zu irgendetwas eine besondere Beziehung? Zu Pflanzen vielleicht? Tieren? Dem Wetter? Elektrizität?«, fragte Norbert.

»Elektrizität wäre cool«, sagte Mika grinsend.

»Nicht, dass ich wüsste. Wobei ich mich schon über dieses Eichhörnchen wundere«, antwortete Elias.

»Kendra?«, fragte Norbert. »Ach, die mag jeden«, winkte der Alte ab. Dann fixierte er Elias durchdringend und sprach: »Vielleicht hast du ja eine besondere Beziehung zu Tieren. Aber wenn du nicht versuchst, mit Mikael mitzugehen, wirst du niemals herausfinden, ob du sogar eine magische Beziehung zu ihnen hast.«

»Wohin mitgehen?«, fragte Elias.

Norbert rollte die Augen und seufzte. »Du willst es ganz genau wissen, was?«, sagte er, hob den Blick und deutete mit seinem Stock nach oben.

Elias sah einen sternenübersäten Himmel durch die Baumwipfel.

»In die Sphäre der Elemente! Es ist eine magische Welt neben der unseren. Dort befindet sich die Master Macademy«, sagte Norbert feierlich und fuhr mit leiserer Stimme fort: »Heute ist der elfte Neumond nach Yule, die Nacht der Geister. Es ist leicht, in andere Welten zu reisen.«

Alle drei sahen in den Himmel hinauf. Wind war aufgekommen und brachte die bunten Blätter zum Rauschen.

»Dieses Mal wird es gelingen, Mika, ich habe ein gutes Gefühl«, sagte Norbert mit einem leichten Lächeln auf den Lippen.

»Habt ihr das etwa schon öfter versucht?«, fragte Elias.

»Ja«, antwortete Mika, »letztes und vorletztes Jahr. Aber es hat nicht geklappt.«

Das wunderte Elias nicht im Geringsten.

»Also Jungs, genug gequatscht. Mikael, gib Elias den Rucksackschutz, du brauchst ihn nicht. Dein Rucksack ist sicher. Und dann entzünde das Räucherwerk!«

»Na gut. Hab ja eh keine Konsole dabei.« Er öffnete mehrere Klettverschlüsse und zog eine dünne, durchsichtige Hülle von seinem Rucksack. »Darf ich?«, fragte er Elias und streckte die Hand nach dem seinen aus.

Er übergab ihn nur zögerlich.

Mika präparierte seinen Rucksack mit der Hülle.

Elias lag die Frage auf der Zunge, wogegen das eigentlich schützen sollte, aber er wollte nicht noch mehr abstruse Erklärungen hören.

»Seid ihr so weit? Dann setzt euch auf den Rücken der uralten Berta«, sagte Norbert.

»Auf welchen Rücken?«, fragte Elias.

Mika antwortete: »Er meint den Felsen. Da sind spezielle Energien und so. Der Ort ist unter Magiern bekannt. Leider ist sonst keiner gekommen, wie die letzten zwei Jahre auch.«

»Aha«, nuschelte Elias. War das hier ein Live-Rollenspiel und hinter den Bäumen saßen ein paar Typen, die das Ganze filmten? Elias sah sich um. Außer den flackernden Schatten konnte er nichts feststellen. Er war hin und her gerissen. Gehen oder bleiben? Da war ein Funke Interesse in ihm erglommen. Was würde als Nächstes kommen? Und was hatte er eigentlich zu verlieren? Es würde auch später noch ein Zug fahren. Wenn er etwas anderes in seinem Leben wollte, dann musste er auch mal etwas anderes ausprobieren. Und in diesem Fall hieße das hierbleiben und sich auf die Show einlassen. Womöglich entdeckte er Rollenspiel als sein neues Hobby. Während er sich mit überschlagenen Beinen in die Mitte des Felsens setzte, seinen Rucksack auf dem Rücken, fragte er: »Warum hat es denn die letzten Male nicht geklappt?«

Mika entzündete ein schwarzes Kohlestück in einer Räucherschale, als er antwortete: »Wahrscheinlich war ich noch nicht bereit dazu, obwohl ich schon dreiundzwanzig bin. Aber Uropa war noch älter als ich, als er das erste Mal in die Sphäre kam.«

»Verstehe. Vorher war ja die Rede von der Nacht der Geister. Aber ihr wisst schon, dass heute nicht Halloween ist, oder? Könnte das der Fehler sein?«, fragte Elias.

Norbert lachte krächzend. »Du bist ein ganz raffinierter junger Mann.«

Mika ergriff das Wort: »Oh doch, heute ist die Nacht der Geister. In der vergangenen Zeit ging man nach dem Mond und nicht nach irgendwelchen Kalenderdaten, gell Uropa?«

»So ist es, mein schlauer Urenkel.«

Elias stieg ein schwerer, aber nicht unangenehmer Geruch nach Weihrauch in die Nase. »Du verbrennst da aber keine Halluzinogene, oder?«, fragte er kritisch.

Mika setzte sich ihm gegenüber und antwortete: »Keine Sorge, wir brauchen keine Drogen.«

»Wozu brauchen wir dann das Räucherzeug?«, fragte Elias.

»Kein Plan«, der junge Mann zuckte mit den Schultern und sah fragend zu seinem Uropa.

»Zur Entspannung«, beantwortete Norbert die Frage und schob murmelnd hinterher: »Die ihr beide sehr nötig habt.« Lauter sagte er: »Also, Jungs, locker bleiben! Macht euch keine Sorgen, es kann nichts Schlimmes passieren, in der Regel.«

Die Jungs sahen stirnrunzelnd zu Norbert.

»War nur Spaß«, sagte dieser und lachte knarrend wie eine alte Schranktür. »Setzt euch hin oder legt euch hin, wie es euch lieber ist, und schließt die Augen. Elias, du solltest deinen Rucksack vorne tragen, nicht, dass du noch irgendwo hängen bleibst. Ich werde euch durch ein Erdtor führen. Danach seid ihr auf euch allein gestellt.«

Elias tat, wie ihm geheißen und schlüpfte von vorne durch die Träger. Sein Blick fiel auf Gretes restliche Bücher, die nicht mehr in den Rucksack hineingepasst hatten. Er würde sie sich nachher auf dem Weg zum Bahnhof unter den Arm klemmen, sobald sie festgestellt hatten, dass das Erdtor heute geschlossen hatte und sie alle in ihr langweiliges Leben zurückkehren konnten.

***

Kein Tageslicht erreichte die kahlen Wände der steinernen Halle, kein Geräusch durchbrach die Stille und kein Lüftchen regte sich. Es war, als würde nichts Lebendiges mehr existieren. Das Licht der Fackeln vermochte nicht die massive Finsternis zurückzudrängen in der Kyle Frost vor dem Spiegel kniete. Mit verklärtem Blick hob er beschwörend die Arme und ein eintöniger Singsang strömte aus seinem Mund. Es waren schauerliche Worte aus einer anderen Welt.

Die Schwärze im Spiegel gewann an Räumlichkeit. Es war ein finsteres Loch, in dem man sich für immer verlieren würde, wenn man zu lange hineinblickte. Etwas bewegte sich in der Tiefe, abgehackt, zitternd. Anfangs war es klein, schien weit entfernt zu sein, wuchs dann flirrend heran, wurde größer, bäumte sich auf und schlug geräuschlos gegen die Spiegelinnenseite.

Kyle erhob sich und streckte die Hand aus: »Komm zu mir, Wesen des Nihils.«

Eine wurmartige, gesichtslose, vollkommen schwarze Kreatur durchdrang die Spiegeloberfläche. Lautlos glitt sie durch die Luft und verschmolz mit der Dunkelheit im Raum.

Kyle senkte den Blick. Mit einem dünnen Lächeln auf den Lippen flüsterte er: »Dann wollen wir dich mal füttern.«

Er ging zu dem eisernen Tor, schob den schweren Riegel mit einem quietschenden Geräusch zur Seite und öffnete die rechte Flügeltür.

Seine Schritte dröhnten hart auf dem Steinboden, während er an verschlossenen Metalltüren und verrosteten Zellengittern vorbeiging.

Durch die Katakomben, deren Decken so hoch waren, dass sie sich in der Schwärze über ihm verloren, hallten Rufe voller Verzweiflung: »Wo bin ich hier? Was wollt ihr von mir?«

Bald schon würden sie verstummt sein.

Burg Nawalos erhob sich schmucklos wie ein kantiger, riesiger Felsklotz inmitten der kalten, rauen Küstenlandschaft. Die Flut zerschlug mit einem Brausen am Fuße der Klippen. Fürst Benedict Raakul, von seinen Untertanen auch Herr des Spiegels genannt, stand an diesem wolkenverhangenen Nachmittag an der Brüstung hoch oberhalb eines grauen Meeres. Er wartete. Der harte Gesichtsausdruck zeigte keine Regung. Er beobachtete die Wellen. Ein ewiges Kommen und Gehen, Entstehen und Vergehen. Er hasste es.

»Es ist vollbracht«, drang eine Stimme an das Ohr des Fürsten. Kyle Frost stand plötzlich neben ihm. Seit seiner Initiation war sein Auftauchen oftmals kaum wahrnehmbar. Er hatte seine Kapuze zurückgeschlagen und offenbarte sein blasses Gesicht mit ebenmäßigen Zügen, das schwarze Haar glänzte im fahlen Licht.

»Diese beiden Opfer sind nun Teil von etwas Größerem«, sagte Fürst Raakul.

»Ich habe sie gesehen, ihre Ängste, ihre Sorgen, ihre Freuden und Leidenschaften. Ich kenne diese Menschen besser, als sie sich selbst gekannt haben, und kann ihre Persönlichkeiten perfekt imitieren. Sie leben durch mich weiter, bis die Mission erfüllt ist.«

Sie schwiegen eine Weile.

Dann erhob der Fürst seine tiefe Stimme und sagte fast feierlich: »Du bist der Auserwählte, Kyle. Du bist mächtiger als jeder Schwarzmagier zuvor. Du kannst sie alle täuschen. Alles hängt von dir ab.«

»Nicht nur von mir.«

»Du bist in guter Gesellschaft. Auch Ethan Mork ist verlässlich«, erwiderte der Fürst.

»Er ist getrieben. Und abstoßend.«

»Er ist Hochmagier des Gestaltwandelns. Und dazu hat er noch eine besondere Technik entwickelt. Das ist wahre schwarze Magie.«

»Mord ist keine besondere Technik«, sagte Kyle abfällig.

»Um Magie zu perfektionieren? Oh doch. Er hat die Gestalten dieser Opfer heute in sich aufgenommen und wird euch tarnen. Niemand wird anhand eurer äußeren Erscheinung bemerken, dass ihr nicht die seid, für die ihr euch ausgebt«, sagte Raakul.

»Er versteht unser höheres Ziel nicht. Es geht ihm nur um seine niedere Befriedigung. Er ergötzt sich am Leiden.«

»Das machen wir uns zunutze. Die ISM glaubt, er, der berüchtigtste gestaltwandelnde Serienmörder, sei tot. Bessere Voraussetzungen gibt es nicht, um sie zu unterwandern«, entgegnete der Fürst.

»Ich hoffe, ich kann ihn unter Kontrolle halten und er tötet nicht aus plötzlicher Lust und gefährdet damit die Mission«, sagte Kyle gepresst.

Raakul drehte sich dem jungen Mann zu, legte seine beiden großen Hände auf seine Schultern und sah ihn durchdringend an. »Konzentriere dich auf deine Aufgabe. Die Hochmagier der Kommunikation in der Akademie durchschauen Morks Gestaltwandlungen, denn sie sehen tief in euch hinein. Nur ein mindestens so mächtiger Kommunikationsmagier kann sie täuschen. Bist du dieser Magier?«

Kyles dunkle Augen funkelten, ein unheimliches Feuer brannte in ihnen. »Ja.«

Der Fürst sah ihn einen Herzschlag lang durchdringend an, nickte und ließ ihn los. Er drehte sich wieder der stürmischen See zu und sagte: »Es ist bald Zeit, die Reise anzutreten. Auf dass die Sphäre der Elemente zugrunde gehe und mit ihr alle, die sich dort aufhalten.«

SPHÄRE DER ELEMENTE

»Und nun wieder langsam ausatmen. Euer Körper fühlt sich schwer an. So schwer wie die uralte Berta. Tonnenschwer. Aber euer Geist ist hellwach und klar.«

Elias saß auf dem Rücken der uralten Berta und atmete, während er Norbert lauschte. Er hörte das Rauschen der Blätter. Er hörte einen Uhu in der Ferne. Er hörte Mika atmen. Er hörte sich selbst atmen. Ein und aus. Der Traum vor einigen Wochen kam ihm in den Sinn. Damals hatte er seinen eigenen Atem erst gar nicht erkannt. Aber schließlich war es dieses Atmen, das ihn zurück in sein Zimmer gebracht hatte. Die Erinnerung an das merkwürdige Licht wollte hochkommen, aber Elias verdrängte sie und konzentrierte sich auf Norberts Stimme.

»Die Grenze zwischen den Welten ist hier dünner, denn wir befinden uns an einem energetischen Knotenpunkt. Es gibt nicht nur eine Welt und auch nicht zwei, es gibt unzählige Welten. Und hier und jetzt wird die Grenze zwischen den Welten durchsichtig.« Der alte Mann atmete hörbar ein und aus, dann sprach er weiter: »Ich führe euch durch die Erde in die Zwischenwelt. Dort sucht ihr nach dem Element, das euch in die Sphäre bringt. Manchmal müsst ihr nicht lange suchen, es findet euch!«

Wieder vergingen einige Momente, in denen Elias' ganzer Körper erschlaffte. Er wollte nichts sehnlicher, als sich hinlegen, und gab dem nach. Als er den moosbewachsenen Felsen unter sich spürte, fühlte er sich so entspannt, wie schon lange nicht mehr. Er lag weich wie auf einer Matratze und ein würziger, frischer Duft umfing ihn.

»Die uralte Berta war einst ein gigantischer Felsen, viel größer als jetzt. Lasst eure Augen geschlossen und stellt euch diesen riesigen Felsen nun vor. Um euch herum wachsen große Bäume. Eichen und Buchen und Birken und Weiden und viele andere. Seht ihr die Bäume?«

Elias hatte die Augen geschlossen, aber er konnte trotzdem sehen. Er war im Wald. Es war ein anderer Wald und doch der gleiche.

Vielleicht war es dieser Wald vor Hunderten von Jahren. Er lag auf dem Rücken der uralten Berta, die um einiges wuchtiger und höher war. Uralte Bäume umringten ihn. Er war allein. Wieder hörte er Norberts Stimme, dieses Mal wie aus weiter Entfernung.

»Seht euch die Bäume an. Ist da ein Baum, der euch gefällt? Dann steht auf und geht zu dem Baum!«

Elias sah sich um. Sein Blick fiel auf eine Buche mit einem dicken Stamm, aus dem viele breite Äste herausragten und ein ausladendes Blätterdach trugen. Er kletterte von der Berta herab, ging schnurstracks auf die Buche zu und strich mit den Händen über die raue Rinde.

»Seid ihr bei eurem Baum? Dann betrachtet den unteren Teil vom Stamm, da wo die Wurzeln in den Boden hineingehen. Dort ist irgendwo eine Lücke, ein kleines Loch oder ein Spalt.«

Da war ein handbreiter Spalt im Holz, darunter befand sich dunkles Erdreich. Elias setzte sich davor. Er konnte nicht sagen, wie lange es dauerte, bis Norberts Stimme leise an sein Ohr getragen wurde: »Habt ihr den Spalt gefunden? Dann klettert nun hinein.«

Was sollte er tun? Da hineinklettern? Er musste sich verhört haben. Elias betrachtete das Loch irritiert. War es größer geworden? Oder schrumpfte er? Oder beides? Ohne sich erklären zu können, wie es vonstattenging, stand Elias vor einem höhlenartigen Eingang in eine unterirdische Welt, er würde mühelos hindurchpassen. Für einen winzigen Moment zögerte er, dann stieg er hinein.

Er tauchte unterhalb des Baumes in Erde ein. Es war nicht stickig oder dunkel. Sein Atem ging mühelos, sogar seine Bewegungen waren uneingeschränkt. Er rutschte tiefer und tiefer. Die Stimme des alten Mannes hallte wie ein Echo aus einer anderen Welt zu ihm herüber: »Lasst euch hineinfallen.«

Das tat Elias. Es blieb ihm im Moment auch nichts anderes übrig, denn er fand keinen Halt in dieser geradezu fluffigen, erdenartigen Substanz. Es war ein sonderbares Gefühl, keinerlei Beklemmung, vielmehr Geborgenheit.

Da sah er plötzlich ein schillerndes Farbspiel in Grün und Grau, Braun und Orange vor sich, als würde er durch Wasser hindurchsehen. Er kniff die Augen zusammen. Was war dort? Waren das flackernde Fackeln?

Es war die Waldlichtung von oben. Er sah Norbert auf dem Findling sitzen. Mika und er selbst lagen ausgestreckt auf dem Rücken der uralten Berta, im Hintergrund befand sich der Friedhof mit dem Grab seiner Mutter.

Er wusste, dass er sich nun entscheiden musste. Wollte er weitergehen oder zurückkehren auf die Waldlichtung? Die Uni, sein Vater, sein Bruder, die Menschen, ja die Erde, all das war mit einem Mal so weit weg.

Das Gedicht, das er gerade von Mika gehört hatte, kam ihm in den Sinn: ›Es gibt auch einen Weg zurück‹. Den würde er nehmen, irgendwann, aber nicht jetzt. Er war bereit für diese Reise. Er wartete schon sein Leben lang darauf. In dem Moment kippte er vornüber, sein Körper beschleunigte und er wurde in einem Wasserstrudel mitgerissen. Verschwommene Umrisse wirbelten an ihm vorbei. Dann fiel er ungebremst senkrecht nach unten, umgeben von rauschendem Wasser. Elias schrie. Mit einem Platsch landete er in einem schäumenden Wasserbecken. Es war kalt und er bekam keine Luft. Er strampelte, um nach oben zu kommen, das Wasser drückte ihn hoch. Er durchstieß die Wasseroberfläche und atmete ein. Er war klatschnass und fassungslos. Damit hatte er nicht gerechnet. Das war real!

Er versuchte, an den Rand des Beckens zu schwimmen, aber er wurde von der Strömung ergriffen und trieb in rasantem Tempo auf spitze Felsen zu. Panik kam in ihm hoch. Er kämpfte dagegen an, doch das Wasser bäumte sich unter ihm auf wie ein wildes Tier und riss ihn mit sich. Kurz bevor er gegen die Felsen geschleudert wurde, schob ihn ein Wirbel darum herum und er rauschte weiter durch glitzernde Gischt. Der Fluss trug ihn die Schlucht hinab, vorbei an Felsen, Gestein und einer üppig grünen, von bunten Blumen überwucherten Vegetation. Wo war er nur? Er warf einen kurzen Blick zurück auf eine hohe Steinwand, dort war er in die Tiefe gestürzt. Das Wasser hatte Elias in seiner Gewalt, es umgab und umfing ihn, es zog und schob ihn. Er war ausgeliefert. Doch ihm wurde plötzlich bewusst, dass ihm bisher nichts Schlimmes passiert war. Es war fast, als würde das Wasser darauf achten, ihm nicht zu schaden. Was hatte das Gedicht über das zweite Tor gesagt? Es war das Element, das ihn in die Sphäre erwählte? Oder so ähnlich?

Das Element selbst war das zweite Tor! Wasser! Es war die Naturgewalt, die ihn in eine andere Welt bringen würde.

Seine Angst, die eben noch wie Kaugummi an ihm klebte, fiel von ihm ab. Und je ruhiger er innerlich wurde, desto ruhiger wurde es um ihn herum. Über ihm spannte sich ein wolkenloser Abendhimmel auf, an dem schon erste Sterne funkelten, und er ließ sich treiben. Plötzlich begann das Wasser zu leuchten. Er sank hinein und fiel, schon wieder. Aber nur kurz. Und dieses Mal landete er weich und im Trockenen.

Elias öffnete die Augen, während er zurück federte. Er befand sich in einer riesigen Höhle. Es war hell. Die Wände waren überwuchert von silbrig schimmernden Gebilden, die ihn an Blätter erinnerten. Er war in einem großen Netz gelandet. In einigem Abstand befand sich eine runde Scheibe an der Decke. Sie glitzerte wie Perlmutt in sämtlichen Farben des Regenbogens. Dort war er hindurchgefallen. Sein Rucksack hing noch immer vor seinem Bauch, er war durch den Rucksackschutz trocken geblieben, im Gegensatz zu ihm selbst. Seine Kleidung klebte nass und kalt an seiner Haut. Sollte er jemals wieder diese Reise antreten, würde er sich einen Ganzkörperschutz zulegen.

Da hörte Elias ein merkwürdiges Summen. Mehrere große Apparaturen mit runden Öffnungen hatten sich in Bewegung gesetzt und zeigten direkt auf ihn. Er hielt erschrocken den Atem an. Was sollte das werden? Würden sie ihn erschießen? Abwehrend hob er die Arme, was ihm mit Sicherheit nichts bringen würde. Da blies ihm warme Luft ins Gesicht. Ein riesiger Föhn zerzauste sein Haar und brachte seine Kleidung zum Flattern. Es war nicht unangenehm und so schnell vorbei, wie es angefangen hatte. In Sekundenschnelle war er trocken.

»Willkommen im Kristallberg in der Sphäre der Elemente«, hallte eine freundliche, metallisch klingende Frauenstimme durch den Raum. »Du bist durch ein Elementportal hier gelandet und wirst nun durch unsere Aufnahmeapparatur geleitet. Bitte entspanne dich. Falls es zu Unwohlsein kommt, betätige den roten Knopf. Wir wünschen eine angenehme Fahrt.«

Fahrt? In dem Moment öffnete sich das Netz unter Elias und er rutschte in ein Gefährt auf Schienen, das ihm den Eindruck eines einsitzigen Achterbahnwagens vermittelte. Automatisch umschlangen ihn mehrere Gurte, so dass er nicht mehr in der Lage war aufzustehen. Was allerdings auch besser war, da er sich schon in der nächsten Sekunde in rasanter Geschwindigkeit in einen schmalen, von schummrigem Licht ausgeleuchteten Steintunnel hineinbewegte. Elias krallte sich an dem Griff vor ihm fest. Er mochte Achterbahnfahrten, aber es war ihm lieber, zu wissen, wo die Fahrt hinging. Nach einigem Auf und Ab und Hin und Her verlangsamte sich der Wagen und hielt vor einem runden Fenster an. Dahinter befand sich eine gläserne Röhre.

»Es folgt ein Sicherheitsscan.«

Das Fenster glitt zur Seite und er fuhr durch eine Apparatur, deren Oberfläche in verschiedenen Farben blinkte. Als er am Ende ankam, leuchtete es grün um ihn herum auf.

»Alles in Ordnung«, kommentierte die Stimme.

Der Wagen fuhr in gemäßigtem Tempo weiter durch steinerne Gänge und Höhlen. An den Wänden glänzten kristallartige Auswüchse in Pastellfarben und mancherorts entsprangen Wasserläufe und bahnten sich Wege durch den Stein.

Die angenehme Frauenstimme erklang erneut: »Als Nächstes möchten wir dich bitten, Angaben zu deiner Person zu machen. Bitte antworte laut und deutlich. Wie ist dein voller Name?«

»Elias Wolf Weber«

»In welchem Land bist du geboren?«

»Deutschland«

»Kennst du die magische Welt?«

»Nein, ich habe heute das erste Mal davon gehört.«

»Du wirst bald umfassend über die magische Welt und unsere Lehranstalt informiert werden. Weißt du, wo du hier bist?«

»Nicht so wirklich.«

»Du bist hier in der Sphäre der Elemente, es ist eine magische Paralleldimension neben der Realität, also der Welt, die du bisher kanntest. Wolltest du hierherkommen?«

Elias überlegte. Dann fiel ihm ein, dass er sich bewusst dafür entschieden hatte, kurz bevor er in den Wasserfall stürzte. Er sagte: »Ja, also irgendwie schon.«

»Möchtest du als Lehrling an unserer Lehranstalt Master Macademy aufgenommen werden?«

»Ich weiß ja noch gar nichts über diese Lehranstalt«, sagte er. Dann fügte er schnell hinzu: »Aber ich bin prinzipiell interessiert.«

»Okay. Du wirst bald umfassend über die magische Welt und unsere Lehranstalt informiert werden.«

Das hatte sie vorher schon gesagt. Es war eben doch nur ein Computer, mit dem er sich da unterhielt.

»Wie geht es dir jetzt?«

Die Frage irritierte Elias. Wollte dieser Computer von ihm wissen, wie er sich fühlte? Er war durch ein winziges Erdloch gerutscht und fast in einem Fluss ertrunken. In Anbetracht dessen ging es ihm gut. »Ist okay so weit«, sagte er zögerlich.

»Fürchtest du dich?«

Er fürchtete sich durchaus, aber mehr so, wie man sich fürchtet, wenn man in eine neue Schule kommt. Es war zwar alles verrückt, was hier geschah, doch auf eine verschrobene Art fand er es trotzdem normal, so als hätte er schon längst geahnt, dass es noch etwas anderes geben müsste als alles, was er bisher erlebt hatte. »Nein«, sagte er.

»Okay, prima.«

Schließlich gelangte Elias in eine gigantische Höhle. Statt Boden gab es hier nur einen riesigen, klaffenden Abgrund. Langsam rollte er an der Höhlenwand entlang. Es ging leicht abwärts. Aus anderen Höhlen kamen weitere Schienen, die sich spiralförmig tiefer wanden, ehe sie ineinander übergingen und eine Hauptschiene bildeten, auf der sich nun auch Elias befand. Er klammerte sich an den Griff und rutschte tiefer in das Gefährt, während er über den rechten Rand des Wagens nach unten linste.

Die Computerstimme hallte schaurig in dem hohlen Raum, als sie verkündete: »Es folgt ein Test auf das Element, das dich heute hergeleitet hat. Du wirst nun leicht beschleunigt. Bitte entspanne dich.«

Ein Test auf das Element? Die Schiene machte eine scharfe Kurve und steuerte auf die Mitte des Abgrunds zu, um sich dann fast senkrecht in die Tiefe zu stürzen. Elias' Wagen nahm Fahrt auf. Der Wind blies ihm kühl ins Gesicht. Okay, das war nicht lustig. Er sah auf den roten Knopf vor ihm. War jetzt der richtige Zeitpunkt ihn zu betätigen? Doch ehe er drauf drücken konnte, ging es schon abwärts. Er unterdrückte einen Schrei. Im freien Fall stürzte er auf eine graue Kristallplatte zu, die in der Luft zu schweben schien. Die Schienen führten durch ein großes Loch in der Mitte der Platte. Elias passte mit seinem Wagen gerade so hindurch. Als er auf Höhe des Kristalls war, leuchtete dieser türkisblau auf. Die Schienen wurden flacher und sein Wagen langsamer. Sein Herz klopfte.

»Element Wasser«, sagte die weibliche Computerstimme. »Vielen Dank für deine Kooperation. Du wirst nun zur Sicherheitsbefragung weitergeleitet.«

Hoffentlich handelte es sich um ein menschliches Wesen, das ihn befragen würde. Von Computern hatte Elias gerade die Schnauze voll. Gemächlich rollte sein Wagen in einen breiten Tunnel hinein. Nach einer Weile hielt er vor einem runden Tor an. Da er noch festgegurtet war, wartete er ab. Das Tor öffnete sich langsam und er wurde hineinbefördert.

Elias' Wagen fuhr vor eine Scheibe, die verspiegelt war, so dass er sich selbst darin sah. Dann ging dahinter ein Licht an. Ein Mann mit Lesebrille saß an einem Schreibtisch vor einem sehr flachen Bildschirm, auf dem er herumtippte, ehe er sich Elias zuwendete.

»Guten Tag, Herr Weber, ich bin Inspektor Levi McDoughtery, ich bin Mitarbeiter beim Büro für Sicherheit und Geheimhaltung der Master Macademy. Es ist üblich, dass alle Personen, die die Sphäre betreten, bei uns überprüft werden.« Seine Stimme kam durch einen Lautsprecher, so dass sie leicht verzerrt klang. Der Mann musterte ihn über seine Lesebrille hinweg aus ernsten, aber nicht unfreundlichen Augen. Elias schätzte ihn um die fünfzig Jahre alt. Er hatte graue Schläfen und war recht wuchtig, breit und groß, so dass er kaum in den kleinen Schreibtischstuhl passte.

Elias fühlte sich unbehaglich. Hatte er denn etwas verbrochen? Er rutschte nervös auf seinem Sitz herum.

»Keine Sorge, Herr Weber, ich gehe davon aus, dass bei Ihnen alles in Ordnung ist. Es ist nun Mal Vorschrift, jeden zu überprüfen. Außerdem müssen wir uns auch um Ihren Verbleib kümmern, damit die Realität keine Großfahndung nach Ihnen ausruft, nicht wahr?« Er lächelte breit und entblößte dabei große, gelbliche Zähne.

»Äh ja, okay«, sagte Elias hilflos. Großfahndung? Dann fiel es ihm wie Schuppen von den Augen. Klar, niemand wusste ja, dass er hier war. Sie würden sich Sorgen machen. Die Uni würde ihn exmatrikulieren, wenn er nicht mehr auftauchte und womöglich seinen Vater informieren. Der würde alles mobil machen, um ihn aufzuspüren. Er verzog entsetzt das Gesicht.

Der Inspektor sagte:»Genau, Herr Weber, da hängt ein Rattenschwanz dran, nicht? Und auch dazu sind wir hier. Wir regeln das für Sie, so dass alle ihre Kontakte Sie als gut aufgehoben wissen.«

»Sagen Sie ihnen denn, wo ich bin?«, schoss es aus Elias heraus, der in seiner Vorstellung schon sah, wie die Gesichtszüge seines Vaters entgleisten, wenn er hören würde, dass er unter die Magier gegangen war.

»Um Himmels willen nein, bei Ihnen natürlich nicht«, der Inspektor lachte schallend. »Wir kümmern uns um strikte Geheimhaltung, was Ihren Aufenthalt betrifft. Ihre nächsten Angehörigen, die wir ausfindig machen konnten, haben ja keinen Schimmer von der magischen Welt, und das werden wir auch so belassen.«

»Aber wie werden Sie …«, Elias wurde von der erhobenen Hand des Inspektors unterbrochen.

»Wir sind absolute Profis auf dem Gebiet, Herr Weber, lassen Sie uns nur machen. Sie werden demnächst einen sogenannten Realitätsbericht erhalten. Darin können Sie die Geschichte nachlesen, die wir der Realität aufgetischt haben.«

»Ah«, sagte Elias bloß und sackte auf seinem Sitz zusammen. Das konnte ja spannend werden. Dann fuhr er plötzlich hoch und rief: »Aber woher …«, und schon war die Hand des Inspektors ebenfalls hochgeschossen, um ihn zum Schweigen zu bringen.

»Wir wissen praktisch alles, was in der Realität unter den Nicht-Magiern vor sich geht. Wir haben entsprechende Wege, Mittel und Quellen.«

»Das ist, äh, beeindruckend.« So etwas wie Datenschutz schien es hier wohl nicht zu geben, dachte er bei sich.

Der Inspektor wendete sich vollständig Elias zu, verschränkte die Arme und fragte:»Glauben Sie, dass unter den Nicht-Magiern so etwas wie Datenschutz wirklich existiert?« Er hob die Augenbrauen und senkte das Kinn, um ihn demonstrativ zweifelnd anzusehen.

»Äh, nein?«, sagte Elias verunsichert.

»Nein. Sie werden von den Nicht-Magiern auf Schritt und Tritt überwacht. Und wir von der ISM überwachen eben auch alle auf Schritt und Tritt.« Der Inspektor lachte schallend, bevor er fortfuhr:

»Es ist kompliziert. Sollten Sie sich auf dem Gebiet der Elektromagie bewähren, werden Sie sich selbst damit herumschlagen dürfen.«

Woher hatte der Inspektor eigentlich gewusst, dass Elias gerade über Datenschutz nachgedacht hatte? Konnte er etwa Gedanken lesen? Womöglich gehörte das zu den Fähigkeiten, die diese Magier besaßen. Andererseits war es aber auch naheliegend, was neue Ankömmlinge in dieser Situation hier so dachten.

»Was ist der ISM?«, fragte Elias.

»*Die* ISM. Das ist die Kurzform für ›International Secret Magency‹. Wir sind der Geheimdienst der Magiebefähigten. Und Sie werden als vollausgebildeter Magent, also magischer Agent, in einigen Jahren Teil unserer Organisation sein, vorausgesetzt, Sie entscheiden sich für die Ausbildung an der Master Macademy. Kommen wir zu den Fragen. Bitte antworten Sie wahrheitsgetreu.«

Der Inspektor legte die Lesebrille zur Seite und platzierte sich frontal und aufrecht vor Elias, während die Scheibe zwischen ihnen nach unten fuhr. »Haben Sie die Absicht der magischen Welt, und allem, was dazu gehört, zu schaden?«

»Äh, nein«, sagte Elias.

»Planen Sie verbotene Dinge in der Sphäre der Elemente zu tun?«, fragte er weiter.

Elias schüttelte den Kopf.

»Bitte antworten Sie mit einem klaren Nein.«

»Nein.«

»Führen Sie gefährliche Gegenstände mit sich?«

Elias sah auf seinen Rucksack: »Nicht, dass ich wüsste.«

Der Inspektor lehnte sich in seinem Stuhl zurück: »Kommen wir zur Abschlussfrage. Mir ist natürlich klar, dass Sie noch keinen Schimmer haben, worauf Sie sich hier einlassen, aber es ist nun mal meine Aufgabe, Sie zu befragen: Möchten Sie Lehrling an der Master Macademy werden, um später der ISM als Magent zu dienen?«

»Äh«, sagte Elias.

»Eher ja oder eher nein? Je früher Sie feststellen, dass das hier nichts für Sie ist, desto weniger müssen wir an Ihren Erinnerungen herumschrauben«, er zeigte grinsend seine gelblichen Zahnreihen.

»Ich will es mir schon ansehen. Also eher ja.«

»Wunderbar! Dann herzlich willkommen Herr Weber und viel Erfolg.«

»Danke.«

Der große Kopf des Inspektors verschwand teilweise hinter dem Bildschirm. Er setzte die Lesebrille wieder auf und stierte mit zusammengekniffenen Augen hinein. »Sie sind heute mit dem Wasserexpress hergekommen, nicht wahr?«

»So kann man es auch nennen«, antwortete Elias.

»Das Element, mit dem Sie das erste Mal die Sphäre der Elemente betreten, wird Ihr Hauselement. Folgen Sie also bitte den blauen Pfeilen zum Aufzug.«

Er betätigte einen Hebel und eine Tür öffnete sich automatisch zu Elias' Linken.

»Okay, danke.«

Einige Momente sahen sie sich schweigend an. Elias senkte den Blick auf die Gurte, die ihn noch immer gefangen hielten.

»Ach, das vergesse ich immer«, sagte der Inspektor und betätigte einen Knopf, woraufhin Elias sich wieder frei bewegen konnte.

Er kletterte aus dem Gefährt, nahm seinen Rucksack auf den Rücken und sagte: »Also, ich geh dann mal.«

»Nur Mut, Herr Weber!«

Elias ging zur Tür hinaus.

Der Inspektor rief ihm nach: »Und steigen Sie nicht in einen falschen Aufzug ein. Sie möchten ja sicher heute noch in der Akademie ankommen.« Er lachte wieder schallend, während sich die Tür schloss.

Elias hatte durchaus vor, heute noch in der Akademie anzukommen. Er würde es, nach allem, was er bisher durchgemacht hatte, wohl noch schaffen, ein paar blauen Pfeilen zu einem Aufzug zu folgen. Es stellte sich aber tatsächlich als nicht so einfach heraus. Er bewegte sich in einem Höhlenlabyrinth, durch schmalere und breitere Gänge, deren Wände stellenweise überwuchert waren von fluoreszierenden Kristallgebilden. Neben blauen Pfeilen, entdeckte er auch noch rote, weiße, braune, silberne und schwarze.

Nach einer gefühlten Ewigkeit kam er endlich an einem, von blauen Kristallen umrahmten, altertümlichen Aufzug an. Er drückte den Knopf und die Tür ging mit leisem Zischen auf. Skeptisch sah Elias hinein. Würde er ihn sicher an sein Ziel bringen? Er sah rechts und links den Gang entlang. Da war niemand, der ihn über den

Sicherheitszustand dieses Fahrstuhls hätte informieren können. Hoffentlich blieb er da drin nicht stecken.

Er trat ein. Ein einzelner Knopf befand sich an der inneren Wand. Daneben war ein kleines Schild angebracht auf dem stand: ›Zum Haus der sieben Quellen‹. Er drückte diesen und erwartete, dass sich der Aufzug nach oben bewegen würde, aber zu seinem Erschrecken ging es abwärts. Nicht schon wieder. Ein Gefühl von Beklemmung überkam ihn. War die Akademie etwa unterirdisch? Da leuchtete der Boden des Aufzugs plötzlich hell auf. Elias sah seine Füße in schimmerndem Licht verschwinden. Er hielt erschreckt den Atem an. Würde er gleich in das nächste Netz fallen? Festgeklammert am Handlauf rauschte er mitsamt dem Fahrstuhl durch das Licht. Er kniff die Augen zusammen. Dann stand er plötzlich still. Als er die Augen wieder öffnete, war das Leuchten verschwunden. Er befand sich noch immer im Aufzug.

Die Tür öffnete sich mit einem Klingelton und er sah einen kreisrunden Raum vor sich. Saphirblaue Sitzmöbel auf einem verschlissenen, braunen Wollteppich fielen ihm als Erstes ins Auge. Hellbeige, bodenlange Samtvorhänge umrahmten kleine Spitzbogenfenster, die rundum in die Wand eingelassen worden waren. In der Mitte der hohen Decke prangte ein glitzernder Kronleuchter und in einem offenen Kamin flackerte ein Feuer. Hatte er eine Zeitreise gemacht? Das alles, inklusive dem Fahrstuhl, könnte aus einem vorherigen Jahrhundert stammen.

Elias lief zum nächstgelegenen Fenster und sah hinaus. Er befand sich hoch oben in einem Turm. Unter ihm erstreckte sich eine weite Ebene aus Hügeln, Tälern und Wäldern. In der Ferne sah er die dunklen Umrisse eines ausladenden Gebirges. Am Horizont stand eine blutrote Sonne, der Himmel leuchtete in Dunkelviolett über Karmesinrot bis Lilablassblau. Er erinnerte sich nicht, jemals so einen farbintensiven Sonnenuntergang gesehen zu haben. Es kostete ihn Überwindung, seinen Blick von diesem Schauspiel abzuwenden. Der Turm, in dem er sich befand, war Teil eines schlossartigen Gebäudes. Unterhalb davon befand sich ein Park mit hohen Bäumen, Blumenbeeten und einem breiten Bach, der sich auf eine niedere Steinmauer zubewegte. Dahinter fiel das Gelände ab.

Elias wendete sich wieder dem Raum zu. Sein Blick blieb am offenen Kamin hängen. Etwas an dem Feuer war seltsam. Es hatte die typischen Farben, orange, gelb und rot, doch dazu kam ein Schimmern, das sich langsam, aber kontinuierlich veränderte. Manchmal war es metallisch silbern, dann wieder tiefgolden. Fasziniert setzte sich Elias auf einen hölzernen Schemel und beobachtete das Geschehen. Plötzlich hörte er eine weibliche Stimme.

»Oh wie schön, du interessierst dich für das konträre Element, ja?«

Elias fuhr hoch und sah zur Tür am anderen Ende des Raumes. Diese war ihm bis jetzt noch nicht aufgefallen. Da stand eine korpulente, kleine, ältere Dame mit lockigem, hellgrauem Haarschopf, roten Pausbacken und leuchtend blauen Augen. Sie trug ein ebenso blaues Schürzenkleid mit weißen Blümchen.

»Ich habe den Raum so eingerichtet, dass man hier auch jedes andere Element finden kann«, sagte sie strahlend, ihr Gesicht glänzte, als hätte sie sich dick mit Creme eingeschmiert.

»Ah«, sagte Elias bloß, ihm fiel nichts Besseres ein.

Sie eilte auf ihn zu und griff nach seiner Hand, die sie ausgiebig schüttelte. »Willkommen Elias, im Haus der sieben Quellen. Ich bin Frau Fee, die Hausdame. Ich kümmere mich um alles, was du zum Wohnen benötigst.«

Mit diesem Willkommenskomitee hatte Elias nicht gerechnet. Es war so unspektakulär und dabei so heimelig, als würde er nach Hause kommen. »Danke, das ist sehr freundlich«, sagte er höflich.

»Du hast bestimmt einiges durchgemacht. Manche Erstlinge kommen hier ein bisschen mitgenommen an, weil sie nicht erwartet haben, dass ihre Anreise doch so abenteuerlich wird. Aber das Schlimmste hast du überstanden«, sagte Frau Fee mit herzlichem Lächeln und zog ihn am Arm mit sich durch die Tür. »Jedenfalls bis morgen«, ergänzte sie schmunzelnd.

Elias runzelte die Stirn.

Frau Fee lachte. »Ich mache nur Spaß, mein Lieber. Jetzt bringe ich dich erst mal zu deinem Zimmer. Dein Mitbewohner ist schon da.« Sie ließ seinen Arm los und ging eine schmale Wendeltreppe nach unten. Elias musste sich beeilen, um Schritt zu halten.

MASTER MACADEMY

Nach vielen Treppenstufen erreichten Elias und Frau Fee endlich eine halbrunde Eichentür und gelangten in einen langen, schmalen Gang dahinter. Die Wände waren dick und strahlend weiß getüncht wie frisch gestrichen. Rechts und links befanden sich kleine Spitzbogenfenster. Elias warf im Vorbeigehen einen Blick hinaus. Das schlossartige Gebäude war von einer kleinen Stadt umgeben. Es gab Wege, Plätze und verschiedene teilweise imposante Gebäude.

Sie liefen einige Male nach rechts und links, rauf und wieder runter und kamen schließlich in einen großen, quadratischen Raum mit hoher Decke. Mehrere schmale Treppen führten nach oben zu einer Galerie. An den Wänden hingen Gemälde, die Szenen mit Wasser als Hauptmotiv zeigten. In der Decke über ihnen war ein großes, kreisrundes Fenster eingelassen, durch das man den Himmel sehen konnte. In der Mitte des Raumes stand ein großer Brunnen aus hellem Marmor, der eine Geschichte zu erzählen schien: Darstellungen von Wasserfällen, Wellen, Seeungeheuern und Meerjungfrauen zierten seine Oberfläche. Doch Elias' Aufmerksamkeit galt vor allem dem Wasser, das aus sieben Öffnungen entsprang. Es schimmerte sonderbar perlmuttfarben, während es in die Becken darunter floss.

Frau Fee stand am Fuße einer Treppe und lächelte Elias großmütterlich an. »Der Brunnen der sieben Quellen ist das Herz unseres Hauses. Das ist übrigens Trinkwasser. Da drüben gehts zum Aufenthaltsraum und da oben befinden sich eure Wohnungen«, sagte sie und stieg die Treppe hinauf. »Ihr teilt euch zu zweit einen Wohnbereich mit Bad, jeder hat sein eigenes Zimmer.« Sie hielt vor einer der Türen an und klopfte. Die Tür ging auf und Mika stand da. Er trug helle, weite Kleidung und hatte nasse Haare. »Du schon wieder?«

»Ich war zufällig in der Gegend«, sagte Elias.

»Aber du weißt doch: Zufälle gibt's nicht!«

Die beiden jungen Männer grinsten sich an und nach einem kurzen Zögern umarmten sie sich wie alte Freunde.

»Ah, wie schön, ihr kennt euch schon«, sagte Frau Fee entzückt. »Dann lass ich euch Mal alleine. Morgen hole ich euch um zehn Uhr zur Führung ab. Schlaft gut.«

»Vielen Dank, Frau Fee«, sagte Elias.

Sie nickte lächelnd und marschierte davon.

»Hey Mann, ist das nicht der Wahnsinn?«, sagte Mika und boxte Elias leicht in den Oberarm.

»Allerdings. Es ist unglaublich.«

»Hab ich dir doch gesagt. Es gibt sie wirklich, die Master Macademy.«

»Ich dachte, ihr wärt verrückt.«

»Das sind wir schon trotzdem«, sagte Mika.

Elias lachte und sah sich um. Die Wände waren glatt, hellblau gestrichen und der Grundriss des Raumes war nicht gerade, sondern wies mehrere Ecken und Kanten auf. In einem rußigen Kamin brannte ein Feuer. Davor stand ein Sofa und zwei Sessel mit blauen, zerschlissenen Stoffbezügen. Auf der anderen Seite des Raums befand sich ein Tisch mit vier Stühlen, darauf ein Teller mit Obst sowie ein Kristallkrug und Gläser. Es waren zwei große, halbrunde Fenster in die Wände eingelassen. Außer der Eingangstür gab es drei weitere Türen.

»Willkommen in unserem fürstlichen Gemach«, sagte Mika und machte eine Verbeugung wie ein Hofdiener.

»Das hier erinnert mich an den Besuch in einem Schlossmuseum«, sagte Elias.

»Total. Ich habe schon alles inspiziert. In der Mitte ist das Bad. Die Dusche funktioniert ausgezeichnet. Die zwei Zimmer sind rechts und links davon und genau gleich groß und gleich eingerichtet, nur spiegelverkehrt. Sogar die Sicht aus dem Fenster geht in die gleiche Richtung.«

Elias warf einen Blick in die beiden Räume.

»Ich habe mich in dem Linken schon breitgemacht«, sagte Mika.

Elias stand gerade am rechten Eingang. »Alles klar.« Er betrat das Zimmer, sein neues Zuhause. Es war weiß gestrichen, hatte eine Tür, die direkt ins Bad führte und ein großes, von blauen Vorhängen umrahmtes Fenster. Ausgestattet war es mit einem frisch bezogenen Bett, einem Schreibtisch, einem Schrank und einer dazu passenden Kommode. Die Möbel bestanden aus unbehandeltem, hellem Holz und wirkten alt, aber nicht schäbig, Eiche vermutete Elias. Er stellte seinen Rucksack neben der Tür ab, zog seine Jacke aus und hängte sie an einen Haken am Eingang. Dann sah er aus dem Fenster. Der idyllische Park, den er schon vom Turm aus gesehen hatte, wurde von einigen Lampen erhellt. Unterhalb des Plateaus, auf dem diese Stadt errichtet worden war, erstreckte sich eine weite, hügelige Ebene.

Elias öffnete den Schrank. Darin befand sich Kleidung aus Leinen und Wolle. Das meiste war beigefarben: Shirts, Hosen, Strickjacken, Pullis, Unterwäsche, Socken, ein Wintermantel und ein paar Hausschuhe.

Mika klopfte leicht gegen Elias' geöffnete Zimmertür: »Das Bad ist frei.«

»Perfekt«, antwortete er und zeigte auf die Kleidung im Schrank. »Das anziehen?«

»Jep«, sagte Mika und sah demonstrativ an sich herab. »Schön ist es nicht, aber saubequem.«

Das Bad war in cremefarbenem Travertin gefliest. Es gab flauschige, weiße Handtücher, Bademäntel, Waschlappen und alles, was man sonst benötigte, auch Zahnbürsten. Kleine Tiegel mit einer grünlichen Paste darin, die nach salziger Zahncreme roch, standen auf den Waschbecken, außerdem Seife mit graublauem Batikmuster und jeweils ein Glas mit Creme. In der Mitte des Raumes befand sich eine begehbare Dusche mit matter Glasscheibe.

Als Elias frisch geduscht und in Leinen gekleidet wieder in den Wohnbereich trat, sah er Mika vor der Wand beim Esstisch stehen. Dort befand sich eine offene Luke. Daneben leuchtete ein grünes Licht.

»Cool«, murmelte Mika, während er in die Luke hineinguckte. Darin standen ein gusseiserner, kleiner Kessel, zwei Teller und ein Korb mit Brötchen. »Essen ist fertig«, sagte er und strahlte.

»Ist das ein Aufzug?«, fragte Elias.

»Ich weiß nicht. Entweder ein Aufzug oder eine Art Beamer. Der Kessel und das Geschirr waren vorher auf jeden Fall noch nicht hier drin«, antwortete er und begann, die Sachen auf den Tisch zu räumen.

Elias half ihm. »Wie hast du bemerkt, dass da was drin ist?«

»Der Knopf hier hat grün geblinkt«, er deutete neben die Luke, »also habe ich drauf gedrückt. Bei Grün passiert ja meistens nichts Schlimmes.« Er grinste.

»Ich würde es mir auch zweimal überlegen, hier irgendwo auf einen roten Knopf zu drücken. Man weiß nicht, ob man dann in einen Wasserfall stürzt oder vielleicht in einen Vulkan.«

Sie lachten beide.

Mika hob den Deckel vom Kessel und eine dampfende, orangene Kürbissuppe kam zum Vorschein. Die zwei Jungs merkten erst jetzt, wie hungrig sie waren, und schöpften sich eifrig Suppe.

»Apropos, wie war deine Anreise?«, fragte Mika.

»Ich bin in einen Wasserfall gestürzt und dann von einem Fluss mitgenommen worden.«

»Haha, ich dachte, du machst Witze.«

»Nur das mit dem Vulkan war ein Witz. Und wie lief es bei dir?«

»Also, nachdem ich durch eine Eiche gerutscht bin, landete ich im Wald. Bin einige Minuten rumgelatscht und hab dann eine winzige Quelle gefunden, die direkt aus dem Boden heraussprudelte. Da bin ich dann reingefallen.« Er schöpfte sich noch einmal Kürbissuppe, während er weiterredete: »Kopfüber in die Quelle gefallen und mitten im Meer gelandet.« Er zog die Augenbrauen hoch, als er sich erinnerte. »Und das war ein echt fieses Meer, voll stürmisch und mit Riesenwellen. Na ja, und nach ein bisschen Todeskampf, fiel mir dann ein, was mein Uropa gesagt hatte: Lass dich einfach fallen. Das habe ich dann gemacht und schon ging ich ins Netz.« Er grinste breit, ein wenig Kürbissuppe klebte an seinem Kinn.

Elias grinste auch. Er konnte sich jetzt schon keinen besseren Mitbewohner als Mika vorstellen.

Elias hörte Glockenschläge, er blinzelte. Es war schon heller Tag. Er schwang seine Füße aus dem Bett und sah sich um. Er war weder in seiner alten Studentenbude, noch in der Villa seines Vaters. Es war kein Traum gewesen. Er stand auf, ging zum Fenster und öffnete es. Eine frische Brise wehte ihm entgegen und ein grandioser Anblick bot sich ihm. Der Himmel war leuchtend blau mit ein paar vereinzelten Wölkchen, die Wälder waren bunt gefärbt und leuchteten im Sonnenlicht und in der Ferne erhob sich das riesige Gebirge. Im Park unterhalb seines Fensters plätscherte der Bach friedlich vor sich hin und glitzerte in allen Farben des Regenbogens. Es war niemand draußen unterwegs. Vielleicht schliefen die meisten noch. Wie spät war es?

Elias ging zu seinem Rucksack. Viel war es nicht, was er dabei hatte: Geldbeutel, Schlüssel, Handy plus Ladekabel, eine leere Trinkflasche, einen zerschlissenen Pulli, Kaugummis und vier Bücher von Grete. Die anderen Bücher hatte er im Wald beim Friedhof zurückgelassen.

Er nahm das Handy in die Hand. Es ließ sich nicht einschalten. Er sah sich nach einer Steckdose um, konnte aber nichts finden. Es gab nur Lichtschalter in seinem Zimmer. Entweder hatte sein Handy den Geist aufgegeben oder es funktionierte hier schlichtweg nicht. Da sah er auf der Kommode neben dem Kleiderschrank eine Schriftrolle liegen, er entrollte sie und begann zu lesen:

Willkommen liebe Erstnomester!

Hier ein paar praktische Infos zum Leben in der Master Macademy von Lehrlingen für Lehrlinge, alphabetisch geordnet!

Alkohol: Gibt es nur niederprozentig und nur an Festen.

Blätter, Gemüse und Obst: Iss davon so viel, wie du kannst.

Elementhäuser: Es gibt vier davon, für jedes Element eines: Feuer-, Wasser-, Luft- und Erdhaus. In einem davon wohnst du.

Fleisch, Fisch, Eier und Milchprodukte: Hier wirst du das alles nicht bekommen. Wir ernähren uns vegan. Keine Sorge, du wirst dich schnell daran gewöhnen!

Geld: Gibt es hier nicht und brauchst du auch nicht.

Hausdame/Hausherr: Auch von denen gibt es logischerweise vier. Sie leiten die Elementhäuser und helfen dir jederzeit weiter.

ISM: Dies ist die Abkürzung für die International Secret Magency. Es ist der Name des Geheimdienstes, für den du irgendwann arbeiten wirst, wenn du dich für die Ausbildung hier entscheidest.

Kaffee/Kakao: Gibt es nur an bestimmten Tagen.

Kleidung: Du findest einiges an Kleidung in deinem Schrank. Kurzfristig benötigte Sachen kannst du bei deiner Hausdame oder deinem Hausherrn bekommen. Um dich weiter auszustatten, besuche das Lädel.

Lädel: Das Lädel befindet sich neben dem Haupttor. Beachte die aktuellen Öffnungszeiten am Schaufenster.

Was du alles im Lädel bekommst: Ätherische Öle, Bürsten, Cremes, Kleidung, Rasierer und Zubehör, Kosmetik, Schmuck, Schuhe, Sehhilfen und Zubehör, Seife, Shampoo, Duschmittel, Zahnpasta und was man sonst so braucht!

Mahlzeiten: Gibt es im Vegan Heaven Delight, manchmal im Aufenthaltsraum deines Hauses und manchmal in euren Wohnungen per Essensluke.

Master Macademy: Dies ist der Name der Schule, an der du dich nun befindest. Hier werden die sogenannten Magentinnen und Magenten ausgebildet.

Medikamente und ärztliche Versorgung: Unsere Heilstation ist jederzeit besetzt. Im Notfall rufe laut um Hilfe, nutze die Notruffunktionen in deiner Umgebung oder auf deinem M-Tap.

Magentinnen und Magenten: Das ist die Bezeichnung für magiebefähigte Agentinnen und Agenten.

Mobilität: Das Haupttransportmittel sind Portale.

Nahrungsmittel: Wir produzieren alles selbst.

Nomester: Neun Monate beträgt der Zeitraum, den du hier jährlich verbringst, um dich ausbilden zu lassen. Drei Monate, von August bis Oktober, dauern die Nomesterferien, die du in der Realität verbringst.

Rauchen und anderes: Hier gibt es weder Zigaretten noch anderes. Aber auf der Heilstation kennt man sich mit Entzugserscheinungen aus. Geh dort einfach mal vorbei. (Nur keine Hemmungen!)

Realität: So bezeichnen wir die ›normale‹ Welt.

Sphäre der Elemente: In dieser befindest du dich jetzt. Sie ist eine höherschwingende Parallelwelt zur Realität.

Technik: Hier funktioniert die Technik der Realität nicht. Wir haben eine eigene Technik.

M-Tap: Jeder Lehrling bekommt ein M-Tap ausgehändigt. Es ist viel fortschrittlicher als ein Handy.

Uhrzel: Wenn du deine Hand vor den Uhrzel hältst, zeigt er dir die Uhrzeit an.

Vegan Heaven Delight (VHD): Das ist der Name unserer Mensa. Du findest sie im Hauptgebäude der Akademie. Sie ist tagsüber durchgehend geöffnet.

M-Visi: Das M-Visi in deiner Wohnung kann mit deinem M-Tap interagieren.

Wir wünschen dir einen guten Start ins neue Nomester!

Elias zog sich ein Leinenshirt über. Mit der Schriftrolle in der Hand und den weichen Hausschuhen an den Füßen ging er hinaus aus seinem Zimmer. Mika stand neben der Tür und schaute in die ›Fressluke‹, wie sie sie gestern Abend noch getauft hatten.

»Guten Morgen«, sagte Elias.

»Morgen!«, antwortete Mika und drehte sich um, in der Hand hielt er einen kleinen Zettel. »Frühstück ist fertig! Hier steht, das ist heute ein Sonderservice. Normalerweise essen wir in der Mensa. Aber wir wissen ja nicht, wo die ist.« Mika legte den Zettel zur Seite.

Gemeinsam räumten sie die Essensluke aus. Frische Brötchen, Margarine, Marmelade und eine grünliche Paste in einem Gläschen, ein gläserner Krug mit roter Flüssigkeit, aufgeschnittenes Obst und Gemüse sowie eine große Schale Müsli für jeden.

Plötzlich hörten sie ein leises Kratzen an ihrer Eingangstür. Sie schauten sich verwundert an.

»Was ist das?«, flüsterte Mika.

»Weiß nicht«, erwiderte Elias ebenfalls mit gesenkter Stimme, schlich zur Tür und lauschte.

»Frau Fee würde bestimmt klopfen, oder?«

»Bestimmt.«

Es miaute lautstark.

»Eine Katze?«, fragte Mika.

Elias öffnete die Tür und herein kamen drei silbern glänzende, elegante, samtige Katzen mit tiefblauen Augen.

»Unser erster Besuch. Ist das nicht rührend!«, sagte Mika.

Elias ging in die Hocke. Die kleinste von ihnen tänzelte auf ihn zu und ließ sich von ihm streicheln. Die Katzen schlichen im Appartement herum und untersuchten alles. Die beiden Jungs setzten sich an den Tisch und begannen zu essen.

»Hast du das auch schon gelesen?«, fragte Elias und hielt die Schriftrolle hoch, die er aus seinem Zimmer mitgebracht hatte.

»Jep, klingt hart, oder? Kein Fleisch, kein Käse, nur selten mal Kaffee.«

»Krass, ja.«

»Mein Uropa hat mich schon gewarnt. Er sagte, das würde hier schon seit Jahrhunderten so gehandhabt. Aufgrund der höheren Schwingungsebene würde man das nicht so als Entbehrung wahrnehmen, bla bla.«

Elias hob die Augenbrauen: »Da bin ich ja gespannt.« Er biss in einen Apfel und fügte kauend hinzu: »Aber das Obst schmeckt echt megalecker hier.«

»Ja, aber wie kann man neun Monate lang so leben? Nicht, dass wir aus Versehen aussterben«, sagte Mika.

»Ich denke, ich komme damit klar, hatte da sowieso schon drüber nachgedacht«, erwiderte Elias.

»Dann ist das ja die Gelegenheit jetzt«, sagte Mika. »Mir kam das noch nicht in den Sinn.«

Eine der Katzen sprang mit einem Satz auf die Sofalehne und spielte mit den Bommeln an der Wolldecke.

»Wirklich schwer ist aber, dass ich meinen Koffer nicht mitnehmen konnte«, seufzte Mika, während er die Katze beobachtete.

»Was war denn so Wichtiges in dem Koffer?«, fragte Elias.

»Meine Überlebensausrüstung, du weißt schon: Spielkonsole, Games und so, die wichtigsten Teile eben. Nicht mal mein Handy habe ich mitgenommen.« Er sah betrübt vor sich hin. »Das hat jetzt alles mein Uropa. Wetten, der springt gerade auf dem Schlachtfeld als Ork-Schamane herum. Oder telefoniert mit China.«

Elias lachte und sagte: »Aber die Technik der Realität funktioniert hier sowieso nicht.«

»Steht das da? Mein Uropa hat das zwar auch gesagt, aber der war doch schon ewig nicht mehr hier. Ich hatte ja die Hoffnung, die hätten sich hier weiterentwickelt. Oh Mann, gefangen in der technischen

Steinzeit«, sagte Mika und ließ seinen Kopf mit dem Gesicht voran auf den Tisch sinken.

Elias hatte sich noch nie für Computerspiele begeistert, aber er hatte ein paar Studienkollegen, die ihr halbes Leben damit verbrachten. Mika war wohl auch so einer.

»Aber hier steht was von einem M-Tap. Das scheint sogar fortschrittlicher als ein Handy zu sein«, sagte Elias.

»Was echt?«

Elias zeigte ihm die Schriftrolle.

Mika riss die Augen auf: »Boah, das klingt nicht übel!«

»Siehst du. Vielleicht ist das hier eher das Gegenteil von Steinzeit.«

Mika strahlte, als sei sein Tag heute gerettet worden. »Hoffentlich kriegen wir es bald, dieses M-Tap.«

»Bestimmt.«

»Was wirst du am meisten vermissen?«, fragte Mika. »Bier? Schokolade? Zigaretten? Kaffee? Fernsehen?«

»Bier und Kaffee.«

»Kaffee werde ich auch vermissen. Hier gibt es bestimmt bloß Tee, aber von Tee kriege ich Schweißausbrüche«, sagte Mika.

»Weißt du eigentlich, was dieser Uhrzel ist?«, fragte Elias.

»Da kann ich dir tatsächlich weiterhelfen. Das ist so ein kleines Ding, das die Zeit anzeigt. Moment. Ah, hier ist eins.« Neben dem Tisch an der Wand befand sich ein zwölfeckiges, silbriges Feld in der Größe eines Geldstücks. Mika hielt seine Hand davor und eine Anzeige tauchte auf mit den Ziffern: 08:40.

»Gut zu wissen. Wann wollte Frau Fee uns abholen?«, fragte Elias und schmierte sich die grünliche Paste auf eine Brötchenhälfte.

»Um zehn. Was ist das eigentlich?«, fragte Mika mit Blick auf die Paste.

»Keine Ahnung«, sagte Elias und biss in sein Brötchen.

»Und?«

»Ich kann dir immer noch nicht sagen, was das ist, aber es schmeckt echt gut! Willst du?« Elias hielt Mika die Paste hin.

»Nein, danke. Ich esse nichts, was nicht eindeutig identifizierbar ist und schon gar nicht, wenn es grün ist.«

Sie aßen alles auf, was das Frühstück hergab, und bereiteten sich auf das Treffen mit Frau Fee vor, die sie pünktlich um zehn an ihrer Eingangstür abholte.

Elias und Mika folgten Frau Fee die Treppe hinunter zum Brunnen, vor dem zwei junge Frauen auf sie warteten. Die eine war mittelgroß, kräftig gebaut, hatte hellbraune Rehaugen und dunkle, mittellange Dreadlocks, in die lilafarbene und blaue Schnüre eingeflochten waren.

Daneben wirkte die andere recht schmächtig, obwohl sie nicht viel kleiner war. Sie hatte feines, blondes Haar, das zu einem dünnen Zopf geflochten war, und blaue, sanfte Augen. Beide trugen cremefarbene Leinenkleidung.

»Das hier sind Elias Weber und Mikael Jansen«, stellte Frau Fee die Jungs vor, »und das hier sind Tiana Noak und Lielle Cait Lindsey. Lielle? Spreche ich es richtig aus?«

»Li-jell, genau«, sagte die Blonde.

»Ich freue mich sehr, dass wir dieses Jahr vier neue Lehrlinge im Haus der sieben Quellen begrüßen dürfen. Das hier wird euer Zuhause für die Zeit eurer Ausbildung an unserer Akademie. Ich werde euch nun herumführen und das Wichtigste zeigen«, sagte Frau Fee mit glänzenden Pausbäckchen.

Die vier jungen Menschen folgten ihr durch das Haus der sieben Quellen. Sie gingen mehrere Treppen hinab und um mehrere Ecken herum, bis sie eine große Eingangshalle erreichten. Weißschimmernde Statuen von Meerestieren zierten die Wände. Ein Springbrunnen füllte ein überlaufendes Becken. Das schillernde Wasser sammelte sich darunter in einem steinernen Bachbett und bewegte sich plätschernd auf eine Öffnung in der Wand zu, wo es verschwand. Am Rand des Baches wuchsen hellgrüne Gräser und roséfarbene Blumen.

Die kleine Gruppe trat durch ein gläsernes Tor nach draußen. Sie befanden sich auf einem Hof, der mit Natursteinen gepflastert war. Einige hohe Bäume warfen lange Schatten auf den teilweise bemoosten Boden. Die Luft war frisch und hin und wieder kam eine Brise von würzigen Kräutern daher geweht. Hier tauchte der Bach wieder auf, floss am Hof entlang und schlängelte sich zwischen die Häuser hindurch. Der Hof war umgeben von weiteren Gebäuden unterschiedlicher Größe und Optik.

»Willkommen in der Master Macademy«, Frau Fee machte eine einladende Geste.

Die vier Neuankömmlinge sahen sich neugierig um.

»Gegenüber seht ihr die Bibliothek, wir nennen das Haus ›Das Schlössle‹. Darin befinden sich auch einige Unterrichtsräume.« Frau

Fee deutete auf ein imposantes, helles Gebäude, dessen Gemäuer verwittert war und wie gekalkt wirkte. Vielerorts rankten Kletterrosen, Efeu und andere Pflanzen mit farbenprächtigen Blüten an den Wänden hinauf.

»Zu unserer Linken sehen wir das Erdhaus, also das Wohnhaus der Erdlehrlinge. Darin findet ihr auch die Töpferei und Färberei.« Das lehmfarbene Erdhaus war nicht so groß wie das helle Wasserhaus. Es wirkte etwas gedrungen, aber urig und gemütlich. Die ovalen Türen und Fenster sowie die bauchigen Türmchen und rundlichen Balkone waren scheinbar beliebig über das Gebäude verteilt worden.

»In unserem Wasserhaus gibt es übrigens eine Weberei, Schneiderei und Schusterei. Den Eingang findet ihr gleich hier um die Ecke«, sagte Frau Fee und deutete nach rechts. »Da drüben seht ihr ein weiteres Schulgebäude, dieses graue Haus. Wir nennen es den Kasten.« Sie zeigte zwischen Erdhaus und Bibliothekshaus auf ein zurückgesetztes Gebäude, das neuzeitlicher, aber auch fader und plumper wirkte. So sah für Elias ein typisches Unigebäude aus.

Frau Fee wandte sich nach rechts und ging über den Hof. »Jetzt gehen wir zum Hauptgebäude mit Festsaal und dem Vegan Heaven Delight, unserer Mensa.« Sie steuerte über einen breiten, mit Natursteinen gepflasterten Weg auf ein großes Gebäude zu. Es war zwar hoch, aber nicht mehrstöckig und wirkte wie ein Tempel aus massiven Sandsteinen und Glas. Davor erstreckte sich ein ausladender Platz, an dessen anderem Ende ein Brunnen mit der Statue einer Person prunkte.

»In der Akademie unterscheiden sich die Gebäude sehr in ihrem architektonischen Stil. Das liegt an den verschiedenen Baujahren. Grob gesagt, gibt es einen uralten Teil, einen sehr alten Teil, einen mittelalten Teil und einen neueren Teil. Und an einigen Stellen wurde mehrfach umgebaut. Dennoch haben wir es geschafft, eine gewisse harmonische Einheitlichkeit aufrecht zu halten«, Frau Fee lächelte nicht ganz ohne Stolz.

Sie gingen in den Tempel hinein. Nachdem sie eine geräumige Empfangshalle mit hoher Decke durchschritten hatten, kamen sie in einen Raum, von dem aus drei große Doppelflügeltüren abzweigten. Die rechte Flügeltür stand offen. »Das hier ist das Vegan Heaven Delight, kurz VHD. Wir werden zum Mittagessen wieder hierherkommen«, sagte Frau Fee.

Elias verschlug es fast den Atem bei dem Anblick. Das war eine Mensa? Es erinnerte eher an ein riesiges, luxuriöses Gewächshaus. Es war eine Halle mit Galerien und Ebenen, die aus natürlich gewachsenem Holz entstanden waren. Überall rankten exotisch wirkende Pflanzen zu einer lichtdurchfluteten Glasdecke hinauf. Auch die Wände waren teilweise verglast.

»Ihr könnt euch später drin umsehen«, sagte Frau Fee.

Sie liefen durch die mittlere Flügeltür und kamen in einen großen Saal. Die Wände waren hell und mit Stuckarbeiten verziert. Die kuppelgewölbte Decke war hoch und farbig bemalt, wie man es von Kirchen kannte. Die Fresken zeigten Darstellungen der vier Elemente. Auch hier waren die Wände teilweise verglast und gaben den Blick auf den Park hinter dem Gebäude mit seinen Hecken, Blumenbeeten und steinernen Skulpturen frei. Einige gigantische Kronleuchter, Wandlampen und cremefarbene, bodenlange Vorhänge vervollständigten das Bild eines edlen Festsaals, in den locker zweihundert Personen passen würden. Nahe dem Eingang standen einige Stühle vor einer niedrigen Bühne mit Rednerpult. »Dies ist unser Festsaal, den wir auch als Aula nutzen«, sagte Frau Fee.

Als sie wieder auf dem Platz angekommen waren, führte ihre Hausdame sie zu einem Bauwerk gegenüber. Es wirkte klotzig und pompös. »In diesem Gebäude befinden sich die Verwaltung, die Schulleitung sowie auch die Lehrerzimmer und Konferenzräume.«

Sie folgten einem breiten Weg zwischen der Bibliothek und dem Verwaltungsgebäude hindurch. Zu ihrer Linken sahen sie wieder den Kasten und gegenüber davon ein modernes, flaches Gebäude mit mehreren Eingängen. »Hier findet ihr die Küche, Speisekammern und Lagerräume.«

Als Nächstes steuerte sie auf ein kleines Haus zu. Es hatte eine große Schaufensterscheibe, in der sich verschiedene Waren, wie Kleidung, Tiegel und Tuben, Bürsten und Besen und mehr türmten. »Kommen wir zum vielleicht wichtigsten Gebäude für so manchen Lehrling, unser Lädel. Hier bekommt ihr alles, was ihr zum Leben braucht. Natürlich benötigt ihr kein Geld, um euch dort auszustatten. Aber bitte nehmt nicht einfach Waren mit, sondern lasst euch von Herrn oder Frau Pfefferkorn bedienen. Geöffnet haben sie zurzeit täglich von sieben bis neun und von sechzehn bis neunzehn Uhr.«

Rechts vom Lädel wendeten sie sich einem meterhohen, offenen Tor zu, das in die hohe Steinmauer eingefügt war, die das Akademiegelände von der Ebene davor abgrenzte.

»Dieses Tor ist der Haupteingang«, erklärte Frau Fee.

Eine flach abfallende, hügelige Landschaft mit Wiesen und Feldern breitete sich vor ihnen aus. Wege und Bachläufe schlängelten sich über das Gelände. In der Ferne sah man einige Gebäude und dahinter bunt gefärbte Wälder.

»Da drüben ist unsere Gärtnerei und Tierhilfestation«, sagte Frau Fee. »Die Akademie wurde auf einem Plateau errichtet, wie ihr bestimmt schon bemerkt habt. Nur eine Seite, nämlich die nördliche, an der sich dieses Haupttor befindet, geht über in das ebene Gelände. Die übrigen drei Seiten fallen steil ab. Bitte klettert nicht über die Mauern, die rundum erbaut wurden.«

Elias' Blick fiel auf das Gebäude zu ihrer Rechten. Es passte so gar nicht in das bisherige Bild der Akademie: Es war eine düstere Festung aus fast schwarzem Stein mit kleinen, vergitterten Fenstern.

Frau Fee war Elias' Blick gefolgt. »Dieser Teil der Akademie ist schon sehr alt. Es ist nicht sicher, wann er erbaut wurde, da er im frühen Mittelalter umgestaltet wurde. Wir nennen es ›Die Burg‹. Es ist ein Unterrichtsgebäude, ihr werdet es also auch von innen regelmäßig zu Gesicht bekommen. Viele Generationen lang war dies das Hauptgebäude der Akademie. Man könnte sagen, dass hier die neue Ära der Magiebefähigten begann. Allerdings gibt es noch einen älteren Teil, der für euch aber nicht wichtig ist, weil dort kein Unterricht stattfindet.«

Ihr Weg führte sie an der Burg vorbei zu einem Gebäude, das Elias an einen alten, aber wuchtigen Bahnhof erinnerte. Es war in rötlichem Stein erbaut und hatte große Fenster, die oben halb rund waren. Einige Stufen führten zur Eingangstür hinauf. Auf der rechten Seite weiter hinten sahen sie wieder den Tempel. Sie waren also im Kreis gegangen. »Das ist nun das Ziel unseres Rundgangs«, sagte Frau Fee. »In diesem Gebäude befinden sich die Büros der ISM und auch die Computerräume.«

»Computerräume?«, schoss es aus Mika heraus.

Frau Fee nickte: »Ja, diese dürfen auch von Lehrlingen genutzt werden. Ach ja, bevor ich es vergesse«, sie zeigte auf einige Häuser am anderen Ende des Weges, »da drüben ist das Wohnhaus der

Luftlehrlinge mit der Schreinerei und daneben, hinter der Burg ist das Wohnhaus der Feuerlehrlinge mit der Schmiede und Glaserei. Ihr könnt euch diese bei Gelegenheit ansehen.«

»Was ist das für eine Mauer hier?«, fragte Lielle.

Erst jetzt fiel Elias auf, dass hinter dem Gebäude der ISM eine mit dornigen Rosen bewachsene, dunkelgraue Steinmauer hoch aufragte.

Frau Fee hob den Blick und sagte:»Dahinter ist der besagte älteste Teil der Akademie, er ist mindestens zehntausend Jahre alt. Allerdings ist er für jüngere Lehrlinge wie euch tabu. Nur ältere Lehrlinge bekommen eine Sondergenehmigung, um dort ihren Studien nachzugehen.«

Sie hörten ein Räuspern. Da stand ein großer, wuchtiger Mann in der offenen Eingangstür, den Elias doch kannte. Sein Name fiel ihm nicht mehr ein, aber es war der erste Mensch, den er nach seiner Ankunft in der Sphäre gestern getroffen hatte.

»Ihr wollt bestimmt zu mir, habe ich recht?«, sagte er schmunzelnd.

»Sehr scharfsinnig von Ihnen, Inspektor«, antwortete Frau Fee.

Er lachte wieder sein schallendes Lachen. Vermisst hatte Elias dieses Geräusch nicht.

»Ich bin Inspektor Levi McDoughtery. Zwei von Ihnen kennen mich ja bereits, Sie sind in meiner Schicht hier angekommen. Dann kommen Sie mal rein«, er machte eine auffordernde Geste, während er den Eingang frei gab.

»Wir treffen uns im Vegan Heaven Delight wieder, ich warte da auf euch«, sagte Frau Fee und ging winkend davon.

Sie gelangten in einen Gang, der sich über einen großen Teil der Gebäudelänge zog. Auf der einen Seite waren Fenster, auf der anderen Türen.

»Also, dann wollen wir mal«, sagte der Inspektor und rieb sich die Hände. »Hier auf diesem Gang finden Sie einige unserer Büros.« Er wandte sich nach rechts und deutete auf das Büro zu seiner Linken: »Dieser Raum ist am wichtigsten, die Anmeldung. Wenn Sie ein Anliegen haben, dann klopfen Sie immer als Erstes hier. Die Mitarbeitende werden mit Ihnen dann das weitere Vorgehen besprechen.«

Sie liefen an ein paar Türen vorbei, an denen Schilder mit Personennamen standen. Am Ende des Ganges führte eine Treppe nach oben, daneben war ein Aufzug, und dazwischen prangte ein Schild an der Wand: ›Zutritt nur für Sicherheitspersonal‹.

Der Inspektor blieb vor der Treppe stehen und öffnete die letzte Tür: »Hier ist mein Büro, bitte treten Sie ein.« Er ging um einen Schreibtisch herum, auf dem das reinste Chaos herrschte, und setzte sich auf den Stuhl dahinter. »Bitte nehmen Sie Platz, meine Herrschaften«, sagte er.

Die vier setzten sich auf die Stühle vor dem Schreibtisch und schauten verunsichert zu dem Inspektor.

»Sie sind hier, weil Sie ein enormes Potential haben«, sagte er. »Sie haben magische Fähigkeiten.« Sein Blick wanderte zwischen den vier jungen Menschen hin und her und blieb dann auf Elias ruhen.

Elias wurde mulmig zumute. Der Gedanke, der ihm schon die ganze Zeit zu schaffen machte, nahm plötzlich unmissverständliche Klarheit an. Was würde passieren, wenn er gar keine magischen Fähigkeiten hätte? Elias rutschte das Herz in die Hose. Sein größter Traum – schon am ersten Tag geplatzt. Es dauerte nur wenige Sekunden, dass der Inspektor ihn fixierte, aber für Elias war es eine Ewigkeit. Er traute sich nicht, seine schweißnassen Hände an seiner Hose abzuwischen.

»Herr Weber«, wurde er freundlich von Herrn McDoughtery angesprochen.

Elias schreckte auf, als hätte er ihn angeschrien. »Ja?«

»Jeder, der es schafft, ohne Portal in die Sphäre zu kommen, hat eine besondere Verbindung zu Magie. Also ist die Frage nicht, ob Sie Kräfte haben, sondern vielmehr, ob Sie sie nutzen möchten.«

»Ah«, sagte Elias nur.

»Ich werde Sie gleich ein paar Dinge fragen. Zuerst aber möchte ich Ihnen etwas über uns erzählen. Es gibt nicht viele von uns. Alle paar Generationen wird in wenigen Familien auf der ganzen Erde eine Magiebegabte oder ein Magiebegabter geboren. Die meisten kommen früher oder später in die Sphäre der Elemente, um ihre Fähigkeiten zu entwickeln. Sie werden hier zu Magentinnen und Magenten ausgebildet und gehören dann der ISM an. Die ›International Secret Magency‹ ist ein Geheimdienst. Wir arbeiten stets verdeckt, da wir davon überzeugt sind, dass nicht-magische Menschen uns bekämpfen, wenn wir uns offenbaren würden. Wenn Sie also bei uns einsteigen wollen, müssen Sie ein Doppelleben führen. Können Sie sich das vorstellen?«

Die vier angehenden Lehrlinge sahen nachdenklich und ein bisschen überfordert zu dem Inspektor.

Er sah eine Weile zu Tiana, die seinen Blick offen erwiderte und sagte dann: »Bitte verstehen Sie mich nicht falsch, wir würden an sich gerne mit den nicht-magischen Menschen zusammenarbeiten. Aber sie sind stark absorbiert von ihrer Wissenschaft und deren Verfahren, so dass sie in der Regel nicht offen sind für alles, was mit Magie zu tun hat.« Er lehnte sich in seinem Stuhl zurück und sprach weiter: »Sie müssen also Stillschweigen bewahren über Ihre Fähigkeiten und Ihre wahre Identität. Werden Sie damit klarkommen?«, wiederholte er die Frage.

Elias würde es nichts ausmachen, der nicht-magischen Welt einen nicht-magischen Elias vorzuspielen. Er hatte schon vorher das Gefühl, nie ganz er selbst sein zu können, es würde für ihn keinen Unterschied machen.

Der Inspektor ließ seinen Blick wandern und nickte dann. »Kommen wir zum nächsten Punkt. Das Ziel der ISM liegt darin, die Welt vor den üblen Machenschaften der Dunkel- und Schwarzmagier, unseren Widersachern, zu bewahren. Resoniert dieses Ziel prinzipiell mit Ihnen?«, fragte er.

Bei den Dunkel- und Schwarzmagiern handelte es sich vermutlich um die Bösewichte in dieser Geschichte. Prinzipiell konnte Elias diese Frage innerlich bejahen, auch wenn ihm nicht klar war, was das im Detail bedeuten würde.

Der Inspektor musterte Lielle und strich sich nachdenklich über seinen Bart. »Frau Lindsey, mir fällt auf, dass sie bereits eine sehr konkrete Vorstellung von unserem Feind haben.«

Lielle wurde rot um ihre Nasenspitze herum, sagte jedoch nichts.

»Ich versichere Ihnen, Sie werden hier bestens auf Ihre Aufgabe vorbereitet. Und sollten Sie beschließen, doch wieder in Ihr altes Leben zurückzukehren, dann melden Sie sich bitte bei der Anmeldung, also in dem Büro, das ich Ihnen vorher gezeigt habe. Haben Sie noch Fragen?«

Die vier Neuen saßen verloren da.

Elias würde dieser Feind interessieren, aber er traute sich nicht, weiter nachzufragen.

Der Inspektor sah sie der Reihe nach an und sagte dann: »Sie werden noch ausgiebig über den Feind informiert werden. Aber vorab möchte ich Ihnen versichern: Wir sind die Guten.« Er lachte laut.

Mika streckte schüchtern seinen Finger hoch.

»Ja, Herr Jansen.«

»Na ja, ich wollte fragen, wo der Computerraum ist?«

»Da bringe ich Sie jetzt hin. Bitte folgen Sie mir.«

Elias versuchte, sich nicht anmerken zu lassen, dass er erleichtert war dieser Verhörsituation zu entkommen.

Sie liefen zurück, an der Eingangstür vorbei, in die andere Richtung, durch eine Tür hindurch und standen in einem weiteren Gang. Der Inspektor klopfte an der ersten Tür zu ihrer Rechten. Die Tür ging zwar sofort, aber nur einen winzigen Spalt weit auf, und ein kleiner, rundlicher Mann mit rundlicher Brille linste heraus.

»Herr Kumar, ich bringe Ihnen die neuen Wasserlehrlinge!«, sagte der Inspektor.

»Gut«, erwiderte der Mann knapp und schloss die Tür wieder.

»Großartig«, sagte der Inspektor und wandte sich an die vier Neuzugänge. »Ich wünsche Ihnen viel Erfolg hier und hoffe Sie bleiben uns erhalten. Immer die Augen offenhalten und die Ohren steif!« Er lachte schallend und verschwand durch die Tür zurück in den anderen Gang.

Die vier standen wie bestellt und nicht abgeholt da.

»Äh«, sagte Mika. »Sollen wir warten, oder?«

»Ja, der kommt bestimmt gleich wieder raus«, antwortete die junge Frau mit den Dreadlocks, die als Tiana vorgestellt worden war.

Sie behielt recht. Es dauerte keine Minute, da stand er vor ihnen, er war so groß wie Lielle.

»Willkommen, sehr geehrte Damen und Herren. Ich bin Herr Kumar, ich beaufsichtige die Computerräume«, sagte er förmlich. »Es gibt hier auf diesem Gang mehrere. Für die Nicht-Elektromagenten ist aber nur ein einziger Raum interessant. Dieser steht Ihnen tagsüber zur Verfügung.« Er ging steif und aufrecht ein paar Schritte den Gang entlang und blieb dann vor einer Tür stehen. »Dies ist der Raum für Realitätsmedien. Es gibt Regeln bei der Nutzung. Die Einhaltung dieser Regeln wird von uns streng überwacht. Leider können Sie hier nicht mit persönlichem Datenschutz rechnen. Die Sicherheit unserer Einrichtung geht vor.«

In dem Raum befanden sich einige Tische, manche davon mit Computern oder Laptops bestückt. An den Wänden standen deckenhohe, große Schränke. Überall konnte man Steckplätze und Steckdosen finden, um technische Geräte einzustöpseln.

Herr Kumar setzte sich an einen der Computer und schaltete ihn an. »Wir wollen, dass Sie mit den Medien der Realität vertraut bleiben. Sie können sich mit einem Passwort einloggen und haben dann ihre eigene Nutzeroberfläche.« Er loggte sich ein und rief eine Webseite mit Nachrichten auf. »Sie können sich im Internet der Realität frei bewegen. Jedoch werden alle Ihre Aktivitäten von unserem Sicherheitsprogramm überprüft. Sollten Sie absichtlich oder unabsichtlich die Sicherheit unseres Unternehmens gefährden, werden Sie darauf hingewiesen. Wir haben ein hochintelligentes Sicherheitssystem installiert, welches verhindert, dass Sie sensible Daten herausgeben.«

Er schloss das Internetprogramm wieder und öffnete ein Mailprogramm. »Sie können prinzipiell E-Mails schreiben, aber auch hier wird jede Ihrer Eingaben von uns überprüft. Sie können Kontakte pflegen, aber seien Sie sich darüber bewusst, dass Sie ab sofort ein Doppelleben führen. Hier können Sie unter Aufsicht üben, was es bedeutet, wenn Ihr Leben von Geheimhaltung bestimmt wird. Bevor Sie irgendetwas schreiben, warten Sie am besten Ihren Realitätsbericht ab, den Sie zeitnah von uns bekommen. Unser Computer wird bei Bedarf auf alle Ihre Nachrichten automatisch personalisierte Antworten senden. Sie können auch selbst solche automatischen Antworten senden.«

Er öffnete eine Nachricht, die in seinem Posteingang lag und zeigte ihnen einen Button, auf dem stand ›Automatisch personalisierte Antworten‹. Er klickte darauf und es generierte sich ein Text. »Die automatisch personalisierte Antwort enthält stets unverfängliche Botschaften«, sagte Herr Kumar. »Sollten Sie dennoch selbst eine E-Mail verfassen wollen, können Sie dieses Handbuch zu Rate ziehen.« Er nahm einen tausendseitigen Wälzer, der auf dem Nebentisch lag und warf ihn geräuschvoll vor sich auf den Tisch. Darauf stand der Titel ›Anleitung zur Kommunikation mit der Realität mittels technischer Realitätsmedien für angehende Magentinnen und Magenten‹. Herr Kumar drehte sich zu den vier neuen Lehrlingen um und sah sie ernst über seine kleinen, runden Brillengläser hinweg an: »Haben Sie alles verstanden?«

Die vier starrten auf die fette Anleitung und nickten gleichzeitig.

»Eines muss ich Ihnen sagen und Sie sollten gut darüber nachdenken: Wenn Sie sich dafür entscheiden, Magentin oder Magent zu werden, werden Sie ein vollkommen anderes Leben führen als bisher. Sie werden viele Ihrer Kontakte verlieren. Aber Sie werden auch viele neue Kontakte finden«, sagte Herr Kumar, schaltete den Computer aus und ging zur Tür. »Wenn Sie Probleme haben, kommen Sie in mein Büro.« Mit diesen Worten verschwand er aus dem Raum.

»Zusammengefasst: Wenn wir nicht den Schinken da lesen, dürfen wir nicht selber antworten, oder?«, fragte Elias in die Runde.

»So könnte man es sagen, genau«, antwortete Tiana.

Die anderen beiden grinsten.

»Sollen wir warten, oder?«, fragte Mika.

Tiana schüttelte den Kopf und sagte: »Ne, jetzt ist er weg, denke ich.«

»Und was jetzt?«, fragte Mika.

»Frau Fee sagte, wir sollen sie in diesem Vegan Heaven irgendwas treffen, also in der Mensa. Mein Vorschlag wäre, da jetzt mal hinzugehen«, warf Tiana ein.

»Guter Vorschlag«, erwiderte Elias.

»Sehr guter Vorschlag, ich habe Hunger«, sagte Mika.

Die vier neuen Lehrlinge verließen gemeinsam das Gebäude.

MAGISCHE FLUKTUATIONEN

Es war Zeit fürs Mittagessen. Die vier neuen Lehrlinge standen etwas verloren inmitten von einem Gewirr aus Holztreppen, die zu grünberankten Plattformen mit organischen Tischen und Stühlen hinaufführten. Im Vegan Heaven Delight herrschte reges Treiben. Die Lehrlinge der Master Macademy wuselten durch die Halle oder saßen zusammen, aßen und unterhielten sich. Die meisten waren zwischen zwanzig und dreißig Jahre alt.

Elias sah Frau Fee in ihrem geblümten Schürzenkleid auf sie zukommen. »Da seid ihr ja, meine Lieben. Folgt mir bitte«, sagte sie lächelnd und um ihre Augen legten sich hundert Lachfalten.

Sie führte sie an baumstammartigen Pfeilern vorbei zu einer großen Schiefertafel. »Hier ist der Essensplan für diese Woche. Es gibt immer frisches Obst, Gemüse und Salate mit verschiedenen Dressings, Müslis sowie diverses Gebäck und Aufstriche. Außerdem bieten wir täglich wechselnd eine Suppe, einen Eintopf und zwei Tagesgerichte an.« Sie zeigte auf eine große Apparatur, die aussah wie ein zylindrischer Felsenbrunnen. Rundum waren Zapfhähne angebracht. »An der Brunnenbar könnt ihr euch Wasser, Tee und Säfte holen.«

Frau Fee wackelte, unter einigen Plattformen hindurch und an loungeartigen Sitzplätzen vorbei, hinüber zum Herzstück des Vegan Heaven Delight, nämlich zu den Essenstheken. Die vier Neuen folgten ihr wie Entenküken der Entenmutter. Hier bot sich ihnen ein Farbspektakel: Gemüse, Obst, Salate, roh, am Stück, gekocht, püriert, und so weiter, alles zum Selberschöpfen. An der hinteren Wand war eine Theke, an der einige Lehrlinge anstanden. Dahinter gaben zwei Küchenmitarbeiter die Tagesgerichte aus.

»Alles, was ihr hier esst, wird von uns selbst produziert und zubereitet. Ihr werdet den gesamten Vorgang im Laufe eurer Lehrzeit kennenlernen, denn ihr dürft überall mithelfen«, sie lächelte großmütterlich. »Ach ja, wir ernähren uns hier vegan. Das mag anfangs für den einen oder anderen problematisch sein, aber der Mensch gewöhnt sich an alles.«

Sie führte sie zu einem Fließband, das in einer Luke in der Wand entlang lief.

»Geschirrrückgabe?«, fragte Tiana.

Frau Fee schüttelte den Kopf: »Nein, ihr müsst euer Geschirr nicht abräumen, das geht automatisch.«

»Cool«, sagte Mika.

»Wenn ihr euer Tablett mit dem Essen, das ihr euch geholt habt, hier abstellt, könnt ihr es an eurem Tisch per M-Tap anfordern. Ihr müsst euch nur die Tablettnummer merken und die Nummer von eurem Sitzplatz angeben, wenn ihr dort seid. Das M-Tap bekommt ihr übrigens demnächst.«

»Voll cool«, sagte Mika und grinste.

»Ja, cool«, Frau Fee schmunzelte. »Das Tages-Essen könnt ihr außerdem auch direkt am Tisch über das M-Tap bestellen. Die Mitarbeiter schicken es euch dann an den Platz. Dann will ich euch nicht länger vom Essen abhalten.« Sie wollte schon davongehen, da drehte sie sich nochmal zu ihnen um. »Fast hätte ich das Wichtigste vergessen: Um halb zwei findet die Einführung für unsere neuen Lehrlinge in der Aula statt. Ihr erinnert euch, wir nutzen den Festsaal als Aula. Ich bitte euch, pünktlich dort zu sein. Und jetzt: Guten Appetit!« Dann lief sie Richtung Ausgang.

Die neuen Lehrlinge nahmen sich ein Tablett und jeder ging los, um sich Salat, Gemüse, Obst und so weiter aufzuladen.

Elias stand vor der Suppentheke und schöpfte sich Kürbis-Minestrone in eine handgetöpferte, rostrote Schale. Nachdem er sich ein paar große Melonenschnitze zum Nachtisch geholt hatte, entdeckte er Mika an der Brunnenbar.

Er stand vor einem Hahn mit der Aufschrift ›Estragon-Veilchen-Wasser‹, nahm gerade einen Schluck aus einem halbgefüllten Glas, verzog das Gesicht und kippte den restlichen Inhalt in den Ausguss. Dann wechselte er zu dem Hahn daneben mit der Aufschrift ›Orange-Basilikum‹, füllte sich wieder etwas ab und trank es in einem Zug.

»Hey Mika, trinkst du die Bar leer?«, fragte Elias.

»Ich habe schon meinen Favoriten entdeckt: Orange-Basilikum. Das Zeug ist der Hammer, probier das mal.«

Elias zapfte sich ein Glas und sagte: »Ich setz mich da oben hin.« Er deutete auf eine niedrige Plattform nicht weit von den Essenstheken entfernt.

»Alles klar, ich komme gleich nach«, erwiderte Mika und ging Richtung Tages-Essens-Ausgabe.

Elias stieg die Holztreppe hinauf. Auf der ersten Plattform angekommen, setzte er sich an einen urigen Tisch. Über ihm befand sich eine mit Wein berankte Pergola, durch die einzelne Sonnenstrahlen fielen und goldene Tupfen auf dem Holz hinterließen. Da sah er Tiana und Lielle mit ihren vollen Tabletts in den Händen schräg unterhalb von ihm nach einem Tisch Ausschau halten. Er winkte ihnen zu, woraufhin sie zu ihm hochstiegen.

»Ist das nett hier«, sagte Lielle und setzte sich gegenüber von Elias an den Tisch.

Tiana nahm neben ihr Platz. »Wo ist dein Kumpel so lang?«, fragte sie.

»Er hat die Bar durchprobiert und holt sich jetzt ein Tages-Essen.«

»Typisch Mann«, sie grinste.

Elias zuckte mit den Schultern. »Besoffen wird er sicher nicht von Estragon-Veilchen-Wasser.«

Tiana zog die Augenbrauen hoch.

Lielle schmunzelte.

Mika stieß zu ihnen. »Dann mal einen Guten«, sagte er in die Runde.

Elias nahm einen Löffel von seiner Minestrone, sie schmeckte intensiv nach mediterranen Kräutern, nach Sonne und Urlaub in Italien. Scheinbar waren auch die anderen Gerichte lecker, denn es wurde ruhig am Tisch, man hörte nur Schlürfen und Schmatzen.

Nach ein paar Minuten durchbrach Tiana dann doch die Stille: »Wo kommt ihr eigentlich her?«

»Ich komm aus Deutschland«, antwortete Elias.

»Ich komme aus den Niederlanden, aber meine Familie stammt auch aus Deutschland«, sagte Mika.

»Dann hast du deinen Uropa besucht?«, fragte Elias.

Er nickte. »Ja, er sollte mir in die Sphäre helfen. Meine Mutter kennt sich mit dem magischen Zeug nicht aus.« Er schob sich eine Gabel voll Kartoffelauflauf in den Mund.

»Wo kommt ihr her?«, fragte Elias die beiden jungen Frauen.

»Ich komme aus der Schweiz«, sagte Tiana.

»Du sprichst aber keinen Dialekt, oder?«, fragte Elias.

»Oh doch«, antwortete sie.

Elias runzelte die Stirn.

»Ich komme aus Schottland und ich verstehe euch alle so gut, als würdet ihr meine Sprache sprechen«, sagte Lielle.

Elias, Tiana und Lielle sahen sich fragend an.

Mika hob den Zeigefinger, während er schluckte. »Ich kann euch das erklären. Ich weiß von meinem Uropa, dass hier in der Sphäre irgend so eine Schwingung vorhanden ist, die alle Sprachen in eine übersetzt, so dass wir uns alle gegenseitig verstehen, obwohl wir verschiedene Sprachen sprechen. Wir sprechen sozusagen automatisch Esperanto.«

»Eine Schwingung?«, fragte Tiana und sah keineswegs weniger verwundert aus als vor dieser Erklärung.

»Schwingung, genau!«

»Erstaunlich«, sagten Elias und Lielle gleichzeitig. Sie lächelte ihn an, er lächelte zurück.

Tiana zuckte mit den Schultern: »Die Sache mit der Sprache wird uns bestimmt noch genauer erläutert von jemandem, der sich wirklich damit auskennt.«

Mika warf Tiana einen nicht ganz freundlichen Blick zu.

Sie überging den Moment geflissentlich und fragte in die Runde: »Hattet ihr denn frühmagische Fluktuationen?«

»Frühmagische Fluktuationen?«, wiederholte Lielle.

»Was ist das?«, fragte Elias.

Tiana setzte zu einer bedeutungsvollen Antwort an, indem sie sich aufrichtete: »Also, meine Ur-Uroma war eine Magentin, aber sie war ja schon gestorben, als ich auf die Welt kam. Sie hatte einiges Wissen über Magie an meine Großtante gegeben. Sie ist keine Magiebefähigte, aber sie sollte als MaMi agieren, also als Magie-Mittlerin, ihr wisst schon, die Augen offenhalten, ob wieder ein magiebefähigter Mensch in unserer Familie geboren wird. Als ich in die Pubertät kam, war es dann so weit, sie konnte bei mir frühmagische Fluktuationen feststellen.« Tiana lächelte stolz über das ganze Gesicht.

»Ich ergänze das mal«, sagte Mika, »magische Fluktuationen sind merkwürdige Dinge, die einem passieren. Dinge, die man sich nicht erklären kann.«

»Verstehe«, sagte Lielle.

»Genau. Das wollte ich gerade auch sagen. Hast du welche bei dir bemerkt, Elias?«, fragte Tiana ihn direkt.

Er schüttelte den Kopf.

»Und was war das für eine Aktion im Zug?«, warf Mika ein.

»In was für einem Zug?«, fragte Elias verwirrt.

»Ich glaube, dass es Magie war«, sagte Mika schulterzuckend und wendete sich seiner Schüssel mit gewürfelter Ananas zu.

»Was meinst du?«, fragte Elias.

Tiana und Lielle sahen neugierig zu Mika, während jede auf irgendetwas herumkaute.

»Na, als ich mit dem Koffer am Umfallen war, da standest du plötzlich vor mir und hast mich festgehalten.«

»Wie romantisch«, sagte Tiana grinsend.

»Ich habe nicht *dich* festgehalten, sondern deinen Koffer.«

»Jaja, was auch immer, du warst jedenfalls sehr schnell zur Stelle.«

Elias überlegte. Er war schnell gewesen, denn er hatte sich außerhalb von Mikas Abteil befunden, als er sah, wie er rückwärts fiel, aber da war bestimmt keine Magie mit im Spiel. Er schüttelte den Kopf und sagte: »Ich glaube, das war mehr eine sportliche denn magische Leistung.«

»Wenn du meinst«, erwiderte Mika.

Lielle sah Elias nachdenklich an.

Als er ihren Blick bemerkte, spürte er einen leichten Schauer. Schnell sah er wieder zu Tiana.

Diese wandte sich nun an Mika. »Hattest du denn magische Fluktuationen?«

»Oh ja, es fluktuierte auf meiner Nase«, sagte er strahlend. »Einmal ist mir ein riesiger Pickel genau da gewachsen.« Er deutete auf seinen linken Nasenflügel.

Tiana verzog das Gesicht. »Das ist vielleicht mehr eine pubertierende denn magische Leistung.«

Elias und Lielle lachten.

»Nein, nein, meine Dame, das war so«, setzte er nun an, »der Pickel wuchs binnen Sekunden. Ich konnte zusehen, wie er größer und größer wurde.« Mika verdrehte die Augen nach innen, um seine Nase betrachten zu können, dabei hob er die Augenbrauen immer höher. »Bis er platzte. Na ja, unschöne Sache.«

Tiana verzog angewidert das Gesicht: »Igitt.«

»Ja, aber es geht doch um die Geschwindigkeit, versteht ihr, das ist doch nicht normal, oder?«

»Ne, das ist nicht normal«, sagte Tiana angeekelt, dabei war nicht klar, ob sie seine Geschichte oder ihn selbst damit meinte.

»Na schön, dann erzähl doch mal von deinen Fluktuationen«, sagte Mika.

Tiana strich über ihre Dreadlocks, endlich hatte sie jemand gefragt. »Ich konnte mit einem Maulwurf sprechen.« Ihr Ton wurde harscher und sie stemmte die Hände in die Hüften. »Ich habe diesem Stinkstiefel gesagt, dass er sich von unserem Rasen verziehen soll. Er machte die reinste Buckelpiste daraus. Und da antwortet der mir doch glatt, das sei sein Rasen.«

»Tiermagie soso«, sagte Mika und rieb sich zweiflerisch sein stoppeliges Kinn. »Du weißt aber, dass die frühmagischen Fluktuationen nicht unbedingt auf deine tatsächliche Fähigkeit hinweisen müssen, ja?«

»Ja, darüber bin ich mir durchaus bewusst. Tatsächlich habe ich auch eine spezielle Beziehung zu Pflanzen. Wir haben einen Hof mit Hofladen und kleiner Gärtnerei. Da helfe ich viel mit und seitdem ich mich um die Erdbeeren kümmere, werden sie immer groß, süß und ausgesprochen aromatisch.«

»Das könnte mehr eine Grüne-Daumen-Leistung sein denn eine magische«, sagte Mika provokant.

»Wenn ich die Wahl habe, Erdbeeren oder Pickel wachsen zu lassen, weiß ich aber, für was ich mich entscheide«, schoss sie zurück.

Mika grinste und sagte: »Du siehst das zu einseitig. Pickel wachsen und explodieren zu lassen ist praktisch. Sie sind dann im Nu wieder verschwunden, ganz ohne Ausdrücken!«

Tiana verdrehte die Augen.

»Oder man könnte es auch zur Abschreckung von Feinden verwenden. Pickel-Attacke!«

Elias und Lielle lachten wieder.

Tiana schüttelte den Kopf, konnte sich dann aber ein Grinsen nicht verkneifen. »Du spinnst.«

Mika strahlte über sein gutes Argument.

Tiana wandte sich an Lielle: »Du hast noch gar nicht von dir erzählt, Lielle.«

»Ach, da gibt es nichts zu erzählen«, winkte sie ab.

Die anderen drei sahen fragend zu ihr.

»Ich hatte keine, ähm, Fluktuationen, glaube ich.«

»Wusstest du von der magischen Welt, bevor du hier gelandet bist?«, fragte Mika.

Lielle schüttelte den Kopf.

»Wie bei dir«, sagte Mika zu Elias.

Elias nickte. Er sah zu Lielle. Sie lächelte verlegen und schien sich dann sehr für die Trauben auf ihrem Teller zu interessieren. Ihm fiel ein, was der Inspektor zu ihr gesagt hatte wegen des Feindes. Sie hätte eine Vorstellung von ihm. Aber was bedeutete das?

»Wir müssen los, die Begrüßungsrede beginnt demnächst«, sagte Tiana mit Blick auf eine Anzeige an der Wand. Elias sah den Schatten eines Ziffernblatts mit Zeigern. Es war Viertel nach eins. Er konnte nicht erkennen, wodurch dieses Bild erzeugt wurde. Es würde noch einiges an sonderbaren Dingen zu entdecken geben, dachte er, als er sich mit den anderen erhob. Kaum waren sie aufgestanden, verschwanden die Tabletts mit dem schmutzigen Geschirr. Zuerst schauten sie sich alle vier erstaunt an, dann grinsten sie.

»Hammer! Warum gibt es sowas nicht auch in der Realität?«, sagte Mika.

Es saßen gut ein dutzend Menschen, die meisten um die fünfundzwanzig Jahre alt, auf den Stühlen im Festsaal vor der kleinen Bühne und sahen erwartungsvoll zu dem Redner.

»Liebe Neuankömmlinge, ich freue mich sehr, dass ihr den Sprung in die Sphäre gewagt und auch geschafft habt. Mein Name ist Kian Shay. Ich bin der Schulleiter dieser Akademie.« Die Worte des Mannes am Rednerpult klangen einladend und offenherzig. Trotz seines offensichtlich hohen Alters war er groß und aufrecht. Er trug einen gestutzten hellgrauen Vollbart und eine Brille mit kantigen Gläsern. Seine üppigen Augenbrauen waren dunkelgrau und seine Halbglatze schimmerte. In seiner braunen Leinenhose und dem weißen Hemd, dessen Ärmel er aufgeschlagen hatte, sah er recht normal aus und genau deswegen ganz anders, als Elias sich den Schulleiter einer magischen Akademie vorgestellt hatte.

»Die meisten von euch haben durch ihre Familien schon einiges über die magische Welt erfahren. Sind denn welche dabei, die zuvor noch nie etwas von der Master Macademy gehört haben?«

Elias hob langsam die Hand. Er registrierte, dass Lielle und eine andere Frau mit buschigen, roten Haaren es ihm gleichtaten.

»Dann gerade an euch noch einmal ein herzliches Willkommen. Macht euch keine Sorgen, ihr werdet euch erfahrungsgemäß so schnell eingewöhnen, dass euch die Sphäre schon bald normaler erscheint als die Realität.« Er zwinkerte.

Mit gehobener, fast feierlich klingender Stimme sprach er weiter: »Seit Jahrhunderten finden die neuen Lehrlinge ihren Weg in die Sphäre der Elemente. Sie kommen hierher, um zu Magentinnen und Magenten ausgebildet zu werden. Für jeden gilt unser Kodex, das Wissen über die Akademie sowie alles, was die ISM betrifft, niemals preiszugeben, es sei denn, es dient Zwecken der Rekrutierung von Magiebefähigten. Ich weiß, das ist ein schmaler Grat, aber ihr werdet darauf zu balancieren lernen.« Er rückte seine Brille zurecht und fuhr fort: »Die ersten drei Wochen, die ihr hier seid, gelten als Probezeit. Es ist eine Zeit der Selbstfindung! Ihr sucht nach eurer wahren Bestimmung, nach eurem Pfad!«

Ein leises Raunen ging durch die Reihen.

Kian Shay machte eine bedeutungsvolle Pause, ehe er weitersprach: »In den nächsten drei Wochen bekommt ihr die Möglichkeit in den Unterricht aller acht Pfadmagien hineinzuschnuppern. Jeder kann sich seinen Plan individuell im M-Tap zusammenstellen. Wichtig ist nur, dass ihr euch jede Pfadmagie mindestens einmal anseht. Eine davon wird mit euch resonieren.«

Der Schulleiter erzählte noch das eine oder andere zum formalen Ablauf, doch Elias konnte sich nicht konzentrieren. Er war besorgt. Hatte der Inspektor wirklich recht damit, dass nur Magiebefähigte in der Lage waren in die Sphäre der Elemente zu gelangen? Vielleicht war er ja irrtümlicherweise hier gelandet. Seine Verwandtschaft war das Gegenteil von magisch, nämlich staubtrocken und stinklangweilig. Sein Blick wanderte zu Lielle, die schräg in der Reihe vor ihm neben Tiana saß. Ging es ihr vielleicht auch so wie ihm?

Nachdenklich sah sie zu Kian Shay. Plötzlich wandte sie den Kopf und sah Elias direkt in die Augen.

Er schaute schnell weg und spürte, wie er rot wurde. Aus den Augenwinkeln sah er, dass sie sich wieder nach vorne drehte.

Kian Shay hob den Zeigefinger: »Ach ja, noch ein paar Worte zum M-Tap. Frau Pong, die Dame da hinten«, er deutete auf eine zierliche Dame mittleren Alters, die in der hintersten Reihe saß, »wird euch nachher eure M-Taps ausgeben. Ein M-Tap ist ein elektromagisches Gerät und die technische Grundlage für euer Studium. Und falls jemand alles, was ich nun gesagt habe, verschlafen oder vergessen hat: Alle Infos stehen auch in eurem M-Tap. Also vergesst zumindest nicht, eines von Frau Pong abzuholen. Dann wünsche ich euch viel Erfolg. Lasst euch von der Magie leiten!«, sagte er. Dann kam er eiligen Schrittes von der Bühne herunter und rauschte, vom Klatschen der Lehrlinge begleitet, zur Tür hinaus.

Elias wurde leicht in die Seite geboxt. Es war Mika, der seinen Blick erwartungsvoll auf Frau Pong gerichtet hatte.

Diese erhob sich nun und sagte: »Liebe Neuankömmlinge, ich bin die zuständige Elektromagentin für die M-Taps. Bitte bleibt noch auf euren Plätzen sitzen. Ich komme bei jedem vorbei und übergebe euch euer M-Tap. Wenn ihr Probleme damit habt, könnt ihr euch jederzeit an mich wenden. Mein Büro findet ihr bei den Computerräumen im ISM-Gebäude. Also, legen wir mal los.« Sie ging geradewegs auf Elias zu und stellte eine Kiste neben ihn auf den freien Stuhl. Darin lagen einige flache Bildschirme, die ein Stück größer waren als ein normales Handy. Sie nahm eines heraus. »Wie ist dein Name?«, fragte sie ihn.

»Elias Weber«, antwortete er.

Sie tippte kurz darauf herum und gab ihm das Gerät. Es bestand aus einem Material, das er nicht einordnen konnte, robust wie Metall, aber leicht wie Plastik und es fasste sich handlich an.

Frau Pong wandte sich an Mika und wiederholte die Prozedur. Dieser strahlte wie ein Honigkuchenpferd, als sie ihm das M-Tap in die Hände drückte.

»Ihr könnt schon gehen, wenn ihr wollt«, sagte Frau Pong und ging mit ihrer Kiste in die Reihe davor.

Elias und Mika standen auf und schlenderten zur Tür. Sie warteten im Vorraum auf Tiana und Lielle, die wenige Minuten später, mit M-Tap ausgestattet, herauskamen.

Der Nachmittag war schnell vorbei. Sie beschäftigten sich eine Weile mit ihren M-Taps. Diese waren leicht in der Bedienung, obwohl sie extrem viele Funktionen beinhalteten. Die wichtigsten aber waren selbsterklärend. Später statten sie dem Lädel einen Besuch ab und rüsteten sich mit Kleidungsstücken aus. Winterkleidung, Badekleidung, Sportsachen, Wandersachen und anderes. Alles war gratis. Und alles war hier in der Akademie hergestellt worden. Außerdem unterhielten sie sich eine Weile mit Frau Fee, die erklärte, dass sie einen Tag in der Woche Versorgerdienste zu leisten hatten. Diese Dienste waren für alle Lehrlinge Pflicht.

Das M-Tap zeigte ihnen ihre Wochenpläne an. Im Moment waren nur am heutigen Freitag Veranstaltungen eingetragen: die Besichtigung von heute Vormittag, die Einführung durch den Schulleiter am Nachmittag und eine Abendveranstaltung mit dem Titel ›Einführung in Theorie und Methodik niederer Magie‹ bei Bruder Lucian in der Burg. Letzteres stand also als Nächstes an. Laut Detailansicht sollten sie vor dem Eingang der Burg auf den Dozenten warten, er würde sie persönlich in den Vorlesungssaal bringen.

Nach dem Abendessen im VHD begaben sich die vier Lehrlinge gemeinsam zur Burg. Es war jenes Gebäude, das ihnen Frau Fee als eines der älteren auf dem Akademiegelände vorgestellt hatte, vor allem empfanden sie es als das unheimlichste.

Auf dem Platz vor dem Eingang hatten sich schon die anderen Neuankömmlinge versammelt. Junge Männer und Frauen standen in zwei dreier und einer vierer Gruppe zusammen.

Elias überlegte, wer wohl welchem Element angehörte. Da ging plötzlich die Tür mit einem quietschenden Geräusch auf und in der Pforte stand ein erschreckend hässlicher Mann. Er war klein, untersetzt, hatte schütteres, graues Haar und eine Warze unter seinem linken Auge. Er trug eine schwarze Kutte mit einer Kordel um den dicken Bauch und guckte argwöhnisch auf sie herab.

Einige Sekunden starrten sich die Neuankömmlinge und der Mönch nur an, dann sagte er in einer heiseren Stimme: »Mitkommen.« Und ohne ein weiteres Wort drehte er sich um und verschwand in der Dunkelheit hinter der Tür.

Die Lehrlinge standen verdattert da und tauschten irritierte Blicke untereinander. Dann hörten sie die Stimme des Mönchs wie von Weitem her hallen: »Der Letzte kommt hier vielleicht nicht mehr rein.«

Sie liefen los, alle quetschten sich durch die Tür und alle schafften es. Sie sahen die Silhouette des Mannes einige Meter vor sich den schmalen Gang entlanglaufen, der nur von spärlichem Fackellicht erhellt wurde. Dieses Gebäude war alt, sehr alt. Es war grau, kalt, heruntergekommen und roch modrig. Er führte sie eine Treppe nach unten, bog links ab und drückte eine knarrende Holztür auf. Sie folgten ihm hinein.

Der gewölbeartige Raum war groß und düster. Ein Feuer loderte in einem riesigen, von schwarzem Ruß bedeckten offenen Kamin. Oben an den Wänden befanden sich schmale Fenster, die tagsüber vermutlich Licht hindurch ließen. Nur war es um die Uhrzeit draußen schon dunkel. Schultische mit Schulbänken wie aus dem vorherigen Jahrhundert standen akkurat im Raum verteilt.

Der Mönch stellte sich vorne an einen uralten Lehrertisch, lehnte sich mit den Händen darauf und sagte knapp: »Setzen.«

Die Lehrlinge beeilten sich, um sich auf die Schulbänke zu verteilen. Elias saß neben Mika, Tiana neben Lielle, die beiden jungen Männer hinter den beiden jungen Frauen. Es dauerte keine Minute, bis alle saßen und zu dem schaurigen Mönch schauten.

Dieser ließ seinen Blick über die Anwesenden schweifen, es war mucksmäuschenstill. Nur hin und wieder hörte man das Knacken von verbrennendem Holz im Kamin. Dann richtete er sich auf und sagte: »Wer sich nicht an meine Regeln hält, fliegt raus, ohne Vorwarnung.« Er begann vorne auf und ab zu marschieren. »Regel Nummer eins: Sie kommen pünktlich und gehen erst, wenn ich es erlaube. Regel Nummer zwei: Sie stellen keine Fragen. Nur ich stelle hier die Fragen. Und Regel Nummer drei: Sie sprechen nur, wenn ich Sie dazu auffordere und nur mit mir, nicht untereinander.« Er stellte sich wieder an den Lehrertisch. »Warum sind Sie hier?«, es war eine rhetorische Frage, denn er redete gleich weiter. »Sie sind hier, um uns im Kampf gegen unseren Feind zu unterstützen.« Sein Blick schweifte wieder durch den Raum. Elias bemerkte, dass der Blick des Mönchs für einen Moment auf Lielle ruhte.

»Es ist meine Aufgabe, Ihnen in diesen ersten vier Vorlesungen Wissen über unseren Feind zu vermitteln. Wenn Sie bei der ISM arbeiten, werden Sie sich auf die eine oder andere Art mit ihm auseinandersetzen müssen.« Er setzte sich auf den Stuhl. »Wer ist unser Feind? Wir nennen ihn: ›Die dunkle Elite‹. Sie ist der Grund, warum es die ISM gibt, denn ohne die ISM wäre die Menschheit schon längst unterworfen worden. Die dunkle Elite agiert gleich wie die ISM im Untergrund und ist heutzutage mächtiger denn je. Überall hat sie ihre Finger im Spiel. Die ISM bietet noch ein Gegengewicht, aber es bedarf nicht viel, dass die Lage zugunsten der Elite kippt.«

Der schwarze Mönch lehnte sich in seinem Stuhl zurück und ließ einige Momente Zeit, um die Bedeutung seiner Worte in den Köpfen der Lehrlinge nachklingen zu lassen.

»Die dunkle Elite strebt nach Macht, Prestige und Reichtum. Sie ist rücksichtslos, skrupellos und geht über Leichen. Sie tarnen sich als Unternehmer, Manager, Börsenmakler, Politiker, Dozenten, Ärzte und so weiter und infiltrieren das ganze System. Wir wissen nicht, wie viele Mitglieder die dunkle Elite umfasst. Wir gehen davon aus, dass es inzwischen mehr sind als wir, aber nur manche von ihnen sind Magiebefähigte. Allerdings wurden viele dieser Magiebefähigten auch hier ausgebildet und liefen erst später zum Feind über. «

Der Mönch kniff die Augen zusammen, ein Ausdruck des Bedauerns huschte über sein abstoßendes Gesicht, aber die Züge wurden sogleich wieder hart wie gemeißelt.

»Unter den Angehörigen der dunklen Elite gibt es also Nicht-Magiebefähigte und Magiebefähigte. Und die Magiebefähigten unterscheiden wir in Dunkelmagier und Schwarzmagier.« Beim letzten Wort zog ein Schatten über das Gesicht des Mönchs, er fuhr grimmig mit seiner Rede fort: »Die Dunkelmagier sind Magier wie wir, mit dem Unterschied, dass sie ihre Magie für egoistische Zwecke einsetzen, um zum Beispiel mehr Profit herauszuschlagen, um ihren Willen durchzusetzen, um Prestige, Schönheit, Berühmtheit und so weiter zu erlangen. Die Schwarzmagier jedoch sind anders. Ihnen geht es um etwas anderes. Ich werde Ihnen in den nächsten Vorlesungen ein genaueres Bild von diesen zeichnen, aber heute wollen wir es dabei belassen, den Begriff gehört zu haben.«

Er erhob sich. »Ich brauche zwei Freiwillige.«

Auf den Gesichtern der Neuankömmlinge konnte man von Skepsis bis Erschrecken sämtliche Gefühle ablesen.

Der Mönch fixierte einen sehr gutaussehenden jungen Mann in der ersten Reihe. »Sie«, deutete er auf ihn. Dann sah er zu Lielle, er zögerte. Sein Blick fiel auf Elias.

Elias' Herz klopfte bis zum Hals.

Der Mönch zeigte auf ihn: »Sie! Vorkommen.«

Genau darauf war Elias nicht scharf gewesen: Gleich als Freiwilliger in diesem unheimlichen Unterricht ausgewählt zu werden. Angespannt ging er nach vorn.

Sein Mitstreiter war hochgewachsen, schlank, durchtrainiert und blond mit modischem Haarschnitt. Sein Gesichtsausdruck war im Vergleich zu dem von Elias, geradezu gelassen.

»Stellen Sie sich rechts und links vom Pult auf und sehen Sie in Richtung Ihrer Mitlehrlinge«, sagte der Mönch, der sich erhoben hatte.

Die jungen Männer taten wie geheißen. Die anderen Lehrlinge sahen teils erleichtert, da sie nicht selbst vorne stehen mussten, teils mitfühlend zu ihnen.

Dann machte der Mönch eine schweifende Bewegung mit seiner rechten Hand und schnippte mit den Fingern.

Elias sah zu Mika. War etwas komisch an ihm? Er bewegte sich nicht mehr, er zuckte nicht einmal mit der Wimper. Es wirkte, als sei er erstarrt. Da erkannte er, dass alle Lehrlinge, außer ihm selbst und dem blonden Mann, mit offenen Augen eingeschlafen zu sein schienen.

»Ihre Mitlehrlinge sind hypnotisiert, ich werde sie gleich wieder aufwecken. Ich möchte nun aber Folgendes von Ihnen«, der Mönch ließ seinen Blick zwischen den beiden jungen Männern hin und her wandern: »Unterhalten Sie sich für ungefähr eine Minute über das Wetter. Während Sie dies tun, werde ich Sie filmen, anschließend werden wir den anderen diesen Film vorführen. Sie starten mit Ihrem Gespräch, nachdem ich noch einmal mit dem Finger geschnippt habe«, sagte der Mönch, nahm eine Fernbedienung und visierte etwas an der Decke an, das man in der Dunkelheit nicht sah. Elias nahm an, dass es eine Kamera war.

Der Mönch machte einen Schritt vom Pult weg nach hinten und schnippte dann mit den Fingern.

Elias sah zu dem gutaussehenden Mann, der ihn mit graublauen Augen durchdringend ansah und lässig sagte: »Schönes Wetter heute.«

Elias Blick schweifte zu den anderen. Sie sahen wieder normal aus, aufmerksam verfolgten sie, was vorne vor sich ging.

»Ja, schönes Wetter! Der Himmel ist blau, wolkenlos und die Sonne strahlt«, sagte Elias, seine Stimme klang belegt.

»Badewetter, oder?«, erwiderte der junge Mann.

Er schüttelte den Kopf und antwortete:»Mehr Wanderwetter, zum Baden wäre es mir dann doch zu kalt.«

»Ich spring bei jedem Wetter in den See, das härtet ab.« Der Blonde grinste und entblößte dabei eine perfekt weiße Zahnreihe.

Aus den Augenwinkeln sah Elias, wie der Mönch wieder die schweifende Handbewegung machte, dann hörte er ihn mit den Fingern schnippen.

Der Blonde und Elias sahen zu dem Mönch.

Dieser drückte den Knopf der Fernbedienung und nickte den beiden zu:»Sehr gut, das war's. Sie können an Ihre Plätze zurückgehen.«

Elias ging durch die Reihen der Lehrlinge. Sie hatten zwar nicht mehr diesen starren Gesichtsausdruck, aber sie beäugten ihn äußerst kritisch. Vor allem Tianas Blick irritierte ihn, sie schien ihm gegenüber geradezu Abneigung zu empfinden. Lielle sah verwundert drein. Er setzte sich neben Mika, der ihn stirnrunzelnd von der Seite musterte. Elias erwiderte fragend den Blick, doch Mika sah weg. Irgendetwas war komisch an dem Verhalten seiner Mitlehrlinge.

Der Mönch hob seine Hände und sagte:»Ehe Sie sich nun ein Urteil erlauben, möchte ich Ihnen vorneweg offenbaren, dass Sie selbst soeben von mir manipuliert worden sind und nicht die beiden Freiwilligen. Was Sie wahrgenommen haben, entspricht nicht dem, was wirklich geschehen ist. Aber ich möchte nun von Ihnen hören, was Sie denn gesehen haben. Wer will uns an seiner Erfahrung teilhaben lassen?« Sein Blick fiel auf Mika:»Wie wäre es mit Ihnen?«

Mika richtete sich auf und räusperte sich lautstark.»Na ja, also, sie haben sich ganz schön gezofft.«

Elias sah verwirrt zu Mika.

»Ach ja, worüber denn?«, fragte der Mönch.

»Wer der Bessere von beiden ist. War so ein Konkurrenzkampf, oder?« Mika sah kurz zu Elias, sein Blick verriet seine Unsicherheit.

»Wer hat die beiden noch streiten gesehen?«, fragte der Mönch.

Die Hände der Lehrlinge hoben sich zögerlich.

Elias schluckte, da fiel sein Blick auf Lielle, die sich zu ihm umdrehte und ihn nachdenklich betrachtete. Sie hatte ihre Hand nicht erhoben.

»Ja, meine Dame?«, die Stimme des Mönchs hallte durch den Raum. Er fixierte Lielle, die zu ihm vorsah. »Was haben Sie gesehen?«, fragte er lauernd.

»Ich habe gesehen, wie die beiden sich unterhielten. Sie schienen wütend zu sein, aber ich habe nicht verstanden, worüber sie redeten. Ihre Worte ergaben einfach keinen Sinn für mich«, sagte sie leise, aber es war so still im Raum, dass alle sie gehört haben mussten.

Der Mönch sah sekundenlang zu Lielle, dann umspielte ein schiefes Lächeln seine Lippen, das erste Lächeln, das Elias bei ihm sah. Er nahm seine Fernbedienung, trat zur Seite und ließ eine Leinwand hinter sich herunterfahren.

»Sie sehen nun, was sich wirklich zugetragen hat«, sagte er. Er startete die Videoaufnahme.

Diese zeigte, wie der große Blonde und Elias eine Minute lang über das Wetter redeten. Am Ende saßen die Lehrlinge verdattert da. Tiana sah mit beschämtem Blick zu Elias. Mika knuffte ihn in die Seite und flüsterte: »Sorry, Mann, ich dachte, ich habe dich total falsch eingeschätzt. Zum Glück war's nur eine Verzauberung.«

Der Mönch fuhr die Leinwand wieder hoch und legte die Fernbedienung zur Seite, während er sich hinter seinem Pult positionierte und sprach: »Das war die Demonstration, wie Kommunikationsmagie angewendet werden kann. Sie kennen sicherlich die typischen Methoden verdeckter Einflussnahme aus der Psychologie. Natürlich benutzt die dunkle Elite auch diese Gehirnwäsche-Techniken. Aber ein Kommunikationsmagier ist ein Meister der Manipulation. Er kombiniert die herkömmlichen Techniken mit Magie und ist in der Lage, Menschen direkt in ihrer Wahrnehmungsfähigkeit zu beeinflussen. Er kann Sie hypnotisieren, ohne dass Sie es merken. Er kann Illusionen erzeugen, Gedanken, Gefühle, ja, Ihr Gedächtnis verändern, einen Filter über Ihre Erkenntnisse legen, Erinnerungen einpflanzen, löschen und so weiter.« Der Mönch ließ seine Worte eine Weile wirken. Alle hatten ihm gespannt zugehört. Seine Demonstration war mehr als eindrücklich gewesen. Die Arme hinter dem Rücken verschränkt, lief er wieder auf und ab, während er weiterredete: »Sie kennen die Verbreitung ideologischen Gedankenguts in Form von Propaganda, um die öffentliche Sichtweise der Bevölkerung zu beeinflussen. Dazu bedarf es keiner Magie. Menschen dazu zu bringen, dass sie die Dinge durchweg negativ wahrnehmen, und ihre Ängste zu schüren, ist Alltag in der Realität. Streit, Hass, Betrug, Krieg, überall Krankheiten, Sterben und Tod, wo man auch hinsieht. Das alles dient der Vorbereitung.« Er blieb stehen.

Niemand traute sich, auch nur einen Laut von sich zu geben.

Er stützte sich mit den Händen auf sein Pult und starrte sie mit düsterem Gesichtsausdruck an, seine Stimme senkte sich, als er sagte: »Es dient der Vorbereitung auf das Werk der schwarzen Magie. Und was ist das Ziel der schwarzen Magie? Die Hölle auf Erden zu erschaffen.«

Einige Herzschläge lang starrten sich Lehrlinge und Lehrer nur an. Dann sagte der Mönch: »Nächste Woche wird es darum gehen. Seien Sie pünktlich. Und ziehen Sie sich warm an. Wegtreten.«

ERSTE PFADFINDUNGSWOCHE

Am Samstagvormittag saßen sie im Aufenthaltsraum des Wasserhauses. Dieser war über ein paar Treppenstufen von der Halle, in der sich der Brunnen der sieben Quellen befand, zu erreichen. Es war ein langgezogener, behaglicher Raum, dessen Wand gegenüber der Eingangstür vollständig verglast war. Dadurch hatte man einen weiten Blick über die Landschaft vor dem Akademie-Gelände.

Am Ende eines langen Tisches saßen die vier neuen Freunde und lasen die Beschreibungen vom Unterricht der verschiedenen Pfadmagien in ihren M-Taps.

»Habt ihr dieses Fresspaket-Symbol schon bemerkt?«, fragte Tiana in die Runde.

»Ne«, sagte Mika und suchte stirnrunzelnd auf dem kleinen Bildschirm danach. »Ach, du meinst diesen Hamburger?«

»Hamburger? Zeig mal«, Tiana starrte gemeinsam mit ihm auf sein M-Tap.

»Nene, ich denke, das ist eine Lunchbox«, sagte sie und zog eine Augenbraue hoch.

Elias suchte ebenfalls nach dem Symbol.

Lielle sagte: »Mir ist es auch schon aufgefallen. Es steht bei vielen Lehrveranstaltungen dabei.«

»Was steht denn dazu in der Legende? Ich find es grad nicht«, fragte Mika.

Lielle las vor: »Bitte Lunchpaket beim Frühstück anfordern, da keine Möglichkeit zum Mittagessen im Vegan Heaven Delight gegeben ist.«

»Weil wir so beschäftigt sind?«, fragte Elias.

»Oder weil uns was passiert sein könnte beim Zaubern?«, sagte Mika mit weit aufgerissenen Augen gespielt dramatisch und setzte fort: »Weil wir einen Knoten in den Beinen haben oder uns beim Portalerstellen halbiert haben oder das Gehirn aus Versehen gelöscht haben?«

Tiana unterbrach Mika: »Da gäbe es bei dir nicht viel zum Löschen.«

Mika wollte gerade zu einer unflätigen Antwort ansetzen, da hörten sie eine Stimme hinter sich. »Hey ihr, ich bin Lee, sorry, dass ich mich einmische, aber ich habe grad eure Diskussion am Rande mitbekommen.« Ein dünner Mann um die dreißig sah lächelnd zu ihnen. »Ich kann euch aufklären, wenn ihr mögt.«

»Sehr gerne«, sagte Tiana.

»Die Antwort ist ganz einfach. Sehr oft findet der Unterricht nicht im Klassenzimmer, sondern an verschiedenen Orten in der Sphäre statt.«

Alle vier sahen erstaunt zu ihm.

»Aber wie sollen wir da hinkommen?«, fragte Elias.

»Per Portal. Und da ihr dort den ganzen Tag verbringen werdet, nehmt ihr das Mittagessen mit.«

»Wow«, sagte Tiana.

»Was für Orte können das zum Beispiel sein?«, fragte Lielle.

»Alle möglichen und unmöglichen Orte. Strände, Berge, Höhlen, Wälder und noch ganz andere Orte, die ihr euch nicht vorstellen könnt.«

»Oh«, sagte Mika und verzog das Gesicht, »klingt ja echt cool. Ich hoffe, die Orte sind nicht hoch oben.«

Lee grinste nur vielsagend und fuhr fort: »Wenn ihr morgens am betreffenden Unterrichtstag beim Frühstück in der Mensa seid, holt ihr euch einfach ein Lunchpaket, beziehungsweise fordert es über das M-Tap an, und seid dann für den Tag gerüstet. Die machen ganz vorzügliche Lunchpakete da. Hoffe, ich konnte euch helfen.«

»Danke dir, Lee«, sagte Tiana.

Nach dem Essen verbrachten sie den Samstagnachmittag mit Erkundungstouren. Sie gingen an der Mauer entlang, die das Plateau, auf dem sich das Akademiegelände befand, zum Abgrund im Süden hin begrenzte. Von hier aus hatte man eine fantastische Aussicht auf die Umgebung.

Am Samstagabend saßen Mika und Elias zusammen in ihrer Bude. Mika war damit beschäftigt ein spezielles Gerät, das sogenannte M-Visi, in Gang zu kriegen. Er las in der Bedienungsanleitung und tippelte abwechselnd auf einem Paneel an der Wand in ihrem Wohnbereich und seinem M-Tap herum.

Elias tüftelte weiter an seinem Stundenplan für nächste Woche. An vier Tagen in der Woche sollten sie in die Pfadmagien schnuppern und an dem übrigen fünften Tag sich in einen Versorgerdienst eintragen. Im M-Tap wurde ihnen angezeigt, bei welchem Dienst noch Bedarf an Lehrlingen bestand. Es gab Reinigungsdienst, Wäschedienst, Küchendienst, Gartendienst, Haustechnikdienst, Ladendienst, Tierversorgungsdienst, Logistikdienst und die verschiedenen Handwerkerdienste.

»Bist du schon fertig mit deinem Plan?«, fragte er Mika.

»Jo, hab ihn sogar schon abgeschickt.«

»Oh okay, am Montag wollen wir ja zusammen in den Gestaltwandel-Unterricht gehen«, sagte Elias.

»Genau.«

»Am Freitag findet Tiermagie statt.«

»Jep.«

»Dann brauche ich noch einen Versorgerdienst. Tierversorgung war schon voll, das wäre mir das Angenehmste gewesen. Für was hast du dich eingetragen?«

»Küche! Ich koche gern«, sagte Mika.

»Ich eigentlich nicht.«

»Ach was, komm mit, das ist doch interessant zu sehen, wie es in einer Großküche so abläuft«, sagte Mika, nahm wieder sein M-Tap stirnrunzelnd in die Hand und tippte wild darauf herum.

»Na schön«, erwiderte Elias, »das wäre dann am Donnerstag.«

»Jawohl«, antwortete Mika, legte sein M-Tap auf die Seite und schaute sich suchend im Raum um.

Elias sprach weiter: »Mich würde eigentlich Heilmagie interessieren, das wäre am Dienstag.«

»Ich glaube, da geht Lielle auch hin«, sagte Mika, während er wieder an dem Paneel an der Wand herumdrückte.

»Ah ja?« Elias hob unschuldig die Augenbrauen.

Mika drehte sich um und ließ seinen Blick durch den Raum schweifen. »Ich kriege das Teil nicht zum Laufen«, murmelte er.

Elias sagte: »Ich glaube, du musst eins von diesen blinkenden Teilen da benutzen.« Er deutete auf zwei kleine, halbdurchsichtige, halbrunde Geräte, die in einer Halterung an der Wand oberhalb des Paneels hingen. Bei beiden blinkte am oberen rechten Rand ein kleines grünes Licht.

»Oh, die habe ich irgendwie übersehen«, sagte Mika. Er nahm eins von den Teilen und betrachtete es.

»Das könnte ein Hörgerät sein«, sagte Elias.

»Ach, deswegen schreiben die da immer was von hinters Ohr klemmen.«

»Aber M-Visi klingt irgendwie gar nicht nach Hörgerät«, sagte Elias.

Mika drückte sich das Gerät über das Ohr. Das kleine Lämpchen wechselte zu einem dauerhaften Grün. Er sah sich um. »Oh ... mein ... Gott«, murmelte er. Er schien etwas im Raum zu sehen, dass seine Augen leuchten ließ, und begann mit den Händen und Armen herumzufuchteln.

»Was siehst du denn?«

»Das musst du selbst sehen«, sagte Mika begeistert.

Elias stand auf und setzte sich das andere Gerät aufs Ohr. Die Darstellungen des M-Taps waren dreidimensional visualisiert und schwebten im Raum herum. Durch Bewegungen mit den Händen konnte man die Bilder verschieben, größer und kleiner ziehen, man konnte Ordner und Dateien öffnen und schließen und so weiter. Es war faszinierend.

»Wow«, sagte Elias. »Wann ist der Elektromagie-Unterricht?«

»Am Mittwoch.«

»Ich komm mit.«

Am Sonntag gingen Elias und Mika wandern, um die Umgebung auszukundschaften. Tiana und Lielle hatten ihren Schnupperplan für nächste Woche noch nicht fertig gestellt und erkundeten lieber die Bibliothek, um sich weiter über die verschiedenen Pfadmagien zu informieren.

Die beiden jungen Männer befanden sich südlich der Akademie auf einem Weg, der an einem Waldrand entlangführte. Elias betrachtete fasziniert den Erdboden, der durch das Unterholz zu sehen war. Er sah anders aus, als er es von der Realität her kannte. Die Erde schimmerte in sämtlichen Erdtönen von Ocker über Grau bis Dunkelbraun, je nachdem, wie das Licht darauf fiel. Auch bei Steinen und Felsen wirkte dieser Effekt, ein pastellartiges Schimmern wie von

Edelmetallen oder Edelsteinen. Sogar das Gras, das Moos, Farne und Wiesenblumen schienen beim näheren Hinsehen wie von einem zarten Glanz überzogen zu sein.

Elias und Mika waren schon einige Minuten schweigend unterwegs gewesen, beide von den Naturerscheinungen fasziniert, als sie eine männliche Stimme rufen hörten:»Hey ihr da!«

Sie drehten sich um.

Da stand der hochgewachsene, gutaussehende Blonde. Er kam näher.»Ach, das ist ja mein Konkurrent beim schwarzen Mönch«, sagte er, als er Elias erkannte, und entblößte seine perfekten Zähne. ›Schwarzer Mönch‹ war der Spitzname von Bruder Lucian unter den Lehrlingen.»Ich grüße euch! Kennt ihr euch hier aus?« Dann winkte er ab und beantwortete sich die Frage selbst:»Sorry. Davon ist nicht auszugehen, ihr seid ja auch neu. Mein Name ist übrigens Demian Anderson. Und ihr seid?«

»Mika Jansen«, antwortete Mika.

»Ich heiße Elias Weber. Wonach suchst du denn?«, fragte Elias.

»Ich habe gehört, dass es hier irgendwo eine alte Mühle geben soll. Die wollte ich mir mal ansehen. Ihr könnt mir nicht weiterhelfen, oder?«

»Vielleicht findest du sie auf der Karte im M-Tap«, sagte Mika.

»Ach, es gibt eine Karte?«

»Jep«, antwortete er, zog sein M-Tap hervor und hielt es ihm vor die Nase, während er ein paar Mal darauf herumtippte, bis sich die Umgebungskarte der Akademie öffnete.

Demian sah Mika grinsend an und fragte:»So schnell schon mit dem Teil vertraut? Du bist ein Elektromagier, oder?«

Er zuckte mit den Schultern:»Das wird sich noch zeigen, in erster Linie bin ich elektrobegeistert!«

»Danke dir, Kumpel«, sagte Demian und zog sein eigenes M-Tap hervor, dann zwinkerte er Elias zu, während er sich umdrehte und davonging.

Elias sah ihm nachdenklich nach.

Mika steckte sein M-Tap wieder in die Tasche und sah fragend zu Elias:»Weitergehen? Oder Wurzeln schlagen?«

»Was ist das für eine Mühle, die er sucht?«, fragte Elias.

Mika zuckte mit den Schultern: »Keine Ahnung. Dabei haben wir doch so viele neue, spannende Gebäude in der Akademie, die es zu erkunden gibt.«

»Eigentlich schon.«

Die beiden jungen Frauen saßen an ihrem Stammtisch im Vegan Heaven Delight beim Frühstück, als Elias und Mika auftauchten.

»Guten Morgen, was habt ihr denn alles dabei?«, fragte Tiana, ihre Dreadlocks-Mähne hatte sie heute mit einem Streifen Leinen umwickelt, so dass ihr die einzelnen Strähnen nicht ins Gesicht hingen.

»Badesachen, eigenhändig geschneidert, allerdings nicht von uns«, antworte Mika grinsend und warf den leinenen Rucksack auf den Boden neben sich, während er sich in den Stuhl fallen ließ und den Teller mit Melone auf dem Tisch ins Visier nahm. »Boah, die sieht ja lecker aus!«

»Bediene dich«, sagte Tiana, »allein schaffen wir die sowieso nicht.«

Das ließ sich Mika nicht zweimal sagen und stülpte sich drüber.

»Haben die hier ein Schwimmbad?«, fragte Tiana an Elias gerichtet, der sich ebenfalls setzte.

»Keine Ahnung«, er zuckte mit den Schultern, »laut M-Tap findet das Gestaltwandel-Seminar im zweiten Stock im Kasten statt. Kann ich mir nicht vorstellen, dass da ein Schwimmbad ist. Aber bei der Unterrichtsbeschreibung steht dieses Lunchbox-Symbol dabei.«

Mika strahlte: »Juhu, wir fahren ans Meer!« Melonensaft lief ihm übers Kinn.

Tiana beäugte ihn kritisch.

Elias sah ebenfalls skeptisch zu Mika, grinste aber dann. Er hätte prinzipiell nichts dagegen. Er las laut vor: »Das Seminar heißt: Entdecke den Oktopussy in dir.«

»Ich würde lieber den Delfiny in mir entdecken«, sagte Mika.

Tiana und Lielle grinsten.

»Was steht heute auf eurem Plan?«, fragte Elias die beiden.

»Wir gehen zusammen in Kommunikationsmagie«, sagte Tiana.

»Das gruselige Zeug, was uns der schwarze Mönch vorgeführt hat?«, fragte Mika.

»Ganz genau, wir wollen lernen, wie wir euch verzaubern können«, sagte Tiana.

»Oh oh«, sagte Mika.

Lielle schmunzelte verlegen.

»Aber das wird von Professorin Eichwald unterrichtet, nicht von Bruder Lucian«, erklärte Tiana.

»Ein Glück«, Mika verdrehte die Augen.

»Stürzen wir uns in den Kampf!«, Tiana erhob sich.

Lielle atmete tief ein und stand ebenfalls auf.

»Viel Spaß!«, sagte Mika.

»Danke«, erwiderten die jungen Frauen und Tiana schob nach: »Und sauft uns nicht ab, ihr Oktopussys!«

Nachdem jeder eine Lunchbox per M-Tap angefordert hatte, die auch prompt an ihren Tisch gebeamt wurde, machten sich Elias und Mika auf die Suche nach ihrem Unterrichtsraum. Sie fanden ihn auf Anhieb. Es trudelten zehn weitere Lehrlinge ein.

Mit ungefähr zehn Minuten Verspätung betrat schließlich ein großer, schlanker, braungebrannter, gutaussehender Mensch mittleren Alters den Raum. Er trug leinene Kleidung in Pastelltönen und einen mintgrünen, seidenen Umhang. Er stellte sich vorne ans Pult und sagte: »Hey Leute! Ich bin Florin Morel, ich unterrichte Bodyshaping oder wie man herkömmlich sagt, Gestaltwandeln. Willkommen in diesem Nomester.« Er sah jeden mit einem freundlichen Nicken an, kletterte auf sein Pult und setzte sich im Schneidersitz darauf. »Traut nie der äußeren Form! Und lasst euch nicht beeindrucken, von was auch immer ihr seht!«

Und vor ihren Augen begann er zu schrumpfen. Sein Körper lief tiefdunkel an, als würde er vertrocknen. Sein Kopf verrunzelte wie eine Trockenpflaume. Die Augen wurden trüb, dann schwarz und saßen in den Augenhöhlen wie zwei winzige Rosinen. Seine Kleidung war mitgeschrumpft und gleichzeitig dunkler und schmutzig geworden. Eine Art mumifizierter Zwerg saß nun vor ihnen.

Elias betrachtete angeekelt das Geschöpf. So etwas hatte er noch nie gesehen. Wenn dieser Lehrer demonstrieren wollte, was er konnte, warum verwandelte er sich dann nicht in etwas Ansehnlicheres? Da fiel ihm auf, dass die anderen Lehrlinge unbeeindruckt, ja fast schon gelangweilt an ihren Pulten saßen. Abscheu konnte er nirgends erkennen.

»Ich liebe diese frischen Gesichter«, sagte das widerwärtige Geschöpf in einer verzerrten Stimme mit Blick auf Mika. Dann machte es ein markerschütterndes Geräusch, das vermutlich ein Lachen darstellen sollte.

Elias sah zu Mika. Dieser war komplett blass geworden und schien kurz davor, sich übergeben zu müssen.

Der Professor begann wieder sich zu verwandeln, eine kontinuierliche Veränderung der Gesichtszüge, des Körpers, der Kleidung. Nach einigen Sekunden saß wieder der sonnenverwöhnte Mensch vor ihnen und wischte sich ein Tränchen aus dem Auge, das sein Lachen dahingetrieben hatte. »Ich hoffe, ihr könnt mir verzeihen, ihr beiden Neuankömmlinge. Aber ihr müsst darauf vorbereitet sein, so etwas zu sehen. Jederzeit.« Er sprang mit einem Satz vom Schreibtisch und ging zu Mika, der verdattert dasaß. Er klopfte ihm freundschaftlich auf die Schulter: »Gehts wieder, mein Lieber?«

Mika sah zu ihm auf und nickte dann, immer noch blass um die Nasenspitze, er räusperte sich und sagte: »Geht schon, war nur etwas unerwartet.«

»Genau, ihr müsst immer bereit sein, das Unerwartete zu sehen, und dürft euch nicht davon schockieren lassen. Denn das macht euch angreifbar«, er sah lächelnd auf Mika hinab.

Dieser nickte stumm.

»Lassen wir es gut sein mit der Einführung«, sagte der Professor und marschierte mit wehendem Umhang zu seinem Pult. »Habt ihr alle eure Badesachen dabei? Falls nicht, dann bitte jetzt holen! In fünfzehn Minuten starten wir.«

Der eine oder andere Lehrling erhob sich und verließ den Raum, die anderen begannen sich miteinander zu unterhalten.

Elias sah zu Mika und fragte ihn leise: »Alles okay?«

Er blinzelte und sagte dann: »Hammer.« Er schien den Schock schnell weggesteckt zu haben. »Der Typ ist doch abgefahren«, nuschelte Mika und schaute zu dem Professor, der eine Schublade am Pult aufgeschlossen hatte und nun versuchte, diese zu öffnen. Sie schien zu klemmen.

»Na ja, ich finde ihn ein bisschen wichtigtuerisch.«

»Ich hatte noch nie so einen abgedrehten Lehrer«, Mika grinste.

»Meinst du, das da ist jetzt seine echte Gestalt?«, fragte Elias und beobachtete, wie er es endlich schaffte, die Schublade aufzuzerren, um einen großen, goldenen Schlüssel herauszuholen.

Mika musterte ihn: »Gute Frage.«

Der Professor lief zu einem hohen, aber schmalen Besenschrank und schloss diesen auf.

Die Lehrlinge tröpfelten mit ihrem Badezeug wieder herein und nahmen Platz.

»Alle da? Wir machen nun eine kleine Reise. Das Seminar lautet ja: ›Entdecke den Oktopussy in dir!‹ Und dazu benötigen wir Wasser. It's Beachtime!«, sagte der Professor strahlend.

Wie passend, dachte Elias, wenn das seine wahre Gestalt war, dann verbrachte er mehr Zeit am Strand als sonst wo.

Die Gestaltwandel-Lehrlinge waren aufgestanden und stellten sich in Reih und Glied vor dem Besenschrank auf. Elias und Mika fanden sich am Ende ein und spähten nach vorne, um zu sehen, was in dem Schrank war, aber die Köpfe der anderen versperrten ihnen die Sicht. Da erleuchtete plötzlich ein helles Licht das Innere des Schranks.

Die Schlange von Lehrlingen setzte sich in Bewegung. War das wieder so eine Art Fahrstuhl? Würden sie dort alle reinpassen. Kurz bevor sie an der Reihe waren, konnte Elias einen Blick hineinwerfen und traute seinen Augen kaum. Im Inneren des Schrankes befand sich ein heller, in allen Regenbogenfarben leuchtender Ring.

»Wie cool, ein Portal«, sagte Mika. Er, Elias und der Professor waren die Letzten, die noch da waren.

»Keine Sorge. Ihr landet weich. Einfach durchgehen«, sagte Morel.

Mika stieg in den Schrank, atmete tief ein und sprang dann mit einem Satz in den Lichtkreis. Weg war er.

Elias' Herz pochte bis zum Hals, seine Hände waren schweißnass. Was, wenn er keine magischen Fähigkeiten hatte und das Portal nur bei Magiern funktionierte? Würde er das dann überleben? Aber Moment mal, er war ja schon durch Portale gegangen, oder sagen wir besser, gefallen. Er biss die Zähne zusammen und stieg in den Schrank.

»Auf gehts, das Meer ruft!«, sagte der Professor fröhlich.

Elias sprang in den Lichtkreis. Er wurde nach oben und vorne gezogen. Umgeben von buntem Nebel, flog er in rasantem Tempo sekundenlang schwerelos dahin. Vor ihm tauchten bläuliche und weißliche Farbfelder auf, die schnell näher kamen. Der Länge nach landete er in weißem Sand. Er rappelte sich auf und sah sich um. Vor ihm lag ein türkisfarbenes Meer mit sanften Wellen. Er befand sich in einer Bucht an einem Sandstrand. Hinter ihm standen Palmen, zwischen denen bunte Hängematten gespannt waren. Es war der reinste Traumurlaubsbadeort. Die anderen Lehrlinge waren schon dabei, ihre Handtücher am Strand auszubreiten.

Mika klopfte ihm auf den Rücken. »Das ist doch der absolute Wahnsinn«, sagte er strahlend.

»Da hinten könnt ihr euch umziehen.« Der Professor zeigte in Richtung Palmen auf Umkleidekabinen aus Bambus. Einige ihrer Mitlehrlinge, nun im Badedress, kamen gerade wieder heraus.

Elias und Mika zogen sich in Windeseile um. Wieder am Strand angekommen, grub Elias seine Zehen in den Sand. Sanft umspülten die Wellen seine Füße. Er liebte dieses Gefühl.

Die anderen Lehrlinge waren schon im Wasser.

In ihrer Mitte stand der Professor in einem extravaganten Badeanzug in Pastellfarben. Es sah aus wie eine Badehose mit Hosenträgern. »Also, ihr Badenixen. Die Aufgabe lautet: Entdeckt euren Oktopussy oder was auch immer in euch! Das heißt, ihr könnt kreativ sein, Hauptsache, es hat irgendetwas von einem Meeresbewohner an sich.«

Die Lehrlinge stürzten sich in die Fluten, es war nicht erkennbar, was sie nun taten.

»Was sollen wir machen?«, fragte Mika.

Elias zuckte mit den Schultern. Da sah er schon den Professor auf sie zukommen.

Dieser übergab ihnen Taucherbrillen mit Schnorcheln. »So liebe Neuankömmlinge. Die Wahrscheinlichkeit, dass ihr Gestaltwandler seid, liegt bei ungefähr einem Achtel. Macht euch nichts draus, wenn es nicht klappt. Aber versuchen müsst ihr es!«

»Ähm, ja, wir versuchen es. Aber was genau sollen wir versuchen?«, fragte Mika.

»Die Energien der Sphäre der Elemente verstärken eure Talente. Aber jeder hat seine eigene Art, die Magie in sich zu entdecken. Mein Rat an euch ist, einfach mal am Riff zu schnorcheln und die Unterwasserwelt zu beobachten, um euch darauf einzustimmen. Dann könnt ihr euch in eines der Meerestiere geistig hineinversetzen.

Am besten in eins, dass euch gut gefällt.« Mit diesen Worten verwandelte er sich in eine rothaarige Meerjungfrau, zwinkerte ihnen zu und verschwand mit einem kräftigen Schlag seiner, also ihrer smaragdgrünen Schwanzflosse unter Wasser.

»Das klingt einfach«, sagte Mika.

Elias zog die Augenbrauen hoch: »Na ja, was würdest du gern sein?«

»Ein Delfin. Meinst du, es gibt hier welche?«

»Gut möglich.«

»Dann los«, sagte Mika, zog sich die Taucherbrille über und sprang unelegant der nächsten Welle in die Arme.

Am Riff angelangt, eröffnete sich ihnen eine schimmernde Meereswelt. In den buntesten Farben krabbelten, krochen und schwammen Tiere zwischen den wogenden Pflanzen und leuchtenden Korallen herum. Und dann sahen sie sie: Delfine!

Stunden vergingen, in denen die neuen Freunde beobachten konnten, wie sich die anderen Lehrlinge Flossen, Schwimmhäute und Fischköpfe wachsen ließen. Einer der Älteren verwandelte sich vollständig in einen kleinen Wal. Eine andere schaffte es, sich mit einem Plopp einen Schildkrötenpanzer aus dem Rücken zu drücken, was den Professor hellauf begeisterte.

Es war schon später Nachmittag. Elias hatte sich für ein Schläfchen in eine der Hängematten gelegt, als Mika, der weiter geübt hatte, zu ihm kam. »Ich glaube, Gestaltwandeln liegt mir nicht. Hab jetzt eine Stunde lang das Wort ›Delfin‹ vor mich hingemurmelt und mir wuchs nicht mal eine kleine Flosse.« Er ließ sich in die Hängematte fallen und seufzte.

Elias blinzelte ihn schläfrig an.

Mika sprach weiter: »Aber eigentlich find ich es gar nicht so schlecht, wenn ich kein Gestaltwandler bin. Weil dann könnt ich ja Elektromagier sein. Oder Tiermagier. Das wäre auch toll.« Er lächelte und sah in die Palmenblätter, die sich sanft in der Meeresbrise wiegten. Seine Zähne funkelten. Und sie sahen dabei höchst merkwürdig aus.

Elias fuhr hoch. »Mika!«, rief er, »deine Zähne!«

Mika fuhr ebenfalls hoch und sah erschrocken zu Elias: »Meine Zähne? Was ist mit denen?« Er befühlte sie mit den Fingern. Es waren weit auseinanderstehende Stummel. »Sind welche rausgefallen?«, fragte er entsetzt.

»Zeig mal her.«

Er öffnete den Mund, so dass Elias hineinsehen konnte.

»Mika, du hast Zähne wie ein, ein …«

»Opa?«, fragte Mika nervös.

Elias grinste: »Nein, Mann, wie ein Delfin!«

»Was echt?«, er tastete wieder.

»Hast du diese Veränderung nicht bemerkt?«

»Ne, ich fand alles ganz normal.«

»Aha«, hörten sie plötzlich eine Stimme. Morel hatte sich ihnen genähert und strahlte Mika an. »Entschuldigt, aber ich wollte eben fragen, wie es bei euch so läuft, und habe euer Gespräch mitbekommen. Was für wunderschöne Zähne! Und du hast den Gestaltwandel nicht mal bemerkt? Wie süß! Mach dir keine Gedanken, du wirst deine Wandlungen noch besser wahrnehmen und kontrollieren lernen. Und das am ersten Schultag. Fantastisch!« Er sah Mika glücklich in den Mund, mit der Hand an seinem Kinn wie ein Zahnarzt, der eben einem Patienten neue Zähne verpasst hatte. »Mensch Junge, willkommen in unserem Club! Wir sind die Kreativsten von allen!« Der Professor klopfte Mika auf die Schulter. »Wir erzählen es gleich den anderen, komm mit.« Er nahm ihn an der Hand und zog ihn mit sich.

Am Abend ihres ersten Schultags gab es schon zwei Anlässe zum Feiern. Zum einen waren da Mikas Delfinzähne. Er konnte sich nicht mehr selbst zurückverwandeln. Auch Morel konnte ihm nicht helfen, da ausschließlich Hochmagier Gestaltwandelmagie auch auf andere Menschen anwenden konnten, und der junge Professor war erst Großmagier. Deshalb musste Mika warten, bis die Zähne von selbst verschwinden würden. Doch so konnte er den beiden Frauen stolz seinen ersten Gestaltwandel präsentieren.

Den zweiten Anlass lieferte Lielle. Sie hatte die Erstnomester-Übungen im heutigen Unterricht auf Anhieb gemeistert und war ein Naturtalent in Kommunikationsmagie.

Lielle strahlte. Elias hatte sie noch nicht so glücklich gesehen. Mika strahlte auch. Elias freute sich für beide und hoffte, dass er bald auch so strahlen würde.

Obwohl Lielle und Mika schon ihre Pfadmagie entdeckt hatten, sollten sie weiter den anderen Unterricht besuchen. Jeder sollte die verschiedenen Pfade kennenlernen.

Am Dienstag stand Heilmagie zusammen mit Lielle auf Elias' Plan. Er versuchte, seine Nervosität zu verbergen. Dass Lielle Kommunikationsmagierin war, verunsicherte ihn noch mehr. Sie konnte womöglich schon Gedanken lesen.

Die Professorin für Heilmagie war eine stämmige mittelalte Dame mit brauner Lockenmähne. Sie nannte sich Valentina Mendes. Nach einer kurzen Einführung, in der sie erklärte, dass ihr Fach die allerwichtigste Disziplin überhaupt sei, aktivierte sie das Portal, das sich ebenfalls in einem Besenschrank befand.

Die kleine Gruppe fand sich in einem Dschungel auf einem Platz mit riesigen Bäumen wieder. Einige Pfade führten von hier aus tiefer in den Urwald hinein. Die Luft war schwülwarm und angefüllt mit den verschiedensten Geräuschen und Gerüchen, die die vielfältige Vegetation hier zu bieten hatte. Die Lehrlinge ließen sich auf Matten am Boden nieder.

Vor ihnen saß Professorin Mendes, ebenfalls auf dem Boden. Auf einem kleinen Tisch neben ihr befanden sich ein Standmixer und einiges an Obst und Kräutern. Sie sprach langsam und eindringlich: »Heilmagie besteht aus drei großen Bereichen. Der eine Bereich ist das Erkennen der Krankheiten.« Während sie redete, schien sie jeden Lehrling mit ihren rehbraunen Augen zu scannen. »Der zweite Bereich ist zu wissen, welches Mittel nun heilsam bei dieser Krankheit wirkt, und der dritte Bereich, wie man dieses Mittel herstellen kann. Heilmagie ist also sehr komplex. Ihr seid Arzt, Apotheker und Röntgenapparat in einem.«

Elias schweifte mit seinen Gedanken ab. Sein Blick wanderte zu Lielle, die an den Lippen der Professorin hing. Er betrachtete ihr Haar. Irgendetwas duftete hier nach Jasmin. Wuchs das hier etwa? Oder ging das von Lielle aus?

»Ich sehe, wie ein Lungenflügel sich weiter ausdehnt als der andere, was pathologisch ist oder wie jemand in Ruhe Herzklopfen hat, was andere Gründe haben kann, zum Beispiel Interesse am anderen Geschlecht.«

Elias' Blick ging zur Professorin, die ihn gerade angesehen hatte, sich aber inzwischen wieder anderen Lehrlingen zuwandte.

Elias wurde rot. Hatte sie ihn gemeint? Er schaute nervös zu Lielle, sie schien nichts bemerkt zu haben.

Valentina Mendes erklärte ihnen eine ganze Weile lang, wie sie Verletzte und Kranke analysieren würde. Sie schien allein durch das Ansehen der Leute schon diverse körperliche Prozesse nachvollziehen zu können.

Lielle flüsterte Elias zu: »Unglaublich, oder? Diese Frau ist ein wandelndes MRT.«

»Äh, ja, erstaunlich«, murmelte Elias.

»Wir werden das heute andersherum angehen. Ihr werdet euch nicht gegenseitig scannen und nervös machen mit irgendwelchen Vermutungen, sondern gleich losgehen und dieses Kraut hier, es nennt sich Kirkir, sammeln.« Die Professorin nahm ein Büschel grüne Stile mit Blättchen, ähnlich Petersilie, in die Hand und wedelte damit herum. »Es hat fantastische Heileigenschaften. Bitte sucht danach im Urwald, studiert es und findet heraus, wofür man es verwenden kann. Der Wald hier ist übrigens vollkommen ungefährlich, so lange ihr euch innerhalb der Umzäunung bewegt. Wir nutzen ihn für Lernzwecke und halten ihn entsprechend instand.«

Sie zog den Tisch mit dem Standmixer her, nahm dessen Deckel ab und stopfte einen Teil des Krauts hinein, während sie sagte: »Um herauszufinden, wie der Kirkir wirkt, könnt ihr ihn gern essen. Am besten schmeckt er als Smoothie.« Sie fügte geschälte Bananen sowie rosarote Beeren hinzu und füllte das Ganze mit Wasser aus einer frischen Kokosnuss auf. Urwaldgeräusche wurden von Mixgeräuschen übertönt und heraus kam ein grünliches, dickflüssiges Getränk.

»Da drüben findet ihr noch mehr Kirkir. Nehmt euch ein Stängelchen zum Vergleichen mit. Aber bitte esst den vermeintlichen Kirkir, den ihr auf eurem Weg findet, nicht! Ihr müsst mir erst zeigen, was ihr da gesammelt habt. Nicht, dass ihr euch gleich am ersten Nomestertag vergiftet. Aktiviert außerdem den Navigator in eurem M-Tap, damit ihr zurückfindet. Dann mal los! Und vergesst die Macheten nicht.«

Elias ging voraus und schlug mit der Machete auf das Gestrüpp und die Lianen ein, die ihnen den Weg versperrten. Lielles Aufgabe war nach dem Kirkir Ausschau zu halten. Sie gingen eine Weile, von verlegener Stille begleitet, hintereinander her.

Schließlich sagte Elias: »Nochmal Glückwunsch zu deiner Pfadmagie. Echt cool, dass du das so schnell schon festgestellt hast«, sagte er.

»Danke«, sagte Lielle lächelnd.

»Ist es jetzt nicht langweilig, die anderen Pfadmagien ausprobieren zu müssen?«

Lielle schüttelte den Kopf: »Nein, ich finde es total spannend. Vor allem, weil ich ja vorher noch nie etwas von Magie gehört hatte.«

»Bei mir war das ja auch so«, sagte Elias. »Ich meine, ich habe auch nichts von dem Ganzen hier gewusst. Schon irre.«

Lielle nickte.

Es vergingen wieder ein paar Momente, in denen sie schweigend weitergingen.

Elias setzte erneut an: »Hast du denn vermutet, dass du eine Kommunikationsmagierin bist, als du die Beschreibungen der einzelnen Pfade das erste Mal durchgelesen hast?«

»Ja, schon.«

»Hattest du denn vorher eine Ahnung von deinen Fähigkeiten?«, fragte Elias weiter. Da fiel ihm ein, dass Lielle dieser Frage schon einmal ausgewichen war, als sie sich zu viert über ihre magischen Fluktuationen unterhalten hatten. Er biss sich auf die Unterlippe. Ein paar Herzschläge lang hörte man nur das hackende Geräusch, das er mit der Machete verursachte.

»Bevor ich hierherkam, habe ich Psychologie studiert. Es war immer mein Traum. Doch dann begann ich Stimmen zu hören«, sagte Lielle.

Elias hielt inne und drehte sich zu ihr um.

Sie sah ihn traurig an.

»Oh, das ist, ähm …«, Elias wusste nicht, was er sagen sollte.

»Das ist sehr problematisch, vor allem für eine angehende Psychologin.«

Elias sah mitfühlend zu Lielle.

»Und ich hörte nicht nur Stimmen, ich sah auch seltsame Dinge. Ich konnte mit niemandem darüber reden, denn alle hätten mich für verrückt erklärt.«

»Das muss schlimm sein«, sagte Elias.

Lielle nickte. »Ich habe mich von allen zurückgezogen, weil ich Angst hatte, dass andere bemerken, dass mit mir etwas nicht stimmt.«

»Was für Dinge hast du gesehen?«, fragte Elias.

Lielle sah ihn nachdenklich mit ihren hellen Augen an. Schließlich sagte sie: »Dunkle Wesen. Nicht wie Tiere, sondern mehr wie Schatten. Ich habe das alles immer weggedrängt, weil ich dachte, das entspringt nur meiner Fantasie. Aber jetzt glaube ich, es gibt sie wirklich.«

Elias runzelte die Stirn, als er fragte: »Der Inspektor sagte, du hättest den Feind bereits wahrgenommen. Ist das der Feind?«

»Ich denke ja, zumindest gehören die dazu.«

»Kannst du mir mehr darüber erzählen?«, fragte Elias.

Lielle überlegte wieder, dann sagte sie: »Die Wesen, die ich sah, waren wie schwarze, fliegende Blutegel. Man kann sie aber nicht mit normalen Augen sehen. Ich habe beobachtet, wie Menschen, die mit ihnen in Kontakt kamen, krank wurden. Körperlich und auch psychisch.«

Elias sah entsetzt zu Lielle. Er bemerkte, dass sie nervös an einer hellen Haarsträhne spielte, das Thema war ihr unangenehm.

»Jetzt wirst du zwar keine Psychologin, aber eine hervorragende Kommunikationsmagierin«, er lächelte sie aufmunternd an.

Sie erwiderte sein Lächeln. »Danke.«

Elias begann wieder den Weg frei zu hacken.

»Welche Pfadmagie wäre dein Favorit?«, fragte Lielle.

»Ich finde eigentlich alles cool«, sagte er, »aber manches wäre cooler als anderes.«

»Was wäre das Coolste?«, fragte sie.

»Ich glaube Tiermagie!«, sagte Elias. »Oder vielleicht doch Bewegungsmagie?« Er zuckte mit den Schultern und schlug ein paar Mal auf eine fette Liane ein.

»Tiermagie finde ich auch spannend«, sagte Lielle, »da gehen wir am Freitag zu viert hin.«

»Da freu ich mich auch schon drauf.«

Nach zwei Stunden des im Urwald Herumirrens entschieden sich Elias und Lielle zum Lager zurückzukehren. Sie hatten das Kirkir nicht finden können, aber immerhin hatten sie sich besser kennengelernt. Es war Mittagszeit, als sie im Lager ankamen. Sie genehmigten sich das vorzügliche Essen aus ihren Lunchboxen. Am Nachmittag tranken sie den grünen Smoothie und probierten den Kirkir auch pur. Unter Anleitung der Professorin fühlten sie in sich hinein, ob sie irgendeine Wirkung bemerkten. Außer, dass er pur gegessen Brechreiz auslöste, konnten sie nichts feststellen.

Am späten Nachmittag kam dann einer der Heilmagie-Lehrlinge darauf, wozu der Kirkir gut war. Er hatte heilsame Effekte auf den Vagusnerv. Und so ließ Valentina Mendes die Lehrlinge durch das Portal in die Akademie zurückkehren. Ein weiterer Schultag ging zu Ende, der zwar interessant war, aber noch keinen Aufschluss gab über Elias' Pfadmagie.

Der Raum im Untergeschoss des Kastens erinnerte an eine Hobbywerkstatt in einer Garage. Elias, Mika und zwei weitere Neuankömmlinge, die ebenfalls zum Schnuppern gekommen waren, saßen inmitten der Elektromagie-Lehrlinge und starrten irritiert auf den Professor, der sich als Jeremy Hawk vorgestellt hatte.

Er war mittelgroß, mittelschlank, mittelalt und trug einen zerschlissenen Laborkittel, der das eine oder andere Brandloch aufwies. Seine dunkelgrauen Haare standen von seinem Kopf ab, als wären sie elektrisch aufgeladen und aus ihren Spitzen sprühten kleine, blaue Funken. Aber wirklich merkwürdig waren seine beiden Antennen. Es war nicht festzustellen, ob er ein Haarband trug, an dem sie befestigt waren, oder ob sie aus seinem Kopf wuchsen. Sie wippten und kreisten bei jeder seiner Bewegungen wie lange einzelne Ähren im Wind. Er räusperte sich lautstark, um das Gebrabbel der Lehrlinge zu übertönen und ihre Aufmerksamkeit zu erregen. »Willkommen, willkommen also! Nun, ähm, wie starten? Ähm ja, da wir ja ein paar Schnupperer hier haben, würde ich den theoretischen Teil gerne abkürzen oder am besten gleich weglassen und voll in die Materie eintauchen, im wahrsten Sinne des Wortes.« Er lachte wie ein Baby-Troll, der etwas ausgeheckt hatte. »Ich zeige euch heute ein für die Wissenschaft der Realität noch unbekanntes physikalisches Phänomen. Dieses Phänomen ermöglicht uns, Eingriffe in technischen

Geräten vorzunehmen. Die Grundlage bildet die Technologie der Quantenwellen.« Er griff in einen großen Karton, der neben dem Pult auf dem Boden stand, und zog einen Helm mit zwei Antennen heraus. »Das hier ist ein Quanten-Booster. Ich würde euch nun bitten, dass sich jeder so einen hier vorne abholt und aufsetzt.«

Es dauerte einige Minuten, bis jeder wieder mit Helm ausgestattet auf seinem Platz saß.

Mika hob die Hand.

»Ja?«

»Sind diese Helme sicher?«

»Ah, du meinst, ob ihr Gefahr lauft, dass euch das Hirn weggeschmort wird?« Der Professor fasste sich nachdenklich ans Kinn.

Die beiden anderen neuen Lehrlinge starrten entsetzt zu ihm und wollten sich den Helm wieder vom Kopf ziehen.

»Ach was!«, sagte er mit einer wegwerfenden Geste.

Die Neuen atmeten auf.

Der Professor schob nach: »No risk, no fun, oder?« Er grinste wieder trollig.

Die neuen Lehrlinge sahen sich ängstlich gegenseitig an.

»So, was als Nächstes ...«, sagte der Professor zu sich selbst und rieb sich die Hände. »Ah ja, wir werfen nun einen Blick von außen auf die Existenz der Realität. Also jener Welt, die manch einer von euch früher noch als die einzig existierende Welt angesehen hat. Nur von einer anderen Schwingungsebene aus kann man das Phänomen, um das es heute gehen soll, in dieser Form beobachten.«

Er räumte ein bisschen auf seinem Tisch herum. Da lagen allerlei Kabel, Werkzeuge und Elektrogeräte. »Was jetzt, tja. Genau! Ihr werdet mit Hilfe des Quanten-Boosters, der als Supraleiter dient, eine Einsicht in meine Wahrnehmung der physikalischen Vorgänge in den beiden Welten haben. Ich habe es geschafft mit Hilfe einer Wurmloch-Parallele ein Cooper-Paar zu trennen und das eine Elektron in die Realität zu lenken, während das andere noch hier bei mir ist«, und er hob den Zeigefinger und sah nun wirklich verrückt aus, »und zwar ohne die Verschränkung zu lösen! Na schön, wo habe ich denn den, äh, tut mir leid, ich wollte euch nicht mit Theorie peinigen, aber ich suche noch den Massenpunkt.«

Er ging hinüber zum Lichtschalter und betätigte ihn. »Ich schalte das Licht aus, dann könnt ihr das besser sehen, jedenfalls bilde ich mir das ein.« Er gab sein trolliges Lachen von sich.

Es war recht dunkel im Raum. Allerdings sah man die Umrisse von Hawks Gesicht aufgrund seines funkensprühenden Haars.

»Ich kann ihn Funken abgeben sehen«, flüsterte Mika.

»Ich auch. Hoffentlich ist das nicht eine irreversible Nebenwirkung dieser Helme«, sagte Elias.

Mikas Blick wanderte skeptisch zu seinem Helm hinauf.

»Nun schalte ich eure Geräte ein, nicht erschrecken«, sagte Hawk.

Elias spürte ein sanftes Kribbeln im Hinterkopf, das aber sofort nachließ.

»Was seht ihr, Leute? Redet einfach drauf los«, fragte der Professor.

Ein junger Mann vor Elias sagte: »Ich sehe, dass die niedrigere Schwingungsebene schubweise abbremst.«

»Sehr gut.«

»Das Quantum auf der niedrigen Schwingungsebene verschwindet und taucht an anderer Stelle wieder auf«, sagte eine junge Dame aus einer hinteren Ecke.

»Photonengenau«, rief der Professor und fügte hinzu: »Das liegt aber nicht daran, dass das Quantum verschwindet, dieses ist kontinuierlich da, sondern die Realität verschwindet. Man könnte sagen, die Realität macht Sprünge, aber da das Gehirn in der Realität auch Sprünge macht, bemerkt es das nicht.«

»Bemerkst du irgendetwas, Elias?«, flüsterte Mika.

»Rein gar nichts, wahrscheinlich macht mein Gehirn die falschen Sprünge«, sagte Elias. »Und du?«

»Ich sehe nur seine Gedanken sprühen.«

Elias musste sich ein Lachen verkneifen.

»Weil die Wissenschaftler der Realität dieses Phänomen nicht von ihrer Schwingungsebene aus beobachten können, kommen sie nicht darauf. Dabei ist das Model des Schwingungskontinuums das Naheliegendste. Und dazu auch noch total rational erklärbar!« Er knipste das Licht wieder an.

Eine Hand neben Elias hob sich, es war einer der Neuankömmlinge.

»Ja?«, fragte der Professor ihn.

»Entschuldigung, aber ich sehe rein gar nichts.«

Er musterte den Lehrling für einige Sekunden lang skeptisch. »Ach!«, rief er dann und schlug sich mit der flachen Hand gegen die Stirn, so dass seine Antennen wild wippten. »Du bist einer der Neuen! Ich dachte schon der Quanten-Booster ist kaputt. Sorry Leute, da habe ich doch glatt vergessen, zu erwähnen, dass man das alles nur sehen kann, wenn man über Elektromagie verfügt. Ansonsten ist ein Gehirn nicht in der Lage die Informationen aus dem Booster adäquat umzusetzen. Ein Nicht-Elektromagier verändert mit seinem beschränkten Bewusstsein die Wellen. Sein Gehirn zerhackt alles in Stücke. Damit bleibt nichts mehr übrig von dem Phänomen.«

»Ach so«, sagte der neue Lehrling enttäuscht.

»Ah, sorry nochmal, Leute. Ich wollte jetzt nicht sagen, dass ihr Neuen beschränkt seid. Nur wenn ihr da jetzt nichts sehen könnt, ist Elektromagie wahrscheinlich nichts für euch. Aber bitte versucht es einfach mal weiter. Wir wollen ja nicht zu schnell aufgeben.« Er betätigte einen weiteren Schalter und es wurde noch heller im Raum. »Versuchen wir es mal so. Seht ihr es nun besser, schlechter oder gar nicht mehr?«

»Ich sehe was!«, rief plötzlich eine Neue.

»Was siehst du?«, fragte der Professor.

»So eine Art spiralartigen Regenbogen.«

Der Professor grinste: »Das klingt ganz gut für den Anfang. Ich glaube wir bekommen Verstärkung, Leute.«

Die anderen Elektromagie-Lehrlinge klatschten.

Nach einer weiteren Stunde Diskussion über Quantenbögen und Schwingungssprünge mit dem Helm auf dem Kopf, erkannten Elias und Mika nur, dass sie nichts von alledem sahen. Und auch am Nachmittag, als es darum ging, Magnetsensoren auf ihre Energie hin zu erforschen, um sie in einem Quantencomputer für abhörsichere Verschlüsselungsverfahren einzubauen, empfanden sich die beiden Freunde deplatziert. So sehr Mika Computer und alles Technische liebte, am Abend gestand er sich ein, dass ihm Elektromagie zu hoch war. Er musste nicht wissen, wie ein Teil funktionierte, es reichte ihm, dass es funktionierte.

Am Donnerstag hatten Elias und Mika Küchendienst. Sie verbrachten den Tag in der urigen Akademieküche, um Karotten, Knollensellerie, Lauch und Zwiebeln für Gemüsebrühe zu zerkleinern. Die klobigen Küchenmöbel bestanden aus echter Eiche. In breiten Kaminen hingen große Kessel über dem Feuer, in denen Eintöpfe vor sich hin blubberten, und auf Grillen brutzelte diverses Gemüse. Die Küchenmitarbeiter trugen bunte Schürzen und Kochmützen und waren gut gelaunt.

Am Abend gab es im Vegan Heaven Delight unter anderem klare Brühe mit verschiedenen Suppeneinlagen. Außer, dass Elias und Mika daran mitgewirkt hatten, ohne sich in die Finger zu schneiden, gab es keinen Anlass zum Feiern, obwohl alle vier Freunde das gehofft hatten. Die jungen Frauen waren nämlich heute in Pflanzenmagie gewesen. Tiana musste leider feststellen, dass sie zwar einen grünen Daumen hatte, aber wohl keinen magischen. Doch es gab ja auch noch Tiermagie!

Den Professor für Tiermagie trafen sie nicht im Klassenzimmer an, und auch niemanden sonst. Da war aber ein Schild neben dem offenen Besenschrank, in dem ein Portal vor sich hin leuchtete mit der Aufschrift: ›Der Unterricht findet draußen statt. Bitte das Portal benutzen. Gezeichnet Professor Joakim Drakov.‹

Elias, Mika, Tiana und Lielle hatten im Laufe dieser ersten Woche schon das Portalreisen ausprobieren können, und so kostete es nur ein bisschen Überwindung für die vier, erneut eines zu durchschreiten.

Auf der anderen Seite des Portals fanden sie sich in einer savannenartigen Gegend wieder. Nicht weit von ihnen entfernt, vor einem Hügel, saßen ein paar Leute im Kreis auf dem Boden. In der Mitte stand ein Mann, der aussah wie ein Abenteurer aus einem Film. Er war hochgewachsen, schlank, drahtig, trug eine braune Kordhose, ein leinenes Hemd, das er hochgekrempelt hatte und einen Cowboy-Hut. Sein Gesicht war wettergegerbt und braungebrannt.

Als er sie kommen sah, hob er die Hand zum Gruß und sagte: »Ihr müsst die Neuankömmlinge sein, willkommen! Da habt ihr euch heut einen perfekten Tag zum Schnuppern ausgesucht. Ich bin Professor Joakim Drakov, aber alle nennen mich Jake. Bitte nehmt Platz.«

Die vier Neuen setzten sich zu den anderen.

Erst jetzt fiel Elias auf, dass der Hügel senkrecht abgegraben und eine Scheibe zur Stabilisierung der Erde davor angebracht worden war. Dahinter befanden sich viele Tunnel mit dem Durchmesser eines Unterarms. Irgendetwas bewegte sich darin.

»Wir werden heute eine sehr liebenswerte und faszinierende Tierart kennenlernen: den Nacktmull. Hinter mir seht ihr bereits seinen Bau. Mehr möchte ich euch dazu nicht sagen. Eure Aufgabe ist es, euch in Gruppen von zwei bis vier Personen zusammen zu tun und mehr über ihn herauszufinden. Dabei ist mir auch die Methode wichtig, wie ihr das anstellt. Ihr habt Zeit bis heute Nachmittag, dann tragen wir die Ergebnisse zusammen und tauschen uns darüber aus.«

Die Gruppen verteilten sich am Hügel und beobachteten die Nacktmulle durch die Scheiben. Es waren kleine, längliche, runzelige Wesen, die Ähnlichkeit hatten mit Ratten ohne Fell. Auf den ersten Blick fand Elias sie hässlich. Doch je länger er zusah, wie sie sich durch ihr Tunnelsystem schoben, Höhlen bauten, Junge pflegten, Nahrung herbeischafften und so weiter, desto sympathischer wurden sie ihm. An manchen Stellen des Nacktmull-Baus war kein Glas vorhanden, so konnte man mit ihnen direkt Kontakt aufnehmen, falls sie am Tunnelende auftauchen würden.

Die vier Freunde hatten schon einige Zeit vor einem dieser Löcher ausgeharrt, als Jake um die Ecke kam.

»Wie läuft es bei euch?«, fragte er.

»Wir haben ein paar Notizen zum Verhalten der Nacktmulle gemacht«, antwortete Tiana.

»Sehr gut. Habt ihr schon mit einem näher Kontakt gehabt?«

»Hat sich noch keiner blicken lassen«, sagte Mika.

»Verstehe. Möchtet ihr, dass ich euch ein bisschen unter die Arme greife?«

»Klar«, erwiderte Tiana sofort und die anderen nickten.

»Alle Tiere sind magische Wesen. Jedes Tier hat einen besonderen Zugang zu einem Element. Die Nacktmulle zum Beispiel sind der Erde zugetan. Wenn ihr Tiermagier seid, dann könnt ihr über Magie mit ihnen in Kontakt kommen.«

»Wir kamen aber per Element Wasser in die Sphäre, ist das ein Problem?«, fragte Tiana.

»Das macht keinen Unterschied, denn so lange ihr keine Elementalisten seid, seid ihr nicht auf ein bestimmtes Element eingeschossen. Man kann ja auch jedes Jahr mit einem anderen Element in die Sphäre gelangen.«

»Zwei von uns sind mit Sicherheit keine Tiermagier, weil wir schon unseren Pfad entdeckt haben«, sagte Mika.

»Verstehe. Wer von euch sucht noch nach seinem Pfad?«

Elias und Tiana hoben die Hand.

Jake drehte sich dem Tunnelausgang zu und just in dem Moment tauchte ein Nacktmull dort auf und kletterte auf seine Hand. Er hielt ihn Tiana hin. Der Nacktmull krabbelte auf ihren Arm und schnupperte an ihren Dreadlocks.

Sie lächelte. »Wie süß.«

Süß war nicht das erste Wort, mit dem Elias das schrumpelige Tierchen beschreiben würde, und es konnte sicher fies zubeißen mit seinen riesigen Hauern.

»Versuche, diesen kleinen Freund zu spüren. Stell dir vor, er lebt in einer besonderen Verbindung zur Erde, wodurch er laufend erneuert wird, denn Erdmagie beinhaltet mächtige Regenrationskräfte. Alles Leben zieht sich im Winter zurück in die Erde, um Kraft zu tanken, um im Frühling wieder aufs Neue zu erblühen.«

Elias nahm eine Bewegung am Tunnelausgang wahr, da saß noch ein Nacktmull.

Jake bemerkte es auch. »Ein Weibchen. Sie möchte zu dir.« Er gab Elias das süß-hässliche Wesen. Es blieb ruhig auf Elias' Hand sitzen und schnüffelte in seine Richtung.

»Erde ist die Manifestation von Geborgenheit. Sie ist der Lebensraum dieser Geschöpfe. Durch sie verfügen sie über ein hohes Maß an Gesundheit und Genesungsfähigkeit. Vielleicht könnt ihr herausfinden, wie alt so ein Nacktmull werden kann.«

Elias versuchte, in das Tierchen hinein zu spüren. Wie alt war es wohl? Aber es kamen ihm plötzlich viele Bedenken. Wenn er gar keinen Pfad hatte? Wenn er hier völlig falsch war? Wenn er gar nicht dazu gehörte? Er war in seinem ganzen Leben immer ein Außenseiter gewesen. Warum sollte sich das jetzt ändern?

Sein Blick fiel auf Lielle. Sie streichelte den Nacktmull auf Tianas Schulter. Lielle hatte niemandem in der Realität von den unheimlichen Wesen, die sie wahrgenommen hatte, erzählt, aus Angst als verrückt abgestempelt zu werden. Wie allein musste sie sich gefühlt haben? Und Elias wurde klar, dass er dieses Gefühl nur zu gut kannte.

Lielles Blick und der seine trafen sich. Sie sahen sich sekundenlang an. Dann senkte Elias den Blick kritisch auf das Nacktmull-Weibchen auf seiner Hand, das noch immer ruhig da saß. Er gab es an Jake zurück und sagte: »Tut mir leid, ich fühle nichts.« Im Moment fühlte er nämlich nur seinen eigenen Frust.

»Und du?«, fragte Jake Tiana.

Sie schien zu überlegen, schüttelte dann den Kopf.

Der Professor nahm auch ihren Nacktmull und entließ beide Tiere wieder in den Bau. »Bis zu dreißig Jahre werden sie alt«, sagte er.

»Erstaunlich«, sagte Mika.

»Lasst euch nicht entmutigen. Manchmal ist man zu sehr mit sich selbst beschäftigt.«

Leider konnten Tiana und Elias auch den restlichen Tag über keine tiermagischen Fähigkeiten bei sich feststellen. Aber immerhin lenkte die Beschäftigung mit den Nacktmullen vom Gedanken ab, dass sie heute Abend wieder zum schwarzen Mönch in die Burg mussten.

Und Elias freute sich darüber, den Tiermagieprofessor kennen gelernt zu haben. Er wirkte äußerlich wie ein harter Kerl, aber war der fürsorglichste Mensch in Bezug auf Tiere, den Elias bisher kennen gelernt hatte. Dieser Typ hatte es nicht nötig, sich in irgendeiner Weise zu verstellen.

Der schwarze Mönch verstellte sich sicher auch nicht, als er so dastand an seinem halb versteinerten Lehrerpult mit halb versteinertem Gesichtsausdruck und finster seine Rede hielt: »Die meisten magiebefähigten Personen der dunklen Elite sind Dunkelmagier, aber sie haben eine Art Führungsriege. Dieser Kern der dunklen Elite besteht überwiegend aus Schwarzmagiern. Sie nennen sich ›Der dunkle Zirkel‹.«

Es vergingen einige Sekunden, in denen der Mönch seinen misstrauischen, stechenden Blick durch den Raum wandern ließ, bevor er fortfuhr: »Den Dunkelmagiern geht es darum, die Menschen mit Hilfe von Konsumgütern abhängig und gefügig zu machen. Denn Süchte beherrschen die Menschen und dadurch werden sie beherrscht von der dunklen Elite. Die Menschen geben immer mehr von ihrer Zeit, ihrer Energie, ihrem Geld in die Befriedigung ihrer Süchte und werden manipulierbar und damit zu Opfern der schwarzen Magie. Die Dunkelmagier ebnen den Schwarzmagiern den Weg. Und damit kommen wir zum heutigen Thema.«

Etwas, an der Art, wie der schwarze Mönch redete, war haarsträubend. Elias Blick fiel auf Lielle, die in der Gruft vor ihm saß. Was sie wohl über den Mönch dachte?

»Was sie nun hier erfahren, ist keine schwarze Magie, sondern eine Illusion. Ich sage das, bevor wieder jemand meint, sich beim Schulleiter beschweren zu müssen. Es ist grundsätzlich verboten schwarze Magie anzuwenden. Also werden sie diese niemals bei einem unserer Lehrer sehen. Und falls doch, dann können sie zum Rektor rennen. Oder kommen Sie besser gleich zu mir. Und jetzt bleiben sie an ihren Plätzen und sagen sie kein Wort.«

Der schwarze Mönch machte ein paar Schritte nach hinten, streckte die Arme aus, schloss seine Augen und murmelte etwas vor sich hin.

Alle schauten gebannt zu ihm.

Elias schauderte. Er spürte einen kühlen Luftzug im Gesicht. Stand irgendwo ein Fenster offen? Er sah sich um. Da berührte ihn etwas Kaltes im Nacken. Er drehte sich um, sah aber nichts. Dann hörte er ein Flüstern direkt an seinem Ohr. Es klang wie eine Stimme aus einer anderen Welt. Hatte er sich das nur eingebildet? Ärger flammte plötzlich in ihm auf. Was sollte das hier? Der Mönch war ein Scharlatan, er hielt sie alle zum Narren. Er wollte sie irremachen mit seinen üblen Spielchen. Diese ganze Schule war doch ein Witz! Warum war Elias überhaupt hier? Er war umgeben von Lügnern und Betrügern. Sein Blick fiel auf Lielle. Vor allem sie spielte ihm doch nur etwas vor, dieses hinterhältige Weib wollte ihn in Wahrheit verhexen. Sie war so erbärmlich. Er hasste sie.

Da sackte Lielle plötzlich zusammen.

Der Zorn, der Elias überfallen hatte, schwand. Moment, das war Lielle, er war dabei, sich mit ihr anzufreunden. Er sah entsetzt zu ihr.

Der Mönch hatte seine Arme sinken lassen und war mit ein paar leichtfüßigen Schritten bei ihr angekommen. Er legte eine erstaunlich feingliedrige Hand auf ihren Kopf, den sie auf der Tischplatte abgelegt hatte. Einige Sekunden vergingen, dann hob sie den Kopf. Der Mönch sah sie durchdringend an. Sie nickte leicht.

Der Mönch ging wieder nach vorne. »Der jungen Dame geht es gut, sie hat eine hochsensible Antenne für diese Geschehnisse.« Er sah die Lehrlinge der Reihe nach an. »Was ich Ihnen demonstriert habe, war nur ein kleiner Einblick in das, was schwarze Magie mit Ihnen machen kann. Sie kann Ihre Gedanken und Gefühle verkehren und ins Negative verstärken. Es beginnt meist mit Wut, Zorn, Hass, geht über in Scham und Schuld und weiter bis in tiefste Bitterkeit und Depression, aus der es keinen Ausweg mehr gibt.« Der Mönch setzte sich an sein Pult und sah nachdenklich vor sich hin.

Es war wieder Mal totenstill, nur das Feuer prasselte im Kamin.

»Schwarze Magie wird praktiziert von Schwarzmagiern, aber die eigentliche Macht kommt von den Verbündeten der Schwarzmagier. Sie alle glauben, es gäbe keine Hölle? Es gibt sie. Wir nennen sie die ›Niederwelt‹. Und von dort kommen die Diener des Nichts, man nennt sie ›Nongule‹. Ein Nongul kann von der Niederwelt in die Realität übergehen, wenn die Schwingungsebene massiv absinkt. Die Schwingungsebene der Sphäre der Elemente halten wir stets so hoch, dass kein Wesen aus der Niederwelt hierher gelangen kann. In der Realität kann es aber durchaus passieren, dass sie auf diese Wesen treffen. Die Gestalt des Nonguls ist nicht sichtbar, man nimmt ihn auf anderen Ebenen wahr. Jedoch können Kommunikationsmagier diese Wesen auch in gewisser Weise sehen.«

Sein Blick wanderte zu Lielle, sie saß in sich versunken da. Er sprach weiter: »Die Macht des Nonguls liegt darin, einen Menschen befallen zu können und in ihm die sogenannte ›Erstarrung‹ zu verursachen. Diese führt zu irrsinnigen Überzeugungen, zu Wahnsinn, Fanatismus und Besessenheit. Befallene Menschen hinterlassen dunkle Risse in der Realität. Kommunikationsmagier können diese Risse wahrnehmen. Zum Beispiel sehen sie schwarze Löcher an Orten, an denen eine befallene Person oft saß. Es sind Löcher, die sich in alles Seiende fressen. Die Schwingungsebene verlangsamt sich. Das kann an Orten passieren, aber auch zu bestimmten Zeiten. Es geschieht in den Lebewesen oder auch an Teilen von ihnen, ihren Gliedmaßen, ihren Organen. Sie erkranken dann. Psychisch, körperlich. Meistens sterben sie daran.« Er kniff das eine Auge zusammen und sah grübelnd in eine unbestimmte Ferne.

Elias erkannte, was mit dem Mönch los war. Er war erschöpft. Diese kurze Demonstration hatte ihn Kraft gekostet.

Wie um Elias' Erkenntnis zu unterstreichen, beendete der Mönch den Unterricht mit den Worten: »Nächste Woche geht es weiter.« Er stand auf, ging hinüber zur Tür und öffnete sie. »Sie alle können gehen. Frau Lindsey, Sie bleiben.«

Elias erhob sich und sah zu Lielle. Der Mönch wollte, dass sie blieb. Konnte er sie mit ihm allein lassen?

Sie erwiderte seinen Blick. Als hätte sie seine Gedanken gelesen, nickte sie ihm halblächelnd zu, was ihm wohl vermitteln sollte, dass er sich keine Sorgen zu machen brauchte.

Elias sah noch einmal zum Mönch, der sich wieder brütend hinter sein Pult gesetzt hatte. Er war ein Lehrer der Master Macademy. Er würde Lielle sicher nichts Böses antun.

Am Abend lag Elias enttäuscht im Bett. Den ganzen Tag über war wenig Erfreuliches passiert. Er hätte niemals geglaubt, dass er sich so leicht manipulieren lassen würde. In weniger als einer Minute hatte er Lielle abgrundtief verachtet. Er würde lernen, wie er sich gegen diese schwarze Magie schützen könnte, auch wenn das hieße, den Unterricht des Mönchs zu ertragen. Doch würde er denn überhaupt hierbleiben dürfen? Und wieder kamen seine Ängste hoch. Wenn Tiermagie nicht seine Pfadmagie war, was dann? Sollte er keine magischen Kräfte haben, würde er sich nicht nur abgrundtief schämen vor seinen Freunden, sondern alles wieder verlieren, was ihm endlich ein Gefühl von Zugehörigkeit gegeben hatte. Es waren noch vier von acht Pfadmagien übrig, die er sich ansehen durfte. Er hatte noch Chancen. Und was wollte der Mönch eigentlich von Lielle? Er würde sie bei Gelegenheit danach fragen.

ZWEITE PFADFINDUNGSWOCHE

Das Wochenende verbrachten die vier Freunde damit, ihre Erfahrungen der ersten Woche schriftlich zu reflektieren. Da es fast durchgängig regnete, blieben sie im Haus der sieben Quellen, mal im Aufenthaltsraum, mal in ihren Wohnungen. Sie füllten an ihren M-Taps Fragebögen zu jedem besuchten Seminar aus und machten Angaben, wie es ihnen im Unterricht ergangen war, ob sie magische Fähigkeiten bei sich feststellen konnten und so weiter. Ihre Eingaben wurden ausgewertet und sie bekamen automatisierte Vorschläge, wie sie die nächste Woche gestalten könnten.

Am Montag besuchte Elias Kommunikationsmagie. Lielle hatte sich ebenfalls dafür angemeldet, um zu überprüfen, ob es auch wirklich ihre Pfadmagie war. Der Unterricht fand im Schlössle statt, also in dem Gebäude, in dem sich auch die Bibliothek befand.

Angespannt saß Elias am Pult neben Lielle in der ersten Reihe und blickte zu der Dozentin hinter dem weißen Lehrerpult, die sich als Professorin Gritalwa Eichwald vorgestellt hatte. Es war eine rundliche Dame im Rentenalter. Sie trug pinkgefärbte, weite Leinenkleidung und darüber eine Art weißen Strickbademantel. Ihr graubraunes Haar hatte sie zu einer Frisur geflochten, die an ein Vogelnest erinnerte. Sie hatte eine wuchtige Brille auf der Nase, die ihre Augen vergrößerte. Außer ihnen waren drei weitere Neuankömmlinge zum Schnuppern gekommen. Einen davon kannte Elias bereits namentlich. Es war Demian Anderson. Er hatte sich in die hinterste Reihe gesetzt.

»Sehr geehrte Lehrlinge, es ist nun relativ schwierig Ihnen den Vorgang unserer heutigen Übung genauer zu erläutern, da dies ein gewisses Quantum an Theorie voraussetzt. Ich versuche es dennoch in knappen Worten auszudrücken. Die Grundlage der Kommunikation ist die Beziehung. Alles Differenzierte steht in Bezug zueinander und beeinflusst sich wechselseitig. Im Folgenden soll es um die Beziehung zwischen Individuen gehen. Wenn ein Individuum auf ein anderes trifft, dann treffen zwei Bewusstseinszustände und zwei Empfänglichseinszustände aufeinander. Es entsteht eine ganz besondere und auch für das jeweilige Individuum vollkommen neue Dynamik. Die Formen der Beziehungen sind abhängig vom Gleich- beziehungsweise Ungleichgewicht zwischen Empfänglichsein und Bewusstsein der beteiligten Individuen.«

Sie machte eine Pause und blinzelte hinter ihrer Brille hervor.

»Es macht nichts, wenn die Neuen nichts verstanden haben. Beginnen wir mit der Übung. Sie beide«, sie deutete auf Elias und Lielle, »würden Sie uns den Gefallen erweisen und zu mir nach vorne kommen?«

Nicht schon wieder, dachte Elias. Lielle stand auf. Er folgte ihr widerwillig.

»Bitte stellen Sie sich doch gegenüber voneinander hin, mit ungefähr zwei Metern Abstand.« Sie bedeutete ihnen ihre Plätze, wo sie stehen sollten. »Genau hier, ja. Nicht zu mir schauen, bitte schauen Sie sich gegenseitig an.«

Lielle lächelte Elias verlegen an.

Was hatte die Dozentin gerade über Hemmungen erzählt? War das gut oder schlecht? Elias fühlte im Moment nämlich einige bei sich.

»Sie beide sind neu, sie können noch ganz spontan und unvoreingenommen reagieren.«

»Okay«, nuschelte Elias und schluckte. Er versuchte nichts zu denken. Am liebsten wollte er gar nicht da sein.

»Und auf was sollen wir reagieren?«, fragte Lielle.

»Aufeinander«, sagte die Professorin und setzte sich in ihren bequemen Lehnstuhl. »Und damit die anderen auch etwas davon mitkriegen, gestatten Sie mir, das Ganze farblich zu untermalen.«

Zum Plenum sagte sie: »Bitte beachten Sie, dass für dieses Experiment das Regenbogenfarbspektrum als Grundlage dient. Für das Bewusstsein gelten die kürzeren Wellenlängen, für das Empfänglichsein die längeren.«

Sie positionierte eine große Lampe auf ihrem Pult so, dass deren Licht direkt auf den Raum zwischen Lielle und Elias fiel, hob beide Hände und bewegte sie sanft hin und her, als würde sie eine Scheibe wischen.

Plötzlich sah Elias wabernde Nebelschwaden wie aus dem Nichts entstehen. Sie waren nicht dicht, aber wiesen farbliche Unterschiede auf.

Alle im Raum Anwesenden betrachteten das Farbenspiel.

»Sehr schön«, sagte Professorin Eichwald entzückt. »Jetzt gehen Sie mal etwas weiter auseinander.«

Elias und Lielle machten jeweils einen Schritt voneinander weg. Die Farben begannen sich zu verändern.

Nach einer Minute sagte die Dozentin: »Und nun gehen Sie bitte etwas weiter aufeinander zu. Noch etwas näher bitte.«

Jetzt bloß nicht rot werden, dachte Elias und biss sich verlegen auf die Unterlippe. Sie standen sich direkt gegenüber. Das Ganze erinnerte ihn an die Stimmung auf einer Tanzfläche, als würden sie von Nebel umwölkt und von farbigen Scheinwerfern angestrahlt werden. Es fehlte nur noch der Kuschelrock-Song. Sie schauten überall hin, bloß nicht zu lange sich gegenseitig an.

»Bitte noch etwas zusammenrücken.«

Beide machten einen weiteren winzigen Schritt aufeinander zu. Er sah auf Lielle hinab, sein Herz pochte bis zum Hals. Sie sah kurz zu ihm auf, dann ging ihr Blick zur Professorin.

»Wunderbar«, sagte Frau Eichwald, senkte langsam die Hände und lächelte. »Vielen Dank, Sie dürfen wieder Platz nehmen.«

Erleichtert setzte sich Elias.

»Was haben Sie gesehen?«, fragte die Professorin in die Runde.

Eine ältere Studierende hob die Hand: »Wir sahen, wie Sie bestimmte zwischenmenschliche Reaktionen per Illusion für uns andere hier sichtbar gemacht haben. In jedem Fall war es nicht genau das, was zwischen den jungen Leuten vor sich ging, sondern das, was Sie uns explizit zeigen wollten. Es kann also von Ihnen verfälscht worden sein.«

»Sehr gut, Jessica, genau.«

Elias sah stirnrunzelnd zur Professorin. Er hatte nicht verstanden, was die Studierende gesagt hatte.

»Mit Hilfe der Illusion habe ich Ihnen auf sehr vereinfachte Weise zu zeigen versucht, was beim Senden und Empfangen zwischen diesen beiden Individuen vor sich geht. Ich habe es nicht grundlegend verändert, aber sagen wir mal so, ich habe es für unsere momentanen Zwecke aufbereitet. Dabei könnte Ihnen etwas aufgefallen sein. Ja?«

Ein junger Mann hob die Hand: »Als sie sich voneinander entfernten, begann sein Empfänglichsein zuzunehmen. Als sie sich näherkamen, nahm sein Bewusstsein zu. Bei ihr war es gerade umgekehrt.«

»Sehr gut beobachtet!«, sagte Professorin Eichwald. »Grundlage für Ihre spätere Arbeit ist es, die Dynamik zwischen Empfänglichsein und Bewusstsein von allen beteiligten Individuen nachvollziehen zu können, einschließlich Ihrer eigenen. Ihre Aufgabe ist es nun paarweise genau das bei veränderten Nähe- und Distanzverhältnissen zu beobachten. Jeder notiert für sich selbst, was er wahrnimmt, und anschließend vergleichen Sie die Ergebnisse. Bitte kommen Sie Punkt vierzehn Uhr wieder hier her. Dann besprechen wir Ihre Erfahrungen.«

Sie erhob sich, hielt aber inne und schob nach: »Und es geht nun nicht darum, dass Sie das farblich sichtbar machen sollen, ja. Bitte rein intuitiv vorgehen.« Sie stand auf und verließ den Raum. Die Lehrlinge verschwanden ebenfalls nach draußen.

Elias sah erst jetzt wieder zu Lielle.

Sie erwiderte seinen Blick und sagte: »Sollen wir vors Akademiegelände gehen zum Üben? Ich war dort noch gar nicht.«

Elias wollte eigentlich nicht üben, denn er befürchtete, Lielle würde etwas von seinen Gefühlen bemerken. Aber womöglich war es sowieso schon zu spät. Ihm blieb keine Wahl. Vielleicht konnte er die Gelegenheit nutzen und sie fragen, was der schwarze Mönch am Freitag nach dem Unterricht von ihr gewollt hatte. »Klar«, sagte er.

Sie zogen ihre Jacken an und machten sich auf den Weg.

Heute schien die Sonne und es war warm für die Jahreszeit. Sie liefen einige hundert Meter vom Haupttor entfernt auf einen Hügel hinauf. Dort fanden sie einen Platz, auf dem eine Schaukel an einem waagrechten Ast befestigt worden war. Außerdem standen einige Bänke um eine Feuerstelle herum. Sie machten die von Frau Eichwald aufgetragenen Übungen, hin und wieder begleitet von einem verlegenen Lächeln. Elias nahm nichts wahr, außer, dass sein Herz je nachdem, wie nahe sie sich kamen, langsamer oder schneller pochte. Nach einer halben Stunde setzten sie sich auf eine Bank, um sich über die Übung auszutauschen. Von hier aus hatten sie Sicht auf die Wiesen und Wege vor dem Akademiegelände. Es war erst gegen zehn Uhr, sie hatten noch vier Stunden vor sich. Einerseits freute Elias das, andererseits hoffte er, Lielle würde nicht diese ganze Zeit lang üben wollen. Er konnte nichts mit dieser Übung anfangen und war sich mittlerweile sicher, dass Kommunikationsmagie nicht seine Stärke war.

»Fang du an«, sagte Lielle.

»Na gut. Ich bin mir nicht sicher, was Professorin Eichwald mit diesem Empfänglichsein meint. Ich verstehe darunter die Offenheit der eigenen Gefühlswelt in Bezug auf etwas Äußeres, oder?«

»Ja, so ungefähr. Ich glaube, das Empfänglichsein ist die Offenheit an sich, noch bevor man sich über etwas bewusst geworden ist, also noch bevor man es mit einem Begriff erfasst hat. Bei uns vom Verstand betonten Menschen ist dieser Moment so klein, dass wir ihn kaum noch wahrnehmen. Alles wird immer sofort kategorisiert und bewertet. Aber bevor das passiert, ist da ja schon irgendetwas da.«

»Ich glaube, du hast wirklich ein großes Talent auf dem Gebiet«, Elias grinste.

Lielle lächelte. »Was ich dich schon lange fragen wollte: Was hast du eigentlich früher studiert?«

»Ich habe unter anderem Philosophie studiert. Aber ich glaube nicht, dass mir das bei Kommunikationsmagie helfen könnte. Bei diesen Übungen merke ich nur, dass ich gar nichts merke.«

Lielle betrachtete sein Gesicht eine Weile, dann sah sie gen Himmel und nickte. »Ich glaube auch, dass Kommunikationsmagie nicht dein Pfad ist.« Sie sah wieder zu ihm. »Du hast einen anderen Weg.«

Elias nickte und sah nachdenklich auf seine Füße. Sollte er ihr von seinen Zweifeln erzählen?

Da sagte sie: »Mach dir keine Sorgen, du findest deinen Pfad noch, spätestens bis Freitag diese Woche, da bin ich mir sicher. Du hast dich doch für Bewegungsmagie angemeldet, oder?«

Elias nickte.

»Na also«, sagte sie lächelnd. »Du bist schnell, glaube ich. Auf jeden Fall denkst du schnell. Und Mika sagte, du hättest ihn im Zug aufgefangen.«

Elias überlegte. Er hatte diesen Vorfall als nichtmagisch abgehakt und damit war es für ihn erledigt gewesen. Wenn doch etwas dran war? Da fiel ihm ein, was er Lielle fragen wollte.

»Der schwarze Mönch ist ja auch ein Kommunikationsmagier, nicht wahr?«, fing Elias an.

»Ja, richtig.«

»Was wollte er denn am Freitagabend noch von dir?«

»Er wollte sicherstellen, dass es mir gut geht.«

»Wie findest du ihn so?«, fragte Elias.

Lielle zuckte mit den Schultern und sagte: »Mich erschreckt niemand so schnell mit seiner äußeren Erscheinung. Ach, übrigens, meine Eltern haben ein Bestattungsunternehmen. Ich war schon früh mit Sterben, Tod und so konfrontiert. Da bringt mich so ein gruseliger Mönch nicht so schnell aus dem Konzept.«

Das hatte Elias nicht erwartet. Er musterte sie nachdenklich. »Aber der Schwächeanfall?«, fragte er dann.

»Ja, die Demonstration von schwarzer Magie hat mich schon geschockt, aber das hatte nichts mit dem schwarzen Mönch selbst zu tun«, Lielles Blick wurde ernst. Sie sah nachdenklich in die Ferne. Dann runzelte sie die Stirn. »Ist das da drüben nicht einer von den anderen Neuankömmlingen, die heute auch in Kommunikationsmagie sind?«

Elias folgte Lielles Blick.

Demian war eiligen Schrittes über eine Wiese Richtung Wald unterwegs.

»Wo will der so schnell hin?«, fragte Elias.

»Ist da womöglich etwas passiert?«, erwiderte Lielle.

»Komm, wir gehen ihm nach«, sagte er und stand auf.

Der junge Mann verschwand im Wald.

Elias und Lielle spurteten los. Als sie an den Waldrand kamen, bemerkten sie einen schmalen Pfad. Im leichten Laufschritt folgten sie dem steinigen Weg, der sich einen Hang hinaufschlängelte. Die Bäume standen hier dichter beieinander. Sie kamen an eine Abzweigung. Elias blieb stehen. An einem Baumstamm hing ein halb verrottetes Schild, das nach rechts zeigte. Die Buchstaben waren stark verblichen, aber er konnte noch entziffern, was darauf stand: ›Zur alten Mühle‹. Er wusste, dass Demian hier abgebogen war.

Elias drehte sich zu Lielle: »Ich denke, es ist nichts passiert. Wahrscheinlich joggt er noch eine Runde vor dem Mittagessen.«

»Wahrscheinlich hast du recht.«

»Lass uns zurückgehen.«

»Okay.«

Die restliche Zeit verbrachten Lielle und er mit Üben, Reden und Essen in der Mensa. Am Ende des Unterrichts sollten alle ihre Ergebnisse im Plenum vorstellen. Elias hatte nichts Sinnvolles beizusteuern. Er gab nur bekannt, dass er wohl kein angehender Kommunikationsmagier war. Die Präsentation von Demian, er war pünktlich zurückgekehrt, dauerte auch nur eine halbe Minute und endete mit dem Satz, dass er bei sich ebenfalls kein Talent feststellen konnte. Die Professorin machte noch ein, zwei kleine Tests mit Lielle, die sie mit Leichtigkeit bestand. Es war sicher, dass sie ihren Pfad hier gefunden hatte.

Am Dienstagmorgen rumpelte es gewaltig über der Akademie. Passend zu Elias' und Mikas heutiger Schnupperveranstaltung war ein übles Gewitter mit Sturm und Regen aufgezogen.

»Hoffentlich ist das nicht die Wetterprofessorin«, sagte Tiana mit einem Blick hinaus zu den deckenhohen Scheiben des Vegan Heaven Delight, hinter denen gerade ein blendender Blitz aufflammte.

»Ihr wart schon bei ihr im Unterricht?«, fragte Elias.

Tiana und Lielle sahen sich kurz an, beide verzogen das Gesicht und nickten wortlos.

»Ach, so toll war es?«, fragte Elias mit ironischem Unterton.

»Sagen wir mal so: Nova hat kein Problem damit, dich im Regen stehen zu lassen«, erwiderte Tiana.

»Nova heißt sie?«, fragte Mika.

Tiana nickte.

»Sie ist schon eine schwierige Person«, sagte Lielle.

»Gerissen und hinterlistig trifft es eher«, sagte Tiana, »aber es können ja nicht alle herzensgute Menschen sein wie wir.«

»Ich bin nicht gut!«, erwiderte Mika. »Ich bin verwegen.«

»Ach ja?«, Tiana sah ihn fragend an.

»Oh ja, auf die Verwegenen stehen die Frauen. Wenn man nett und gut ist, ist man langweilig«, erklärte er.

»Ach, ist das so?«, sagte Tiana mit hochgezogenen Augenbrauen und fuhr fort: »Auf Verwegene steht die Wetterfee mit Sicherheit.« Als würde das Wetter diese Aussage unterstreichen wollen, krachte es so laut, dass es im ganzen Körper spürbar war.

Elias sah nach oben. Auf das verglaste Dach prasselte sintflutartiger Regen herab und floss in Bächen über die Scheiben. »Wir haben den Elektroprofessor überlebt, ohne uns das Hirn von ihm verschmoren zu lassen, wir werden auch die böse Fee überdauern, oder Mika?«

»Jawohl!«, pflichtete er bei, beobachtete aber skeptisch die Weltuntergangsstimmung draußen.

»Übrigens Jungs, am Samstag nächste Woche findet die Auswertung der Schnupperwochen statt. Bis dahin sollten wir unsere Pfadmagie gefunden haben«, sagte Tiana, die selbst nicht erfreut aussah über diese Info. Sie hatte die ihre auch noch nicht entdeckt. Aufmunternd schob sie nach: »Wir haben aber noch sieben Tage Zeit zum Schnuppern, Elias. Wird schon.«

»Okay«, murmelte er nur. Er mochte dieses Thema absolut nicht.

»An dem Samstag würde auch der Portaltag stattfinden. Aber da können wir dann natürlich nicht mitgehen«, sagte Lielle.

»Was für ein Tag?«, fragte Mika.

»Portaltag«, wiederholte sie.

»Was ist das?« Mika blinzelte, weil ihm ein fieser Blitz direkt in die Augen leuchtete.

Es donnerte und Tiana musste lauter sprechen, damit die anderen sie hörten: »Hast du das nicht gelesen? Da hing doch ein großes Schild hier im Eingangsbereich.«

»Nö«, sagte Mika.

»Ganz schön verwegen von dir, hier so planlos rumzulaufen«, sagte Tiana und grinste.

»Klärt mich bitte auf.«

Lielle erbarmte sich. »Jeden letzten Samstag im Monat findet der sogenannte Portaltag statt. Das ist ein Tag an dem wir Lehrlinge Ausflüge in die Sphäre der Elemente und selten auch in die Realität machen können. Zum Beispiel ans Meer zum Baden oder in die Berge zum Wandern und so weiter, allerdings immer unter Aufsicht.«

»Cool«, sagte Mika.

»Ja, aber leider wird unser erster Portaltag erst Ende Januar stattfinden, denn an Weihnachten fällt er aus mangels Lehrlingen. Die meisten fahren ja nach Hause, und nächsten Samstag sind wir schon beschäftigt mit der Auswertung«, ergänzte Tiana.

Elias Blick fiel auf die Zeitanzeige, dann nach draußen. »Mika, pack deinen Regenschirm. Wir müssen los.«

»Auf in den Kampf«, rief er, stopfte sich den Rest von seinem Bananen-Cookie in den Mund und stand auf.

Sie fanden den geräumigen Lehrsaal im obersten Stock der Burg. Er war zwar heller, aber von der Einrichtung her ebenso düster wie der beim Mönch in der untersten Etage. Sie waren zehn Lehrlinge, die auf die Professorin in Meteomagie, also Wettermagie, warteten.

Mit einer viertel Stunde Verspätung betrat eine Frau den Raum, die schlank, hochgewachsen und in hellen, seidenartigen Stoff gehüllt war. Sie war höchstens Mitte dreißig, hatte schwarzes, langes, glattes Haar mit einer weißen Strähne, hellblaue Augen und ein spitzes, ebenmäßiges Gesicht. »Herrliches Wetter heute, nicht wahr?«, sagte sie in einer tiefen, rauchigen Stimme, lächelte breit ins Plenum und zeigte makellose Zähne. »Deswegen verlegen wir den Unterricht nach draußen.«

»Ist das ihr Ernst?«, flüsterte Mika zu Elias.

»Glaub schon«, sagte er leise.

Die anderen Lehrlinge liefen zu den Wandschränken, zogen allerlei wetterfeste Kleidung daraus hervor und kleideten sich ein. Die Professorin ging zum vordersten Schrank, riss die Tür weit auf und sagte: »Für die Neuen. Hier finden Sie alles, was Sie brauchen.« Sie wandte sich um und rauschte zur Glastür, ohne auch nur einen Blick auf irgendjemanden im Raum zu werfen.

Die beiden Jungs holten Regencape, Regenhose und Gummischuhe aus dem Schrank und zogen sich alles über. Als sie den anderen durch die Tür gefolgt waren, fanden sie sich auf der Ringmauer der Burg wieder. Es war ein weiter Ausblick von hier oben, der bis zum Wald am Ende des Tales reichte. Das Gewitter war zum Glück schon weitergezogen, nur in der Ferne blitzte es hin und wieder. Der Regen hatte nachgelassen, aber es windete stark.

Die Professorin trug ihr seidenartiges Gewand und nichts weiter, nicht mal Gummistiefel. Trotzdem blieb sie vollkommen trocken und vom Wind unberührt. Sie grinste, während sie sich herabließ, ihren Blick über die Lehrlinge schweifen zu lassen, die alle kein gutes Bild abgaben in ihrer Wetterschutzkleidung, an der der Sturm zerrte. Sie hob beide Arme, da fiel Elias auf, dass ihre linke Hand silbern schimmerte, als hätte sie einen Handschuh darüber gezogen. Sie beschrieb eine Kreisbewegung in der Luft. Da wurde es windstill um die Lehrlinge. Elias sah nach oben. Zwei Meter über seinem Kopf prallte der Regen auf ein unsichtbares Dach.

»Also«, sagte die Professorin, »erste Übung, den Regen fernhalten. Los gehts.« Sie ließ ihre Arme sinken. Die Tropfen prasselten nun wieder verstärkt auf die Lehrlinge herab und der Wind scheuchte sie fast schon schmerzhaft gegen ihre Gesichter.

Elias spürte leichten Ärger in sich aufkommen. Wie sollte das funktionieren? Er sah zu Mika, der wie ein begossener Pudel genauso hilflos mit den Schultern zuckte.

Elias hob die Hand und rief: »Frau Professorin?«

Aber sie sah nicht zu ihm und wegen des lauten Geräuschs vom Regen hörte sie ihn auch nicht. Sie drehte sich um und ging zur Brüstung hinüber.

Er ließ seine Hand sinken. »Na schön, Mika, stell dir einen imaginären Regenschirm über uns vor, okay?«, sagte er laut um das Prasseln zu übertönen.

Mika streckte ihm mit einem ironisch schiefen Lächeln im Gesicht zwei Daumen hoch entgegen.

Sie standen eine halbe Stunde im Regen. Mittlerweile waren sie klatschnass bis auf die Haut. Endlich kam die Professorin auf sie zu geschlendert. »Und? Läufts?«, fragte sie mit einer hochgezogenen Augenbraue und musterte die beiden jungen Männer, die vor Nässe triefend vor ihr standen.

»Ja, in meinen Kragen und meinen Rücken hinunter«, sagte Elias.

Sie schmunzelte.

Er musste sich beherrschen, um nicht laut zu werden.

»Könnten Sie uns vielleicht genauer erklären, wie das mit dem imaginären Regenschirm gehen soll?«, fragte Mika.

»Ich glaube, ihr beide habt kein Talent für Meteomagie, sonst hättet ihr das hingekriegt.«

In Elias kochte Zorn hoch, diese Person reizte ihn, gepresst sagte er: »Sie sagen uns ja nicht, wie wir es anstellen sollen.«

Nova musterte ihn, dann lächelte sie übertrieben freundlich: »Nicht immer so viel denken. Machen!« Sie lehnte sich vor und flüsterte Elias ins Ohr: »Sich angepisst fühlen, ist eine gute Voraussetzung, um Einfluss auf das Wetter zu nehmen. Es reagiert nämlich auf Gefühle.« Dann zwinkerte sie und ging davon.

Elias sah ihr sprachlos nach.

Mika sah ihr ebenfalls nach und sagte: »Was für eine Kuh. Was hat die zu dir gesagt?«

»Nichts Nettes. Warten wir ab, ob hier noch besseres Wetter aufzieht und wenn nicht, dann wissen wir, dass das nicht unser Klima ist und gehen, oder?«

»Okay«, stimmte Mika zu.

»Und dann brauche ich eine heiße Dusche«, sagte Elias.

Sie standen eine Stunde im sintflutartigen Regen, der dann nur über ihren beiden Köpfen in Schnee überging, als die Professorin wieder bei ihnen vorbeischneite. Aufgesetzt freundlich sagte sie: »Wenn Sie aufgeben wollen, können Sie gehen. Und nehmen Sie's nicht so schwer. Regen macht schön.«

Das ließen sich die beiden Jungs nicht zweimal sagen.

Es hatte sich so ergeben, dass Elias und Tiana zwei Tage hintereinander gemeinsam beim Gärtnern verbrachten. Am Mittwoch waren sie im Gärtnerdienst, bei dem Tiana Elias beibrachte, wie man Tomaten ausgeizte. Und am Donnerstag besuchten sie den Unterricht in Pflanzenmagie.

Pünktlich um neun standen sie auf dem Gemüseacker. Mit ihnen fanden sich knapp ein duzend Pflanzenmagie-Lehrlinge und ein weiterer Schnupperer ein.

Der Professor nannte sich Herbert Hickory, aber alle sagten Herbie zu ihm. Er hatte halblanges, weißgraues, welliges Haar, trug einen zerfledderten Strohhut, war klein, bucklig und schon recht betagt, aber immer noch agil und geschäftig. Er führte sie zu den Kürbissen, während er ihnen erklärte: »Wichtig ist, die Pflanzen anzunehmen, so wie sie sind, denn sie spüren, ob ihr ihnen wohlgesonnen seid oder nicht. Wenn ihr sie ganz unvoreingenommen wahrnehmt, führt ihr ihnen Energie zu und sie entfalten ihr volles Potential. Bei essbaren Pflanzen wirkt sich das sehr positiv auf den Geschmack aus.«

Die Lehrlinge folgten Herbie zwischen Stangenbohnen hindurch und lauschten seinen Ausführungen. Bei Tieren konnte er sich das vorstellen, dass sie spürten, ob man ihnen wohlgesonnen war, aber bei Pflanzen? Da latschte er über einen Löwenzahn. »Sorry«, flüsterte er.

Bald schon kamen sie beim Kürbisfeld an. Ihre Aufgabe war die Kürbispflanzen magisch zu beeinflussen, so dass sie ein ungewöhnliches Wachstum zeigten. Wie sie das taten, war ihnen selbst überlassen. Sie konnten sie hegen und pflegen, mit ihnen reden, sie beobachten oder schlicht daneben sitzen. Sie sollten ihrem Instinkt folgen.

Elias entschloss sich, neben seinem Kürbis zu dösen und nebenbei die Lehrlinge auf dem Feld zu beobachten, vielleicht konnte er sich etwas abgucken.

Tiana konnte nicht anders, als zu arbeiten. Sie tat, was getan werden musste und vermittelte dabei ein recht zufriedenes Bild einer Gärtnerin aus Leidenschaft.

Herbie ging durch die Reihen, begutachtete die Pflanzen, bückte sich hin und wieder, um ein Exemplar zu ernten, und schlief dann neben einem großen Spaghetti-Kürbis ein.

Nach zwei Stunden überlegte Elias, ob er aktiver werden sollte. Er betrachtete den kleinen, orangenen Hokkaido. Er hatte sich keinen Millimeter vergrößert oder verkleinert oder sonst irgendein Lebenszeichen von sich gegeben. Wie sollte er auch, er war ein Kürbis. Elias stupste ihn von der Seite an. »Na du, wie heißt du denn?«, fragte er, kam sich ausgesprochen blöde vor, seufzte und wollte sich wieder hinlegen. Da sah er aus den Augenwinkeln, einige Meter von sich entfernt, plötzlich eine gigantische, hellbraune Riesenbirne auf dem Feld liegen. Ein Butternut-Kürbis war innerhalb von Sekunden auf die Größe eines Autoreifens angewachsen. Dahinter stand Tiana, sie schien zur Salzsäule erstarrt zu sein. Mit weit aufgerissenen Augen fixierte sie das Ungetüm.

»Mach das bitte nicht mit den Melonen in der Mensa«, sagte Elias grinsend und ging zu ihr hinüber.

Tiana hielt sich eine Hand vor den Mund und begann zu lachen. Vor Freude. Sie umarmte Elias, ehe sie sich neben ihrem Prachtkürbis niederließ. »Schau mal, wie fett das Teil ist. So was habe ich noch nie gesehen!«, sagte sie.

»Das gibt eine Menge Kürbissuppe. Du bist eine super Pflanzenmagierin, Hut ab!«

»Danke, Elias. Das muss ich Herbie zeigen.« Sie stand auf und sah sich um. »Wo ist er?«

Da kam eine junge Frau auf sie zu. »Wow! Hast du den gemacht?«, fragte sie Tiana.

Sie nickte stolz.

»Dann sag ich mal willkommen bei uns Pflanzenmagiern!«, sie lächelte Tiana fröhlich an.

»Vielen Dank! Weißt du, wo Herbie ist? Ich will ihm den Kürbis zeigen.«

»Er liegt da hinten und schnarcht im Gras. Hab ihm eben meine Zucchini zeigen wollen.« Sie hatte eine winzige, gelbe Zucchini in der Hand.

»Ah, wie groß war sie denn vorher?«, Tiana deutete auf das Mini-Gemüse.

»So einen halben Meter lang ungefähr. Ich habe sie geschrumpft. Große Zucchini schmecken einfach nicht besonders.« Sie betrachtete die Zucchini. »Ist jetzt vielleicht ein bisschen zu klein, aber ich übe noch. Komm mit, wir holen Herbie. Deinen Kürbis muss er unbedingt sehen. Er wird sich freuen, jemanden Neuen in unserer Runde aufnehmen zu können.«

»Ja, danke«, sagte Tiana.

Die junge Frau wollte eben in Richtung Professor losgehen, als ihr Blick auf Elias fiel, der wieder zu seinem kleinen Hokkaido hinüber geschlurft war. »Ist das deiner? Hast du ihn auch geschrumpft?«, fragte sie ihn.

»Das ist mein Kürbis. Und er war schon immer so klein. Und er will auch für immer so klein bleiben«, antwortete Elias mit einem ironischen Unterton.

»Verstehe. Mach dir nichts draus. Es hat nicht jeder einen magischen grünen Daumen«, erwiderte sie aufmunternd.

»Ich komme gleich nach«, sagte Tiana zu ihr.

»Alles klar«, antwortete sie und ging vor.

»Ich bin mal ehrlich, Elias, Pflanzenmagie passt nicht zu dir«, sprach Tiana so geradeheraus, wie nur sie das konnte. »Wenn du mich fragst: Geh unbedingt nochmal in Tiermagie. Bei mir hat es in Pflanzenmagie ja auch erst beim zweiten Mal geklappt. Du magst doch Tiere?«

»Lieber als diesen Hokkaido. Ich glaube, er lässt mich absichtlich hängen. Insgeheim labt er sich an meinem Versagen«, Elias verschränkte die Arme und sah demonstrativ finster auf den orangenen Zwerg. »Da, siehst du, er grinst schadenfroh!«

Tiana schmunzelte und schüttelte den Kopf: »Du spinnst.« Sie ging der Frau nach, um Herbie zu holen.

Elias ließ sich neben dem Hokkaido nieder und wartete bis der Professor und die anderen kamen, um Tiana zu feiern.

Am Abend lag Elias in seinem Bett und grübelte. Draußen war Nebel aufgezogen. Die ersten zwei Wochen Pfadfindung waren schon fast vorbei und er war immer noch pfadlos. Und wieder war er mitten in der Gedankenmühle drin. Wenn er fälschlicherweise hier war? Vielleicht war es eben doch Zufall oder sogar ein Unfall, dass es ihm gelungen war, hierher zu kommen. Irgendwie hatte Norbert ihn in die Sphäre geschleust. Oder Mika hatte ihn aus Versehen mitgezogen.

Elias war bei dem Gedanken elend. So falsch er sich überall in der Realität gefühlt hatte, so richtig fühlte er sich hier. Aber ohne Pfad war er hier eben doch falsch. Er wusste endlich, was er aus diesem Leben machen wollte, was seine Aufgabe war, wozu er da war. Aber es fehlte das Wichtigste – die Begabung dafür. Bewegungsmagie war seine letzte Hoffnung. Vielleicht hatten seine neuen Freunde ja recht und er würde darin sein Talent entdecken. Aber was sollte er tun, wenn dem nicht so war? Würde er trotzdem hierbleiben können? Vielleicht konnte er sich irgendwo nützlich machen. In der Tierhilfestation? Er würde sogar den Job als Küchenjunge annehmen, wenn es sein musste.

Die halbe Nacht grübelte er, bis er endlich in einen unruhigen Schlaf hinüberglitt. Er träumte vom Elektromagieprofessor, der ihm einen funkensprühenden Hokkaido-Kürbis über den Kopf stülpte.

Am nächsten Morgen, es war Freitag, hatte Elias dunkle Ringe unter den Augen.

»Was ist denn mit dir passiert?«, fragte Tiana besorgt.

»Schlecht geschlafen«, murmelte er. Auf seinem Tablett standen jeweils ein Glas Tomatensaft, Orangensaft und Selleriesaft. Rot, gelb und grün.

»Und was soll das sein? Ampel-Frühstück?«, fragte Mika und sah grinsend zu Elias.

»Da es hier ja keinen Kaffee gibt, muss ich improvisieren. Ich habe die halbe Nacht vom Zwiebelschneiden geträumt.« Er sank auf den Stuhl.

»Oh, dann solltest du vielleicht lieber keinen Küchendienst mehr machen«, sagte Mika.

Lielle ließ ihren Blick nachdenklich über Elias' Gesicht wandern.

Er räusperte sich und setzte sich aufrechter hin. »Welchen soll ich zuerst trinken?«, fragte er in die Runde.

»Grün«, sagte Tiana.

»Rot«, sagte Mika gleichzeitig.

»Ich fang mit dem Schlimmsten an«, er griff zu dem Selleriesaft.

Tiana grinste siegreich.

»Heute hast du Bewegungsmagie, oder?«, fragte Lielle.

»Genau«, sagte er, trank den Saft in einem Zug, stellte das Glas lautstark auf dem Tisch ab und wischte sich mit der Hand über den Mund.

Mika lachte: »So schütten andere ihren Whiskey runter, bevor sie sich in ein Duell stürzen.«

»Im Wilden Westen vielleicht«, stellte Tiana klar und verzog das Gesicht. »Warum trinkst du das?«

»Es macht mich wach«, antwortete Elias, schüttelte sich, dann griff er zu dem Orangensaft. »Nachspülen!« Und kippte auch diesen auf einmal in sich hinein.

»Ich hol mir auch einen«, murmelte Mika und rannte davon.

»Was holt er?«, fragte Tiana.

Lielle sagte: »Selleriesaft.« Dann wandte sie sich an Elias. »Ich habe ein gutes Gefühl bei dir heute. Letztens habe ich gehört, dass Bewegungsmagie eine der schwierigsten, aber auch interessantesten Fähigkeiten ist. Die Portale, die wir hier nutzen, sie werden von Bewegungsmagiern erstellt.«

»Portale erstellen zu lernen wäre cool«, sagte Elias und schaute nachdenklich in das leere Glas.

Mika kam zurück mit einem hellgrünen Getränk.

»Willst du das wirklich trinken?«, fragte Tiana ihn skeptisch.

»Allerdings«, antwortete er. Aber schon beim ersten Schluck setzte er wieder ab und sah angewidert auf den Saft. »Bäh, das ist ja übel.«

Tiana hob die Augenbrauen. »Mika, unser Held.«

»He, ich trink es noch, wart' ab, ich brauch nur etwas, äh Orangensaft dazu.«

Er stellte das Glas ab und rannte wieder los.

Elias schmunzelte und griff zu dem Tomatensaft. Diesen trank er dann schluckweise. »Scharf!«, sagte er grinsend. »Ich hab' Chili reingemacht.«

Tiana verdrehte die Augen: »Und das am frühen Morgen. Mich würde dein Ampelsaftspiel eher aufs Klo treiben als wachmachen.«

Lielle kicherte.

Elias hatte nicht damit gerechnet, sich in einem Planetarium wiederzufinden, nachdem er durch das Portal für Bewegungsmagie gegangen war. Er saß unter einer gigantischen schwarzen Kuppel in einem verschlissenen, aber bequemen Sitz. Mit ihm befanden sich acht Lehrlinge in dem Raum. Keiner saß direkt neben einem anderen. Elias war der einzige Neuankömmling. Sie warteten schon einige Minuten, als eine dürre, große Frau den Raum betrat. Sie trug schwarze Stiefel mit Absatz, schwarze Leggins und darüber ein weites ebenfalls schwarzes Leinenshirt. Ihr Haar war weiß, glatt und zu einem hohen Zopf geflochten, der vorne an ihrer Stirn begann, sich ihren Scheitel entlang zog über ihren Hinterkopf und dann bis zu ihrer Taille hinunter hing.

Elias erschrak, als er das Gesicht der Frau erblickte. Sie war sicher nicht älter als vierzig Jahre und hatte feine Gesichtszüge, schmal mit schlanker Nase, hohen Wangenknochen, blasse aber füllige Lippen. Sie wäre schön gewesen, wäre da nicht ihr linkes Auge. Es war in bleiches Lila gefärbt und vollkommen trüb. Das andere war groß und strahlend blau.

Sie begann zu reden mit einer hypnotischen Stimme, leise, tief und heiser: »Meine Damen und Herren, willkommen zurück. Wer mich noch nicht kennt: Mein Name ist Elektra. Sie lernen bei mir den Umgang mit Bewegungsmagie. Dies hier ist ein Planetarium. Wir werden uns oft hier aufhalten. Damit sind die organisatorischen Fragen beantwortet.« Sie lächelte, wodurch sie fast schon jugendlich wirkte.

»Also«, fuhr sie fort und ihr Gesicht wurde wieder ernst, sie setzte sich mit überschlagenen Beinen auf einen schwarzen Tisch in der Mitte des kreisrunden Raumes, »was ist Bewegung?« Sie hatte eine Fernbedienung in der Hand, mit der sie einen Projektor einschaltete. Die schwarze Kuppel über ihnen wurde in rotes Licht getaucht, Wirbel entwickelten sich darin wie wallende Nebelschwaden.

»Der erste Fehler in Bezug auf Bewegung ist, sie der Zeit unterzuordnen. Denn der Zeitbegriff ist falsch und irreführend. Zeit kann man aus rein praktischen Gründen gelten lassen, aber niemals darf ein Bewegungsmagier im Zeitbegriff denken. Dies verhindert den eigentlichen Bezug zu diesem Pfad, der übrigens der steinigste, aber auch der erhabenste von allen ist. Denken Sie nie: Der Zustand, in dem sich gerade jetzt alles befindet, ist die Gegenwart, der Zustand, in dem sich alles vorher befunden hat, ist die Vergangenheit und der Zustand, der nachher eintritt, ist die Zukunft. Das alles ist nur eine Vorstellung.« Sie lächelte: »Das heißt nicht, dass Sie hier nicht pünktlich auftauchen sollen. Aber sobald Sie in meinen Unterricht sind, vergessen Sie alles, was mit Zeit zu tun hat.«

Sie drückte auf die Fernbedienung und sie fanden sich mitten im Universum wieder. Die Lichter von Abermillionen von Galaxien funkelten über ihren Köpfen. Elias sah sich gebannt um. So eindrücklich hatte er das noch nie gesehen. Um ihn herum schwebten Gesteinsplaneten, Gasplaneten, Dunkelwolken, Sterne, interplanetarer Staub, Gasnebel, er konnte Planetenringe erkennen, Monde, Asteroiden und so weiter.

»Alles, was existiert, existiert gleichzeitig. Nämlich auf der höchsten Schwingungsebene, das ist die Ebene der sogenannten Unbestimmtheit. Das Empfänglichsein, ungetrübt jeglicher vom Bewusstsein produzierter Gedanken, ist das wichtigste Instrument, um die Unbestimmtheit nachzuvollziehen. Wenn Sie denken, die Welt bestünde aus etwas Bestimmtem, dann terminieren Sie sie. Sie bestimmen sie und damit enden alle Ideen davon, aus was die Welt bestehen *könnte*.«

Das Bild veränderte sich, es war, als würden sie sich durch den Weltraum bewegen.

»Wenn Sie eine Stadt aus Bauklötzen errichten, dann wissen Sie, aus was die Stadt besteht. Das ist hilfreich, falls Sie sie verändern möchten oder vielleicht zerstören müssen. Aber so funktioniert der Kosmos nicht.«

Sie nahmen an Fahrt auf. An Elias flogen Planeten, Lichter, Wirbel, Gesteinsbrocken in immer rascherem Tempo vorbei. Er klammerte sich an seine Armlehnen.

»Die Welt wird andauernd aus irgendetwas, nämlich Unbestimmtem, extrahiert. Wir wissen also nicht, aus was sie besteht, aber sie geht in Abhängigkeit von ihrer Bewegung daraus hervor und dies immer wieder aufs Neue. Im Kern bleibt sie also stets unbestimmt.«

Elias sah in der Ferne ein Licht. Es war nicht wie das der Sonne, sondern weißer, sie rasten darauf zu. Er wurde in den Sitz gedrückt, die Projektion brachte irgendetwas in seinem Inneren zum Klingen.

Trotz der hohen Geschwindigkeit wurde seine Wahrnehmung für die Bilder klarer.

»›Unbestimmtheit‹, dieser Begriff ist nur eine Krücke. Er meint das Mysterium hinter dem Kosmos, wodurch dieser und alles in ihm immer unbestimmbar und damit undenkbar und unantastbar bleibt.«

Ein gigantisches Licht erhellte plötzlich den Raum und tauchte alles in gleißendes Weiß. Normalerweise hätte Elias die Augen zusammenkneifen müssen, doch es machte ihm nichts aus. Er sah die Bewegung der Lichtstrahlen wie in Zeitlupe. Es war pure Energie! Er konnte das, was er da sah, nicht mit dem Verstand fassen, geschweige denn beschreiben.

»Was jedes Differenzierte auszeichnet, ist seine relative Geschwindigkeit zur Unbestimmtheit.« Elektra schaltete den Projektor aus. »Hat jemand das weiße Licht gesehen?«, fragte sie in die Runde.

Alle Lehrlinge hoben die Hand.

Ihr Blick schweifte über die Sitze, dann blieb er auf Elias ruhen.

Er hob ebenfalls zögerlich die Hand. Das weiße Licht war nicht zu übersehen gewesen.

Elektra stand auf und ging Richtung Tür. Als sie dort angekommen war, drehte sie sich erneut zu ihm um und winkte ihn zu sich. Dann verließ sie den Raum.

Er sah ihr irritiert nach.

Ein paar Sitze weiter saß einer der Lehrlinge, er richtete sich auf und sagte zu Elias: »Folge ihr, sie wird dich schon nicht fressen!«

Elias sprang auf und ging ebenfalls durch die Tür.

»Bitte Tür schließen«, sagte Elektra.

Langsam zog er die Tür zu. Er befand sich in einem großen Büro, das sich zehn Meter weit um die Kuppel des Planetariums herumzog. Die obere Hälfte der Außenwand war verglast und gab den Blick frei auf ein Hochgebirgspanorama. Die Wände und Möbel waren in Schwarzweiß gehalten. Bilder hingen dort, abstrakte Kunst, ebenfalls in Schwarz und Weiß.

Elektra saß hinter einem Tisch in einem glatten Sessel und sah ihn an. »Darf ich fragen, wie Sie heißen?«

»Elias Wolf Weber.«

»Nehmen Sie bitte Platz«, sagte sie und deutete auf den Stuhl ihr gegenüber.

Elias setzte sich und versuchte sich, auf ihr gesundes rechtes Auge zu konzentrieren. Ihre linke Gesichtshälfte wies einige feine Narben auf. Eine ging quer über das trübe Auge.

»Sie sind der zweite Neuankömmling, der auf Anhieb das Licht gesehen hat. Die meisten Bewegungsmagie-Anfänger steigen vorher aus. Und Nicht-Bewegungsmagier sehen von Anfang an nur Geruckel oder Standbilder.«

Er sah sie irritiert an. Unter ihrem seltsamen Blick war er sich nicht sicher, ob das gut oder schlecht war.

Sie stand auf, stellte sich ans Fenster und sah hinaus. Einige Zeit lang sagte sie nichts.

Elias wartete mit einem unbehaglichen Gefühl in der Magengrube ab.

»Wie erschien ihnen denn dieses Licht?«, fragte sie und schlenderte an ihm vorbei.

»Hell?«

»Haben Sie so etwas schon einmal gesehen?«

Die Frage wirkte nebensächlich. Dann kam die Erinnerung plötzlich mit enormer Prägnanz hoch. Er hatte das schonmal gesehen! Vor nicht langer Zeit. In seinem Zimmer. In einem Traum. Wobei das damals anders war, intensiver, überirdischer. »Nein, nicht in der Art, aber so ähnlich«, sagte er.

Sie berührte ihn an der linken Schulter.

Er sah zu ihr hoch.

»Wir hatten seit längerem keine neuen Lehrlinge mehr in Bewegungsmagie und jetzt gleich zwei. Willkommen bei den Bewegungsmagiern«, sie hielt ihren Kopf so, dass er nur ihre rechte Gesichtshälfte sehen konnte, und lächelte ihn an. Aus dieser Perspektive war sie schön. Dann fiel er fast vom Stuhl, als er endlich kapierte, was sie eben gesagt hatte. Seine Gedanken und Gefühle überschlugen sich. Er war ein Bewegungsmagier? Woher konnte sie das wissen? Hatte es ausgereicht, dieses Licht zu sehen, um das festzustellen?

Elektra hatte wieder in dem Sessel Platz genommen und sah ihn forschend, mit einem halben Lächeln auf den Lippen, an. »Ich bin zwar keine Kommunikationsmagierin, aber Sie, Elias, sind nicht sehr schwer zu durchschauen. Daran müssen wir noch arbeiten.«

»Okay, ja, danke«, sagte er nur, ihm fiel nichts Besseres ein.

»Sie können wieder reingehen und sich mit den anderen den laufenden Film ansehen. Es geht demnächst mit dem Unterricht weiter.«

Alle Anwesenden starrten angespannt auf den schwarzen Mönch. Er hatte die Hände beschwörend erhoben, wobei die Handflächen einander zugewandt waren. In der Luft dazwischen regte sich etwas. Es sah aus wie eine sich windende, dunkle Kordel, höchstens einen Finger breit und so lang wie ein Unterarm.

Der Mönch sagte: »Wenn sie noch klein sind, nennt man sie Dunkelwürmer. Sie finden winzigste Schlupflöcher von der Niederwelt in die Realität.«

Der Wurm bewegte sich vom Mönch weg. Er glitt durch die Luft wie eine Schlange durch Wasser und näherte sich den in der ersten Reihe sitzenden Neuankömmlingen, sie wichen angeekelt zurück.

»Es ist ein Parasit, der sich von der Lebensenergie der Menschen ernährt und damit deren Schwingungsfähigkeit verringert. Dadurch wächst der Wurm zu einem sogenannten Nihilegel heran.«

Der Wurm begann zu wachsen. Er wurde dicker und länger, schlängelte sich zwischen den Lehrlingen hindurch und berührte sie dabei fast.

»Die Nihilegel fressen größere Löcher in die Realität, so dass das Schwingungsniveau an diesen Stellen und auch im Gesamten weiter absinkt.«

Die Stimme des Mönchs begleitete den Tanz des Wurms, der herumflog, als würde er die Anwesenden im Raum scannen und gezielt nach einer Person suchen. Er umkreiste Tianas Kopf, die sich duckte und flog dann direkt auf das Gesicht einer jungen Studierenden mit roten, buschigen Haaren zu, die sich halb umgedreht hatte, um den Wurm zu beobachten.

Sie zuckte nicht mit der Wimper, als er keine Handbreit vor ihrer Nasenspitze zum Stillstand kam. Sie pustete ihn an und er löste sich in Luft auf. Es war die rothaarige Frau, von der Elias nur wusste, dass sie zuvor auch noch nie etwas von der magischen Welt gehört hatte, so wie Lielle und er selbst.

Der schwarze Mönch ließ seine Hände sinken und sah zu der Frau. Sie erwiderte seinen Blick, ohne eine Miene zu verziehen.

Der Mönch stützte sich mit den Händen auf sein Pult und sah nun wieder alle Anwesenden der Reihe nach an, während er fortfuhr: »Mit Sicherheit haben Sie in der Realität alle schon mehr oder weniger Kontakt mit einem Nihilegel gehabt, ohne das zu wissen. Ich habe Ihnen eine von mir geschaffene Illusion gezeigt, denn nur Kommunikationsmagier können diese Wesen sehen. Doch die gefressenen Löcher können auch ohne diese Magiebefähigung von manchen Menschen wahrgenommen werden.«

Elias sah zu der jungen Frau, die keine Angst vor der Illusion des Nihilegels gezeigt hatte. Sie saß allein in ihrer Schulbank. Hatte er sie überhaupt schon mit anderen Lehrlingen reden gesehen? Sie war auch neu und vollkommen ahnungslos in der Sphäre der Elemente gelandet. Vielleicht sollte er sie bei Gelegenheit ansprechen.

DRITTE PFADFINDUNGSWOCHE

Es war Montag, die dritte Pfadfindungswoche, und Elias hatte seinen Pfad gefunden, was sie am Wochenende gefeiert hatten. Er hatte sich für den heutigen Tag gleich noch einmal in Bewegungsmagie eingetragen. Als er wieder das Planetarium betrat, wollte er sich nach Neuankömmlingen umsehen. Es interessierte ihn, wer der zweite neue Bewegungsmagier war, von dem Elektra gesprochen hatte. Vielleicht war er oder sie heute auch da. Aber es war dunkel, die Lehrlinge saßen über den ganzen Raum verteilt und Elektra stand wartend neben dem Projektor. Daher setzte er sich an einen Platz nahe dem Eingang.

»Die Welten bestehen nicht, sie sind. Sie sind keine Dinge, sondern sie sind Bewegung. Bewegung ist ein immer veränderlicher Zustand, der nie erfasst werden kann. Die Bewegung an sich ist unbestimmt. Das heißt das ureigenste Prinzip, die Unbestimmtheit, ist jeder Bewegung inhärent«, erklärte Elektra und schaltete den Projektor ein. Es lief ein Film, der die Kuppel über ihren Köpfen in zwei Hälften teilte. Die eine zeigte eine farbige Landschaft, die andere eine Landschaft in Graustufen.

Elias musste daran denken, was seine drei neuen Freunde über ihre Erfahrungen beim Filmgucken in Bewegungsmagie erzählt hatten. Hatte man kein Talent für diese Magie, bekam man Kopfschmerzen. Es ruckelte, es gab ständige Unterbrechungen und Standbilder oder die Kuppel wurde schwarz und so weiter. Das Gehirn schien das Gesehene nicht verarbeiten zu können.

»Seit der frühesten Menschheitsgeschichte gibt es Vorstellungen von zwei Welten, zwischen welchen eine Verbindung besteht. In den archaischen Naturreligionen nahm man die Existenz einer materiellen und einer geisterhaften Welt an. Auch in heutigen Religionen geht man von einer diesseitigen und einer jenseitigen Welt aus.«

Der Film zeigte eine Art Verschiebung in diesen zwei Welten, als würden sie in mehrere Ebenen unterteilt. Sie fächerten sich auf und ergaben neue Welten.

»Es gibt nicht nur eine Welt und auch nicht nur zwei Welten. Weil es unendliche viele Schwingungsebenen gibt, gibt es unendlich viele Welten. Sie unterscheiden sich nur in ihrem Schwingungsniveau, das sich definiert durch eine relative Beziehung zum höchsten Schwingungsniveau.«

Die Filmkamera fokussierte eine dieser Welten an und zoomte in diese hinein. Sie sahen eine riesige Stadt aus der Realität.

»Von den Menschen aus gesehen entsteht der Eindruck eines Raum-Zeit-Kontinuums. Was dabei nicht beachtet wird: Das ist eine extrem vereinfachende Betrachtungsweise von einem bestimmten Schwingungsniveau, also in diesem Fall von der Realität, aus.«

Das Bild zeigte nun eine andere, ganz gewöhnliche Landschaft, die irgendwo in der Realität sein konnte von schräg oben: Wiesen, Dörfer und Wälder.

»Diese Visualisierung veranschaulicht, wie sich bei Erhöhung der Schwingungsebene die Erscheinung der Welten verändert, wenn man sie von einem raumzeitlichen Fixpunkt aus betrachtet. Jedes Wesen und jedes Objekt hat seine individuelle, relative Schwingungsebene, die sich verändern kann. Die Gesamtheit dieser Schwingungsebenen ergibt die grundlegende Schwingungsebene einer Welt. Die Übergänge sind fließend. Wir starten auf der Schwingungsebene der Realität und bewegen uns Richtung Unbestimmtheit.«

Die Farben nahmen an Leuchtkraft zu, man sah die Differenziertheit jedes Details. Alles schien an Klarheit und Lebendigkeit zu gewinnen. Dann wurde es immer heller, Formen und Umrisse der Dinge begannen zu strahlen und ineinander zu verschwimmen. Das Gras, die Bäume, die Vögel und alles andere schien in eine durchsichtige, flirrende und wie Perlmutt schillernde gleißende Substanz überzugehen, um schließlich in einer weißen Lichtkugel zu erstrahlen.

Elektra schaltete den Projektor aus und sagte: »Normale Menschen können die Bewegung von Licht nicht wahrnehmen, weil es viel zu schnell ist. Sie sehen zwar, dass es hell wird, aber nicht, wie sich das Licht nach Anknipsen des Lichtschalters im Raum ausbreitet. Bewegungsmagier können diese Begrenztheit überwinden, und zwar nicht nur hinsichtlich ihrer Wahrnehmung, sondern auch hinsichtlich ihrer Existenzform. Als Nächstes sehen wir uns den umgekehrten Fall an, nämlich wie sich die Welten verändern mit abnehmendem Schwingungsniveau.« Elektra schaltete den Projektor wieder an.

Es war still im Raum. Man sah erneut die Landschaft aus der Realität. Es dauerte eine Weile, bis Elias benennen konnte, was passierte. Die Farben wurden blasser, aber es war nicht nur das, sondern es wirkte alles schwerer, härter, steifer. Die Umrisse der Gegenstände verdichteten sich, wodurch die Dinge klobiger erschienen. Die helleren Orte wurden dunkler und wirkten am Ende so massiv, als würde sich die Materie zusammenballen. Schließlich war nur noch eine Art Schwarzweiß-Struktur mit harschen Ecken und Kanten erkennbar, die an eine zersplitterte Gesteinswelt erinnerte.

»Am Ende dieses Vorgangs steht die Erstarrung. Sie werden noch viel über die Erstarrung lernen müssen, aber eines vorweg: Es gibt Portale, die in die Erstarrung führen. Man nennt sie Endportale. Seien Sie wachsam und gehen Sie niemals durch ein Ihnen unbekanntes Portal«, sagte Elektra.

Dann stand sie auf, schaltete ein schummeriges Licht ein und fuhr fort: »Die heutige Übung besteht darin, dass Sie rausgehen und sich die Umgebung ansehen. Am besten jeder für sich, um sich nicht gegenseitig abzulenken. Versuchen Sie, die Schwingungsebenen von Gegenständen und Lebewesen zu erkennen, die Sie antreffen und notieren Sie Ihre Erfahrungen im M-Tap.«

Elias verließ als Erster das Planetarium und lief durch den fensterlosen Eingangsbereich, in dem sich das Portal befand, durch das er hierhergekommen war. Da wurde er plötzlich angesprochen.

»Hey!«

Er drehte sich um. Hinter ihm stand Demian Anderson.

»Hi!«, sagte er. War Demian etwa der andere Neuankömmling, von dem Elektra gesprochen hatte?

Die anderen Lehrlinge liefen an ihnen vorbei und verschwanden zum Ausgang hinaus.

»Bist du das erste Mal da?«, fragte Demian.

Elias schüttelte den Kopf. »Ich war schon letzte Woche da.«

»Verstehe. Und gehörst du jetzt zu dem Haufen hier oder wolltest du es Dir nur nochmal ansehen?«, fragte er lässig.

»Gemäß Elektra gehöre ich wohl dazu.«

Demian musterte Elias, ein leichtes Lächeln zeichnete sich auf seinen Lippen ab. »Dann sind wir jetzt wohl Kollegen. Wie heißt du nochmal?«

»Elias.«

»Mein Name ist Demian«, sagte er und ging zur Tür hinaus.

Elias folgte ihm.

Die Sonne schien und die Luft war frisch und klar. Elias zog sich seine dicke Wolljacke über, die er aufgrund des Hinweises im M-Tap mitgebracht hatte, und schloss den Reißverschluss bis oben zum Kragen.

Demian tat es ihm gleich und sagte: »Die Professorin meinte ja, jeder soll für sich allein üben. Aber sollen wir ein Stück zusammen gehen? Wir können uns ja dann später trennen.«

»Klar«, antwortete Elias.

Mehrere Bergpfade schlängelten sich über das Gelände, auf denen die anderen Lehrlinge bereits in jede Himmelsrichtung unterwegs waren.

Elias und Demian entschieden sich für einen breiten Pfad, der am Hang unterhalb schneebedeckter Berggipfel nach Westen führte.

»Wo kommst du her?«, fragte Elias.

»Australien«, sagte Demian. »Und du?«

»Deutschland.«

»Weiß deine Familie, dass du hier bist?«, fragte Demian.

»Nein«, antwortete Elias. »Die würden das verrückt finden.«

»Das heißt, du hattest keinen MaMi?«

»Magischen Mittler? Nein, meine Familie hat nichts mit Magie am Hut«, sagte Elias.

»Das ist nicht korrekt, denn du hast diese Fähigkeiten geerbt. Irgendjemand in deiner Familie muss magiebegabt gewesen sein. Manchmal verdrängt diese Person ihre Begabung und es kommt nie heraus. Oder es wurde viele Generationen lang keiner mehr geboren, der magiebegabt war. Du hast keinerlei Vermutungen, wer es dir vererbt haben könnte?«, fragte er.

Elias hatte sich darüber nie Gedanken gemacht. »Mein Vater mit Sicherheit nicht.«

»Warum nicht? Ist er mehr so der Verstandesmensch? Bänker oder vielleicht Ingenieur?«, fragte Demian.

»Unternehmer. Wenn ich ihm von dem allem hier erzählen würde, würde er mich sofort einweisen lassen.«

Demian lachte. »Mein Vater ist auch so.«

»Weißt du denn, von wem du die Magiebegabung hast?«, fragte Elias.

Demian schien zu überlegen, ein paar Sekunden vergingen, dann sagte er: »Von meiner Mutter. Aber genug geredet. Jetzt gehts an die Übung. Wo willst du langgehen?«

Der Weg vor ihnen machte eine Gabelung, der eine führte weiter am Hang entlang, der andere nach unten in Richtung einiger Tannen.

»Ich geh da runter«, sagte Elias.

»Alles klar, bis später«, erwiderte Demian und ging den Pfad weiter.

Elias lief noch ein Stück und setzte sich dann inmitten der Tannen auf einen umgefallenen Baumstamm. Er entdeckte eine blaue Blume und begann die Übung.

Am nächsten Tag hatte Elias mit Mika zusammen Putzdienst. Es war der einzige Dienst, bei dem noch Leute gesucht worden waren. Sie wurden der Putzkolonne im Haus zum roten Drachen zugeteilt, also dem Haus der Feuerlehrlinge. Es war eine stattliche Altbau-Villa aus schwarzem Stein, die sich an der nordöstlichen Mauer hinter der Burg befand. Sie wirkte protziger als das Haus der sieben Quellen. Kein Pflänzchen wuchs darum herum, geschweige denn, daran hinauf. Steinerne Fabelwesen zierten die Fassade. Am auffälligsten war ein großer Drache, dessen Körper sich um die Fenster des ersten Stockes wand. Sein Kopf prunkte mit weit aufgerissenem Maul über der Eingangstür. Mika starrte auf den Drachen mit Besen und Eimer in den gummibehandschuhten Händen. »Einladend«, nuschelte er.

Sie folgten ihrem Putztrupp ins Haus hinein. Die Inneneinrichtung entsprach der einer klassischen Villa aus dem neunzehnten Jahrhundert. Vom großen Eingangsbereich aus führte eine lange, rotbetuchte Treppe in den ersten Stock hinauf. Kerzenleuchter und riesige Wandbilder mit Darstellungen von Szenen, in denen Feuer und Flammen die Hauptrolle spielten, zierten die hellgrauen Wände. Ausladende, dunkle Sessel und Sofas füllten den Raum vor einem gigantischen offenen Kamin.

Peter, ein fülliger Mann mit Vollbart, Mitarbeiter vom Reinigungsdienst und heute ihr Chef, hatte sich auf der dritten Treppenstufe platziert. Die anderen Helfer standen vor ihm, alle mit Putzutensilien bewaffnet.

»Leute, ihr habt den ganzen Tag Zeit. Macht also langsam, aber bitte gründlich. Und bitte beachtet die Anleitung zum Putzdienst im M-Tap.«

Elias fiel auf, dass sie beide nicht die einzigen Neuankömmlinge waren. Schräg hinter ihm stand die Frau, die ihm schon im Unterricht beim schwarzen Mönch aufgefallen war. Im hellen Licht konnte er sie nun besser erkennen. Sie war um die fünfundzwanzig Jahre alt. Rotes, wuscheliges Haar umrahmte ihr Gesicht.

»Ihr drei«, Peter zeigte auf Elias, Mika und die rothaarige Frau, »geht bitte in den zweiten Stock und reinigt den Vorraum zu den Wohnungen der Lehrlinge sowie die Treppe und den Aufenthaltsraum inklusive der Toiletten dort. Oben findet ihr einen Staubsauger im Wandschrank.«

»Alles klar«, sagte Mika und ging los.

Elias folgte ihm und sah sich zu der Frau um.

Sie verzog das Gesicht und schlurfte ihnen nach.

Während sie die Treppe hinaufgingen, sprach er sie an: »Hi, ich bin Elias, wie heißt du?«

»Raluka«, sagte sie in einer tiefen Stimme. Sie trug rosafarbene Handschuhe und umklammerte damit einen Wischmopp, als wäre er ein Schwert. In der anderen Hand schleppte sie einen Eimer. Ihr war anzusehen, dass sie nicht glücklich war über diesen Dienst.

»Das da ist Mika, wir sind beide Neuankömmlinge, du ja auch, nicht?«

»Ja«, sagte sie nur.

Als sie oben auf der Galerie angekommen waren, sahen sie zur nächsten Treppe, die sich auf der gegenüberliegenden Seite befand.

»In welchem Haus wohnst du?«, fragte Elias.

»In diesem hier, aber unten.«

»Wir kommen vom Wasserhaus«, brachte sich Mika in das Gespräch ein.

Sie musterte ihn kurz und sagte: »Okay.« Dann begab sie sich auf den Marsch über die Galerie.

146

Elias sah Mika stirnrunzelnd an, dieser zuckte mit den Schultern. Sie folgten Raluka, die dabei war, sich und das Putzzeug die Treppe hinauf zu schleppen. Oben angekommen setzte sie sich auf einen Stuhl und packte ihr M-Tap aus. Mit knochigen Fingern tippte sie bedacht darauf herum.

Elias und Mika sahen sich um. Es gab hier oben vier Wohnungen, die von dem Raum aus erreicht werden konnten. Diese wurden von den Lehrlingen selbst gereinigt. Ein edel eingerichtetes Kaminzimmer diente als Aufenthaltsraum. Die hohen Fenster mit den dicken, roten Samtvorhängen vermittelten etwas Theatralisches.

Mika rief die Anleitung für den Putzdienst in seinem M-Tap auf. »Oh Mann, wir müssen auch die Fenster putzen«, sagte er und verzog das Gesicht.

»Da sind wir sicher einen Tag beschäftigt«, erwiderte Elias und ließ sich in einen der Sessel fallen.

Raluka stand inzwischen in der Tür, sie hatte noch immer eine grimmige Miene aufgesetzt. »So ein Kack«, murmelte sie, während sie mit dem Blick den Raum inspizierte.

»Teilen wir uns am besten auf«, sagte Mika.

»Ich sauge«, murmelte Raluka genervt und verschwand hinter der Tür. Man hörte sie in einem der Wandschränke herumwerkeln, dann kam sie mit einem Staubsauger um die Ecke, der aussah wie ein kleiner, grauer Android. Das war mit Sicherheit der modernste Gegenstand, der in diesem Haus zu finden war. Ohne ein weiteres Wort begann sie, die dunkelroten Wollteppiche abzusaugen. Elias sah auf seinen Staubwedel, den er die ganze Zeit mit sich herumgetragen hatte. Er hievte sich aus dem Sessel und begann abzustauben.

Der Tag verging mit wischen, wedeln, kehren und schrubben, ohne dass Elias und Mika näher mit Raluka ins Gespräch kamen. Sie war mehr als unnahbar und dabei auch noch wirklich sonderbar. Immer wenn sie sich unbeobachtet fühlte, murmelte sie vor sich hin. Und so etwas wie Lächeln kannte sie anscheinend nicht.

Gegen Ende der Woche schnupperte Elias noch einmal in den Heilmagie-Unterricht. Zuerst fiel ihm auf, dass auch Raluka dort war. Dann fiel ihm auf, dass Professorin Mendes verkleidet war. Sie trug einen olivgrünen Tarnanzug und hatte einige Äste in ihr lockiges Haar eingeflochten. Sie erklärte, dass sie heute eine Sonderaktion geplant hatte, die aber für die Lehrlinge nicht von Bedeutung war. Die Aufgabe der Lehrlinge war es, nach einem gelblichblauen Baumpilz namens Protzol zu suchen und herauszufinden, wie man ihn zubereiten und wofür er genutzt werden konnte.

Nach ihrer Rede nahm die Professorin Raluka beiseite. Elias hörte zufällig, wie sie zu ihr sagte: »Heilmagie ist anfangs unberechenbar, also nimm es nicht so schwer, wenn es heute noch nicht so läuft. Gerade Pilze verschleiern gern ihre Absichten. Wer hat nicht schon von den Pilz-Freunden gehört, die ein ganzes Gericht wegwerfen, weil sie sich plötzlich nicht mehr sicher sind, ob nicht doch ein Giftpilz darunter ist.« Sie zwinkerte schmunzelnd. Dann hielt sie Raluka eine Machete hin und sagte: »Nochmals willkommen unter den Heilmagiern!«

Raluka sah schweigend und mit vollkommen unbeweglichen Gesichtszügen zu ihr, nahm die Machete und sagte schlicht: »Okay«. Dann stapfte sie mit großen Schritten in ihren klobigen Schuhen in den Wald hinein. Natürlich allein.

Raluka hatte also ein Talent für Heilmagie. Das hatte Elias nicht erwartet.

Mit Machete und Taschenmesser ausgestattet, machte er sich ebenfalls auf die Socken. Er mochte diesen Urwald und freute sich auf eine Wanderung. Genaugenommen war er nur deswegen in den Unterricht gekommen. Und für Pilze hatte er sich ohnehin noch nie interessiert.

Er war schon seit zwei Stunden unterwegs, als ein Bach ihm den Weg versperrte. Einige Schritte flussaufwärts war das Bett schmaler und es lagen flache Steine darin. Er balancierte darüber und sprang mit einem großen Satz an den steilen Hang gegenüber. Da hörte er plötzlich eine Stimme. Er lauschte. Irgendjemand redete da. Leise und vorsichtig kletterte er auf allen vieren den Hang hinauf.

Da stand eine Person in einiger Entfernung mit dem Rücken zu ihm vor einem Gebüsch mit roten Blüten. Es war Raluka. Soweit er sehen konnte, war sie allein. Aber sie redete, wohl wieder mal mit sich selbst. Es war ihm peinlich, sie zu beobachten. Sollte er umkehren? Er sah zum anderen Ufer zurück. Es war nicht leicht, den nächst gelegenen Stein im Bach wieder zu erreichen. Warum es nicht noch einmal mit Raluka versuchen? Vielleicht hatte es ja am Putzdienst gelegen, dass sie so miese Laune hatte.

Er wollte eben aufstehen und ihr zurufen. Doch als er wieder zu ihr sah, hatte sich der rhododendronartige Busch vor ihr vollkommen verändert. Seine Blüten und Blätter hatten sich in Luft aufgelöst und übrig waren nur dürre, schwarze Äste. Elias blieben die Worte, die er eben an sie richten wollte, im Hals stecken. Was war da passiert? Hatte sie das getan? Er konnte ihr Gesicht nicht sehen, aber die Lust, sie anzusprechen, war ihm vergangen.

Er kroch ein Stück am Hang entlang und sprang dann an einer geeigneten Stelle wieder über den Bach. Ein letztes Mal drehte er sich zu Raluka um. Er konnte sie zwischen den Bäumen hindurch erkennen. Sie hatte ihn nicht bemerkt und verharrte noch immer vor den Überresten des Strauches. Was war nur los mit dieser Person? Elias beeilte sich, um möglichst schnell von ihr fortzukommen.

»Jetzt gibts noch einen Neuankömmling, der sich als Gestaltwandelmagier entpuppt hat«, sagte Mika und ließ sich auf das Sofa in ihrem Wohnbereich fallen. Er war gerade zur Tür hereingekommen.

Elias saß in einem Sessel, legte sein M-Tap weg und sah zu Mika. Erst jetzt fiel ihm auf, dass er buschige, rote Augenbrauen hatte. »Was ist mit deinen Augenbrauen passiert?«, fragte er ihn.

»Ach, ich habe versucht, mich in Thor zu verwandeln. Es hat aber nur bei meinen Augenbrauen geklappt.«

»In den Gott Thor?«, fragte Elias.

»Jep.«

»Der hat solche Augenbrauen?«

»Jaja, mach dich ruhig lustig über mich«, sagte Mika. »Der Tag heute war eh schon Müll.«

»Erzähl.«

»Ach«, seufzte er schwermütig, »ich habe jetzt einen Konkurrenten. Und dazu noch einen echt unfreundlichen, arroganten, eingebildeten ...«

Elias unterbrach Mika und fragte: »Wen denn?«

»Chris Brown heißt er. Du weißt schon, der Typ mit dem Pferdeschwanz. Er hat heute eine geniale Medusa abgegeben. Ein Schlangenhaar ist ihm aus der Stirn gewachsen. Für einen Anfänger natürlich eine bombige Leistung. Entsprechend war der Jubel um ihn.« Eine der blaugrauen Katzen kam zu Mika und setzte sich auf seinen Bauch, als würde sie ihn trösten wollen. Er streichelte sie.

Elias überlegte. Er hatte ein vages Bild von Chris aus dem Unterricht beim schwarzen Mönch vor Augen: ein großer, kräftig gebauter junger Mann mit dunkelblondem Pferdeschwanz und markanten Gesichtszügen. »Das war Anfängerglück, lass dich nicht von dem beeindrucken«, sagte er.

»Ich bin ja eigentlich nicht neidisch, aber nicht nur, dass er gut aussieht und toll zaubern kann, er war auch noch echt unhöflich zu mir und hat mir die kalte Schulter gezeigt. Raluka würde gut zu ihm passen. Beide wohnen im Feuerhaus. Und beide haben eine echt miese Art, mit anderen umzugehen.«

Elias fiel die Sache mit Raluka im Wald wieder ein. »Apropos Raluka, sie war heut in Heilmagie, das ist ihre Pfadmagie.«

»Ach was, eine Heilmagierin? Mit der miesen Laune? Die hat überhaupt nichts Heilsames an sich. Hat sie dir auch wieder die kalte Schulter gezeigt?«

»Ich habe sie nicht angesprochen, damit gab es für sie keine Gelegenheit, mich zu ignorieren.«

»Das ist die beste Strategie«, sagte Mika, »das mach ich in Zukunft auch so. Bei beiden!«

Elias überlegte, ob er Mika von dem sonderbaren Vorfall im Wald erzählen sollte. Aber er verstand ja selbst nicht, was Raluka da gemacht hatte. War das eine Form von Heilzauber, der schief gegangen war? Oder beherrschte sie Pflanzenmagie? Oder womöglich beides? Elias war nicht der Typ, der Gerüchte in die Welt setzte, also erzählte er nichts. Vielleicht würde es sich noch aufklären. Stattdessen fragte er: »Kann man eigentlich zwei Pfadmagien beherrschen?«

Mika blinzelte zu Elias, seine Augenbrauen leuchteten rot im Abendlicht, das zum Fenster hereinfiel. »Nein. Und wenn doch, dann stimmt etwas nicht mit dieser Person.«

»Wie meinst du das?«

»Mein Uropa hat mir erzählt, dass es im Laufe der Geschichte ein paar Magier gab, die zwei Pfadmagien beherrschten. Aber diese Leute waren gefährlich, sie wurden alle Schwarzmagier.« In dem Moment verwandelten sich seine Brauen zurück.

»Deine Augenbrauen sind wieder normal«, sagte Elias.

Mika strich darüber: »Ein Glück, wäre sonst wieder die Lachnummer beim Abendessen gewesen.« Mittlerweile war es ihm eher peinlich, wenn Tiana und Lielle seine schrägen Veränderungen am Abend zu sehen bekamen.

»Eigentlich stand dir rot«, sagte Elias.

Mika nahm ein Sofakissen und bewarf ihn damit.

Die kleine Gruppe von Leuten war von haushohen Nadelbäumen, Büschen, Moosen und Flechten umgeben. Ihre Schritte knirschten auf dem steinhart gefrorenen Boden.

»Bitte seid leise, damit wir die Tiere nicht stören«, sagte Jake, der Professor für Tiermagie mit gesenkter Stimme.

Es war Freitag. Die Tiermagie-Lehrlinge und Elias, als einziger Neuankömmling, gingen eingemummt in langen, beigen Strickmänteln, Mützen, Schals und Handschuhen quer durch einen taigaartigen Wald. Hauchdünn lag überall Schnee. Es sah aus, als wäre die Umgebung mit Puderzucker bestreut worden.

Elias hatte schon seit einiger Zeit das Gefühl, dass sie verfolgt wurden. Aber wer sollte ihnen hier auflauern?

Da blieb Jake plötzlich stehen. »Hört«, sagte er.

Alle lauschten.

Elias drehte sich um. Da war ein Rascheln gewesen. Er spähte zwischen den Bäumen hindurch.

Ein schlanker Schatten, kaum sichtbar vor dem grüngrauweißen Hintergrund des Waldes, trabte vorbei.

Einer der Lehrlinge flüsterte: »Sie haben uns umzingelt.«

Elias' Nackenhaare stellten sich vor Spannung auf.

»So ist es«, sagte Jake.

»Wer hat uns umzingelt?«, fragte eine Frau, sie schien zu den jüngeren Nomestern zu gehören.

»Werdet ihr gleich sehen«, flüsterte Jake.

Elias fand diese Aussage nicht beruhigend und rückte näher zu ihm. Als er erneut den Kopf wendete, sah er direkt in zwei gelbe Augen, die hinter einem Baum hervorlugten und die Menschengruppe beobachteten. Wölfe!

»Sie folgen uns schon seit geraumer Zeit«, sagte Jake.

»Warum tun sie das?«, fragte die junge Frau.

»Weil wir in ihrem Revier herumlaufen.«

»Sind sie gefährlich?«, fragte ein anderer Lehrling.

»Nein, sie greifen in der Regel keine Menschen an und schon gar nicht eine Gruppe.«

Graue Wölfe tauchten hinter den Bäumen und aus dem Unterholz auf. Es waren mindestens fünf.

»Die heutige Aufgabe besteht darin, zu zweit Kontakt mit einem der Wölfe aufzunehmen. Wenn es Probleme gibt, ruft mich. Ich bleibe in der Nähe«, sagte Jake.

Die anderen hatten sich schnell zusammengefunden, Elias blieb übrig.

»Du warst schon mal in meinem Unterricht, richtig? Wie war dein Name?«, fragte Jake ihn.

»Elias. Allerdings bin ich heut nur Gast, da ich meinen Pfad schon gefunden habe.«

»Verstehe. Dann komm mal mit, wir besuchen einen alten Freund.« Mit diesen Worten stapfte er los.

Die anderen Lehrlinge waren schon damit beschäftigt, sich um die Wölfe zu bemühen. Hoffentlich hatte Jake recht und es wurde keiner gefressen.

Sie gingen ein paar Schritte, dann fragte der Tiermagie-Lehrer: »Und was ist dein Pfad?«

»Bewegungsmagie!«, antwortete Elias nicht ganz ohne Stolz.

»Nicht schlecht. Ein bisschen gefährlicher als Tiermagie«, sagte Jake und grinste breit.

Elias zog die Augenbrauen hoch und rang sich ebenfalls ein verhaltenes Lächeln ab. Er hatte nicht den blassesten Schimmer, warum Portale gefährlicher sein sollten als Wölfe. Da sprang plötzlich etwas großes Schwarzes von der Seite auf Jake zu und warf ihn um.

Elias rutschte das Herz in die Hose.

Der Lehrer lag auf dem Boden und über ihm stand eine riesige, pelzige Gestalt, ein schwarzer Wolf, der sich in seinen Arm verbissen hatte.

Elias wollte um Hilfe rufen, als er realisierte, dass Jake lachte.

Das Tier ließ seinen Arm los und versuchte nun, seinen Fuß zu erwischen.

»Du alter Raufbold«, sagte Jake, packte den Wolf und warf ihn auf die Seite. Dieser johlte vor Freude. Sie rangelten wild miteinander. Schließlich strich Jake dem Wolf freundschaftlich über die breite

Schnauze. Die beiden sahen sich an, als würden sie ein Zwiegespräch führen, während sie auf dem Boden hockten.

Elias fühlte sich plötzlich wieder beobachtet. Er drehte den Kopf. Einige Meter von ihm entfernt saß ein weißer Wolf. Er war nicht so groß wie der Schwarze. Elias vermutete, dass es eine Wölfin war.

Sie sah ihn aus grünen Augen gelassen an. Dieser Blick zog Elias sofort in seinen Bann. Er ging instinktiv in die Hocke und senkte den Kopf. Die Wölfin stand auf und näherte sich ihm, langsam aber beständig. Er streckte die Hand aus. Zwei Meter vor ihm, zögerte sie einen Moment, ging dann weiter und schnupperte daran.

Er war von dem Tier fasziniert. Noch nie hatte er einen Wolf in echt gesehen und schon gar nicht einen weißen. Er vergaß alles andere um sich herum.

In seinem Kopf formierten sich Bilder, die eine Art Frage der Wölfin an ihn darstellten. Es war wie eine Stimme, die anstatt mit Worten, in Bildern zu ihm sprach, eine sonderbare Art der Kommunikation. Die Wölfin wollte von ihm wissen, ob er ein Freund war.

»Ja«, sagte er spontan.

Sie ließ ihn nicht aus den hellen Augen. Ihr pelziges Wolfsgesicht war seinem ganz nahe. Da schleckte sie ihm plötzlich über die Wange, drehte sich um und trottete davon. Sie hatte ihn in ihrem Wald willkommen geheißen.

Elias wischte sich über das Gesicht und sah der Wölfin lächelnd nach. Plötzlich wurde ihm bewusst, dass er nicht allein hier war.

Jake und der Wolf sahen zu ihm herüber.

Elias erhob sich langsam.

Jake stand ebenfalls auf und musterte ihn nachdenklich.

Der schwarze Wolf lief der weißen Wölfin nach und verschwand hinter den Bäumen.

Elias wurde von tausend Gedanken überrollt. War es normal, die Stimme eines Tieres wahrzunehmen, als würde es, wenn auch auf andere Art, zu einem sprechen? War ihm das vorher schon einmal passiert? Oder war das Tiermagie gewesen? Und was hatte Mika erst gestern erzählt? Menschen, die zwei Pfadmagien beherrschen, werden böse. Elias' Herz klopfte plötzlich bis zum Hals. Innerhalb von Sekunden war seine Welt wieder vollkommen auf den Kopf gestellt. Er war so froh gewesen seinen Pfad gefunden zu haben und jetzt hatte er womöglich zwei Pfade? Nervös sah er zu Jake. Würde er ihn direkt zum Sicherheitsdienst bringen? Oder gar zum schwarzen Mönch?

»Wollen wir zurückgehen zu den anderen?«, fragte Jake.

Elias blinzelte. Er hatte mit allem gerechnet, bloß nicht mit dieser Frage. Als er eine Antwort geben wollte, versagte ihm die Stimme, so dass er husten musste. Dann brachte er ein heiseres »Okay« heraus.

Sie gingen schweigend zurück. Einige der anderen Lehrlinge saßen noch in beträchtlichem Abstand zu ihrem Übungswolf.

Im abendlichen Unterricht musste Elias sich anstrengen, um nicht über den Vorfall heute in Tiermagie nachzudenken. Schließlich sollte der schwarze Mönch nichts davon erfahren. Elias war Bewegungsmagier und fertig. Die Stimme der Wölfin hatte er sich nur eingebildet.

»Die Nongule und die Nihilegel dienen dem Nihil Duratus«, sagte der schwarze Mönch finster. Ein paar Sekunden verstrichen, in denen dieser sonderbare Name schwer im Raum hing, ehe er weitersprach: »Nihil Duratus ist der Begriff für die personifizierte Erstarrung. Diese Erstarrung kann den Kreislauf des Lebens durchbrechen und absoluten Stillstand herbeiführen. Es ist kein Wesen, sondern ein Prinzip, das in die Realität einzudringen vermag, weil die Schwingungsebene sinkt. Irgendwann durchbricht der Nihil Duratus die Grenzen zur Realität, dann wird auch sie zur Niederwelt. Und wie kann ihm dies gelingen? Er bringt mit Hilfe seiner Diener die Erstarrung über die Menschheit.«

Der Mönch hielt inne, er war vorne auf und ab gelaufen, nun stützte er sich mit den Händen auf das Pult, sah zu den Lehrlingen und sagte: »Eine besondere Rolle spielt dabei die Sucht. Menschen neigen dazu. Jede Abhängigkeit verringert ihre Schwingungsebene und schwächt sie, so dass sie leichter von Nihilegeln und Nongulen befallen werden können.«

Der Mönch hob beide Hände und nahm mal wieder seine Beschwörungsgeste ein.

Elias und Mika sahen sich an. Ihre Blicke sprachen Bände. Was würde nun wieder kommen?

Der Mönch schloss die Augen, er murmelte irgendetwas vor sich hin. In solchen Momenten fand Elias ihn am unheimlichsten. Da öffnete er plötzlich die Augen wieder. Ihr Anblick ließ Elias fast das

Blut in den Adern gefrieren. Beide Augen waren durch und durch schwarz, als wäre die Pupille ausgelaufen. Und, als wäre das noch nicht grauenerregend genug, breitete sich nun auch noch Taubheit in Elias' eigenem Körper aus. Sie kroch bis in seine Fingerspitzen und in seine Zehen und lähmte ihn von innen heraus. Er spürte kaum noch etwas und konnte seine Glieder nur unter Anstrengung bewegen. Er schaffte es gerade noch, den Kopf Mika zuzuwenden. Mit Erschrecken stellte er fest, dass Mikas Augen ebenfalls vollkommen schwarz waren. Mikas Reaktion nach musste auch Elias' Anblick entsetzlich sein, denn er riss seine schwarzen Augen weit auf, was ihn noch grausiger aussehen ließ.

Als Elias sich umsah, stellte er fest, dass jeder im Raum diese schwarzen Augen hatte. Und wahrscheinlich fühlte auch jeder diese widerliche Starre.

Da hörten sie plötzlich ein Schnippen und der Zauber war vorbei.

Elias sah wieder in Mikas braune Augen und atmete erleichtert auf. Die Erstarrung war verschwunden.

»Ein Kommunikationsmagier, der die Erstarrung an einem Menschen wahrnimmt, übernimmt für den Moment dieses Gefühl der Lähmung. Das, was Sie eben fühlten, war die Demonstration von genau dieser Erfahrung. Der Mensch, der von der Erstarrung befallen ist, kann diesen Zustand selbst nicht mehr erkennen. Für ihn ist es der Normalzustand. Der Unterricht ist beendet. Sie können gehen.«

Da hörte Elias Lielles Stimme. »Was kann Menschen vor dem Nihil Duratus schützen?«, fragte sie.

Es war das erste Mal, dass es jemand im Unterricht des Mönchs wagte, eine Frage zu stellen. Alle Lehrlinge hielten den Atem an. Wie würde der Mönch reagieren?

Dieser sah nachdenklich zu Lielle. Die Stille im Raum war erdrückend. Schließlich sagte er: »Mitgefühl.«

Am letzten Samstag im Monat fand der Portaltag statt, aber nicht für die vier Freunde. Alle Neuankömmlinge mussten den Tag nutzen, um den Fragebogen zu den Pfadmagien auszufüllen und bis spätestens um Mitternacht einzureichen. Am Sonntag würde es ernst. Es war der sogenannte Pfadtag. Hier wurden Konferenzen abgehalten, in denen besprochen wurde, in welcher Pfadmagie die neuen Lehrlinge ausgebildet werden sollten, und auch, ob sie überhaupt ausgebildet werden würden.

In seinem Fragebogen zu Tiermagie hatte Elias lediglich das angegeben, was der Professor vermutlich auch gesehen hatte. Was Elias aber gehört hatte, ließ er geflissentlich weg. Es war eine Stimme, die nicht Worte gebraucht hatte, um in dieser eisigen Kälte zwischen Zirbelkiefern, Zedern und Heidelbeersträuchern sein Herz zu berühren.

DER ZWIEFÄLTIGE

Die neuen Lehrlinge saßen am Sonntagnachmittag angespannt auf einer langen Holzbank im Verwaltungsgebäude der Master Macademy und warteten. Jeder von ihnen wurde einzeln in einen Besprechungsraum gerufen. Im Moment war Chris Brown drin. In Anbetracht der Gewichtigkeit dieser Entscheidungen dauerten die Besprechungen nicht lange. Aber das Warten fühlte sich an wie eine Ewigkeit. Elias erinnerte es an mündliche Prüfungen, die ihm nie etwas ausgemacht hatten. Aber heute war es anders. Es ging nicht nur um irgendeine Note. Es ging um sein Leben.

Er war der Letzte der vier Freunde, der befragte wurde. Mika sollte Gestaltwandler werden, Tiana war eine angehende Pflanzenmagierin und Lielles Berufung lag in der Kommunikationsmagie. Die drei warteten im Haus der sieben Quellen auf ihn. Zum draußen warten war es heute zu kalt und im Verwaltungsgebäude sollten sie sich nicht mehr aufhalten, sobald sie fertig waren.

Nach nicht einmal zehn Minuten kam Chris wieder heraus und lief den weitläufigen Gang Richtung Ausgang. Als Nächste war Raluka dran. Sie kam nach fünf Minuten wieder heraus.

»Hey Raluka, wie lief's?«, fragte Elias.

»Heilmagie«, murmelte sie bloß und schlurfte davon.

Schließlich war Elias der letzte Neuankömmling auf der Wartebank.

»Elias Wolf Weber«, die Sekretärin mit den kurzen, schwarzen Haaren und der Halbmondbrille, die bisher jeden aufgerufen hatte, lehnte sich aus dem Konferenzsaal und linste zu ihm hinüber.

Er stand auf und ging mit pochendem Herzen hinein. Es war ein runder Raum mit hoher Decke, er wirkte aristokratisch. Grüne Samtvorhänge hingen rechts und links vor den milchigen Fenstern, durch die fahles Sonnenlicht fiel, und an den Wänden scharten sich Gemälde und Wandteppiche. In der Mitte des Raumes stand ein runder Tisch, um dessen eine Hälfte die acht Professoren der

Pfadmagien sowie der Schulleiter saßen. Gegenüber davon stand ein einzelner Stuhl.

»Bitte nehmen Sie Platz, Herr Weber«, sagte Kian Shay.

Elias setzte sich.

»Welche Fähigkeit ist die Ihre?«, fragte ihn der Schulleiter freundlich.

Elias räusperte sich. »Bewegungsmagie«, sagte er mit fester Stimme und sah zu Elektra.

Sie erwiderte den Blick, ihr Gesichtsausdruck war schwer zu deuten.

Kian Shay wandte sich ebenfalls an sie: »Ist das in Ihrem Sinne?«

Der Moment schien sich endlos lang auszudehnen. Elias hielt Elektras Blick stand. Da nickte sie und sagte: »Herr Weber hat ein großes Potential, aber auch viel Arbeit vor sich.«

»Das haben wir alle, ich meine, viel Arbeit vor uns«, sagte Kian Shay und lachte.

Einige der anderen Professoren fielen mit in das Lachen ein.

Elias atmete auf.

Da sagte Kian Shay: »Gut, um sicherzugehen, dass dies der richtige Pfad für Sie ist, gehen wir es heute ein letztes Mal durch. Professor Hawk, wie sieht es aus mit Elektromagie?« Er wandte sich an den Mann mit den Antennen auf dem Kopf, der am linken Rand des Tisches saß.

Elias' Herz hatte sich eben beruhigen wollen, aber jetzt war nicht mehr daran zu denken. Würde nun jeder Professor befragt? Was sollte das?

»Weber war es gell, Weber ... Weber ...«, Professor Hawk tippte wild auf seinem M-Tap herum, dann sagte er, »zeigte kein Talent.«

»Professorin Nova? Meteomagie?«, Kian Shay sprach die schwarzhaarige Professorin für Wettermagie an, die neben dem Professor für Elektromagie saß. Sie sah gelangweilt zu Elias und schüttelte den Kopf.

Die Professoren sollten also tatsächlich ein Kommentar dazu abgeben, wie Elias sich im Unterricht angestellt hatte. Die meisten sagten nicht viel dazu. Nur der Professor für Gestaltwandel schmückte seinen Bericht etwas mehr aus, weil er von dem tollen Badetag erzählte. Schließlich kamen sie zu Jake Drakov. Er saß als

Vorletzter auf der rechten Seite des Tisches und sah Elias nachdenklich an.

»Zeigte der junge Mann irgendeine magische Affinität zu Tieren?«, fragte Kian Shay.

Jake antwortete: »Nicht, dass ich wüsste.«

Der Schulleiter sah zu Professorin Eichwald: »Kommunikationsmagie?«

»Kein Talent«, sagte sie und musterte Elias durch ihre dicken Brillengläser.

»Herzlichen Glückwunsch, Herr Weber, sie werden an der Master Macademy in Bewegungsmagie ausgebildet. Ist das in Ihrem Sinne?«

»Ja, danke«, antwortete Elias.

»Wunderbar. Dann dürfen Sie jetzt zum Feiern gehen«, sagte Kian Shay.

Elias konnte es kaum glauben, er war durchgekommen. Schnell stand er auf und schoss zur Tür hinaus. Er hatte den halben Gang schon hinter sich gebracht, als ihn die Sekretärin einholte.

»Herr Weber, können Sie bitte vor Zimmer 211 hier im Gebäude warten, danke.«

Elias sah sie fragend an, aber sie eilte schon in Richtung Sekretariat davon. Seine anfängliche Erleichterung schwand dahin. Nachdenklich ging er die Stufen der hellen Steintreppe, die in den dritten Stock führte, nach oben. Es war nicht gut, dass er warten sollte. Da war er sich sicher. Sie würden ihn womöglich nicht aufnehmen. Von allen Momenten des Grübelns war dieser hier der schlimmste. Er nahm die Stufen so langsam und schwerfällig, als würden ihn tausend Gewichte nach unten ziehen. Oben angekommen, musste er ans Ende des Ganges gehen, um das besagte Zimmer zu finden. Jeder seiner Schritte hallte einsam auf dem Steinboden nach. Es standen zwei Stühle gegenüber der schweren Eichentür, neben der ein schwarzes Schild hing mit der silbernen Aufschrift: ›Zimmer 211 – Kian Shay – Leiter der Akademie‹. Es war das Büro des Schulleiters. Elias schluckte. Das war's dann wohl mit seiner Karriere bei der ISM. Trübselig ließ er sich auf einen der Stühle fallen und wartete.

Es verging eine Weile bis er endlich Stimmen und Schritte von der Treppe her hörte. Es waren Kian Shay und Frau Eichwald, die Professorin für Kommunikationsmagie. Elias stand auf.

»Vielen Dank, dass Sie gewartet haben«, sagte Kian Shay wohlwollend.

Elias nickte nur wortlos.

»Dann kommen Sie mal herein in die gute Stube«, sagte er auflockernd und ging vor.

Die Professorin und Elias folgten ihm.

Der Raum war ebenso aristokratisch wie der Konferenzraum mit hohen Fenstern und schweren Vorhängen, nur war er kleiner und wesentlich gemütlicher eingerichtet. Die Wände waren mit Holzschränken und Bücherregalen bis oben hin vollgestellt. Ein riesiger, unaufgeräumter Schreibtisch nahm den hinteren Teil des Raumes ein. Oberhalb davon ging es zu einer Galerie, die in den Dachgiebel eingebaut war. Auch hier standen Regale, Bücher und sonstige Utensilien herum. Rechts neben der Eingangstür befand sich ein Besenschrank, den Elias als Portalschrank identifizierte. In einem Kaminofen glühte Holzkohle vor sich hin.

Kian Shay warf ein großes Holzscheit auf die Kohle und pustete hinein. Es fing schnell Feuer. Er drehte sich zu Elias um und sagte: »Wir haben hier eine Heizung, aber ich mag einfach diese Kaminofenstimmung.« Dann machte er eine einladende Geste zu den Sesseln, die vor dem Kamin standen. »Bitte nehmen Sie doch Platz.«

Alle setzten sich. Elias sah nervös zu den beiden.

»Herr Weber, Professorin Eichwald sagte mir, dass sie etwas auf dem Herzen haben. Bitte sprechen Sie offen.«

Elias schluckte. Sein Blick wanderte zu der älteren Dame, die den Sessel schräg gegenüber ausfüllte. Hatte sie seine Gedanken gelesen? Sie sah ihn aufmerksam an. In ihrem Gesicht erkannte er keine Regung, die ihm verriet, ob sie ihm wohlgesonnen war oder nicht. Was sollte er nur sagen? Er räusperte sich. Sein Gehirn war wie leergefegt. »Ich war nervös wegen der Aufnahme.«

Die Professorin atmete hörbar ein, dann seufzte sie und sagte: »Herr Weber, ich glaube, Sie missverstehen die Lage.«

Elias biss sich auf die Unterlippe.

Frau Eichwald sprach weiter: »Bitte entschuldigen Sie, dass ich Ihre Gedanken gelesen habe. Aber sie können diese wirklich schlecht verbergen. Sie haben ein ausgesprochen reines Herz, Herr Weber.«

Elias blinzelte. Was hatte sie gesagt? Was hat das jetzt mit seinem Herzen zu tun? Worum ging es hier überhaupt?

Kian Shay lehnte sich vor und sprach in seiner väterlichen Stimme: »Professorin Eichwald meint, dass Sie Ihre Gedanken nicht gut verbergen können, weil Sie ein aufrichtiger, ehrlicher junger Mann sind. Das war ein Kompliment. Aber wir werden daran arbeiten müssen.« Er schmunzelte und lehnte sich wieder zurück.

Elias erinnerte sich, dass Elektra etwas Ähnliches gesagt hatte.

»Wenn Sie gestatten, würde ich Professor Shay mitteilen, was sie quält«, sagte Frau Eichwald.

Elias sagte nur: »Okay.« Es blieb ihm ja nichts anderes übrig.

»Herr Weber ist vielleicht ein Zwiefältiger.«

Der Schulleiter sah nachdenklich vor sich hin.

»Jedenfalls befürchtet er das«, ergänzte Professorin Eichwald.

»Welche Pfade?«, fragte Kian Shay nur.

»Sagen Sie es ihm, Herr Weber. Von welchen zwei Pfadmagien sprechen wir hier?«

»Bewegungsmagie und, äh, Tiermagie«, sagte Elias leise. Er konnte Shays Blick nicht deuten.

»Elektra hat Sie in den Bewegungsmagie-Unterricht aufgenommen, richtig?«

Elias nickte.

»Gut, dann brauchen wir Joakim. Gritalwa, wärst du so freundlich?« Professorin Eichwald erhob sich und verließ den Raum.

Kian Shay stand ebenfalls auf und begann auf seinem Schreibtisch herumzuwühlen.

»Was ist ein Zwiefältiger?«, fragte Elias.

Shay sah ihn über seine Brille hinweg an. »Ein Zwiefältiger ist ein Magier, der zwei Pfadmagien gleichzeitig beherrscht.«

»Kommt das oft vor?«

Er schüttelte leicht den Kopf. »Nein.«

»Könnten es nicht nur magische Fluktuationen gewesen sein?«

»Theoretisch ja. Tatsächlich sind frühmagische Fluktuationen bei den jungen Leuten nicht pfadspezifisch. Das liegt an den instabilen Schwingungsfrequenzen in der Realität. Aber hier in der Sphäre kommt es höchst selten vor, dass man Talent in zwei verschiedenen Pfadmagien zeigt. Nun, wir werden noch herausfinden, ob sich Ihr Verdacht bewahrheitet.«

Elias sah in das Kaminfeuer. Seine Ängste waren nicht verflogen. Er konnte nicht erkennen, was Kian Shay wirklich dachte. Dieser

Mann war trotz seiner freundlichen Art undurchschaubar. Es war genau die Fähigkeit, die Elias sich als Magent aneignen musste: Die eigenen Gedanken, Absichten und Gefühle hinter einer Maske aus Neutralität zu verbergen.

Aber im Moment war er absolut nicht in der Lage dazu. Eine Frage brannte ihm fast schon schmerzhaft auf der Zunge. Es war eine höchst unangenehme Frage, die ihn die letzten Tage unterschwellig verfolgt hatte. »Sind Zwiefältige böse?«, schoss es aus ihm heraus.

Es vergingen einige unerträglich zähe Sekunden des Schweigens, dann atmete Kian Shay geräuschvoll ein und sagte: »Zwiefältige sind nicht böse geboren. Aber Macht ist verführerisch. Es bedarf eines reinen Herzens, um der Macht einer Zweifachbefähigung standzuhalten.«

Elias kniff die Augen leicht zusammen, er versuchte, das Gesagte zu verstehen.

Kian Shay sagte: »Derjenige, der die Macht nicht will, sollte sie bekommen, denn er wird weise damit umgehen. Wer die Macht aber anstrebt, den wird sie verschlingen und zum Werkzeug des Bösen machen.«

Da ging die Tür auf und herein kam Frau Eichwald zusammen mit Jake, dem Tiermagieprofessor.

»Vielen Dank fürs Herbringen, Gritalwa und danke fürs Kommen, Joakim«, sagte Kian Shay.

»Kein Problem«, erwiderte Jake und lehnte sich mit verschränkten Armen gegen den Portalschrank. Sein Blick ging zu Elias, dann wieder zu Kian Shay.

»Liebe Freunde, bitte belassen wir unser gemeinsames Gespräch hier unter uns, um keine Unruhe zu stiften. Joakim, es besteht die Möglichkeit, dass Herr Weber hier ein Zwiefältiger ist. Kannst du ihn in Tiermagie prüfen und gegebenenfalls diskret darin unterrichten?«, fragte Kian Jake.

»Sicher«, antwortete Jake.

»Wunderbar«, sagte Kian Shay. »Herr Weber«, sprach er Elias direkt an, »wir werden Sie in beiden Fähigkeiten ausbilden, wenn Sie entsprechend Talent zeigen. Aber leider gibt es in der magischen Gemeinschaft einige Vorurteile gegenüber Zwiefältigen. Wir möchten Sie davor bewahren, diesen zum Opfer zu fallen. Deswegen beherzigen Sie unbedingt unseren Rat: Sagen Sie niemandem etwas darüber.«

Er wechselte Blicke mit Gritalwa, die nickte. Kian Shay wendete sich wieder an Elias und sagte: »Professorin Eichwald wird Sie mit einem Schutzzauber belegen, damit es Ihnen besser gelingt, Ihre Gedanken und Gefühle hinsichtlich ihrer Zwiefältigkeit zu verbergen. Das ist aber keine Garantie, dass es nicht bemerkt wird. Und wenn Sie jemandem davon erzählen, wird der Zauber bei dieser Person unwirksam. Gritalwa, darf ich bitten.«

Professorin Eichwald ging zu Elias hinüber. »Locker sitzen bleiben«, sagte sie, stellte sich hinter den Sessel und legte beide Hände flach auf seinen Kopf. Außer ihrer warmen Hände konnte Elias nichts spüren. Hoffentlich würde ihm diese Behandlung nicht schaden.

Ein paar Atemzüge später setzte sie sich wieder hin und sagte: »So lange sie sich in der Sphäre der Elemente aufhalten, verhindert dieser Schutzzauber, dass ihre Gedanken hinsichtlich der Zwiefältigkeit lesbar sind. Aber seien Sie dennoch achtsam, wo, wann und in welcher Gesellschaft sie daran denken.«

»Dann ist alles geregelt«, sagte Kian Shay »Herr Weber, willkommen an unserer Akademie. Sie dürfen gehen.«

Elias erhob sich. Eigentlich hatte er eine Menge Fragen, aber bevor sie es sich anders überlegten, bedankte er sich und verließ den Raum. Draußen spürte er für den Bruchteil einer Sekunde den Drang, seinen Freunden alles zu erzählen, aber unterdrückte ihn sofort wieder. Hoffentlich durchschaute ihn Lielle nicht. Als Magent würde das Verbergen von Gedanken ein ständiger Begleiter sein. Je schneller er es lernen würde, desto besser.

Er war also Bewegungsmagier. Im Zug hatte er womöglich eine frühmagische Fluktuation, als er Mika samt seinem Koffer vom Umfallen abhielt. Und damals, als Jaqueline eine Serviette im Mund stecken blieb, war vielleicht wirklich er selbst am Werk gewesen. Bewegungsmagier verfügten auch über die Fähigkeit der Telekinese. Wie er das allerdings angestellt hatte, wusste er nicht. Und es war auch sonderbar, dass er nicht schon früher magische Kräfte bei sich festgestellt hatte. Tiere hatte er schon immer gemocht, aber es war nie etwas Übernatürliches dabei gewesen. Sollte er wirklich ein Zwiefältiger sein, würde er der ganzen Welt beweisen, dass es auch gute unter diesen gab.

Am Abend lag Elias' Realitätsbericht im M-Tap vor. Darin standen Erklärungen, Anordnungen und Hinweise, wie die ISM seine Abwesenheit in der Realität verschleiert hatte. Demnach dachte seine Familie, er sei weiterhin beim Studieren, während er an seiner Uni als beurlaubt galt. Sein Studentenjob und seine Studentenbude und alles, was damit zusammenhing, waren gekündigt worden und einigen Bekannten von ihm sei mitgeteilt worden, dass er sich auf Studienreise befand. Außerdem hatten sich die Sicherheitsleute schon gleich bei seiner Ankunft in sein Handy gehackt und kümmerten sich um eingehende Nachrichten und Anrufe.

Der reguläre Unterricht hatte begonnen. An zwei Tagen die Woche wurden sie in ihren Pfadmagien ausgebildet, einen Tag lang mussten sie Versorgerdienst leisten, an einem vierten Tag fand Theorieunterricht statt und an einem fünften Tag Elementlehre. In Elementlehre hatten sie die Gelegenheit, die vier Elemente kennenzulernen.

An ihrem ersten Unterrichtstag in Erdlehre hatten sich die vier Freunde schon aufs Baden gefreut, da im M-Tap angegeben war, sie sollten in Badekleidung erscheinen. Aber nun standen sie im Bademantel mitten in einem gespenstischen Moor.

Es war ein düsterer Morgen mit wolkenverhangenem Himmel. Die Gruppe war umgeben von Sträuchern, einigen Büscheln hochgewachsener Gräser und dürren Bäumen, die kaum Blätter an ihren grauen Ästen trugen. Vom Boden stiegen dicke Nebelschwaden auf, die die Beine der Lehrlinge einhüllten. Die Erde war schlammig und gab hier und da ein blubberndes Geräusch von sich. Hin und wieder drang ein sonderbarer Vogelschrei an ihr Ohr.

Zola Yar'Adua, die Professorin für Erdlehre, war klein, kräftig gebaut und trug schwarze Rastazöpfe, die sie zu einem riesigen Dutt aufgebunden hatte. In die Haarpracht waren Perlen eingeflochten. Ein langer, grüner, flauschiger Bademantel umhüllte sie, was ihrer Erscheinung etwas Bizarres verlieh. Das Weiß in ihren Augen leuchtete, als sie ihren Blick über die Lehrlinge wandern ließ, die sich vor ihr versammelt hatten. »Wir haben dieses Nomester vier Unterrichtstage zusammen«, sagte Zola in einer tiefen Stimme. »In diesen Tagen sollt ihr euch mit dem Element Erde vertraut machen.

Bitte bedenkt: Es geht nicht darum, das Element zu beherrschen, diese Fähigkeit ist nur wenigen Magiern vorbehalten. Es geht darum, mit dem Element Erde auf Tuchfühlung zu gehen. Dieses Element ist dem Empfänglichsein am nächsten und damit ein guter Anfang für die Elementlehre. Bitte setzt euch und lasst Platz dazwischen, so dass jeder seinen Freiraum hat. Der Boden ist nicht kalt, Thermalquellen heizen ihn auf. Ihr könnt den Bademantel ausziehen oder anlassen, wie es euch angenehmer ist.«

Zola ließ sich nieder und griff nach einer Trommel.

Elias zog seinen Bademantel aus, setzte sich und sank ein paar Zentimeter in den Matsch hinein, es war angenehm warm.

»Fühlt sich an, als würde man in die Hose machen, oder?«, flüsterte Mika grinsend in Elias' Richtung.

Elias lachte.

Da hörten sie Zola auf der Trommel schlagen. Einige Minuten lang sprach niemand und sie lauschten nur dem Rhythmus ihrer Hände. Nach einer Weile begann sie mit einem Sprechgesang: »Das Empfänglichsein hat viele Gesichter. Es ist das Gespür für die Welt, für die anderen, für das Selbst. Für die alte Seele ist es tiefste Verbundenheit und Frieden. Für die junge Seele ist es durchwirkt von leidenschaftlichem Streben, denn die junge Seele muss noch reifen. Auf diesem Weg wird sie gebeutelt und geläutert. Sie fällt auf die Nase und steht wieder auf. Das ist der natürliche Lauf der Dinge. Der Lehrpfad des Lebens. Ohne diesen Antrieb würde sich die Seele nicht entwickeln können.«

Das Trommeln und ihr Sprechgesang, die feuchte Wärme und das schummerige Licht wirkten auf Elias einlullend. Müdigkeit stieg in ihm auf.

»Ihr könnt euch jetzt fallen lassen«, sagte Zola. »Legt euch hin, wenn ihr mögt.«

Das ließ sich Elias nicht zweimal sagen. Er sank mit dem Oberkörper auf die feuchte Erde, die Beine streckte er aus und sah in den Himmel. Der Schlamm schmiegte sich warm um seinen Körper, als würde er ihn umarmen.

»Ohne Gespür für eure Wurzeln könnt ihr nicht eintauchen in das große Ganze und zur tieferen Einsicht kommen in die alles umfassenden Zusammenhänge.«

Elias verschwand zur Hälfte in der Erde. Seine Augen waren geschlossen und er hörte wie aus weiter Ferne jemanden sprechen.

»Ich bin wie dein Schatten.
Ich bin du und mehr als du.
Ich bin alles, was du sein könntest.
Du bist nur eine Vorstellung von dir selbst.
Doch ich bin dein Selbst.
Ich folge dir überall hin, auch wenn dein Weg in die Dunkelheit führt.«

»Elias?«, Lielles Stimme wurde lauter, sie tätschelte sein Gesicht.

»Was?«, fragte er und blinzelte.

Lielle hatte sich über ihn gebeugt, ihr helles Haar klebte in matschigen Strähnen an ihrem Hals. Sie sah ihn erschrocken an. »Alles okay?«

»Ja, ja, ich bin nur eingeschlafen. War da jemand?« Er richtete sich auf und sah sich um.

»Wen meinst du?«, fragte sie verwundert.

Der Nebel waberte über die herumsitzenden und liegenden Lehrlinge hinweg. Zola trommelte weiterhin, ihr Blick ruhte nun aber auf Elias und Lielle. »Gibt's Probleme da drüben?«, fragte sie.

»Nein, alles okay«, erwiderte Elias. An Lielle gewandt flüsterte er: »Ich hab' nur geträumt.«

Lielle warf einen letzten besorgten Blick auf ihn, ehe sie sich wieder hinlegte.

Elias ließ sich ebenfalls wieder in den Matsch sinken und dachte an die merkwürdigen Worte, die er eben gehört hatte. Was hatte diese Stimme gesagt? Sie sei sein Schatten? War es Zolas Stimme gewesen? Aber sie hatte anders geklungen. Und warum sollte Zola so etwas sagen?

Am Freitag stand ihr erster Unterricht ›Einführung in die Theorie über die Unbestimmtheit‹ beim Schulleiter an. Die vier Freunde saßen pünktlich in einer der hinteren Reihen des gestuften Vorlesungsraums auf Kippsitzen und lauschten Kian Shays angenehmer Stimme.

»In dieser Vorlesung gebe ich euch einen Einblick in die Weltauffassung der Magiebefähigten der heutigen Zeit, welche lediglich ein Konstrukt ist und nicht die tatsächlichen Zustände wiedergibt. Ich sage, der heutigen Zeit, weil alle Denkmodelle sich entwickeln und verändern. Wir sprechen hier also nie von der Wahrheit, sondern von einem Vorstellungsmodell mit möglichst einfachen Begriffen, damit ihr geistig nicht gleich wieder aussteigt.«

Kian Shay saß hinter seinem ausladenden Lehrerpult und ließ seinen Blick durch den Raum schweifen, während er redete.

»Wir nehmen an, es gibt ein höchstes Schwingungsniveau. Dieses ist der Zustand maximaler Überlagerung oder die Überlagerung unendlich vieler Zustände. Man könnte sagen ein Maximum an Potentialität, wir nennen es auch die ›Unbestimmtheit‹. Der Begriff ist nicht besonders schön, aber trifft am ehesten, was gemeint ist. Die Unbestimmtheit ist das Mysterium, das große Geheimnis, das Rätsel der Welt. Die Menschen glauben oft, sie müssten dieses Geheimnis lüften, dieses Rätsel enträtseln. Aber wenn sie es versuchen, gehen sie in die Irre, weil man immer nur verfälscht, verbiegt, verformt und sich verkopft, verwirrt und blockiert. Denn mit dem Verstand ist die Unbestimmtheit nicht nachvollziehbar. Wir könnten sie ›Das-große-ganz-total-Unfassbare‹ oder ›Du-kapierst-es-nie-Dings‹ bezeichnen.«

Kian Shay schmunzelte, stand auf, ging um sein Pult herum und lehnte sich mit verschränkten Armen dagegen.

»Was passiert, wenn ein paar kluge Menschen meinen, die Unbestimmtheit ergründen zu müssen? Je mehr sie darüber nachdenken, desto weniger wird übrig bleiben von der Unbestimmtheit, und desto mehr werden sie es mit dem Nichts zu tun bekommen. Die Unbestimmtheit aber ist das Gegenteil vom Nichts. Der Unbestimmtheit denkerisch auf den Grund gehen zu wollen, ist immer zum Scheitern verurteilt. Viele schlaue Köpfe wurden verrückt, weil sie es versuchten. Aber es ist die falsche Methode. Wir kommen noch zur geeigneteren Methode, wenn man das so nennen darf.«

Er begann vorne auf und abzugehen, während er weiter ausführte: »Das Gegenteil der Unbestimmtheit ist das ›Nichts‹. Wir haben zwei Pole: ›Alles‹, auch wenn es unbestimmt ist, enthält das unendliche Potential auf der einen Seite. Auf der anderen Seite das ›Nichts‹ als Gegenteil von allem. Nun stellt euch vor, die Unbestimmtheit ist die höchste Schwingungsebene. Die Schwingung ist so hoch, dass man nichts Bestimmtes mehr unterscheiden kann, und das Nichts ist die niedrigste Schwingungsebene, nämlich die Schwingung ist gleich null. Das ist die sogenannte Erstarrung. Zwischen höchster und niedrigster Schwingungsebene können wir uns ein Kontinuum an Schwingungsebenen vorstellen. Die Realität und die Sphäre sind irgendwo auf diesem Kontinuum einzuordnen. Die Sphäre liegt höher als die Realität. Aber es gibt unzählige weitere Ebenen darüber.«

Kian Shay hielt inne und sah sich wieder im Raum um, vielleicht um zu prüfen, ob sie noch alle wach waren. Dann setzte er sich mit überschlagenen Beinen vorne auf sein Pult.

»Ich sprach vorher von der Methode, nämlich, dass eine denkerische Vorgehensweise euch immer in die Irre leiten wird, wenn es um die Unbestimmtheit geht. Vereinfacht gesagt, gibt es zwei Möglichkeiten an irgendetwas heranzugehen: Denkerisch, also mit dem Verstand, oder empfänglich, also mit dem Gespür. Die Unbestimmtheit kann man immer nur über das Gespür nachvollziehen. Wir nennen dieses auch das Empfänglichsein. Es ist das Maß an Offenheit, mit dem ihr allem gegenüber eingestellt seid und damit der Unbestimmtheit selbst gegenüber. Während der Verstand ein Werkzeug eures Bewusstseins ist, ist das Empfänglichsein ein Werkzeug eures Wesens. Ich sage Wesen dazu, andere nennen es auch Seele oder Selbst.«

Elias horchte auf. Er konnte diesen theoretischen Ausführungen nur mit halber Aufmerksamkeit folgen, aber dieser Begriff ›Selbst‹, erinnerte ihn an das Erlebnis im Moor. Hatte diese sonderbare Stimme nicht gesagt, sie sei sein Selbst?

Erst am Nachmittag bei der Veranstaltung von Bruder Lucian in der Gruft, schaffte Elias es, sich besser zu konzentrieren. Sein Gehirn wurde dort mit mehr Adrenalin gefüttert.

»Der Drang des Menschen nach dem Absoluten ist seine Schwachstelle. Er möchte von einer absoluten Instanz ausgehen. Diese Instanz ist aber immer nur die Vorstellung, die Idee von etwas Bestimmtem. Der Trugschluss besteht darin, davon auszugehen, dass es genau so ist, wie man es sich vorstellt und es auf dieser Basis definiert. Sehen wir uns zum Beispiel die Wissenschaft an. Sie beobachtet, begründet und beweist immer nur, was zu einer bestimmten Zeit an einem bestimmten Ort geschieht. Daraus lässt sich aber nichts Allgemeingültiges ableiten. Sie glaubt, sie kenne die

Wahrheit, weil sie sie erforscht hat, und nun wisse sie, was wahr ist. Aber das ist keine absolute Wahrheit. Es ist nur eine Überzeugung.«

Der schwarze Mönch, der vorne auf und ab gegangen war, blieb nun stehen und sah die Lehrlinge der Reihe nach an.

»Die Menschen streben ein absolutes Wissen an, weil sie die Kontrolle übernehmen wollen. Dabei geht es letztlich um Sicherheit. Denn ohne Sicherheit wird die Angst übermächtig. Der Mensch lernte in den letzten Jahrtausenden den Umgang mit seiner Angst, in dem er seinen Verstand einsetzte, und mit Hilfe des Verstandes erschuf er die Idee vom Absoluten, an die er nun anhaften kann. Doch diese Idee vermittelt nur einen scheinbaren Eindruck von Sicherheit. Im Untergrund schwelt die Angst weiter und verursacht ein Ungleichgewicht zwischen Bewusstsein und Empfänglichsein. Das Denken wird mehr und mehr zum ultimativen Instrument. Irgendwann ist der Mensch nur noch für das empfänglich, was sein eigenes Bewusstsein hervorgebracht hat. Die Schwingungsebene sinkt, die Überzeugungen erstarren. Und irgendwann erstarrt der ganze Mensch. Wenn er nicht mehr empfänglich ist, lebt er in seiner eigenen Welt, beschränkt und abgeschnitten. Dieser erstarrte Mensch ist nur noch eine Vorstellung von sich selbst. Leider sind wir alle hochgradig anfällig dafür, Überzeugungen anzuhängen und sie für die eine einzig richtige Wahrheit zu halten.«

Elias horchte auf. Was hatte der Mönch gerade gesagt? ›Dieser erstarrte Mensch ist nur noch eine Vorstellung von sich selbst.‹ Wo hatte er so etwas Ähnliches schon einmal gehört? Er versank in seinen Erinnerungen, von weit her und gleichzeitig aus seinem Inneren hörte er es: »*Du bist nur eine Vorstellung von dir selbst, doch ich bin dein Selbst.*«

Der Mönch war Kommunikationsmagier mit telepathischen Fähigkeiten. War es seine Stimme gewesen, die Elias gehört hatte? Elias Herz klopfte, er fixierte den Mönch, der seinen Blick für eine Sekunde erwiderte. Ein seltsamer Ausdruck huschte über das hässliche Gesicht. Der rechte Mundwinkel verzog sich. War das ein schiefes Lächeln? Doch schon redete er unbeeindruckt weiter und ging dabei Auf und Ab. »Und wenn Sie nun einwenden wollen, dass diese ganze Idee von der Unbestimmtheit ja auch schon wieder eine Überzeugung ist, dann haben Sie gut aufgepasst und Sie haben recht. Deswegen beinhaltet der Unterricht in der Akademie meistens Inhalte, bei denen das Empfänglichsein gefördert wird. Sprache funktioniert nur über den Verstand und ist ungeeignet, um diese Inhalte zu vermitteln.«

»Warum sitzen wir dann hier in seinem Unterricht?«, flüsterte Mika so leise, dass es nur Elias mitbekam.

Dieser zuckte mit den Schultern. Er säße auch lieber nicht hier.

Nach dem Unterricht beim Mönch besorgten Elias und Mika Kekse und Tee im Lädel. Sie wollten mit Tiana und Lielle einen Spieleabend machen. Es war dunkel, als sie zurück ins Wasserhaus gingen. Da sahen sie im Schein der Laternen einige Lehrlinge beisammenstehen. Es waren mindestens acht Leute, sie redeten mit gesenkten Stimmen miteinander. Hin und wieder lachte jemand. In der Mitte der Gruppe erkannte Elias Demian, er schien den anderen etwas zu erklären. Abseits stand Raluka, das Licht einer Laterne fiel direkt auf ihr Gesicht. Niemand beachtete sie. Etwas an ihrem Blick erschreckte Elias. Sie sah so finster auf die Gruppe, als würde sie sie verfluchen wollen. Ihre Augen glühten plötzlich rot auf. Sie drehte sich um und ging mit eiligen Schritten in Richtung Park davon. Keiner außer Elias hatte das bemerkt, auch nicht Mika.

»Geh schon vor, ich komme gleich nach. Muss noch was erledigen«, sagte Elias. Er drückte Mika die Papiertüte mit den Keksen in die Hand und ging eiligen Schrittes los.

»Okay«, erwiderte Mika verwundert.

Raluka lief Richtung Randmauer und verschwand hinter den Bäumen. Sie war in dem geringen Licht nur als dunkler Umriss zu erkennen.

Eilig ging er ihr nach. Er näherte sich den Fenstern des Vegan Heaven Delight auf der Westseite, huschte darum herum, hielt an der Ecke an und spähte in den Park dahinter. Keine Spur von Raluka. Er schlich an der Wand entlang und vorbei an den dunklen Fenstern des Festsaals. Die Parklampen erleuchteten die Wege, Büsche, Hecken und Blumenbeete. Von Raluka war trotzdem nichts zu sehen. Was war gerade mit ihren Augen passiert? Sie hatten rot geleuchtet. Wodurch konnte etwas Derartiges verursacht werden? Und wo zum Teufel steckte sie? Er ging leise und geduckt an einer Hecke entlang bis er eine hohe, von Pflanzen umrankte Mauer vor sich aufragen sah. Dahinter musste sich der älteste Teil der Akademie befinden. Da sah er sie endlich. Er hockte sich hinter ein Gebüsch und spähte vorsichtig in ihre Richtung.

Raluka stand mit dem Rücken zu ihm in einer seltsamen Haltung vor der Mauer, breitbeinig, leicht nach hinten geneigt, die Hände dabei in die Hüften gestemmt. Einen Moment lang geschah nichts. Dann begann sie plötzlich heftig zu zittern. Ihr ganzer Körper bebte. Es sah aus, als hätte sie einen epileptischen Anfall, aber sie stand noch immer. Wäre das ein medizinisches Geschehen, hätte sie schon längst umfallen müssen. Elias kamen Bilder von Teufelsaustreibungen, wie man sie in Horrorfilmen zu sehen bekam, in den Sinn. Das Herz rutschte ihm in die Hose. War Raluka besessen?

Es vergingen einige weitere Momente, in denen sie merkwürdig vor sich hin zitterte. Dann wurde es plötzlich hell um sie herum. Unter ihren Füßen ging das Gras in Flammen auf.

Elias hielt entsetzt den Atem an.

Raluka entfuhr ein undefinierbarer Laut. Sie trampelte auf dem Feuer herum. Glücklicherweise erlosch es sofort. Sie bückte sich und betrachtete den Boden. Plötzlich ging ihr Blick in Elias' Richtung. Ihre Augen glühten rot im schummerigen Licht. Er duckte sich reflexartig, sein Herz klopfte bis zum Hals. Hatte sie ihn gesehen? Er lauschte angespannt. Nichts passierte. Er wagte einen letzten Blick.

Sie saß auf dem Boden, das Gesicht in den Händen verborgen. Sie schien ihre Umgebung nicht weiter zu beachten.

Nichts wie weg hier. Mit dieser Person stimmte irgendetwas ganz und gar nicht. In gebückter Haltung schlich Elias von Hecke zu Busch zu Steinstatue und weiter. Als er endlich auf dem Platz vor dem Hauptgebäude ankam, fiel ihm ein Stein vom Herzen. Aber gelöst war das Problem dadurch noch nicht.

TEIL II: IMBOLC

Wir sehen in das spiegelnde Wasser
und wir sehen darin uns.

Aber unter der Wasseroberfläche
liegt ein ganzer See,
weit und tief und unergründlich.

Wir sehen in die Welt und die Welt sieht uns.

Aber hinter der Welt liegt ein ewiges All,
weit und tief und unergründlich.

TRAUMDEUTUNGEN

Die Zeit verging wie im Flug. Unter der Woche waren die vier Freunde rundum eingebunden in ihren Unterricht. Die Wochenenden dienten dem Selbststudium, allerdings nicht der Übung. Es war den jüngeren Nomestern nicht erlaubt, außerhalb des entsprechenden Unterrichts mit ihren Fähigkeiten zu experimentieren, weil das erfahrungsgemäß schnell nach hinten losgehen konnte. Also verbrachten sie ihre Zeit mit harmlosem Recherchieren und Lesen. Vor allem die beiden jungen Frauen gingen dieser Beschäftigung nach, so dass schon bald eine hintere Ecke im unteren Stockwerk der Bibliothek zu ihrem Stammplatz wurde.

Elias hatte niemandem von Ralukas seltsamem Verhalten erzählt, aber er behielt sie im Auge. Sie war eine Einzelgängerin, hielt sich fern von den anderen und die anderen hielten sich auch fern von ihr, denn mit ihrer wortkargen, schroffen Art war sie nicht gerade beliebt.

Bald schon standen die Winterferien vor der Tür. Es gab kein Weihnachten in der Sphäre, stattdessen feierte man Ende Dezember die sogenannte Wintersonnenwende. Die Lehrlinge konnten für einige Tage in die Realität reisen, um ihre Verwandtschaft zu besuchen, oder diese Zeit in der Akademie verbringen.

Elias hatte seinen Vater über das Büro der ISM benachrichtigt, dass er keine Zeit hatte, an Weihnachten heimzukommen. Das war diesem gerade recht, denn er wollte mit Jaqueline in den Süden fliegen und Samuel war sowieso geschäftlich im Ausland unterwegs.

Tiana und Mika aber reisten nach Hause. Mikas Mutter wäre traurig gewesen, wenn er nicht heimgekommen wäre und Tiana lebte in einer Großfamilie, in der an Weihnachten die Hölle los war. Das wollte sie sich nicht entgehen lassen. Nur Lielle war auch in der Akademie geblieben. Ihre Eltern waren schon älter und gesundheitlich angeschlagen. Sie gingen zur Erholung in eine Rehaklinik.

Als Elias an diesem Samstagmorgen aufwachte, waren Mika und Tiana schon über die Portalhalle im Kristallberg abgereist, denn nur von dort aus führten Portale in die Realität. Er lag noch im Bett, als er ein Gurren hörte. Er blinzelte ins Sonnenlicht. Etwas klopfte leise gegen die Fensterscheibe. Er fuhr hoch. Da saß eine graue Taube auf der Fensterbank, reckte ihren Kopf und gurrte erneut. Er stand auf und öffnete das Fenster. Der Vogel flog ins Zimmer und setzte sich auf den Rand seines Bettes. Er trug einen kleinen, eingerollten Zettel am Beinchen. Elias näherte sich vorsichtig und löste diesen. Die Brieftaube flatterte wieder aus dem Fenster.

Langsam ließ Elias sich aufs Bett nieder und las: ›Treffen vor dem Tor der Tierhilfestation, heute um zehn. Grüße Jake.‹ Er hatte schon gedacht, Jake hätte ihn vergessen und das war ihm sogar recht gewesen. Er hatte die Sache mit der Zwiefältigkeit in den letzten Wochen erfolgreich verdrängt. Aber heute wurde es ernst. Sie würden herausfinden, ob er ein Zwiefältiger war oder nicht.

Ausnahmsweise wurde in der Ferienzeit das Frühstück und Mittagessen aufs Zimmer geliefert, weil es sich nicht lohnte, das VHD in Betrieb zu nehmen. Für das Abendessen musste er sich um achtzehn Uhr im Aufenthaltsraum im Haus der sieben Quellen einfinden. Er nahm sich sein Frühstück aus der ›Fress-Luke‹ und machte sich auf den Weg.

»Grüß dich, Elias«, Jake erhob sich, als er ihn kommen sah. Er hatte ein Loch am unteren Rand des Zaunes der Tierhilfestation geflickt.

»Bin grad fertig geworden. Wie gehts?«

»Alles gut«, sagte Elias.

»Tut mir leid, dass ich es jetzt erst geschafft habe mit dir einen Termin zu machen, aber es war einiges los.«

»Kein Problem«, sagte Elias.

Jake zog sich seinen Hut vom Kopf, darunter kam sein dunkelblondes, wirres Haar zum Vorschein. Er klopfte seinen Hut aus, der ein wenig staubte. »Heute darfst du dich mit einer Fledermaus anfreunden«, sagte er.

»Sozusagen als Prüfung?«, fragte Elias.

Jake schüttelte den Kopf: »Nein, sie ist verletzt und braucht Gesellschaft.«

»Ach so.«

Jake sah ihn mit einem amüsierten Blick an. Er hatte stahlblaue Augen. »Wir müssen dich nicht prüfen, Elias. Es ist klar, dass du tiermagische Fähigkeiten hast.«

176

»Warum haben Sie das dann bei der Konferenz nicht gesagt?« Es rutschte ihm heraus, ohne dass er darüber nachgedacht hatte.

»Ich hatte den Eindruck, du wolltest es nicht sagen, das habe ich respektiert.« Er ging durch das Eingangstor der Tierhilfestation und fügte hinzu: »Und mir war klar, dass unsere liebe Gritalwa den Fall diskret auflösen würde. Du kannst mich übrigens duzen.«

»Und woher wissen Sie, äh, weißt du, dass ich tiermagische Fähigkeiten habe?«

»Du hast mit der weißen Wölfin geredet.«

Elias schämte sich, dass er geglaubt hatte, es unter den Teppich kehren zu können.

Sie liefen über das eingezäunte Gelände. Die Gehege waren groß, sauber und tiergerecht gestaltet worden.

»Wenn wir verletzte Wildtiere finden, bringen wir sie hierher und pflegen sie gesund, um sie wieder auszuwildern«, erklärte der Tiermagier.

Sie traten in das Hauptgebäude ein und folgten einem Gang, bis sie zu einem abgedunkelten Raum kamen. »Hier ist sie, sie hat einen Flügelschaden. Ich komme später wieder«, sagte Jake.

Elias blinzelte in die Dunkelheit. Von was redete er? Er sah sich um. Dann sah er sie: Eine kleine, schwarze Fledermaus hing kopfüber von einem Ast in einer oberen Ecke. »Moment«, sagte Elias, »was soll ich denn tun?«

»Das, mein lieber Lehrling, lasse ich dich selbst herausfinden«, sprach Jake und verschwand hinter der nächsten Ecke.

Mit Fledermäusen kannte sich Elias nicht aus. Sollte er ihr etwas zu Fressen anbieten? Und wenn ja, was? Insekten? Wo sollte er die herbekommen? Auf einem Tisch stand eine Schale mit Wasser, daneben lagen eine Pipette und eine Dose. Elias öffnete die Dose. Darin befanden sich einige Mehlwürmer. Er schloss sie wieder und setzte sich auf einen Holzhocker.

Die Fledermaus bewegte sich nicht.

Bestimmt hatte sie schon gefressen und schlief jetzt vermutlich. Sie war ja ein Nachttier. Was sollte er mit ihr überhaupt am Tag anfangen? Elias atmete tief ein und lehnte sich gegen die Wand mit verschränkten Armen. Er würde abwarten, ob sie sich rührte.

Die Zeit verging.

Die Fledermaus döste vor sich hin. Und auch Elias döste vor sich hin. Mit der Zeit kam er ins Träumen. Verwirrende Bilder zogen an seinem inneren Auge vorbei.

Es war dunkel und kalt. Er war unterwegs und er war schnell. Zuerst konnte er nicht erkennen, womit er sich bewegte. Er schoss durch die Nacht wie ein Pfeil. Da war etwas direkt vor ihm, das er haben wollte. Und mit einem Mal stürzte er sich auf einen Nachtfalter.

Erst jetzt gewahrte Elias, dass er flog. Der Wind nahm zu, er wurde wild herumgeschleudert. Gefahr! Er musste ein Versteck suchen. Da war ein Gebäude an einem Fluss. Ein altes Mühlenrad drehte sich knarrend im rauschenden Wasser. Er sah es nicht so, wie er es mit eigenen Augen gesehen hätte, trotzdem wurde ihm ein konkretes Bild der Umgebung vermittelt. Elias Gehirn schien umzudenken. Es fühlte sich vollkommen fremd an, auf diese Weise wahrzunehmen.

Da begann es von einer Sekunde auf die andere heftig zu regnen. Die Tropfen schlugen auf ihn ein wie riesige Hagelkörner und brachten ihn aus dem Gleichgewicht. Panik brach in ihm aus. Er versuchte, zum Giebel der Mühle zu gelangen, um in einer Nische darunter Schutz zu finden. Doch er wurde von einem heftigen Windstoß ergriffen und flog mit voller Wucht gegen ein Fenster. Er landete unsanft auf alten Holzdielen, ein stechender Schmerz schoss in seinen Arm, dann wurde alles um ihn herum schwarz.

Elias schlug die Augen auf. Er war nicht eingeschlafen. Er stand auf und sah zu der Fledermaus. Sie hing noch immer in der Ecke. Aber ihre Augen waren geöffnet und sahen ihn an. Er trat näher an sie heran und flüsterte: »War das deine Geschichte?«

»Ein Tier reagiert auf den Klang von Wörtern, auf Gesten, auf Körperhaltungen, aber am meisten auf dein Empfänglichsein.«

Elias erschrak. Er hatte nicht mitbekommen, wie Jake wieder aufgetaucht war. Er drehte sich zu ihm um.

»Komm mit, Junge«, sagte dieser und ging vorbei an den Räumen und Gehegen wieder hinaus. Elias folgte ihm.

Als sie draußen ankamen, empfing sie helles Sonnenlicht. Heute war ein kalter, aber klarer Tag. Er musste mindestens zwei Stunden mit der Fledermaus verbracht haben.

Jake klopfte ihm auf die Schulter und sagte: »Ich lass dich wissen, wenn der Unterricht weiter geht.« Er wollte sich abwenden und wieder hineingehen.

»Sind wir schon fertig?«, fragte Elias.

»Klar.«

»Aber ...«, er stand verdattert da, »was habe ich denn gelernt?«

»Du hast Twixus Unfall miterlebt, oder?«

»Ist er im Unwetter gegen eine Scheibe geflogen?«, fragte Elias.

»Ganz genau, und er hat sich dabei den Flügel gebrochen. Aber schon sehr bald ist er wieder fit.«

Elias sah verwundert zu Jake. »Warum habe ich das gesehen?«

»Weil du empfänglich dafür warst. Aber vor allem, weil Twixu ein fantastischer Geschichtenerzähler ist.« Er zwinkerte und verschwand im Gebäude.

Elias kehrte langsam in die Akademie zurück. Er hatte es nicht eilig. War es nicht verblüffend, wie das mit der Magie funktionierte? Warum hatte er das in der Realität nie so erlebt? Diese Welt, die Sphäre der Elemente, sah zwar ähnlich aus wie die Realität, aber in jeder Faser ihrer Existenz war sie von Magie durchwirkt.

Wieder in der Akademie angekommen, schlenderte er durch den Park. Die meisten Leute waren über die Feiertage in die Realität gereist, deswegen traf er kaum jemanden an. Er landete unbeabsichtigt im Park hinter dem Hauptgebäude. Hier hatte er Raluka vor einer Weile beobachtet. Er näherte sich der Mauer zur alten Akademie und kam eben um eine Hecke herum, da stand jemand. Instinkthaft duckte er sich und spähte an der Hecke entlang. Es war Demian.

Elias überlegte, ob er ihn begrüßen sollte, aber dann fiel ihm auf, dass er die mit wild wuchernden Dornenhecken zugewachsene Mauer untersuchte. Was tat er da? Er sah ihm einen Moment lang zu, doch eine innere Stimme ermahnte ihn, dass es besser war, zu gehen. Er würde sich den Park ein anderes Mal ansehen. Und der Stelle an der Mauer zur alten Akademie würde er besondere Aufmerksamkeit widmen.

Der Abend am Fest der Wintersonnenwende war besinnlich. Weihnachtliche Orchestermusik erfüllte den Raum. Die Festhalle war feierlich geschmückt worden. Viele abgeschnittene Tannenzweige bildeten gemeinsam einen Baum, der den Raum mit würzigem Waldgeruch erfüllte. Weihnachtsschmuck und Girlanden aus Naturmaterialien zierten jede Ecke. Gusseiserne Laternen und gläserne Kronleuchter tauchten die Halle in goldenes Licht. Rotblühende Amaryllis und Weihnachtssterne in roten Tontöpfen und Kerzenständer mit selbst gezogenen, weißen Kerzen aus Öl standen auf den langen, leinenbedeckten Tischen. Es gab Leckereien wie Mandarinen, Orangen, Nüsse aller erdenklichen Sorten, Muffins, Hafercookies, Lebkuchen und Plätzchen.

Elias saß zusammen mit einigen älteren Lehrlingen vom Haus der sieben Quellen neben Lielle am Tisch. Mit ihnen waren an die dreißig Personen im Raum. Nach einer kurzen Rede von Kian Shay wurde ein vier Gänge-Menü voller delikater Speisen aufgetischt. Es gab Maronensuppe mit getrüffeltem Kokosschaum, bunte Blattsalate mit roter Beete, filetierten Orangen, Walnüssen und Heidelbeervinaigrette, gefüllte Paprika mit Kürbis-Mandel-Soße und Zimthirsetaler mit Pflaumengrütze. Dazu tranken sie Punsch. Geschenke gab es keine. Aber das vermisste Elias auch nicht, denn hier brauchte er nicht viel und alles, was nötig war, gab es gratis im Lädel.

Nach dem Essen beschlossen Elias und Lielle einen Spaziergang durch den Park zu machen. Es hatte an dem Abend zu schneien begonnen. Der Schnee legte sich wie Zuckerwatte über die Häuser, Bäume und Wege und zeichnete alle Konturen weich.

Sie trugen beide flauschige, beigefarbene Wintermäntel.

Lielle hatte sich die breite Kapuze über ihre hellen Haare gezogen. »Ist dir schon aufgefallen, dass die Sphäre einen auch körperlich verändert?«, fragte sie.

»Wie meinst du das?«

»Ich habe darüber in einem Buch gelesen. Der Stoffwechsel verändert sich und damit auch die Wahrnehmung.«

»Wegen der höheren Schwingungsebene?«, fragte Elias.

»Auch, und weil wir hier sehr gesund leben und die Umwelt nicht belasten.«

Sie standen an der niederen Randmauer auf der Südseite des Akademiegeländes und ließen ihre Blicke über die dunkle Landschaft schweifen. Es ging hier viele Meter in die Tiefe, da die Akademie auf einem riesigen Plateau errichtet worden war. Hinter ihnen ragten die

Fenster der Festhalle hell erleuchtet auf. Eine Weile lang schwiegen sie.

»Das ist ein wirklich schöner Ort«, sagte Lielle schließlich. »Ich glaube, ich lerne hier nicht nur, wie man Magie anwendet, sondern überhaupt, wie man lebt. So klar und aufnahmefähig war ich noch nie. Alles ist so farbenfroh und intensiv. Und das Essen schmeckt viel besser.«

»Weißt du, wodurch diese höhere Schwingung zustande kommt?«

»Ich habe erst gestern darüber gelesen. Die Sphäre der Elemente entsteht durch den sogenannten Kristall der Elemente. Ein magisches Artefakt, das die Schwingungsebenen erhöht und dadurch eine Parallelwelt zur Realität erschafft.«

Elias runzelte die Stirn und sagte: »Ein Kristall erschafft diese Welt? Unglaublich.«

Sie nickte.

»Wie groß muss man sich den vorstellen?«, fragte Elias.

Lielle überlegte, dann zeigte sie mit Daumen und Zeigefinger eine Fingerlänge an. »So groß wie eine Münze? Ach, nein, so groß wie ein Berg!« Sie breitete die Arme aus.

»Du weißt es nicht.«

»Nein, ich weiß es nicht«, sagte Lielle und zuckte mit den Schultern. »Es stand nichts darüber in dem Buch. Aber ich habe auch nicht weiter danach gesucht. Vielleicht sollte ich das noch tun.«

»Kläre mich dann bitte auf, Professorin Lielle.«

»Mal sehen. Du weißt doch: Wissen ist Macht!«

»Aha, und du willst die Macht nicht teilen?«

»Doch, aber ich muss noch überlegen mit wem.« Sie fasste sich demonstrativ nachdenklich ans Kinn.

Elias musterte Lielles Gesicht, sie sah ihn verschmitzt an. Ein merkwürdiges Kribbeln entstand in seinem Bauch. »Warum nicht mit mir?«, fragte er.

»Vielleicht mit dir. Vielleicht auch mit niemandem. Denn man weiß nie, was Menschen tun, wenn sie zu mächtig werden.«

»Und was würdest du tun, wenn du mächtig werden würdest?«, fragte Elias.

Lielle hob den Blick zu ihm, eine Weile sahen sie sich nur an. Eine Strähne ihres hellen Haars wurde vor ihrem Gesicht vom Wind herumgewirbelt. »Ach, mächtig zu sein, ist doch auch nur wieder eine

Überzeugung. Ich bin nur mächtig, weil ich selbst davon überzeugt bin und auch andere davon überzeugen konnte. Aber ich bin nie an sich mächtig. Ich kann jeden Moment tot umfallen. Da kann mich meine Macht nicht davor bewahren.«

»Klingt nach Bruder Lucian. Der redet auch so daher«, erwiderte Elias.

»Stimmt. Ich mag seinen Unterricht, auch wenn ich nur die Hälfte verstehe.«

»Wenn er es nur angenehmer sagen würde.«

Lielle lachte. »Das ist seine geheimnisvolle Aura.«

Elias würde die Aura des Mönchs eher als ›morbide‹ bezeichnen anstatt ›geheimnisvoll‹.

»Sollen wir heimgehen?«, fragte Lielle.

Ihre Frage brachte etwas Neues und Schönes bei ihm zum Klingen. Für einen Moment dachte er daran, mit Lielle zusammen zu wohnen.

»Ich meine natürlich, ob wir ins Haus der sieben Quellen gehen sollen?«, korrigierte sich Lielle.

»Klar«, sagte Elias.

Sie gingen schweigend, jeder in seine Gedanken versunken, durch den pulverigen Schnee Richtung Wasserhaus.

Am nächsten Morgen stand Elias früh auf, zog sich an, ging kurz ins Bad und verließ die Wohnung. Sein Weg führte ihn hinaus aus dem Haus der sieben Quellen und in den Park hinter dem Hauptgebäude. Es war keine Menschenseele unterwegs. Es war noch dunkel. Bestimmt lagen alle im Bett und schliefen.

Elias stand vor der zugewachsenen Mauer der alten Akademie und besah sich eine bestimmte Stelle. Uralte Rosensträucher mit scharfen Dornen, vielen Blättern und Hagebutten wucherten hier. Er zog vorsichtig eine Ranke zur Seite. Sie war so starr, dass sie sich kaum bewegen ließ, aber er konnte erkennen, dass sich dahinter Gemäuer befand, dessen weißer Putz bereits abbröckelte. Er begann systematisch die Wand abzusuchen und schob Ranken und Blätter zur Seite bis er ein, in die Mauer eingelassenes, schmales Holztor fand. In der oberen Hälfte des Tors gab ein vergittertes Fenster den Blick frei auf den dahinter liegenden Garten und auf einen Teil eines, aus groben, grauen Steinen gemauertes Gebäude. Das musste ein Teil der alten Akademie sein. War es dieses Tor, das Demian inspiriert hatte?

Und wenn ja, warum? Und was hatte Raluka hier gemacht? Wollte sie sich damals nur hier verstecken? Das Tor führte auf jeden Fall in den Garten der alten Akademie. Elias erinnerte sich, was Frau Fee gesagt hatte: Für die jungen Lehrlinge war die alte Akademie tabu. Nur Lehrlinge höherer Nomester bekamen eine Genehmigung, um dort ihren Studien nachzugehen. Was befand sich dort, wenn es für Lehrlinge interessant war?

Die nächsten Tage verbrachten Elias und Lielle mit Lesen, Spazierengehen, Essen und netten Unterhaltungen. Es war eine Zeit der Erholung. Elias fühlte sich wohl mit Lielle. Insgeheim empfand er mehr für sie, doch er war bedacht darauf, sie das nicht spüren zu lassen. Er wollte sie nicht bedrängen. Sie war eine herzliche Person, aber blieb doch auch unnahbar.

Eines Abends lag Elias in seinem Bett und konnte nicht schlafen. Es war schon drei Uhr nachts. Hundert Mal hatte er sich von der einen Seite auf die andere gedreht. Seine Gedanken durchstreiften ruhelos sein Gehirn und er schaffte es nicht, Ordnung hineinzubringen. Was hatte es mit der alten Akademie auf sich? Warum interessierte sich Demian dafür? Und was war mit Raluka los? Da schreckte er plötzlich auf: Die Mühle! Twixu, die verletzte Fledermaus, sie war bei einer Mühle gewesen. Es musste die Mühle sein, die Demian zu Beginn des Nomesters gesucht hatte. Elias fiel die Kreuzung im Wald ein, an der er das Schild zur Mühle gesehen hatte. Er nahm sein M-Tap in die Hand, rief die Umgebungskarte um die Akademie herum auf und suchte nach ihr. Aber sie war nicht eingezeichnet. Es musste Demian gelungen sein, sie ohne Karte zu finden. Doch warum wollte er dorthin?

Manchmal war es leichter, die Gedanken zu sortieren, wenn man sie aufschrieb. Im M-Tap wollte er sich jedoch keine Notizen dieser Art machen. Da kam ihm eine Idee. Er schaltete die Nachttischlampe an und ging zu seinem Schrank, in dem er seinen alten Rucksack verstaut hatte. Er hatte ihn seit seiner Ankunft nicht mehr in den Händen gehabt. Er kramte in der vorderen Tasche nach einem Kuli, setzte sich aufs Bett und zog die Bücher heraus, die er bei Grete auf dem Dachboden gefunden hatte. Oben auf lag das Notizbuch. Es war seltsam, etwas aus der Realität in den Händen zu halten. Der schwarze Stoffeinband fühlte sich samtig an. Das Buch war dünn, mehr wie ein Heft. Er klappte es auf und blätterte darin herum. Im fahlen Licht sah er die pergamentartigen, leeren Seiten. Sie schimmerten leicht. Er sah zum Fenster hinaus, das sich neben seinem Bett befand. Der Vollmond schien direkt auf das Papier. Was war das für ein merkwürdiger Effekt? Er schaltete die Nachttischlampe aus, wickelte die Bettdecke um seinen Körper, nahm das Buch in die Hand und öffnete das Fenster. Es hatte aufgehört zu schneien, ein eiskalter Windhauch kam herein und ließ ihn frösteln. Er klappte das Buch auf und hielt es so, dass das Mondlicht auf die Seiten fiel. Sie begannen intensiv zu leuchten. Wie war das möglich?

Doch ehe er einen weiteren Gedanken fassen konnte, überfiel ihn lähmende Müdigkeit. Er konnte die Augen nicht mehr offenhalten und ließ sich aufs Bett sinken, die Decke fest um sich geschlungen.

Es war Nacht. Der Wind zerrte an Elias' Jacke. Eiskalte Luft biss in seine Augen und Wangen. Er stand inmitten einer schneebedeckten, stillen Hochgebirgslandschaft umgeben von kahlen Bergspitzen. Wo zum Teufel war er? Dunkle Wolken verfinsterten den Himmel. Kein Stern war zu sehen. Da riss die dichte Wolkendecke plötzlich auf. Die Umrisse der bizarren Wolkengebilde leuchteten wie silberne Rinnsale, die durch schwarze Erde sickerten, und etwas Schimmerndes fiel heraus. Elias beobachtete, wie das helle Ding hinter einigen Felsen nicht weit von ihm entfernt verschwand. Er musste dorthin!

Mit schweren Schritten bahnte er sich einen Weg durch den Schnee und näherte sich dem obersten Punkt der Felsformation. Als er oben angekommen war, sah er unter sich einen kleinen zugefrorenen Bergsee umgeben von einigen tristen Bäumen mit dürren Ästen. In der Mitte des Sees befand sich ein Loch in der Eisschicht. An dieser Stelle leuchtete das Wasser silbern, es strahlte, als wäre ein Stern hineingefallen. Elias beschleunigte seine Schritte, er rutschte mehr den Abhang hinab, als dass er lief. Er befürchtete, dass das Ding untergehen könnte und er es dann nie mehr erreichen würde. Doch wie konnte er daran gelangen?

Unter einem der Bäume lag ein langer, schwarzer Ast mit abstehenden Zweigen. Im Vorbeigehen griff er diesen und gelangte an den gefrorenen Rand des Sees. Er zögerte nur für einen kleinen Moment, dann betrat er knirschend die glasige Oberfläche. Es war dick zugefroren, so dass es sein Gewicht trug. Vorsichtig näherte er sich der Einschlagstelle. Das Eis darum war geborsten. Es bestand die Gefahr, dass es unter Belastung weiter aufbrechen würde. Er ließ sich auf den Boden sinken und kroch bäuchlings mit dem Ast in der Hand darauf zu. Das Eis hielt. Er tauchte den Ast ins grauschwarze Wasser direkt über dem silbernen Licht und versuchte, damit das Ding zu erreichen, das nicht weit unterhalb der Wasseroberfläche bewegungslos trieb. Der Ast war lang genug, Elias spürte einen Widerstand am anderen Ende. Wie eine Schaufel drückte er den Ast unterhalb des Dings nach oben. Es hatte sich in den Zweigen verfangen, jeden Moment würde es an die Oberfläche kommen.

Elias' Herz pochte bis zum Hals. Was war das nur? Eine dunkle Vorahnung stieg in ihm auf. Wollte er wirklich wissen, was es war? Es wurde plötzlich finster um ihn. Das Leuchten war erloschen. Was da an die Oberfläche kam, konnte er nicht erkennen, weil seine Augen sich erst an die Dunkelheit gewöhnen mussten. Elias biss die Zähne zusammen und richtete sich auf. Auf Knien und unter lautem Stöhnen hievte er das Ding aus dem Wasser empor und zog es ein Stück weit auf das Eis.

Er starrte gebannt darauf. Es war eineinhalb Meter lang, dünn und weiß. Der untere Teil befand sich noch im Wasser. Waren das Knochen? Elias hielt den Atem an. Es war ein menschliches Skelett. Er schrie entsetzt auf und wich zurück. Angewidert starrte er auf das Scheusal. Er brauchte einen Moment, um die Fassung wieder zu erlangen. Das Gerippe war zwar erschreckend, aber es war tot. Es konnte ihm also nichts antun. Er betrachtete es. Es lag ineinander verdreht vor ihm. Der bleiche Totenkopf war gen Himmel gewandt.

Elias' Blick ging ebenfalls nach oben. Die Wolken waren verschwunden und ein klarer, mit Sternen übersäter Himmel hatte sich aufgetan. Ein voller Mond schien auf sie herab.

Elias sah wieder auf das Skelett. Die Angst in ihm nahm irrationaler Weise wieder zu. Warum fürchtete er sich so vor diesem Ding? Es war nur ein Haufen lebloser Knochen. Doch jeder Gedanke, mit dem er sich zu beruhigen versuchte, half nicht wirklich. Warum hatte es geleuchtet? Warum war es überhaupt vom Himmel gefallen? Das alles war so surreal, dass es sich nur um einen Traum handeln konnte. Aber warum kam es ihm dann so wirklich vor?

Er wollte vollends aufstehen. Da hielt er plötzlich inne. In den Augenhöhlen des Totenschädels sammelte sich silbernes Licht. Elias wurde von Grauen gepackt. Er sah, wie sich die Fingergelenke der knochigen Hand zu bewegen begannen. Das Skelett schien zum Leben zu erwachen. Es hob den Kopf und starrte Elias aus gespenstischen Lichtaugen an. Dann stemmte es sich auf seine Unterarmknochen.

Elias blieb fast das Herz stehen. Er sprang auf die Beine und rannte los. Das Eis knirschte und knackte verdächtig unter ihm, aber es war ihm egal. Er wollte nur eins: So weit fort von dem Ding wie möglich. Unter seinen harschen Schritten bildeten sich Risse, doch wie durch ein Wunder brach er nicht ein und schaffte es ans Ufer. Er floh durch den Schnee die Felsformation wieder hinauf. Die kalte Luft schmerzte in seiner Lunge. Er stolperte, fiel vornüber in das pulverige Weiß und rappelte sich wieder auf. Er drehte sich niemals um, denn er glaubte, dass ihn das Skelett sofort anspringen würde. Da sah er einen dunklen Spalt im Felsen. Mit einigen Sätzen war er dort. Er schob sich seitlich hinein, wobei er gerade so hindurch passte. Die Höhle dahinter war nicht tief, aber schneefrei und trocken.

Elias ließ sich auf den Boden fallen und verschnaufte. Sein Atem dampfte aus seinem Mund. Er lauschte angestrengt. Alles war still.

Er versuchte, sich zu beruhigen. Er hatte das Wesen sicherlich abgeschüttelt, aber es würde noch irgendwo da draußen sein. Er zog sich die Kapuze über den Kopf und legte seine Arme um seine angezogenen Beine.

Die Zeit verging. Er wartete.

Vielleicht wartete auch dieser gespenstische Skelettdämon. Auf ihn.

Elias fühlte sich vollkommen hilflos. Was sollte er nur tun? Er war in seinem Leben noch nie so einsam gewesen. Niemand war hier, der ihm helfen konnte. Würde er jemals wieder lebendig nach Hause kommen? Und wo war überhaupt sein Zuhause? War es bei seinem Vater? In seiner Unistadt? War es die Master Macademy? Im Moment wäre er überall lieber gewesen als hier. Sogar über das Gesicht seines Bruders hätte er sich in dieser eisigen Einöde gefreut. Am liebsten hätte er Grete bei sich gehabt. Oder noch lieber seine Mutter. Elias sank in sich zusammen. Er hatte seit vielen Jahren seine Mutter nicht mehr vermisst. Dieses Gefühl von Einsamkeit, von Abgeschnittenheit begleitete ihn schon, seitdem er sich erinnern konnte. Aber er hatte es vor einigen Jahren von sich abgestreift, weil er es nicht mehr fühlen wollte. Es lähmte ihn. Er biss sich auf die Unterlippe. Das Letzte, was er jetzt brauchen konnte, war, in dieses alte Gefühl zurückzufallen.

Er war plötzlich so müde. Er wollte nur für ein paar Minuten die Augen schließen.

Wieder einmal verstrich die Zeit, Elias verlor jegliches Gefühl dafür. Da nahm er durch seine geschlossenen Augenlider einen sanften Schimmer wahr. Ein Licht näherte sich ihm und er hörte eine hallende Stimme. Sie *schien aus seinem Inneren zu kommen. »Ich folge dir überall hin, auch wenn dein Weg in die Dunkelheit führt.«*

Elias öffnete langsam die Augen. Direkt vor seinem Gesicht befand sich der Totenkopf und sah ihn aus mondlichthellen Augen an.

Mit einem Schrei erwachte Elias. Sein Fenster stand sperrangelweit auf, im Zimmer war es eiskalt. Noch immer schien der Mond herein, er konnte nicht lange geschlafen haben. Auf dem Boden lag das aufgeschlagene Notizbuch.

»Wie gehts dir?«, fragte Lielle.

Sie saßen auf einer Bank im Park und schauten hinab auf die schneebedeckte Ebene vor der Akademie, durch die sich die Flüsse wie dunkle Schlangen wanden und in den Wäldern ringsum verschwanden.

»Gut«, sagte Elias knapp.

Es war der Morgen des letzten Tages im Kalenderjahr, Silvester, aber dieser wurde in der Sphäre nicht gefeiert. Lielle sah eine Weile schweigend ins Tal hinab, dann ergriff sie wieder das Wort: »Hast du etwas Komisches erlebt?«

»Etwas Komisches?«

Sie zuckte mit den Schultern. »Ich meine irgendetwas, das komisch war.«

»Komisch wie lustig?«

»Nein, mehr komisch wie unheimlich.«

Elias sah wieder den Schädel vor sich mit seinen weißglühenden Augen. Üble Gefühle stiegen in ihm auf, Grauen, aber auch noch etwas anderes. Faszination? Doch das Grauen überwog. Er schüttelte den Kopf, um das Bild loszuwerden. Sollte er ihr von seinem nächtlichen Horrortrip berichten? Wenn sich jemand mit dem Tod auskannte, dann ja eigentlich sie. Er atmete geräuschvoll ein. »Ich hatte einen komischen Traum.«

Er erzählte ihr von dem Traum, der sich nicht wie ein Traum angefühlt hatte, aber erwähnte dabei nicht das sonderbare Notizbuch. Sie hörte ihm gebannt zu.

Als er geendet hatte, sah sie nachdenklich in die Weite. „Hast du schon mal etwas in der Art geträumt?"

„Ja, dieses Skelett hat mich schon in einem anderen Traum verfolgt."

»Ist dieses Skelettwesen böse?«, fragte Lielle.

Elias schluckte. Sie hatte genau die Frage gestellt, die ihm selbst keine Ruhe ließ. »Ich weiß es nicht.«

»Was wollte es von dir?«

»Das weiß ich auch nicht.«

»Sollen wir die Bib durchstöbern? Vielleicht finden wir etwas über Skelettwesen, die einen im Schlaf heimsuchen.«

Auf diese Idee war er noch nicht gekommen. »Das wäre einen Versuch wert.«

»Dann an die Arbeit!«, sagte Lielle und sprang auf.

»Du bist ein kleiner Workaholic«, erwiderte Elias grinsend.

»Ich bin halt gern in der Bib.«

»Und man findet immer einen Grund, dort sein zu können, nicht wahr?«

»Ganz genau. Außerdem bin ich auf einer heißen Spur, was den Kristall der Elemente betrifft«, sagte Lielle und schoss los.

Elias musste Gas geben, um Schritt zu halten. Auf dem Weg zur Bibliothek überlegte er, warum er nichts von dem Buch gesagt hatte. Er war sich sicher, dass der Traum damit zusammenhing. Aber etwas sperrte sich in ihm, darüber zu reden. Es kam ihm der Gedanke, Grete zu kontaktieren. Schließlich hatte er dieses Buch auf ihrem Dachboden gefunden. Doch alle Nachrichten wurden überwacht. Wenn er nicht wollte, dass die ISM davon erfuhr, konnte er Grete erst wieder persönlich im nächsten Sommer befragen.

Die Bibliothek im Schlössle erstreckte sich über drei Ebenen. Lielle kannte sich schon bestens aus. Es gab Bücher zu magischen Themen, aber noch mehr Bücher zu nichtmagischen Themen, denn die Studierenden sollten die Möglichkeit haben, sich über alles, was die Realität betraf, informieren zu können.

Sie durchforsteten das Bücherverzeichnis per M-Tap. Die nächsten Stunden war jeder mit sich selbst beschäftigt. Sie wollten erst alles Interessante zusammen sammeln und sich dann miteinander austauschen.

Elias suchte insgeheim unter Begriffen wie ›magisches Buch‹ und ›Zauberbuch‹, fand dabei aber nur Bücher über die verschiedenen Bereiche der Magie: Zaubersprüche und Ritualanleitungen,

Geschichte der Magie und Magietheorie. Unter den Suchbegriffen ›leeres Buch‹, ›Buch mit leeren Seiten‹, ›leeres Zauberbuch‹ und so weiter, ließ sich ebenfalls kein sinnvoller Eintrag finden. Dann versuchte er es mit der Suche nach Büchern über magische Gegenstände. Hier gab es einiges Interessantes. Er durchwanderte die Regalreihen, sammelte das eine oder andere Buch ein und begab sich an ihren Stammplatz in einer hinteren Ecke im untersten Stockwerk.

Dort befand sich ein abgewetzter Tisch mit mehreren Stühlen und ein altes Ecksofa. Der Platz war von Regalen umstellt und darüber befand sich eine Art Empore aus Holz, die ebenfalls mit Regalen voller Bücher bestückt war. Er setzte sich auf das ausrangierte braunbeige-karierte Ecksofa.

Manche Bücher, die Elias herausgefischt hatte, handelten davon, wie man Gegenstände des Alltags verzaubern konnte, was wohl eine Kunst für sich war. Ein anderes Buch war eine Abhandlung darüber, welche Gegenstände sich für welche Art von Magie am besten eignen würden. Es war die Rede von Kelchen, Steinen, Ringen, Ketten, Schwertern und so weiter. Ein weiteres Buch beschrieb bekannte magische Artefakte, aber sein Notizbuch war natürlich nicht dabei.

Die Stunden vergingen bei Elias ergebnislos, auch über seinen neuen Freund, den Skelettmann, konnte er nichts Sinnvolles finden. Er verräumte die Bücher wieder. Todmüde ließ er sich auf das Sofa fallen. Der knochige Geselle hatte ihn gefühlt die halbe Nacht auf Trab gehalten. Jetzt brauchte er erst mal ein Nickerchen.

Lielle war die ganze Zeit mit ihren eigenen Nachforschungen beschäftigt gewesen. Zuerst war sie wild durch die Bibliothek getigert, mittlerweile saß mit gerauften Haaren am Tisch und beugte sich über einen dicken Wälzer. Vor ihr stapelten sich haufenweise Bücher. »Ich habs!«, rief sie plötzlich.

Elias zuckte zusammen, blinzelte schläfrig und murmelte: »Lies' vor.«

»Der Kristall der Elemente ist ein sehr altes Relikt. Manche vermuten, er stammt aus der vergangenen Welt. Mit Hilfe des Kristalls lässt sich eine Parallelwelt zur realen Welt mit erhöhter Schwingungsebene erstellen, die sogenannte Sphäre der Elemente. Der Kristall der Elemente besteht aus vier Kristallsplittern. Jeder Splitter steht für jeweils ein Element. Meistens sind die Splitter voneinander getrennt. Nur um die Sphäre zu regenerieren, werden sie zusammengefügt. Mindestens einmal alle zwölf Monate muss die Sphäre durch den Kristall der Elemente bei einem sogenannten Regenerationsritual neu aufgeladen werden. Ansonsten sinkt die Schwingungsebene ab und alles Leben darin würde zerstört werden.«

»Aha, du warst also mit dem Kristall beschäftigt.«

»Ja, aber nebenbei habe ich auch nach deinem Skelett geforscht.«

»Soso.« Elias sah nachdenklich zur Decke. »Hoffentlich vergessen die das mit dem Aufladen der Sphäre nicht«, sagte er. »Steht da noch mehr darüber?«

Lielle schüttelte den Kopf. »Nein. Ich habe einige Bücher durchforstet, um wenigstens das hier zu finden.«

»So ein wichtiger Gegenstand und kaum Informationen darüber? Seltsam.«

»Ich vermute aus Sicherheitsgründen«, sagte Lielle. »Überleg mal, wenn ein Splitter gestohlen würde oder kaputt ginge, würde die Sphäre kollabieren. Dann wäre es vorbei mit der Akademie.«

Elias setzte sich auf und sagte: »Und mit uns auch. Du hast recht, Lielle. Man will diese Informationen nicht an die große Glocke hängen. Deswegen wird man wohl auch nie erfahren, wie dieser Kristall oder die Kristallsplitter aussehen, geschweige denn, wo sie sich befinden.«

Lielle nickte betrübt.

»Und was hast du über mein Skelett herausgefunden?«, fragte er.

»Es könnte sich um Kommunikationsmagie handeln. Der Kommunikationsmagier kann in Träume eindringen und sie manipulieren.«

»Klingt nicht nett. Glaubst du, dass da jemand dahintersteckt, der mir diesen Bruder Lustig ins Gehirn einpflanzt?«

»Keine Ahnung.« Lielle schien selbst nicht überzeugt zu sein von ihrer Theorie.

Da hörten sie plötzlich eine Stimme: »So fleißig in den Ferien? Löblich, löblich.«

Elias und Lielle drehten sich um.

Frau Eichwald, die Professorin für Kommunikationsmagie, stand zwischen den Regalen.

»Hallo Professorin Eichwald«, sagte Lielle.

»Wir informieren uns über Magie«, sagte Elias mit einem angespannten Lächeln und räusperte sich dann, nachdem er selbst merkte, dass das eine bescheuerte Aussage war.

»Soso, Magie ist ein spannendes Thema, jaja«, sagte sie und ihre Augen wanderten zu den Büchern, die auf dem Tisch gestapelt lagen. »Da habt ihr euch aber einiges vorgenommen. Habt ihr denn ein bestimmtes Thema, das euch interessiert?«

Einige Sekunden der Stille verstrichen.

Dann sagte Elias »Nein« und Lielle gleichzeitig »Ja«.

»Ich merke, ihr seid euch nicht ganz einig«, sagte Frau Eichwald schmunzelnd.

Lielle erklärte: »Äh, *ich* suche etwas Bestimmtes, vielleicht können Sie mir weiterhelfen?«

»Das mache ich gern.«

»Können Sie mir ein Buch zum Thema ›Traummagie‹ empfehlen?«

Professorin Eichwald überlegte. »Sehr gut ist das Buch ›Traumführer und Traumfänger‹, aber das liegt schon auf Ihrem Tisch.« Sie deutete auf ein großes, quadratisches, blaues Buch.

»Da werde ich mich mal tiefer einarbeiten, danke«, sagte Lielle.

»Gibt nichts zu danken.« Die Professorin wandte sich um, dann drehte sie sich nochmal zu Lielle. »Ach ja. Manchmal handelt es sich auch einfach nur um einen Traum. Die können hier in der Sphäre recht intensiv sein. Dann sollte man zu den guten, alten Traumdeutungsbüchern greifen.«

»Traumdeutung?«, wiederholte Lielle.

»Genau«, sagte Professorin Eichwald und ging davon.

Ohne ein weiteres Wort stand Lielle auf und verschwand in den Tiefen des Bücherdschungels.

Elias warf sich wieder auf das Sofa und schloss die Augen. Irgendwie hatte er die Lust am Recherchieren verloren, weil es vermutlich sowieso nichts brachte.

»Bist du ansprechbar?«, Lielle stand plötzlich vor ihm.

»Ansprechbar«, antwortete Elias verschlafen.

Sie ließ sich neben ihn auf das Sofa fallen, zusammen mit einem Buch, das sie aufgeschlagen auf ihren Beinen ablegte. »Ein Skelett im Traum zu sehen, kann bedeuten, dass man etwas Grundlegendes in seinem Leben bearbeiten muss oder auch, dass etwas sterben muss, damit etwas Neues entstehen kann«, las sie laut vor.

»Ich hoffe doch sehr, dass das nicht ich bin, der sterben muss.«

»Nein, natürlich nicht, aber etwas in deinem Leben muss vielleicht sterben. Eine Überzeugung oder eine bestimmte Vorstellung.« Sie las weiter: »Wenn man träumt, dass man ein Skelett ausgräbt, dann kann es bedeuten, dass man nach etwas Wichtigem sucht, ohne zu wissen, wonach. Oder hier: Es ist die Suche nach Stabilität und Struktur, denn das Skelett ist das Gerüst des Körpers, Grundlage der Erscheinung in der diesseitigen Welt. Ohne Skelett kann man nicht existieren.«

»Doch, als Schnecke schon.«

Lielle verdrehte die Augen. »Konzentration, wenn ich bitten darf!«

»Okay, okay.«

»Wenn man im Traum einem Skelett begegnet, geht es um die ureigene Existenz, die Grundlage des eigenen Lebens. Ist sie stabil und tragfähig? Oder angeknackst und gar zerbrochen? Das Skelett kann auch Symbol sein für vernunftbetontes, kaltherziges Denken oder für Alter, Sterben, Tod und Vergänglichkeit. Handelt es sich um einen Alptraum, sollte sich der Träumende mit seinen Gefühlen in Bezug auf Verlust und Tod auseinandersetzen.« Sie hörte auf vorzulesen.

»War das alles?«, fragte er.

Lielle sah etwas zerknirscht zu ihm. »Na ja, hier steht noch: Von einem Skelett verfolgt zu werden, kann bedeuten, dass einen bald ein Schicksalsschlag persönlich, familiär oder finanziell trifft. In seltenen Fällen ist es auch ein Zeichen dafür, das einen zeitnah der Tod ereilt.« Lielle biss sich auf die Unterlippe.

»Na toll! Wusste ich es doch«, sagte er und versank in den Sofakissen.

»Da steht, dass es möglich ist, aber nicht sein muss. Es könnte auch eine Warnung sein.«

»Warnung wovor?«, fragte Elias und sah skeptisch zu ihr. Dieses Gespräch behagte ihm absolut nicht.

Lielle überlegte.

Elias fuhr fort: »Warnung vor einem finsteren Dämon, der im Schatten auf mich lauert und wenn ich nicht achtgebe, mich verschlingen wird?«

»Ja«, sagte Lielle in Gedanken versunken.

»Ja?«, wiederholte Elias empört.

»Dämon«, murmelte sie nachdenklich. Sie begann in dem Buch wild herumzublättern, schlug das Buch dann plötzlich zu, sprang auf und verschwand erneut hinter den Regalen.

Elias sah ihr verwundert nach. Er hörte, wie sie die schmale Holztreppe zur Empore hoch rannte und über ihm herum polterte.

Ein paar Minuten später stand sie wieder da. Dieses Mal hatte sie einen schwarzen Wälzer in der Hand.

»Neue Todesbotschaften für mich?«, fragte Elias.

»Ach was.« Sie setzte sich auf das Sofa und zeigte ihm das Cover. Die Aufschrift lautete ›Deutung von Märchen, Mythen und Fabeln‹. Dann schlug sie das Buch an der Stelle auf, an der sie das Lesezeichenband eingelegt hatte, und las vor: »Dämonen kommen in Gestalt von Hexen, Geistern, Gnomen und so weiter in Geschichten vor. Sie sind Symbole für die Schattenseiten des Menschen oder auch Hinweise auf psychische Störungen.«

Elias hob die Augenbrauen und sagte: »Weiß nicht, was besser ist, tot oder gestört zu sein.«

Lielle ließ sich nicht unterbrechen: »Diese Schattenseiten sind aber immer nur Ausdruck eines missglückten Strebens nach Wiedervereinigung mit dem höheren Selbst. Insofern betrachtete man in frühester Zeit Dämonen nicht als etwas Schlechtes, sondern als geistige Führer. Sie sind weder gut noch böse. In der Sprache der vergangenen Welt nannte man sie ›Skai‹, das bedeutet Vermittler zwischen den Welten.« Lielle sah zu ihm.

Er war an einem Ausdruck hängen geblieben: ›Das höhere Selbst‹. »Interessant«, sagte er.

Lielle schlug das Buch zu und sagte: »Wir sollten Nahrung zu uns nehmen, sonst verhungern wir hier noch.«

Elias nickte zustimmend und raffte sich auf.

Es war ihr letzter Abend zu zweit. Morgen war Sonntag, die meisten Lehrlinge würden im Laufe des Tages wieder über die Portale des Kristallberges anreisen, so auch Mika und Tiana.

STRENG DICH NICHT AN

Den Unterricht in Erdlehre hatten die Erstnomester vor den Winterferien abgeschlossen. Als Nächstes hatten sie vier Wochen lang jeden Mittwoch Feuerlehre. Bevor sie durchs Portal gingen, legten sie feuerfeste und hitzeabweisende Schutzkleidung an. Es waren wuchtige Anzüge mit Helmen und Visieren, in denen sie sich nur langsam und ungelenk wie in Raumanzügen bewegen konnten.

Nachdem sie durch das Portal gegangen waren, standen sie auf einer Art Balkon, der aus dem Felsen herausgeschlagen worden war, mit steinerner, hüfthoher Balustrade. Es war heiß. Und zwar rundherum. Alles schien Hitze auszustrahlen. Der Himmel über ihnen war von dunklen Wolken verhangen, die einen hellroten Schein reflektierten. Es war fast taghell, obwohl keine Sonne zu sehen war.

»Willkommen auf dem Vulkan Vasotea. Ihr habt Glück, er hat sich in den letzten Wochen aufgeheizt und wird demnächst Feuer speien,« sagte Aang Lee, der Professor für Feuerlehre. Er hatte mandelförmige Augen, schwarze kurze Haare und feine, aber männliche Gesichtszüge und war nicht älter als dreißig. Und er trug keinen von diesen Marshmallow-Anzügen, sondern ein schmal geschnittenes, langes, kimonoartiges Leinengewand.

Elias überlegte, ob man von Glück sprechen konnte, wenn ein Vulkan ausbrach. Allerdings war hier in der Sphäre der Elemente natürlich niemand, der dadurch Schaden nahm.

Aang Lee winkte sie näher heran. »Unter uns seht ihr den Krater mit dem Lavasee, ihr könnt ruhig näherkommen. Ohne die Anzüge wäre das für euch selbstverständlich nicht auszuhalten.«

Die Lehrlinge kamen der Aufforderung nur zögerlich nach. Elias lehnte gegen die Steinmauer und sah hinab. Der Vulkankrater war relativ rund mit einem Durchmesser von mindestens dreihundert Metern. Die Lava hatte an der Oberfläche eine dunkle Kruste gebildet, die von tausenden feinen, rot leuchtenden Verästelungen durchzogen wurde. Blubbernde Bewegungen der zähen Flüssigkeit ließen sich erahnen. Wasserdampf stieg in dichten Wolken auf. Hier und da entzündete sich das Material, helle Flammenzungen loderten sekundenlang in die Luft und verglühten zischend. Der Anzug bot Schutz, aber Elias hatte trotzdem das Gefühl, er könnte spüren, wie die gleißende Hitze flirrend gegen sein Visier drückte.

»Wir beginnen heute mit etwas Harmlosem, bitte folgt mir.«

Elias war erstaunt, wie gut er den Professor verstehen konnte, obwohl er diesen wuchtigen Helm trug. Bestimmt hatten Elektromagier diese Anzüge konstruiert.

Aang Lee drehte sich um und stieg eine flache Treppe mit breiten Stufen, die in den Felsen hineingeschlagen worden waren, hinab. Links und rechts befanden sich Eisengeländer. Die Lehrlinge folgten schwerfällig. Die Treppe mündete in einen langen, breiten Tunnel, dessen Wände aus Lavagestein bestanden.

Als sie wieder heraus kamen, bot sich ihnen der Anblick einer in roten Schein getauchten, kargen Landschaft aus Gestein, das teilweise bizarre Formen angenommen hatte. Einige dickblättrige, gelbliche Pflanzen wuchsen vereinzelt. In weiter Ferne unterhalb des Berges sah man grüne Wälder. Ein Pfad führte in Serpentinen nach unten. Über den Hang verteilt dampften Wasserbecken vor sich hin.

»Das hier sind Thermalbecken! Wenn ihr Glück habt, dürft ihr hier zum Baden herkommen«, sagte Aang Lee, »aber nicht heute. Heute wollen wir uns mit unserem Willen beschäftigen.«

»Hat er Willen gesagt?«, fragte Mika Elias.

»Ich glaube schon.«

»Bitte setzt euch, ihr könnt die Helme abnehmen«, sagte Aang Lee und deutete auf Steinbänke, die sich rechts und links vom Höhlenausgang befanden. Die Lehrlinge zogen ihre Helme aus und legten sie unter die Bank. Die Luft war warm und durchaus atembar.

»Elementalisten sind Magier, die eines der vier Elemente beherrschen. Es gibt nur wenige von ihnen. Viele müssen sich einige Jahre mit den Elementen beschäftigen, bis sie dieses Talent bei sich entdecken. Deswegen müssen alle Lehrlinge in jedem Nomester den Unterricht in Elementlehre besuchen.«

Tiana hob die Hand.

»Ja?«

»Aber haben wir nicht alle einen Bezug zu den Elementen?«, fragte sie.

»Ja, das ist richtig. Aber es gibt da drei wichtige Dinge, die ihr verstehen müsst. Erstens: Eure Verbindung zu den Elementen ist nicht auf ein bestimmtes festgelegt. Wie ihr euch erinnert, musstet ihr bei eurer Ankunft hierher zwei Tore durchschreiten. Meistens sind das zwei verschiedene Element-Tore. Das zweite Element ist dann letztlich jenes, das euch hierher bringt. Aber das kann sich jederzeit ändern. War das zweite Tor dieses Nomester das Element Feuer, ist es nächstes Jahr vielleicht das Element Erde. Zweitens: Ihr habt zwar eine besondere Verbindung zu den Elementen, aber ihr könnt sie nicht beherrschen. Das kann nur ein Elementalist. Und drittens: Ein Elementalist beherrscht tatsächlich nur ein einziges Element. Das ändert sich niemals mehr im Laufe seines Lebens.«

Tianas Hand ging wieder nach oben.

Aang Lee rief sie erneut auf.

»Und was passiert dann mit der Pfadmagie, wenn man feststellt, dass man Elementalist ist?«

»Gute Frage. Bei manchen flacht die Pfadmagie ab. Bei anderen kann sie durch das Element sogar verstärkt werden. Das ist sehr unterschiedlich.«

Elias kam ins Grübeln. Ein Elementalist schien nicht geächtet zu sein, wenn er ein Element und eine Pfadmagie beherrschte. Aber wenn ein Magier zwei Pfadmagien beherrschte, kam er sofort in Verruf? Wo war da die Logik? Kian Shay sagte, dass diese Ächtung aus Vorurteilen entstanden war, da es im Laufe der Geschichte viele schwarzmagische Vertreter dieser sogenannten Zwiefältigen gab. Aber das war nicht fair.

Aang Lee erzählte einiges über Feuermagie. Er brannte wortwörtlich für sein Thema. »Feuer hat immer zwei Seiten: eine wärmende, lebensspendende und eine zerstörerische, lebensbedrohliche. Feuer ist Leidenschaft. Deswegen kann das Feuer nur von einer willensstarken Person mit einem hohen Maß an Selbstkontrolle und Disziplin beherrscht werden.« Er platzierte sich auf einem Podest und fuhr fort: »Die heutige Aufgabe beinhaltet diesen Aspekt. Bitte nehmt euch ein Sitzkissen und eine Kerze aus den Kisten hier und verteilt euch, aber bleibt in meiner Sichtweite.«

Jeder nahm sich eine weiße Stumpenkerze und suchte sich einen Platz auf dem Boden. Der Fels erwärmte das Kissen. Es fühlte sich an wie die Sitzheizung in einem Auto.

»Sind alle bereit? Ich werde nun die Kerzen entzünden. Eure Aufgabe ist es, sie mit reiner Willenskraft zu löschen. Pusten bringt nichts. Diese Kerzen können nur durch Magie angezündet und gelöscht werden. Achtung!« Er ließ seinen Blick herumschweifen und erhob die Arme. Plötzlich leuchteten seine Augen rot auf und im gleichen Moment, entflammte sich der Docht aller Kerzen.

Diese roten Augen! Elias hatte das schon einmal bei jemandem gesehen! Er sah sich um. Raluka saß in einiger Entfernung schräg hinter ihm, abseits von den anderen. Sie sah verwirrt, ja sogar erschrocken aus. Das war etwas Neues. Bisher hatte er sie immer nur mürrisch und verbissen erlebt. Ihr Blick ging zu Elias. Schnell drehte er sich weg und sah auf seine flackernde Kerze. Seine Gedanken überschlugen sich. War sie womöglich eine Feuermagierin? Und wenn ja, wusste sie das von sich selbst? Wahrscheinlich nicht, denn es hatte gerade so ausgesehen, als hätte sie die gleiche Erkenntnis wie ein Blitz getroffen.

Chris, der schräg vor dem Professor saß, hob seine Hand.

»Ja?«, rief Aang ihn auf.

»Ist das nicht eine schwachsinnige Aufgabe, dass wir mittels Magie versuchen sollen, die Kerze zu löschen? Wäre doch viel sinnvoller, sie anzuzünden.«

Aang Lee verzog das Gesicht zu einem halben Lächeln. »Elementalisten sind zwar extrem selten. Doch sollte einer unter euch sein, könnte er uns alle, im Versuch eine Kerze zu entzünden, aus Versehen in Flammen aufgehen lassen und das wollen wir ja nicht. Deswegen gibt es strenge Auflagen bei den Übungen.«

Elias schluckte. Er zwang sich, nicht zu Raluka zu sehen, denn dann würde sie wirklich Verdacht schöpfen, dass er von ihrem Geheimnis wusste. Die nächste Stunde starrte Elias angespannt auf seine Flamme, dann beendeten sie endlich die Übung. Er konnte es nicht lassen, einen Blick auf Raluka und vor allem auf ihre Kerze zu werfen. Sie saß mit geschlossenen Augen im Schneidersitz auf ihrem pinkfarbenen Sitzkissen. Vor ihr stand eine brennende Kerze wie bei allen anderen auch.

Die nächste Zeit verging, ohne dass Elias und Lielle sich noch einmal über den Traum unterhielten. Die sogenannte Reflexionsprüfung stand bevor. Es handelte sich um eine Prüfung in ihrer jeweiligen Pfadmagie. Laut den Professoren ging es nicht darum, sie zu benoten, sondern um die Gelegenheit, die eigenen Stärken und Schwächen zu reflektieren. Man konnte sich nicht darauf vorbereiten, da man nicht wusste, was für eine Aufgabe drankommen würde.

Elektra führte ihre Lehrlinge an diesem Tag durch ein Portal auf eine weitläufige, flache Wiese. Hier musste es tagelang geregnet haben, denn die Erde war aufgeweicht und matschig. Aber das Gras war robust und wirkte gepflegt wie das auf einem Golfplatz, und da die Sonne heute schien, hatte es zu trocknen begonnen. Die älteren Lehrlinge kannten diesen Ort, sie nannten es das ›Rennfeld‹.

»Ihre Aufgabe bei der heutigen Prüfung ist, über die Wiese zu joggen, und zwar jeder auf seiner Bahn, und dabei die eigene Geschwindigkeit leicht zu erhöhen und wieder zu senken, aber nicht per Muskelkraft, sondern mit Hilfe von Magie. Hindernisse gibt es auf dem Weg keine. Es geht allein darum, die eigene Laufgeschwindigkeit zu variieren. Ich werde Sie von oben im Auge behalten.« Elektra fuhr sich mit der Hand über ihr Haar, das sie heute offen trug. Es war leicht gewellt, schneeweiß und lang. Sie sprach weiter: »Für die Neuen: Mir ist klar, dass Sie noch nicht darin geübt sind, Ihren eigenen Körper zu beschleunigen. Laufen Sie los und versuchen Sie dabei all die Erfahrungen zur beschleunigten Wahrnehmung in den letzten Wochen auf Ihren Körper zu übertragen. Aber übertreiben Sie es nicht. Sie sollen nicht schneller als fünfzig Kilometer pro Stunde werden.« Sie schwang sich auf ein schwarzes, teilweise verchromtes Motorrad und schob nach: »Dann mal los. Jeder sucht sich ein Portal, das ihn an seinen Startpunkt bringt. Auf jeder Bahn finden Sie Rückportale zu diesem Platz. Um zwölf Uhr will ich Sie hier alle wiedersehen.« Dann hob sie vom Boden ab und rauschte in die Luft davon. Elias sah ihr verblüfft nach. Ein fliegendes Motorrad, das war wirklich cool.

Die Lehrlinge verteilten sich auf die Portale, die sie an verschiedene Startpunkte auf dem Rennfeld bringen würden, wünschten sich gegenseitig Glück und gingen hindurch.

Elias stand am Anfang seiner Bahn. Sie war zehn Meter breit und farblich begrenzt durch eine Linie aus hellem Gras. Die anderen Lehrlinge waren weit weg von ihm, er sah sie nur als kleine Punkte über die Wiese laufen. Er rannte manchmal schneller, dann wieder langsamer, aber immer durch Muskelkraft verursacht. Die Zeit verging, aber nichts Magisches ereignete sich bei ihm.

Da kam Elektra auf ihrem fliegenden Motorrad bei ihm vorbei. Sie schwebte wie eine Amazone auf einem silberschwarzen Metalldrachen zwei Meter über dem Boden. »Wie läuft es bei Ihnen, Elias?«

»Sagen wir mal so: Es läuft. Aber ohne Magie.«

»Erinnern Sie sich an das Licht«, sagte Elektra, gab Gas und düste durch die Luft davon.

Die Erinnerung kam sofort, kaum dass Elektra es erwähnt hatte, und Elias wurde schlagartig bewusst: Das gleißende Licht in seinem Zimmer damals, es hatte seine Schwingungsebene erhöht. Aber warum? Auch wenn er es sich nicht erklären konnte, wusste er einfach, dass dieses Licht nicht durch den Skelettdämon verursacht worden war. Es war etwas anderes gewesen. Hatte es ihn vor dem Dämon beschützt?

Während er darüber nachdachte, rannte er weiter. Er setzte einen Fuß vor den anderen. Doch plötzlich kam er nicht mehr voran. Mit jedem weiteren Schritt trat er auf der Stelle. Er musste sich anstrengen. Da war ein Widerstand, den er nicht sehen konnte. Aber er hörte ein Rauschen. Elias blieb fast das Herz stehen. Wurde der Traum von damals gerade Wirklichkeit? Das konnte doch nicht sein! Der Wind nahm zu, von Moment zu Moment. Es dauerte nicht lang, da hatte er es mit einem ausgewachsenen Sturm zu tun, der ihm grell in den Ohren lag und sich wie eine unsichtbare Wand vor ihm aufstellte. Elias kam kaum von der Stelle, er presste die Zähne zusammen. War das die Hölle auf Erden? Wie war er in diese Bredouille geraten? Er hatte sich doch nur erinnert. Da hörte er eine hallende Stimme, die von weit her zu kommen schien.

»Ich bin das Unbegreifliche.
Ich bin das Namenlose.
Ich bin, was hinter allem steht,
größer, höher, umfassender,
als du ermessen kannst.
Ich bin die Magie des Lebens.
Ich bin Lebendigkeit.«

Elias überflutete eine Woge der Angst. Er kannte diese Stimme. Hatte sich dieses Wesen aus seinem Traum heraus materialisiert? Er drehte sich um. Hinter ihm stand der Skelettdämon. Er war um einiges größer als er und sah auf ihn herab. In seinen Augenhöhlen leuchtete silberweißes Licht.

Panisch begann Elias in die entgegengesetzte Richtung zu rennen. Und er beschleunigte plötzlich, er wurde schneller und schneller. Es waren nicht mehr nur seine Beine, die ihn antrieben. Es war Magie.

Da hörte er wieder die Stimme, aber dieses Mal kam sie aus seinem Inneren:

»Ohne das Selbst
existiert das Ich nur für sich,
unverbunden, unvollkommen.
Es ist auf der Suche
und strengt sich an.«

Elias' Herz schlug bis zum Hals. Er würde es nicht schaffen. Er würde ihm nicht entkommen. Er strauchelte und rutschte aus. Er fiel seltsam lange und sah dabei den Boden wie in Zeitlupe auf sich zukommen. Er landete nicht darauf, sondern sank in die Erde hinein. Finsternis umgab ihn. Er hörte wieder die Stimme, leise und nah an seinem Ohr.

»Ich folge dir überall hin,
auch wenn dein Weg
in die Dunkelheit führt.«

Elias fühlte, wie ihn jemand an seiner Trainingsjacke packte, mit einem Ruck aus der Erde herauszog und auf den Rücken drehte. Er sah helles Sonnenlicht. Über ihm kniete Elektra. Sie sah ihn mit besorgtem Gesichtsausdruck aus ihrem einen Auge an und sagte etwas zu ihm, aber er konnte die Worte nicht verstehen. Er stand völlig neben sich.

Sie hielt etwas in den Händen, auf dem sie herumdrückte. Er erkannte es, es war ein M-Tap. »Ich schicke ihn direkt zu Ihnen«, hörte er sie nun sagen, während sie das Gerät an ihren Mund hielt.

Er kam wieder langsam zu sich und versuchte, sich aufzusetzen. »Es ist alles okay«, nuschelte er.

Elektra hob die Hand. »Nicht so schnell, Sie sind gestürzt. Haben Sie Schmerzen?«

Elias fühlte in seinen Körper hinein, dann schüttelte er den Kopf.

»Bleiben Sie bitte trotzdem liegen, ich portiere Sie auf die Heilstation, die sollen Sie durchchecken.«

»Was ist denn passiert?«

»Ich habe nur gesehen, dass sie magisch beschleunigten, allerdings rannten sie in die falsche Richtung. Dann stolperten Sie und sanken der Länge nach in den Boden ein.«

Elias betrachtete seine Hände. Sie waren voll mit Schlamm. Wahrscheinlich sah er im Gesicht genauso aus. »Das ist komisch«, murmelte er.

»Sagen wir es mal so: Eine derartige strukturelle Veränderung ist außergewöhnlich.« Elektra musterte ihn nachdenklich, dann fuhr sie fort: »Für heute ist Feierabend für Sie. Wir sehen uns im nächsten Bewegungsmagieunterricht wieder.«

»Aber die Prüfung?«, fragte Elias.

»Sie haben bestanden.« Elektra vollführte mit ihrem Arm eine Kreisbewegung um ihn herum. Der Boden begann zu schillern. Unter ihm war ein Portal entstanden. Dann machte sie eine Bewegung, als würde sie ihn ins Gras drücken wollen. Er flutschte durch das Portal und landete weich auf einer großen Matratze in einem Zimmer der Heilstation.

Der Sonntag war sonnig und die vier Freunde machten sich auf den Weg zu einem Platz auf einer Waldlichtung mit Schaukeln, Wippe und Feuerstelle, denn sie wollten ihre bestandenen Prüfungen feiern. Lielle und Tiana hatten gute Leistungen vollbracht. Tiana hatte sogar ihren Professor, den alten Herbie, zum Staunen gebracht, indem sie einen Grünkohl dazu animierte, auf die Größe einer Forsythie anzuwachsen. Bei Mika lief es mittelprächtig, er wollte sich einen Känguru-Schwanz wachsen lassen, aber das, was dabei herauskam, erinnerte mehr an einen Eselschwanz. Am schlechtesten lief es wohl bei Elias. Glücklicherweise hatte er keine Schäden durch den Sturz erlitten und die Heilmagier hatten ihn noch am gleichen Tag entlassen. Doch seinen Freunden hatte er bisher nichts von seinem Unfall erzählt.

Es war ein milder Frühjahrstag. In der Mitte des Platzes, um eine große Feuerstelle mit Grill herum, waren Stämme und Baumstümpfe zu Tischen und Bänken umfunktioniert worden. Elias und Lielle saßen auf zwei Schaukeln, die an einem gewaltigen Ast eines noch gewaltigeren Baumes hingen. Mika und Tiana versuchten, ein Feuer zu entzünden. Da aber alles Holz feucht war, war das kein leichtes Unterfangen.

»Kannst du es nicht irgendwie trocken zaubern?«, fragte Mika ungeduldig.

»Nein, kann ich nicht«, maulte Tiana zurück, »ich kann kein totes Holz verzaubern, nur lebende Pflanzen.«

Lielle schaukelte.

Elias saß auf seiner Schaukel daneben und beobachtete, wie Mika und Tiana sich entfernten, um nach Holz zu suchen. Dann fragte er sie: »Lielle, erinnerst du dich daran, wie du mich im ersten Erdlehre-Unterricht geweckt hast, weil ich in diesem Moor eingeschlafen war?«

»Ja.«

»War da irgendetwas komisch an mir?«, fragte er zögerlich.

»Außer, dass du mitten im Unterricht geschlafen hast?« Sie schwang noch ein paar Mal mit nachdenklichem Gesichtsausdruck auf ihrer Schaukel hin und her und sagte dann: »Na ja, ja. Du warst ganz weit weg.«

»Was meinst du?«

Lielles blonder Zopf flog auf und ab. »Als wärst du ohnmächtig geworden. Hab schon ein bisschen Angst gekriegt. Es erinnerte mich an meinen Opa, als er im Sterben lag.« Sie lächelte verlegen: »Schräg oder? Ich bilde mir verrückte Sachen ein.«

»Da war dieses Skelettwesen bei mir, Lielle.«

»Du meinst das Wesen aus deinem Traum?«, fragte sie erstaunt.

»Ja. Es hat irgendwie Kontakt zu mir aufgenommen. Und das Schlimmste daran: Das war keine einmalige Sache. Bei meiner Prüfung ist es auch wieder aufgetaucht.«

Lielle bremste ihre Schaukel ab. »Was wollte es von dir?«

»Ich weiß es nicht.« Er überlegte, ob er erzählen sollte, dass er deswegen sogar einen Unfall hatte, aber das würde sie zu sehr beunruhigen.

»Du hast Visionen. Ich kenne das nur zu gut. Ich dachte auch immer, ich wäre verrückt, aber mittlerweile weiß ich, dass es Dinge zwischen Himmel und Erde gibt, die man sich nicht erklären kann. Irgendetwas Magisches ist da bei dir am Werk. Bloß was?«

Sie schauten beide nachdenklich zu Boden. Ein paar stille Sekunden verstrichen, dann sagte Lielle: »Wenn wir nur Zugriff auf mehr magische Bücher hätten.«

»Die sind unter Verschluss«, sagte Mika plötzlich hinter ihnen. Er hatte einige dünne Äste auf seinem Arm aufgeladen.

»Bist du schon die ganze Zeit hier?«, fragte Elias.

»Nö, erst gerade eben. Tiana hat mich weggeschickt. Sie versucht, einen Baum dazu zu bringen, einen trockenen Ast herauszurücken, und meinte, ich würde sie nervös machen.« Er grinste.

Er las noch einen winzigen Ast auf und wollte davon gehen.

Elias und Lielle sahen sich vielsagend an.

»Ähm, Moment, Mika«, sagte Lielle. »Was weißt du über die magischen Bücher?«

»Hm?«, er drehte sich wieder zu den beiden um. »Ach, mein Uropa hat mir das erzählt. Sie verstauen wertvolle Artefakte und Bücher in der alten Akademie. Aber da dürfen nur ältere Lehrlinge rein.« Er las noch einen kleinen Ast auf.

Da hörten sie Tiana rufen: »Mika!«

»Ich muss los, mein Weib brüllt!«, sagte er grinsend. »Ja Schatz, ich eile!«

Sie hörten Tiana antworten: »Ich bin nicht dein Schatz, du Knallfrosch. Hast du was Gescheites gefunden?«

»Gescheite Scheite!«, rief Mika belustigt.

Dann waren die beiden zu weit weg, um zu hören, was sie miteinander diskutierten.

»Die verstecken das spannende Zeug also in der alten Akademie. Hätte man drauf kommen können«, sagte Lielle.

»Aber der Zugang ist langjährigen, vertrauenswürdigen Lehrlingen vorbehalten.«

»So ist es wohl.«

»Ich geh da rein!«, sagte Elias.

»Ich komme mit.«

»Nein, es ist zu gefährlich. Wenn wir erwischt werden, fliegen wir womöglich von der Schule«, sagte er ernst.

»Dann lassen wir uns eben nicht erwischen. Ich werde dir helfen, Elias. Aber es wird nicht einfach sein, rein zu kommen. Ich habe mich über die Architektur bereits informiert.«

»Du hast dich schon informiert?«, fragte er erstaunt.

»Ja, mich interessieren alte Bauten. Es gibt den Haupteingang außen und einen inneren Eingang durch das Hauptgebäude. Aber für beide Eingänge benötigt man einen Schlüssel.«

»Ich hab zufälligerweise auch etwas entdeckt. Es gibt ein altes Tor, das in den Garten hinter der alten Akademie führt.«

Lielle sah ihn verblüfft an. »Wo ist dieses Tor?«

»Man erreicht es vom Park aus hinter dem Hauptgebäude. Aber dieser Eingang ist von Dornenranken überwuchert. Man sieht ihn nicht.«

Sie hörten Tiana und Mika, die aus dem Wald herbeigestapft kamen, jeder ein Bündel Holz im Arm.

»Hiermit können wir es versuchen, das ist recht trocken«, rief Tiana ihnen zu.

»Sehr gut«, rief Lielle zurück und warf Elias einen letzten vielsagenden Blick zu, schwang sich von der Schaukel und ging zu den beiden anderen hinüber.

Elias folgte ihr.

An ihrem ersten Portaltag Ende Januar hatten sie die Wahl: Sie konnten zum Baden ans Meer oder in die Thermalbecken beim Vulkan Vasotea gehen. Die meisten Lehrlinge wollten ans Meer. Die vier Freunde hatten sich für die Thermalbecken entschieden.

Aang Lee, Professor für Feuerlehre und Nova, die Wetterhexe beaufsichtigten die kleine Gruppe. In Wahrheit waren sie aber vor allem miteinander beschäftigt und die ganze Zeit am Quatschen. Der Feuermagier schien zu wissen, wie man mit der Wetterfee umgehen musste.

Es gab Wasserbecken unterschiedlicher Form, Größe und Temperatur. Elias saß gerade allein in einem Becken, das nicht größer war als eine Badewanne, aber um einiges tiefer. Es roch schwefelig und warf Blubberblasen.

Da kam Lielle triefend angerannt. »Elias, lass uns kurz unter vier Augen reden.« Ihr langes Haar klebte in gelben Strähnen an ihren Oberarmen. Sie stieg zu ihm ins heiße Nass.

Er rutschte ganz an den Rand. »Ähm, ja, ist grad keiner hier.«

Seit ihrem Gespräch auf dem Spielplatz hatten sie weiter an einem Plan getüftelt, um in die alte Akademie zu gelangen. Vor einigen Tagen hatten sie testweise ein kleines Stück von der Dornenhecke vor dem zugewachsenen Tor abgeschnitten. Es war sofort wieder nachgewachsen. Die Hecke war also verzaubert. Der Vorteil davon war, sie konnten ein Loch hineinschneiden, um an das Tor zu gelangen, ohne dass dies bemerkt werden würde, da es ja wieder zuwuchs. Der Nachteil aber war, dass das Loch *sofort* zuwuchs, und keine Zeit blieb, um hindurchzugehen. Kurzzeitig hatten sie darüber nachgedacht, sich den Schlüssel zum Haupteingang der alten Akademie von einem älteren Lehrling ›auszuleihen‹. Aber Lielle hatte herausgefunden, dass die Schlüssel verzaubert waren und nur beim Schlüsselinhaber funktionierten.

»Ich glaube, bei der Rose brauchen wir mehr als eine Gartenschere. Wir brauchen jemanden, der sich mit Pflanzen auskennt«, Lielles Blick wanderte zu Tiana hinüber, die gerade dabei war, Mika mit Wasser zu bespritzen, während er maulend versuchte, ungelenk aus dem Becken zu klettern.

Elias folgte Lielles Blick. »Sie mit reinziehen?«, fragte er leise.

»Einweihen! Ich glaube, sie kann es schaffen, dieses Gestrüpp zu verzaubern. Sie ist sehr gut für ein Erstnomester. Sie muss nur verhindern, dass es sofort wieder zuwächst, während wir das Tor öffnen und hindurchgehen.«

»Aber wenn wir erwischt werden?«

»Sie soll selbst entscheiden, ob sie mitmachen möchte. Aber ohne sie kommen wir nicht weiter.«

Elias überlegte. Schließlich sagte er: »Okay, wir fragen sie.«

»Heute Abend!«

»Bei ihrer Geburtstagsparty?«

Morgen hatte Tiana Geburtstag und sie planten, bei Kirschkuchen und Kakao mit Kokosschaum reinzufeiern.

»Na ja, Party ist vielleicht übertrieben. Aber ja, da besprechen wir es. Und Mika soll es auch wissen. Er weiß vielleicht noch mehr über die alte Akademie. Und wir brauchen noch jemanden, der Schlösser knacken kann. Mika hat mir mal erzählt, dass er das könnte.« Lielle lächelte breit, holte Luft und tauchte unter. Ihr blondes Haar wogte unter Wasser hin und her wie silberne Algen.

Diese zarte, schüchterne Person hatte es faustdick hinter den Ohren, dachte Elias. Und Mika konnte Schlösser knacken? Das war ihm neu. Die waren ja alle ganz schön verwegen. Er grinste vor sich hin.

Tianas und Lielles Wohnung war vergleichbar mit der von Elias und Mika, nur um einiges aufgeräumter und wohnlicher eingerichtet. Überall standen Zimmerpflanzen herum und verwandelten den Raum in ein halbes Gewächshaus. Der Tisch war gedeckt mit dunkelgrünen Servietten, weißen Kerzen und rosaroten Rosen. Im Laufe des Abends warfen sich Elias und Lielle immer wieder vielsagende Blicke zu, aber es bot sich nicht die richtige Gelegenheit, um das Thema ›Einbruch in die alte Akademie‹ anzuschneiden.

Gegen später kochte Lielle Tee. Mika und Tiana saßen mit dem Rücken zu ihr, so dass nur Elias ihre Mimik und Gestik sehen konnte, mit der sie ihn unmissverständlich aufforderte, nun endlich ihr Vorhaben anzusprechen.

Elias sank auf dem flauschigen Sofa tiefer und lächelte unsicher vor sich hin. Es bereitete ihm Unbehagen, seine Freunde in diese Sache einzubeziehen. Er brachte sie mit seinem Skelett-Problem womöglich alle in eine missliche Lage.

Während der Wasserkocher im Hintergrund blubbernde Geräusche von sich gab, sagte Lielle plötzlich: »Wir wollen in die alte Akademie einbrechen.«

Elias schluckte.

Stille breitete sich im Raum aus, die nur vom Zischen des kochenden Wassers unterbrochen wurde.

»Wasser ist heiß!«, sagte Elias. Aber keiner beachtete ihn.

»Ihr wollt in die alte Akademie einbrechen?«, wiederholte Mika an Lielle gerichtet.

»Genau«, antwortete sie.

»Cool«, sagte Mika und schob nach, »warum?«

Tiana ergänzte: »Und wer ist wir?«

Lielle deutete auf Elias. »Der da drüben und ich.«

Mika und Tiana sahen Elias fragend an.

Elias sagte: »Na schön, jetzt ist es raus.«

»Wusste ich doch, dass ihr was aesheckt. Ihr wart in letzter Zeit ein bisschen mysteriös«, sagte Tiana und richtete sich auf. »Worum gehts?«

Lielle hatte sich wieder zu ihnen gesetzt, der Tee war nicht mehr wichtig. »Wir wollen in die Bibliothek der alten Akademie, weil wir Informationen brauchen.«

»Was für Informationen?«, fragte Tiana.

Lielle sah zu Elias und hob die Augenbrauen.

Er haderte mit sich, die Geschichte auszupacken, aber nun gab es kein Zurück mehr. Er erzählte Mika und Tiana von dem Skelettwesen. Dabei ließ er geflissentlich das Notizbuch aus.

»Ein Skelett, dass dich verfolgt? Ist ja voll gruselig«, sagte Mika.

»Und deswegen wollen wir Licht in die Sache bringen. Solche Träume und Visionen sind bestimmt bedeutungsvoll«, sagte Lielle.

»Hat dir dein Uropa noch mehr über die alte Akademie erzählt?«, fragte Elias Mika.

»Er hat mal was von einem magischen Globus erwähnt, aber über die magischen Bücher hat er nichts weiter erzählt. Wann soll es losgehen?«

»Ich will euch da ungern hineinziehen. Wenn wir erwischt werden, hat das bestimmt ein Nachspiel«, sagte Elias.

»Ach, das wird kein Riesenproblem sein! Ältere Lehrlinge gehen dort ständig ein und aus. Und wir wollen uns ja nur in der Bibliothek umsehen und nichts stehlen«, sagte Tiana. »Habt ihr denn schon einen Plan?«

»Ja, und das ist der Grund, warum wir dich brauchen, Tiana«, sagte Lielle.

»Mich?«, Tiana sah erstaunt zu Lielle.

Lielle fuhr fort: »Es gibt ein Gartentor, das von einer verzauberten Dornenhecke überwuchert ist. Du müsstest diese Hecke dazu bringen, nicht sofort nachzuwachsen, wenn wir ein Loch hineinschneiden.«

»Ups«, sagte Tiana, »das muss ich aber erst mal üben.«

»Klar, wir bereiten uns vor«, sagte Lielle.

»Und ich gehe dann durch das Tor und schaue, ob es auf der Rückseite der alten Akademie einen Weg hineingibt«, sagte Elias.

»Und ich komme mit«, sagte Lielle.

»Und ich auch«, sagte Mika, »oder könnt ihr etwa Schlösser knacken?«

»Kannst du das etwa?«, fragte Tiana mit skeptischer Miene.

»Jep«, sagte Mika und lehnte sich lässig zurück. »Habe es an diversen Türen geübt. Okay, es klappt nur bei alten Schlössern. Aber die alte Akademie ist ja ein altes Gebäude. Altes Gebäude, alte Schlösser, versteht ihr?«

Tiana sah einige Sekunden mit hochgezogenen Augenbrauen zu Mika und sagte dann: »Ganz schön verwegen bist du.«

Elias und Lielle lachten.

»Danke.« Mika grinste breit und fuhr sich demonstrativ durchs Haar.

MEHR FRAGEN ALS ANTWORTEN

Es war elf Uhr an einem kalten Samstagabend, als vier Lehrlinge hinter dem Hauptgebäude vorbeischlichen und sich an der dornenbesetzten Rosenhecke, die die Mauer zum alten Akademiegelände berankte, zu schaffen machten. An diesem Wochenende Mitte Februar waren ein Großteil der Lehrer und anderes Personal der Akademie auf einem Kongress der ISM in der Realität. Das war den vier Lehrlingen gerade recht. Es war dunkel. Aber nicht so dunkel, dass man nichts sehen konnte, da Licht von den Parklampen herüber leuchtete. Elias positionierte sich links, Mika rechts, Tiana in der Mitte und Lielle in der Hocke vor Tiana. Alle außer Tiana trugen dicke Handschuhe und waren mit einer Heckenschere bewaffnet.

»Okay, Tiana, sag, wenn du so weit bist«, sagte Elias.

Tiana atmete tief ein. Sie hatte anhand von vielen kleinen Löchern, die sie heimlich in die Hecke geschnitten hatten, geübt, das Zuwachsen zu verlangsamen. Verhindern konnte sie es allerdings nicht. Es blieb ihnen nur wenig Zeit, um ein Loch in die Hecke zu schneiden, das Gartentor zu öffnen und hindurchzugehen. Sie hatten bereits vorher herausgefunden, dass das Tor nur verriegelt und nicht verschlossen war. Elias sollte als Erster hindurchgehen, gefolgt von Lielle, dann Mika. Tiana sollte draußen auf sie warten.

»Ich fange jetzt an«, sagte Tiana. Sie stellte sich vor dem Dornengeäst auf, streckte die Hände aus und schloss die Augen.

Alle schauten gebannt auf die Stelle vor Tiana.

»Los!«, sagte sie.

Elias, Mika und Lielle schnitten wie die Wilden. Sie hatten abgesprochen, wer wo schneiden sollte und dies mehrfach an Gebüschen im Wald geübt. Tiana verzog keine Miene, stand breitbeinig da und murmelte leise vor sich hin. Sie sagte einen Zauberspruch auf. Das war zwar prinzipiell nicht nötig, aber es war gerade bei Anfängern wirkungsvoller.

Hinter den abgeschnittenen Ästen kam das alte Gartentor zum Vorschein. Es bestand aus verwittertem Holz, war schmal, oben abgerundet und hatte ein vergittertes Fenster, durch das man in den Garten dahinter sehen konnte. Die Hecke begann nachzuwachsen, aber sehr viel langsamer.

Während Mika und Lielle weiter die Äste kürzten, konnte Elias den Riegel erreichen. Er öffnete ihn, drückte das Tor nach innen auf und stieg durch das Heckenloch. Lielle folgte ihm. Die Ranken wuchsen schneller nach. Mika musste sich beeilen. Er blieb mit der Jacke an einem Dorn hängen und riss sich los.

Dann stoppte plötzlich das Wachstum der Pflanzen. Elias sah stirnrunzelnd durch das Loch zu Tiana. Ihr Murmeln war lauter geworden, ihr Blick starr auf die Hecke gerichtet. Sie machte einen Schritt zurück und rannte los. Mit einem Hechtsprung flog sie durch das Loch, das sich hinter ihr sofort vollständig schloss. Sie rollte sich im Gras ab und blieb liegen.

»Tiana!«, sagte Lielle besorgt und kniete sich neben sie.

Elias und Mika eilten ebenfalls zu ihr.

Tiana sah in den Himmel und grinste über das ganze Gesicht. »Hab's geschafft!«

»Und ich hab's hier mit lauter Verrückten zu tun«, sagte Elias.

Lielle kicherte. »Du bist hier die Verwegenste, Tiana.«

Mika grinste breit. »Das hat sie von mir gelernt. Äh, ich meine natürlich, was für eine tolle Frau!« Er hielt ihr die Hand hin, um ihr aufzuhelfen.

»Ich steh doch nicht allein da draußen herum, während ihr ein Abenteuer erlebt«, sagte Tiana und ließ sich von Mika auf die Füße ziehen.

Elias seufzte. Was hatte er da nur angerichtet? Es war nicht einmal klar, ob sie überhaupt einen Weg in das Hauptgebäude hineinfinden würden. Allein schon in den Garten einzubrechen, war bestimmt ein Grund, der Akademie verwiesen zu werden.

Sie sahen sich um. Niemand war hier. Von anderen Lehrlingen, die Zutritt in die alte Akademie hatten, erfuhren sie, dass diese den Innenhof und den Klostergarten jederzeit betreten durften.

Mika hatte aus Draht Dietriche unterschiedlicher Größe gebastelt. Elias hoffte aber, dass sie nicht zum Einsatz kommen mussten und irgendwo einfach eine Tür nicht abgeschlossen war oder ein Fenster offen stand.

Zu ihrer Rechten befand sich als Abgrenzung zum Abhang eine hohe Mauer, die durch große Aussparungen den Blick auf die Landschaft unterhalb der Akademie freigab. Zu ihrer Linken befand sich der Gebäudekomplex. Der Garten wurde durch viele niedrige Hecken strukturiert. An das neue Hauptgebäude grenzte das alte Akademiegebäude direkt an. Es war mehrstöckig und rechtwinklig und durch einen quadratischen Kreuzgang mit einer Kirche verbunden. Die dem Garten zugewandte Seite des Kreuzgangs stand frei, so dass man darunter durchgehen konnte.

»Es gibt ja noch eine alte Kirche hier«, sagte Elias verwundert.

Lielle antwortete: »Ja, zu den Infos über die alte Akademie stand etwas von Umbaumaßnahmen des Klosters im siebten Jahrhundert. Manche Teile sind erhalten geblieben. Die Akademie war also auch mal ein Kloster. Sie hatten wahrscheinlich sogar mehrere Kirchen.«

»Interessant. Lasst uns zu dem Kreuzgang vorgehen. Da befindet sich sicherlich eine Tür. Haltet die Augen offen! Und verhaltet euch unauffällig, falls dieser Ort auf irgendeine Art überwacht wird. Sie sollen glauben, wir dürfen hier sein«, sagte Elias.

Sie schlenderten durch den Klostergarten und dann den Kreuzgang entlang, wo sie an einigen vergitterten Fenstern vorbeikamen. Außenlampen erleuchteten das Gemäuer. Im Inneren des Gebäudes war es dunkel. Das Gewölbe des Kreuzgangs war mit allerlei Fresken verziert. Es waren Darstellungen von den vier Elementen und Szenen aus geschichtlichen Ereignissen mit Magiern, die gegen dunkle Schatten kämpften.

Sie bogen um die Ecke vom östlichen in den nördlichen Kreuzgang. Da war eine große Tür aus Holz, in deren obere Hälfte ein Milchglasfenster eingelassen war.

Elias flüsterte zu Mika: »Hast du Kameras oder irgendetwas in der Art gesehen?«

»Nein«, antwortete dieser leise.

Das bestätigte natürlich nicht, dass es hier keine Überwachung gab. Aber dieses Risiko war ihnen ja von Anfang an bewusst gewesen. Elias nickte und sagte mit gesenkter Stimme: »Da vorne ist die Tür. Tiana, Lielle, wartet bitte hier. Mika, komm mit.«

Elias und Mika gingen vorsichtig zur Tür und sahen hinein, es war stockdunkel darin.

Elias betätigte die Klinke, sie war verschlossen. »Das war anzunehmen.«

Mika inspizierte das Schloss. »Das ist ein altes Schloss. Das könnte ich hinkriegen«, flüsterte er. Er zog einen Dietrich hervor.

Da sah Elias ein kleines Licht wie von einer Kerzenflamme durch die Scheibe aufleuchten. »Duck dich«, flüsterte er.

Er und Mika gingen neben der Tür in die Hocke und pressten sich gegen die Wand.

Tiana und Lielle, die sie beobachtet hatten, liefen leise um die Ecke in den östlichen Kreuzgang, um außer Sichtweite der Tür zu gelangen.

Die Tür ging mit einem Knirschen auf. Sie öffnete sich glücklicherweise in die andere Richtung, so dass Elias und Mika nun hinter ihr saßen. Gelblicher Kerzenschein fiel auf den Steinboden. Elias hatte nicht gehört, dass das Schloss aufgeschlossen worden war, wahrscheinlich ließ sich die Tür von innen ohne Schlüssel öffnen.

»Ich glaube nicht, dass wir von außen hinkommen«, hörte Elias eine männliche Stimme, die ihm bekannt vorkam, sagen. Die Schritte von mindestens zwei Personen entfernten sich wieder und verhallten in dem Gebäude. Die Tür hatte einen selbstschließenden Mechanismus und war im Begriff langsam zuzugehen.

Mika, der der Tür näher war, warf sich mit einem Hechtsprung nach vorne und bekam die Tür zu fassen, bevor sie ins Schloss fiel. Er lag ausgestreckt bäuchlings auf dem Boden.

»Mika, du bist der Beste«, sagte Elias leise, schlich an ihm vorbei und hielt die Tür einen Spalt weit auf, so dass er loslassen konnte.

»Hab mir den Hechtsprung von Tiana abgeguckt«, flüsterte er grinsend und rappelte sich auf.

Die Mädels linsten um die Ecke.

Elias bedeutete ihnen mit einer Handbewegung, herzukommen.

Die Stimme war Elias bekannt vorgekommen, aber diese Person durfte eben so wenig hier sein wie sie, er musste sich getäuscht haben. Zu seinen Freunden sagte er: »Da drinnen sind mindestens zwei Leute unterwegs, aber sie sind nach oben gegangen. Ich geh rein, wollt ihr hier warten?«

»Nein«, flüsterten die anderen.

»Dann sollten wir uns nicht von denen erwischen lassen und auch von sonst keinem«, sagte er, drückte die Tür weiter auf und spähte hinein. Er entzündete eine Kerze und betrat den Gang. Taschenlampen oder die im M-Tap integrierten Leuchten wären zu grell und auffällig gewesen.

Sie wussten, dass sich die Bibliothek im Untergeschoss befand. Um die Treppe nach unten zu nehmen, mussten sie an der Haupteingangstür vorbei. Als sie dort ankamen, betätigte Elias testweise die Klinke. Die Tür ließ sich öffnen. »Sie ist nur von außen verschlossen.«

»Dann können wir nachher hier wieder raus«, sagte Lielle.

Elias nickte.

Einige Schritte weiter gelangten sie an eine breite, steinerne Treppe, die an der Wand entlang nach unten führte. Rechter Hand befand sich ein glatter Handlauf. Einzelne Wandlampen verbreiteten ein mattes Licht. Das Gebäude war schon mehrfach renoviert worden, aber es steckte die architektonische Geschichte darin. Das Gemäuer war mindestens eineinhalb Meter dick.

Als sie unten ankamen, gab es mehrere Möglichkeiten, in die sie gehen konnten.

Elias ließ seinen Blick herumwandern auf der Suche nach einem Schild mit der Aufschrift ›Bibliothek‹, aber Fehlanzeige.

»Wo lang?«, fragte Mika.

Elias sah Lielle fragend an.

Sie sah sich ebenfalls mit gerunzelter Stirn um und zuckte dann mit den Schultern.

Elias sagte: »Teilen wir uns auf. Tiana und Lielle, ihr geht da drüben lang. Mika und ich, wir gehen hier lang. Wir treffen uns in fünf Minuten wieder hier.«

»Alles klar«, sagten sie.

Lielle entzündete ebenfalls eine Kerze. »Dann bis gleich.«

Elias und Mika folgten einem Gang, der schmal und verwinkelt war.

»Das ist ja das reinste Labyrinth hier«, flüsterte Mika.

Ihre Schritte hallten leise auf dem Boden. Sie kamen an einigen Türen vorbei, aber nirgends war ein Hinweis darauf, dass es sich um den Eingang der Bibliothek handelte.

»Ich glaube, wir sind falsch«, sagte Mika.

Da sahen sie Licht durch den Spalt einer unscheinbaren Tür hervorleuchten.

»Da ist jemand drin«, sagte Elias. Er gab Mika die Kerze und legte sein Ohr an das Holz. Er hörte eine Stimme flüstern, es war die gleiche wie vorher. Er sah durchs Schlüsselloch und traute seinen Augen kaum. Einige Meter von der Tür entfernt stand Demian. Er redete mit einer Person, die Elias nicht sehen konnte und er verstand auch nicht, was er ihr sagte, außer ein einziges Wort, das prägnant hervorstach: »Kristallglobus«.

Plötzlich fuhr Demian herum und starrte auf die Tür. Elias hielt erschreckt den Atem an. Demian setzte sich in Bewegung.

»Weg!«, hauchte Elias und ging so schnell und leise wie möglich um die nächste Ecke, die glücklicherweise nicht weit entfernt war. Mika folgte ihm.

Sie drückten sich an die Wand und Elias blies die Kerze aus, die Mika in der Hand hielt. Vollkommene Dunkelheit hüllte sie ein. Sie hörten, wie die Tür sich leise knarrend öffnete. Es vergingen ein paar Sekunden. Dann schloss sich die Tür wieder. Sie warteten noch einige pochende Herzschläge lang ab. Aber nichts geschah. Vorsichtig schlichen sie den Gang zurück zur Treppe.

»Was hast du gesehen?«, fragte Mika.

»Da waren Leute.«

»Wer?«

»Reden wir später. Hoffentlich waren die Mädels erfolgreicher als wir.« In Elias' Kopf überschlugen sich mal wieder die Gedanken. Was wollte Demian hier? Und wer war die andere Person? Aber er hatte jetzt keine Zeit, sich damit zu beschäftigen und schon gar nicht mit Mika darüber zu spekulieren. Sie mussten sich auf ihr Vorhaben konzentrieren.

Tiana wartete bei der Treppe auf sie. »Wir haben ihn gefunden«, flüsterte sie strahlend. »Der Eingang ist gleich hier um die Ecke.«

»Wo ist Lielle?«

»Na, wo wohl? Bei ihrer Lieblingsbeschäftigung: Recherchieren.«

Sie folgten Tiana in einen breiten Gang um einige Biegungen herum und kamen an eine zweiflügelige, niedrige Eichentür. Sie traten ein und fanden sich in einem Gewölbekeller mit hoher Decke, gekalkten unebenen Wänden und marmornem Steinboden wieder. Überall standen deckenhohe Regale voller Bücher. Es waren keine

Fenster zu sehen. Alte Leuchter mit urzeitlichen Glühbirnen verbreiteten ein schummeriges Licht. Die Luft war warm und trocken.

Lielle las im Bibliothekskatalog, der in der Nähe des Eingangs auf einem hölzernen Lesepult lag und machte nebenbei Notizen. Im M-Tap war zu den Büchern in der alten Bibliothek nichts zu finden gewesen, deswegen mussten sie die herkömmliche Methode verwenden.

Den ersten Zettel übergab Lielle an Tiana mit den Worten: »Wir treffen uns in einer halben Stunde wieder hier. Dein Thema ist: Magische Visionen und Halluzinationen. Das liegt dir bestimmt.«

»Ähä«, sagte Tiana nicht ganz überzeugt, nahm den Zettel mit den Signaturen und ging los.

Den zweiten Zettel reichte Lielle Mika.

Er las: »Träume und Magie. Du hast echt eine Sauklaue.«

»Danke«, sagte Lielle.

Er machte sich auf die Suche.

Lielle beeilte sich, blätterte in dem Katalog hin und her und schrieb weitere Signaturen auf. Schließlich sagte sie: »Ich habe mein Thema ›Mystische Wesen‹. Dann bis gleich.«

Elias hatte kein bestimmtes Thema, nach dem er Ausschau halten sollte. Er sollte den Katalog durchstöbern und sich von seiner Intuition leiten lassen. Ihm war das gerade recht. Er suchte nach Büchern über magische Gegenstände und Artefakte. Er war sich sicher, dass seine Erlebnisse mit dem mysteriösen Buch zusammenhingen. Außerdem interessierte ihn nun auch dieser Kristallglobus. Im Verzeichnis fand er aber weder einen Eintrag zum Begriff ›magisches Buch‹ noch zu ›Kristallglobus‹. Aber es gab einige Bücher zu magischen Gegenständen. Er schrieb sich die Signaturen heraus und ging ebenfalls los.

Er fühlte sich erneut wie in einem Labyrinth, bestehend aus meterlangen, hohen Regalreihen, vollgestopft mit Büchern. Zum Glück war die Systematik der Signaturen einfach und alles war gut beschildert.

Seine drei Bücher befanden sich alle am selben Ort. Er durchsuchte sie im Schnellverfahren nach relevanten Informationen, darin war er wegen seines Studiums einigermaßen geübt. Aber er fand nichts, was ihm weiterhalf. Er durchstöberte das Regal nach weiteren Büchern. Aber nirgends stand etwas von einem Buch, das selbst magische

Kräfte besaß und so aussah wie sein Notizbuch. Gemäß seinem M-Tap war schon fast eine halbe Stunde vergangen.

Er ließ seinen Blick über das Regal schweifen. Er hatte keine Zeit, um alle diese Bücher durchzulesen. Da fiel ihm auf, dass ein Buch hinter andere Bücher geschoben worden war. Er zog es hervor. Es war abgegriffen und begann zu zerfleddern, aber endlich hatte er Glück. Es beinhaltete einen Text über den Kristallglobus.

> Der Kristallglobus ist ein Artefakt der Bewegungsmagie. Er kann den Standort jeder Person anzeigen, die sich in der Sphäre der Elemente aufhält. Er dient außerdem als Portalhilfe und es ist sogar möglich, mittels Kristallglobus direkt in die Realität zu reisen. Vor Benutzung muss er allerdings durch einen Hochmagier der Bewegungsmagie aktiviert werden.

Der Text ging noch weiter, aber Elias hörte Schritte. Waren es seine Freunde? Es war besser, sich zu verstecken, falls sie es nicht waren. Er ließ das Buch liegen, duckte sich, bewegte sich um das Regal herum und schaffte es gerade rechtzeitig, denn die Schritte hielten an genau dem Ort an, an dem er sich gerade noch befunden hatte. Sein Herz pochte bis zum Hals. Wer war das? Er lehnte sich vor und wagte einen kurzen Blick um das Regal herum.

Da stand Demian. Er hielt das Buch in der Hand, in dem Elias gerade gelesen hatte. Just in dem Moment sah er sich um. Sein Gesichtsausdruck war ernst, geradezu finster.

Elias zog erschrocken den Kopf zurück. Demian hatte ihn zum Glück nicht gesehen, weil er nicht nach unten geschaut hatte. Leise schlich Elias hinter dem Regal herum und bewegte sich eilig durch die Gänge Richtung Ausgang.

Da sah er unterwegs Mika, er las in einem Buch. Leise näherte er sich ihm und flüsterte: »Mika«.

Dieser zuckte zusammen und zog geräuschvoll die Luft ein.

»Pst«, flüsterte Elias. »Wir sind hier nicht mehr allein. Komm mit.«

Mika sah ihn entsetzt an, fragte aber zum Glück nicht nach, ließ alles liegen und folgte ihm.

Sie eilten um die letzte Ecke herum und sahen versteckt hinter einem Regal neben dem Ausgang Lielle und Tiana kauern.

»Da kam gerade jemand rein«, flüsterte Lielle.

»Ich weiß. Hast du gesehen, wer es war?«, fragte Elias.

Lielle schüttelte den Kopf. »Nein, ich habe nur seine Schritte gehört.«

Sie schlüpften durch die Tür, liefen die Treppe hinauf und gingen zur Haupteingangstür, durch die sie vorsichtig hinaus spähten. Draußen auf dem Platz war alles friedlich.

»Gehen wir«, flüsterte Elias und ging vor. Die anderen folgten. Hinter ihnen schloss sich die Tür von selbst. Sie huschten am Rand der Häuser entlang zum Haus der sieben Quellen. Sie waren alle aufgewühlt, aber auch todmüde. Und so beschlossen sie, sich erst am nächsten Tag über ihre Recherche-Ergebnisse auszutauschen.

»Das war aufregend gestern Nacht, oder?«, sagte Tiana mit leuchtenden Augen.

»Ich wusste gar nicht, dass du einen Hang zum Verbotenen hast«, sagte Lielle erstaunt.

»Ach was, nein. Nicht zum Verbotenen, aber zum Abenteuer. Ich finde nicht, dass wir etwas Schlechtes getan haben. Klar, es hat sicher einen Grund, dass nicht jeder in der alten Bib herumlatschen darf. Aber meine Güte, wenn man nun mal wichtige Infos braucht ...«

»Es war sozusagen ein Notfall, dass wir dort eingebrochen sind«, sagte Mika und grinste.

»Genau«, stimmte Tiana zu und biss in ihr Brötchen mit Kirschmarmelade.

Sie hatten sich einen Picknickkorb mit allerlei Leckereien auf den Spielplatz mitgebracht. Es war strahlender Sonnenschein und zum Glück waren keine anderen Lehrlinge auf den Gedanken gekommen, ihren Vormittag hier zu verbringen. Im Sommer würde der Platz sicher nicht mehr so verlassen sein.

»Wer will anfangen?«, fragte Lielle in die Runde.

»Ich«, sagte Tiana und holte einen Zettel aus ihrer Hosentasche, den sie sorgfältigst klein gefaltet hatte und jetzt wieder entfaltete. »Halluzinationen sind Wahnvorstellungen, das heißt, reine Einbildung. Sollte es sich um magische Halluzinationen handeln, so wurden diese von einem Kommunikationsmagier in ein Opfer eingegeben. Visionen hingegen sind Wahrnehmungen aufgrund eines höherschwingenden Empfänglichseins und damit also keine

Einbildung. Magische Halluzinationen von Visionen unterscheiden zu können, ist jemandem, der kein Kommunikationsmagier ist, kaum möglich und einem Kommunikationsmagier nur dann, wenn er auf dem Gebiet Erfahrung hat.«

»Dann könnte ich nicht sagen, ob ich magisch manipuliert wurde oder ob ich Visionen hatte?«, stellte Elias fest.

»Wahrscheinlich kannst du es nicht unterscheiden«, sagte Tiana.

»Aber wer sollte Halluzinationen in Elias' Kopf einpflanzen?«, fragte Mika.

»Genau. Und außerdem sollten wir nicht vergessen, dass ich auch einfach nur geträumt haben könnte«, erwähnte Elias.

»Lasst uns erst mal weiter sammeln, bevor wir spekulieren«, sagte Lielle. »Hast du noch mehr, Tiana?«

»Ja. Visionen kann man im Schlaf oder im Wachzustand haben. Sie vermitteln Informationen von höheren Schwingungsebenen an einen sogenannten Visionär, der es durch irgendeinen Umstand schafft, absichtlich oder unabsichtlich, seine eigene Schwingungsebene zu erhöhen. Diese Informationen müssen dann in der Regel gedeutet werden, weil sich deren Sinn nicht einfach erschließt. Das war alles.«

»Interessant«, sagte Lielle.

»Dann erzähle ich jetzt.« Mika sah auf den verknitterten Fresszettel vor sich. »Ich habe herausgefunden, dass Träume von Kommunikationsmagiern beeinflusst werden können.« Er sah erwartungsvoll zu den anderen. Sie erwiderten den Blick ebenso erwartungsvoll.

Nach ein paar Sekunden sagte Tiana: »Das ist schon bekannt, Mika. Mach weiter.«

Er räusperte sich. »Es gibt Faktoren, die beeinflussen, dass man intensiver, farbiger, klarer und realistischer träumt. Zum Beispiel bestimmte Drogen, Sternenkonstellationen, Umgebungen, was man vor dem Schlafen isst, ob man vorher meditiert, ob Vollmond ist.«

»Es war Vollmond«, unterbrach ihn Elias.

»Aha! Dazu habe ich zufälligerweise noch mehr«, sagte Mika siegessicher. Er drehte den Fresszettel um. Auf der Rückseite hatte er weitere Notizen gemacht. »Bei den meisten Menschen löst der Anblick von Mondlicht innere Ruhe aus, weil Mondlicht die Schwingungsebene erhöhen kann. Dadurch regt es außerdem die

Öffnung des inneren Auges an.« Mika sah forschend zu Elias. »War dein inneres Auge vielleicht geöffnet?«, fragte er ihn lauernd.

Elias runzelte die Stirn und sagte: »Woher soll ich das wissen?«

»Oder standest du vielleicht unter Drogen?«

»Mika!«, rief Tiana entrüstet. »Wo sollte er die herhaben?«

Mika sah lauernd zu Tiana: »Du bist doch die Pflanzenmagierin hier. Und du benimmst dich reichlich verdächtig.«

»Du spinnst«, sagte Tiana und schlug ihn mit einem rosaroten Sofakissen.

»Na dann stand er halt nicht unter Drogen«, sagte Mika.

Elias war geistig abwesend. Das alles könnte mit Mondlicht zu tun gehabt haben. Diese Augen! Als würde der Mond selbst aus dem Schädel des Skeletts herausleuchten. Bei der Erinnerung bekam er eine Gänsehaut. Aber er sagte nichts.

Lielle ergriff das Wort: »Mein Thema war ›mystische Wesen‹. Zuerst habe ich nach ›Skelett‹ geguckt. Da habe ich aber nichts Hilfreiches finden können. Dann habe ich Infos zu Dämonen gesucht. Auch da stand vieles, das nicht brauchbar war. Dann stieß ich aber auf einen kurzen Eintrag über die sogenannte Vibráldera-Sage. Es ist eine epische Sage, die von Dämonen der vergangenen Welt handelt, den sogenannten ›Skai‹. Teile dieser Sage wurden mündlich überliefert. Das meiste ist vergessen. Die Forschenden bringen sie in Zusammenhang mit einem geheimen Kult, der sich vor vielen Tausenden von Jahren im Volk der Eldevar formiert haben soll.«

»Das ist ganz schön lange her«, sagte Mika.

»Allerdings. Es ist schon erstaunlich, dass solche Informationen überhaupt vorliegen. Als würde sich die magische Welt ihrer Kulturgeschichte besser erinnern als die Realität«, sagte Lielle.

»Und wer sind diese Eldevar?«, fragte Elias.

»Gut, dass du fragst. Ich habe das nämlich auch noch recherchiert und Folgendes herausgefunden: Die vergangene Welt bezeichnet das Reich Veladrien, in dem mehrere Völker lebten. Eines davon waren die Eldevar. Dieses Reich existierte vor mindestens zwanzigtausend Jahren auf einer höheren Schwingungsebene als die Realität. Man geht davon aus, dass die Völker von Veladrien zu dieser Zeit schon hochentwickelt waren. Allerdings sind keine Aufzeichnungen über sie und ihr Reich erhalten. Das Wissen über sie wurde in Legenden und Märchen verpackt, so dass man heute nicht mehr weiß, was wahr war und was dazu erfunden wurde. In alten magischen Familien wurden diese Geschichten bis heute weitererzählt und einige davon in den letzten Jahrhunderten niedergeschrieben.« Lielle sah von ihrem Zettel auf.

»Klingt wie ein Märchen«, sagte Tiana.

»Mein Uropa erzählte mir als Kind manchmal auch solche Geschichten. Dachte, das hätte er erfunden«, sagte Mika.

Alle vier saßen schweigend da. Jeder sann einen Augenblick lang den eigenen Gedanken nach.

Lielles Blick ging zu Elias. »Was hast Du herausgefunden?«

»Ich habe mich hier und da umgesehen, quergelesen und so, aber ich konnte nichts finden, von dem ich behaupten kann, es hätte etwas mit meinen Träumen zu tun.«

»Träume oder vielleicht doch magische Halluzinationen?«, fragte Mika.

»Wer sollte Elias schaden wollen?«, fragte Tiana Mika. »Alle mögen ihn.«

»Ich glaube, der schwarze Mönch mag niemanden«, sagte Mika. »Und der ist ein Kommunikationsmagier. Irgendwie passend, oder?«

Elias schluckte. Mika hatte das ausgesprochen, was er auch schon kurzzeitig vermutet hatte.

»Warum sollte Bruder Lucian das tun? Was wäre denn sein Motiv?«, fragte Lielle.

Elias überlegte, während die anderen weiter diskutierten. Konnte das Notizbuch oder zumindest die pergamentenen Seiten aus der vergangenen Welt stammen? Das würde erklären, warum es keine Aufzeichnungen darüber gab. Aber dann müsste es zwanzigtausend Jahre alt sein. Das war unvorstellbar. Wo hatte Grete dieses Buch nur her? Womöglich lag es schon seit dreißig Jahren auf ihrem Dachboden herum. Vielleicht hatte sie es auf irgendeinem Flohmarkt gefunden. Und warum erzählte er seinen Freunden eigentlich nichts von dem Buch? Da war eine innere Sperre, die er sich nicht erklären konnte.

Er fühlte sich plötzlich schuldig. Seine Freunde wollten ihm helfen, aber er war nicht einmal ganz ehrlich zu ihnen. Was war nur los mit ihm? Ärger kam in ihm auf. Warum hatte er sie in diese merkwürdige Geschichte hineingezogen? Irgendwie war das seine persönliche Angelegenheit. Er würde dieses verflixte Buch einfach nicht mehr in die Hand nehmen.

Lielle sagte: »Wir haben zwar ein paar Antworten, aber es haben sich noch mehr Fragen aufgeworfen.«

»Nachdem ich das alles gehört habe, sagt mir mein Bauchgefühl, dass es einfach nur Alpträume waren. Ich danke euch, dass ihr mich unterstützt habt. Aber wir lassen es besser erst mal auf sich beruhen.«

Die drei sahen mit unterschiedlichem Gesichtsausdruck zu Elias. Mika sah fast schon verständnisvoll aus, Tiana ein bisschen enttäuscht.

Am kritischsten war Lielles Blick. »Aber die Vision bei der Prüfung?«

»Das war ein Tagtraum.«

»Tagtraum?«

Elias zuckte mit den Schultern: »Ich musste joggen. Vielleicht hatte mein Gehirn nicht mehr genug Sauerstoff und produzierte eben nicht-magische Halluzinationen.«

Mika lachte.

Tiana sah streng zu Mika, der wieder verstummte. Dann seufzte sie und sagte: »Es ist schon alles recht verwirrend, muss ich gestehen.«

»Na schön«, erwiderte Lielle, »dann gönnen wir uns eine Pause von dieser Sache und lassen ein bisschen Gras darüber wachsen.«

»Danke, Lielle«, sagte Elias.

»Aber der Einbruch war cool! Hat mich echt interessiert, wie es da drin so aussieht«, sagte Mika.

»Mich auch«, sagte Lielle schmunzelnd.

»Das machen wir mal wieder«, sagte Tiana.

Alle lachten.

Den restlichen Nachmittag verbrachten sie damit, Holz zu suchen und Feuer zu machen, und verloren kein weiteres Wort mehr über diese Angelegenheit. Aber Elias ahnte bereits, dass das Gras, das darüber wachsen sollte, nicht allzu hoch werden würde.

WIEDERGÄNGER

Am dritten Portaltag fand ein Ausflug in die Realität statt. Am Morgen stand ein großes Portal auf dem Platz vor dem Hauptgebäude bereit für die Lehrlinge, die daran teilnehmen wollten. Ihre M-Taps, ihre Smartphones aus der Realität und sonstige elektronische Geräte durften sie nicht mitbringen. Das Portal führte sie zum Kristallberg. Dieser Berg war einige Kilometer vom Akademiegelände entfernt. Man konnte ihn zu Fuß erreichen, aber bequemer war es auf magische Art. Es war der einzige Ort, an dem Reisen in die Realität und aus der Realität hierher möglich waren. Es gab in den Tiefen des Berges die sogenannten Elementportale, über ein solches war Elias damals hierher gelangt. In der sogenannten Portalhalle aber, gab es die von Bewegungsmagiern erstellten und beaufsichtigten Portale, die ein wesentlich komfortableres und kürzeres Reisen ermöglichten.

Es war eine gigantische Höhle, deren Decke von glitzernden Stalaktiten überwuchert war. Auch auf den Wänden und allem, was aus dem Stein herausgeschlagen worden war, Wege, Bänke, Tore und so weiter, schimmerten Kristalle.

Die Mitarbeiter der Portalhalle, man nannte sie Portalisten, erkannte man an ihrer grauen Kleidung, die von Silberfäden durchwirkt war. Sie erstellten die Portale, überwachten die Ankünfte und Abreisen und begleiteten die Exkursionen und Ausflüge in die Realität. Drei von ihnen standen vorne bei den beiden Portalen und regelten das Durchtreten.

»Beide Ausflugsziele sind doch total uninteressant. Wer hat sich das einfallen lassen?«, sagte Chris Brown, Mikas Konkurrent in Gestaltwandel, während er auf die Schilder blickte, die über den Portalen in leuchtenden Lettern an einer Art Anzeigetafel prangten. Er stand breitbeinig mit verschränkten Armen einige Meter vor Elias und seinen Freunden in der Reihe von Lehrlingen, die sich an den beiden Portalen für den Ausflug eingefunden hatten. Neben ihm standen Demian und eine schwarzhaarige junge Frau. »Die Akademie ist doch schon ein alter Schuppen. Warum sollten wir uns jetzt noch mehr alte Steine ansehen wollen?«, fuhr er unüberhörbar fort.

Neben Elias seufzte Tiana genervt. »Soll er halt wieder heimgehen, wenn es ihm nicht passt«, flüsterte sie.

Elias blickte auf den gelben Infozettel, den sie bekommen hatten. Das Thema des heutigen Portaltags war ›Klostermuseum‹. Es waren zwei Klöster zur Auswahl: Eines in Rumänien mit einer außergewöhnlichen Fassadengestaltung, das andere befand sich in Bhutan in schwindelerregender Höhe.

»Ich tendiere zum Kloster in Rumänien, irgendwie bodenständiger. Das andere scheint ja recht hoch gelegen zu sein, an einer Felskante, und ich hab es nicht so mit Höhen«, sagte Tiana.

»Ich auch nicht«, sagte Mika wie aus der Pistole geschossen, »mit Höhen meine ich. Außerdem treffen wir vielleicht einen Vampir. Das wäre cool.«

Tiana sagte: »Ich war schon in Rumänien im Urlaub und hab keinen Vampir getroffen. Die gibts da auch nicht wie Sand am Meer«.

»Wir dürfen außerdem gar niemanden treffen, der nichts direkt mit dem Ausflug zu tun hat, zur Sicherheit«, sagte Lielle.

»Schade, oder?«, sagte Mika.

Elias sah zum vorderen Ende der Schlange, es schien voranzugehen. Er beobachtete Demian, wie er durch den Sicherheitsscanner ging. Er sprach mit einem der Portalisten und bekam eine Halskette in die Hand gedrückt, die er sich umhängte, dann durchschritt er das Portal nach Rumänien.

»Ich bin für Rumänien«, sagte Elias.

»Dann also Rumänien«, stimmte Lielle zu.

Ein Portalist erfasste ihre Namen und drückte ihnen eine Halskette mit einem Halbedelstein in die Hand. Sie waren nun jeden Moment dran, das Portal zu passieren.

Elias betrachtete den Anhänger. Er sah aus, wie die abgebrochene Spitze eines Mini-Stalaktiten aus dem Kristallberg und leuchtete je nach Lichteinfall in unterschiedlichen Farben. »Was soll das mit der Kette?«

»Da kann ich euch aufklären«, antwortete Lielle. »An der Kette hängt ein Kommunikationskristall, man nennt ihn auch Sprachsplitter. Er sorgt dafür, dass wir uns alle auch in der Realität noch verstehen.«

»Übersetzt der?«, fragte Tiana.

»Genau.« Lielle hängte sich die Kette um.

»Cool. Können wir dann auch andere Sprachen sprechen?«, Mika sah fragend zu ihr.

»Ne, das können nur Kommunikationsmagier auf magische Art erlernen, soweit ich weiß«, erwiderte Lielle.

»Schade«, sagte Mika.

»Du kannst natürlich auf herkömmliche Weise eine Sprache lernen«, Lielle zwinkerte.

»Puh, ne. Kann ja schon Deutsch, Niederländisch natürlich und Englisch. Das muss reichen«, antwortete Mika.

Es war mildes Wetter an diesem Vormittag Ende Februar gegen halb zehn in Rumänien. Sie landeten in einem kleinen Hain. Rundherum waren Bäume, aber dahinter konnte Elias offenes Land erkennen.

Die Lehrlinge warteten, bis sich alle anderen eingefunden hatten. Bei ihnen stand ein großer, schlaksiger, noch recht junger Typ mit halblangen, braunen, etwas ungepflegten Haaren. Es war einer von den Portalhallenmitarbeitern, wie man an seiner grauen Kleidung erkennen konnte.

Nach einigen Minuten und einigen weiteren Lehrlingen kamen eine Frau und zwei Männer durch das Portal. Die Frau war klein, mit Brille, kurzen, schwarzen Haaren, grau gekleidet und ging schnurstracks auf den schlaksigen Kollegen zu. Einer der Männer trug ebenfalls die Kleidung der Portalhallenmitarbeiter, war mittelgroß, schon etwas älter, hatte einen dicken Schnurrbart und einen runden Kugelbauch. Der andere Mann hatte braune Haare, einen Ziegenbart, trug normale Freizeitkleidung und blieb bei den Lehrlingen stehen.

Die Schwarzhaarige und der große schlaksige Typ tauschten einige Worte aus. Dann sagte der Schlaksige mit lauter Stimme: »Hey Leute. Mein Name ist Marc, das sind Vladimir und Annabell, meine Kollegen und das da drüben«, er zeigte auf den Mann in Freizeitkleidung, »ist Herr Linsletter vom Sicherheitsdienst. Wir sind komplett, los gehts.«

Die Gruppe, bestehend aus dreißig Lehrlingen und den vier Begleitern, setzte sich in Bewegung. Allen voran ging Annabell mit Marc, sie waren in ein Gespräch vertieft. Am Schluss lief Vladimir.

Es war eine beschauliche Landschaft. Aber ein bisschen farblos für Elias' Geschmack.

Mika nahm seine Splitterkette ab und sagte zu Tiana: »Sag mal was.«

»Warum denn?«, fragte Tiana.

»Das ist komisch, oder? Du klingst für mich noch immer genau gleich wie in der Sphäre, obwohl ich den Splitter nicht trage.«

Lielle schmunzelte. »Du trägst ihn doch noch. Verlier ihn bloß nicht.«

»Außerdem hält so gut wie jeder Zauber eine Weile an, es sei denn, er wird aktiv beendet oder unterbrochen. Das weißt du doch am allerbesten! Denk mal an deine Gestaltwandlungen«, sagte Tiana grinsend.

»Hast recht«, sagte Mika und hängte ihn sich wieder um. »Wäre das nicht großartig, wenn die ganze Welt so einen Splitter hätte. Dann käme es bestimmt zu weniger Missverständnissen.«

»Fällt dir etwas auf?«, fragte Lielle Elias.

»Was meinst du?«

»In der Umgebung. Findest du nicht, dass irgendetwas fehlt?«

»Doch, geht es dir auch so?«

»Ja, ich glaube, es ist die niedrigere Schwingungsebene, das verändert alles, nicht nur die äußere Umgebung, auch etwas Inneres.«

»Ja, du hast recht«, antwortete Elias und sah sich um. Die Natur strahlte nicht so, alles war farbloser, energieärmer.

Sie mussten nicht weit laufen, da sahen sie das Kloster. Es war von einer meterhohen Mauer umgeben. An einem Tor aus Gitterstäben erwartete sie eine kleine, rundliche Nonne in entsprechender Kleidung. Sie strahlte sie an und entblößte dabei eine Zahnlücke.

»Hallo Ladies and Gentlemens, danke für Kommen. Ich Schwester Marian«, sagte sie gebrochen. »Komm rein, komm rein!«

Sie folgten der Klosterschwester über einen Kiesweg, der direkt auf das große Steingebäude zuführte. Die vier Freunde liefen am Ende der Gruppe.

»Komisch, ich glaube, mein Splitter ist kaputt. Er übersetzt ganz schön holprig«, sagte Mika leise.

»Das liegt daran, dass die Schwester wahrscheinlich versucht, Englisch zu sprechen, was sie eben nur so holprig kann«, erklärte Lielle.

»Aha?«, sagte Mika mit verwirrtem Gesichtsausdruck.

Elias und Tiana lachten.

Die Klosteranlage machte einen gepflegten Eindruck. Alle Wege, Beete und sogar die Gebäude standen in geometrischen Winkeln zueinander. Die Ordensschwester zeigte ihnen zunächst die Fassadenbemalung des Klostergebäudes.

Da fiel Elias Raluka ins Auge. Sie stand etwas abseits, wie immer, doch ihr Blick war noch düsterer als sonst. Elias folgte diesem. Sie sah zu Demian.

Er war umringt von ein paar Leuten vom Feuerhaus. Direkt neben ihm stand Chris und auf der anderen Seite die schwarzhaarige junge Frau, die schon in der Schlange vor den Portalen mit ihm auf den Durchtritt gewartet hatte. Er neigte sich zu ihr und flüsterte ihr etwas ins Ohr. Sie kicherte und wurde rot um die Nasenspitze.

Raluka hatte die Szene ebenfalls verfolgt. Ihr Gesicht wurde auch rot, aber mit Sicherheit nicht aus Verlegenheit. War sie etwa eifersüchtig?

Da Schwester Marian zu allen Wandmalereien etwas zu erzählen wusste, verging Stunde um Stunde, während die Gruppe sich um die Kirche herumbewegte. Dann gingen sie endlich in die Kirche hinein, nur um weitere Fresken zu begutachten. Aber hier konnte sich jeder für sich umsehen. Das war Elias angenehmer. Er schlenderte ›zufällig‹ an der Gruppe vorbei, die sich um Demian scharte. Es waren auch ältere Lehrlinge dabei. Er positionierte sich in der Nähe und tat so, als würde er eine Statue betrachten.

Im Unterricht war ihm Demians Beliebtheit bisher nicht aufgefallen. Vor allem bei Frauen kam er scheinbar gut an. Er konnte es ihnen nicht verübeln. Er war ein attraktiver Mann, ohne Zweifel, und er war auch charmant, intelligent und cool. Elias ließ seinen Blick herumschweifen, Raluka konnte er im Moment nirgends sehen. Da wurde er plötzlich von der Seite angesprochen.

»Na, wie gefällt dir der Ausflug?« Marc, der schlaksige Portalist, war neben ihm aufgetaucht. Elias schätzte sein Alter um die Dreißig.

»Gut, danke.«

Marc nickte und betrachtete ebenfalls die Statue.

Elias fragte:»Wer sucht denn die Ausflugsziele aus?«

»Die vom Sicherheitsdienst«, antwortete Marc.

»Herr Linsletter?«

»Er gehört zwar zum Sicherheitsdienst, aber keine Ahnung, ob er sich das ausgedacht hat.«

»Und zu euren Aufgaben gehört Portalerstellen und Begleiten der Gruppen?«

»Genau. Aber natürlich auch die Überwachung der Geheimhaltung. Als Magent ist man immer daran gebunden, egal, ob man beim Sicherheitsdienst arbeitet oder als Lehrkraft, Versorger, Portalist oder sonst was«, erklärte Marc.

Elias nickte verstehend.

»Dein Beruf klingt auf jeden Fall interessant«, sagte Elias.

»Danke«, antwortete Marc, »welchem Pfad folgst du denn?«

»Auch Bewegungsmagie«, antwortete Elias.

»Cool, dann könnten wir ja irgendwann Kollegen sein.«

»Könnte ich mir durchaus vorstellen.«

Marc lächelte ihn zwinkernd an und schlenderte davon, um sich mit anderen Lehrlingen zu unterhalten.

Elias sah ihm nach, da stupste ihn plötzlich jemand am Rücken. Er zuckte zusammen und drehte sich um.

Tiana stand da. »Kommst du mal bitte mit.«

»Klar.«

Sie führte ihn in eine düstere Ecke im Seitenschiff der Kirche.

Mika und Lielle standen vor einer Wand und schienen dort irgendetwas genauer in Augenschein zu nehmen.

»Was ist los?«, fragte Elias.

Lielle deutete auf eine Bildfolge aus zwölf Einzelbildern. Es waren Darstellungen von unterschiedlichen Szenen, aber immer waren Skelette daran beteiligt. Skelette, die in offenen Gräbern lagen und mit ihren klapprigen Kiefern auf ihrem Leichentuch herumkauten. Tanzende und musizierende Skelette auf dem Friedhof. Skelette, die sich in die Kleidung eines Mönchs verbissen hatten und so weiter. Es war wie ein mittelalterlicher Comic, der allerdings nicht besonders lustig war.

»Wir dachten, das wäre vielleicht interessant«, sagte Lielle.

Elias betrachtete die Skelettbilder stirnrunzelnd.

»Ist deins dabei?«, fragte Mika.

»Ich denke nicht, dass Elias ein eigenes hat, das hier nun abgebildet ist«, sagte Tiana.

»Ich meine doch nur eins, das aussieht wie seins.«

»Pst«, sagte Lielle, zwei andere Lehrlinge schlenderten an ihnen vorbei.

Tiana flüsterte: »Skelette sehen doch irgendwie alle gleich aus.«

Elias trat etwas näher an ein Bild, auf dem ein Skelett abgebildet war, das aus einem Grab kletterte. Im Hintergrund verlief ein Weg, auf dem weitere Skelette sich näherten.

»Kann ich Sie helfen?«, fragte plötzlich eine Stimme hinter ihnen.

Alle vier drehten sich erschrocken um.

Da stand Schwester Marian und lächelte sie pausbackig an.

»Ja, das wäre sehr nett. Können Sie uns sagen, was hier dargestellt ist?«, fragte Lielle. Sie wich einen Schritt zurück, so dass sie den Blick auf die Skelettdarstellungen freigab.

Als Schwester Marian erkannte, worum es ging, verdüsterte sich ihr Gesicht. »Schwarzer Tod«, sagte sie unheilvoll.

»Wie bitte?«, fragte Mika.

»Ja, war Krankheit, viele tot.«

»Die Pest?«, fragte Lielle.

»Jaja. Pest. Tote nicht tief genug in Erde vergraben, waren zu viele. Es kamen Geräusche aus Grab«, sagte die Nonne.

»Was für Geräusche?«, fragte Mika erschrocken.

»Schmatzen und kauen. Sie nicht tot und fraßen Stoff oder ihr eigen Fleisch«, sagte sie, während sie auf das Bild zeigte, in dem das Skelett an seinem Leichentuch nagte.

»Untote?«, fragte Elias.

»Jaja«, sagte die Nonne und riss die Augen weit auf. »Wiedergänger man auch nennt. Tote gedreht in Erde gelegt, damit sie nicht saugen. Denn durch offenes Auge, sie sehen dich und saugen Leben aus dir durch offenen Mund.« Sie zeigte auf weitere Darstellungen. Ein Toter lag mit dem Gesicht nach unten im Grab, bei einem anderen waren die Hände gefesselt worden. »Angst vor Wiederkehr von toten Verwandten, deswegen sie fesseln mit Rosenkranz und legen Steine drauf«, sagte sie und sah die vier jungen Leute mit besorgtem Gesichtsausdruck an. »Manchmal Tote wieder ausgegraben und mit Pfahl durch Herz.« Sie machte eine Bewegung, als würde sie sich etwas in die Brust rammen.

Mika sah mit großen Augen zu ihr: »Wie bei einem Vampir?«

»Jaja, so wie bei Vampir. Damit Toter ganz tot.«

»Gibt es denn Vampire?«, fragte Mika.

Schwester Marian sah ihn stirnrunzelnd an, dann winkte sie lachend ab: »Nein, nein, Vampir nur erfunden. Filme aus Hollywood.« Doch ihr Gesicht wurde sofort wieder ernst: »Aber diese da«, sie zeigte auf die Skelettdarstellungen, »sind echt! Verfolgen dich. Ihr aufpassen. Arme Seelen. Gott sei gnädig.« Mit diesen Worten ging sie davon.

Die vier standen einige Sekunden lang schweigend da.

»Ähm ja«, sagte Elias, »was gibts nachher eigentlich zu essen? Weiß das jemand?« Er sah zu seinen drei Freunden.

Sie betrachteten nachdenklich die Wand.

Es gab veganen Krauteintopf. Sie saßen an meterlangen Holztischen auf harten Bänken und löffelten vor sich hin. Die anderen Lehrlinge unterhielten sich miteinander, aber bei Elias, Mika, Tiana und Lielle schien das Schweigegelübde zu gelten.

Da sagte Elias: »Ich bin mir sicher, dass mein Skelett kein Pest-Skelett ist. Es hat nicht an irgendeiner Kleidung gefressen oder sich sonst merkwürdig benommen, außer, dass es mich verfolgt hat.«

»Aber da war auch ein Bild, auf dem man sah, wie ein Skelett einen Mönch verfolgt«, erwiderte Mika.

»Ich bin aber kein Mönch.«

»Wahrscheinlich hat Elias recht, irgendwie passt das alles nicht zusammen«, sagte Lielle nachdenklich.

»Hast du einen Verwandten, der verstorben ist und dich nun verfolgen könnte?«, fragte Tiana.

Elias schüttelte den Kopf.

»Dann sollten wir das Thema wirklich fallen lassen«, stimmte auch Tiana zu.

»Gut«, nickte Mika.

Sie aßen weiter, wortlos, aber in Elias' Gehirn war ein merkwürdiger Gedanke aufgekeimt. Seine Mutter, sie war ertrunken. War es möglich, dass sie versuchte, mit ihm Kontakt aufzunehmen? Aber warum jetzt, nach so langer Zeit? Und warum überhaupt? Elias lief ein Schauer über den Rücken. Er schüttelte den Kopf, als würde er dabei den Gedanken loswerden können. Er ließ seinen Blick durch den Raum schweifen. War schräg gegenüber nicht eben noch Demian gesessen? Die anderen Feuerlehrlinge waren alle noch da, aber er fehlte. Herr Linsletter vom Sicherheitsdienst unterhielt sich auf der anderen Seite des Raumes angeregt mit Schwester Marian.

»Ich muss mal wo hin«, sagte Elias und stand auf.

»Okay«, erwiderte Mika. Er, Tiana und Lielle waren noch am Löffeln.

Elias warf einen kurzen Blick in die Toiletten, die sich im Vorraum des Speisesaals befanden. Keiner war dort. Er ging hinaus und sah sich um. Auch hier war niemand. Ein frischer Wind wehte ihm um die Nase. Wolken waren aufgezogen. Es sah nach Regen aus. »Mist«, flüsterte er. Wo war Demian? Er sah zum Haupttor, durch das sie hereingekommen waren. Er joggte darauf zu. Immer wieder sah er sich dabei auf dem Gelände um. Der Wind nahm zu.

Elias erreichte das Tor und trat hinaus. Davor befand sich ein leerer Parkplatz, an dessen Rand einige Tannen standen. Da kam eine Windböe auf, die ihm das Haar verwehte, gleichzeitig aber auch flüsternde Stimmen an sein Ohr trug. Elias verengte die Augen zu Schlitzen. Stand da jemand zwischen den Tannen? Er hörte eine Stimme wispern, aber er verstand nur zwei Worte deutlicher: ›Kristallglobus‹ und ein paar Herzschläge später ›April‹.

»Hey«, hörte Elias plötzlich eine andere, barsche Stimme hinter sich. Er drehte sich um. Da stand Chris. Er war doch gerade eben noch drin gesessen? War er ihm etwa nach draußen gefolgt?

»Was machst du hier?«, fragte Chris mit ernstem Gesichtsausdruck.

Elias schluckte, dann sagte er mit so fester Stimme, wie er konnte: »Hab' was verloren. Vielleicht liegt es hier irgendwo.« Er begann den Boden abzusuchen. Aus den Augenwinkeln sah er, dass Chris auf ihn zukam.

»Was hast du denn verloren?«, fragte er lauernd. Er war noch einige Meter von ihm entfernt.

Elias beschlich das Gefühl, dass er in einer brenzligen Lage war. Er bückte sich und tat so, als würde er etwas vom Boden aufheben. Er positionierte sich so, dass Chris nicht sehen konnte, wie er in einer schnellen Bewegung sein Armband mit den Steinperlen vom Handgelenk abzog. »Mein Armband«, sagte Elias, richtete sich mit einer halben Drehung wieder auf, wodurch er und Chris sich direkt gegenüber standen, und zeigte ihm das Schmuckstück auf seiner flachen Hand. »Hab es gefunden.«

Es vergingen einige Momente, in denen sein Herz hart gegen seine Brust klopfte. Warum fühlte er sich von Chris so bedroht?

Chris fixierte ihn mit durchdringendem Blick. »Schön für dich. Dann kannst du ja wieder reingehen«, sagte er gepresst.

Sollte Elias ihn fragen, was er eigentlich hier draußen machte? Eine innere Stimme warnte ihn aber. Schließlich sagte er: »Ist eh scheißkalt.« Und ging, ohne sich noch einmal umzudrehen, ins Gebäude zurück. Er spürte Chris' Blick in seinem Nacken. Eine Gänsehaut lief ihm über den Rücken.

Elias setzte sich wieder zu seinen Freunden, die sich über das Kloster unterhielten, aber er brachte sich nicht in das Gespräch ein. Er wartete. Es dauerte nicht lange, bis Chris, und einen Moment später Demian wieder hereinkamen.

Nach dem Essen führte Schwester Marian die Gruppe ins Klostermuseum. Es war im gleichen Nebengebäude wie der Speisesaal. Für eine Führung wären sie aber zu viele gewesen, da die Räume so klein waren, dass sie nicht alle gleichzeitig hineinpassten. Und so konnte wieder jeder für sich und in seinem Tempo hindurchschlendern.

Während sie sich in Glasvitrinen alte Gegenstände ansahen und gerahmte englische Texte über geschichtliche Ereignisse im späten Mittelalter lasen, versuchte Elias Demian und Chris im Auge zu behalten. Doch war er nun vorsichtiger. Demian war ständig von Leuten umringt, die an seinen Lippen zu hängen schienen. Er geizte nicht mit seinem Lächeln. Elias konnte aber nicht hören, was er sagte. Und er traute sich nicht näher heran, da er nicht noch einmal Chris' Aufmerksamkeit auf sich ziehen wollte.

Da sah er, wie Tiana sich mit einem stämmigen Kerl von den Feuerhausleuten unterhielt. Es war nur ein kurzer Wortwechsel, denn Tiana schlenderte gleich weiter.

Sie sah Elias und steuerte auf ihn zu. »Wo ist Mika?«

Er zuckte mit den Schultern. »Keine Ahnung, ich dachte, er wäre bei dir.«

»Womöglich ist er schon fertig mit Besichtigen, weil ihm das zu öde ist.«

»Denkbar. Kennst du den Typ da vom Feuerhaus?«

»Freddie? Ja, er ist bei mir in Pflanzenmagie. Echt netter Mensch.«

Elias konnte nicht verhindern, skeptisch dreinzugucken.

Tiana schmunzelte. »Was? Du denkst, Mika muss eifersüchtig sein?« Sie lachte. »Ich steh doch auf die Verwegenen und nicht auf die Netten.« Sie ging an Elias vorbei in den nächsten Raum.

Plötzlich fühlte sich Elias beobachtet, er drehte den Kopf und sah Lielle. Als sich ihre Blicke trafen, ging sie zu ihm hinüber und fragte leise: »Was ist heute los mit dir? Du bist irgendwie komisch.«

»Komisch mal wieder?«, sagte Elias und grinste.

»Im ernst, machst du dir Sorgen?«

»Wegen der Sache mit den Pest-Skeletten?«, er schüttelte den Kopf.

»Was ist es dann?«

Elias sah kurz zu Demian, er stand noch immer von einem Fanclub umzingelt da. Er redete wieder sehr angeregt mit der Schwarzhaarigen von vorher.

Lielle drehte sich um und sah ebenfalls hinüber. »Sind die beiden zusammen?«

»Wer?«

»Demian und die Hübsche mit den dunklen Haaren.«

Elias sah, wie Chris seinen Kopf herumdrehte. Ehe er ganz in ihre Richtung schauen konnte, zog er Lielle am Arm mit sich hinter eine Säule.

Sie sah ihn verwundert an.

Elias machte einen kleinen Schritt von ihr weg und sah verlegen zur Seite. Da stand eine Vitrine, die verschiedene Rosenkränze ausstellte. »Schau mal, Lielle, sind die nicht schön?«

Sie musterte ihn stirnrunzelnd, besah sich dann aber die Kränze und sagte: »Ja, schön.«

Leiser flüsterte er ihr zu: »Ich weiß nicht, ob die Schwarzhaarige seine Freundin ist. Aber fällt dir auch auf, dass er einen Haufen Leute um sich schart?«

»Ist halt eine große Clique«, sagte Lielle.

»Lielle? Komm mal bitte.« Tiana war wieder in dem Raum aufgetaucht und winkte sie zu sich.

Lielle folgte ihr in den Nebenraum.

Da bemerkte Elias, dass Raluka zwei Vitrinen weiter stand und ihn ansah. Sofort richtete sie den Blick wieder auf ein silbernes Kreuz vor ihr.

Elias lag auf dem Sofa und sah nachdenklich zur Decke. Auf seiner Brust hockte eine blausilberne Katze und schnurrte. Bisher hatte er nur Demians Verhalten verdächtig gefunden, aber nun rückte auch Chris in seinen Fokus. Wohin war Demian verschwunden beim Essen im Kloster? War Chris Elias gefolgt? Und wenn ja, warum? Elias versuchte, sich an die Stimme zu erinnern, die der Wind nur für ein, zwei Sekunden an sein Ohr getragen hatte. Konnte es Demians Stimme gewesen sein? Und wenn ja, mit wem hatte er sich unterhalten? Was war im April? Sollte da irgendetwas stattfinden? Warum interessierte sich Demian überhaupt für den Kristallglobus? Und hatte nicht irgendjemand anderer vorher schon einmal einen magischen Globus erwähnt?

Er beobachtete Mikas Schatten an der Wand in ihrem Wohnbereich. Dieser gestikulierte wild und scheinbar planlos herum, denn er benutzte gerade das M-Visi. Da fiel es Elias wie Schuppen von den Augen. Er fuhr hoch, so dass die Katze mit lautem Miauen heruntersprang. »Mika!«, rief er.

Dieser hielt inne und sah entgeistert zu ihm. »Ja?«

»Hast du mal kurz Zeit?«

»Einen Moment.« Er stocherte ein paar Mal in der Luft herum, nahm das M-Visi ab und ließ sich aufs Sofa fallen. »Was los?«

»Hast du nicht mal was von einem Kristallglobus erzählt?«

»Was für'n Globus? Ah, du meinst dieses Artefakt in der alten Akademie?«

»Genau. Was weißt du darüber?«

»Nur das, was mein Uropa erzählt hat, als ich noch klein war. Es ist ein magischer Gegenstand, der in der alten Akademie verwahrt wird. Da kommt keiner einfach so ran.«

»Was hat dir dein Uropa genau erzählt?«

»Er ist ungefähr so groß«, sagte Mika und streckte seine Arme so weit aus, wie er konnte, »aber ich hab keine Ahnung, ob das stimmt. Vielleicht hat Uropa mir das nur auf die Art veranschaulichen wollen. Aber rund wie ein Globus ist er bestimmt. Und er stellt die Sphäre der Elemente dar.«

»Und was ist das Magische an ihm?«

»Er hat irgendwas mit Bewegungsmagie zu tun, glaube ich. Warum fragst du? Heckst du etwa schon wieder was mit Lielle aus?«

Elias schüttelte den Kopf.

»Du heckst was alleine aus?«

Elias überlegte. Sollte er Mika in die sonderbare Geschichte mit den Feuerlehrlingen einweihen? Er brauchte jemandem, mit dem er sich beraten konnte. »Ich weiß, wer da in der alten Akademie herumgeschlichen ist, Mika.«

»Du meinst, in dem Raum im Untergeschoss?«

»Genau. Ich habe dort Demian reden gehört.«

Mika sah ihn einige Herzschläge lang an, ohne eine Miene zu verziehen, dann öffnete er den Mund: »Was für einen Demian?«

»Na, Demian.«

»Du meinst Demian? Also den Demian?«

»Ja, Demian! Den Demian!«, sagte Elias.

»Unseren Demian?«

»Na ja, so würde ich das jetzt nicht ausdrücken, aber ja, unseren Demian, der auch ein Erstnomester ist und mit mir in Bewegungsmagie ausgebildet wird«, sagte Elias.

Mika sah verwirrt aus. »Aber was hat der da verloren? Der dürfte da eigentlich nicht sein, oder?«

»Genau, das ist die Frage, Mika. Er hat sich mit einer anderen Person über den Kristallglobus unterhalten und später habe ich ihn in der Bibliothek gesehen.«

»Und wer war die andere Person?«

»Keinen Schimmer.«

Mika sah nachdenklich vor sich hin. Dann ließ er sich plötzlich nach hinten aufs Sofa sinken und sagte: »Hätte ich bloß nicht gefragt, ob du was ausheckst.«

»Hast du aber.«

»Oh Mann, und jetzt erzählst du mir bestimmt gleich, dass Demian und sein Kumpel den Kristallglobus klauen wollen, oder?«

»Klauen?«, wiederholte Elias. Auf den Gedanken war er noch gar nicht gekommen.

Mika richtete sich wieder auf und legte das Gesicht in beide Hände. Er murmelte irgendetwas in seinen nicht vorhandenen Bart, was so ähnlich klang wie »Warum ich?«. Dann strich er sich über den Kopf und sagte: »Der Kristallglobus ist unter Verschluss. Wenn Demian spätabends in der Akademie herumschleicht und sich dafür interessiert, dann klingt das für mich höchst verdächtig. Das ist ja eine mächtige Schei ... - Geschichte.«

»Und ich bin gerade dabei, dich mit hineinzuziehen«, sagte Elias grinsend.

»Ja danke, das ist überaus freundlich von dir.« Mika knetete mit den Händen seine Stirn »Zur ISM gehen?«

»Keine Option, weil dann fragen die, warum wir wissen, dass der sich nachts in der alten Akademie rumtreibt.«

Mika verdrehte die Augen, stieß ein schnaubendes Geräusch aus und sagte: »Verzwickt!«

»Wir brauchen mehr Infos, am besten Beweise. Ich habe sie auf dem Ausflug beobachtet und sie haben sich sonderbar verhalten.«

»Wer ist denn jetzt sie?«

»Demian und der ganze Haufen, der sich um ihn schart. Da ist irgendetwas Merkwürdiges im Gange.«

»Na schön, was schlägst du vor?«

Elias überlegte. Sie konnten sie nicht rund um die Uhr beobachten, und Chris hatte ihn schon einmal beim Spionieren erwischt. »Erinnerst du dich noch daran, dass Demian die alte Mühle gesucht hat?«, fragte Elias dann.

»Ja, das war ganz am Anfang des Nomesters. Stimmt! Wenn wir nur wüssten, wo diese alte Mühle ist. Vielleicht würden wir dort Hinweise darauf finden, was sie vorhaben«, sagte Mika.

»Ganz zufällig weiß ich, wo sie ist.«

»Und Zufälle gibt es nicht.«

Sie grinsten sich an.

GEHEIME ZUSAMMENKUNFT

Die Tage vergingen, ohne dass Elias und Mika Zeit fanden, der alten Mühle einen Besuch abzustatten. Elias bekam eine weitere Lektion in Tiermagie, seine vierte mittlerweile. Immer unter dem Vorwand, spazieren zu gehen, schlich er sich für ein, zwei Stunden in die Tierhilfestation. Jake gab ihm grundsätzlich dieselbe Aufgabe, aber jeweils mit einem anderen Tier. Sein erstes war die verletzte Fledermaus, dann waren da bisher noch ein Lama, eine Kröte und ein Biber. Er sollte Zeit mit dem Tier verbringen und ihm kleine Auskundschafteraufträge erteilen, was voraussetzte, dass es verstand, was Elias von ihm wollte. Und wenn es dann seinen Auftrag erfüllt hatte und zurückkehrte, musste Elias wiederum die Antwort des Tieres verstehen. Tiere antworteten in Bildern, da sie ihre Erlebnisse nicht über Begriffe erfassten, und Elias verstand sie erstaunlich gut für einen Anfänger. Nur bei der Kröte hatte er Schwierigkeiten, denn die hatte ständig Käfer im Kopf und es war schwer, ihr zu folgen. Aber mit Amphibien klarzukommen, würde gemäß Jake den meisten Tiermagiern schwerfallen.

An einem Sonntag Ende März war es endlich so weit. Alle Umstände waren optimal, um die alte Mühle aufzusuchen und näher in Augenschein zu nehmen. Elias und Mika gingen morgens in der Früh los. Sie hatten den beiden jungen Frauen erzählt, dass sie eine Männerwanderung machen wollten. Nach ein wenig Gespött hatten sie es geschluckt.

Der Morgen war frisch, es lag Raureif auf den Wiesen und Nebel zog sich an den Waldrändern entlang. Überall sprossen Schneeglöckchen und Krokusse aus dem Boden. Tautropfen glitzerten auf den Blättern in der hellgelben Morgensonne. Der Frühling war am Erwachen. Nachdem sie das Schild zur Mühle passiert hatten, führte sie ein schmaler Pfad einige Kilometer kreuz durch den Wald. Hier war es noch empfindlich kalt und ihr Atem zeichnete weiße Wölkchen in die Luft. Endlich traten sie aus dem Wald heraus. In einiger Entfernung, am anderen Ende einer großen Wiese, sahen sie einen breiten Bach und an dessen Rand eine urige, halb verfallene Mühle. Sie war am Fuße eines Berges erbaut worden. Dahinter erstreckte sich noch mehr Wald.

Als sie näherkamen, erkannte Elias dieses Bild: Ein Gebäude an einem Fluss, ein altes Mühlenrad, das sich knarrend im rauschenden Wasser drehte. Aber damals war es dunkel gewesen und es hatte geregnet und gestürmt. Es war nicht seine Erinnerung. Es war die Erinnerung einer Fledermaus. Elias' Blick fiel auf den Giebel der Mühle. Twixu hatte es nicht mehr dort hoch geschafft. Er war von einer Windböe gegen das Fenster geschleudert worden und auf den Holzboden vor dem Haus gestürzt.

Elias und Mika lauschten. Außer einer zwitschernden Amsel, dem Geplätscher des Bachs und dem knarrenden Holz des Mühlenrads, konnten sie nichts hören. Sie gingen zum Fenster neben der Eingangstür und spähten vorsichtig hinein. Nichts rührte sich. An der Tür befand sich ein Schild auf dem stand: ›Betreten verboten – Einsturzgefahr‹. Die beiden sahen sich kurz an, dann zuckten sie mit den Schultern und Elias drückte die Tür auf. Sie ließ sich mit einem Quietschen öffnen. Der Innenraum war ausgeräumt worden. Die alten Dielen ächzten und bogen sich unter ihrem Gewicht. Sie durchschritten einen weitläufigen Raum. In der Mitte hatte sich wohl einmal der Mühlstein befunden, dieser war aber entfernt worden. Im hinteren Teil befand sich eine Treppe nach oben und eine nach unten.

»Wo lang?«, fragte Mika.

Elias überlegte, dann deutete er hinunter.

»Ich wäre lieber hochgegangen, aber gut.«

»Wenn man hochgeht, fällt man umso tiefer, wenn es einbricht«, sagte Elias und ging voran.

»Stimmt auch wieder«, erwiderte Mika und folgte ihm vorsichtig die steilen Stiegen hinab.

Unten fanden sie einen Keller vor. Es fiel Licht von oben herein. Ein paar alte Holzfässer standen herum, darüber hingen Reste von zerfledderten Säcken. Der Boden bestand aus festgetretener Erde. An den Steinwänden hatte sich an manchen Stellen Schimmel gebildet. Durch die Holzdecke über ihnen fielen dünne Lichtstrahlen, in denen winzige Staubteilchen wirbelten. Die Strahlen zeichneten Lichtpunkte auf den Boden.

Mika beugte sich plötzlich vor. »Sieh mal.« Er hob etwas auf und streckte es ihm entgegen.

»Ein Haargummi?«

»Ein Beweis!«, sagte Mika mit theatralischer Mimik »Hier war ein Mädchen.«

Elias zog die Augenbrauen hoch und blinzelte, während er den Haargummi betrachtete. »Es gibt auch Männer, die die Haare zusammenbinden. Denk doch mal an Chris zum Beispiel.«

»Du hast recht. Der gehört womöglich Chris«, sagte Mika. »Ich glaube, wir sind auf einer heißen Spur.«

»Das wissen wir nicht sicher, aber auf jeden Fall ist der nicht alt. Jemand war hier, vor nicht langer Zeit.« Elias sah sich um. »Lass uns alles absuchen.«

Im hinteren Teil war es dunkler, daher packten sie ihre M-Taps aus und schalteten die integrierten Lampen ein. An der rückwärtigen Kellerwand lehnten einige Holzbretter, ansonsten gab es hier nur blankes Mauerwerk.

»Hier ist sonst nichts«, sagte Mika enttäuscht.

Elias sah mit gerunzelter Stirn auf die Bretter. »Leuchte mir mal bitte.« Er steckte sein M-Tap in seine Jackentasche, um die Hände frei zu haben.

Mika richtete die Lampe auf die Wand, während Elias begann, die Holzbretter wegzuräumen. Als er alle sorgsam neben sich aufgestapelt hatte, ging er in die Hocke, sah sich die unverputzte Steinmauer an und glitt mit den Händen darüber. Da war eine Furche in der Wand. »Da ist ein Spalt.«

Mika kam näher. »Vielleicht eine Geheimtür?«

Elias tastete an der Furche entlang nach oben. »Möglich. Schau mal, ob du hier irgendwo eine Vorrichtung findest, um das zu öffnen.«

Mika begann zu suchen.

Elias hatte sich inzwischen aufgerichtet, der Spalt war mindestens mannshoch.

Mika war mit seiner Lampe weiter an der Wand entlang gegangen, als er plötzlich aufschreckte: »Huch!«

»Was?«

»Achtung!«, rief Mika.

Elias sah gerade noch, wie die Steinwand auf ihn zukam. Er machte einen Satz zur Seite. Ein türgroßes Stück Steinmauer war aufgeschwungen und gab den Blick in eine Höhle dahinter frei. »Wow! Wie hast du das gemacht?«, fragte Elias.

»Äh, bin mir nicht sicher«, sagte Mika, der wie eingefroren da stand. »Ich glaube, da ist etwas unter meinem Fuß.«

Elias rappelte sich auf und ging zu ihm.

»Ich steh auf irgendwas.«

»Auf Tiana vielleicht?«

»Sehr witzig.«

Elias zog sein M-Tap hervor, kniete sich neben Mikas Fuß und besah sich den Boden darunter. Dort befand sich eine Steinplatte, auf der er halb draufstand. »Geh mal mit deinem Fuß ganz drauf und drück nach unten«, sagte Elias.

Mika tat wie geheißen. Die Platte senkte sich ein Stück tiefer in den Boden hinein und schien dann zu arretieren. »Ich glaube, es ist eingerastet«, sagte Mika und hob vorsichtig den Fuß.

Die Tür blieb offen. Vor ihnen lag ein Tunnel, es war stockfinster darin.

»Wo könnte das hinführen?«, fragte Mika.

»Das werden wir herausfinden«, sagte Elias.

Sie betraten den Tunnel mit leuchtenden M-Taps in den Händen. Er war rundherum mit Natursteinen ausgekleidet und so hoch, dass sie aufrecht gehen konnten, aber schmal, so dass sie hintereinandergehen mussten.

»Ich glaube, der Tunnel führt tiefer in den Berg hinein«, sagte Elias.

»Okay«, murmelte Mika bloß, er schien nicht übermäßig erfreut darüber zu sein.

Es roch feucht und modrig. Nach einiger Zeit endete der ebene Weg und schmale Stufen führten nach oben. Ein Geländer aus Metall befand sich an der rechten Seite am Felsen. Sie stiegen hinauf. Mit jeder Stufe wurde es steiler.

»Ich glaube, wir besteigen einen Berg«, sagte Elias, »aber sozusagen innerlich.«

»Ich hoffe, wir sehen bald das Licht am Ende des Tunnels«, sagte Mika.

Plötzlich endeten die Stufen und der Tunnel ging eben weiter.

Elias kniff die Augen zusammen: »Da hinten ist es, dein ersehntes Licht.«

»Gut. Ich habe es nämlich nicht so mit dunklen Löchern«, sagte Mika.

Elias behielt recht, es dauerte keine Minute und sie traten hinaus ins Freie.

Sie standen in einem lichten Wald nahe einer Felskante auf einem Plateau. Unterhalb von sich sahen sie das Dach der Mühle, das Rad und einen Teil vom Bach. Die Sonne war schon deutlich höher gestiegen. In fünfzig Meter Entfernung befand sich eine Steilwand, die zu gerade war, um natürlichen Ursprungs zu sein. Überall lagen verwitterte Steinbrocken herum, die vor langer Zeit behauen worden waren.

Elias erkannte die Reste einer Außenmauer unter den Büschen. »Das ist eine alte Ruine, vielleicht war es mal eine Burg.«

»Cool!«, sagte Mika und inspizierte die Trümmer.

Sie fanden in der Steilwand einen mehrere Meter tiefen Spalt, durch den sie sich seitlich hindurch quetschen konnten. Sie gelangten in die Überreste eines mittelalterlichen Burginnenhofs. Rundherum befanden sich halb verfallene Gebäude. Sie erkundeten das alte Gemäuer. Elias entdeckte eine Feuerstelle mit verbrannter Holzkohle. Da musste jemand vor nicht allzu langer Zeit Feuer gemacht haben. Darum herum scharten sich einige Felsbrocken.

»Komm mal her, Elias«, rief Mika von der anderen Seite des Hofs. »Ich habe einen Eingang gefunden.« Er deutete auf eine niedrige Tür im Gemäuer.

Sie bestand aus Holz und hatte auf dreiviertel Höhe ein Gitter, durch das man in den Raum dahinter sehen konnte. Davor waren Äste und Tannenreisig vertikal aufgestellt worden, um die Tür zu verbergen, was nicht ganz gelungen war.

»Sieht nach einem Stützpunkt aus, oder?«, sagte Mika.

Sie räumten das Reisig fort vom Eingang und Elias öffnete die Tür. Die Scharniere waren so verrostet, dass er Kraft aufwenden musste. Mit einem schweren Quietschen gab sie schließlich nach und sie gingen hinein. Die Decke war nicht sehr hoch, aber es war geräumiger, als es von außen aussah. Es standen Holzkisten herum, die zu einfachen Tischen und Bänken zusammengezimmert worden waren. Licht fiel durch zwei kleine Fenster ohne Scheiben herein, beide befanden sich auf der gleichen Seite. Es würden an die zwanzig Leute in dem Raum Platz finden.

»Wofür wird dieser Raum genutzt? Zum Lernen?«, fragte Mika.

Mit ironischem Unterton sagte Elias: »Bestimmt.«

»Und was ist das?«, fragte Mika, ging um einen klapprigen Tisch herum und auf eine Wand zu, in der ein armbreites Loch zu sehen war. Da schoss plötzlich eine kleine Fledermaus heraus.

Mika schrie auf und duckte sich.

Das aufgeschreckte Tier flatterte wild im Raum herum.

Elias versuchte, reflexartig einen Zugang zu der Fledermaus zu bekommen. Er fühlte ihre Panik. Sie hatten sie geweckt. Da hatte er plötzlich Bilder vor seinem inneren Auge. Es war eine Erinnerung: Mehrere Personen, die in der Mitte des Innenhofs um ein Lagerfeuer saßen. Einer davon war ein großer Blonder. Dann realisierte Elias plötzlich: Die Fledermaus, das war Twixu! Er wollte ihm vermitteln, dass sie ihm nichts tun wollten. Doch mit einer letzten Umdrehung schoss er wie ein Pfeil durch eines der Fenster hinaus.

Mika erhob sich wieder. »Dieser kleine Vampir hat mich fast zu Tode erschreckt.«

Elias sagte: »Sei froh, dass er dich nicht gefressen hat.« Er sah aus dem Fenster. Es ging einige Meter in die Tiefe.

»Ich glaube, dass sich hier in der Burgruine Leute treffen, und zwar regelmäßig«, sagte Elias.

»Bestimmt ist einer davon Chris, schließlich haben wir seinen Haargummi gefunden.«

Elias rieb sich das Kinn und sagte: »Lass uns alles absuchen, ob wir noch mehr Hinweise finden.«

Sie untersuchten eine Stunde lang den Raum, den Innenhof und das Gelände, aber sie fanden nichts Aufschlussreiches. Schließlich beschlossen sie, zurück in die Akademie zu gehen.

Die Sonne stand schon recht hoch, als sie auf der Wiese, auf halbem Weg zwischen der alten Mühle und dem Wald, den Trampelpfad entlangliefen. Da nahm Elias ein flatterndes Geräusch und einen Luftzug direkt über seinem Kopf wahr. Mika lief vor ihm, so dass er nichts davon mitbekam. Da schwirrte etwas, das aussah wie eine schwarze, aufgeregte Riesenmotte. Twixu! Elias stellte sich ihr erstes Aufeinandertreffen vor und dieses Mal bekam er eine Antwort. Die

Fledermaus erinnerte sich an ihn, denn sie sendete ihm Bilder davon, wie sie ihn damals in dem Erholungsraum der Tierhilfestation wahrgenommen hatte. Doch diese Erinnerungen wurden plötzlich von etwas anderem überlagert.

Elias hielt an und schloss die Augen, er konzentrierte sich auf Twixus Wahrnehmungen. Irgendetwas war da. Es näherte sich. Er lauschte. Dann hörte er Stimmen. Da kamen Leute. Sie bewegten sich durch schattiges Gelände. Das Bild wurde klarer. Eine Gruppe von Leuten lief auf einem Weg durch den Wald. Sie kamen direkt auf sie zu. Twixu flatterte davon.

Elias riss die Augen auf. »Mika, sie kommen. Runter vom Weg.«

Mika drehte sich um und fragte: »Was? Wer? Wo?«

Elias packte ihn und zog ihn mit sich. Sie rannten einige Meter in die Wiese hinein und zu ein paar Bäumen, hinter die sie sich, mit dem Rücken gegen den Stamm gelehnt, hinkauerten.

Mika sah ihn irritiert an. »Hast du irgendetwas gehört?«

»Äh, ja«, sagte Elias und sah über die Schulter hinweg zu der Stelle, an der der Weg in den Wald mündete.

Da kamen sie. Es waren Lehrlinge, mindestens ein Duzend, und in ihrer Mitte, hochgewachsen mit schimmernd blondem Haar, lief Demian.

Elias presste sich mit dem Rücken gegen den Stamm. Hoffentlich fiel ihnen nicht das Gras auf, das er und Mika umgeknickt hatten, als sie hierher flüchteten. Er hörte, wie die Gruppe vorbeilief. Sie redeten miteinander, aber er konnte nicht verstehen, worum es ging.

»Und was jetzt?«, fragte Mika.

»Hinterher.«

»War ja klar.«

Elias und Mika warteten, bis die Gruppe in der Mühle verschwunden war und folgten dann. Die Tür im Untergeschoss, die in den dunklen Gang führte, stand sperrangelweit offen. Also bestiegen sie ein zweites Mal den Berg an diesem Tag.

Oben angekommen stellten sie fest, dass sich die Gruppe im Innenhof der Burgruine befand. Sie teilten sich auf: Mika sollte am Tunnel Wache schieben, für den Fall, dass noch mehr Leute hier heraufkommen würden. Elias sollte die Gruppe vom Spalt aus, durch den man in den Burginnenhof gelangte, beobachten. Er quetschte sich hinein und platzierte sich so, dass er den Innenhof überblicken konnte, selbst aber im Schatten blieb. Er sah, wie sich die Leute um die Feuerstelle auf den Steinbrocken verteilten und zwei von ihnen ein Lagerfeuer entzündeten. Sie hatten Holz mitgebracht.

Demian sprach mit seiner jungen, doch auch männlich markanten Stimme. Einige der Leute, die ihn umringten, erkannte Elias. Es waren Chris, Freddie, der mit Tiana in Pflanzenmagie war, die Schwarzhaarige und einige Andere, die auch beim Ausflug ins rumänische Kloster dabei waren. Aber es waren nicht nur Leute vom Feuerhaus. Mindestens zwei davon waren vom Lufthaus. Sie lauschten alle aufmerksam Demians Worten. Es herrschte eine Akustik, die es Elias ermöglichte, ebenfalls zu verstehen, was Demian redete, obwohl er sich am anderen Ende des Innenhofs befand.

»Ihr seid die Meister eures Lebens. Denn euer wahres Ich ist mächtig. Ein Potential an schöpferischen Kräften wartet in jedem von euch darauf, entfaltet zu werden. Ihr müsst dieses Potential nur entdecken. Und ich meine damit nicht nur einen magischen Pfad. Ich meine etwas viel Größeres, etwas voller Kraft und Fülle.« Demian machte eine kurze Pause und sah der Schwarzhaarigen, die neben ihm saß, länger in die Augen.

Sie wendete verlegen den Blick ab und strich sich eine Haarsträhne aus dem Gesicht, sah dann aber wieder zu ihm, als er fortfuhr.

»Es ist das Einfachste der Welt. Seid davon überzeugt, dass ihr über die Macht verfügt, alles zu erreichen, was ihr euch wünscht. Ihr müsst nur absolut sicher sein, dass diese Vorstellung der Wahrheit entspricht. So erschafft ihr selbst die Wirklichkeit, in der ihr lebt. Die Macht der Gedanken ist die wahre Magie.«

Elias runzelte die Stirn. Was redete Demian da?

Freddie sagte etwas zu Demian, das Elias nicht verstand.

Demian antwortete darauf: »Genau! Magie und der Wille dazu! Der ärgste Feind eures Willens aber ist der Zweifel. Kommt ihr ins Zweifeln, entkräftet ihr die Energien. Ihr werdet angreifbar, ihr werdet schwach. Hütet euch vor Unwissenheit! Vertraut niemals auf irgendetwas, das ihr nicht versteht. Der Verstand ist euer wichtigstes Werkzeug. Nur was euer Verstand nachvollziehen kann, ist Realität. Alles andere ist Irrtum, ist Leere, ist Wahnsinn und wird euch in den Zweifel stürzen. Und Zweifel führt zu Verzweiflung.«

»Aber wie sollen wir uns gegen den Zweifel schützen?«, fragte die schwarzhaarige Frau.

Demian musterte ihr Gesicht einen Augenblick lang, dann verzog sich sein schöner Mund zu einem Lächeln. »Mit meiner Unterstützung, meine Liebe.«

Die hübsche Frau sah mit großen Puppenaugen sehnsüchtig zu ihm auf.

Er veränderte seine Position so, dass er ihr vollauf zugewandt saß, und lächelte sie sanft an. Im Schein der Flammen wurden seine Gesichtszüge weich und feminin, er sah aus wie ein herzensbrechendes Supermodel in einem romantischen Liebesfilm. »Du musst dich nur auf deinen größten Wunsch fokussieren.«

Gespannte Stille breitete sich aus.

Die junge Frau senkte den Blick.

Demian streckte die Hand aus und berührte ihr Kinn.

Sie hob den Kopf wieder und sah ihn nachdenklich an.

»Ich verstehe dich«, sagte er sanft. »Du zweifelst.«

»N-nein.«.

»Doch, du bist dir nicht sicher. Du willst mir glauben, aber deine Erfahrungen belehren dich eines Besseren.«

Die junge Frau sagte traurig: »Du hast recht.«

Demian sah zu den anderen und sagte: »Jedem von euch geht es so.«

Sie sahen alle betreten zu ihm.

»Und ich sage euch: Das ist vollkommen normal. Jedem Menschen geht es so. Macht euch also keine Sorgen.«

Sichtliche Erleichterung machte die Runde.

»Ich kann euch aber auch sagen, woran das liegt. Es fehlt der *Fokus*.« Demian lächelte erhaben.

Elias runzelte die Stirn. Wovon redete dieser Schönling eigentlich? Doch die anderen hingen gebannt an seinen Lippen. Er schien eine geradezu magische Wirkung auf sie zu haben, die Elias nicht nachvollziehen konnte. Das war nicht mehr der Mitlehrling vom Feuerhaus nebenan, den er da beobachtete. Das war ein Anführer, der diese jungen Lehrlinge in seinen Bann zog.

»Aber ich kann euch helfen, euren Fokus aufrecht zu halten. Alles, was ihr im Denken innerlich erschafft, wird im Äußeren Wirklichkeit, wenn ihr genug Fokus habt. Bei vielen Menschen ist der Fokus blockiert durch Ängste, Sorgen, schlechte Gedanken. Das alles produziert schlechte Gefühle und damit Zweifel. Ihr müsst alles

Negative verbannen und euch auf das Positive fokussieren, also auf das, was ihr wirklich wollt.«

Demian öffnete seinen Rucksack und zog ein hölzernes Kästchen daraus hervor. Es war so lang wie eine Hand, rechteckig und flach.

Die jungen Leute starrten ehrfürchtig darauf.

»Das, liebe Freunde, ist ein Wunschkästchen. Mit Hilfe des Kästchens können wir unsere Gedanken auf ein konkretes Ziel richten. Wir werden klarer, ruhiger, beständiger und dadurch kraftvoller und mächtiger. Seid euch bewusst darüber, dass wir als Magiebefähigte zur Elite der Menschheit gehören und wir es verdient haben, dass unsere Wünsche wahr werden. Ihr müsst nur absolut davon überzeugt sein.« Er reichte der jungen Frau das Holzkästchen.

Sie nahm es fast schon andächtig entgegen und betrachtete es mit funkelnden Augen.

Demian fuhr ernst fort: »Es gibt nur zwei Regeln, die ihr im Umgang mit dem Wunschkästchen beachten müsst. Erstens, fokussiert euch so oft wie möglich auf euren Wunsch. Ihr müsst nicht darüber nachdenken, wie ihr es erreicht, sondern nur, dass ihr es erreicht. Was auch immer ihr euch wünscht, Reichtum, Wohlstand, Gesundheit, Talent, Weltfrieden, eine intakte Umwelt und so weiter, fokussiert euch darauf mit eurem ganzen Sein. Die Macht eures Denkens wird eine neue Realität, eine neue Welt erschaffen.«

Er ließ ein paar Sekunden verstreichen, um seinen Worten mehr Nachdruck zu verleihen. Einen Augenblick lang kehrte Stille ein. Alle sahen fast wie verzaubert auf das Wunschkästchen in den Händen der hübschen Frau.

Dann schob Demian leiser nach: »Und die zweite Regel lautet: Ihr dürft das Wunschkästchen niemals öffnen.« Er ließ seinen ernsten Blick von Person zu Person schweifen.

»Was passiert, wenn man das Wunschkästchen öffnet?«, fragte Freddie.

»Dann wird das Gegenteil von eurem Wunsch eintreten.« Demians Augen glitzerten seltsam in dem flackernden Licht. »Das ist eine ernste Warnung: Öffnet es niemals.« Dann entblößte er seine perfekten Zahnreihen und schob locker nach: »Aber warum solltet ihr das tun? Ihr wollt euch ja nicht selbst schaden.« Er erhob sich: »Das Wunschkästchen ist mein Geschenk an euch, weil ihr meine Freunde seid. Wer möchte eins haben?«

Elias reckte den Kopf, um besser sehen zu können.

Alle Anwesenden hoben die Hand.

Demian lächelte die Frau fast liebevoll an. „Willst du mir beim Verteilen helfen?"

Die Schwarzhaarige erhob sich und lächelte nervös. „Natürlich, sehr gern", flüsterte sie atemlos. Sie griff in Demians Rucksack und begann die Kästchen fast schon feierlich an die Lehrlinge zu übergeben.

Während die Leute begeistert den hölzernen Gegenstand in Empfang nahmen, sagte Demian mit ermahnender Stimme:»Ihr wisst, dass es wichtig ist, unsere Treffen geheim zu halten. Wenn ihr aber Freunde habt, denen ihr vertraut, die auch verdient haben, ein Wunschkästchen zu bekommen, dann gebt mir Bescheid. Ich werde sie gerne kennen lernen.«

Elias verfolgte das Prozedere mit skeptischem Gesichtsausdruck. Ihm lief ein Schauer über den Rücken. Die Szene berührte ihn auf unheimliche Weise. Obwohl es Tag war, war es düster. Obwohl dort einige Leute waren, war es gespenstisch still. Die Augen der Lehrlinge waren starr auf die Kästchen in ihren Händen gerichtet und ihre Gesichter sahen in dem flackernden Licht des Lagerfeuers merkwürdig verzerrt aus.

Da bemerkte Elias aus den Augenwinkeln eine Bewegung von der anderen Seite des Spalts her. Es war Mika, der ihm zuwinkte. Er zeigte nach oben gen Himmel. Dunkelgraue Wolken hatten sich über ihnen zusammengeballt. Es sah nach Regen aus. Das erklärte zumindest, warum es plötzlich so düster war. Die Schwarzhaarige war noch immer dabei, die Wunschkästchen zu verteilen. Womöglich würde sich die Gruppe auch wieder auf den Rückweg machen, sobald jeder sein Kästchen erhalten hatte.

Elias drückte sich durch den Spalt und ging mit Mika zusammen durch den Tunnel, die Treppe hinunter, durch die Mühle und hinaus auf den Weg zurück in die Akademie.

Unterwegs erzählte Elias Mika im Groben, was dort oben vorgefallen war. Wieder zurück in der Akademie wurden sie aber sogleich von Tiana und Lielle in Beschlag genommen, so dass das Thema erst wieder am Sonntagabend ausführlich unter vier Augen besprochen werden konnte.

»Das ist eine merkwürdige Geschichte. Warum waren die alle so beeindruckt von Demian? So, wie du es beschreibst, haben sie ihn regelrecht angehimmelt«, sagte Mika.

»Er war das Zentrum des Geschehens. Er war wie der Guru einer Sekte«, sagte Elias.

Mika sah ernst zu ihm, was selten vorkam.

Elias stand auf und ging in ihrem Wohnbereich auf und ab, als er fortfuhr: »Es war nicht alles schlecht, was er sagte: Dass man seinen Verstand benutzen soll, dass man seine Wünsche verwirklichen soll. Aber manches war auch echt daneben. Zum Beispiel, dass wir als Magier zur Elite der Menschheit gehören würden und so etwas. Irgendetwas stimmte einfach nicht an dem Ganzen.«

»Daran, was er sagte oder daran, wie er sich verhielt?«, fragte Mika.

»Beides«, erwiderte Elias und fuhr fort: »Als hätte er ihren gesunden Menschenverstand abgeschaltet und sie dann mit Halbwahrheiten zugetextet.«

»Meinst du, er hat sie verhext?«, fragte Mika.

»Ich weiß es nicht«, antwortete Elias.

»Aber er ist kein Kommunikationsmagier. Wie sollte er das gemacht haben?«

»Ich weiß es nicht.« Elias hielt plötzlich inne. »Keiner hat gefragt, was eigentlich in diesem Wunschkästchen drin ist.«

»Hat Demian dazu nichts gesagt?«, fragte Mika.

Elias schüttelte den Kopf. »Er sagte nur, dass man es auf keinen Fall öffnen darf.«

»Das ist schräg. Was denkst du, was drin ist?«

»Nichts Gutes.«

Mika schluckte, dann sagte er: »Ist das Kästchen womöglich schwarzmagisch?«

Elias runzelte die Stirn, er atmete tief ein und ließ sich aufs Sofa fallen. »Wie sollte er an solche Gegenstände kommen? Er konnte die sicher nicht aus der Realität hierher einschleusen. Das waren einige, die er dabei hatte. Und ich befürchte, er hat noch mehr davon.«

»Vielleicht stellt er sie selbst her.«

»Der Gedanke kam mir auch schon.« Elias seufzte.

Sie diskutierten noch eine ganze Weile. Letztendlich einigten sie sich darauf, dass sie abwarten würden. Es gab schließlich einen

Sicherheitsdienst in der Akademie und dieser würde doch sofort mitbekommen, wenn schwarzmagische Gegenstände unter den Lehrlingen gehändelt wurden.

Als Elias im Bett lag an diesem Abend, dachte er noch lange über Demians Worte nach. Und je öfter er den Sinn davon in seinem Kopf herumwälzte, desto klarer wurde ihm, dass Demian bei seinem ganzen Gerede einen wichtigen Part ausgelassen hatte. Er hatte nie vom Empfänglichsein gesprochen. Er hatte den Verstand, die Macht des Denkens über alles gestellt. Aber wo war dabei die Offenheit für die Welt? Wo war dieses Empfänglichsein, von dem hier jeder Lehrer sprach? Demians Worte waren nicht grundsätzlich falsch, aber sie waren verdreht, sie waren einseitig, sie klammerten das Empfänglichsein vollkommen aus. Und das war es, was Elias störte. Es war höchst verwunderlich, dass diese Leute so stark auf ihn und seine Worte reagiert hatten. Warum hatte keiner widersprochen?

Elias hatte das Fenster zum Lüften geöffnet. Ein starker Wind brachte die Blätter draußen zum Rauschen, als plötzlich ein kleines, schwarzes Wesen in sein Zimmer geflattert kam.

Elias fuhr erschrocken hoch. Dann schossen ihm plötzlich Bilder von einem gewagten Nachtflug über die Akademie und Insektenverfolgungen durch den Kopf. Twixu!

Ein Tier, mit dem man sich so gut verständigen konnte, war ein absoluter Glücksfall. Sie freundeten sich an und auf Jakes Empfehlung hin, erlaubte Frau Fee, dass die Fledermaus im Dachgiebel des Wasserhauses einzog.

DIE KRISTALLHÜTERIN

Am Montagmorgen fanden Elias und Mika jeweils an sie adressierte Briefumschläge in der blinkenden Fressluke vor. Sie waren sogar mit einem Wachssiegel versehen, das die Initialen der Schule ›MM‹ für ›Master Macademy‹ in verschnörkelter Schrift trug.

Elias brach das Siegel, entfaltete den Brief und las:

Liebe Lehrlinge,

bald steht das Hüterfest an. In der Realität nennt man es Ostara oder Ostern. Einer der vier Kristallhüter wird mit uns das Fest feiern. Traditionell findet auch der Markt der Morgenröte statt.

Die Zeit vor Ostara ist eine Zeit der Besinnung.

Seit einigen Jahren haben wir einen besonderen Anreiz geschaffen, diese innere Einkehr zu praktizieren.

Tragt das M-Visi in eurer Freizeit und aktiviert die Messung der Hirnaktivität. Wenn ihr euch im Zustand des reinen Seins befindet, werden spezielle Hirnwellen registriert. Am Hüterfest bekommt ihr dann in Abhängigkeit vom erreichten Wert Münzen, die ihr auf dem Markt ausgeben könnt.

Viel Spaß!

Gezeichnet Schulleitung

P. S. Und bringt bitte einen Schlafsack zum Fest mit.

Mika sah fragend zu Elias, der ebenfalls die Zeilen überflog. »Ähm, kapierst du, wie das mit dem Münzen sammeln gehen soll?«

»Kian Shay hat da in seinem Unterricht mal etwas über den Zustand des reinen Seins erwähnt. Ich glaube, es geht dabei um Meditation. Je länger du meditierst, desto mehr Münzen bekommst du.«

»Geld verdienen mit nichts tun?« Mika grinste. »Das ist ganz nach meinem Geschmack.«

Elias schüttelte den Kopf. »Das ist aber nicht einfach, weil, wenn du versuchst, diesen Zustand zu erreichen, strengst du dich an und das führt niemals dazu, dich nicht anzustrengen.«

Mika sah Elias fragend an.

Elias fuhr fort: »Nichts tun heißt ja auch, nicht denken. Sobald man aber denkt, dass man nichts denken soll, denkt man ja schon wieder. Man strengt sich an, nichts zu denken, indem man denkt und das Ganze ist für die Katz.«

Mika zog die Augenbrauen hoch, dann sagte er: »Klingt anstrengend.«

Elias lachte.

»Apropos Katz«, sagte Mika und deutete auf die drei silbergrauen Katzen, die es sich mal wieder auf ihrem Sofa gemütlich gemacht hatten. »Wohnen die jetzt eigentlich hier?«

Elias lachte verlegen. Er konnte Mika ja nicht sagen, dass er an den Katzen Tiermagie übte. Sie waren aber denkbar ungeeignete Übungspartner, denn sie waren höchst eigenwillig. Bis jetzt hatte er noch keine klare Kommunikation mit ihnen zustande gebracht. Glücklicherweise hatte er ja in der Zwischenzeit Twixu als tiermagischen Freund gefunden.

Mika betrachtete die Katzen und sagte: »Die haben den Zustand des reinen Seins doch eigentlich perfektioniert, oder?«

»Ja, von denen kann man sich was abgucken.«

»Meinst du, man merkt den Unterschied, ob das M-Visi Gehirnströme eines Menschen oder einer Katze aufgezeichnet hat?«

»Du bist ein Halunke.«

»Ein ziemlich verwegener!«, Mika grinste schelmisch.

Am Samstagmorgen des Osterwochenendes fanden Elias und Mika zwei Säckchen voller alter Münzen aus Kupfer und Silber in der Fressluke. Sie hatten sich diese durch Meditieren verdient. Kian Shay hatte in seinem Unterricht extra einige Einheiten Meditationspraxis eingefügt, um ihnen die Grundlagen davon zu vermitteln, wie man sich in den Zustand reinen Seins versetzen konnte. Man musste keine perfekten Ergebnisse erzielen, um Münzen zu bekommen. Es reichte schon, sich zu entspannen. Das M-Visi bemerkte aber den Unterschied, ob man wach war oder schlief. Schlafen zählte nicht.

Am späten Vormittag sollten sich Elias und Mika in der Aula einfinden, um per Portal an den Veranstaltungsort zu reisen, den alle als ›Stätte des Lichts‹ bezeichneten.

Tiana und Lielle waren schon am Morgen nach dem Frühstück dorthin portiert, denn es war Tradition, dass die Frauen zuerst dort ankamen. Von älteren Lehrlingen hatten sie erfahren, dass alle Festteilnehmer ein Festkleid beziehungsweise einen Festanzug bekamen. Und die Frauen brauchten einfach länger, bis sie sich für ein Gewand entscheiden konnten.

Elias und Mika durchschritten gespannt das Portal. Sie landeten in einem gewölbeartigen, rechteckigen Raum aus beigefarbenem Sandstein. An den Wänden befanden sich Holzständer mit Hunderten von Kleidungsstücken aus Naturstoffen, die an mittelalterliche Gewandungen erinnerten. Für Frauen gab es Kleider mit weiten Röcken, langen Ärmeln und vielen feinen Detailarbeiten. Die Männer trugen Hosen, Tuniken, Gürtel und Umhänge. In der Mitte des Raums standen große Tische und Kisten mit Kopfbedeckungen, Handschuhen, Tüchern und anderen Accessoires, die ein mittelalterlich angehauchtes Outfit perfektionieren sollten. In Umkleidekabinen aus Leinenstoff konnten sie sich umziehen. Mitarbeiter der Schneiderei und ein paar ältere Lehrlinge waren den stöbernden Leuten bei der Wahl ihrer ›Ostarakluft‹ behilflich. Ihre eigene Kleidung, ihre Taschen und Schlafsäcke lagerten sie in einem separaten Raum.

Elias und Mika entschieden sich für ein ähnliches Outfit. Sie trugen dunkle Hosen, eine hellgraue Tunika mit schwarzem Leinengürtel, woran ein Beutel befestigt war und darüber einen dunkelgrauen Umhang mit Kapuze. Als sie fertig eingekleidet waren, durften sie hinaus gehen auf den Markt.

Sie befanden sich im Innenhof eines großen Gebäudekomplexes, den Elias nicht einer bestimmten Architektur zuordnen konnte. Er war alt, aber in gutem Zustand. Am ehesten entsprach er einer burgartigen Tempelanlage, denn er war weder Burg noch Tempel. In den Innenhöfen und Gassen befanden sich Marktstände, an denen man besondere Gegenstände bekommen konnte. Es gab Kerzenhalter und Kerzen, Seifen und Cremes, selbsthergestellte Naturpflegeprodukte, Holzwaren, Korbwaren, Schnitzereien, Töpferwaren, Räucherwerk, Gewürze und Kräutermischungen, ätherische Öle, Massageöle, Schmuck aus Naturmaterialien, Schuhe aus Kautschuk, Haarschmuck, Trommeln, Flöten und andere Instrumente, Steine, Kristalle und Mineralien, Tücher, Stoffe in verschiedenen Farben, Natur-Färbemittel, Filze, Wolle, Gläser und Taschen. Eine alte Schmiede, in der Werkzeuge hergestellt wurden und eine Glasbläserei, die filigrane Gläser fertigte, luden zum Zuschauen ein. Außerdem sah man an jeder Ecke Lehrlinge beim Kerzenziehen, Töpfern, Schnitzen, Malen, Musizieren, Singen, Tanzen und Feuerspucken.

Sie hatten die letzten Monate mit zwar ausreichenden, aber wenigen Dingen gelebt. Hier aber diese Fülle zu sehen, war die reinste Freude. Man schätzte wahrhaftig ihren Wert.

Und überall duftete es nach Essen. Es gab Wurzelhaferbrote, Kernbrote, Fladenbrote mit Kräutern und Brezeln mit Schnittlauchpaste. Alles wurde vor Ort in einem riesigen Holzofen frisch gebacken. An einem Marktstand wurden Bratäpfel, Pflaumenkuchen, Pfannkuchen mit Ahornsirup, Muffins aus Schwarzbohnen, Beerengrütze und Mandelgebäck angepriesen. Ein großer Stand bot verzehrfertiges Gemüse an wie Eiszapfen, Radieschen, Mairübchen und frühe Salate, Kräuter, Tomaten und Gurken. Daneben, auf einem halb überdachten Platz, war ein Lager aufgebaut worden. In der Mitte stand eine riesige Pfanne auf einer Feuerstelle, in der Kartoffelnudeln mit Sauerkraut vor sich hin brieten. Über zwei weiteren Feuern hingen Kessel mit dampfenden Eintöpfen. Rundherum befanden sich breite Bänke mit Kissen und Decken in bunten Farben, auf denen es sich die Lehrlinge gemütlich machen konnten.

Elias, Mika, Tiana und Lielle hatten sich eine bequeme Ecke gesucht, genossen die Frühjahrssonne und probierten die Getränke durch. Es wurden Holunderwasser, Zitronen-Minze-Limonade, leicht angegorener Met und Most, von dem man aber nicht betrunken wurde, ausgeschenkt. Auch Heißgetränke von verschiedensten Kräutern und Früchten, bis hin zu einer speziellen braunen Brühe, die an Schokolade erinnerte, aber aus einem Pilz hergestellt wurde, standen zur Auswahl.

Lielle trug ein Kleid in vergissmeinnichtblauen Pastelltönen mit elfenbeinfarbenem Kapuzenumhang und einem Gürtel, der mit Holzperlen verziert war. In ihre Flechtfrisur waren dunkelblaue

Blumen eingeflochten worden. Außerdem hing ihr eine Kette mit einem blauen, versteinerten Schneckenhaus um den Hals. Sie hatte diese Kette an einem der Stände für einige ihrer Münzen gekauft.

Tiana trug ein grasgrünes Kleid mit samtigen Ärmeln und einem hellgrünen Umhang. Ihre braunen Dreadlocks waren wie ein Kranz um ihren Kopf gelegt worden und mit rosaroten Blumen und silbernen Spangen versehen.

Mika schaute tief in seinen Holzbecher. »Oh nein, Getränk geht zur Neige.«

»Ich gebe euch einen aus«, sagte Elias.

»Cool«, sagte Mika.

Er schnappte sich das runde Holztablett und ging hinüber zu einem Stand, der sich als ›Morgenrotschenke‹ bezeichnete. Es herrschte einiger Andrang. Er reihte sich in eine Schlange ein und wartete. Da sah er Demian nicht weit entfernt von sich stehen.

Er beugte sich zu jemandem hinunter. Es war Raluka. Er sagte irgendetwas zu ihr. Sie biss sich auf die Unterlippe und ihr Gesicht begann rot anzulaufen. Plötzlich rannte sie davon. Demian sah ihr kurz nach, grinste dann und wendete sich wieder anderen Leuten zu.

Elias stellte das Tablett auf einem Stehtisch ab und folgte Raluka.

Sie eilte zwischen den Leuten hindurch, um einige Stände herum und bog dann in eine schmale Gasse ab. Es war eine Sackgasse. Am Ende stand Raluka in ihrem roten Kleid vor einem Schuppen. Sie hatte Elias den Rücken zugekehrt, stützte die Hände in die Hüften, lehnte sich dabei leicht nach hinten und zitterte wie Espenlaub. Es war dieselbe Bewegung, die er schon einmal bei ihr vor der alten Akademiemauer gesehen hatte.

Elias blieb stehen. Was sollte er tun? Sollte er lieber verschwinden? Was, wenn sie gefährlich war? Wenn sie womöglich eine Schwarzmagierin war?

Da entflammte plötzlich ein Holzhaufen, der direkt vor dem Schuppen lag.

»So ein Kack«, hörte er Raluka murmeln. Sie kniete sich nieder und begann zu pusten, doch damit heizte sie das Feuer noch mehr an, es loderte bedrohlich auf.

Elias schoss nach vorne. In einer fließenden Bewegung zog er seinen Mantel von den Schultern und warf ihn auf die Flammen. Er war groß genug, um das Feuer vollständig zu bedecken.

Raluka wich zurück.

Er trampelte auf dem Mantel herum, bis das Feuer erstickt war.

Sie sah mit bösem Blick zu ihm. »Was zum Teufel machst du hier?«

»Dir helfen.«

Ralukas Gesicht verfinsterte sich: »Hast Du mich verfolgt?«

»Du bist fluchtartig hier her gestürmt und ich habe mir Sorgen gemacht.«

»Warum interessiert dich das?«, fragte sie und schürzte die Lippen.

»Es interessiert mich, wie es anderen geht, Raluka.«

Raluka schluckte, aus ihrem Gesicht sprach der Trotz. »Aber ich interessiere mich nicht für dich, also lass mich in Ruhe.«

»Interessierst du dich denn für irgendjemanden?« Er erwiderte Ralukas Blick, die ihn böse anfunkelte.

»Nein. Lasst mich alle in Ruhe.«

»Warum?«

»Ich habe meine Gründe«, sagte sie garstig.

»Die da wären?«

»Ich bin gefährlich.« Sie deutete auf seinen angekokelten Umhang.

»Du bist eine Feuermagierin, Raluka.«

»Nein«, sagte sie mit feurigen Augen.

Elias musste vorsichtig sein, er wollte sie zwar aus ihrer Komfortzone locken, dabei aber nicht in Flammen aufgehen. »Und was war das dann?«, fragte er und deutete ebenfalls auf die Brandstelle.

»Eine Kerze.«

»Warum versuchst du, deine Magie zu verheimlichen?«

Raluka sah Elias mit ernstem Gesichtsausdruck an, dann veränderte sich plötzlich etwas in ihrem Blick. Mit versteinertem Gesicht ließ sie sich auf den Boden vor dem abgefackelten Holzhaufen sinken. »Weil ich es nicht unter Kontrolle habe.«

Elias sah auf sie herab.

Sie kauerte wie ein Häufchen Elend am Boden.

Elias setzte sich neben sie. »Du meinst das Feuer?«

»Ich meine die Wut«, sagte sie leise, umschlang die Knie mit ihren Armen und sah verbittert auf einen unbestimmten Punkt vor sich. Ihre rote Mähne umrahmte ihr Gesicht wie ein Feuerkranz.

Einige Zeit herrschte Schweigen. Elias wollte einfach nichts Schlaues zu dieser Offenbarung einfallen.

Da sagte Raluka: »Bin im Heim aufgewachsen und seit meinem zwölften Lebensjahr in psychiatrischer Behandlung, wegen Aggressivität. Jetzt weißt du es und kannst es überall herumerzählen.«

»Das werde ich nicht«, sagte er und sah sie ernst an.

Sie musterte ihn. »Für eine Heilmagierin ist ein solches psychisches Problem vielleicht noch tragbar, aber nicht für eine Feuerhexe. Ich bin eine tickende Zeitbombe. Sie werden mich wegsperren.«

Elias dachte an seine Probleme, die er hatte, als er hierherkam: Die Sorge, er könnte keine Begabung für Magie haben, dann die Sorge, dass er sogar in zwei Pfadmagien talentiert war. Ihm wurde bewusst, dass auch andere Neulinge ihre Ängste hatten.

Erneut verstrichen einige Sekunden, in denen sie still nebeneinandersaßen.

Dann fragte Raluka: »Verrätst du mich?«

Elias schüttelte langsam den Kopf und sagte: »Nein, aber du solltest es den Lehrern sagen. Sie können dir helfen, damit umzugehen.«

Er hatte erwartet, dass Raluka hochschießen würde, doch sie sah nachdenklich vor sich hin. »Ich habe es im Feuermagie-Unterricht verheimlicht. Sie werden mir das übel nehmen.«

»Erklär es ihnen einfach.«

Raluka sagte nichts.

»Sie werden dich verstehen.« Er hätte noch einige Fragen an sie gehabt. Was hatte Demian gerade zu ihr gesagt? Was wusste sie über ihn? Und wusste sie etwas über das Wunschkästchen? Aber es war nicht schlau, sie mit diesen Fragen zu überrumpeln.

»Ich muss los«, sagte sie, stand auf und sah zu dem angekokelten Umhang: »Was machen wir mit dem?«

Elias erhob sich ebenfalls und winkte ab: »Kein Problem, ich kümmere mich drum. Bin aus Versehen einer Fackel zu nah gekommen.«

»Was der Wahrheit entspricht.«

Elias musste schmunzeln, aber Raluka sah ihn nur weiter ernst an. »Eine Frage hätte ich noch«, sagte er. »Du hast gezittert, bevor das Feuer ausgebrochen ist. War das ein Anfall?«

»Nein, das hilft Wut abzubauen. Eine Psycho-Technik. «

Er sah sie stirnrunzelnd an.

Sie sagte: »Wie bei einem Tier: Es zittert, um Stress abzubauen.«

»Verstehe«, erwiderte er nachdenklich.

Raluka sah ihn durchdringend an: »In jedem von uns steckt noch ein wildes Tier. Und es will überleben«, dann ging sie eiligen Schrittes davon.

Der Abend rückte in Windeseile näher. Elias hatte seinen Umhang umgetauscht. Die Geschichte mit der Fackel war ihm anstandslos abgenommen worden. Und seine drei Freunde hatten ihm auch geglaubt, dass er eine Weile gebraucht hatte, um eine freie Toilette zu finden, und deswegen so lange weg war.

Als die Sonne untergegangen war und sie gegessen hatten, wurden alle Lehrlinge mit ihrem Übernachtungsgepäck in eine große Halle gerufen, die sie über einige Treppen erreichten. Dort war ein Lager errichtet worden aus bequemen Matten mit bunten, weichen Teppichen und Kissen. Überall brannten Feuer in kleinen, zylindrischen Öfen, die nicht qualmten, aber eine angenehme Wärme abstrahlten. An den Wänden waren Fackeln angebracht, die den Raum in schummeriges Licht tauchten. Auf einem meterlangen Tisch standen Fässer mit Getränken, an denen sie sich selbst bedienen konnten. An der östlichen Querseite der Halle war ein schwerer, beigefarbener Vorhang angebracht, der zugezogen war und damit die Sicht auf die gesamte Wand verbarg. In der Mitte war ein erhöhtes Lager mit einigem Abstand zu den anderen Matten errichtet worden. Mehrere Fackeln brannten drumherum.

Elias, Mika, Tiana und Lielle hatten sich mit älteren Lehrlingen vom Wasserhaus vorne vor dem erhöhten Lager um einen der Öfen geschart. Sie unterhielten sich, tranken und begutachteten gegenseitig, was sie auf dem Markt erstanden hatten. Alle waren gut gelaunt.

Um kurz vor zehn löschten die Lehrer einige Fackeln, so dass es im Raum dunkler wurde. Der schwarze Mönch stellte sich vor das erhöhte Lager. Elias hatte ihn bisher nicht gesehen, er musste gerade erst hereingekommen sein. In seiner Kutte und mit seinem hässlichen, blassen Gesicht wirkte er wie der Bösewicht in einem Mittelalter-Thriller.

»Lehrlinge«, sagte er, »ihr könnt euch glücklich schätzen, dass die Hüterinnen und Hüter die alte Tradition bewahren und weiterhin das Hüterfest mit euch begehen möchten. Dieses Jahr wird mir die große

Ehre zuteil, euch die Wasserhüterin ankündigen zu dürfen. Ich hoffe, ihr wisst ihre Anwesenheit zu würdigen und verhaltet euch still. Wir heißen dich willkommen, Isca, Frau von der Quelle.«

Elias hörte, wie die Eingangstür aufschwang. Eine Gestalt kam herein, groß, schlank, in einem türkisfarbenen, schmucklosen Kleid. Es war eine Frau mittleren Alters mit silbernem, glattem Haar, das bis zur Taille reichte. Sie hatte helle Haut und ein langes, schmales Gesicht, nicht unbedingt schön, aber alterslos. Langsam durchquerte sie den Raum, als würde sie schweben. Die Farbe der Flammen hatte plötzlich einen kühlen Schein angenommen. Die Frau ging an Elias und seinen Freunden vorbei, setzte sich auf das erhöhte Lager und ließ ihren Blick durch den Raum schweifen.

Alle sahen gebannt zu ihr.

»Ostara ist das Fest der Morgenröte«, sagte sie in einer melodischen Stimme. »Die Nacht weicht dem Tag. Der Tod weicht dem Leben. Es ist der Beginn der lichtvollen Zeit des Jahres, der Beginn für Fruchtbarkeit und Wiedererwachen der Natur. Ich bin Isca, Hüterin des Wasserkristalls und Geschichtenbewahrerin. Ich freue mich, dass wir heute Nacht zusammen sein werden.«

Sie ließ einige Augenblicke verstreichen, die Stimmung im Raum hatte sich verändert. Vorher war es ausgelassen zugegangen, jetzt waren alle wie in einen Bann gezogen. Diese Person, die ein Hauch von silbernem Licht umfing, hatte etwas durch und durch Magisches an sich.

»Ich möchte euch die Geschichte vom Menschen erzählen, der die Dunkelheit fürchtete«, sagte sie mit sanfter Stimme.

> »Es war einmal ein Mensch. Er fürchtete die Dunkelheit. Deswegen hatte er stets eine Öllampe bei sich, bei Nacht, aber auch am Tage. Denn man konnte nie wissen, wann die Dunkelheit einen überfiel.
>
> Doch eines Tages ging dem Menschen das Öl für seine Lampe aus, und die Nacht drohte bald einzubrechen. Voller Panik ging er zu seinem Nachbarn, aber dieser wollte ihm kein Öl geben, weil er sonst selbst keines mehr gehabt hätte. In seiner Angst, kein Licht mehr zu haben, schlug der Mensch dem Nachbarn mit

einem Stein auf den Kopf und zertrümmerte seinen Schädel. Er war sofort tot.

Der Mensch nahm das Öl und rannte in sein Haus. Eifrig befüllte er seine Lampe und entzündete sie gerade noch rechtzeitig, bevor es dunkel wurde. Erleichtert atmete er auf, er hatte das Übel noch einmal abwenden können. Und er schlief ein.

Am nächsten Morgen wachte der Mensch auf, aber es war noch dunkel. Er hörte den Kirchturm sieben Mal läuten, dann ging er hinaus. Aber es war noch immer dunkel. Und es blieb dunkel am Vormittag, am Mittag, am Nachmittag, am Abend. Und auch am nächsten Tag ging die Sonne nicht auf. Kein Morgenrot, kein Lichtstrahl. Und nie mehr ging die Sonne für ihn auf.

Der Mensch ging hinaus, um das Licht zu suchen, und fand nicht mehr heim. Und so durchwandert er noch heute die Dunkelheit mit nichts als seiner Öllampe. Hütet euch vor ihm. Irgendwann wird ihm das Öl wieder ausgehen.«

Als die Wasserhüterin geendet hatte, verfiel sie in Schweigen. Sie saß still da, hatte die Augen geschlossen und schien in eine andere Welt versunken zu sein.

Im Raum war es leise, nur hier und da hörte man ein Flüstern. Es war, als würden die Lehrlinge dieses Vorbild der inneren Einkehr übernehmen. Manche meditierten ganz offensichtlich.

Elias begriff, dass dies Teil des Abends war. Sie waren alle beisammen, um miteinander in feierlicher Kontemplation zu verweilen.

Er war auf wundersame Weise in die Geschichte hineingezogen worden. Eine Bandbreite von Gefühlen und Gedanken voller Angst, Hoffnung, Wut, Hass, Unrecht, Gewissen, Einsamkeit, Trauer, Verzweiflung hallten in ihm nach. Er legte sich hin und sah zur Decke. Was wollte diese Geschichte sagen? Er schloss die Augen und versank in tiefe Nachdenklichkeit.

Am nächsten Morgen öffnete Elias die Augen. Alles um ihn herum war in einen rötlichen Schein getaucht. Der Vorhang war zur Seite gezogen worden und dahinter befand sich eine deckenhohe

Fensterfront. Elias stützte sich auf die Unterarme und sah mitten hinein in ein gigantisches Morgenrot. Obwohl schon viele Lehrlinge wach waren, herrschte noch immer Stille. Sie saßen da und ließen dieses Panorama an Farben, das sich mit jeder Minute veränderte, auf sich wirken. Nach und nach standen sie auf und gingen zu einer seitlichen Tür auf den Balkon, der sich vor der Fensterfront entlang erstreckte, hinaus.

Die vier Freunde schlossen sich bald an.

Elias spürte die Wärme der Sonne auf seinem Gesicht. Er lehnte gegen die Brüstung. Es ging eine milde Brise, aber es war nicht kalt. Gretes Worte fielen ihm ein. Er saß mit ihr draußen an einem Spätnachmittag im Sommer und er fragte sie, warum sie keine Sonnenbrille trug, da antwortete sie: »Das Sonnenlicht tut meinen Augen und meiner Seele gut.« Er hatte das damals nicht verstanden bis zum heutigen Tag. Eine innere Ruhe breitete sich in ihm aus, als das Licht auf seine Netzhaut fiel.

Am rechten Rand des Balkons befand sich eine schmale Wendeltreppe, die nach oben zu zwei Plattformen führte, eine in drei Meter Höhe, die andere in fünf. Auf der unteren waren Lehrlinge, auf der oberen die Wasserhüterin. Das Licht tauchte Iscas Gestalt in ein zartes Rosa. Sie stand regungslos da, nur ihr Haar wehte im Wind. Die Sonne stieg höher und höher und die Farben wechselten von Rot über Orange zu Gelb.

Allmählich gingen die Lehrlinge zu ihren Lagerplätzen zurück, rollten ihre Schlafsäcke zusammen und verließen den Saal. Unten auf dem Markt gab es Frühstück. Sie konnten noch einige Stunden bei Holzofenbrot und Kräutertee verbringen und die Marktstände durchstöbern. Elias und seine Freunde machten sich schließlich auch auf den Weg nach unten.

Sie hatten es sich gerade mit Brezeln, Rettich, Linsenaufstrich und Limettenlimonade an einem kleinen, runden Tisch gemütlich gemacht, als Lielle sich an den Hals griff und sagte: »Oh nein, meine Kette mit dem Schneckenhaus ist weg.«

»Wann hast du sie zuletzt bemerkt?«, fragte Elias.

»Als ich heute Morgen aufgewacht bin, war sie noch da.«

»Lasst uns danach suchen«, sagte Tiana.

»Sucht ihr auf dem Weg hierher alles ab, ich schaue oben im Saal danach«, erwiderte Elias.

»Schau bitte auch auf dem Balkon nach«, sagte Lielle.

»Okay.« Er lief zurück ins Gebäude und die Treppen hinauf.

Im Saal befanden sich ein paar Leute, Lehrlinge und Mitarbeiter, die aufräumten. Ihr Lager lag aber noch so da, wie sie es verlassen hatten. Er durchstöberte die Kissen, Decken und Matten nach der Kette. Nichts.

Auf dem Balkon war niemand zu sehen. Er ließ seinen Blick über den steinernen Boden wandern. Aus den Augenwinkeln bemerkte er eine Bewegung auf der Wendeltreppe. Da sah er mit Schrecken, wie die Wasserhüterin über das niedrige Treppengeländer aus gut vier Metern Höhe hinabstürzte. Plötzlich verschob sich Elias Zeitgefühl dramatisch: Er sah Isca in Zeitlupe dem Boden näherkommen. Ihr Haar und ihr Kleid wehten senkrecht nach oben. Es wirkte surreal. Er brauchte einen Moment, um diese veränderte Wahrnehmung zu verkraften, dann stürzte er reflexartig vor. Mit einem magischen Satz war er unterhalb der Wasserhüterin und fing sie auf. Er fiel durch die Wucht des Aufpralls auf die Knie, aber er konnte ihren Sturz abbremsen.

Sie rollte auf den Boden. Als sie sich wieder einigermaßen gefangen hatte von dem Schreck, sah sie mit entsetzten Augen zu ihm. »Ich bin gestolpert«, sagte sie leise.

»Sind Sie verletzt?«, fragte er.

Sie rieb sich die Handgelenke. Sie hatte sich mit den Armen abgestützt, um nicht auf das Gesicht zu fallen. »Ich glaube nicht.«

Elias versuchte aufzustehen, aber seine Knie schmerzten ziemlich, daher setzte er sich doch lieber wieder auf den Boden.

Von drinnen hörten sie lautes Rufen und einige Leute kamen herbeigeeilt, auch Professorin Eichwald. »Was ist passiert?«, fragte sie besorgt.

Die Wasserhüterin fasste an ihren Fußknöchel. »Ich bin auf der Treppe mit dem Fuß hängen geblieben und über das Geländer gefallen.« Ihr Gesicht war noch blasser, als es vorher schon war. Sie sah zu der Stelle hinauf, dann zu Elias. »Dieser junge Mann hat den Sturz abgefangen. Ich weiß nicht, ob ich das überlebt hätte.«

»Ruft bitte Professorin Mendes«, sagte Professorin Eichwald, »wir haben hier zwei Verletzte.«

Es dauerte nicht lange, da kamen Valentina Mendes und Elektra auf den Balkon geschossen.

Die Heilmagierin stellte bei beiden Prellungen fest, aber es war zum Glück nichts gebrochen.

Während der Untersuchung fiel Elias' Blick auf eine regungslose Gestalt im Türrahmen. Es war der schwarze Mönch. Sein Gesichtsausdruck war seltsam verzerrt. War es Sorge, Ärger, Misstrauen, Enttäuschung, was ihn umtrieb? Der Mönch sah ihm direkt in die Augen und eine merkwürdige Kälte breitete sich in Elias' Gehirn aus und kroch seinen Nacken hinab. Plötzlich zerrte etwas an seinen Gedanken. War das der Mönch, der versuchte, in ihn hineinzusehen? Doch da begann der Boden unter Elias zu flirren. Elektra hatte einen Portierungszauber auf Isca und ihn gelegt und schickte beide auf die Heilstation.

Elias musste über Nacht zur Beobachtung auf der Heilstation bleiben. Er starrte an die Decke des Zimmers. Der Blick des schwarzen Mönchs ging ihm nicht aus dem Kopf. Was war los mit ihm? War er verärgert? Und wenn ja, warum? Er konnte doch froh sein, dass der Unfall so glimpflich verlaufen ist und Isca nur ein paar Prellungen davongetragen hatte. Und was hatte er erwartet, in Elias' Kopf zu finden? Hatte er denn irgendetwas gefunden? Eine innere Stimme sagte ihm, dass der Mönch nicht genug Zeit gehabt hatte, um tiefer in seine Gedankenwelt einzudringen.

Elias hatte schon einige Stunden vor sich hin gedöst, der Abend dämmerte bereits. Er richtete sich auf und sah zur Eingangstür. Es war seine stille Hoffnung gewesen, noch Besuch von seinen Freunden zu bekommen, aber keiner war gekommen. Wahrscheinlich war es ihnen untersagt worden, weil Elias sich schließlich erholen musste. Da ging plötzlich die Tür auf und Professorin Mendes kam herein. »Die Wasserhüterin will dich sehen, Junge, bist du in der Lage dazu?«

Hinter ihr kam Schwester Laila, die Elias' Verletzungen versorgt hatte, ins Zimmer gestürmt. »Eigentlich braucht der junge Mann Ruhe«, sagte sie ermahnend.

»Aber es ist Isca wichtig und sie kann nicht länger bleiben«, erwiderte Valentina Mendes.

Laila sah fragend zu Elias.

Er nickte. »Dank ihrer grandiosen Heilkünste geht es mir schon viel besser, Schwester Laila. «

Sie schüttelte den Kopf und verdrehte die Augen, während Elias am Arm der Professorin das Krankenzimmer verließ. Er konnte fast normal laufen. Die Heilmagierin führte ihn in einen Raum ein paar Türen weiter.

Die Geschichtenbewahrerin saß an einem Tisch. Sie sah müde aus. Ihr silbernes Haar war zu einem Kranz geflochten.

Elias stand verloren an der Tür und kratzte sich verlegen am Hinterkopf.

»Mein Name ist Isca. Das bedeutet in der vergangenen Sprache ›Wasser‹. Das war nicht immer mein Name. Vor langer Zeit war ich ein Lehrling wie du.«

»Ah ja?« Diese Frau verunsicherte ihn. Sie wirkte erhaben und unnahbar und er hatte sich nicht im Traum ausgemalt, persönlich mit ihr sprechen zu dürfen.

Sie deutete auf den Stuhl.

Elias setzte sich.

»Ich möchte dir danken, du hast mich gerettet.«

»Kein Problem.«

»Hast du denn irgendeinen Wunsch? Vielleicht kann ich etwas für dich tun?«, sie musterte ihn aufmerksam.

Elias runzelte die Stirn, dann sagte er: »Oh, das ist nicht nötig.«

»Keine Wünsche?« Ein leichtes Lächeln umspielte ihre Lippen.

»Nein.«

»Der Wunsch des Menschen aus der Geschichte war, dass es immer hell sein sollte.«

»Aha«, sagte Elias nur und merkte, dass sein Gehirn in Anwesenheit dieser Frau nicht richtig funktionierte.

»Der Mensch, der die Dunkelheit fürchtete, musste alles daran setzen, die Dunkelheit abzuwehren, und er erschuf eine neue Realität. Erinnerst du dich, wie er diese neue Realität erschaffen hat?«

»Er hat den Nachbarn ermordet und bestohlen«, sagte Elias.

»So war es. Helligkeit war sein größter Wunsch, denn er fürchtete die Dunkelheit. Er wollte die Dunkelheit um jeden Preis vermeiden. Und so sind viele Wünsche.«

»Dann darf man sich nichts wünschen«, sagte Elias.

»Es gibt etwas, das sich jeder Mensch wünscht.«

»Was ist das?«

»*Sich selbst zu sein.*«

266

»Aber wie kann man dieses, ähm, Selbst sein?«

»Du trägst schon alles, was du dafür brauchst, in dir. Die Frage lautet eher: Was hindert dich daran, es zu sein?«

»Meine Ängste?«

Isca lächelte und nickte: »Manch einer glaubt, es seien die anderen, die ihn daran hindern. Aber in Wahrheit sind es die eigenen Ängste.«

»Warum fürchtet der Mensch aus der Geschichte die Dunkelheit?«

»Weil er meint, die Dunkelheit sei gefährlich. Das Gefährliche ist aber nicht die Dunkelheit, die jeden von uns von Zeit zu Zeit umgibt. Besorgnis, Wut, Trauer, Schmerz, all das gehört zum Leben dazu. Das Verhängnisvolle ist das Steckenbleiben in der Dunkelheit. Wenn man die Dunkelheit um jeden Preis vermeiden will, so führt der Weg in die Erstarrung. Und diese ist ewige Dunkelheit.«

Stille trat ein. Elias hatte den Eindruck, Isca würde in sein Herz hineinsehen. Vielleicht sah sie dort den Totenschädel mit den weißglühenden Augen, die verschneite Berglandschaft, durch die er vor dem Dämon floh, seine Angst und Panik. Es war ihm egal, denn er spürte, dass sie ihn nicht verurteilte.

»Wir werden uns wieder sehen«, sagte Isca.

Elias stand auf. »Danke«. Es fiel ihm nichts Besseres ein, dann verließ er den Raum. Er schaffte es gerade noch zu seinem Bett und ließ sich schwer wie ein Stein hineinfallen. Er war todmüde. Sofort glitt er hinüber in einen traumlosen Schlaf.

Nach einem üppigen Frühstück auf der Heilstation stellte Schwester Laila fest, dass Elias' Knie wieder einwandfrei funktionierten, und er wurde direkt in den Unterricht entlassen. Heute hatte er Bewegungsmagie.

Auf dem Weg zur Burg, wo das Portal ins Planetarium auf ihn wartete, hörte er plötzlich ein Schluchzen. Er verließ den Weg und sah hinter die nächste Hausecke. Zwischen zwei Büschen auf einem Stein, unweit vom Bach entfernt, saß eine junge Frau. Elias erkannte sie. Es war die Schwarzhaarige aus dem Feuerhaus, die er schon öfter mit Demian zusammen gesehen hatte. »Ähm«, räusperte er sich unbeholfen.

Die Frau zuckte zusammen und sah mit verheulten grünen Puppenaugen zu ihm auf. »Du hast mich erschreckt«, sagte sie in ihrer mädchenhaften Stimme.

»Tut mir leid, kann ich dir helfen?«

Sie stand auf und sah nervös zu ihm, während sie sich die Tränen aus den Augen wischte. »Nein, ist schon gut, ich war nur etwas traurig, aber es geht schon wieder.« Sie lächelte, was ihr nicht wirklich gelang und versuchte, an ihm vorbeizugehen, stolperte aber über eine Wurzel und hielt sich an ihm fest.

Elias umschlang ihre schlanke Taille mit dem Arm, damit sie nicht stürzte. Ihre Gesichter waren sich für einen Moment nah.

Dann drückte sie sich von ihm weg: »Sorry, ich bin ein Tollpatsch.«

»Kein Problem. Ist wirklich alles in Ordnung? Du machst nicht den Eindruck.«

Die Schwarzhaarige überlegte einen Moment, dann sagte sie: »N-nein, nicht wirklich. Ich habe Probleme mit meiner Mitbewohnerin.«

»Warum?«

Sie sah nachdenklich zu Boden, schließlich hob sie den Blick und sagte mit leiser Stimme: »Sie macht mir Angst.«

Elias runzelte die Stirn und fragte: »Wer ist denn deine Mitbewohnerin?«

»Raluka«, antwortete sie.

Elias schluckte.

»Sie ist ein Erstnomester. Meine frühere Mitbewohnerin Leonie hat das Studium abgeschlossen und deswegen war bei mir ein Zimmer frei. Leonie war meine beste Freundin. Es ist schon schwer genug ohne sie. Ich hatte ja gehofft, in der neuen Mitbewohnerin eine neue Freundin zu finden, aber dann stand Raluka da.« Sie sah todunglücklich aus.

Elias biss sich auf die Unterlippe. Was sollte er dazu sagen? Es war mit Sicherheit nicht leicht, mit Raluka klarzukommen, geschweige denn, sich mit ihr anzufreunden. »Aber warum hast du Angst vor Raluka?«

Das Gesicht der Frau verdüsterte sich. »Sie ist unberechenbar, unfreundlich, launisch. Und irgendwie unheimlich. Ich traue ihr nicht über den Weg. Schließt sich stundenlang in ihrem Zimmer ein, führt Selbstgespräche und so. Ich schließe nachts immer mein Zimmer ab, weil ich Angst habe, dass sie reinkommen könnte.«

»Hast du denn eurem Hausherrn davon erzählt?«

Die Schwarzhaarige schüttelte den Kopf und sagte: »Ich wollte versuchen, mit Raluka klar zu kommen. Ich bin nicht so eine, die immer gleich meckert, auch wenn ich vielleicht so aussehe. Wie heißt du eigentlich?«

»Elias Weber und du?«

»Kayra Boucher.«

Elias dachte daran, wie Demian ihr das erste Wunschkästchen übergeben hatte. Die Erinnerung schoss ihm plötzlich durch den Kopf. Er betrachtete sie ein paar Sekunden lang. Hatte dieser Gegenstand irgendeine Wirkung auf sie? Und wenn ja, was für eine?

Kayras Gesichtsausdruck verriet, dass sie sich unbehaglich fühlte, da er nicht weiterredete.

Er räusperte sich. »Ich kenne Raluka ein bisschen, weil ich auch ein Erstnomester bin und oft Unterricht mit ihr habe. Ich weiß, dass sie komisch ist, aber ich glaube nicht, dass sie gefährlich ist.« Elias hatte den Eindruck, dass seine Worte nicht sehr überzeugend klangen.

Da sah er, wie Kayras Mine sich aufhellte. »Meinst du?«

Er nickte und fuhr fort: »Wenn du sie einfach mal fragst, warum sie dies oder jenes tut? Vielleicht ist sie dann offener zu dir.« Er sagte das, da er selbst überrascht war, wie offen Raluka mit ihm letztens gesprochen hatte. Allerdings hatte er sie beim unabsichtlichen Zündeln erwischt.

Kayra runzelte die Stirn: »Darüber habe ich noch nicht nachgedacht. Vielleicht wäre es ein Versuch wert.« Sie sah auf ihr M-Tap und sagte: »Oh nein, schon so spät, ich muss dringend in den Unterricht. Danke Elias, fürs Zuhören und deine lieben Worte.« Sie lächelte ihn an.

»Keine Ursache.«

Kayra ging eilig los, winkte ihm aber noch einmal zu, ehe sie hinter der Hausecke verschwand.

TEIL III: BELTANE

Die Welt hinter der Welt
lässt sich nicht ergründen.
Sie rinnt durch deine Finger,
wenn du danach greifst.

Die Welt hinter der Welt
ist geheimnisvoll und erhaben.
Sie ist nicht dein Werkzeug.
Sie dient nicht deinen Zwecken.

Also lass sie so sein, wie sie ist.
Dann wirst du wahrhaft empfänglich.

BEIM KRISTALLBERG

Das Hüterfest war vorbei und die Tage in der Akademie nahmen ihren gewohnten Lauf. Lielles Kette mit dem Schneckenhaus war noch vom Aufräumdienst gefunden worden und sie hatte sie beim Fundamt im Verwaltungsgebäude abholen können.

Im ersten Unterricht in Wasserlehre fanden sich die Lehrlinge an einem tropischen See wieder, in den gigantische Wasserfälle hineinstürzten. Es war warm. Sie saßen mal wieder in Badebekleidung am Ufer und lauschten den Worten von Penelope Petridis, ihrer dunkelhaarigen Lehrerin in Wasserlehre.

»Gewässer sind die besten Lehrmeister für das Empfänglichsein und Empfänglichsein ist Grundlage für alles, was mit weißer Magie zu tun hat. Es geht darum, euren eigenen Willen zurückzusetzen, euch von euren Absichten und Wünschen zu lösen und euch allein von eurem Gespür leiten zu lassen. Das ist nicht einfach, da ihr bisher immer eurem eigenen Willen oder dem Willen anderer gefolgt seid. Aber weiße Magie ist bedingungslose Magie. Und das bedeutet, nicht an bestimmte Absichten, also nicht an den Willen gebunden zu sein.«

Professorin Petridis schüttelte ihr welliges, langes Haar und lächelte. Sie sprach weiter, während sie vor dem See auf und ab ging. »Natürlich werdet ihr als Mitarbeitende der ISM gezwungen sein ›graue Magie‹ zu wirken, aber ihr sollt den Unterschied zwischen grauer und weißer Magie kennen. Weiße Magie kann nur durch euer Empfänglichsein für die Unbestimmtheit gewirkt werden und dabei seid ihr nicht die Wirkenden, sondern das Medium. Ihr müsst nicht wissen, was richtig oder falsch ist, ihr müsst nicht urteilen. Die Unbestimmtheit handelt durch euch im Sinne der Wandlung selbst. Das heißt nicht, dass das, was dann passiert, euch gefallen muss oder ihr es richtig finden müsst. Die Unbestimmtheit fördert die Lebendigkeit, die Verwandlung, sie handelt immer gegen die Erstarrung. Aber Lebendigkeit beinhaltet immer auch Vergänglichkeit.«

Elias schluckte. Diese Sichtweise brachte eine Saite zum Klingen in ihm. Hatte das Skelett nicht von sich gesagt, es sei Lebendigkeit? Damals hatte er gedacht, wie kann ein Toter so etwas behaupten? Aber wenn Lebendigkeit Veränderlichkeit meint, dann beinhaltet sie immer beide Seiten: Entstehen und Vergehen.

Die Professorin kniete sich am Ufer des Sees nieder und legte ihre Hände flach mit der Unterseite auf das Wasser, dann atmete sie tief ein. Plötzlich erhob sich eine Welle vom Uferrand in Richtung der Wasserfälle auf der gegenüberliegenden Seite des Sees und wurde dabei größer und größer. Die Welle war mannshoch, als sie an der Felswand zerschlug.

Die Professorin drehte sich zu ihnen um. »Das war dunkelgraue Magie. Ich wollte eine Welle in dieser Art machen.« Dann ging sie in ihrem cremefarbenen Badekleid bis zu den Knien ins Wasser, schloss die Augen und ließ sich nach hinten fallen. Sie glitt auf das Wasser, als wäre ihr Körper ein Luftkissenboot. Es erinnerte Elias an die Solebecken in Thermalbädern. Nur, dass der Auftrieb der Professorin nicht durch Salz, sondern Magie zustande kam.

Professorin Petridis hob den Kopf und sagte: »Das ist hellgraue Magie. Ich bat das Wasser darum, mich zu tragen, und es tut mir den Gefallen. Jetzt seid ihr dran.«

Der Tag verging wie im Flug. Zwar entdeckte keiner von ihnen ein Talent zum Wasser-Elementalist, aber sie lernten Magie noch einmal von einer anderen Seite kennen.

Elias fröstelte. Es war Freitagabend. Beim schwarzen Mönch war es heute wieder mal besonders kalt. Der hässliche Mann saß schwermütig an seinem Pult und sah dabei blass und müde aus, während er seinen Vortrag hielt.

»Um die Psychologie der Überzeugungen zu erklären, greife ich auf die Theorie von der Dynamik der Schwingungsebenen zurück. Bitte bedenken Sie, dass es sich wie immer um ein gedankliches Konstrukt handelt. Die Dynamik der Schwingungsebenen entsteht durch zwei Zyklen, die gegenläufig sind. Der eine Zyklus nennt sich ›Zyklus der Involution‹. Es ist das Abbremsen der Schwingungen, was dazu führt, dass sich aus der Unbestimmtheit etwas Bestimmtes herausbildet. Das nennen wir ›Manifestierung‹. Den anderen Zyklus bezeichnen wir als den ›Zyklus der Evolution‹. Es handelt sich dabei um ein Beschleunigen der Schwingungen, was dazu führt, dass das Bestimmte sich wieder verändert. Das nennt man dann ›Verwandlung‹. Dieses Konstrukt lässt sich auf jedes Ding in der Welt anwenden und auch auf jeden Gedanken des Menschen.«

Er erhob sich langsam und wirkte dabei buckliger denn je. War er krank? Ein Anflug von Mitleid kam in Elias auf. Dann fiel ihm wieder ein, dass er ihm nicht über den Weg traute. Es schoss ihm die Szene beim Unfall der Wasserhüterin in den Kopf und die Antipathie für diesen verschrobenen Magier machte sich in Elias' Eingeweiden sofort breit.

»Der Mensch ist in diese Dynamik zwischen den beiden Polen Manifestierung und Verwandlung natürlicherweise eingebunden. Weder das eine noch das andere ist schlecht oder falsch. Aber beide Zyklen müssen im Menschen wirksam sein. Nehmen wir an, der Mensch befände sich nur im Zyklus der Evolution und nie im Zyklus der Involution, dann wäre er gänzlich unbestimmt und würde nicht mehr in der Form ›Mensch‹ existieren. Andererseits: Der Mensch, der sich nur noch im Zyklus der Involution befindet, wäre vollkommen erstarrt. Auch dieser wäre nicht mehr das, worunter wir uns einen Menschen vorstellen.« Der Mönch setzte sich wieder auf den Stuhl hinter sein Pult. Ein paar Sekunden lang war es still im Raum, während er die Lehrlinge fixierte.

Sie sahen nachdenklich vor sich hin oder auf den Boden. Niemand mochte den Blickkontakt mit dem schwarzen Mönch. Die Einzigen, die ihn häufig ansahen, waren Lielle und Raluka. Elias überlegte, ob Raluka nicht Angst hatte, dass er ihr feuriges Geheimnis in ihren Gedanken lesen konnte. Aber vielleicht gelang es ihr, in seinem Unterricht nicht an diese Sache zu denken. Oder vielleicht wusste er davon?

Elias bemerkte plötzlich, wie der Blick des schwarzen Mönchs auf ihm ruhte, er sah schnell auf das verkratzte Holz des Pultes vor sich.

»Kommen wir auf das zu sprechen, worauf ich hinauswill: Sehen wir uns einmal die Gedanken eines Menschen an, der mehr und mehr im Zyklus der Involution ist. Diese Gedanken werden zu Überzeugungen, die immer weniger im Kontakt und in Wechselwirkung mit der Welt stehen. Der Mensch bildet dadurch einen starren Willen aus und strebt etwas Bestimmtes an oder vermeidet etwas Bestimmtes. Durch diese Anstrengung soll eine

Wirklichkeit aus der Unbestimmtheit heraus erzeugt werden, die der Mensch erfahren möchte. Es ist eine vom Menschen selbst erschaffene Wirklichkeit, die immer weniger mit der wirklichen Welt um ihn herum zu tun hat. Menschen, die erstarren, neigen dazu, alle Maßnahmen zu ergreifen, um diese eigene Wirklichkeit zu erzeugen und aufrecht zu halten. Dies kann zu Manipulation, Lügen, Betrug und schlimmstenfalls auch zu Mord führen.«

Der schwarze Mönch sah Lielle einen Moment lang an, dann sagte er: »Sie wollen fragen, ob Überzeugungen grundsätzlich schlecht sind.«

Lielle nickte.

»Nein, sind sie nicht. Der Mensch benötigt sogar Überzeugungen, um sich in der Welt zu orientieren. Aber er muss dabei selbstverständlich empfänglich bleiben für diese Welt. Sonst geht er in die Irre. Der Mensch ist in beide Zyklen eingebunden. Er hat Phasen der Involution und Phasen der Evolution. Das ist ein natürliches Geschehen der menschlichen Entwicklung. Wenn aber der Zyklus der Involution den Zyklus der Evolution stark dominiert, dann wird dieser Mensch zum Problem, für sich selbst und auch für seine Umwelt. Er kann dann leicht der Erstarrung anheimfallen. Von Skrupellosigkeit bis hin zu Fanatismus und Wahnsinn ist dann alles drin. Das war's für heute.« Der Mönch sprang plötzlich auf und eilte aus dem Raum.

Die Lehrlinge sahen ihm verwundert nach.

»Am Schluss hatte er selbst keine Lust mehr auf sein Gelaber, oder?« Mika grinste in die Runde. Die vier Freunde steuerten nach dem Unterricht beim Mönch in Richtung Ausgang der Burg.

»Stimmt«, sagte Tiana.

Da kam ihnen ein großer, schlaksiger Typ mit halblangen, braunen Haaren entgegen. Es war Marc, der Portalhallenmitarbeiter vom Kristallberg. Mit ihm hatten sie den Portaltag im Kloster in Rumänien verbracht.

»Hey Leute«, grüßte sie Marc und eilte an ihnen vorbei.

Die vier erwiderten den Gruß.

Kurz vor dem Ausgang fiel Elias ein, dass er Marc fragen wollte, was für Voraussetzungen man als Portalist mitbringen musste. Er hatte darüber nachgedacht, darauf hinzuarbeiten.

»Ich komme gleich nach«, sagte er zu den drei anderen, machte auf dem Absatz kehrt und joggte den düsteren Gang zurück. Er bog um die Ecke, aber Marc war nicht mehr da. Er musste in eines der Zimmer gegangen sein. Dann würde er ihn eben ein anderes Mal fragen, dachte Elias, drehte um und ging ein paar Schritte, als er Stimmen aus einem Raum hörte. Er spitzte die Ohren.

Es war Marc, der da sprach, er klang aufgeregt. »Es geht um das Rigometer. Es ist in den letzten Wochen aus unerfindlichen Gründen kontinuierlich gestiegen. Heute Abend soll am Kristallberg über das weitere Vorgehen beratschlagt werden.«

Ein paar Herzschläge lang hörte Elias nichts mehr.

»Ich habe es geahnt«, sagte der schwarze Mönch heiser.

»Womöglich müssen wir das Ritual vorziehen.«

»Das wäre schlecht«, erwiderte der Mönch, seine Stimme klang nah, als würde er direkt hinter der Tür stehen.

Elias' Herz klopfte, sein Instinkt sagte ihm, dass er besser verschwinden sollte. Er lief auf leisen Sohlen den Gang zurück. Dann hörte er, wie die Tür aufging. Die nächste Ecke war einige Meter von ihm entfernt. Verzweifelt stellte er fest, er würde es nicht mehr schaffen. Doch dann wurde er plötzlich schnell, turboschnell. Bewegungsmagie katapultierte ihn nach vorn. Während er um die Ecke schoss, sah er über seine Schulter hinweg wie in Zeitlupe den Kopf des schwarzen Mönchs in der Tür auftauchen. Doch ehe er in Elias Richtung sah, war dieser aus seinem Sichtfeld verschwunden.

Immer wenn Elias die Zeit fand, übte er mit Twixu Tiermagie. Nachdem er die telepathische Verbindung mit ihm intensiviert hatte, war er dazu übergegangen, der Fledermaus Observierungsaufgaben zu geben. Er sollte Orte abfliegen, das Geschehen beobachten und zu Elias zurückkehren, um ihm Bilder davon zu vermitteln. Twixus neuer Job als tierische Drohne machte ihm Riesenspaß.

Und im April schickte er die kleine Fledermaus vermehrt auf Streifzug, denn im Kloster in Rumänien hatte die flüsternde Stimme den Monat April erwähnt. Vielleicht sollte da irgendetwas passieren.

Allerdings war an diesem Samstagabend schon Ende April und nichts Ungewöhnliches war bisher geschehen. Es dämmerte bereits. Elias hatte Twixu zum Haupttor geschickt, um zu beobachten, wer dort ein und aus ging. Nach einigen Minuten kam er zurück und übermittelte Elias Bilder von einem großen Typ, der das Haupttor eilig passiert hatte. Das war an sich nichts Besonderes. Twixu hatte ihm in den letzten Wochen schon alle möglichen Personen gezeigt, die dort herumliefen. Dieses Mal war es aber Demian. Für einen kurzen Moment dachte Elias, da wäre noch etwas anderes, das sich an der schlecht ausgeleuchteten Wand des Tores entlang bewegte und Demian folgte. Aber es war wohl nur sein Schatten.

Elias beugte sich zu der Fledermaus und flüsterte: »Kannst du heute noch einen Auftrag annehmen, mein kleiner Freund?«

Twixu öffnete seine dünnhäutigen Flügelchen, was einem Nicken gleichkam. Er verstand nicht Elias' Worte, aber sehr wohl, was er meinte.

Elias atmete tief ein. Er musste sich konzentrieren, um dem kleinen Wildtier auf tiermagische Art einen komplexeren Auftrag zu vermitteln: Twixu sollte Demian verfolgen, anschließend sollte er zur großen Weggabelung vor der Akademie kommen, um Elias zu treffen und ihm Bericht zu erstatten. Kaum hatte er ihm dieses Anliegen telepathisch verdeutlicht, schoss er los.

Elias sah ihm zweifelnd nach. Mal sehen, ob er ihn heute Abend nochmal zu Gesicht bekommen würde. Er schnappte sich seine Jacke, rannte aus seinem Zimmer und rief: »Mika, komm schnell, wir müssen jemanden verfolgen.«

Mika sah entgeistert zu ihm, er stand mitten in ihrem Wohnbereich, das M-Visi über das Ohr geklemmt. »Wen denn?«

»Demian! Ich erkläre es dir unterwegs.«

Der volle Mond schien hell auf Elias und Mika herab, als sie zur großen Weggabelung kamen, die sich einige hundert Meter vom Tor entfernt befand. Von hier aus führten drei Wege in verschiedene Richtungen.

»Wo lang?«, fragte Mika.

»Moment«, sagte Elias und sah sich mit zusammen gekniffenen Augen um.

Da schoss plötzlich eine Fledermaus über Mikas Kopf hinweg. Er duckte sich mit einem erschrockenen Geräusch und schlug mit den Armen danach. »Nimm es weg, nimm es weg!«, rief er.

Twixu umkreiste Elias' Kopf ein paar Mal und flog dann zielstrebig in Richtung Norden den Weg entlang davon.

»Das war nur eine Fledermaus, ist schon weg«, sagte er lachend.

»Giftiger Mini-Vampir.«

Elias hatte vor seinem geistigen Auge Bilder von Twixu empfangen. Demian war gen Norden gegangen. »Schau mal Mika, da hinten beim Waldrand!«, sagte er laut.

Mika spähte in die Richtung. »Ich sehe nichts.«

»Ich habe da gerade noch eine Bewegung gesehen, ich glaube, das war Demian«, log Elias und schlug den Weg entsprechend ein.

Sie waren schon eine viertel Stunde im Eilschritt gelaufen, als Mika sagte: »Der Weg hier führt zum Kristallberg.«

»Weißt du, wie lange man dort hin braucht?«

»Bin nicht sicher. Bei dem Tempo eine Stunde vielleicht?«

Nach einer weiteren viertel Stunde kamen sie an eine Abzweigung mit einem Schild, das Richtung Norden zeigte, darauf stand: ›Zum Kristallberg‹. Es führte noch jeweils ein Weg nach Osten und einer nach Westen.

Elias suchte den Himmel ab, aber von Twixu keine Spur.

»Da gehts weiter zum Kristallberg. Wo sollen wir lang?«, fragte Mika.

»Ich weiß es nicht«, antwortete Elias. Wo konnte Demian hin wollen? Zur Mühle bestimmt nicht, denn dann wäre er nicht schon so weit Richtung Norden gegangen. »Ich glaube, das Naheliegendste ist der Kristallberg«, sagte Elias und lief los.

»Was könnte Demian da wollen?«, fragte Mika.

»Keine Ahnung. Es würde ihm sicherlich nicht erlaubt, in die Realität zu reisen, wenn er das wollte«, sagte Elias.

»Vielleicht kennt er einen der Portalisten und besucht ihn.«

»Wer weiß.«

Sie verfielen nach einiger Zeit in einen langsameren Trab, da sie beide außer Atem waren. Plötzlich schossen Elias Bilder in den Kopf. Er sah den Eingang in die Portalhalle beim Kristallberg, aber es waren keine Personen zu sehen. Twixu! Er hob den Blick und sah einen kleinen, schwarzen Fleck über ihnen kreisen, der sofort wieder davon flatterte. Bestimmt war Demian in die Portalhalle hineingegangen. Elias beschleunigte seine Schritte wieder.

Das letzte Stück führte sie der Weg durch den Wald. Endlich sahen sie den großen Platz vor dem Eingang der Portalhalle. Sie verließen den Weg und blieben etwas abseits unter den Bäumen stehen, um die

Lage zu checken. Da hörten sie das Knacksen von Ästen in einiger Entfernung im Wald rechts von ihnen.

»Achtung«, flüsterte Elias und ging in die Hocke, während er in die Dunkelheit unter den Bäumen in die Richtung spähte, aus der das Geräusch gekommen war.

»Ist da jemand im Wald?«, fragte Mika leise, der sich ebenfalls geduckt hatte.

Sie lauschten angestrengt, aber alles verhielt sich ruhig.

»Vielleicht war es nur ein Reh«, sagte Elias.

Auf dem Platz standen ein paar Bänke. Einige Laternen verbreiteten ein mattes Licht, aber es war kein Mensch zu sehen. Das große Tor der Portalhalle war geschlossen. Auf der linken Seite der Felswand stand eine kleinere Eingangstür offen, ein Nebeneingang. Licht fiel heraus und beleuchtete ein Bündel, das direkt davor am Boden lag. Es war ein Mensch. Er trug den grauen Dienstanzug der Portalhallenmitarbeiter.

»Verdammt«, flüsterte Mika und schoss hoch.

Elias hielt ihn fest. »Warte, es könnte gefährlich sein. Folge mir.« Sie schlichen unter den Bäumen um den Platz herum, bis sie auf Höhe des Mannes, der dort lag, waren. Sein dicker Bauch hob und senkte sich regelmäßig.

»Er atmet«, sagte Elias. »Vielleicht schläft er nur.« Er versuchte, durch die Tür in die Portalhalle zu spähen, doch er konnte nur hellen Lichtschein erkennen. Ein paar Minuten vergingen, in denen sie warteten, ob jemand herauskommen würde, aber nichts passierte.

»Lass uns zu dem Mann hingehen. Vielleicht braucht er Hilfe«, sagte Mika.

»Aber vorsichtig.«

Sie schlichen auf den Mann zu. Ein dicker Schnurrbart zierte sein Gesicht.

»Das ist Vladimir. Er war auf dem Ausflug ins Kloster dabei«, sagte Mika und rüttelte an seiner Schulter.

»Stimmt.« Elias sah besorgt auf den älteren Mann.

»W-was ist los?«, fragte Vladimir und blinzelte die beiden schlaftrunken an. Dann runzelte er plötzlich die Stirn und sagte: »Lehrlinge? Warum schleicht ihr hier an einem Samstagabend herum?« Er stand schwerfällig auf. Es klang, als wäre er betrunken.

»Warum schlafen Sie hier an einem Samstagabend seelenruhig vor dem Eingang der Portalhalle?«, fragte Mika.

»Das ist ja wohl eine Frechheit. Ich habe nicht geschlafen. Was wollt ihr hier?«, fragte er lallend.

Elias und Mika sahen sich verblüfft an.

»Ihr habt hier nichts zu suchen, schleicht euch, bevor ich den Sicherheitsdienst informiere.«

Mika fragte: »Haben Sie nicht gemerkt, wie sie hier geschlafen haben? Wir haben Sie gerade aufgeweckt.«

Ein beklemmendes Gefühl überkam Elias, als würden sie beobachtet. Irgendetwas war hier. Er sah sich um, konnte aber niemanden sehen.

Vladimir begann nun richtig wütend zu werden und sagte plötzlich sehr viel klarer als zuvor, so als wäre er in ein paar Sekunden nüchtern geworden: »Ich melde euch jetzt bei Inspektor McDoughtery.« Er nahm sein M-Tap in die Hand.

Da sagte eine bekannte Stimme hinter ihm: »Was ist hier los?« Marc war aus der Portalhalle getreten, er sah sie verwundert an.

»Hier liegt ein Missverständnis vor«, sagte Elias.

»Ah ja? Die Portalhalle ist geschlossen. Was macht ihr also hier?«, fragte Marc.

»Die beiden faseln wirres Zeug. Vielleicht haben sie irgendwelche Pilze gegessen«, sagte Vladimir.

Mika wollte gerade zu einer empörten Erwiderung ansetzen, aber Elias hob die Hand, um ihn zum Schweigen zu bringen.

Marc musterte Elias. »Wir kennen uns, oder?«

»Wir waren zusammen auf einem Ausflug. Haben uns über den Job als Portalist unterhalten.«

»Ach ja, stimmt. Wir waren in Rumänien!«, sagte Marc.

»Genau! Sorry Leute, dass wir hier einfach aufgetaucht sind, aber wir waren neugierig, was an einem Samstagabend so los ist bei euch«, sagte Elias.

»Eine Party findet hier nicht statt«, erwiderte Marc grinsend.

»Ah, schade, wir wollten uns hier mit einem Kumpel treffen. Demian. Ist der hier vorbeigekommen?«, fragte Elias.

»Ne, ich habe niemanden gesehen. Vladimir?«, fragte Marc.

Vladimir sah finster zu Elias und schüttelte den Kopf. »Niemand war hier.«

»Ach, dann haben wir das missverstanden. Kein Ding. Wir gehen wieder in die Akademie und versuchen da unser Glück«, sagte Elias.

»Viel Spaß«, sagte Marc und ging wieder in die Portalhalle.

»Einen schönen Abend noch«, sagte Elias.

»Ja, verschwindet hier!«, sagte Vladimir und steckte sein M-Tap zurück in seinen Kittel.

Elias zog Mika mit sich, der zum Glück nichts mehr sagte, und sie machten sich auf den Rückweg in die Akademie.

»Mann, das war doch voll komisch. Dieser Vladimir hat gepennt und merkte es gar nicht«, sagte Mika verärgert.

»Ja, sonderbar.«

Der Mond leuchtete silbrig über ihren Köpfen, während sie den Weg zurückliefen. Ein kalter Wind war aufgekommen.

»War er vielleicht im Vollsuff?«, fragte Mika.

»Anfangs machte er den Eindruck, aber dann wurde er sehr plötzlich sehr klar in der Birne«, erwiderte Elias.

»Vielleicht stand er unter einem Zauberbann?«

»Der Gedanke kam mir auch schon. Dann wäre es das Werk eines Kommunikationsmagiers.«

»Aber wozu?«, fragte Mika.

»Und hat das alles etwas mit Demian zu tun?«

»Demian war gar nicht dort. Du hast doch gehört, was die Portalisten gesagt haben.«

»Und wenn sie ihn nur nicht gesehen haben?«, fragte Elias.

»Du meinst, er hat sich eingeschlichen?«

»Darin ist er doch gut. Hat sich auch in die alte Akademie eingeschlichen.«

Ihr Weg führte unter dichten Baumkronen entlang. Elias konnte nur die Umrisse von Mikas Gesicht erkennen. »Lass uns nochmal überlegen: Wer könnte der Kommunikationsmagier gewesen sein, der Vladimir verhext hat?«, fragte Elias.

»Keine Ahnung. Demian bestimmt nicht. Er ist Bewegungsmagier. Das weißt du doch am besten.«

Sie liefen ein paar Minuten lang schweigend nebeneinander her.

Dann sagte Elias vorsichtig: »Aber es gibt Magier, die zwei Pfadmagien beherrschen.«

»Ja, aber die sind sehr selten. So was kommt vielleicht alle hundert Jahre mal vor.«

»Auf der alten Burgruine herrschte eine seltsame Stimmung unter den Lehrlingen, als hätte Demian sie verhext.«

»Wenn Demian ein Zwiefältiger wäre, hätten die Lehrer das doch schon längst gemerkt und man hätte etwas gegen ihn unternommen.«

Elias schluckte. Ein Zwiefältiger hatte wirklich keinen guten Ruf.

»Vielleicht haben sie es ja gemerkt, aber halten es geheim«, sagte Elias.

Mika sah nachdenklich vor sich hin. »Das wäre schräg. Oder sogar gefährlich.«

Elias räusperte sich. Mikas Aussage verletzte ihn. Er spürte, wie wichtig ihm die Freundschaft mit Mika war und er spürte auch, wie diese Sache mit der Zwiefältigkeit sein Leben überschattete. Er raufte sich die Haare und sagte: »Mir platzt gleich der Schädel. Lass uns drüber schlafen. Vielleicht fällt uns morgen irgendeine Erklärung für diese merkwürdige Geschichte ein.«

»Okay«, sagte Mika.

Den restlichen Weg verbrachten sie schweigend.

Elias verdrängte das flaue Gefühl im Magen, das diese Zwiefältigkeit bei ihm auslöste und dachte über Marc nach. War er womöglich in diese seltsame Sache verwickelt? Warum war er gestern beim schwarzen Mönch gewesen? Er hatte diesem von einem Treffen erzählt, das gestern beim Kristallberg stattgefunden hatte. Hatte das irgendetwas mit dieser merkwürdigen Geschichte von heute zu tun? Und was war eigentlich ein Rigometer? Und wo war Demian hin verschwunden? Die Portalisten hatten ihn nicht gesehen. Twixu hatte Elias nur den Platz vor der Portalhalle gezeigt, aber nicht, wie Demian in die Halle hineingegangen war. Und warum sollte er das auch tun? Marc und die anderen würden ihm nicht einfach ein Portal öffnen und in die Realität reisen lassen.

Als Elias am Abend im Bett lag, kamen ihm im Halbschlaf wieder die Bilder in den Sinn, die ihm Twixu vermittelt hatte, als Demian gestern Abend die Akademie verlassen hatte. War da irgendetwas bei ihm gewesen? Elias hatte es für seinen Schatten gehalten, aber etwas war seltsam daran. Dieser Schatten wirkte irgendwie massiv. Eine Fledermaus nahm in der Dunkelheit sehr viel mehr wahr als ein Mensch. Und ein Tiermagier war in der Lage diesen Mehrwert nachzuvollziehen. Aber Elias war noch nicht besonders geübt darin. Bevor er diesem sonderbaren Gespür, was diesen Schatten betraf, weiter nachgehen konnte, siegte jedoch die Müdigkeit.

Elias fuhr schweißgebadet hoch. In seinem Traum hatte er gegen Mika gekämpft, weil dieser erfahren hatte, dass Elias ein Zwiefältiger war. Dann hatte Lielle sie beide verhext, so dass sie sich nicht mehr bewegen konnten. Es war immer noch Nacht, glücklicherweise Sonntag, und Elias konnte ausschlafen. Er sah zum Fenster hinaus. Der Vollmond schien groß und hell in sein Zimmer. In seiner Erinnerung tauchte der Skelettmann auf, der ihn aus mondlichthellen Augen angesehen hatte. Elias' Blick wanderte zum Kleiderschrank. In der hintersten Ecke verborgen lag das Buch. Er hatte es seit Monaten nicht mehr angerührt. Lag es überhaupt noch dort?

Elias stand auf, ging zum Schrank und kniete sich davor nieder. Er würde das Buch auf keinen Fall öffnen, denn dann würde dieser sonderbare Zauber wirken und ihn einschlafen lassen. Er wollte nur nachsehen, ob es noch da war. Er fand es so vor, wie er es auch hinterlassen hatte, in einen Kopfkissenbezug eingewickelt. Der Stoffeinband passte nicht zu dem Innenleben, das aus Pergament bestand, wie Elias glaubte. Pergament konnte viele Jahrtausende überdauern.

Er wollte das Buch wieder in den Bezug einwickeln, da rutschte es ihm aus der Hand. Wie in Zeitlupe sah er es fallen. Ihm stockte der Atem. Das Buch überschlug sich einmal über sein Knie und lag dann aufgeschlagen vor ihm auf dem Boden. Sein Herz raste. Das Pergament leuchtete hell im Mondlicht auf. Da stand ein einziges Wort in silbernen Lettern: »Ceanamca.« Aus den Buchstaben formte sich das Antlitz des Schädels mit den leuchtenden Augen. Es kam aus dem Buch heraus und schoss auf Elias' Gesicht zu. Er schaffte es nicht mehr, seinen Kopf wegzudrehen. Der gespenstische Totenschädel berührte ihn mit der Stirn an der seinen. Elias glitt rückwärts gegen den Schrank und verfiel in einen tiefen Schlaf.

Er hörte eine hallende Stimme. Sie schien aus seinem Inneren zu kommen. »Ich folge dir überall hin, auch wenn dein Weg in die Dunkelheit führt.«

Elias öffnete langsam die Augen. Direkt vor seinem Gesicht befand sich der Totenkopf und sah ihn aus leuchtenden Augen an. Einige Herzschläge vergingen, in denen sie sich gegenseitig nur anstarrten.

Dann stand das Skelett auf, entfernte sich Richtung Höhlenausgang, drehte sich noch einmal zu ihm um und forderte ihn mit einer Handbewegung auf mitzukommen.

Es dauerte einen Moment, bis Elias sich orientieren konnte. Dieser Traum ging genau da weiter, wo der letzte geendet hatte: Der Skelettmann hatte ihn in seinem Höhlenversteck aufgespürt. Elias sah dem Wesen nach. Er fürchtete sich vor ihm. Aber dieses Mal war es anders. Es war nicht nur Furcht, es war auch tief empfundene Ehrfurcht. Dieses Wesen war ungeheuerlich, aber auch erhaben. Er war der Ceanamca, so nannte man ihn. Elias stand auf und folgte ihm hinaus.

Eine verschneite Berglandschaft empfing ihn. Er befand sich an deren Rand, so dass er die schneebedeckte Ebene, die sich kilometerweit unterhalb davon erstreckte, überblicken konnte. Über ihm spannte sich ein gigantisches Firmament übersät von Tausenden glitzernden Sternen auf. Und mitten darin, größer als er sie je zuvor gesehen hatte, stand die silberne, kreisrunde Scheibe des Mondes.

Auf der Spitze des höchsten Berges, der neben Elias aufragte, stand der Ceanamca. Er hatte die knöchernen Arme in einer beschwörenden Geste zum Himmel erhoben. Mondlicht sammelte sich in der Gestalt des Skeletts und eine silbrige Welle schwappte über die vereiste, kalte Welt hinweg. Der Schnee schmolz in Sekundenschnelle und legte eine bewaldete Gegend unterhalb des Gebirges frei. Überall glitzerten Seen im Mondlicht. Man hörte die Rufe von Vögeln und Wildtieren. Sie waren zum Leben erwacht und begannen diese üppige, unberührte Natur zu bevölkern.

Der Ceanamca stand auf der Bergspitze und sah auf Elias herab. Er zeigte auf den Mond. Ein dunkler Schatten schob sich davor. Plötzlich bebte der Boden und ein tiefer Riss tat sich unter Elias' Füßen auf. Er ließ sich auf eine Seite ins niedere Gras fallen. Die aus dem Eis geborene Landschaft wurde erschüttert und zerbrach. Es splitterte und knirschte und rumpelte um Elias herum. Er war wie eine Ameise, winzig klein, in dieser ungeheuerlichen Bewegung der Erde. Er krallte sich am Gras fest. Was geschah hier? Eine tiefe Furche entstand direkt neben ihm. Der Fels wurde auseinandergetrieben, als wäre ein gigantischer Keil hineingeschlagen worden. Die andere Seite sackte mit lautem Krachen in die Tiefe. Eine immer größer werdende Kluft war entstanden.

Elias sah zur Bergspitze, aber der Ceanamca war verschwunden. So schnell er konnte, kletterte er den Abhang hinauf. Da hörte er ein Rauschen. Es dauerte einen Moment, bis er erkannte, woher es kam. Eine gigantische

Flutwelle hatte sich in der Ferne aufgetürmt und bewegte sich in hoher Geschwindigkeit auf ihn zu. Elias beschleunigte seine Bemühungen, aber er kam nur langsam voran, da er ständig mit den Füßen in Spalten und Löchern hängenblieb. Er kletterte weiter, verbissen und zäh, er strengte sich an. Doch der Berg schien zu wachsen. Er war nun höher denn je oder war Elias in die falsche Richtung gegangen? Das war doch nicht möglich! Dann bemerkte Elias, dass seine Füße nass wurden. Wasser stieg an ihm hinauf. Und die Dunkelheit nahm zu. Angst bohrte sich mit eiskalten Fingern in seinen Nacken. Er war am Ende. Der Ceanamca war fort. Was sollte er nun tun? Was konnte er noch tun? Er erkannte plötzlich, dass er vollkommen allein und hilflos war. Und er gab es auf zu kämpfen.

Er ließ sich rückwärts ins Wasser fallen. Er ging kurz unter, aber wurde sofort wieder empor gedrückt. Eine Welle trug ihn den Hang entlang nach oben und er landete auf einem flachen Stück Boden. Es war die Bergspitze, auf der eben noch der Ceanamca gestanden hatte. Rundherum war das Land von Wasser überflutet worden. Diese Welt, gerade erst aus dem Eis erwacht, war untergegangen.

Elias hob den Kopf. Ein schwarzer Schleier verdunkelte den Mond. Wo war der Ceanamca? Er ließ seinen Blick über das Wasser schweifen. War es nicht ironisch? Gerade war er noch vor diesem Dämon geflüchtet und jetzt suchte er nach ihm. Da sah er einige Meter von sich entfernt einen weißen Schimmer im Wasser. Es leuchtete wie damals, als er den Ceanamca aus dem gefrorenen See gezogen hatte. Doch das Schimmern wurde schwächer. Der Ceanamca ging unter. Und je tiefer er sank, desto dunkler wurde es in der Welt. Bald würde Elias von undurchdringlicher Finsternis umgeben sein. Und plötzlich wurde Elias ruhig. Ihm wurde mit einem Mal klar, der Feind, dem er sich hier gegenübersah, diese alles verschlingende Finsternis, es war die Erstarrung. Und er allein war machtlos ihr gegenüber.

Der Ceanamca versank in den Tiefen des Meeres, in den Tiefen des ewigen Vergessens. Der Ceanamca war Lebendigkeit. Er war das Leben und der Tod. Wenn es ihn in dieser Welt nicht mehr gab, dann würde die Finsternis siegen. Was konnte Elias nur tun? Er hatte keine Möglichkeit, den Ceanamca herauszuziehen. Er konnte ihm nur folgen. Sein Leuchten war kaum mehr wahrnehmbar. Jetzt oder nie. Elias sprang.

Und er wachte schweißgebadet in seinem Bett in der Akademie auf.

DIE BELTA

»Wie findet ihr ›Mika und die drei Musketiere‹?«, fragte Mika in die Runde.

Tiana hob die Augenbrauen und sagte: »Doof.«

»Wie wäre es mit ›Mikas Agentenbande‹?«

Die vier Freunde saßen auf Bänken draußen nach dem Frühstück am Sonntagvormittag im Park vor dem Haus der sieben Quellen. Die sogenannte Belta stand bevor. Es war eine Übung für die Lehrlinge der höheren Nomester in Form eines Agentenspiels. Dieses Spiel fand jährlich Anfang Mai in der Realität statt und ging über mehrere Tage. Viele Professoren und sonstige Mitarbeiter gingen zur Betreuung mit, so dass in dieser Zeit kein normaler Unterricht in der Akademie stattfand. Die jüngeren Nomester konnten zum Ausgleich an der sogenannten kleinen Belta teilnehmen, einer Art Schnitzeljagd in der Sphäre der Elemente. Vier Gruppen, eine je Haus, wurden per Zufall dafür ausgewählt.

»Müssen wir da mitmachen?«, fragte Tiana.

»Die Frage ist doch eher: Dürfen wir da mitmachen? Denn man kommt ja nur rein, wenn man aus der Urne gezogen wird«, antwortete Mika.

»Muss man sich denn in die Urne werfen?«, fragte Tiana.

»Ne, du solltest nur den Zettel in die Urne werfen«, sagte Mika.

Sie verdrehte die Augen: »Ich meine doch den Zettel! Oder sehe ich so aus, als würde ich in so eine Urne reinpassen?«

Mika musterte Tiana mit einem Grinsen im Gesicht.

»Hör auf, mich so anzugucken«, sagte Tiana schnippisch.

»Man wirft nur den Zettel mit dem Teamnamen ein, und das freiwillig«, erwiderte Mika.

»Was gewinnt man denn da?«, fragte Tiana.

»Einen Pokal«, sagte plötzlich jemand hinter ihnen.

Die vier Freunde drehten sich um. Dort standen Demian und Chris.

»War nur ein Witz. Es geht um die Ehre, die man für sein Haus einholt«, sagte Demian schmunzelnd.

»Das werdet ihr euch doch nicht entgehen lassen, oder?«, sagte Chris.

Ohne eine Antwort abzuwarten, gingen die beiden weiter. Elias sah ihnen stirnrunzelnd nach.

»Die Konkurrenten vom Feuerhaus lassen wir doch nicht gewinnen!«, sagte Tiana.

»Zeigen wir es ihnen!«, sagte Lielle.

»Wie findet ihr ›Die Wasserratten‹?«, fragte Tiana in die Runde.

»Perfekt«, sagte Lielle und sah fragend zu Mika und Elias.

Die zwei Jungs sahen sich an. Elias fand das Verhalten von Demian und Chris seltsam. Sie schienen zu wollen, dass sie teilnehmen würden. Warum? Er wechselte einen vielsagenden Blick mit Mika.

Schließlich zuckte Mika mit den Schultern. Zu den beiden Frauen sagte er: »Na ja, ›Mika und die drei Musketiere‹ war einfallsreicher, aber gut.«

Lielle, Tiana und Mika sahen erwartungsvoll zu Elias.

Elias fragte: »Was machen denn die anderen Lehrlinge in der Zeit?«

»Zusehen«, sagte Mika. »Alles, was die Teilnehmer tun, filmen sie und die anderen gucken zu.«

»Aha«, sagte Elias. Er hatte bei der Sache ein mulmiges Gefühl. Andererseits war es ja ein von der Akademie organisiertes Spiel. Und wollte er sich von Demian und Chris einschüchtern lassen? Wenn er jetzt aus Angst nicht teilnehmen würde, wäre das der Beginn eines Teufelskreises. Das durfte er nicht zulassen. Und außerdem gab es auch noch die Wahrscheinlichkeit, dass ihr Teamname nicht aus der Urne gezogen wurde und sie sich das Spektakel aus der Ferne auf einer Leinwand ansehen konnten. »Okay, wir sind ›Die Wasserratten‹. Lasst uns den Zettel einwerfen«, sagte Elias und stand auf.

Und prompt erschien ihr Teamname am nächsten Morgen unter den Teilnehmern am schwarzen Brett im Vorraum des Festsaals. Außer ihnen waren ausgewählt worden: Team ›Rosa Elefanten‹ vom Lufthaus, Team ›Schwarze Perle‹ vom Erdhaus und Team ›Roter Fuchs‹ vom Feuerhaus.

Um neun Uhr am Dienstag fanden sich ›Die Wasserratten‹ beim besagten Treffpunkt am großen Tor ein. Jeder von ihnen trug ein blaugefärbtes Halstuch. Ansonsten waren sie beige und im Zwiebelprinzip gekleidet. Und jeder hatte seinen Rucksack bepackt mit einer warmen Jacke, Gummistiefeln, Regenschirm, M-Tap, Stirnlampe, Getränke und Snacks.

Sie waren die letzte Gruppe, die am Treffpunkt ankam. Die anderen drei Teams waren schon zum Aufbruch bereit. Die Mitglieder des Luftteams trugen einen weißen Umhang als Erkennungszeichen. Beim Erdteam war es eine braune Schirmmütze. Die Leute vom Feuerhaus standen in roten Kapuzenjacken da: Freddie und Kayra und zu Elias' Missmut, Demian und Chris.

Herr Kumar von den Elektromagiern sprang eifrig herum und verkabelte jeweils eine Person aus jeder Gruppe. Außerdem waren dort Florin Morel, der Gestaltwandelprofessor, Nova, die Wetterhexe, die vier Hausleiter, Schwester Laila von der Heilstation sowie die Portalhallenmitarbeiter Marc und Annabell und Herr Linsletter vom Sicherheitsdienst.

Mika wurde zu ihrem Kameramann auserkoren. Herr Kumar befestigte eine winzige Kamera an seinem rechten Ohr, sie sah ähnlich aus wie das M-Visi.

»Liebe Leute, bitte jetzt herhören!«, sagte Professor Morel in seinem knallbunten, hautengen Overall, »es gibt noch ein paar Instruktionen, bevor es losgeht. Das Wichtigste vorne weg: Ihr dürft aus Sicherheitsgründen keine Magie anwenden, um die Aufgaben zu bewältigen. Ihr werdet für die kleine Belta sieben bis acht Stunden unterwegs sein. Es gibt auf eurem Weg Portale, die ihr benutzen müsst, aber vorher müsst ihr Aufgaben erfüllen. Die Hinweise für euer Team erkennt ihr an der jeweiligen Elementfarbe. Sucht oder holt euch nicht Gegenstände in anderen Farben!«

Herr Kumar sagte: »Ihr könnt die Kamera ein und ausschalten, aber eure Mitlehrlinge freuen sich darüber, wenn sie viel von eurem Abenteuer zu sehen bekommen. Die vier Filme laufen gleichzeitig im Festsaal. Damit es kein Stimmengewirr gibt, wird kein Ton übertragen. Wir sehen also nur, was ihr macht, aber nicht, was ihr sagt.«

»Deswegen werden die Hausleiter und ich das Gesehene abwechselnd kommentieren«, sagte Professor Morel.

Die Wettermagierin Nova hatte während der Rede der anderen beiden begonnen, ungeduldig mit dem Fuß auf den Boden zu tippen. Sie trug ein langes, samtenes Kleid in Violett. Ihr Aufzug passte mindestens genauso wenig zu diesem Anlass wie Professor Morels.

Sie ergriff das Wort: »Jedes Team erhält eine Karte, die findet ihr da vorne an der roten Linie. Sie wird euch zum ersten Portal führen. Wenn ihr durch das erste Portal durch seid, werdet ihr weitere Instruktionen bekommen. Es sind drei Portale, durch die ihr insgesamt gehen müsst. Das letzte Portal führt euch hierher zurück. Die Teams gehen mit einem Abstand von zwanzig Minuten los.«

Florin Morel ergriff noch einmal das Wort: »Sollte es Probleme geben, benutzt die Notfallfunktion eures M-Taps. Und aktiviert unbedingt die Standortfunktion.«

Nova sah leicht genervt auf Florin, da er sie anscheinend unterbrochen hatte, zog dann einen Zettel hervor und las gelangweilt vor: »Startnummer eins ist das Team ›Schwarze Perle‹, danach ›Rosa Elefanten‹, gefolgt von ›Rote Füchse‹ und zuletzt ›Die Wasserraten‹.« Sie wandte sich an einige andere Lehrlinge, die hinter einer Absperrung standen und sagte: »Und ihr da geht schon mal in die Aula, husch.« Sie fuchtelte mit ihrer Hand, als würde sie Fliegen auf einem Misthaufen verscheuchen wollen. Die Lehrlinge taten wie ihnen geheißen. Keiner wollte Nova verärgern.

Das erste Team zog los. Die anderen warteten auf Bänken, die vor dem Tor aufgestellt worden waren. Eine gute Stunde später starteten die Wasserratten als Letzte.

»Die würden ein echt schräges Paar abgeben, oder?«, grinste Mika.

»Wer?«, fragte Elias.

»Mein Lehrer und die Wetterhexe.«

»Pst«, sagte Tiana, »die können uns vielleicht hören.«

Mika schüttelte den Kopf: »Nein, das hat mir Herr Kumar versichert. Es werden nur Bilder übertragen, sonst nichts.«

Sie folgten raschen Schrittes dem Weg entlang Richtung Norden. An der Wegkreuzung sahen sie eine Linie aus roten Kieselsteinen quer über den Weg gestreut. Vier Tonkrüge standen dort in den jeweiligen Farben der Elemente, im türkisblauen lag eine Papierrolle, die mit rotem Wachs versiegelt war. Die anderen Krüge waren leer.

Mika zog sie heraus und gab sie Tiana. »Willst du unsere Kartenleserin sein?«, fragte er sie charmant lächelnd.

Sie erwiderte sein Lächeln und sagte: »Sehr gerne.« Sie brach das Siegel und entfaltete die Karte.

Der Weg, den sie nehmen sollten, führte in den Wald hinein und mittig darin war ein rotes Kreuz eingezeichnet.

»He, Moment mal«, sagte Mika plötzlich, der Tiana über die Schulter guckte, »der Weg führt in die Nähe vom Spielplatz!«

»Stimmt«, Tiana, kniff die Augen zusammen und hielt sich die Karte näher ans Gesicht. »Hier stehen Hinweise: *An der großen Esche links, dann dem Flüsschen folgen bis zum querliegenden Baumstamm, da dann wieder links.* Und so weiter.«

»Filmst du eigentlich schon, Mika?«, fragte Lielle.

»Klar.«

»Dann geh mal voraus«, sagte Tiana.

»Gut, gut!«

Sie liefen diverse Trampelpfade entlang bis sie an der Stelle ankamen an der sich auf der Karte das rote Kreuz befand. Sie waren tatsächlich neben dem Spielplatz gelandet. Vor dem Stamm einer dicken Buche stand ein kleiner Bildschirm mit Tastatur und daneben ein Portalbogen ohne aktives Portal. Diese Bögen waren eine Art mannshohe, ovale Rahmen aus diversen Materialien, eine Möglichkeit, Portale an bestimmten Orten zu installieren. Um sie nutzen zu können, musste man sie allerdings aktivieren.

»Wir müssen das Portal freischalten«, sagte Elias.

Lielle stand vor dem Bildschirm. »Das ist ein Lückentext. Man muss Wörter einfüllen. Viele Wörter.«

»Theoriezeugs, oh Mann. Da sind wir eine Weile beschäftigt«, sagte Mika genervt. »Mädels, da seid ihr gefragt. Elias und ich gehen derweil auf den Spielplatz.«

»Nichts da, ihr helft auch mit«, sagte Tiana.

»Okay, okay«, erwiderte Mika grinsend.

Es dauerte eine Weile, bis sie die fehlenden Wörter in den Text eingefügt hatten. Bei einigen Begriffen waren mehrere Anläufe nötig. Schließlich aber schafften sie es. Der Text verschwand und es erschien der Satz: ›Noch zehn Minuten bis zur Portalfreigabe - bitte warten‹.

»Warum sollen wir warten?«, fragte Mika.

»Vielleicht sind die anderen noch nicht so weit«, sagte Lielle.

»Dann gehen Elias und ich jetzt noch auf den Spielplatz. Ihr könnt uns ja rufen, wenn es so weit ist.«

»Du bleibst schön hier, mein Herr«, sagte Tiana.

»Okay, okay«, sagte Mika wieder grinsend.

Auf dem Bildschirm lief ein Countdown. Als er endlich auf null sprang, flammte in dem Bogen ein Portal auf.

»Jetzt wirds ernst«, sagte Mika und ging todesmutig hindurch, die anderen folgten.

Sie fanden sich in einer flachen Steppenlandschaft wieder. Ein warmer Wind wehte ihnen um die Nase. Verdorrtes Gestrüpp und gelbe Grasbüschel wuchsen aus dem kargen, sandfarbenen Boden. Es war kein einziger Baum in Sicht. In weiter Ferne sahen sie ein Gebirge mit schneebedeckten Gipfeln. Direkt vor ihnen stand ein kleiner, silbriger Kasten mit einem Schild: ›Bitte die erste Karte einwerfen‹.

Tiana warf die Karte in die dafür vorgesehen Öffnung. Daraufhin ging darunter eine Klappe auf und mit Schwung wurde eine weitere Schriftrolle ausgeworfen. Sie fing sie reflexartig auf und entrollte sie.

»Wo lang?«, fragte Mika.

»Das ist keine Karte. Da steht: *Sucht drei Gegenstände in eurer Farbe. Sie alle enthalten Hinweise auf den Ort, an dem das nächste Portal auf euch wartet.*«

»Und wo sind diese Gegenstände?«, fragte Elias.

»Auf dem Zettel sind noch Koordinaten zu einem einzelnen Ort angegeben«, sagte Tiana.

»Ich gebe sie ins M-Tap ein. Da ist ein GPS drin, oder so was Ähnliches. Lies mal die Koordinaten vor«, Mika hatte sein M-Tap gezogen.

Tiana tat, wie ihr geheißen.

»Sieht für mich so aus, als würden diese Koordinaten mitten ins Nichts dieser Steppe führen. Fünfzig Kilometer entfernt«, sagte Mika.

Die drei anderen sahen ungläubig in die gedeutete Richtung.

»Nicht dein Ernst, wie sollen wir da hinkommen?«, sagte Tiana.

»Da stimmt was nicht«, sagte Lielle.

»Vielleicht spinnt mein M-Tap. Gib du die Daten mal bei dir ein, Elias«, sagte Mika.

Aber Elias kam zum gleichen Ergebnis. Er beschattete die Augen und spähte in die Einöde. »Vielleicht sehen wir die anderen irgendwo da vorne.«

Sie ließen alle ihren Blick schweifen. Aber keine Spur von irgendwem.

»Ich glaube die wollen uns verar...«, sagte Mika, wurde aber von Lielle unterbrochen.

»Lasst uns einfach mal loslaufen, ich glaube, das wird sich aufklären«, sagte sie.

Elias nickte: »Lielle hat recht, es bringt nichts, gleich zu verzweifeln. Das können wir auch später noch, wenn wir nichts mehr zu trinken haben.«

Tiana verzog das Gesicht.

Mika sagte mit ironischem Grinsen: »Ich liebe deinen Humor.«

Sie liefen fast eine Stunde durch karge Steppe, als Mika plötzlich rief: »Was liegt denn da drüben?«

In einigen Metern Entfernung lagen bunte Gegenstände auf dem Boden.

»Vielleicht ein Hinweis«, sagte Tiana und rannte darauf zu.

Es waren vier alte Schuhe, jeweils ein roter, blauer, brauner und weißer.

»Oder ein paar Clowns ist es hier zu warm geworden«, sagte Mika mit Blick auf die bunten Treter.

Tiana hob den Blauen auf und drehte ihn in den Händen, um ihn zu untersuchen. Ein kleiner Zettel fiel aus ihm heraus.

Lielle hob ihn auf, entfaltete ihn und las vor: »*Erster Hinweis: Siltle. Den Schuh bitte liegen lassen.*«

Tiana warf den Schuh wieder zu den anderen.

Da hörten sie Geräusche. Es klang nach galoppierenden Tieren. Hinter einem flachen Hügel tauchten plötzlich zwei Kamele auf und kamen auf sie zu gerannt.

Die vier Freunde blickten erschrocken zu ihnen.

»Wo kommen die denn jetzt her?«, fragte Tiana und beschirmte ihre Augen mit der Hand, um besser sehen zu können.

»Sollten wir wegrennen?«, fragte Mika nervös.

»Nein, bleib einfach stehen und warte ab«, sagte Elias.

Die Kamele liefen in leichtem Trap auf sie zu, hielten vor ihnen an und gingen in die Knie. Jedes von ihnen hatte einen Doppelsitz auf den Rücken geschnallt, auf dem zwei Personen nebeneinandersitzen konnten.

»Ich glaube, wir sollen aufsitzen«, sagte Elias und griff eines der Kamele am Zügel.

Tiana sagte: »Ich bin schon mal auf einem Kamel geritten, im Urlaub.« Sie näherte sich dem Kamel mit beruhigenden Worten und griff es am Halfter. Das Kamel begann ein Büschel Gras heraus zu rupfen.

Elias winkte Lielle heran: »Ich halte das Kamel, dann kannst du aufsitzen!«

Als sie alle einen Platz eingenommen hatten, standen die Kamele auf und rannten von selbst los.

»Sie laufen in die richtige Richtung«, rief Mika, der neben Tiana saß.

»Ein Glück, weil ich wüsste nicht, wie ich das Teil lenken soll. Im Urlaub hatten wir einen Führer«, sagte Tiana und klammerte sich fest.

»Ich dachte immer, die würden sich gemächlich fortbewegen, aber das hier sind die reinsten Rennkamele«, sagte Lielle.

Nach fast einer Stunde wankender Fortbewegung kamen sie in einer Oase an. Einige Palmen standen um einen Brunnen mit Tiertränke herum. Die Kamele hielten an und gingen wieder in die Knie. Die vier Lehrlinge kletterten wackelig aus den Sitzen.

»Puh, da kann man aber auch seekrank werden«, sagte Mika.

Die Kamele trabten zu der Tränke und begannen zu saufen.

»Meint ihr, hier könnte ein weiterer Hinweis auf uns warten?«, fragte Tiana.

»Sehr gut möglich, sucht alles ab«, sagte Elias.

Sie schwärmten aus und sahen sich ausgiebig um. Sehr groß war die Oase nicht.

»Da oben«, rief Lielle und zeigte auf eine Palme am Rand der Oase. »Da ist etwas zwischen die Blätter geklemmt worden.«

»Ich glaube, das ist ein blauer Hut«, sagte Tiana.

»Also unser Hut! Aber wie kommen wir da hoch?«, fragte Mika.

»Vielleicht müssen wir da gar nicht hoch«, sagte Tiana. Sie nahm einen Stein, zielte und sagte: »Achtung!« Dann warf sie ihn hinauf und traf den Hut, er verrutschte, hing aber weiter fest.

»Lass mich auch mal«, sagte Mika. Nahm ebenfalls einen Stein und warf daneben.

Lielle und Elias lehnten sich in sicherem Abstand mit verschränkten Armen gegen einen Palmenstamm.

»Wir zählen auf euch«, sagte Elias grinsend.

»Ihr könnt es ruhig auch versuchen«, sagte Mika.

»Ihr macht das schon«, sagte Lielle.

Ein paar Steinwürfe später, traf Tiana den Hut erneut und er segelte herunter. Der Wind wollte ihn schon mit sich nehmen, aber Mika war schneller und bekam ihn zu fassen. Er untersuchte ihn. »Da klebt ein Zettel drin.« Er löste den Zettel ab, entfaltete ihn und las vor: »*Dritter Hinweis: teif. Bitte den Hut in der Kameltasche verstauen.*«

»Dritter Hinweis?«, fragte Tiana entsetzt, »wo ist dann der zweite?«

»Oh nein, wir haben ihn verpasst«, sagte Mika.

»Aber auf dem Weg hierher lag nichts mehr, ich habe aufgepasst«, sagte Lielle.

Elias sah zu den Kamelen. Sie standen friedlich bei der Wassertränke. Er ging zu ihnen hinüber und entdeckte bei dem einen eine Tasche seitlich am Sattel. Darin fanden sich Trinkflaschen, ein paar Nussriegel, Verbandsmaterial und eine blaue Sonnenbrille. Elias setzte sie auf. »Der zweite Hinweis!«, rief er und grinste.

»Spätestens, wenn wir den Hut bei denen in die Tasche gestopft hätten, hätten wir den Hinweis gefunden«, sagte Mika.

»Schon recht idiotensicher, diese Belta«, ergänzte Tiana.

»Siehst du da irgendetwas?«, fragte Lielle Elias.

»Allerdings«, sagte er und gab ihr die Brille.

Durch die Gläser sah man folgende Worte in großen silbrigen Lettern einige Meter vor sich in der Luft schweben: ›*Zweiter Hinweis: Wsesar snid. Bitte die Brille nach Gebrauch wieder in der Tasche verstauen.*‹

»Ist das eine Fremdsprache?«, fragte Tiana, als sie an der Reihe war, die Brille aufzusetzen.

»Kein Plan. Was sollen wir jetzt machen?«, fragte Mika in die Runde.

»Das Rätsel lösen«, sagte Lielle, zückte einen Stift und schrieb die vier Wörter, die sie gefunden hatten in einen Notizblock: ›*Siltle Wsesar snid teif*‹.

Jeder grübelte, was die merkwürdigen Wörter bedeuten konnten. »Ich hab es«, rief Lielle. »Die Buchstaben der Wörter wurden vertauscht, nur der erste und der letzte Buchstabe jedes Wortes sind richtig. Das ergibt den Satz: ›Stille Wasser sind tief‹.«

»Klasse Lielle. Dann müssen wir jetzt nur noch das Portal finden«, sagte Elias. Sein Blick blieb am Brunnen hängen, im gleichen Moment sah auch Lielle zum Brunnen. Sie gingen hin und sahen hinein.

»Meint ihr, das Portal ist da drin?«, fragte Mika.

»Es ist jedenfalls still und tief da drin«, sagte Elias.

Lielle rief in den Brunnen: »Stille Wasser sind tief.«

Mit einem Lichtblitz erschien ein horizontales Portal über der Wasseroberfläche im Brunnen.

»Wir sind gut! Ich spring als Erster rein. Bin doch der Kameramann.« Mika kletterte über den Brunnenrand.

»Ist mir recht«, erwiderte Tiana.

»Falls ich im Wasser lande, fischt mich wieder raus«, sagte Mika, machte einen Soldaten-Gruß, sprang in den Brunnen hinein und war weg.

Die anderen drei setzten sich auf den Brunnenrand.

»Das erinnert mich an das Märchen von Frau Holle«, sagte Lielle.

»Stimmt. Hoffentlich kommen wir nicht bei der raus, da würde haufenweise Hausarbeit auf uns warten«, sagte Tiana und biss sich auf die Unterlippe.

Lielle und Elias lachten.

Sie landeten nicht bei Frau Holle, sondern in einer Höhle. Es war stockdunkel, kalt und der Wind zog eisig und pfeifend um sie herum. Sie kramten ihre warmen Jacken aus den Rucksäcken und zogen sie über. Mit den M-Taps konnten sie sich Licht machen.

Es stand wieder einer dieser silbernen Automaten da, der sie dazu aufforderte, das Schriftstück der zweiten Aufgabe oben einzuwerfen. Kaum verschwand es in der Öffnung, kam auch schon das nächste herausgeschossen und flog Mika gegen den Kopf.

»Hoppla«, sagte er und rieb sich die Stelle. Das Schriftstück lag vor ihm, er hob es auf und las vor: »*Geht den Weg des Wassers hinauf. Sucht nach der Quelle. Ehe ihr die Quelle erreicht, findet die vier richtigen Steine, jeder einen, und spendet diese. Dann nennt das Zauberwort vor dem letzten Portal im Berg.*«

Mika sah fragend zu den anderen, die den Blick ebenso ratlos erwiderten.

»Lasst uns erst mal diese Höhle verlassen, vielleicht wird es dann klarer«, sagte Elias.

»Da vorne muss der Ausgang sein«, sagte Lielle.

»Woher weißt du das?«, fragte Mika.

»Weil es da hinten nicht weiter geht, hab schon alles abgeleuchtet.«

»Dann in diese Richtung«, sagte Mika.

Sie gingen um eine Ecke herum und sahen den Tunnelausgang vor sich. Als sie hinaustraten, fanden sie sich in einer kargen Hochgebirgslandschaft umgeben von skurrilen Gesteinsformationen wieder. Der Blick nach unten verriet, dass sie nun auf dem Gebirge sein mussten, das sie von der Steppe aus gesehen hatten.

»Wenn wir zu einer Quelle müssen, dann muss da auch irgendwo ein Bach sein«, sagte Tiana.

»Der Weg des Wassers könnte damit gemeint sein, genau«, sagte Lielle.

»Verteilen wir uns und suchen danach, aber bleiben wir in Sichtweite«, sagte Elias.

Sie schwärmten wieder mal aus und sahen sich um.

Es dauerte nicht lange, da rief Tiana: »Hier ist ein Bach.«

Die anderen eilten zu ihr.

»Bach ist vielleicht übertrieben. Rinnsal trifft es eher«, sagte Mika.

Tatsächlich war das Bachbett breit und flach, aber es floss nur wenig Wasser darin.

»Wie war nochmal der zweite Teil vom Hinweis?«, fragte Lielle.

Mika las vor: »*Ehe ihr die Quelle erreicht, findet die vier richtigen Steine, jeder einen, und spendet diese.*«

»Welche sind die richtigen Steine?«, fragte Tiana.

»Machen wir es wie bisher, gehen wir einfach los und schauen, ob uns irgendwelche Steine begegnen, die die richtigen sein könnten«, sagte Elias.

Der Bach verlief in einer Senke, hier war es nicht so steil wie in der Umgebung um sie herum und sie konnten sich einigermaßen bequem den Berg hinauf bewegen.

Sie waren eine viertel Stunde gegangen, als Reflexionen von Sonnenlicht auf dem Wasser hell in Elias' Augen blitzten und blinkten. An dieser Stelle lag ein runder Stein im Bachbett. Er bückte sich, tauchte seine Hand in das eiskalte Nass und griff danach. Er war weiß mit blauem Schimmer.

»Oh ja, ich glaube, das ist einer der richtigen Steine«, sagte Lielle lächelnd mit Blick auf den Stein.

Elias zuckte mit den Schultern. »Keine Ahnung, aber ich nehme ab und an Steine mit, die sich irgendwie bemerkbar machen. Und der hier hat mich gerade angefunkelt.« Dass er diese Steine dann zum Grab seiner Mutter brachte, erwähnte er nicht.

»Ich glaube auch, dass die Aufgabe so gemeint ist«, sagte Lielle. »Jeder sucht sich einen Stein, der für ihn der richtige ist.«

»Ich dachte, die meinen große Steine, sowas wie da drüben«, sagte Mika und zeigte auf einen quaderförmigen Felsen, auf dem sie bequem zu viert Platz gefunden hätten.

»Das da drüben ist kein Stein, sondern ein Fels, Mika. Aber du kannst ja gern so einen mitnehmen, wenn du unbedingt willst«, sagte Tiana.

Mika zuckte mit den Schultern. »Pff.«

»Gut, dann probieren wir es aus: Jeder sucht sich einen, der ihm gefällt«, sagte Tiana.

Während der nächsten halben Stunde fand jeder von ihnen einen Stein. Mika sammelte gleich mehrere zur Sicherheit.

Schon von weitem sah Elias, dass sie sich auf eine Felswand zubewegten. Als sie näher kamen, stellten sie fest, dass der Wasserlauf, dem sie bisher gefolgt waren, von oberhalb der Felskante kam. Ein schmaler Pfad führte vom Bachbett weg und schien in Serpentinen am Hang daneben hinaufzuführen zu dem Ort, an dem das Wasser in die Tiefe stürzte.

»Habt ihr noch Energie? Ich denke, wir müssen dort hinauf«, fragte Elias in die Runde.

»Kein Problem«, sagte Tiana.

Die anderen beiden nickten zustimmend.

Langsam aber bedächtig folgten sie dem Pfad, bis sie schließlich auf ein Plateau hinaufkamen. Von hier aus hatten sie eine gigantische Aussicht, auch auf einen Teil der Landschaft, der bisher hinter dem Berg vor ihren Blicken verborgen war. Im Gegensatz zu der Steppe, auf der Seite, von der sie hochgekommen waren, war dort alles üppig grün bewaldet.

»Seht mal«, rief Tiana.

In der Mitte des Plateaus stand ein steinerner, aus dem Felsen geschlagener Tisch. Auf diesem lagen haufenweise Steine, teilweise zu Türmchen kunstvoll aufeinandergestapelt. Unterhalb dieses ›Altars‹ entsprang die Quelle.

»Wir haben es geschafft«, sagte Mika strahlend.

»Fast. Wir müssen noch das letzte Portal finden«, erwiderte Elias.

»Erst mal muss jeder seinen Stein auf den Altar legen, denn es hieß doch, wir sollen die Steine spenden«, sagte Lielle.

Elias, Tiana und Lielle legten ihre Steine fast andächtig auf dem rituellen Steintisch ab.

Mika stand da und betrachtete seine Steine.

»Entscheide dich«, sagte Tiana.

Mika nahm einen kleinen, rotweiß gemaserten und legte ihn zu den anderen dreien dazu. »Uff, das war schwierig.« Er grinste.

»Lies bitte noch einmal den letzten Satz von den Instruktionen vor«, sagte Lielle zu Mika.

Mika entrollte das Schriftstück und las: »*Dann nennt das Zauberwort vor dem letzten Portal im Berg.*«

Elias ließ seinen Blick schweifen. Wo könnte sich das letzte Portal befinden? Oberhalb des Plateaus mit dem Altar war eine breite Felsspitze. Er hatte den Eindruck, dort eine türartige Einbuchtung von der Seite zu sehen. Er lief ein Stück auf dem schmalen Pfad zurück, auf dem sie hochgekommen waren. Tatsächlich war in dem Gestein ein rechteckiger Höhleneingang erkennbar. Es führte sogar ein weiterer Pfad dort hinauf. Sie hatten diesen vorher nicht gesehen, weil sie so auf das Plateau fixiert waren.

»Siehst du da etwas?«, rief Lielle ihm zu.

»Ja, ich denke, das ist es, kommt«, antwortete Elias und winkte sie zu sich.

Schließlich standen die vier Freunde vor dem Eingang und starrten in die Schwärze dahinter.

»Fast schon unheimlich«, murmelte Tiana.

»Ja, aber schau mal«, erwiderte Mika und deutete auf den Portalbogen, der an dem steinernen Rahmen rundherum befestigt worden war. »Wir müssen da nicht hinein. Sobald das Portal aktiviert ist, werden wir portiert, während wir das Tor passieren.«

»Mika hat recht. Jetzt brauchen wir nur noch das Zauberwort«, sagte Elias.

»Das ist doch einfach«, sagte Tiana. »*Bitte*«, sagte sie laut in Richtung des Portalbogens.

Mit einem Lichtblitz öffnete sich das dritte und letzte Portal auf ihrer Abenteuerreise.

»Tiana weiß, was sich gehört«, sagte Mika.

»Sind wir nicht ein klasse Team?«, fragte Lielle in die Runde.

»Allerdings! Wenn wir mal Magenten sind, will ich mit euch zusammenarbeiten«, sagte Mika.

Lielle nickte: »Da kann ich mich nur anschließen! Ich bin echt froh, euch kennen gelernt zu haben.«

»Ich auch! Wir werden die neuen Helden der ISM«, sagte Tiana.

Echte Freundschaft verband sie miteinander. Elias konnte es fühlen. Und er würde alles für seine Freunde tun. Aber über Gefühle zu sprechen, fiel ihm immer schon schwer. Er wischte sich verlegen das Haar aus der Stirn und sagte schließlich: »Da bin ich auch dabei!«

»Bevor mir gleich die Tränen kommen, sollten wir mal wieder in die Akademie zurückkehren«, sagte Mika.

»Du bist so eine Heulsuse, aber eine verwegene«, erwiderte Tiana und legte ihm grinsend eine Hand an die Wange.

Er war fast einen Kopf größer als sie. Man sah, wie er unter der Berührung zu schmelzen schien wie Zitroneneis in der Sonne.

Elias und Lielle lächelten sich an, sie drückte kurz seine Hand.

»Alles klar, los gehts«, Mika wandte sich zum Portal und sprang mit einem Satz hinein.

Tiana und Lielle folgten ihm.

DIE HEXE VOM NEBELWALD

Elias warf einen letzten Blick auf die Wälder, die sich in östlicher Richtung des Berges erstreckten, bevor er gleich durch das Portal in die Akademie zurückkreisen würde. Sie hatten die kleine Belta gemeistert. Da fiel es ihm wie Schuppen von den Augen. Er kannte diesen Ort, diese Wälder, diese Aussicht. Die Bilder aus dem gestrigen Traum tauchten klar und deutlich vor seinem inneren Auge auf. Der Ceanamca hatte sich auf dem Gipfel dieses Berges, der hoch über ihm aufragte, befunden. Da sah er plötzlich eine Bewegung aus dem Augenwinkel.

Unterhalb von Elias, vor dem Altar, stand eine Gestalt in einem weißen Umhang, deren Gesicht unter einer Kapuze verborgen war. Sie wendete sich halb um und hob den Kopf in Elias' Richtung. Noch bevor Elias das Antlitz sah, wusste er es: Es war der Ceanamca. Einen Herzschlag lang sah er in die leuchtenden Augen des bleichen Schädels, dann drehte sich der Skelettdämon wieder dem Altar zu, hob seine knochigen Arme und sah gen Himmel. Über ihnen stand am helllichten Tag eine fahle Mondscheibe. Elias war sie vorher nicht aufgefallen. Von diesem blassen Mond schoss plötzlich ein dünner, silberner Strahl auf den Altar hinab. Elias hörte Worte nahe an seinem Ohr, als hätte der Wind sie dorthin getragen: »Ich folge dir überall hin, auch wenn dein Weg in die Dunkelheit führt.« Dann verschwand der Ceanamca.

Elias blinzelte verblüfft. Die Vision hatte nur ein paar Sekunden gedauert. Etwas leuchtete schwach auf dem Altar. Er stieg wieder den Pfad nach unten und näherte sich vorsichtig. Der helle Stein, den er aus dem Wasser gefischt hatte, verströmte ein fahles, silbernes Licht. Elias griff nach dem Stein. Als er ihn in der Hand hielt, verschwand das Leuchten. Was hatte es mit dem Stein auf sich? War es ein Geschenk? Da fiel ihm ein, dass wohl alle schon auf ihn warten würden. Er war der letzte Lehrling. Mit seiner Rückkehr war die Schnitzeljagd, die kleine Belta, zu Ende. Elias lief eilig wieder zum

Höhleneingang hinauf und mit dem Stein in der Hand ging er durch das schimmernde Portal.

Es wurde vollkommen dunkel um ihn. Sein Körper erstarrte. Er konnte sich nicht mehr rühren. So etwas hatte er noch nie zuvor erlebt. Wo war die Akademie? Wo waren die anderen? Was war hier los? Elias versuchte, sich zu bewegen, einen Schritt zu tun oder die Hand auszustrecken, aber nichts davon gelang ihm. Er war steif, als wäre er eingefroren und er fühlte seinen Körper nicht mehr.

Es dauerte einen Moment, bis Elias überhaupt einen klaren Gedanken fassen konnte. Aber dieser Gedanke war dann umso schrecklicher. Elektra hatte einmal ein sogenanntes Endportal erwähnt, ein Portal, das in eine Art Ende und damit in die Erstarrung führte. Man war nicht tot, aber auch nicht lebendig. War er etwa in ein solches hineingeraten? Massive Platzangst überfiel ihn, er versuchte zu schreien, aber er brachte keinen Ton heraus. Ein eisiges Kribbeln machte sich in seinem Nacken breit und griff mit starren Fingern nach seinem Gehirn. Er würde für alle Ewigkeiten hier feststecken.

Doch da hallte es leise in ihm nach: »*Ich folge dir überall hin, auch wenn dein Weg in die Dunkelheit führt.*« Und plötzlich merkte er, dass er atmete. Er atmete ein und aus. Hatte er schon die ganze Zeit geatmet? Hatte er erst jetzt damit angefangen? Elias konnte es nicht sagen. Sein Bauch hob und senkte sich bei jedem Atemzug. Er versuchte, nicht mehr zu denken, sondern mit seiner Aufmerksamkeit nur dieser Bewegung zu folgen, die sein Körper von selbst machte. Ein und aus, ein und aus.

Da schoss ein Blitzstrahl aus seiner Hand. Er war so hell, dass Elias für den Bruchteil einer Sekunde seine Umgebung erkennen konnte. Was er sah, ließ ihm das Blut in den Adern gefrieren.

Mika, Tiana und Lielle hingen nicht weit von ihm entfernt vollkommen regungslos im Nichts. Er sah ihre Gesichter, sie waren zu Totenmasken erstarrt. Elias versuchte erneut zu schreien, in ihm machte sich eine unbändige Verzweiflung breit.

Kein Ton verließ seine Lippen, doch ein Getöse brach plötzlich um ihn herum aus, als sei er inmitten eines Orkans. Es war so laut, dass er dachte, sein Trommelfell würde jeden Moment platzen. Der Sturm ergriff ihn, doch da er wie festgeklebt war, zerrte er an ihm wie an einer Vogelscheuche. Seine Extremitäten wurden in unnatürliche

Richtungen und Stellungen verbogen. Sein Kopf wurde ab dem Genick nach hinten weggedrückt. Er würde jeden Moment umknicken. Es war nicht schmerzhaft, aber unangenehm, weil es ein Ekelgefühl in ihm auslöste. Die Erstarrung seines Körpers hatte sich verringert, aber er war nun wie aus Gummi.

Ein fahler Lichtschein umgab seine Hand, in der er den Stein umklammert hielt. Der Schein breitete sich aus und begann seinen Körper mehr und mehr zu umhüllen. Das Licht spendete Trost, ja Hoffnung, dass es noch etwas Gutes gab in dieser finsteren Welt.

Elias dachte an seine Freunde, sie würden nie mehr hier herauskommen. Wieder wollte die Woge der Verzweiflung über ihn hinweg schwappen, doch er besann sich. Er würde dem Licht des Ceanamca vertrauen. Und ihm fiel ein, was er ihm schon mehrmals gesagt hatte und auch gerade eben wieder: *Ich folge dir überall hin, auch wenn dein Weg in die Dunkelheit führt.* Er war jetzt hier bei ihm. Das spürte Elias. Alles würde gut werden. Er musste sich einfach nur fallen lassen.

Das Licht des Steins verstärkte sich. Elias öffnete die Hand. Es war, als würde der Vollmond selbst für sie scheinen. Seine drei Freunde wurden in silbernes Licht getaucht. Da begannen sie plötzlich alle langsam nach unten zu gleiten, als würden sie sich in einer geleeartigen Substanz befinden, die sich zunehmend verflüssigte. Der Vorgang beschleunigte sich. Dann verlor Elias seine Freunde aus den Augen. Er fiel ungebremst in ein dunkles Loch, das sich unter ihm auftat und er landete auf hartem Untergrund. Der Aufprall tat weh. Ihm wurde schwarz vor Augen.

Elias lag auf dem Bauch in dunklem Gras. Es roch modrig. Es war kalt. Er spürte etwas Hartes in seiner Hand. Es war der Stein, aber er leuchtete nicht mehr. Er steckte ihn in seine Jackentasche und hob den Kopf. Er befand sich auf einer Lichtung umgeben von einem grauen, nebelverhangenen Wald. Dämmriges Licht fiel durch die dürren, knorrigen Bäume, in deren Ästen bleiche Flechten hingen, die an Spinnennetze erinnerten. Einige Meter von ihm entfernt lag etwas. Ein regloser Körper. Elias drückte sich hoch und stand schwerfällig auf. Er fühlte sich elend. Wankend ging er hinüber und ließ sich daneben auf die Knie fallen.

Lielle sah aus leeren Augen auf die düsteren Baumkronen. Sie atmete nicht. Er berührte ihre Schulter, aber sie fühlte sich kalt an, als wäre sie in Totenstarre gefallen. »Oh nein, Lielle, wie konnte das passieren?«, flüsterte er voller Entsetzen. Mit zitternden Händen zog er sein M-Tap heraus und versuchte, es einzuschalten. Er musste Hilfe rufen. Aber das Gerät funktionierte nicht. Er rieb ihre Hand. Vielleicht war ihr nur kalt? »Lielle? Lielle?« Sie rührte sich nicht und ihre Haut ließ sich auch nicht erwärmen. Vielleicht konnte ihr der Stein helfen? Er legte ihr den Stein auf den Bauch. »Bitte rette sie!«, flüsterte er. Aber nichts geschah.

All seine Gefühle brachen mit einem Mal aus ihm heraus und er schrie. Er schrie vor Wut, vor Verzweiflung angesichts des Irrsinns, den er erlebte. Seine Stimme verhallte irgendwo im Nirgendwo, in dem er gelandet war.

Sein Blick fiel auf Mika und Tiana, sie lagen einige Meter entfernt genauso regungslos da wie Lielle. Er schleppte sich zu ihnen, es war der gleiche Anblick. Die Kamera über Mikas Ohr war aus und Elias konnte sie auch nicht mehr einschalten. Er versuchte ihre M-Taps in Gang zu kriegen, aber keines funktionierte. Eine schreckliche Erkenntnis bohrte sich mehr und mehr in sein Gehirn: Seine Freunde waren tot. Er sackte an Lielles Seite zusammen. Warum lebte er noch? Er wollte nur noch sterben.

Elias wusste nicht, wie viel Zeit vergangen war. Er lag neben Lielle, aber er spürte etwas, ein dumpfes Geräusch, das sich vom Boden aus auf ihn übertrug. Zuerst dachte er, jemand würde in der Nähe einen Baum fällen. Er drehte seinen Kopf, hielt sein Ohr an den Erdboden und lauschte. Es waren vielleicht Schritte. Er sah sich um, alles war unverändert, niemand war gekommen. Doch das Geräusch war noch immer da. Dieses Mal hörte er es deutlich. Es waren Herzschläge. Lielle war noch immer kalt und blass, wie in Totenstarre. Er legte seinen Kopf vorsichtig auf ihren Brustkorb und hörte ihr Herz langsam schlagen. Sie war nicht tot. Warum hatte er nicht als Erstes ihren Herzschlag kontrolliert? Er war so dumm!

Er sprang auf, ging zu Mika und Tiana und horchte auch bei ihnen. Ihre Herzen schlugen deutlich vernehmbar. Eigenartig war nur, dass alle drei nicht atmeten. Aber der Herzschlag war ein Lebenszeichen!

Elias musste etwas unternehmen. Er musste Hilfe holen. Vielleicht war hier jemand in diesem Wald, der ihm helfen konnte. Doch konnte er seine Freunde so zurücklassen? Gab es hier wilde Tiere? Er hatte kein Werkzeug und er hatte keine Zeit. Vielleicht würden seine Freunde nicht ewig durchhalten, er musste schnell handeln.

Unter Anstrengung zog er die starren Körper über das graue, borstige Gras und legte sie nebeneinander. Dann sammelte er die Flechten von den Bäumen und bedeckte seine Freunde damit. Es war ihm bewusst, dass ein wildes Tier diese Tarnung nicht davon abhalten würde, über sie herzufallen, aber es war das Einzige, was ihm im Moment einfiel. Dann griff er nach einem dicken Stock, den er als Keule benutzen konnte, und steckte sich ein Messer in den Gürtel. Mit diesem wollte er die Baumstämme markieren, um wieder zurückzufinden.

Als er durch das knackende Unterholz schritt, mit dem Stock über der Schulter, überlegte er, was schiefgelaufen sein konnte. Das Portal war ein Endportal. Wie konnte das passieren? Wenn es schon die ganze Belta über ein solches gewesen wäre, wären auch die anderen Lehrlinge nicht heimgekommen und er hätte sie ebenfalls in diesem Nichts sehen müssen. Konnte ein Portal kaputt gehen? Vielleicht hatte es irgendeinen Fehler bei der Aktivierung gegeben, als Tiana das Zauberwort gesagt hatte? Elias sah nach oben. Er konnte sich an nichts orientieren, da der Himmel so grau war wie der Wald. Er ging einfach geradeaus und ritzte in jeden Baum ein Kreuz in die morsche Rinde. Während der Grübeleien drängte sich ein Gedanke in Elias Kopf, der alles andere überschattete: Es war womöglich kein Unfall. Dieses Endportal war absichtlich erstellt worden. Jemand wollte, dass sie nicht mehr in die Akademie zurückkehrten. Und wahrscheinlich würde derjenige sein Ziel auch erreichen. Doch wer hatte es auf sie abgesehen? Wer hatte das Portal manipuliert, es überhaupt manipulieren können? Elias war sicher, dass nur Hochmagier der Bewegungsmagie dazu imstande waren. Die einzige Person, der er diese Fähigkeit zutrauen würde, war seine Professorin Elektra. Aber zum einen war sie in der Realität bei der großen Belta und zum anderen würde sie so etwas niemals tun.

Der Wald wurde düsterer und sumpfiger. Kein einziges Geräusch war vernehmbar außer Elias' eigene Schritte durch den kleistrigen Matsch. Vielleicht hätte er besser in die andere Richtung gehen sollen.

Aber es war womöglich egal, wohin er ging. Seine Hoffnung, in diesem Geisterwald überhaupt ein Wesen zu treffen, das ihn verstehen, geschweige denn, ihm helfen konnte, schwand.

Da sah er von Weitem durch die dürren Äste der toten Bäume ein altes Holzhaus, Licht fiel aus dem Fenster. Inzwischen war es merklich dunkler geworden, vielleicht dämmerte es. Der Himmel war noch immer grau vom Hochnebel, man sah keine Sonne, keinen Mond, keine Sterne. Als Elias sich dem Haus näherte, bemerkte er, dass Knochen und Totenschädel daran angebracht worden waren. Angst kam in ihm auf. Vielleicht sollte er weiterziehen. Da hörte er ein Knacken hinter sich, er drehte sich um. Was dort stand, ließ ihn zurückweichen. Es war eine kleine, bucklige, alte Frau. Sie hatte trübe Augen, eine Hakennase, ein langes, gekrümmtes Kinn und eine dicke Warze auf der Backe.

»Was hast du hier zu suchen?«, fragte sie mit krächzender Stimme.

»Ich brauche Hilfe, meine Freunde sind verletzt«, antwortete er zittrig.

Die Alte lachte abfällig. »Hast euch alle in eine dumme Lage gebracht. Warum sollte ich dir helfen?«

»Weil ich es allein nicht schaffe.«

Die Alte fixierte Elias, ihre Gesichtszüge wurden ernst, sie machte einen Schritt auf ihn zu. Ein intensiver Geruch nach Rauch und Kräutern umgab sie. Elias wich weiter zurück.

»Ich werde dir helfen, aber erst wirst du etwas für mich tun«, sagte sie und ging in Richtung Haus. Im Vorbeigehen schob sie nach: »Und wenn du versagst, werde ich dich und deine Freunde wieder in die Starre schicken. Komm mit.«

So hatte sich Elias das nicht vorgestellt, aber diese hexenhafte Person war das einzige mehr oder weniger Lebendige, was er bisher in diesem Wald angetroffen hatte. Es blieb ihm nichts anderes übrig, als ihr zu folgen.

Sie führte ihn in eine Kornkammer neben ihrem Haus. Dort lag ein großer Haufen Hafer. »Deine Aufgabe ist den guten Hafer vom schlechten zu trennen. Ich werde im Morgengrauen zurückkehren. Bis dahin muss es erledigt sein.« Dann verschwand sie im Wald.

Elias betrachtete die Körner genauer. Viele davon waren verschimmelt. Erst jetzt wurde ihm klar, was die Alte verlangte. Aber wie sollte er das nur schaffen in einer Nacht? Elias spürte wie ein

Gefühl von Hilflosigkeit ihn wie eine kalte Hand im Genick packte. Die Hexe musste verrückt sein, das konnte er niemals bewältigen. Was sollte er jetzt nur tun. Elias sank auf die Knie vor dem Körnerberg und versank in Verzweiflung. Alles war verloren. Niemand würde ihm beistehen. Er hatte versagt. Er dachte an Lielle, ihr Gesicht, starr und kalt, mit leeren Augen. Er konnte ihr nicht helfen.

Eine Weile versank er in den Fluten unbändigen Selbstmitleides. Doch da trieb eine Erinnerung herauf, Worte, die er einmal vor langer Zeit in einer anderen Welt gehört hatte: »Immer weitermachen, nie stillstehen.« Bevor er nichts tat, konnte er auch irgendetwas tun.

Elias nahm ein Haferkorn und betrachtete es, es war ein gutes Korn. Er legte es zu seiner Rechten auf den Boden. Dann nahm er ein weiteres Korn, drehte es in den Fingern und legte es auf die linke Seite. Er nahm jedes einzelne Korn in die Hand, betrachtete es sorgfältig und entschied sich. Er strengte sich nicht an, denn er konnte die Aufgabe, die von ihm erwartet wurde, sowieso nicht erfüllen, aber er tat etwas, das ihm mehr und mehr sinnvoll erschien.

Mit der Zeit begann er ein Gespür für die Substanz des Korns zu entwickeln. Ohne lange hinsehen zu müssen, nahm er feinste Unterschiede wahr. Er konnte nicht sagen, woher er wusste, dass dieses Korn gesund und dieses giftig war. Er wusste es einfach. Er gab sich ganz dieser Aufgabe hin, ohne Ziel, ohne Absicht und er verschmolz vollkommen mit diesem ewigen Moment. Ohne es zu merken, beschleunigten seine Handlungen. Bewegungsmagie durchflutete ihn, die Körner flogen nur noch so um ihn herum. Er war wie in Trance. Alles ging von selbst. Und in kürzester Zeit lag die Lösung vor ihm in Form von zwei säuberlich getrennten Haufen. Da überfiel ihn Müdigkeit, er sank auf den Boden und schlief ein.

Elias trat hinaus in den tristen Morgen. Die Welt war noch immer grau. Aber nicht mehr ganz so grau wie gestern.

»Iss«, sagte die Alte, sie stand plötzlich neben ihm und hielt ihm eine Schale Haferschleim hin.

Elias nahm sie entgegen. Mit dem Holzlöffel, der sich darin befand, kostete er. Es schmeckte vorzüglich.

»Kein Mangel ist an deinem Werk, Weltenwandler«, sagte die Alte.

»Wirst du mir nun helfen?«, fragte er.

»Ich habe dir schon geholfen, Dir und deinen Freunden. Ich habe euch in mein Reich hineingelassen.«

»Was? Aber hier wollten wir gar nicht her!«, sagte Elias entrüstet. Steckte womöglich diese Alte hinter dem Ganzen?

»Ach, du würdest lieber noch in der Starre feststecken?«, fragte sie mit einem zusammen gekniffenen Auge.

»N-nein, aber ich habe uns mit dem Stein doch herausgeholt.«

»Mag sein. Doch ich habe erlaubt, dass ihr in mein Reich kommt. Es gibt nicht nur ein ›Woher‹, es gibt auch ein ›Wohin‹.«

Die Alte wackelte zu einer verwitterten Holzbank, die vor ihrer Hütte stand und ließ sich darauf nieder.

»Aber wir können nicht hierbleiben«, sagte Elias.

Die Alte holte eine Pfeife hervor und begann sie mit schwarzem Kraut zu stopfen, reagierte aber nicht auf seine Worte.

»Und was ist mit meinen Freunden? Sie waren halbtot, als ich sie zuletzt gesehen habe. Vielleicht sind sie schon gefressen worden«, sagte er, während Wut und Verzweiflung erneut in ihm aufflammten.

»*Ich* habe sie nicht gefressen«, sagte die Alte.

Elias hatte Angst vor dieser Frau, aber sie war seine einzige Hoffnung. Entweder würde sie ihm helfen oder ihn töten. Es war ihm egal, nur irgendetwas sollte nun geschehen. Er wollte gerade zu einer zornigen Antwort ansetzen.

Da sagte die Alte: »Wenn du so weiter redest, werfe ich dich wieder in die Starre, Mondlichtauge.« Und entzündete ihre Pfeife.

Elias blinzelte. »Warum nennst du mich so?«

»Wie?«, fragte die Alte.

»Weltenwandler, Mondlichtauge. Was bedeutet das?«

»Du bist doch ein Mondlichtauge«, sagte sie und fuhr fort, »so einen können wir hier sowieso nicht gebrauchen.« Die Alte paffte an ihrer Pfeife.

»Weißt du etwas über diesen Dämon?«, fragte er weiter.

»Viel wissen zu wollen, ist nicht gut für deinesgleichen. So einer wie du, wird sich nur verirren. Also lass es bleiben. Nur eins sage ich dir«, die Alte hob drohend ihren Zeigefinger: »Lichtmagie, egal ob Sonne, Mond oder Sterne, wollen wir hier nicht haben und schon gar keinen, der damit herumhantiert!«

Elias runzelte die Stirn. Er durchschaute die Dynamik dieses Gesprächs nicht. Was wollte diese Hexe von ihm? Half sie ihm nun oder nicht?

»Willst du noch etwas fragen, Mondlichtauge?«, fragte die Alte lauernd.

Elias überlegte, er hatte den Eindruck, dass es wichtig war, was er nun sagte. Sollte er mehr Fragen stellen? Aber sie würde ihm keine verständliche Antwort geben.

Sie beobachtete ihn über ihre Pfeife hinweg. Graue Rauchwölkchen verdampften in der grauen Luft.

»Wenn du mich hier nicht brauchen kannst, dann schick mich zurück in die Akademie. Dort können sie mich brauchen«, sagte Elias.

Ein schräges Lächeln huschte über das hässliche Gesicht der Alten. »Gute Idee, Mondlichtauge, und nimm deine Freunde mit. Ich mag es nicht, wenn Halbtote in meinem Wald herumliegen. Irgendwann fangen sie an zu stinken.« Sie stand auf und ging ins Haus.

Er sah ihr verdattert nach. Doch schon wenige Sekunden später kam sie wieder heraus und hielt Elias einen bleichen, großen Knochen hin. »Nimm diesen Knochen. Wenn du bei deinesgleichen bist, vergrabe ihn in der Erde, dann sage die Worte:

Krötenschleim und Spinnenbein,
wir fielen ins falsche Loch hinein.
Verhext, wer hätte das gedacht.
Meine Freunde, schnell erwacht!
Hierher wollten wir niemals nie!
Bring uns zurück in die Akademie.

Wirf sie dann in das Loch und wenn du mutig bist, spring hinterher. Und jetzt verschwinde.«

Elias nahm angewidert den Knochen in die Hand, er war kalt und glatt.

Die Alte wandte sich von ihm ab und setzte sich wieder auf die Bank.

Elias spürte, dass es besser war, nichts mehr zu sagen, und machte sich auf den Weg.

Elias ging in die Richtung, aus der er gestern gekommen war. Er folgte den Kreuzen auf den Baumrinden, die er als Wegmarkierungen angebracht hatte, aber es war mühsam. An manchen Stellen musste er länger suchen, bis er die Markierung gefunden hatte. Er hatte den Knochen in seinem Rucksack verstaut, es war ihm zuwider ihn die ganze Zeit in der Hand zu halten.

Wo musste er lang? Zwischen den Bäumen hing dichter Nebel. Wo war das nächste Kreuz? Er ging noch einmal zurück zu dem Vorherigen. Aber auch das fand er nicht mehr. Er lehnte gegen einen Baum. Das hatte ihm gerade noch gefehlt. Er hatte sich verlaufen. Da regte sich plötzlich etwas in seinem Rucksack. Elias zog ihn von den Schultern und ließ ihn auf den Boden fallen. Etwas schlug von innen dagegen. Er näherte sich vorsichtig und zog fest an der Schlaufe, so dass diese sich löste.

Der Knochen flog heraus, schwebte einige Meter weit zwischen den Bäumen hindurch, klopfte dann dreimal gegen einen Stamm und fiel ins modrige Gras.

Elias lief vorsichtig zu dem Baum, da war ein Kreuz in die Rinde geritzt worden. Der Knochen hatte ihm den Weg gewiesen. Er packte ihn wieder in den Rucksack und ging weiter.

Endlich erreichte Elias die Lichtung. Die letzten Meter rannte er zu der Stelle, an der er seine Freunde hinterlassen hatte, und zog die Flechten von ihren erstarrten Körpern. Sie boten noch immer den gleichen schaurigen Anblick wie gestern.

Er suchte einen flachen Ast und grub damit ein Loch in den moorigen Boden daneben. Darin versenkte er den Knochen und scharrte Erde darüber.

Und mit einem Mal sah Elias alles in einem anderen Licht. Er erkannte diese Hexenmagie des Knochens, ihre ursprüngliche Essenz. Sie war ungezähmt und gefährlich. Hier offenbarte sich uralte Erdmagie in ihrer reinsten Form, instinktiv und gewaltig, fremdartig und doch vertraut, zerstörerisch und zugleich lebensspendend. Die wilde Kraft übertrug sich auf ihn und ließ seine Augen grün aufleuchten. Der magische Hexenspruch kam über seine Lippen, ohne dass er sich bewusst erinnern musste.

Mit einem rauschenden Geräusch riss die Erde vor Elias auf. Ein dunkles, kreisrundes Loch klaffte ihm entgegen, vollkommen finster, bodenlos. Er spürte, dass er sich beeilen musste.

Er zog Mika zu sich heran. »Mika, ich habe diese Magie gesehen, sie ist nicht gut, aber auch nicht böse. Sie wird uns helfen.« Dann schob er ihn über den Rand und ließ ihn in die Schwärze fallen.

»Tiana«, sagte Elias und zog ihren reglosen Körper neben das Loch, »ich hoffe, ihr werdet euch an all das Schreckliche hier nicht erinnern. Und ich bitte euch, mir zu verzeihen, dass ich es euch nicht erzählen werde.« Und er ließ Tiana in das Loch hineinfallen.

Als Letztes zog er Lielle zu sich heran, er betrachtete ihr Gesicht. »Lielle, wir sehen uns auf der anderen Seite.« Dann umarmte er sie und glitt mit ihr gemeinsam in das Loch hinein. Namenlose Dunkelheit nahm sie in sich auf.

Elias landete unsanft auf dem Boden vor dem Haupttor der Akademie. Hinter der Absperrung standen viele Lehrlinge und jubelten ihnen zu. Der Tag neigte sich dem Abend zu. Die Zeit in der Sphäre schien nicht vergangen zu sein, während sie im Nebelwald waren. Um Elias herum saßen Mika, Tiana und Lielle auf dem Boden. Und zwar lebendig! Ein Stein fiel ihm vom Herzen. Aber sie sahen alle mitgenommen aus.

Mika kratzte sich am Kopf und sagte: »So einen schlechten Portalsprung habe ich noch nie erlebt.«

Tiana stand als Erste auf und nickte: »Wirklich unangenehm.«

Lielle war blass um die Nase.

Elias rappelte sich auf und half ihr auf. Er sah sie glücklich an.

»Das war eine seltsame Reise«, sagte sie leise.

»Geht es dir gut?«, fragte er.

Lielle nickte. »Nur ein bisschen wackelig auf den Beinen.«

»Erinnerst du dich an irgendetwas?«, fragte er.

Sie sah Elias verwundert an. »Natürlich, wir haben die kleine Belta erfolgreich gemeistert.« Sie lächelte, dann musterte sie sein Gesicht »Alles okay mit dir?«

Elias atmete tief ein und nickte.

Laila von der Krankenstation, Professor Morel und Herr Kumar kamen auf sie zugeeilt und nahmen sie freudestrahlend in Empfang.

Elias aber ließ seinen Blick über alle Anwesenden gleiten. Demian und sein Team standen bei den anderen und unterhielten sich miteinander. Niemand von ihnen achtete auf das Team vom

Wasserhaus. Da bemerkte Elias Marcs Blick, er grinste ihn an und gab ihm ein Daumen hoch.

Die ›Wasserratten‹ vom Haus der sieben Quellen hatten mit knappem Vorsprung vor den ›Roten Füchsen‹ vom Feuerhaus die kleine Belta gewonnen. Sie hatten die Aufgaben alle schnell gemeistert. Vor allem aber war den Mitgliedern der Jury der starke Teamgeist bei den Wasserratten aufgefallen, wofür es extra Punkte gab.

Die vier Freunde durften sich die Aufzeichnungen der einzelnen Gruppen am nächsten Tag gemeinsam mit den anderen Teilnehmern ansehen. Beim Reisen durch die Portale fiel die Kamera grundsätzlich für ein paar Sekunden aus und das Bild war schwarz, bis man auf der anderen Seite wieder herauskam. Das war normal. Beim letzten Portal, das die Wasserratten durchquerte, war nicht mehr aufgezeichnet worden, wie sie in der Akademie ankamen. Für die anderen spielte das keine Rolle. Aber für Elias bedeutete dieser Umstand sehr viel.

Er sprach Herr Kumar darauf an. Dieser stellte eine Fehlfunktion bei der Kamera fest. Das käme ab und an vor, erklärte der Elektromagent. Elias sagte nichts dazu. Im Moment traute er niemandem außer seinen drei Freunden. Er konnte die haarsträubende Geschichte, die er erlebt hatte, nicht beweisen und vielleicht würden sie ihn für verrückt erklären, wenn er sie auspackte. Gerade als Zwiefältiger konnte er sich wirre Gedanken sicher nicht erlauben. Doch von nun an würde er mehr als wachsam sein.

DAS WUNSCHKÄSTCHEN

Die nächsten Wochen wurde es zunehmend wärmer. Der Sommer stand vor der Tür. Elias hielt ständig die Augen offen. Nicht nur seine eigenen, sondern auch die der Fledermaus. Er schickte Twixu fast jeden Abend auf Streifzug. Er sollte Ausschau halten nach Ansammlungen von Lehrlingen oder sonstigen Auffälligkeiten, aber alles verhielt sich im normalen Bereich. Im Unterricht waren Demian und seine Leute noch unauffälliger als sonst. Sie boten Elias kein einziges Mal Anlass, sie zu verdächtigen.

Er hatte öfter darüber nachgedacht, jemandem vom Endportal zu erzählen. Aber er wusste nicht wem und verwarf die Idee immer wieder. Und wenn er irgendwen ohne Beweise beschuldigte, könnte das zu seinem eigenen Nachteil werden. Womöglich würde dann auch die ganze Geschichte mit dem Ceanamca und dem Notizbuch herauskommen und das wollte er auf keinen Fall. Das war seine persönliche Sache und ging niemanden etwas an.

Elias, Mika und Tiana saßen an diesem Sonntag Mitte Juni auf dem großen Balkon des Wasserhauses und genossen die morgendlichen Sonnenstrahlen bei einer Tasse Tee. Seitdem es morgens draußen wärmer war, trafen sie sich oft dort, bevor sie gemeinsam zum Frühstück gingen. Heute war Tiana allein gekommen.

»Was macht Lielle eigentlich?«, fragte Elias.

»Sie hatte Lust auf einen frühmorgendlichen Spaziergang im Wald«, sagte Tiana.

»Allein?« Elias klang entsetzt. Bisher waren sie immer zusammen außerhalb der Akademie unterwegs gewesen. Er hatte nicht damit gerechnet, dass einer von seinen Freunden auf die Idee kam, ohne die anderen einen Ausflug zu machen. Er räusperte sich und versuchte, seine Angst zu verbergen, als er sagte: »Das hat sie doch noch nie gemacht.«

Tiana zuckte mit den Schultern. »Dann ist es wohl das erste Mal heute.«

»Wann kommt sie denn wieder?«

»Genau, wann kommt sie? Ich habe einen Bärenhunger«, sagte Mika.

Tiana sah auf ihr M-Tap. »Sie müsste eigentlich schon da sein.«

Elias rutschte das Herz in die Hose. Wenn ihr etwas zugestoßen wäre, könnte er sich das nicht verzeihen.

»Vielleicht ist sie noch in die Bib gegangen«, überlegte Mika.

»Hey«, sagte eine bekannte Stimme hinter ihnen.

»Wenn man vom Teufel spricht«, sagte Mika.

»So schlimm bin ich nun auch wieder nicht«, erwiderte Lielle.

Elias atmete erleichtert auf.

Lielle setzte sich auf einen Stuhl neben Tiana.

»Na, wie war's?«, fragte Tiana sie.

»Schön. Ich bin da drüben in den Wald gelaufen«, sie zeigte Richtung Nordosten.

»Das solltest du nicht machen, Lielle, es könnte dort wilde Tiere geben«, sagte Elias.

Lielle sah lächelnd zu ihm: »Machst du dir Sorgen um mich?«

»Nein, ja, nein, also ich find es nicht gut, wenn du allein im Wald rumrennst.«

Lielle betrachtete sein Gesicht für ein paar Herzschläge, dann nickte sie: »Das nächste Mal nehme ich dich mit.«

»Gut.«

Tiana und Mika sahen verwundert zu Elias, aber keiner sagte etwas.

»Und jetzt dürft ihr raten, wen ich im Wald gesehen habe.«

»Wen?«, fragte Mika.

Elias sah stirnrunzelnd zu ihr.

»Wenn ich es sage, könnt ihr doch nicht raten«, sagte Lielle, »aber da kommt ihr eh nie drauf. Demian.«

»Welcher Demian? Unser Demian?«, fragte Mika.

»Na ja«, sagte Lielle, »halt der Demian, den wir alle aus dem Unterricht kennen.«

Elias schluckte, seine Anspannung kam mit voller Wucht zurück. Lielle hatte Demian im Wald angetroffen. Er tauschte einen vielsagenden Blick mit Mika. Auch er war nicht begeistert über diese Information.

Tiana sah stirnrunzelnd zwischen den beiden jungen Männern hin und her. Mika sah wie ein ertappter Junge auf den Boden.

»Was hast du mit ihm geredet?«, fragte Elias.

»Nichts, ich hatte keine Lust auf ein Gespräch, bin nicht zu ihm hingegangen.«

»Er hat dich gar nicht bemerkt?«, fragte Mika.

Lielle schüttelte den Kopf.

Elias atmete wieder erleichtert auf.

»Was hat der da gemacht am frühen Morgen?«, fragte Mika.

Lielle zuckte mit den Schultern. »Er hatte einen vollen Rucksack auf dem Rücken, vielleicht will er eine Wanderung machen. Jedenfalls hat er etwas verloren und ich werde es ihm geben. Vielleicht heut Abend beim Essen. Ich hoffe, dass er nicht denkt, ich hätte ihn verfolgt oder so.« Lielle nahm einen großen Schluck von ihrem Tee.

»Was hat er verloren?«, fragten Elias und Mika gleichzeitig wie aus der Pistole geschossen.

Lielle sah irritiert über den Rand ihrer Tasse hinweg zu ihnen.

Tianas Blick wurde noch kritischer. Lauernd fragte sie die beiden Jungs: »Was ist in eurem Tee? Ihr verhaltet euch irgendwie paranoid.«

»Ähm, nichts. Alles okay«, sagte Mika.

Elias sah weiter zu Lielle. »Lielle?«

Sie stellte die Tasse ab. »Eine kleine Kiste. Sie lag im Gestrüpp. Ich habe sie mitgenommen.«

Elias sah mit großen Augen zu ihr: »Wo hast du die Kiste?«

Lielle zog sie aus ihrer Jackeninnentasche. Sie war nicht größer als ein Geldbeutel, nur etwas höher und bestand aus einem Holzstück, an dem sich teilweise noch Rinde befand. Oben war ein Deckel mit metallenem Scharnier angebracht worden, der durch zwei Riegel verschlossen war. Mit filigranen Lettern waren die Worte ›Nicht öffnen‹ eingeritzt. Das Kästchen war untrüglich die Handarbeit eines mittelmäßig begabten Schnitzers.

Alle starrten darauf.

»Hast du das geöffnet?«, fragte Elias.

»Nein, geht mich doch nichts an, was Demian da drin hat. Ich denke, das ist ein Schmuckkästchen oder so was.«

»Außerdem steht da ja auch drauf, dass man es nicht öffnen soll. Wobei es dann besonders interessant wäre, genau das zu tun, oder?«, sagte Tiana grinsend.

Aber niemand lachte über den Witz.

Die beiden jungen Männer tauschten wieder Blicke. Sie waren sich einig. Es war an der Zeit die Frauen einzuweihen.

»Wartet hier«, sagte Elias und verschwand im Gebäude. Fünf Sekunden später kam er wieder heraus mit einer Decke aus dem Aufenthaltsraum. Ohne das Kästchen direkt zu berühren, nahm er es mit Hilfe der Decke aus Lielles Hand und wickelte es ein. Sie sah verwirrt zu ihm, sagte aber nichts.

»Kommt mit.« Elias ging eilig hinein.

Das Frühstück war vergessen, noch mehr Tee wurde gekocht, die Keksdose geplündert und Elias und Mika packten aus. Sie erzählten Tiana und Lielle von ihren Beobachtungen in der alten Akademie, im Kloster in Rumänien und in der Burgruine.

»Und sie wollen hier eine Art Sekte gründen?«, wiederholte Tiana irritiert.

Elias flüsterte: »Na ja, ich weiß nicht, ob man es wirklich als Sekte bezeichnen kann. Nennen wir es einen Club.«

Das Kästchen hatten sie in mehrere Handtücher gewickelt und im Bad in der geschlossenen Dusche verwahrt. Es war nicht auszuschließen, dass es eine Abhörfunktion besaß, deswegen redeten sie leise miteinander.

»Wir müssen herausfinden, ob das Ding magisch ist. Und wenn es magisch ist, dann müssen wir wissen, welche Art von Magie«, sagte Lielle.

»Es könnte elektromagisch sein!«, warf Mika ein.

»Elektronisch sah es nicht aus. Eher wie eine Schnitzerei von einem Almöhi«, sagte Tiana.

»Das könnte ja gerade die Tarnung sein. Vielleicht enthält es Hightech-Überwachungs-Technologie oder eine Mini-Waffe oder sonst was.«

»Mika hat recht«, überlegte Elias.

»Eben! Aber ich habe eine gute Nachricht. Ob es elektromagische Eigenschaften besitzt, können wir herausfinden. Ich habe im M-Tap einen Scanner gefunden, der solche Aktivitäten feststellen kann«, sagte Mika.

Tiana hob die Augenbrauen: »Wow, dieses M-Tap kann eine Menge.«

»Jep, aber zaubern kann es nicht, deswegen braucht man uns auch noch.« Mika grinste, während er sein M-Tap herauszog, und darauf herum tippte.

»Und man braucht so einen wie dich, der das M-Tap auch noch bedienen kann«, ergänzte Lielle.

»Genau«, Mika stand auf. »Ich riskiere nun mein Leben für euch und teste dieses Ding. Bitte bleibt sitzen. Falls ich nicht zurückkehre, riegelt das Bad ab und ernennt es für alle Zeiten zum Sperrgebiet.«

»Mein Held«, sagte Tiana.

Mika verschwand im Bad.

Elias sah ihm skeptisch nach und stand dann auch auf. »Ich schaue nur, ob der Held es schafft, das Teil allein auszupacken. Ich habe es ziemlich fest verschnürt.« Und er ging ebenfalls ins Bad.

Mika war gerade dabei das Bündel zu entfalten.

»Ich lass dich besser nicht allein mit dem Ding.« Elias kniete sich daneben.

»Vorsicht ist besser als Nachsicht«, sagte Mika und legte das Kästchen frei, ohne es zu berühren. Dann hob er sein M-Tap und aktivierte den Scanmodus. Er hielt es mit einigen Zentimetern Abstand über die hölzerne Oberfläche. »Clean«, sagte er, »das Teil ist so elektromagisch wie eine Klobürste.«

»Sehr gut! Dieser Scanner ist sicher, oder?«

»Ja, habe hier schon alles Mögliche und Unmögliche gescannt.«

Elias runzelte die Stirn auf die Aussage hin, fragte aber lieber nicht weiter nach.

Sie verpackten das Kästchen wieder, ließen es weiter in der Dusche liegen und gingen zurück in den Wohnbereich.

»Wäre es nicht besser, diese Geschichte den Lehrern oder dem Sicherheitsdienst zu melden?«, fragte Tiana in die Runde.

Elias sagte: »Darüber habe ich lange nachgedacht, aber kam zu dem Schluss, dass wir mehr Beweise bräuchten, um wirklich sicher sein zu können, niemanden fälschlicherweise anzuschwärzen. Ich bin keine Petze und will nicht schon im ersten Nomester mit lauter Leuten anecken. Vielleicht haben sich da nur ein paar Lehrlinge zu einer Lerngruppe zusammengefunden.«

»Oder zu einer Selbsthilfegruppe«, sagte Lielle nachdenklich.

»Genau, vielleicht müssen die sich gegenseitig bestärken, weil sie Prüfungsängste haben, oder weiß der Geier«, sagte Mika.

»Die werfen am Ende eher uns raus, weil wir hier wegen nichts rumstressen«, sagte Elias.

Tiana nickte seufzend.

»Wir könnten eine Recherche in der Bib starten, um mehr über verzauberte Gegenstände herauszufinden«, schlug Lielle vor.

Elias schüttelte den Kopf. »Das ist zu aufwändig und bringt womöglich überhaupt nichts.«

Alle schwiegen und sahen nachdenklich vor sich hin.

Tiana ergriff das Wort: »Bis wir uns entschieden haben, was wir tun, sollten wir überlegen, wo wir das Teil verstecken. Oder wollt ihr euer Bad einfach nicht mehr betreten?«

Mika legte den Kopf schräg, als würde er darüber nachdenken und sagte ernst: »Das ist die beste Idee, die ich heute gehört habe. Das verschafft uns eine geniale Ausrede, um nie mehr duschen zu müssen.«

»Dann werde ich aber immer einen Eimer Wasser dabeihaben«, erwiderte Tiana, »eiskaltes Wasser.«

»Vergraben wir das Kästchen im Wald«, sagte Mika. Er stand auf und griff nach seiner Jacke. Dann hielt er kurz inne. »Nach dem Frühstück!«

»Nein, davor!« Tiana stand ebenfalls auf.

»Jawohl, ich will das Teil auch loshaben«, sagte Elias.

Shiva Chande, ihr Lehrer für Luftlehre, ruhte im Schneidersitz vor ihnen auf einem Felsvorsprung. Hinter ihm ging es mehrere hundert Meter in die Tiefe.

»Das höchste Schwingungsniveau, man nennt es auch ›Die Unbestimmtheit‹ wird auf unseren Schwingungsebenen verlangsamt. Wir bezeichnen den Vorgang dieses Abbremsens als ›Manifestierung‹. Doch alles, das sich manifestiert, kann auch wieder beschleunigt werden. Das nennen wir dann ›Verwandlung‹. So formt sich etwas aus der Unbestimmtheit heraus durch Manifestierung und wird zu etwas Bestimmtem, beinhaltet dabei aber stets das Potential, wieder in die Unbestimmtheit zurückzukehren durch Verwandlung. Erst durch das Verhältnis von Manifestierung und Verwandlung gibt es überhaupt etwas veränderliches Existierendes oder man kann auch sagen, etwas existierendes Veränderliches.«

Die Lehrlinge saßen dicht gedrängt auf einem steinernen Plateau, das frei in der Luft schwebte. Sie waren umgeben von gigantischen, fliegenden Felsbrocken, auf denen sich tropische Vegetation ausgebreitet hatte. Alle trugen eine Art Klettergurt und lauschten mehr oder weniger aufmerksam den Worten des Luftlehrers.

»Im Menschen gibt es eine vergleichbare Dualität: Es gibt das Empfänglichsein, das wir der Verwandlung zurechnen. Und es gibt das Bewusstsein, das wir der Manifestierung zurechnen. Wenn der Mensch geboren wird, hat er ein für seine Existenz vollkommenes Empfänglichsein. Sein Bewusstsein entwickelt sich erst durch seine Erfahrungen im Laufe des Lebens. Wenn der Mensch schlechte Erfahrungen macht, kann das Bewusstsein über den Verstand das Empfänglichsein beschränken. Es ist eine Zensur der Empfindungen durch Gedanken. Das Empfänglichsein wird gehemmt und ist dann zunehmend weniger in der Lage neue Erfahrungen zu machen, was dazu führt, dass das Bewusstsein keine neuen Konzepte über die Welt entwickeln kann. Es ist also eine Dynamik mit einer Abwärtsspirale, sobald das Gleichgewicht zwischen Empfänglichsein und Bewusstsein kippt.«

Der dünne, barfüßige Mann mit sehr weiter, hellgelber Leinenkleidung, einem schmalen Turban und einem drahtigen, grauen Bart, hatte stets ein leichtes Lächeln auf den Lippen. Er war sanft, bedächtig und ein bisschen schrullig, aber seine Rede, die er beharrlich fortführte, war doch recht anspruchsvoll für Elias' Geschmack.

»Wenn das belebte Differenzierte durch Hemmung seines Empfänglichseins in den sogenannten Zyklus der Involution übergeht, dann entwickelt sich auch sein Bewusstsein nicht mehr weiter und der Mensch lebt mehr und mehr in seiner eigenen Wirklichkeit. Dann kann er nicht mehr bemerken, dass doch eigentlich alles ganz anders ist, als er glaubt. Durch ein gerichtetes Bewusstsein, eine Fixierung, entwickeln wir einen starren Willen. Wenn wir dann nur noch das empfangen, was wir auch empfangen wollen, sind wir nicht mehr offen für all die Empfindungen, die erlebt werden sollen, positive wie negative.«

Tiana hob die Hand.

Shiva lächelte sie an und nickte: »Ja?«

»Was ist denn dieses Differenzierte?«, fragte sie.

»Oh, ich meine damit alles, was nicht unbestimmt ist. Menschen, Tiere, Pflanzen, die sind alle belebtes Differenziertes. Dann gibt es noch das unbelebte Differenzierte, zum Beispiel dieser Fels hier unter uns. Das ist ganz bestimmt ein Fels. Er wird nicht plötzlich zu Wasser. Das hoffen wir jedenfalls, nicht wahr?« Er lachte knarrend über seinen eigenen Witz.

Die Lehrlinge sahen ängstlich rechts und links über die schmale Steinbrüstung hinab, die sie vom hunderte Meter tiefen Abgrund trennte. Unter ihnen war das Meer. Aber es war sicher nicht angenehm, aus dieser Höhe da hinein zu fallen. Neben ihrem Plateau führte eine schmale Hängebrücke auf einen weiteren schwebenden, sehr viel größeren Felsen. Unterhalb von diesem war ein gigantisches Netz von mindestens fünfzig Metern Durchmesser aufgespannt.

Der Luftlehrer kratzte sich unter seinem Turban am Kopf und sagte: »Wo war ich? Alles Differenzierte ist stets in beide Zyklen eingebunden, dadurch ist jedes Differenzierte in der Lage zu verlangsamen oder zu beschleunigen, das heißt, zu manifestieren oder sich zu verwandeln. Der Wechsel zwischen den beiden Zyklen ist normal. Problematisch wird es für das Differenzierte erst, wenn es im Zyklus der Involution stecken bleibt.«

Elias dachte an das Endportal und ein kalter Schauer lief ihm den Rücken hinab. Das war im wahrsten Sinne des Wortes ein Steckenbleiben gewesen, so etwas wollte er nie mehr erleben.

»Ich denke, das reicht für heute mit Theorie. Jetzt werden wir euch mal ein bisschen fliegen lassen.« Shiva Chande lachte wieder krächzend und stand auf. »Folgt mir.« Der kleine Mann trippelte an den Lehrlingen vorbei auf die Hängebrücke.

Sie erhoben sich ebenfalls und gingen brav im Entenmarsch hinterher.

Auf der anderen Seite stand eine große Holzkiste. Shiva öffnete sie und sagte: »Nehmt euch alle einen Papierdrachen und klinkt euch ein. Ich werde entsprechende Windverhältnisse erzeugen, die euch sicher nach unten geleiten. Ihr müsst euch einfach an dem Drachen festhalten und springen. Wenn ihr unten angekommen seid, könnt ihr an den Strickleitern wieder hochklettern oder ihr nutzt das Portal. Los gehts.«

Shiva setzte sich auf einen Felsvorsprung, hob eine Hand wie zum Gruß und eine zarte Brise kam auf.

Mika und Tiana, die beide keine Freunde von Höhen waren, stellten sich mit ihren Drachen in die Mitte des Felsens.

»Das überlege ich mir noch«, sagte Tiana.

Mika war etwas blass um die Nasenspitze. »Die Hängebrücke hat mir eigentlich schon gereicht.«

Ein paar mutige Lehrlinge, unter ihnen Demian und Chris, sprangen ohne Hemmungen in den Abgrund. Sie hatten sich an dem Papierdrachen eingeklinkt, hielten ihn über ihre Köpfe und segelten in sanften Kreisen nach unten.

»Keine Sorge«, sagte Shiva schmunzelnd mit Blick auf die Lehrlinge, die sich noch nicht trauten, »ich habe euch im Griff, euer Gewicht spielt keine Rolle.«

»Sollen wir?«, fragte Lielle.

»Okay«, sagte Elias.

Sie hängten sich jeweils in ihrem Papierdrachen ein und sprangen in die Tiefe. Schwerelos segelten sie hinab.

»Wow«, sagte Elias. Lielle lachte.

Es dauerte fast eine Minute, bis sie unten angekommen waren. Sie landeten sanft in dem Netz.

»Das müssen die beiden Angsthasen unbedingt auch ausprobieren«, sagte Lielle, hängte sich den Drachen über den Rücken, ging an dem Portal, das sie nach oben bringen würde vorbei, und begann an einer der Strickleitern hochzuklettern. Er folgte ihr. Es war weniger anstrengend, als es aussah. Der Wind drückte sie sanft nach oben.

Als sie sich dem Plateau näherten, hörten sie Schreie.

Lielle sah mit erschrecktem Gesicht nach unten zu Elias. »Hörst du das?«

»Ja, was ist da oben los?«

»Klingt, als würde sich jemand streiten.«

Als sie oben ankamen, bot sich ihnen ein bizarres Szenario. Mehrere Lehrlinge standen sich gegenüber und gifteten sich lautstark an. Glücklicherweise waren Mika und Tiana nicht involviert. Auch Demian und seine Freunde beobachteten die Szene, sie waren über das Portal heraufgekommen.

Der Professor kam herüber geeilt, in genau dem Moment, als einer der jungen Lehrlinge ausholte und einem anderen ins Gesicht schlug.

Shiva fuchtelte wild mit den Armen und rief: »Was ist denn los? Sofort aufhören.« Aber er konnte nicht verhindern, dass zwischen den Streitenden eine Schlägerei ausbrach.

Plötzlich ging alles sehr schnell.

Elias sah, dass Demian und Chris dazwischen gingen und die Lehrlinge auseinanderzogen, die dann weiter auf sie beide einschlugen.

Da sah er plötzlich Tiana mit entsetztem Gesicht auf Lielle zulaufen. Lielle war im Begriff mit geschlossenen Augen rückwärts die Felskante nach unten zu stürzen. Elias stürzte nach vorne, aber er bekam sie nicht mehr zu fassen. Sie fiel. Er schrie: »Lielle!«

Da wurde sie plötzlich von einer Windböe erfasst, zurückgetragen und sanft auf dem Felsen abgelegt. Elias sah zu dem Luftlehrer.

Shiva Chande hatte Lielle gerettet. Er nickte Elias kurz zu und begann dann unbeholfen auf seinem M-Tap herumzudrücken. »Ich habe Hilfe angefordert, sie sind gleich da«, sagte er.

Nur weil Demian und Chris zwei der Streithähne festhielten, hatten sie sich noch nicht gegenseitig zerfleischt.

Tiana und Elias knieten sich neben Lielle nieder.

»Lielle, was ist mit dir?«, fragte Tiana besorgt und strich ihr übers Haar.

»Bin ohnmächtig geworden«, nuschelte sie.

»Geht es wieder?«, fragte Tiana.

Elias sah sich um. War das ein Angriff auf Lielle? Sein Blick fiel auf Raluka. Sie beobachtete das Chaos mit undefinierbarem Gesichtsausdruck. Besonders erschüttert wirkte sie nicht. Es war nicht festzustellen, ob sie das Ganze schlimm oder interessant, gleichgültig oder gar belustigend fand.

Da nahm Lielle Elias' Hand. Leise sagte sie: »Da war etwas Böses.« Dann schloss sie die Augen wieder.

Elias sah zu Tiana, sie erwiderte den Blick beunruhigt.

Dann tauchten mehrere Personen auf, Leute vom Sicherheitsdienst. Die Streithähne wurden mitgenommen und auch Lielle. Sie sollte auf der Krankenstation durchgecheckt werden.

»Du glaubst, es war ein Nihilegel?«, fragte Mika.

»Pst, nicht so laut«, sagte Tiana.

Lielle nickte kaum merklich: »Deswegen haben sich die Leute auch so gestritten. Ein Nihilegel saugt Lebenskraft heraus, das macht depressiv oder auch aggressiv.«

Sie saßen zu viert in ihrer Lieblingsecke in der Bibliothek.

»Aber was sucht der im Luftlehre-Unterricht? Ich meine, was sucht der überhaupt hier in der Sphäre?«, fragte Tiana mit gesenkter Stimme.

»Genau, es ist doch gar nicht möglich, dass so ein Vieh in die Sphäre reinkommt«, sagte Mika nun auch leiser.

Lielle sah verunsichert zu Boden. »Ich weiß, ich weiß. Ich sage euch nur, was ich wahrgenommen habe. Vielleicht bekommt die Sphäre Risse.«

Mika und Tiana wechselten besorgte Blicke.

»Und woran kann das liegen?«, fragte Elias.

Eine ganze Zeit lang sagte keiner etwas.

Dann durchbrach Mika die Stille: »An diesem Wunschkästchen?«

»Aber Demian und Chris haben sogar geholfen, die Streitenden auseinanderzuhalten. So böse können sie doch eigentlich nicht sein«, erwiderte Tiana.

»Schon komisch«, pflichtete Mika bei.

Alle vier sahen ratlos vor sich hin.

Tiana durchbrach die Stille: »Wenn wir nur wüssten, ob dieses Wunschkästchen magisch wirkt oder nicht.«

»Ich hätte da eine Idee, wie wir das herausfinden könnten«, sagte Lielle plötzlich.

»Wie?«, fragte Elias.

»Mit einem Ritual.«

»Was für ein Ritual?«, fragte Mika.

»Ist das nicht gefährlich? Mit so etwas kennen wir uns doch überhaupt nicht aus«, sagte Tiana.

»Ich spreche von einer Orakelbefragung! Uralte, einfache Magie, gänzlich ungefährlich! Vielleicht können wir so Antworten bekommen. Allerdings dürfen wir nicht zu viel davon erwarten. Das Ergebnis kann wenig spezifisch ausfallen.«

Elias sah nachdenklich zu Lielle. Auf Wahrsagerei wäre er nie gekommen.

»Eigentlich dürfen wir außerhalb des Unterrichts keine Magie anwenden. Das wäre mir ja egal. Nur, wie hoch ist die

Wahrscheinlichkeit, dass wir uns dabei aus Versehen in die Luft sprengen?«, fragte Mika.

»Gering. Aber es kann sein, dass wir eine Antwort bekommen, mit der wir rein gar nichts anfangen können.«

»Damit kann ich leben«, sagte Mika.

»Einen Versuch ist es wert, oder?«, fragte Tiana in die Runde.

Lielle nickte.

Wieder vergingen einige nachdenkliche Minuten.

»Was machen wir, wenn das Ritual nicht funktioniert?«, fragte Tiana.

Die anderen drei sahen fragend zu ihr.

»Wenn nichts Sinnvolles bei dem Orakel herauskommt, wäre es doch naheliegend, noch etwas anderes zu versuchen, oder?«, Tiana sah sie vielsagend an.

Mika und Lielle runzelten die Stirn.

»Du willst reingucken«, sagte Elias.

»Wäre eine Möglichkeit, wenn wir es eh schon ausgegraben haben.«

»Ich glaube, das ist keine gute Idee, oder?« Mika hob die Augenbrauen.

Elias schüttelte den Kopf: »Das ist eine schlechte Idee.«

Lielle überlegte, dann sagte sie: »Wir könnten einen Schutzzauber auf uns wirken.«

»Kennst du einen?«, fragte Tiana.

»Ja, wir könnten Schutzamulette verwenden. Man sucht, bastelt oder kauft sich irgendeinen Gegenstand, verzaubert diesen und hängt ihn sich um den Hals.«

»Dann haben wir ja einiges zu tun. Auf gehts!«, sagte Tiana und sprang auf.

»Ich bin nicht gerade begeistert davon«, sagte Mika.

»Ich auch nicht«, stimmte Elias zu.

»Lasst uns einfach mal Schutzamulette erstellen und wir schauen dann spontan, ob wir das Kästchen öffnen wollen. Und wenn auch nur einer dagegen ist, öffnen wir es nicht, ok?«

»Na schön«, sagte Elias.

Elias, Mika, Tiana und Lielle standen in heller Leinenkleidung mitten in einem lichten Wald um einen quadratischen, kleinen Tisch herum. Die Tischbeine und der Tischrand waren mit Blumen und Blütenblättern geschmückt. Auf dem Boden, in einigem Abstand, umgab sie ein weißer Kreis aus Mehl.

Mika zündete eine helle Altarkerze an und sprach: »Wir danken dir, Element Feuer, für dein Licht und deine Wärme.«

Elias nahm einen Kelch mit Wasser, hob ihn hoch und sagte: »Wir danken dir, Element Wasser, dass du uns tränkst und reinigst.«

Tiana nahm eine Tonschale mit Salz in ihre Hände und sagte: »Wir danken dir, Element Erde, dass du uns nährst.«

Lielle entzündete ein Stück Räucherkohle in einer feuerfesten Schale und streute getrockneten, zerkleinerten Weihrauch darüber: »Wir danken dir, Element Luft, dass du uns unseren Atem schenkst.«

Dann sprachen sie gemeinsam: »Ihr mächtigen Elemente, lasst uns teilhaben an eurer Weisheit.«

Elias und Tiana stellten ihre Gefäße wieder auf dem Tisch ab. Sie nahm eine Prise vom Salz und streute es in den Wasserkelch, während sie mit Elias gemeinsam sagte: »Erde und Wasser verbindet euch.«

In der Mitte des Tisches lag ein Messer mit einem verschnörkelten Griff und ein Leinensäckchen. Elias nahm das Messer, rührte mit dessen Spitze in dem Kelch, zog es wieder heraus und besprengte die Anwesenden, sich selbst und den Altar damit. »Reinigt uns von allem Unreinen«, sagte er. Dann ging er zu dem Kreis aus Mehl und zog ihn mit der Spitze des Dolches im Uhrzeigersinn nach. »Mögen uns aus allen vier Himmelsrichtungen die Elemente wohl gesonnen sein und Schutz zuteilwerden lassen.« Als er den Kreis vollendet hatte, stellte er sich wieder an seinen Platz.

Gemeinsam sagten sie: »Ehrwürdige Elemente behütet uns vor niederen Energien und verbannt die Erstarrung aus diesem Kreis. Helft uns, uns für euer Zeichen zu öffnen.«

Eine sanfte Brise kam auf und ließ eine Strähne von Lielles hellem Haar tanzen. Vor ihrem Gesicht stiegen weiße Rauchschwaden auf.

Durch die Blätter der ausladenden Baumkronen funkelte Sonnenlicht herab und warf goldene Flecken auf den Altar. Sie atmeten tief ein und aus und sahen sich gegenseitig dabei an. Mika musste kurz grinsen, woraufhin auch die anderen schmunzelten, dann wurden sie alle wieder ernst.

Elias schloss die Augen, der Geruch des Weihrauchs stieg ihm in die Nase. Es war nicht unangenehm. Seine Gedanken schweiften ab.

Bis vor einem Jahr hätte er niemals gedacht, dass er magische Rituale mit Freunden abhalten würde. Wie verrückt diese Welt doch war.

Elias öffnete die Augen wieder. Tiana sah ihn fragend an. Er nickte leicht. Daraufhin zog sie eine Kette aus ihrer Umhängetasche, an der eine bizarr geformte Wurzel baumelte und hielt sie vor sich in die Luft.

Jeder der drei anderen holte ebenfalls eine Kette hervor. An Mikas Kette hing eine Muschel, an Lielles das versteinerte Schneckenhaus, das sie auf dem Markt der Morgenröte erstanden hatte. Elias hatte sich für den weißen Stein entschieden, der vom Ceanamca verzaubert worden war, was er seinen Freunden natürlich nicht erzählt hatte.

Tiana sprach mit feierlicher Stimme: »Ehrwürdige Elemente, wir bitten euch, segnet unsere Amulette, auf dass sie uns vor bösen Mächten und schlechten Energien beschützen mögen.«

Die drei anderen wiederholten gemeinsam Tianas Worte. Dann hängte sich jeder sein Amulett um den Hals.

Mika ging an den Rand des Schutzkreises, ohne diesen dabei zu verlassen und holte ein in Leinen eingeschlagenes, kleines Bündel, das er auf dem Tisch ablegte. Er zog das Leinentuch zur Seite und das Kästchen kam zum Vorschein.

Einen Moment lang starrten sie angespannt darauf. Der Wind wurde böiger. Die Kerze flackerte wild, aber ging nicht aus.

Da Lielle sich die letzten Tage intensiv mit der Deutung des Runenorakels beschäftigt hatte, sollte sie die Runen werfen. Sie nahm das Leinensäckchen, schüttelte es, griff hinein und sagte: »Gesegnete Elemente, wir rufen euch an, gebt uns ein Zeichen: Ist dies ein magischer Gegenstand?« Sie zog die geschlossene Hand heraus und hielt sie hoch über den Altar, dann ließ sie die Runen fallen.

Eine davon spickte gegen das Kästchen und fiel in die Mitte des Tisches. Die anderen lagen kreuz und quer um diese eine herum.

Elias sagte: »Mächtige Elemente, wir danken euch, dass ihr uns an eurer Weisheit teilhaben lasst, und bitten diese Weisheit auch auf Lielle zu übertragen, damit sie die Zeichen deuten kann.«

Lielle sah sehr konzentriert auf die Runen. Ihr Blick wanderte hin und her. Plötzlich schloss sie die Augen. Die Sekunden wurden zu Minuten, ohne dass sie sich rührte. Elias sah stirnrunzelnd zu ihr. War sie im Stehen eingeschlafen?

Lielles Augen gingen auf, sie waren blauer als sonst, weil das Sonnenlicht in besonderer Weise hineinfiel. Sie sprach mit fester Stimme, die nicht ganz wie ihre eigene klang: »*Dieser Gegenstand ist nicht magisch.*« Lielle blinzelte, sie schien über ihre eigenen Worte verwundert zu sein. Verunsichert sah sie zu den drei anderen, die ihren Blick ebenso erstaunt erwiderten.

Einige Minuten vergingen, in denen sie nur dem Wind lauschten, den Weihrauch einatmeten und Lielles Worte in sich nachhallen ließen.

Dann sagte Elias, so wie sie es besprochen hatten: »Wer ist dafür, das Kästchen zu öffnen, der möge auf drei seine Hand nach vorn strecken.« Er atmete tief ein und dachte darüber nach, wie er sich entscheiden wollte. Lielle hatte gesagt, dass das Kästchen nicht magisch wäre. Also war es auch nicht schwarzmagisch. Aber gab es dann etwas anderes oder jemanden in der Sphäre, der schwarze Magie wirkte? Natürlich hatte Elias Demian im Verdacht, aber er musste es irgendwie beweisen können. Vielleicht würden sie in dem Kästchen einen Hinweis darauf finden. Wenn er wissen wollte, was sich darin befand, war jetzt der richtige Zeitpunkt gekommen. »Eins, zwei, drei!« Er streckte seine Hand nach vorn.

Mika, Tiana und Lielle taten es ihm gleich.

So wie es abgesprochen war, ergriff nun Tiana wieder das Wort: »Sprecht mir nach: Wir rufen euch Schutzgeister der Elemente, aktiviert unsere Amulette, bewahrt uns vor jeglichem Schaden, der von diesem Gegenstand ausgehen könnte.« Die anderen wiederholten ihre Worte.

Elias hielt den Atem an vor Spannung. Sie wollten es gemeinsam öffnen: Tiana und Mika schoben die beiden Riegel des Kästchens zur Seite und Elias und Lielle klappten es auf.

Es war leer.

Elias wusste nicht, was er erwartet hatte, aber am wenigsten, dass da einfach nichts drin war. Den anderen schien es auch so gegangen zu sein, sie wechselten nachdenkliche Blicke. Keiner sagte etwas. Auch das hatten sie so miteinander vereinbart.

Schließlich nickte Elias, Lielle und Tiana schlossen das Kästchen wieder gemeinsam, Mika schlug es in das Leinentuch ein und trug es an den Rand des Mehlkreises. Als er zurückgekehrt war, sprach Elias: »Wir danken den ehrwürdigen Elementen für ihre Anteilnahme an unseren menschlichen Belangen.« Mika löschte die Ritualkerze mit einem Kerzenlöscher. Daraufhin entfernte Elias sich vom Altar und schritt gegen den Uhrzeigersinn mit dem Messer am Boden den Kreis aus Mehl ab, während er sagte: »Hiermit soll das Ritual beendet sein.«

Es war noch früh an diesem Nachmittag. Sie hatten ihre Orakelbefragung gerade abgeschlossen. Elias und Lielle vergruben das Holzkästchen wieder im weichen Waldboden. Mika und Tiana waren schon in Richtung Spielplatz losgelaufen. Sie sollten ein Feuer anzünden, weil sie Gemüse und Knoblauchbrot grillen wollten. Plötzlich drehte sich Lielle um und sog geräuschvoll die Luft ein.

»Was ist denn?«, fragte Elias.

Sie sah gebannt zu den Bäumen hinter ihr, der Schreck stand ihr ins Gesicht geschrieben, sie hielt ihr Amulett unbewusst umklammert.

»Lielle?«

»Da war etwas«, flüsterte sie.

»Was denn?«, fragte er und sah mit angestrengtem Blick in dieselbe Richtung.

»Es ist weg.«

»Was ist weg?«, fragte Elias.

Sie reagierte nicht.

»Lielle, was hast du?«

»Komm schnell!«, sagte sie plötzlich, packte Elias an der Hand und zog ihn mit sich.

Sie waren schon ein ganzes Stück tiefer in den Wald gerannt, als Elias Lielle abbremste und sagte: »Warte.«

Sie blieb stehen und sah sich um.

»Kannst du mir sagen, wo du hinwillst?«, fragte er sie.

»Gleich, komm.«

Elias wunderte sich über ihr Verhalten. Hoffentlich war das Ritual nicht zu viel für sie gewesen.

Irgendwann blieb sie stehen. Sie befanden sich auf einer kleinen Lichtung. Obwohl die Bäume hier nicht so dicht waren, lag ein Schatten über diesem Teil des Waldes. Elias hob den Blick zum Himmel. Hatte sich eine Wolke vor die Sonne geschoben? Die Baumwipfel versperrten ihm jedoch die Sicht. Ein merkwürdig süßlicher Geruch stieg ihm in die Nase. Vor ihnen türmte sich ein meterhoher Haufen wuchtiger Findlinge auf. Sie schritten langsam darum herum. Auf der anderen Seite war einer der oberen länglichen Felsen umgefallen und mit der Spitze auf den umliegenden Steinen gelandet, so dass ein runder Hohlraum entstand.

Lielle wollte näher an die Felsformation herantreten, aber Elias hielt sie zurück.

»Der Fels sieht nicht stabil aus, bleib da bitte weg«, sagte er leise. Ein merkwürdiges Gefühl hatte ihn beschlichen. Der Boden, der den Felshaufen umgab, war irgendwie dunkler und schien an manchen Stellen aufgewühlt worden zu sein. Die Blätter wisperten unheilvoll im Wind. Sie waren schon braun gefärbt, zu früh für diese Jahreszeit. Und Elias erkannte mit einem Mal den Geruch: Es war der Gestank von Verwesung.

»Lass uns gehen«, sagte Lielle plötzlich. Sie war bleich im Gesicht.

»Okay.« Er nahm sie bei der Hand und zog sie mit sich.

Sie beeilten sich, um von dem Ort fortzukommen.

Elias und Lielle hatten sich schon ein Stück von dem unheimlichen Ort entfernt und gingen auf einem Fußweg Richtung Spielplatz, als sie jemanden ein Lied summen hörten. Sie hielten an. Da war eine schwarzhaarige junge Frau, die abseits vom Weg umgeben von hoch gewachsenen Farnen Blumen pflückte. Sie sah zu ihnen hinüber. Es war Kayra, Ralukas Mitbewohnerin. »Oh, andere Waldliebhaber«, sagte sie lächelnd.

»Ähm, ja«, erwiderte Elias.

»Wie schön, heute ist ein wunderbarer Tag zum Blumenpflücken.« Sie zeigte ihnen ihren großen, lilablassblauweißen Strauß. »Ich hoffe nur, Raluka ist einverstanden damit, dass ich die bei uns aufstelle«, fuhr sie mit nachdenklichem Blick fort.

Lielle runzelte die Stirn.

Elias sah zwischen den beiden Frauen hin und her: »Kennt ihr euch schon? Das ist Kayra, Ralukas Mitbewohnerin. Und das ist Lielle.«

Kayra kam näher und gab ihr eine von den blauen Blumen. »Schön, dich kennenzulernen.«

Lielle nahm sie lächelnd entgegen. »Danke, ebenso. Mag Raluka keine Blumen?«

Kayra gab auch Elias eine. Er nickte dankend und etwas verlegen.

Auf Lielles Frage hin seufzte sie. Dann zuckte sie mit den Schultern. »Ich bezweifle, dass sie irgendetwas mag. Ich versuche, mich seit Wochen mit ihr anzufreunden, aber wir werden nicht warm miteinander.«

Elias schluckte. Insgeheim dachte er, dass es besser war mit Raluka nicht zu warm zu werden.

Lielle sah mitfühlend zu ihr: »Manchmal braucht es einfach Zeit. Und Raluka ist schon recht unnahbar. Ich glaube, sie fühlt sich hier noch sehr fremd und könnte eine Freundin gut gebrauchen.«

»Ja, da hast du recht. Vielleicht schenke ich ihr einfach diesen Strauß und schlage dann vor, ihn im Wohnbereich aufzustellen«, sagte Kayra und schmunzelte.

»Gute Idee!«, grinste Elias.

Lielle nickte lächelnd.

»Dann geh ich mal heim. Geht ihr auch zurück in die Akademie?«, fragte Kayra.

»Nein, wir treffen uns noch mit Freunden«, sagte Elias.

»Dann viel Spaß.«

»Wir Grillen auf dem Spielplatz. Willst du mitkommen?«, fragte Lielle.

»Nein, nein, ich habe noch eine Verabredung. Aber danke!«, erwiderte Kayra. »Und drückt mir mit Raluka die Daumen! Hoffentlich ist sie mir wohlgesonnen.« Sie winkte zum Abschied und schlenderte davon.

Während Elias und Lielle zum Spielplatz liefen, hing jeder seinen Gedanken nach. Elias dachte an Raluka. Kayra bemühte sich wirklich um sie, wie er ihr es damals geraten hatte. Vielleicht sollte er ein paar Worte mit Raluka wechseln, um ihr ins Gewissen zu reden.

Auf dem Spielplatz trafen sie nicht nur Mika und Tiana an, sondern auch einige andere Lehrlinge, die die gleiche Idee wie sie hatten: Grillen und es sich gut gehen lassen. Daher kamen die vier Freunde nicht dazu, lange über das Ergebnis ihres magischen Rituals zu diskutieren.

Lielle konnte sich selbst nicht erklären, woher ihre Worte gekommen waren, aber sie waren eindeutig gewesen: Das Kästchen war nicht magisch.

Letztlich einigten sie sich darauf, die Geschichte um Demian und sein Wunschkästchen, nicht weiter zu verfolgen. Sollte doch mehr dahinter stecken, gab es in der Akademie schließlich einige Hochmagier der Kommunikation, zum Beispiel Inspektor

McDoughtery oder Professorin Eichwald und auch den schwarzen Mönch, die durchschauen würden, wenn irgendjemand etwas Schlimmes oder Gefährliches ausheckte. Von dem unheimlichen Ort, den Elias und Lielle im Wald gefunden hatten, erzählten sie den anderen beiden nichts.

TEIL IV: LUGNASAD

Kein Bild zeigt dir, wie es ist.
Aber du hast ein Gespür dafür.
Streng dich nicht an,
doch bleib niemals stehen.
Folge deinem Gespür.

Wenn du empfänglich bleibst,
bewegst du dich.
Es geschieht ganz von selbst.
Wie das Atmen.
Wie das Leben.
Ein ewiges Entstehen und Vergehen.

Du hast ein Gespür dafür,
woher du kommst und wohin du gehst.

FEST DER ELEMENTE

In der kommenden Zeit verlief sich die Angelegenheit um Demian und das Wunschkästchen im Sand. Es gab Wichtigeres zu tun. Die Abschlussprüfungen, die in den letzten zwei Wochen vor Ende des Nomesters stattfanden, standen kurz bevor. Sie hatten keinen regulären Unterricht mehr, da die Professoren vollauf damit beschäftigt waren ihre Lehrlinge zu beurteilen. Bei den Erstnomestern handelte es sich um eine harmlose Angelegenheit. Dennoch waren sie alle bemüht ein gutes Bild abzugeben. Schließlich wollte man vor den Nomesterferien den Eindruck hinterlassen, dass die Bemühungen der letzten neun Monate nicht vergebens waren.

Die Prüfung in Tiermagie war der einfache Part: Elias musste sich nicht einmal mit Jake treffen, denn Twixu berichtete dem Professor von Elias' Fortschritten und damit hatte er bestanden.

In Bewegungsmagie wurde von Elias aber durchaus Einsatz verlangt. An diesem Tag war es schwülwarm und nahezu windstill, so dass man schon beim Rumstehen ins Schwitzen kam. Der Vorteil an Bewegungsmagie war, dass man durch den sogenannten Rennwind auf natürliche Weise abkühlte. Elektra hatte die Prüfung in mehrere Etappen aufgeteilt und an die jeweiligen Nomester angepasst. Die Erstnomester, also Demian und Elias, mussten ihr vorführen, wie sie in der Geraden vorankamen, wie sie einzelne Kurven nahmen, und zum Schluss, wie sie sich durch einen Wald bewegten, ohne gegen einen Baum zu laufen. Die ersten beiden Etappen hatten sie beide gemeistert. Nun warteten sie auf Holzbänken auf einer Lichtung, bis Elektra zu ihnen stieß, um ihnen bei der letzten Prüfungsaufgabe zuzusehen. Glücklicherweise hatte sie einen lichten Wald ausgewählt.

Elias war aufgeregt, nicht nur wegen der Aufgabe, denn das Waldrennen gehörte nicht zu seinen Stärken, auch wegen Demian. Seit ihrem Kennenlernen war er nicht mehr allein mit ihm gewesen. Er vermied es, ihn anzusehen, und tat so, als würde er etwas Wichtiges in seinem M-Tap nachlesen müssen.

»Na, macht dir Bewegungsmagie Spaß?«

Elias runzelte die Stirn. Demian versuchte Smalltalk mit ihm zu beginnen. Er sah zu ihm hinüber: »Klar, ich find es super.«

»Ich auch. Es ist der tiefgründigste Pfad meiner Meinung nach, historisch gesehen auch der mächtigste. Wusstest du, dass Hochmagier der Bewegungsmagie Einfluss nehmen können auf die Zeit?«

»Ja, aber das ist verboten«, sagte Elias. Tatsächlich war Magie, die die Zeit veränderte, untersagt, weil sie hochgradig gefährlich war. Sie konnte nicht nur den Magier erheblich schädigen, sondern auch alles andere.

»Natürlich ist das verboten. Aber ich finde allein die Möglichkeit faszinierend. Alles, was mit diesem Pfad zu tun hat, ist spannend. Es gibt da zum Beispiel auch ein uraltes Relikt, es nennt sich Kristallglobus. Hast du schon mal was davon gehört?«

Elias sah verwirrt zu ihm und schluckte. Warum erzählte er ihm das? Sein Unbehagen wich Angst. Ahnte Demian, dass Elias ihn in der alten Akademie gesehen hatte? War er womöglich wirklich ein Zwiefältiger, der auch über Kommunikationsmagie verfügte und schon längst Elias' Gedanken durchschaut hatte? Das Herz rutschte ihm in die Hose. »Interessant«, sagte er nervös.

Plötzlich stand Demian auf und setzte sich direkt neben ihn.

Elias' Herz pochte hart gegen seinen Brustkorb, er überlegte, wie er sich verteidigen würde, falls Demian ihn angreifen würde.

»Sag es niemandem weiter, aber ich weiß, dass sie den Kristallglobus hier in der alten Akademie verwahren. Ist das nicht der Wahnsinn?«, sagte er leiser und sah ihn dabei aufmerksam an.

»Ja, der Wahnsinn«, Elias rutschte etwas von ihm weg.

Demian bemerkte es und hob die Augenbrauen. Ein bisschen enttäuscht sagte er: »Ich dachte, das würde dich auch interessieren.«

»Doch, tut es. Hast du denn noch mehr über den, äh, Kristallglobus herausfinden können?«

Demian strahlte ihn an: »Ja, dies und das. Man schnappt manches auf.« Er musterte Elias, sah sich kurz um und sagte dann leiser: »Ich hab heimlich in der alten Bib recherchiert. Aber erzähl es keinem«, er legte einen Finger an die Lippen.

Elias schluckte. Es hatte ihm geradewegs die Sprache verschlagen.

»Ich hoffe, du denkst jetzt nichts Schlechtes von mir«, fuhr Demian fort, »den Tipp mit der alten Bib haben mir ältere Lehrlinge gegeben.

So gut wie jeder schleicht sich im Laufe seiner Akademiekarriere mal dort ein, bevor er offiziell rein darf. Das wurde mir jedenfalls gesagt.« Er grinste verlegen.

Elias erwiderte seinen Blick für einen Moment. Demian zog schmunzelnd die Augenbrauen hoch, er wirkte so normal wie jeder andere Lehrling. Seine arglose Art brachte Elias ins Zweifeln.

Da fragte Demian: »Hast du eigentlich Lust zu einem unserer Treffen zu kommen? Wir sind eine lockere Verbindung von ein paar Lehrlingen aus verschiedenen Häusern. Wir finden es schade, dass man so auf die Leute im eigenen Haus fixiert ist und wollen mehr Beziehungen untereinander schaffen, auch um uns gegenseitig zu bestärken. Manche haben Probleme mit der Verantwortung Magent zu sein. Versagensängste und so, du weißt schon. Gemeinsam fokussieren wir uns auf das Positive und fördern unser Selbstwertgefühl und unseren Zusammenhalt.«

Fassungslos starrte Elias Demian an. Hatte er ihn gerade in seinen Club eingeladen? »Klar, kann es mir ja mal ansehen«, sagte er zögerlich.

»Mega«, sagte Demian und zeigte Elias ein breites Lächeln mit blendend weißen Zähnen. »Das nächste Treffen findet leider erst im nächsten Nomester statt, aber ich gebe dir dann Bescheid.«

»Danke!«

Da landete ein fliegendes Motorrad vor ihnen.

Elektra hatte sich fünf Minuten lang Elias' beschleunigte Bewegung im Wald angesehen. Er kam etwas ins Schlingern, aber flog weder aus der Bahn noch rannte er gegen einen Baum. Das könnte er noch optimieren, war Elektras Aussage. Unterm Strich hatte er für einen Erstnomester aber Vorbildliches geleistet.

Nach der Prüfung machte Elias sich vor allem Gedanken über das Gespräch mit Demian. War der Typ womöglich in Ordnung und Elias hatte sich vielleicht die ganze Zeit in etwas hineingesteigert? Er wusste nicht mehr, was er glauben oder denken sollte.

Elias lag im Bett und konnte nicht einschlafen. Es war der letzte Abend vor dem Fest der Elemente und damit stand das Ende des Nomesters bevor. Bald würde er die Heimreise antreten. Er freute sich darauf, Grete wiederzusehen, ansonsten war er nicht erpicht darauf, in die Realität zurückzukehren. Bei seiner heutigen abendlichen

Expedition vermittelte Twixu Elias Bilder von Raluka, die ihn nachdenklich stimmten. Sie und der schwarze Mönch standen vor dem Eingang der Burg und unterhielten sich. Natürlich konnte Twixu ihm nicht die Inhalte des Gesprächs vermitteln, aber allein die Tatsache, war sonderbar. Was hatten die beiden miteinander zu schaffen?

Elias fühlte etwas Hartes unter seiner Matratze, seine Hand war unbewusst dorthin gewandert. Er zog eine Kette hervor, an der der helle Stein des Ceanamca baumelte. Er betrachtete ihn eine Weile.

Der Vollmond schien in sein Zimmer und verlieh ihm einen silbrigen Glanz. Eine Erinnerung wollte in sein Bewusstsein vorstoßen, aber er bekam sie nicht zu greifen. Es fühlte sich an wie ein Déjà-vu. Irgendetwas stimmte nicht. Er strich sich mit einer Hand über Stirn und Augen. Ein unangenehmes Gefühl hatte sich in seinem Kopf ausgebreitet, dumpf und pochend. Was war denn los? Bekam er Kopfschmerzen?

Der Stein an der Kette begann zu leuchten. Elias sah verwirrt darauf. Die Helligkeit tat ihm in den Augen weh. Er musste sie schließen. »*Du bist verflucht*«, hörte er eine Stimme in seinem Inneren widerhallen. Dann sah er ein dunkles Loch direkt vor seinem inneren Auge. Alles verzehrende Finsternis hockte darin wie eine namenlose Bedrohung und streckte eine dürre Hand nach ihm aus.

Er riss die Augen auf. Er war noch immer in seinem Zimmer. Sein Atem ging schnell, sein Herz raste. Er umklammerte die Kette, dass es fast schon schmerzhaft war. Der Druck in seinem Kopf hatte zugenommen.

Elias stand auf und ging zu dem Spiegel an seinem Kleiderschrank. Als er hineinsah, erschrak er. Auf seiner Stirn war ein dunkler Fleck. Er wischte darüber, aber er ließ sich nicht entfernen. »Verdammt, was ist das?«, flüsterte er.

Da tauchte im Spiegel die Fratze eines grauenhaften Wesens auf, mit rotglühenden Augen und dürrem, ausgemergeltem Körper. Es starrte ihn an.

Elias wich entsetzt zurück. Er blinzelte. Das ungeheuerliche Antlitz war verschwunden. Er musste es sich eingebildet haben. Er ging näher an den Spiegel heran und untersuchte seine Stirn. Vielleicht war Schmutz darauf.

Seine Augen begannen mit einem Mal silbern zu leuchten. Er starrte irritiert darauf. Dann sah er, dass der Totenschädel mit mondhellen Augenhöhlen sein Spiegelbild überlagerte. »Komm zu mir«, hörte er die Stimme des Skelettdämons nahe an seinem Ohr flüstern.

»Was soll das? Verzieht euch sofort alle aus meinem Spiegel«, sagte er wütend. Er stopfte den leuchtenden Stein in eine Schublade seiner Kommode, hetzte ins Bad und versuchte, sich den merkwürdigen Fleck abzuwaschen. Er rieb mit Seife daran herum und rubbelte wie ein Besessener mit einem Handtuch darüber. Aber der schwarze Fleck prangte noch immer auf seiner Stirn.

Mit beiden Händen stützte er sich am Waschbecken ab, starrte mit grimmiger Miene in den Spiegel und flüsterte: »Na schön, du ausgefuchster Schädel, ein letztes Mal komme ich. Und dann hoffe ich für dich, du erklärst mir das alles.« Er ging zurück in sein Zimmer, öffnete die Schranktür und zog das Buch hervor.

Einige Minuten später leuchteten die leeren Buchseiten silbrig im Licht des Vollmonds. Ein einziges Wort in schwarzen Lettern erschien: ›Nongul‹. Aber Elias konnte es nicht mehr lesen, er lag auf dem Bett und war fest eingeschlafen.

Elias befand sich in einer dickflüssigen Substanz. Es war stockdunkel um ihn herum. Er ruderte mit den Armen, zu seiner Erleichterung konnte er sich noch bewegen. Wo war er nur? Dann fiel es ihm ein: Diese Welt war überflutet worden, der Ceanamca war untergegangen und Elias war ihm hinterhergesprungen. Er sah sich um, da sah er in der Tiefe unter sich einen kaum wahrnehmbaren Schimmer. Elias schwamm los. Das Wasser wurde kälter. Das Licht verblasste. Elias strengte sich an, um schneller zu werden. Er kämpfte. Doch die Kälte kroch in seine Muskulatur und lähmte ihn. Jede Bewegung schmerzte. Er wurde langsamer. Und das Wasser wurde zähflüssiger, als würde es gefrieren. Der Schmerz wich einem Gefühl von Taubheit. Irgendwann spürte er nichts mehr. Er konnte sich nicht mehr bewegen. War er schon wieder in eine Falle geraten?

»Streng dich nicht an«, hallte es von weither.

Wie oft sollte er dieses Drama noch durchleben? Er strengte sich an und es half nichts. Er war jetzt am Ende angekommen. Am Ende allen Lichts, aller Wärme, aller Hoffnung. Es war vorbei.

Elias gab auf. Er ließ los. Er ließ sich fallen. Und er sank, tiefer und tiefer in einen dunklen Abgrund. Stille umgab ihn.

Er wurde leichter, schwereloser. Das Wasser hielt ihn sanft im Arm. Irgendwann würde er unten angekommen sein und dann war alles gut.

Elias spürte eine Berührung an seiner Wange. Er öffnete die Augen und sah mitten in das Gesicht des Todes. Die leeren Augenhöhlen waren dunkel, doch darin glomm kaum merklich ein winziger Funke.

»Du folgst mir, auch wenn mein Weg in die Dunkelheit führt«, sagte das Wesen. Seine knochigen Finger umfassten Elias' Gesicht und er legte seine Stirn an die seine.

Da erkannte Elias ihn: ›Scheánamka‹ wurde sein Name ausgesprochen. Er war ›Des Mondes Augenlicht‹. Das war die Bedeutung seines Namens in der vergangenen Sprache.

Der Ceanamca ließ ihn los.

Es war das erste Mal, dass Elias ihn wirklich ansah, ohne Angst, ohne Ekel. Der Funke in den Augen des Ceanamca wurde zu einem silberhellen Leuchten, weißglühend, durchdringend, uralt und trostspendend wie der Mond selbst, Augen, die bis auf den Grund einer Seele blickten.

Plötzlich wandte der Mondlichtdämon sich ab und schwamm in die bodenlose Schwärze.

Elias folgte ihm, es ging nun ganz leicht.

Der Dämon hielt an und deutete in eine bestimmte Richtung, als würde er ihm etwas zeigen wollen.

Verwundert sah Elias zu, wie sich vor seinen Augen eine Szenerie aus der Dunkelheit herausbildete.

Da waren orangefarbene Lichtpunkte, Fackeln. Sie erhellten nur spärlich eine dunkle Halle. In schwarze Mäntel gehüllte Gestalten standen an den Wänden ringsum. In der Mitte des Raumes befanden sich zwei Personen, eine kniend, die andere dahinter stehend. Sie sahen in einen großen Spiegel, den eine düstere Aura umgab. Wie von weit her hörte Elias einen merkwürdigen Gesang, leise und doch aufdringlich.

Die kniende Gestalt ließ einen Kelch zu Boden fallen, stürzte auf ihre Hände, rollte zur Seite und verkrampfte, als hätte sie einen Anfall. Eine schwarze Substanz schob sich durch ihre Adern und zeichnete ein Netz aus feinen, dunklen Linien auf Arme und Hände.

Der große Mann hinter der Person beugte sich herab. Er sagte etwas, aber Elias konnte es nicht verstehen.

Der am Boden Liegende richtete sich auf und betrachtete seine Hände. Plötzlich spannten sich seine Muskeln an. Die Luft um ihn herum knisterte. Er breitete die Arme aus, legte den Kopf in den Nacken und rief etwas mit einer nicht mehr menschlichen Stimme in einer fremden Sprache.

Elias sah mitten in sein Gesicht. Es war ein junger Mann, dunkles Haar, ebenmäßige Züge. Er war ihm nie zuvor begegnet.

Eine schwarze Welle an geballter Energie ging von ihm aus und durchflutete den Raum. Die Kapuzen der Anwesenden wurden aufgebläht, so dass man ihre entsetzten Blicke darunter sehen konnte, ehe Finsternis sie alle umgab.

Woher auch immer, Elias wusste einfach, dass die Szene irgendwann in der Vergangenheit stattgefunden hatte. Aber warum hatte der Ceanamca sie ihm gezeigt?

»Ich folge dir überall hin, auch wenn dein Weg in die Dunkelheit führt«, hörte er die Stimme des Dämons. Dann ging alles ganz schnell. Elias schoss nach oben, als zöge ihn jemand mit großer Kraft aus dem Wasser. Mit einem Satz landete er auf knirschendem Eis. Er richtete sich auf und erkannte, dass er auf dem zugefrorenen See lag, aus dem er damals den Ceanamca herausgefischt hatte.

Immer noch wurde der Himmel verdunkelt. Ein massiver Schatten umfing diese Welt und hielt sie in der Erstarrung.

Elias stand auf und hob die Arme gen Himmel. Es war, als würde irgendetwas durch ihn wirken, etwas Höheres als er selbst. Und doch war es sein ureigenstes Selbst. Und er ließ es geschehen. Silbernes Licht strahlte aus seinen Händen und erhellte den Himmel.

Und Elias erkannte eine tiefere Wahrheit. Der Lebendige war niemals allein, denn der Tod folgte ihm überall hin. Der Tod war anders, als die Menschen ihn sich vorstellten. Nur durch ihn war Verwandlung möglich. Etwas Altes musste gehen, damit etwas Neues entstehen konnte.

Was man wirklich fürchten musste, das war nicht der Tod, sondern die Erstarrung. Sie war das wahrhaft Böse, das Widernatürliche, das Gegenteil von Lebendigkeit, das Antileben, der absolute Stillstand.

Jede Welt würde für immer enden, wenn es dem Nihil Duratus gelang, sie für sich einzunehmen. Sie würde sich nicht verändern, nicht eine andere werden, sondern für immer erstarren.

Elias wachte auf. Sein Blick fiel auf den Mond. Er sprang aus dem Bett und sah in den Spiegel. Er erschrak wieder, aber dieses Mal, weil seine Augen noch für einen Moment lang hell leuchteten. Das dunkle Mal auf seiner Stirn war jedoch verschwunden.

Alle Lehrlinge, Lehrer und das gesamte Personal der Akademie hatten sich im Festsaal versammelt, der mit Blumen, Pflanzen, Tüchern, Lichtern und anderen Naturmaterialien geschmückt worden war. Das Fest der Elemente begann mit der Verabschiedung der Master-Absolventen. Auf einer großen Bühne saßen die Lehrer an einem langen Tisch. Die Absolventen kamen einer nach dem anderen auf die Bühne und wurden vom zuständigen Pfadlehrer vorgestellt. Es wurde der eine oder andere Schwank aus der Lehrzeit erzählt und unter dem Applaus der Anwesenden das Abschlusszertifikat vom Schulleiter überreicht. Die Zeremonie dauerte nicht sehr lang, war zwar feierlich, aber nicht gezwungen. Danach ging es ans Essen.

Auf der großen Terrasse im Park vor dem Festsaal war ein kaltes, natürlich veganes Buffet aufgebaut worden. Hier gab es eine vielfältige Auswahl an Salaten, Gebäck, Dips, Grillsoßen und Desserts. An einem Holzgrill rösteten die Köche Gemüsespieße, Maiskolben, Kartoffeln, Knoblauchbrote, Zwiebeln, Auberginen, Bananen und was man sonst noch so grillen konnte. An einer Cocktailbar konnte man sich alkoholfreie Drinks holen. Aus unsichtbaren Lautsprechern kam Musik unterschiedlicher Stilrichtung, im Festsaal Klassik, auf der Speiseterrasse Konzertgitarre und in der Nähe der Cocktailbar Tanzmusik, zu der man auf einer großen Holzterrasse das Tanzbein schwingen konnte.

Es war eine laue Nacht, daher trugen alle sommerlich legere Kleidung, die Frauen Sommerkleider, Strickjacken, weite Hosen mit Shirts oder Blusen, die Männer lange oder kurze Hosen, Shirts oder Hemden. Der Sternenhimmel lud zu romantischen Spaziergängen im Park ein, der mit seinen Brücken, Bächen, blühenden Beeten und Büschen ein bisschen wie das Paradies wirkte.

Das hölzerne Tor in der Mauer, durch das sie damals eingebrochen waren, um in den Garten der alten Akademie zu gelangen, stand heute sperrangelweit offen. Die Hecke war an dieser Stelle zurückgeschnitten worden und blieb auch so. Elias und Lielle nutzten die Gelegenheit und schlenderten nach dem Essen durch den urwüchsigen Klostergarten. Außer ihnen war noch ein Pärchen hier unterwegs.

Elias ließ seinen Blick zur Eingangstür der alten Akademie schweifen.

Lielle schmunzelte: »Nein, da ist sicher abgeschlossen. Auch wenn wir heute ausnahmsweise in den Garten dürfen, ins Gebäude kommen wir bestimmt nicht rein.«

Elias zuckte mit den Schultern und sagte: »Dann halt nicht.« Er grinste.

Lielle kicherte.

Auf einem Teich trieben Kerzen in schwimmenden Schalen zwischen den rosaroten Seerosen. »Ich kann mich gar nicht an diesen Teich erinnern«, sagte Lielle, die sichtlich entzückt war von dem Anblick. In ihrem dunkelblauen Kleid im Cheongsam-Stil, dem glatten Dutt und der hellblauen Blüte im Haar passte sie perfekt in dieses Ambiente.

»Als wir das erste Mal hier waren, waren wir mit anderen Dingen beschäftigt«, sagte Elias.

»Allerdings«, erwiderte Lielle.

Man hörte laute Musik von jenseits der Mauer herüberschallen. Auch Mika und Tiana hatten sich unter das tanzende Volk gemischt.

Elias beobachtete, wie das Pärchen den Klostergarten wieder durch das Holztor verließ. Demnächst würde die Feuershow losgehen, das unterhalterische Highlight des Abends.

»Dieser Ort hier ist wie verzaubert«, sagte Lielle, kniete sich ins Gras am Rand des Teichs und hielt ihre Hand ins Wasser.

Elias Blick fiel auf einen großen, verwitterten Findling, der gegenüber von ihnen am Ufer lag. Da drückte plötzlich ein Gedanke in sein Bewusstsein. Bilder schossen ihm in den Kopf, als wäre ein Damm gerissen und Erinnerungen würden mit einem Mal sein Gehirn fluten. Die Lichtung mit den Felsen im Wald! Dieser grauenerregende Ort! Sie hätten dem Sicherheitsdienst davon erzählen müssen. Wie konnte er das nur vergessen haben? Sein Blick fiel auf Lielle. Sie war doch dabei. Warum hatte sie ihn nicht mehr darauf angesprochen? »Lielle, der Ort im Wald!«, sagte er entsetzt.

»Was für ein Ort im Wald?«, fragte Lielle stirnrunzelnd.

»Na der Ort, an den du mich geführt hast, nachdem wir das Wunschkästchen geöffnet haben.«

Sie sah ihn nicht an. Sanft schwenkte sie ihre Hand im Wasser und begann eine Melodie zu summen.

»Lielle? Hast du mir zugehört?«

»Dieses Wasser ist so warm, man könnte darin baden.«

»Erinnerst du dich an den schlimmen Ort im Wald, Lielle?«

Sie sah ihn an, ihr Gesicht war plötzlich verzerrt. Kalt sagte sie: »Kannst du auch mal von was anderem reden, du nervst.«

»Was ist los, Lielle?«, fragte Elias verwirrt.

Sie sah wieder aufs Wasser und sagte in leisem, aber schneidendem Ton: »Das hier ist so ein romantischer Ort, aber du machst wieder alles kaputt. Du siehst überall Gespenster. Wenn es hier schlimme Orte geben würde, würde der Sicherheitsdienst das bemerken. Sie haben doch dieses Rigometer.«

»Rigometer? Was weißt du darüber?«, fragte Elias.

»Du hast echt keine Ahnung. Ich habe etwas darüber gelesen. Das Rigometer ist ein Messgerät. Es befindet sich im Kristallberg. Mit ihm kann man den Grad an Erstarrung messen, der in der Sphäre vorherrscht. Sollte irgendetwas Böses hier sein, würde das Gerät Alarm schlagen. Also entspann dich mal. Das ist echt anstrengend mit dir.«

Elias runzelte die Stirn. Lielle war so aggressiv, dass es ihm die Sprache verschlug. Sie sah ihn nicht an, doch er bemerkte eine Strenge in ihrem Gesicht, die er dort nie zuvor gesehen hatte. War das Lielle? Was war hier nur los? Dann fiel es ihm plötzlich auf. Auf ihrer Stirn prangte ein dunkler Fleck. Er sah genauso aus, wie der, den Elias letzte Nacht bei sich selbst gesehen hatte. »Was hast du da?«, fragte er und hob die Hand, um sie an der Stirn zu berühren.

Sie schlug ihm auf die Hand, während sie ihn böse anfunkelte. Dann stieß sie ihn von sich weg und stand auf. »Lass mich in Ruhe.« Sie wollte davonlaufen.

Er sprang auf und hielt sie fest.

Mit von Wut verzerrtem Gesicht versuchte sie, sich aus seinem Griff zu lösen.

Elias ließ nicht los. Etwas stieg in ihm auf, ein sonderbares Gefühl, als würde er sich selbst in den Tiefen eines ewigen Kosmos verlieren. Er schloss die Augen. Er ließ es zu. Früher hätte ihn dieses Gefühl in Angst und Schrecken versetzt, doch er hatte sich verändert. Er öffnete seine Augen, sie leuchteten silberhell. Lielle sah ihn mit verwirrtem Gesichtsausdruck an. Er folgte einem Reflex und legte seine Stirn an die ihre. Sie ließ es geschehen. Einige Atemzüge lang blieben sie einfach so stehen.

Als sie sich wieder voneinander entfernten, war der silberne Glanz in seinen Augen verschwunden, aber auch der merkwürdige Schatten auf Lielles Stirn.

Sie blinzelte verwundert. »Ich war gerade so wütend auf dich, Elias. Ich weiß nicht, was in mich gefahren ist.«

Er atmete erleichtert auf. Lielle schien wieder die Alte zu sein. Der Fluch war aufgehoben. Er hatte sie davon befreit, so wie der Ceanamca ihn im Traum letzte Nacht davon befreit hatte.

»Wir müssen etwas unternehmen. Ich erinnere mich wieder. Ich habe einen Nihilegel gesehen«, sagte Lielle entsetzt.

»Damals im Wald?«

»Ja.«

»Kam er aus dem Wunschkästchen?«

»Nein, er kam von diesem schlimmen Ort.« Lielle schluckte, »ich weiß nicht, wie ich das so verdrängen konnte.«

Elias sagte nichts. Sie hatte anscheinend nicht das Mondlicht in seinen Augen gesehen und auch nicht bemerkt, wie er den Fluch von ihr genommen hatte. Er atmete tief ein und sah sich um, ob sie noch immer allein waren. Mit gesenkter Stimme fragte er dann: »Lass uns überlegen: Wie könnte ein Nihilegel in die Sphäre gelangen?«

Lielle sah nachdenklich ins Wasser des Teichs. Schließlich sagte sie: »Ich habe da so eine Ahnung. Irgendwie wurde die Schwingungsebene der Sphäre abgesenkt. Dadurch fand der Dunkelwurm ein Schlupfloch in diese Welt und konnte hier zum Nihilegel heranwachsen, indem er die Lebensenergie von Lehrlingen angezapft hat«, antwortete Lielle.

»Und wie kann die Schwingung in der Sphäre abgesenkt werden?«

»Gemäß Bruder Lucian durch starre Überzeugungen. Erinnerst du dich? Er redete vom Zyklus der Involution.«

»Ja, das haben wir im Unterricht durchgenommen.«

Lielle fuhr fort: »Wenn Menschen in ihren starren Überzeugungen gefangen sind, dann entfremden sie sich von der Welt. Sie verlieren den Bezug zu anderen und sogar zu sich selbst. Diese Suche nach Identität stürzt sie in eine Hilflosigkeit, die sie durch noch starrere Überzeugungen kompensieren wollen.«

»Dann wird es mehr und mehr zur Herausforderung, die eigenen Überzeugungen zu hinterfragen«, sagte Elias.

»Richtig. Der Mensch muss sich eine Vorstellung von der Welt machen, um sich in der Welt zu orientieren. Doch er muss gleichzeitig auch offenbleiben für alles, was geschieht, um seine Überzeugungen revidieren zu können. Es geht um eine Haltung der Offenheit. Sie nennen das hier ja Empfänglichsein. Der Mensch merkt sonst nicht, dass seine Vorstellungen nicht mehr der Welt entsprechen. Nur wenn er empfänglich bleibt, kann er selbst auch ein anderer werden und wieder in den Zyklus der Evolution übergehen. Ansonsten verfällt er in einen Teufelskreis: Er erliegt bestimmten Ideen, Vorstellungen, Wünschen. Je mehr er davon besessen ist, desto niedriger schwingt er. Die Wesen des Nihils haben dann leichtes Spiel. Sie nehmen dem Menschen seine Lebenskraft. Und er wird hilflos und bedürftig.«

Elias nickte. »Daraus resultieren dann Süchte, Zwänge, Ängste, und das alles senkt die Schwingungsebene immer weiter ab. Es ist eine Abwärtsspirale. Könnte nicht die Sache mit dem Wunschkästchen der Beginn einer solchen Abwärtsspirale in der Sphäre der Elemente gewesen sein?«

»Möglich, ja. Bis vor ein paar Wochen herrschte hier fast schon überirdischer Frieden. Aber mir ist in letzter Zeit aufgefallen, dass viele Lehrlinge miteinander gestritten haben. Es gab mehr Sorgen und Ängste. Irgendetwas verursacht das. Ob es nun mit dem Wunschkästchen zusammenhängt oder mit Demians Gehirnwäsche-Gerede oder sonst was, es ist auf jeden Fall was Übles im Gange, das diese Nihilwesen angezogen hat«, überlegte Lielle.

Elias sah grimmig auf den Teich vor sich und sagte: »Demian und seine Wunschkästchen! Er steckt irgendwie in dieser Sache mit drin.«

»Aber wie konnte er seine Absichten derart tarnen? Er hätte doch schon längst vom Sicherheitsdienst durchschaut werden müssen.«

»Nicht, wenn er Kommunikationsmagier ist.«

Lielle sah Elias verwundert an: »Demian ist aber Bewegungsmagier, Elias.«

»Vielleicht ist er ein Zwiefältiger.«

»Na ja, das wäre grundsätzlich möglich, aber ...«

»Ja, ich weiß, die sind extrem selten«, unterbrach Elias sie.

»Ja, das auch. Und es ist fraglich, ob so einer hier frei herumlaufen dürfte, gemäß dem, was man so über Zwiefältige hört.«

Elias sagte nichts, aber er dachte eine Menge. Hoffentlich würde Lielle nicht in seinen Kopf hineingucken. Er musste sich zusammenreißen.

Sie setzte erneut an: »Demian selbst ist Bewegungsmagier, aber er hat vielleicht Unterstützung von einem Hochmagier der Kommunikation, der seine Gedanken tarnen kann.«

Elias überlegte. Demian handelte auf jeden Fall nicht allein. Weder bei seinem Einbruch in die alte Akademie, noch bei allen anderen sonderbaren Aktionen war er allein gewesen. Aber wer steckte mit ihm unter einer Decke? Elias fiel die Szene ein, die er im Traum letzte Nacht gesehen hatte: Ein junger Mann, der von etwas Dunklem befallen worden war und dadurch zu einem mächtigen Ungeheuer wurde. Warum hatte der Ceanamca ihm das gezeigt? War er der Feind? Aber diesen Mann hatte er an der Akademie noch nie gesehen.

Lielle unterbrach Elias' Gedankengang: »Was denkst du?«

Elias antwortete: »Demian ist nicht allein, da hast du recht.« In seinem Kopf überschlugen sich die Gedanken. Wer war dieser andere Mann? Er spielte eine zentrale Rolle in dieser Geschichte, das war ihm nun klar. Er raufte sich die Haare, so dass sie zu Berge standen. War dieser Magier womöglich unsichtbar? Trieb sich im Geheimen in der Akademie herum? Vielleicht hatte Twixu ihn im Schatten wahrgenommen, damals beim Haupttor, als Demian am späten Abend die Akademie verließ?

»Dieser Ort im Wald, Elias! Wenn die Schwingungsebene weiter absinkt, könnte noch etwas viel Schlimmeres diese Welt betreten als ein Dunkelwurm«, sagte Lielle leise.

Und es fiel wie Schuppen von Elias' Augen: »Verdammt, Lielle, das ist nicht nur ein Schlupfloch für einen Dunkelwurm. Das ist ein Portal in diesem Felshaufen.«

Lielle sah ihn entsetzt an. »Was sollen wir tun? Zu den Lehrern gehen?«

Elias schüttelte den Kopf und sagte entschlossen: »Wir können nicht das ganze Fest mit einer solchen Nachricht sprengen, wenn wir uns nicht sicher sind. Erst gehe ich in den Wald und sehe mir das noch einmal an.«

»Gut. Sollen wir Mika und Tiana Bescheid geben?«

Elias schüttelte wieder den Kopf: »Nein, sie sollen das Fest genießen. Nachher ist ja noch die Vorstellung der Feuermagier.«

Traditionell fand bei jedem Abschlussfest eine Aufführung statt. Dieses Nomester hatte der Feuerlehrer Aang Lee mit zwei Lehrlingen einen Schwertkampf mit Feuereinlagen vorbereitet.

»Dann los«, sagte sie und lief Richtung Gartentor.

»Ich gehe aber allein, Lielle.«

»Ich komme mit.«

»Nein, du kommst nicht mit«, sagte Elias.

»Doch, ich komme mit.« Ihre Augen funkelten entschlossen.

»Also gut, Lielle. Aber auf keinen Fall begeben wir uns in Gefahr. Verstanden?«

»Verstanden.«

GEFÄHRLICHES CHAOS

Es war kurz vor elf, eine sommerliche Nacht mit klarem Sternenhimmel, als Elias und Lielle den Wald betraten. Sie hatten ihre M-Taps nicht dabei, aber der volle Mond erhellte den von Farnen und Waldblumen überwachsenen Boden. Das Feuer-Spektakel in der Akademie mit glänzenden Klingen und tanzenden Flammen hatte sicher schon begonnen. Elias hätte es sich gern angesehen, schließlich war es sein erstes Fest der Elemente. Aber es gab Wichtigeres zu tun. Die Stelle, an der sie das Kästchen geöffnet hatten, lag bereits hinter ihnen. Ein milder Wind brachte die Blätter zum Rauschen, hin und wieder ertönte der Ruf eines Tieres in der Dunkelheit. Äste knackten unter ihren Füßen.

Lielle griff nach Elias' Hand.

Er sah sie an, ihr blondes Haar schimmerte kühl.

Sie sah mit ernsten Augen zu ihm. »Hörst du das?«, flüsterte sie.

Er lauschte angestrengt. Er hörte sie beide atmen, aber da war noch etwas anderes. Eine Windböe trug flüsternde Stimmen an Elias' Ohr, es war ein unheimlicher Singsang. Er hatte so etwas schon einmal gehört, nämlich letzte Nacht, als er einem unheimlichen Ritual beigewohnt hatte, das schon vor einiger Zeit abgehalten worden war. Ein Schauer lief ihm über den Rücken. Er nickte Lielle zu und legte einen Finger an die Lippen.

Sie gingen vorsichtig, Hand in Hand, weiter bis sie den großen Haufen aus Findlingen durch die Bäume hindurch sahen. In der Mitte des Haufens klaffte ein Loch wie ein Tor, das durch die Anordnung der Felsen zustande kam. Wieder zog Elias dieser Verwesungsgeruch in die Nase. Sie kauerten sich hinter einen breiten Stamm und spähten auf die Lichtung.

Mehrere in schwarze Mäntel gehüllte Gestalten standen vor dem Felsentor im Halbkreis und verursachten den haarsträubenden Singsang. Einige Kerzen und Fackeln flackerten im Wind. Auf Holzpflöcken waren leblose Tiere aufgespießt worden, Hasen, Rehe und andere. Das Tor war rundherum mit einer dunklen Substanz beschmiert worden, wahrscheinlich Blut. Der Hohlraum des Tores war unnatürlich finster, als würde man in ein abgrundtiefes Loch hineinsehen. An den Rändern erkannte Elias ein bläuliches Schimmern, wie es bei Portalen vorkam. Vor dem Tor stand eine große Holzkiste. Ein Verhüllter beugte sich darüber, er hob sein Schwert und sagte: »Oh Nihil Duratus, nimm unser Opfer an.«

Elias schluckte. Diese Stimme klang nicht mehr menschlich und dabei so unheimlich, dass Elias das Blut in den Adern gefror. Die Erinnerung an den jungen Mann aus seinem Traum schwappte in sein Bewusstsein. War das dieser Magier, der die finstere Macht in sich aufgenommen hatte?

Die Klappe an der Kiste ging auf und der Verhüllte führte einen Hieb mit dem Schwert aus.

Elias hörte ein grelles Zischen, gleichzeitig spritzte eine schleimige Substanz quer über die Felsen davor. Erst jetzt sah er im Inneren des Portals ein hoch aufragendes, rechteckiges Ding, einen Spiegel. Mit Entsetzen erkannte er, dass es der Spiegel war, den er im Traum gesehen hatte. Das Portal ermöglichte einen direkten Zugang zu ihm.

Der monotone Singsang der Umstehenden schwoll an.

Der Verhüllte hob die Arme beschwörend nach oben und rief: »Ich rufe dich, Schatten des Nihils. Komm zu mir. Stifte Chaos und Zerstörung.«

Plötzlich entstand ein bläulich glimmernder Riss in dem Spiegel und etwas Dunkles schob sich hindurch. Es war nur ein Schatten und er war so schnell, dass Elias nicht erkennen konnte, wohin er verschwand. Sein Herz pochte bis zum Hals. Er hatte Sorge, dass man es hören konnte. Da fühlte er, wie Lielle neben ihm zusammenbrach. Er fing sie auf, bevor sie vollends auf den Waldboden rutschte. Vorsichtig tätschelte er ihre Wange.

Sie blinzelte, ihr Gesicht war kreidebleich.

Elias warf einen weiteren Blick zur Lichtung. Das Portal war verschwunden, mit ihm der Spiegel und zurück blieb nur der Hohlraum zwischen den Findlingen.

Die Verhüllten standen noch da. Ihren ungeheuerlichen Singsang hatten sie ausklingen lassen. Einer sprach zu den anderen, aber er hatte seine Stimme gesenkt, so dass Elias nichts verstehen konnte. Dann kam Bewegung in die Gruppe. Wie in einer Prozession verließen sie den Ritualplatz, glücklicherweise in der entgegengesetzten Richtung.

Elias sah ihnen einen Moment lang nach, dann ging sein Blick nach oben in den Baum. Auf einem Ast über ihnen saß Twixu. Er hatte ihn gerufen, als sie die Akademie verlassen hatten, und er hatte sie begleitet. Lielle hatte nichts davon mitbekommen. Er vermittelte ihm, dass er in sicherem Abstand die Verhüllten verfolgen und ihn dann in der Akademie treffen sollte, um Bericht zu erstatten.

Twixu flatterte los.

Elias stützte Lielle, während sie den Weg zurückgingen.

»In der Kiste war ein Nihilegel«, sagte sie, als sie schon ein Stück von der Lichtung entfernt waren.

»Und was kam aus dem Portal?«

»Du weißt es«, sagte Lielle leise.

Elias' Gesicht verhärtete sich. Etwas Böses war in die Sphäre gekommen, etwas Gefährliches.

»Wir sagen es den Lehrern, sie werden wissen, was zu tun ist«, sagte Elias. Sie beschleunigten ihre Schritte.

Als sie sich der Akademie näherten, sahen sie schon von Weitem, wie loderndes Licht verzerrte Schatten auf das Gemäuer warf. Rauchgeruch stieg ihnen in die Nase und sie hörten Schreie. So schnell sie konnten, rannten sie zum Haupttor. Ihnen stockte der Atem bei dem Anblick, der sich ihnen hier bot. An mehreren Stellen war Feuer ausgebrochen. Vereinzelt liefen Leute herum. Was war hier los? Eine Frau rannte auf sie zu. Elias kannte sie vom Sehen, sie wohnte im Erdhaus. Vielleicht wusste sie, was geschehen war. Er wollte schon zu einer Frage ansetzen, doch als er ihr Gesicht sah, erschrak er. Ihr Mund war zu einem irren Grinsen verzerrt. Sie holte mit einem Holzknüppel aus und wollte ihn auf Lielle niedersausen lassen.

Elias reagierte blitzschnell. Er riss Lielle mit Bewegungsmagie zur Seite, dabei spürte er den Luftzug, als der Knüppel hinter ihnen niedersauste, und zog sie mit sich in eine dunkle Ecke an der Akademiemauer.

Lielle sah schockiert zu ihm und sagte: »Sie sind wahnsinnig.«

»Das kann nur das Werk dieses Nonguls sein«, erwiderte er.

Da hörten sie wieder einen Schrei nicht weit von ihnen entfernt. Sie spähten vorsichtig zwischen dem Lädel und dem Gebäude der Haustechnik hindurch. Auf dem Dach des Kastens, dem klotzigen Lehrgebäude, standen zwei Lehrlinge, ein Mann und eine Frau, sie hielten sich an den Händen.

»Sie wollen springen«, hauchte Lielle entsetzt.

Im gleichen Moment sprangen sie aus ungefähr zehn Metern Höhe und schrien wie am Spieß.

Lielle drückte sich eine Hand auf den Mund, damit sie nicht ebenfalls schrie.

Elias rannte los, aber bevor er an der Stelle ankam, an der sie auf dem Boden aufprallen würden, kam ein starker Wind auf, der ihn fast von den Füßen riss.

Die beiden Lehrlinge blieben durch den Auftrieb mitten in der Luft stehen. Die junge Frau sackte bewusstlos zusammen. Der Mann schrie: »Du Teufel, wir können fliegen! Lass uns in Ruhe. Du verdirbst alles.«

Elias drehte sich um und sah schräg vor sich eine kleine, zierliche Gestalt in einer weiten Robe mit einem Turban auf dem Kopf. Es war Shiva Chande, ihr Professor für Luftlehre. Er hatte die Hände ausgestreckt wie zu einer grüßenden Geste, murmelte etwas und ließ die beiden vor sich herschweben, während er sich fortbewegte.

Elias überlegte, ob er den Lehrer ansprechen sollte, aber er wollte ihn nicht ablenken. Außerdem musste er zu Lielle zurück.

Sie hatte sich auf den Boden gesetzt und starrte vor sich hin, die Arme eng um ihren Oberkörper geschlungen. »Wie schrecklich das alles ist«, sagte sie von Grauen geschüttelt.

Elias kniete sich zu ihr nieder und berührte sie an der Schulter: »Ja, Lielle, aber wir müssen unbedingt jemandem von der Beschwörung erzählen und dann Mika und Tiana suchen.«

Sie nickte und stand auf.

Er ging geduckt an der Hauswand entlang. Sie folgte ihm. Bevor sie um die nächste Ecke herumgingen, griff sie ihn am Arm: »Elias, wir können nicht sicher sein, ob nicht auch die Lehrer befallen sind. Lass uns vorsichtig sein.«

Elias nickte: »Du hast recht.«

Plötzlich flackerte es grellweiß über ihnen auf und keine Sekunde später grollte ein Donner so laut, dass sie das Beben bis in den innersten Winkel ihres Magens fühlten. Dann begann es wie aus Kübeln zu regnen. Binnen kürzester Zeit waren sie klatschnass. Aber das Wasser löschte auch sämtliche Feuer, die sich außerhalb der Gebäude befanden.

Elias und Lielle schlichen um ein Haus herum und sahen eine kleine Gruppe von Lehrlingen die Straße entlangrennen. Zwei weitere Lehrlinge, mit Stöcken bewaffnet, rannten ihnen schreiend nach. Und hinter diesen beiden rannten zwei Mitarbeiter vom Sicherheitsdienst und riefen: »Sofort stehen bleiben! Lasst die Lehrlinge in Ruhe. Das ist ein Befehl.«

Der Regen hatte so plötzlich aufgehört, wie er angefangen hatte.

»Nicht alle Lehrlinge sind besessen von diesem Nongul«, sagte Lielle leise. Da wanderte ihr Blick plötzlich auf einen Punkt hinter ihm, sie schrie: »Runter!«

Sie duckten sich hinter einen Busch.

Er hörte etwas an seinem Ohr vorbeirauschen.

»Stirb Elender!«, schrie ein Mann.

Elias und Lielle spähten vorsichtig über die Büsche hinweg. Ein älterer Lehrling, bewaffnet mit Pfeil und Bogen kam auf sie zu. In seinem irren Blick funkelte das Licht der Akademielaternen. Er schoss einen weiteren Pfeil in ihre Richtung ab.

Sie gingen wieder in Deckung. Glücklicherweise flog der Pfeil über sie hinweg.

Lielle rief dem Mann zu: »Was ist los mit dir? Du bist ein Lehrling der Master Macademy, erinnerst du dich?«

Elias konnte ihn durchs Geäst sehen. Ihre Worte schienen ihn nicht zur Besinnung zu bringen, er beschleunigte eher noch.

»Halt dein elendes Maul, Abschaum, und verrecke«, schrie der Bogenschütze. Schaum klebte an seinen Mundwinkeln und er schoss erneut in das Gebüsch, während er sich näherte.

Elias sah, wie der Pfeil auf ihn zuflog, aber er blieb krachend im Holz stecken.

»Wir haben dir nichts getan«, rief Lielle hilflos.

Elias spürte Panik in sich aufkommen, der Andere musste jeden Moment den Busch erreichen. Er wusste nicht, ob er schnell genug sein würde, aufzustehen, Lielle zu greifen und mittels Bewegungsmagie mit ihr zu fliehen.

»Wir werden euch alle auslöschen, euer niederträchtiges Leben wird enden, alles wird enden, nichts wird mehr sein!«

Elias würde Lielle Zeit verschaffen, damit sie abhauen konnte. Er wollte gerade aufstehen und den Mann attackieren, als er einen dumpfen Schlag begleitet von einem fiesen, weiblichen Lachen hörte.

Der Bogenschütze flog kopfüber zwischen Lielle und ihn in den Busch hinein. Sein Hinterkopf blutete, er war bewusstlos.

Elias wagte einen Blick und sah gerade noch die Frau vom Erdhaus mit ihrem Knüppel irre kichernd davonlaufen.

Lielle sah mitfühlend zu dem verletzten Lehrling: »Hoffentlich ist er nicht tot.«

Elias sah ernst zu ihr: »Er wollte uns erschießen.«

»Ja, ich weiß, aber diese Lehrlinge sind besessen. Sie haben Wahnvorstellungen.«

»Du hast recht, Lielle. Glücklicherweise sind sie keine guten Teamarbeiter«, sagte Elias.

»Nein, sie sind durchaus schlecht organisiert.« Jake, sein Professor für Tiermagie, stand plötzlich hinter ihnen. Er hielt ein Gewehr in der Hand und fuhr fort: »Und sie wenden keine Magie an. Warum auch immer.«

»Vielleicht, weil sie von einem Nongul besessen sind?«, erwiderte Lielle.

Jake sah sie einen Moment lang stirnrunzelnd an, dann sagte er: »Das würde einiges erklären.« Er sah auf den Blutenden am Boden, hob ihn auf und warf ihn über seine kräftigen Schultern. »Alle Lehrlinge, die nicht übergeschnappt sind, sollen in die Burg gehen. Das ist momentan der sicherste Ort hier. Ich begleite euch hin.«

»Sie haben im Wald einen Nongul beschworen«, sagte Elias.

»Wer?«, fragte Jake, während sie an einem Gebäude entlangliefen.

»Das wissen wir nicht genau.«

»Erzählt mir später mehr, jetzt müssen wir erst sehen, wie wir hier heil rauskommen.«

Sie rannten quer über einen menschenleeren Platz zur nächsten schützenden Hausecke. Da kamen zwei Lehrlinge von der Seite auf sie zu. Jeder trug eine Peitsche in der Hand.

Erst ein Bogenschütze und nun auch noch das hier. Im Moment war es ein Nachteil, dass die Lehrlinge zu Kämpfern in verschiedenen Disziplinen ausgebildet wurden, dachte Elias. Und es war auch ein

Nachteil, dass sie im ersten Nomester noch keinen Unterricht in Kampflehre hatten, das kam erst später.

Die Lehrlinge blieben stehen und holten mit den Peitschen aus.

Eine davon erwischte Lielle leicht am Bein. Die andere verfehlte ihr Ziel, nämlich Jakes Kopf um Haaresbreite, weil er sich gerade noch mitsamt seiner schweren Last wegduckte.

Elias sah, wie der erste Lehrling erneut ausholte, um einen zweiten Schlag gegen Lielle auszuführen, doch er wurde von irgendetwas hinterrücks getroffen und fiel um wie ein gefällter Baum. Da stand Tiana mit einer Bratpfanne in der Hand.

Mika war neben dem anderen aufgetaucht und hielt seine Peitsche fest. Der Mann ließ sie los und sprang ihm an die Gurgel.

Tiana holte ein weiteres Mal mit ihrer Pfanne aus und zog sie dem Angreifer über. Sie sah verdattert auf die zwei Männer, die sie umgehauen hatte. »Sorry«, sagte sie mit hochgezogenen Augenbrauen.

Mika schnappte nach Luft.

»Da seid ihr ja, ein Glück, wir haben euch überall gesucht«, sagte Tiana und rannte auf Elias und Lielle zu.

»Geht es euch gut?«, fragte Lielle.

»Na ja, es ging schon mal besser«, erwiderte Mika und rieb sich den Hals.

Elias nickte den beiden wortlos zu, er war unglaublich froh, sie zu sehen und noch mehr, dass sie nicht von dem Nongul besessen waren. Aber jetzt war keine Zeit für überschwängliche Begrüßungen.

»Danke euch beiden! Kommt mit«, sagte Jake. Er hatte noch immer den Bogenschützen geschultert.

»Was ist mit denen?«, fragte Tiana und deutete auf die bewusstlosen Lehrlinge, die ihre Bratpfanne zu spüren bekommen hatten.

»Die werden es überleben, wir können sie nicht alle mitnehmen«, sagte Jake und ging eiligen Schrittes weiter.

Der kürzeste Weg verlief zwischen Küchengebäude und Verwaltungsgebäude. Die Schreie waren leiser geworden.

Jake ging voraus, als vor ihm plötzlich eine Tür aufging. Da stand der Hund vom Erdhaus, eine große Dogge, die für ihre gutmütige Art bekannt war. Der Tiermagier blieb stehen und fixierte den Hund.

Mika, der direkt hinter Jake ging, drehte sich zu den anderen um und sagte: »Keine Panik, es ist nur der Nachbarshund.«

Tiana sah mit erschrecktem Gesicht auf den Hund. »Äh, Mika, dreh dich mal um, aber langsam.«

Er runzelte die Stirn und drehte den Kopf.

Der Hund hatte eine Angriffspose eingenommen und fletschte die Zähne. Ein älterer Lehrling war daneben aufgetaucht und fletschte ebenfalls die Zähne.

Mika hob die Hände abwehrend, wich langsam zurück und sagte: »Ganz ruhig. Alles cool.«

Jake stand noch immer vor ihm, er hatte sich keinen Zentimeter wegbewegt.

Der Hund knurrte finster und der Lehrling sagte: »Wir machen Hackfleisch aus euch.«

»Gar nicht cool«, murmelte Mika.

Da hob Jake die Hand, der Hund fiel um und schlief einfach ein. »Junge, geh aus dem Weg«, sagte er.

Der junge Mann wurde nun erst richtig wütend, als er sah, wie sein Hund am Boden herzhaft schnarchte. »Ihr habt meinen Hund ermordet«, schrie er wie ein Wahnsinniger und wollte sich auf den Tiermagier stürzen.

Jake drehte sich so, dass die Beine von dem bewusstlosen Lehrling, den er auf den Schultern trug, gegen den Oberkörper des Angreifers schlugen. Dieser fiel mit dem Kopf gegen die Hauswand und landete neben seinem Hund, nun ebenfalls tief schlummernd.

Jake sah unglücklich auf den Kerl. Der Lehrer war sicher nicht begeistert darüber, Lehrlinge schlagen zu müssen. Dann warf er einen Blick durch die offene Tür: »Geht in Deckung und wartet kurz, ich komme gleich wieder.«

»Hätten wir den Hund nicht brauchen können?«, sagte Mika.

»Ich lasse aus Prinzip nie Tiere für mich kämpfen«, erwiderte Jake und verschwand im Gebäude.

»Verstehe«, murmelte Mika verlegen.

Die vier Freunde kauerten sich hin. Es dauerte keine halbe Minute, bis Jake wieder da war. Statt dem verletzten Bogenschützen trug er nun das Gewehr, das er die ganze Zeit umgehängt hatte. »Der Junge blutet nicht stark. Ich habe ihn ins Haus gelegt. Los jetzt.«

Lielle sah ängstlich auf das Gewehr.

Elias bemerkte ihren Blick. Er hatte hier auch noch nie Waffen gesehen. Es war wohl naiv zu glauben, dass Magenten keine benutzen würden.

Sie gingen vorsichtig um die nächste Ecke. Dort standen mehrere Lehrlinge mit dem Rücken zu ihnen und beugten sich über einen kleinen, alten Mann am Boden. Einige von ihnen hielten ihn fest.

»Oh nein, das ist Herbie«, sagte Tiana. Herbie war ihr Lehrer für Pflanzenmagie.

»Du bist mein bester Lehrling, Francesco. Komm schon, hör auf damit!«, rief Herbie.

Aber Francesco dachte nicht daran und trat ihm in den Bauch.

Der alte Mann stöhnte auf.

Tiana wollte nach vorn stürzen, um ihm zu helfen, aber Mika hielt sie fest.

Jake schoss aus seinem Gewehr.

Francesco wurde von einem Pfeil getroffen und fiel um.

Die anderen drehten sich zu ihnen um. Mit wildem Geschrei und erhobenen Fäusten rannten sie auf sie zu.

Jake legte einen weiteren Pfeil ein und schoss erneut.

Er traf einen Lehrling in die Seite, dieser sackte ebenfalls zusammen. Einer von den Angreifern wollte Jake anspringen, da preschte Tiana mit einem Kampfschrei nach vorn und zog ihm die Bratpfanne über. Die übrigen beiden Lehrlinge hielten verdutzt an.

Tiana schrie noch einmal, daraufhin rannten sie weg.

Jake eilte zu Herbie: »Ist alles in Ordnung?« Er half ihm auf.

»Das ist ja wie im Krieg hier. Die waren in der Überzahl«, nuschelte der alte Herr.

»Sind sie tot?«, fragte Lielle mit Blick auf die regungslosen Lehrlinge.

»Nein, das sind Betäubungspfeile«, antwortete Jake und lud sein Gewehr nach. »Los, weiter.«

Kurz vor dem Eingang der Burg hörten sie lautes Gegröle.

Jake blieb stehen. »Verdammt, ich muss da hin. Lauft zum Eingang, das schafft ihr.« Er rannte in Richtung des Tumults. Herbie lief ihm nach.

»Nicht Herbie!«, rief Tiana.

»Wer soll ihn denn beschützen?«, rief Herbie zurück.

Die vier Freunde sahen sich verdattert an.

»Wehe, ihr rennt da jetzt auch noch hinterher«, sagte Tiana.

»Geht in Deckung«, sagte Elias.

Alle vier gingen in die Hocke und lehnten sich gegen die Hauswand.

»Was ist los?«, fragte Mika nervös und sah sich um.

»Ich wollte nur, dass ihr in Deckung geht«, erwiderte Elias.

»Oh Mann, du erschreckst mich zu Tode. Ich mach mir noch in die Hose«, sagte Mika.

»Sollen wir nicht zum Burgeingang gehen?«, fragte Lielle.

»Doch, aber ich werde erst nachsehen, ob der auch wirklich sicher ist«, sagte Elias. »Ihr wartet so lange hier.«

Tiana und Lielle wollten den Mund aufmachen, doch er kam ihnen zuvor: »Keine Widerrede.« Dann war er auch schon um die Ecke gehuscht.

Elias sah den Eingang zur Burg nicht sofort, da sich seitlich der Treppe, die zur Tür hinauf führte, ein Mauervorsprung befand. Dahinter konnten Gefahren lauern. Deswegen schlich er an der Hauswand näher heran. Er wollte gerade vorsichtig um den Vorsprung herumlinsen, da hörte er jemanden sprechen.

»Wollen wir hoffen, dass es noch nicht zu spät ist«, sagte eine Frau.

»Ach was, Camera, die schaffen das schon. Außerdem wurde bereits Hilfe aus der Realität angefordert«, sagte eine bekannte Stimme. Es war Inspektor Levi McDoughtery. Er klang nicht wirklich überzeugt von seinen eigenen Worten.

»Das Rigometer stand noch nie so hoch. Wenn die Sphäre zusammenbricht, McDoughtery, dann war's das für alle.« In ihrer Stimme schwang Angst mit.

Elias stutzte, warum sollte die Sphäre zusammenbrechen?

»Sie schaffen das. Sie haben bestimmt schon mit dem Regenerationsritual begonnen. Wir bleiben hier und machen unseren Job.«

»Aye Sir«, sagte Camera.

Regenerationsritual? Elias hatte diesen Begriff schon einmal gehört. Dann fiel es ihm ein: Lielle hatte ihm einmal in der Bibliothek etwas darüber vorgelesen. Die vier Splitter des Kristalls der Elemente mussten bei einem Ritual zusammengefügt werden, um die Sphäre neu aufzuladen. Elias dachte an das Gespräch des schwarzen Mönchs mit Marc. Sie hatten ebenfalls von einem Ritual gesprochen, das womöglich vorgezogen werden musste, und waren darüber nicht erfreut gewesen. Womöglich hatten sie dieses Ritual gemeint.

»So schnell bricht die Sphäre nicht zusammen, Camera, da müsste schon etwas sehr Böses eingedrungen sein«, sagte der Inspektor.

»Ich befürchte, dass das der Fall ist, Levi. Sieh dich doch um«, erwiderte Camera.

»Ach, verdammt«, murmelte Levi.

Elias wollte aus seinem Versteck springen und dem Inspektor und Camera von der Beschwörung des Nonguls erzählen, als nicht weit von ihnen entfernt ein Teil vom ISM-Gebäude explodierte. Trümmer von Gestein flogen durch die Luft und Rauch stieg auf. Er duckte sich instinktiv und hob die Arme vor das Gesicht. Der Boden wurde erschüttert, so dass er ins Wanken kam und gegen die Wand stürzte.

»Verdammt!«, rief der Inspektor.

»Lilagrau, bitte kommen!«, sagte Camera. Wahrscheinlich sprach sie in ihr M-Tap.

Keine Antwort.

»So ein Mist«, sagte der Inspektor und fuhr fort: »Morel, wir müssen weg. Lass jeden rein, der nicht wahnsinnig ist.«

»Okay«, hörte Elias die Stimme des Professors für Gestaltwandel.

Elias rappelte sich wieder auf, er hatte sich den Ellbogen schmerzhaft gestoßen, den er sich nun rieb, während er sah wie der Inspektor und seine Kollegin Camera in Richtung des ISM-Gebäudes davonliefen.

Elias warf einen Blick um den Mauervorsprung herum. Der Eingang der Burg war geschlossen, aber das kleine Fenster in der Tür stand offen. Florin Morel wartete dort und würde sie hineinlassen.

Er schlich vorsichtig zurück in Richtung seiner Freunde, als er plötzlich Eingebungen bekam: Er sah die Verhüllten beim Kristallberg vor der Portalhalle. Twixu war aufgetaucht und schwirrte über seinem Kopf herum. Elias antwortete ihm telepathisch: »Mutiger, kleiner Kerl, ich danke dir. Flieg in den Wald. Hier in der Akademie ist es nicht sicher.«

Wahrscheinlich verstand er nur ›Wald‹, aber das war auch ausreichend. Twixu schoss davon.

Während Elias zu seinen Freunden zurückkehrte, wirbelten die Gedanken durch seine Hirnwindungen. Das Rigometer befand sich im Kristallberg. Mit Sicherheit würde dort auch das Regenerationsritual stattfinden. Hilfe aus der Realität würde ebenfalls dort ankommen. Und die Verhüllten waren auch dort. Das konnte kein Zufall sein.

Elias ging neben Lielle in die Hocke, die mit den anderen beiden noch immer gegen die Hauswand gelehnt kauerte.

»Was ist los?«, fragte sie ihn mit gerunzelter Stirn.

Elias antwortete nicht sofort, er fasste einen Entschluss. Er musste zum Kristallberg.

Lielle musterte ihn durchdringend.

»Der Weg ist frei. Hinter der Tür wartet Professor Morel, er wird uns reinlassen. Schnell, bevor doch wieder Verrückte dort auftauchen«, sagte Elias.

Sie sprangen auf und gingen vorsichtig los. Ohne Zwischenfall gelangten sie zum Eingang der Burg und klopften dagegen. Nach einem kurzen Wortwechsel ließ Morel sie hinein. Aber Elias war nicht mehr bei ihnen.

Unbemerkt schaffte Elias es bis kurz vor das Haupttor. Doch als er hindurch pirschen wollte, packte ihn ein großer, stämmiger Kerl am Kragen und drückte ihn gegen die Mauer. Er kannte ihn, es war der Pflanzenmagier Freddie vom Feuerhaus. Er hielt ihm ein Messer an die Kehle und sagte: »Jetzt ist der Spaß vorbei für dich, du Abschaum. Wir werden die Herrschaft an uns reißen und ihr vermodert im Dreck.«

Elias spürte den stechenden Schmerz, als die Klinge leicht in seine Haut einschnitt. Ein dünnes Rinnsal Blut lief warm an seinem Hals hinab. Er würde jeden Moment sterben. Der Gedanke brach sich Bahn in Elias' Gehirn wie eine Flutwelle, aber die extreme Angstreaktion, die eine solche Erkenntnis früher bei ihm ausgelöst hätte, blieb aus. Er blieb ganz ruhig und war vollkommen im Hier und Jetzt. Da nahm er plötzlich alles in Zeitlupe wahr: den Rauch der hinter Freddies Kopf aufstieg, die Flammen an den Gebäuden, die erneut in Brand gesteckt worden waren, Schreie, die von weither zu kommen schienen. Das Gesicht des anderen befand sich dem seinen ganz nah. Er hörte seinen keuchenden Atem, sah seinen Haaransatz, er war nass von Regen oder von Schweiß. War das Angst in seinen Augen? Und dann sah er es, ein tiefschwarzes Mal auf Freddies Stirn. Er sah diesen jungen Mann, wie er wirklich war. Nur noch die Marionette einer dunklen Macht. Er fühlte die Verzweiflung hinter dieser Maske aus Hass und Irrsinn. Er verstand, dieser Mensch war nur ein Opfer. Lielle hatte recht. Und er empfand tiefes Mitgefühl. In dem Moment leuchteten Elias' Augen hell auf und er berührte Freddie mit der Hand an der Stirn.

Der Lehrling ließ das Messer fallen und taumelte rückwärts. Der Fleck verschwand. »Was ist los?«, stotterte er.

»Du warst verflucht«, sagte Elias und hielt den Mann am Arm fest. »Hast du ein Wunschkästchen bekommen?«

Freddie brauchte einige Sekunden, um die Frage zu verstehen, dann nickte er.

»Von wem?«, fragte Elias.

»Von Demian«, sagte Freddie.

»Wo war das?«

»Im Wald. Wir haben uns heimlich getroffen. Es waren noch andere Lehrlinge dabei. Jeder hat eins bekommen. Wir dachten, die helfen uns, bessere Magier zu werden.«

»Verstehe. Geh zur Burg, dort bist du in Sicherheit. Sei vorsichtig auf dem Weg dahin.«

»Danke«, sagte Freddie und ging davon.

Elias rannte Richtung Kristallberg. Es hatten sich so viele Stresshormone in seinem Blut angesammelt, dass dieser Spurt wie eine Therapie wirkte und seine Gedanken klärte. So oft es ging, wendete er Bewegungsmagie an. Wer waren diese Verhüllten bei der Beschwörung des Nonguls? Waren es Lehrlinge? Waren es Lehrer? Elias musste auf alles gefasst sein. Wenn es verfluchte Lehrlinge waren, musste er einen Weg finden, den Fluch aufzuheben. Er wusste nun, dass er es konnte, nur wie sollte er es anstellen, wenn mehrere gleichzeitig auf ihn losgingen? Und wodurch waren sie überhaupt verflucht worden?

Es musste mit dem Wunschkästchen zusammenhängen. Lielle hatte bei der Orakelbefragung zwar gesagt, das Kästchen wäre nicht magisch, aber da musste etwas schiefgelaufen sein. Sie waren eben doch nur Anfänger in Magie. Auch Elias und Lielle hatte der Fluch getroffen. Aber seltsamerweise waren Mika und Tiana verschont geblieben, obwohl doch auch sie mit dem Kästchen in Kontakt gekommen waren. Und was hatte es mit diesem jungen Mann auf sich, der ihm vom Ceanamca im Traum gezeigt worden war? Wer war er?

Er erreichte den Wald am Fuße des Kristallberges. Er suchte sich einen dicken Ast, mit dem er sich notfalls verteidigen konnte.

Nach einiger Zeit stieg ihm Rauchgeruch in die Nase und er nahm abseits des Weges einen hellen Schein wie von Feuer wahr, einem großen Feuer. Brannte der Wald? Er näherte sich vorsichtig. Da waren weibliche Stimmen, aber er konnte nicht verstehen, was sie miteinander sprachen. Als er zwischen den Bäumen hindurch spähte, sah er zwei Schweberäder. Es waren die Gefährte, mit denen auch Elektra unterwegs war, um die Lehrlinge bei ihren Übungen aus der Luft zu beobachten. Eines davon war vollkommen verbogen und lag direkt an einem Baum. Der Fahrer musste gegen den Stamm gekracht sein. Das Zweite stand unversehrt ein Stück dahinter.

Nur einige Meter davon entfernt sah Elias eine Wand aus Feuer. Das Feuer schien aus dem Boden zu kommen. Irgendjemand befand sich dahinter. Er wechselte die Position, bis sich ihm ein Bild zeigte, dass er niemals erwartet hätte.

Raluka stand vor der Feuerwand. Diese loderte kreisrund in einigem Abstand um eine Person herum, wodurch diese sich weder vor noch zurückbewegen konnte. Es war Kayra, sie war darin gefangen.

»Lass mich hier raus, Raluka, ich kann dir helfen. Vertrau mir.«

»Nein. Du bist das Böse in Person«, sagte Raluka.

»Raluka, bist du verrückt geworden? Ich bin deine Mitbewohnerin. Ich würde dir niemals etwas antun.«

»Doch, das würdest du.«

»Geht es um Demian? Ich weiß, dass du in ihn verliebt bist, aber er hat sich nun mal für mich entschieden.«

»Es geht nicht um Demian«, erwiderte Raluka zähneknirschend.

»Ich verliere langsam die Geduld, Raluka.«

»Ich auch«, erwiderte sie.

Panik kam in Elias auf. Raluka, die mit dem Rücken zu ihm stand, musste verflucht worden sein und würde Kayra womöglich bei lebendigem Leib verbrennen. Er musste etwas tun! Er preschte in hoher Geschwindigkeit vor und traf Raluka mit seinem Stock am Hinterkopf. Sie fiel bewusstlos zur Seite. Im Fallen fing er sie auf und ließ sie auf den Boden gleiten. Die Feuerwand löste sich auf.

Kayra fixierte Elias mit finsterem Gesichtsausdruck. Sie war schweißgebadet, ihr schwarzes Haar klebte in feuchten Strähnen an ihrem hübschen Gesicht. Einige Herzschläge lang sahen sie sich nur an. Dann senkte Kayra den Blick, betrachtete die bewusstlose Raluka am Boden und sagte abfällig: »Dieses Miststück. Ich konnte sie nicht verhexen. War immer in der Akademie unter dem Schutz der großen Magier.«

Elias sah verwirrt zu ihr. Was redete sie da? Plötzlich traf ihn eine erschreckende Erkenntnis: War Kayra womöglich auch wahnsinnig? Er versuchte sie so zu sehen, wie er zuvor Freddie gesehen hatte, offen für ihr tiefstes Inneres und voll Mitgefühl, damit die Mondlichtmagie in ihm wirksam werden konnte. Doch wenn er sie ansah, war da nur ein finsterer Abgrund. Es prickelte eiskalt in seinem Nacken, ihm wurde schwindelig und ein merkwürdiges Summen rumorte in seinem Kopf. Sein Blick wanderte zu ihrer Stirn. Dort war kein schwarzes Mal zu sehen.

Kayra musterte ihn mit ihren schönen grünen Augen. »Ich habe dich schon lange im Visier. Du denkst, du wärst besonders schlau. Wo zum Teufel ist es?«, sie hatte die Stimme bedrohlich gesenkt.

Elias sah sie irritiert an. »Wovon redest du?«

»Das Nihilmal. Leider habe ich deine anderen beiden Freunde verpasst. Aber auf dich und deine dreckige, kleine Freundin habe ich es damals gewirkt, als wir uns im Wald getroffen haben. Bloß jetzt ist es weg. Wie bist du es losgeworden?«

»Was?«, er brauchte einen Moment, um zu begreifen, was Kayra meinte. Es konnte keinen Zweifel geben, das Nihilmal war jener schwarze Fleck, der Fluch, den er nun schon bei anderen und auch bei sich selbst gesehen hatte. Sie hatte diesen Zauber auf ihn und Lielle gewirkt? Aber das passte doch alles nicht zusammen. Kayra war doch selbst verhext worden. Sie hatte doch auch ein Wunschkästchen von Demian entgegengenommen.

»Die Sache mit dem Wunschkästchen? Das war nur Show.« Sie begann, um Elias herumzulaufen, ließ ihn dabei aber keine Sekunde aus den Augen, während sie in herablassendem Ton weitersprach: »Dieses Teil hatte nicht einen Funken Magie in sich, es diente nur der Manipulation. Ich habe es den Leuten in die Hand gedrückt und sie dabei verhext. Ach, so voller Sehnsucht sind sie, öffnen ihr Herz ganz bereitwillig, wenn es um ihre erbärmlichen Wünsche geht«, sagte

Kayra in gespielt mitleidigem Ton. Dann verhärteten sich ihre Gesichtszüge: »Es war ein Kinderspiel, die Leute unter dem Vorwand, sie würden ein mächtiges Geschenk bekommen, aus der Akademie herauszulocken, weg vom Schutz der großen Magier. Und unter dem Fluch des Nihilmals ist es auch leicht für den Nongul, sie zu befallen und in den Wahnsinn zu treiben.«

»*Du* bist die Kommunikationsmagierin«, sagte Elias verblüfft.

Kayra sah ihn voller Abscheu an: »Bei unserem ersten Gespräch habe ich deine Gedanken gelesen. Du hast zu viel mitbekommen. Es war Zeit, etwas gegen dich und deine kleinen Freunde zu unternehmen. Ich frage mich nur, warum es nicht funktioniert hat. Wie habt ihr es aus der Endsphäre herausgeschafft?«

In Elias flammte die schmerzhafte Erinnerung daran auf, als sei es erst gestern passiert. Aber er sagte nichts.

»Portalunfälle kommen vor, manchmal verschwinden Leute eben. Das ist Restrisiko. Niemand hätte herausfinden können, dass das Portal manipuliert worden war. Aber ihr seid dort wieder herausgekommen. Wie ist das möglich?«, sagte Kayra lauernd.

Elias schwieg.

Sie stellte sich vor ihn und sah ihn durchdringend an: »Irgendetwas stimmt nicht mit dir. Manche deiner Gedanken sind so leicht durchschaubar. Aber da ist noch etwas anderes im Untergrund. Ich bekomme es nicht zu fassen.«

»Das würde ich von dir genauso behaupten«, sagte Elias. Er dachte an den unheimlichen Portalort im Wald. Lielle und er hatten ihn vergessen, und zwar ab dem Zeitpunkt, an dem sie auf Kayra getroffen waren und sie ihnen blaue Blumen geschenkt hatte. »Du hast nicht nur diesen Fluch auf uns gewirkt, sondern auch unsere Erinnerung an das dunkle Portal im Wald gelöscht.«

Kayras Augen weiteten sich: »Wie konntest du dich wieder daran erinnern? Jemand muss dir geholfen haben. Wer war es? Die Eichwald?«

Elias sagte nichts.

»Sei's drum, du wirst mich nicht mehr aufhalten und stirbst jetzt zusammen mit der Feuerhexe«, flüsterte Kayra mit kalter Stimme. Dann verschwand sie plötzlich vor seinen Augen, als hätte sie sich in Luft aufgelöst. Aber sie war noch da, das wusste er. Sie würde ihn jeden Moment töten. Bewegungsmagie schleuderte Elias regelrecht nach vorn, er fiel der Länge nach hin, aber er bekam etwas zu greifen. Es war Kayras Fuß, sie strauchelte und fiel um, wodurch sie wieder sichtbar wurde. Ihr Blick war hassverzerrt, sie hob die Hand, um einen Zauber gegen ihn zu wirken. Er hob ebenfalls die Hand. Plötzlich wurde es grellweiß zwischen den beiden Händen, als hätte ein Blitz eingeschlagen.

Elias wurde zurückgeschleudert. Kayra sah entsetzt zu ihm, damit hatte sie nicht gerechnet. Dann verschwand sie erneut. Elias blinzelte, er sah kurzzeitig nichts mehr. Seine Augen mussten sich erst wieder an das Schummerlicht unter den Bäumen gewöhnen.

Er kroch auf allen vieren zu Raluka und hob abwehrend die Hände. Er rechnete damit, dass Kayra noch da war. »Komm uns nicht zu nahe. Ich werde uns verteidigen«, sagte er laut und horchte angestrengt. Außer seinem klopfenden Herzen und Ralukas Atem konnte er nichts hören. Die Sekunden verstrichen und wurden zu Minuten. Kayra war fort. Wahrscheinlich war sie zum Kristallberg gelaufen.

Ihm fiel ein, was Jake gesagt hatte: Die Verfluchten wendeten keine Magie an, wahrscheinlich, weil ihre Schwingungsebene aufgrund der Besessenheit durch den Nongul herabgesetzt war. Wie dumm er doch war. Raluka war nie besessen gewesen. Sie hatte erkannt, dass Kayra zu den Bösen gehörte. »Es tut mir so leid, Raluka«, murmelte er.

Da bewegte Raluka sich plötzlich. »Geh weg«, murmelte sie.

»Wie geht es dir?«, fragte er.

Sie setzte sich auf und rieb sich den Hinterkopf: »Beschissen.«

»Verzeih mir, Raluka. Aber bitte sag mir alles, was du über Kayra weißt.«

Sie sah ihn kritisch an.

Er fuhr fort: »Ich weiß nun, dass sie böse ist. Aber was ist ihr Ziel?«

Raluka sah mit schmerzverzerrtem Gesichtsausdruck vor sich hin, sie musste sich scheinbar anstrengen, um einen klaren Gedanken fassen zu können, dann sagte sie: »Sie will den Kristall der Elemente.«

In Elias' Gehirn arbeitete es und er dachte laut: »Sie haben die Schwingungsebene abgesenkt, damit das Regenerationsritual vorgezogen werden muss. Während die Sicherheitskräfte und Lehrer versuchen, den Frieden in der Akademie wieder herzustellen, werden die Verhüllten dieses Ritual im Kristallberg überfallen und den Kristall stehlen.«

Raluka hob die Augenbrauen anlässlich dieses Erkenntnisschwalls und sagte schlicht: »Okay.«

»Ich muss da hin. Bring dich in Sicherheit, Raluka. Versteck dich am besten im Wald, bis alles vorbei ist.«

»Nö«, erwiderte sie und rappelte sich auf, »ich komm mit.«

»Aber das ist gefährlich«, sagte er.

»Ich bin auch gefährlich.«

Darauf fiel Elias nichts mehr ein. Er sah zu den Schweberädern. »Bist du mit so einem hierhergekommen?«

»Ja.«

»Mit dem oder mit dem?«

Raluka zeigte auf das Intakte.

»Gut«, sagte er.

Sie setzte sich leicht wankend in Gang Richtung des Gefährts. Der Schlag, den er ihr verpasst hatte, war nicht ohne gewesen.

»Soll ich besser fahren?«, fragte er.

»Ne, hast mich grad eben schon fast gekillt.«

Er kratzte sich verlegen am Hinterkopf, ehe er sich hinter sie auf das Rad schwang.

DIE WIEGE DER SPHÄRE

Raluka aktivierte nicht die Schwebefunktion des Motorrads, was sicherer war und fuhr auch nicht auf dem Hauptweg, sondern in einigem Abstand davon zwischen den Bäumen hindurch. In einiger Entfernung sahen sie den von gelblichen Lichtern erleuchteten Platz vor der Portalhalle. Sie stiegen ab und bewegten sich leise bis an den Waldrand. Der Haupteingang war geschlossen. Ein großer Mann stand vor dem Nebeneingang, der ebenfalls zu war. Er trug die graue Uniform der Portalhallenmitarbeiter. Alles schien vollkommen normal zu sein.

»Das ist keiner von uns«, sagte Raluka leise.

»Woher weißt du das?«, fragte Elias.

»Weil's komisch ist. In der Akademie herrscht Weltuntergang und hier ist alles unverändert.«

»Du hast recht. Hier müsste Trubel sein. Helfer aus der Realität würden hier ankommen, Lehrlinge würden evakuiert werden und so weiter.«

Plötzlich wurde Elias von hinten gepackt und von den Füßen gerissen. Raluka landete neben ihm. Rankende Pflanzen schlangen sich um ihre Arme und Beine und fesselten sie an den Boden. Es dauerte einen Moment, bis Elias bemerkte, dass über ihren Köpfen eine Frau stand, ebenfalls in grauer Uniform. Sie hatte helles, strähniges, halblanges Haar.

Mit verbissenem Gesichtsausdruck musterte sie sie. »Verflucht, wer seid ihr?«, fragte sie zischend. Dann winkte sie dem Wachmann vor der Tür.

Elias hörte, wie er mit schweren Schritten ankam.

»Schnüffelnde Lehrlinge«, sagte die Frau.

Der Mann war stämmig und sah ebenso griesgrämig aus seinen kleinen, dunklen Augen auf Raluka und Elias herab.

»Was machen wir mit denen?«, fragte sie.

»Die sind nicht besessen, oder?«

»Benehmen sich jedenfalls nicht so«, antwortete sie.

»Dann endet ihre Schnüffelei hier«, sagte er.

»Alles klar.« Die Frau grinste.

Elias spürte, wie eine Ranke sich um seinen Hals schlang. Er sah mit entsetztem Gesichtsausdruck zu Raluka. Ihr Gesicht war wutverzerrt, sie biss sich auf die Unterlippe und starrte die Frau hasserfüllt an, als sich die Schlinge um ihren Hals mehr und mehr zuzog. Womöglich würde sie jeden Moment Feuermagie einsetzen. Das konnte aber auch für Elias und sie selbst gefährlich werden.

Da brachen die beiden Angreifer plötzlich bewusstlos über ihnen zusammen. Die Frau fiel quer über Elias' Arm und der Mann erwischte mit seinem Arm Ralukas Beine.

Elias brauchte ein paar Sekunden, bis er verstand, was sich nun über ihn beugte. Zuerst sah er nur eine Bratpfanne. Dahinter erkannte er Tiana.

Dann tauchte Lielle an seiner Seite auf, sie hatte sich niedergekniet und begann die Flechten von seinem Körper zu ziehen, was sich als gar nicht so leicht herausstellte. »Was hast du dir dabei gedacht?«, fragte sie besorgt.

»Du bist auch so ein Spinner wie der da«, sagte Tiana und deutete mit dem Kopf auf Mika, der ihr gegenüberstand mit einem Ast in der Hand.

»Ja, aber ein liebenswerter Spinner«, sagte Mika. Er hatte den Mann niedergestreckt und zog ihn nun von Ralukas Beinen herunter.

»Geht es, Raluka?«, fragte Lielle.

»Muss«, sagte sie schlicht.

»Wie habt ihr mich gefunden?«, fragte Elias entgeistert.

Tiana deutete mit ihrer Bratpfanne auf Lielle: »Sie hat dich durchschaut.«

Elias sah fragend zu ihr.

»Bei unserem letzten Gespräch hatte ich plötzlich ein Bild vom Kristallberg vor Augen.«

Elias erinnerte sich. Sie lehnten gegen die Hauswand und er hatte sich gerade entschlossen, zur Portalhalle zu gehen.

Tiana sagte zu Mika: »Such einen Stein. Mit bloßen Händen kriegen wir die Ranken nicht ab. Und behalte die Türen der Portalhalle im Auge, könnte plötzlich einer rauskommen.«

»Kannst du nicht ein bisschen zaubern, um die Schlingen zu lösen?«, fragte er.

»Ich riskier es lieber nicht.«

Mika und Tiana gingen davon und suchten nach Steinen.

»Und Morel hat euch wieder laufen lassen?«, fragte Elias.

»Ja, wir können überzeugend sein«, sagte Lielle und riss eine Ranke durch, so dass Elias seinen Arm wieder bewegen konnte.

»Oder auch penetrant«, fügte Tiana hinzu, die zurückkam und mit der spitzen Kante eines Steins an den Ranken herum schnitt, die Raluka am Boden hielten.

»Ohne euch wären wir jetzt nicht mehr ganz lebendig, also danke«, sagte Elias.

»Aber gern, wir brauchen dich schließlich noch, sonst müsste Mika ja allein mit uns fertigwerden«, erwiderte Tiana.

»Das würde ich nicht überstehen. Was machen wir mit denen?«, fragte Mika, der nun ebenfalls mit einem Stein in der Hand da stand.

Tiana hob eine abgeschnittene Ranke hoch: »Mit den eigenen Waffen fesseln.«

»Gute Idee«, sagte Mika.

Sie brauchten noch ein paar Minuten bis sie Elias und Raluka befreit und die beiden Angreifer sorgfältig zu zwei Päckchen verschnürt hatten.

Nun näherte sich Elias vorsichtig dem Nebeneingang, die anderen blieben in Deckung. Er lauschte angestrengt, ob er Geräusche aus dem Inneren wahrnahm, aber alles war ruhig. Da stimmte etwas absolut nicht. Er drückte leise die Klinke der Tür herunter und spähte durch den Schlitz in die Portalhalle, jeden Moment darauf eingestellt, mit Bewegungsmagie flüchten zu müssen. Aber niemand kam auf ihn zu geprescht. Was er sah, war kein schöner Anblick. Es lagen einige Leute regungslos auf dem Boden herum. Er winkte seinen Freunden und schlich durch die Tür. Die anderen folgten.

In der Nähe lag Marc. Elias ging neben ihm in die Hocke und fühlte seinen Puls, er konnte ihn schwach wahrnehmen. »Er lebt«, sagte er.

Lielle kniete neben einer Frau und nickte: »Sie auch.«

So tragisch es war, dass Marc sich in diesem Zustand befand, es bestätigte dennoch, dass er mit den Bösen nichts zu schaffen hatte, worüber Elias froh war. Er mochte den schlaksigen Burschen. Er rüttelte ihn an der Schulter und sagte leise, aber eindringlich: »Marc, wach auf!« Keine Reaktion.

»Ich befürchte, das ist ein Schlafzauber. Keiner lässt sich aufwecken«, sagte Lielle.

Mika stand vor den Portalplätzen. »Seht mal, da sind offene Portale.« Auf jedem Portalplatz waberte die typische schimmernde Portalstruktur.

»Bleib bloß weg von diesen Portalen. Wir wissen nicht, wo die hinführen«, sagte Tiana.

»Ich geh da sicher nicht durch, die führen womöglich direkt in die Hölle«, erwiderte er.

»Was machen wir jetzt?«, fragte Lielle.

Von der Portalhalle zweigten viele Türen und Gänge ab, die tiefer in den Berg hineinführten.

Elias antwortete: »Ich behalte die Portale im Blick, falls da einer rauskommt. Bitte seht euch um. Ich habe gehört, dass hier irgendwo ein großes Ritual stattfinden soll, sie nannten es das Regenerationsritual. Da will ich hin, weil ich befürchte, dass diese Angreifer es überfallen wollen.«

»Aber das findet doch normalerweise erst in den Ferien statt«, sagte Lielle.

»Ja, aber sie müssen es vorziehen, weil der Erstarrungsgrad der Sphäre zu hoch ist.«

»Verstehe«, Lielle schluckte.

»Ich verstehe zwar gar nichts, aber ich schau mal, was da drüben auf den Schildern steht«, sagte Mika.

»Und ich schau da drüben«, sagte Tiana.

»Ich geh zu dem großen Tor«, sagte Lielle.

Raluka sagte nichts, entfernte sich aber ebenfalls.

Elias betrachtete die Portale. Mika hatte nicht unrecht mit seiner Aussage, womöglich führten die Portale in so etwas wie die Hölle, nämlich, wenn es sich um Endportale handelte, denn einer der Angreifer hatte die Fähigkeit, diese zu erstellen. Mit Endportalen konnten sie die Portalplätze blockieren, so dass niemand von der Realität in die Sphäre kommen konnte und jeder, der versuchen würde sie zu verlassen, auf ewig erstarrte. Er konnte die Portale nicht deaktivieren, aber er musste verhindern, dass jemand sie betrat. Die Portalplätze waren mit silbernen Geländern vom restlichen Raum abgeteilt, nur nach vorne hin waren sie offen. Es gab Ständer, die mit schwarzen, dicken Kordeln verbunden werden konnten, um lange

Schlangen an den Portalen zu organisieren. Elias stellte die Ständer so auf, dass sie den Zugang zu den Portalen versperrten. Er fand ein paar Schilder mit der Aufschrift: ›Zutritt verboten‹ und hängte diese an den Kordeln auf. Es war nur ein Provisorium, aber besser als nichts.

»Elias!«, hörte er Tiana mit gesenkter Stimme rufen, sie winkte ihn zu sich.

Er folgte ihr zu dem großen, zweiflügeligen Tor, die anderen warteten dort. Die Verriegelungen an dem Tor waren zerstört worden, jemand musste es mit Gewalt aufgebrochen haben.

Lielle deutete auf ein Schild, das über dem großen Tor prangte, darauf stand:

›Weg zur Wiege der Sphäre

Es gibt immer eine Welt hinter der Welt,
weil alles auseinander entsteht und ineinander zerfällt.
Die Wiege der Sphäre ist Anfang und Ende,
der Sphäre der Elemente überweltliche Wende.
Alle Dinge sind bedingt und daher in der Zeit.
Das Einzige, das unbedingt ist, ist die ewige Unbestimmtheit.‹

»Das muss es sein, gut gemacht. Und jetzt versteckt euch im Wald«, sagte Elias.

»Ich glaube, er spinnt schon wieder«, sagte Tiana und sah skeptisch zu Lielle, die die Stirn runzelte.

Raluka ergriff zum ersten Mal das Wort: »Wir kommen mit.« Sie schob das Tor auf und trat hindurch.

Tiana nickte. »Genau.« Und folgte ihr.

Lielle schmunzelte und ging hinterher.

Mika zuckte mit den Schultern und sagte kopfschüttelnd: »Frauen!«

Elias seufzte und schloss das Tor, als alle hindurch gegangen waren.

Die fünf Lehrlinge liefen durch einen breiten, höhlenartigen Gang. Die Wände waren rau, mit Ecken und Kanten und schimmerten in verschiedenen Farben, wodurch ein sanftes, lumineszierendes Licht ihren Weg erhellte. Der Tunnel war auf einfachste Weise in das

Gestein geschlagen worden, er wirkte viel ursprünglicher als die Gänge, die Elias hier bei seiner Ankunft durchschritten hatte. Die Luft war frisch, als würde eine Brise von außen herein geleitet, aber es waren keine Luftschächte zu sehen.

»Bevor wir in der Wiege der Sphäre ankommen, muss ich euch ein paar Dinge sagen«, sagte Elias. Seine Stimme hallte seltsam an diesem Ort. »Wir haben es hier mit bösen Magiern zu tun, die den Kristall der Elemente stehlen wollen. Lielle und ich haben verhüllte Leute beobachtet, die im Wald einen Nongul beschworen haben. Und er ist bestimmt noch irgendwo in der Sphäre.«

»Lielle hat uns schon davon erzählt. Was denkst du, wer diese Leute sind?«, fragte Tiana.

»Ich weiß es nur von einer Person sicher: Kayra. Sie ist sehr gefährlich. Eine Kommunikationsmagierin, die sich unsichtbar machen kann. Sie hat die Lehrlinge verhext.«

»Wer ist Kayra?«, fragte Tiana.

»Meine Mitbewohnerin«, sagte Raluka finster.

»Ah, das war bestimmt eine nette WG«, sagte Mika.

»Wieso hast du sie eigentlich verfolgt, Raluka?«, fragte Elias.

»Hab' sie bei den Schweberädern getroffen, wollte auch abhauen. Aber die wirkte nicht verzweifelt, freute sich sogar über das Chaos. Da wurde mir einiges klar. Versuchte, mich zu verhexen. Hab' mich gewehrt. Stichflamme. Dumme Kuh.«

Elias überlegte. Kayra war bestimmt auch im Wald bei der Nongulbeschwörung dabei gewesen, aber sie musste in die Akademie zurückgekehrt sein. Vielleicht um sich zu vergewissern, dass der Nongul sein Werk vollbrachte.

»Moment, eine Kayra kenne ich auch«, sagte Mika.

»Woher?«, fragte Elias.

»Sie ist ein Drittnomester bei mir in Gestaltwandel. Klar, das ist sie, die wohnt nämlich auch im Feuerhaus. Habe nicht viel mit ihr zu tun gehabt.«

»Wie ist das möglich, dass sie dort im Unterricht war? Sie ist definitiv Kommunikationsmagierin«, sagte Elias verblüfft.

»Ich habe sie noch nie in Kommunikationsmagie gesehen«, erwiderte Lielle.

»Keine Ahnung. Ich weiß nur, dass sie nicht gerade die beste Gestaltwandlerin war. Nicht sehr talentiert«, antwortete Mika.

»Seltsam. Wie konnte sie euch im Unterricht täuschen?«, erwiderte Elias.

Lielle sagte: »Sie wirkte so nett. Das war doch die, die wir nach unserer Orakelbefragung im Wald getroffen haben, oder? Sie hat uns Blumen geschenkt.«

»Genau die«, sagte Elias, sein Blick verfinsterte sich. Sie hatte ihnen nicht nur Blumen geschenkt, sondern gleich noch einen Fluch dazu. Außerdem hatte sie ihre Erinnerungen an den üblen Portalort im Wald gelöscht. Aber er sagte nichts darüber, es würde nur noch mehr Verwirrung stiften. Stattdessen sagte er: »Ich dachte, die anderen Verhüllten wären Lehrer oder weitere Lehrlinge, aber nach dem uns die beiden fiesen Typen da draußen begegnet sind, bin ich sicher, dass Schwarzmagier von der Realität in die Sphäre eingeschleust wurden.«

»Wie?«, fragte Tiana.

Gleichzeitig fragte Lielle: »Wann?«

»Sicher nicht heute. Die Schwarzmagier müssen schon vorher in die Sphäre gekommen sein, als niemand damit rechnete. Über das ›Wie‹ können wir uns jetzt Gedanken machen.«

Einen Moment lang schwiegen sie.

Dann sagte Mika: »Erinnerst du dich an diese komische Sache mit Vladimir vor einigen Wochen hier an der Portalhalle? Vielleicht hat Kayra ihn verhext und die Schwarzmagier aus der Realität hergeholt.«

»Es wäre möglich, Mika. Aber wer hat dann das Portal erstellt, durch das die Schwarzmagier hierher gelangen konnten?«, fragte Elias.

»Vielleicht hat sie einen der Portalisten manipuliert«, erwiderte Mika.

Lielle sagte: »Oder es gibt einen Bewegungsmagier, der mit Kayra zusammenarbeitet.«

»Das muss aber einer sein, der richtig gut in Bewegungsmagie ist. Kein Anfänger wie Demian«, sagte Mika.

»Vielleicht ist er kein Anfänger«, erwiderte Elias. Bei sich dachte Elias an das Endportal. Jemand musste es erstellt haben und das konnte nur ein Hochmagier gewesen sein. Er wusste, dass die Portalisten hier keine Hochmagier waren. Konnte es Demian gewesen sein? Gab es so junge Hochmagier?

Obwohl sie nur diesem einen Weg gefolgt waren, fühlte es sich bald an, als würden sie im Kreis laufen. Überall sah es gleich aus. Ihre

Schritte hallten endlos in dem unterirdischen Gang, der immer tiefer in den Berg hineinführte.

Endlich gelangten sie an ein kleines Tor. Dahinter lag ein kreisrunder Raum. Die Wände unterschieden sich nicht von denen des Tunnels, der sie hierhergeführt hatte. In der Mitte befand sich eine runde, horizontale Felsplatte, in die eine steinerne Scheibe eingelassen worden war.

»Sackgasse. Hier gehts nicht weiter«, sagte Mika.

Elias stand vor der Scheibe und betrachtete sie. Sie war in vier gleichgroße, farbig schimmernde Segmente unterteilt: ein schwarzes, ein weißes, ein rotes und ein blaues Viertel. In jedem Viertel befand sich eine Art steinerner Griff.

»Da steht etwas an der Wand«, sagte Lielle und las vor:

»*Die Pforte zur Wiege der Sphäre liegt hier,*
drehe das Rad der Elemente vor dir.
Eines der Elemente lässt dich hinein,
doch einfach wird der Weg nicht sein.
Vertraue, auch wenn Zweifel nagen,
verlass dich drauf, es wird dich tragen.
Dann geht der Weg nur noch ein Stück,
überlege es dir gut, denn es gibt kein Zurück.«

»Wer dreht?«, fragte Raluka in die Stille, die entstanden war.

»Elias?«, Lielle sah ihn an.

»Ja, mach du, Elias«, sagte Mika.

Tiana nickte.

Elias fiel auf, dass sich an dem Steintisch auf der Seite gegenüber des Tors, durch das sie hereingekommen waren, ein kleiner, silberner Pfeil befand. Er legte seine Hand an einen der vier Griffe und schob die Scheibe kräftig an. Es ging leichter, als er erwartet hatte.

Sie drehte sich so schnell, dass die Farben ineinander übergingen. Es dauerte eine Weile, bis sie langsamer wurde und schließlich anhielt. Der silberne Pfeil zeigte auf das weiße Segment. Geräuschvoll verschoben sich die Wände. Der ganze Raum verdrehte sich um sie herum, ohne, dass einer von ihnen auf den Boden fiel. Manche Teile der Wände standen plötzlich senkrecht, andere waagrecht. Dann stand alles still. Das Eingangstor war verschwunden, aber ein anderes Tor hatte sich geöffnet. Ein lauer Wind blies herein.

Mika stand der Tür am nächsten und warf einen Blick hinaus. »Können wir nochmal drehen? Da draußen ist vor allem Luft.«

»Luft?«, wiederholte Tiana und verzog das Gesicht.

Mika war recht blass um die Nasenspitze geworden und nickte ernst.

Elias schritt durch die Tür. Ihm blieb fast die Luft weg, als er ins Freie trat. Er stand auf einem Balkon mit steinerner Brüstung an einer gigantischen, komplett senkrechten, hellbeigen Felswand, die sich nach links und rechts sowie nach oben und unten hin endlos zu erstrecken schien. Viele Meter unterhalb von ihnen befand sich dichter, weißer Nebel wie Wolken, über ihnen ein strahlend blauer Himmel.

»Wie ist es möglich, dass sich in einem Berg so ein Ort befindet?«, fragte Lielle, die neben Elias getreten war.

»Ich glaube, wir sind nicht mehr im Kristallberg«, erwiderte er.

Lielles Haar wurde im Wind sanft auf und ab bewegt. »Nein, wir sind in der Wiege der Sphäre«, erwiderte sie fast andächtig.

»Da ist `ne Leiter«, sagte Raluka und zeigte neben der steinernen Balustrade auf metallene Streben, die als Sprossen angeordnet, in den Felsen geschlagen worden waren.

Mika und Tiana linsten aus dem Raum heraus, sie sahen alles andere als amüsiert aus.

Elias Blick fiel auf die andere Seite des Balkons, der sich einige Meter an der Felswand entlang zog. Dort befand sich ein Loch. Er ging hinüber und sah hinein. Es war ein schmaler Tunnel, der mit Metall ausgekleidet war und nach unten führte.

Lielle war neben ihm aufgetaucht und sagte: »Das meinen die nicht ernst, oder?«

»Ich befürchte doch. Das ist die zweite Möglichkeit, nach unten zu kommen. Eine Rutsche.«

»Mit der Höhe komm ich klar, aber nicht mit der Enge da drin«, sagte Lielle und schüttelte den Kopf.

»Und man kann auch nicht wissen, wo die hinführt«, sagte Elias.

Raluka stand nun ebenfalls neben ihnen: »Bleibt nur die Leiter.«

Elias sah sich nachdenklich um. Irgendetwas war hier ganz anders als in der Sphäre oder auch in der Realität. Er ließ seinen Blick über den Balkon und in die Weite schweifen. Was war es nur? Er konnte es nicht greifen.

Mika und Tiana hatten sich bereits aus dem Raum herausgewagt, standen aber beide dicht gegen die Felswand gepresst.

»Nicht runter sehen, Mika«, sagte Tiana.

Elias sah zu seinen Freunden. Er beobachtete, wie der Wind Mikas Locken verwirbelte, wie er mit Lielles Haar spielte, wie er Ralukas weite Leinenhose aufbauschte. Elias nahm sein Armband ab und nach kurzem Zögern warf es hinunter. Es wurde federleicht und behütet vom Wind nach unten getragen.

»Ich glaube, das ist wie in Luftlehre, nur ohne Lehrer«, sagte Elias.

»Und ohne Drachen«, sagte Lielle, beugte sich über die Brüstung und sah dem Armband nach.

»Ich springe«, Raluka setzte sich auf die Brüstung.

Lielle griff sie am Arm: »Warte, ich springe mit.« Sie kletterte auch hinauf und hielt Ralukas Hand.

»Ihr wollt da jetzt einfach runterspringen? Seid ihr verrückt geworden?«, rief Mika entsetzt.

»Eins, zwei«, sagte Raluka.

»Wartet«, unterbrach Elias sie. In seinem Gehirn überschlugen sich mal wieder die Gedanken. War es Wahnsinn, dort hinunter zu springen? War es glatter Selbstmord? Selbst wenn der Wind sie tragen würde, wussten sie nicht, was da unten war. Es konnte gefährlich sein. Je länger er darüber nachdachte, desto mehr Bedenken kamen auf. Das führte zu nichts. Er hatte das Element Luft als Pforte in die Wiege der Sphäre am Rad ›erdreht‹. War es dann nicht naheliegend sich davon hineintragen zu lassen? Da fiel ihm wieder der Spruch ein: ›Vertraue, auch wenn Zweifel nagen, verlass dich drauf, es wird dich tragen.‹ Elias schwang sich auf die Brüstung, griff Lielles Hand und sagte: »Drei!«

Sie ließen sich nach vorn fallen und schwebten bäuchlings in der Luft. Schwerelos glitten sie nach unten.

»Mika, Tiana, kommt, es ist sicher!«, rief Elias über seine Schulter hinweg. Er sah die beiden an der Brüstung stehen und auf sie hinabsehen.

»Okay«, schrie Tiana, in ihrer Stimme schwang nicht gerade Begeisterung mit.

Sie kletterten auf die Brüstung und klammerten sich aneinander.

Elias warf einen Blick nach unten, sie würden jeden Moment die Wolkendecke erreichen. »Na los«, rief er.

Sie fielen vornüber und schwebten ihnen nach, weiterhin aneinandergeklammert.

Dann versank er mit Lielle und Raluka im Nebel. Sie hielten sich dabei weiterhin an den Händen.

Ganz plötzlich verschwand der Nebel und sie landeten sanft in saftigem, hohem Gras. Die Wolkendecke war verschwunden und über ihnen breitete sich ein funkelndes Firmament aus.

Elias war als Erster wieder auf den Beinen. Sie befanden sich am Fuße einer Treppe, die zu einem verfallenen Tempel hinaufführte. Es war Nacht, doch nicht dunkel, überall leuchteten Laternen, die in Halterungen an dem bröckelnden Gemäuer angebracht waren. Nur einen Steinwurf entfernt lag ein stiller See, in dem sich das Sternenlicht spiegelte. Rund um den See erstreckte sich ein Wald. Es war nicht die Art Laub- oder Nadelwald wie Elias es kannte, sondern ähnelte einem Urwald, nur das alles größer war. Die Bäume waren hoch, fünfzig Meter und mehr. Sie waren stark verzweigt und überschatteten mit ihren gigantischen Laubdächern eine wild wachsende Pflanzenwelt mit den unterschiedlichsten Formen an Blüten und Blättern. Sie überwucherten auch Teile des alten Tempels. Elias nahm die Intensität der Farben wahr. Man sah wie die Elemente in allem Lebendigen pulsierten, alles mit ihrer Energie durchdrangen.

Lielle saß auf dem Boden und bestaunte fasziniert die Umgebung.

Raluka drückte Elias sein Armband in die Hand und sagte: »Lag im Gras.«

»Danke.«

Da erschienen, wie aus dem Nichts, Mika und Tiana und landeten ebenfalls auf den weichen Grasbüscheln.

»Das war nicht sehr lustig«, sagte Tiana und rappelte sich auf, ihr Gesicht war puterrot.

»Das nächste Mal dreh ich an dem Rad!«, Mikas Locken standen in jede Richtung weg, als würden sie sich sträuben.

Lielle erwiderte: »Ihr habt eure Angst überwunden, ihr könnt stolz auf euch sein!«

»Wir können euch ja nicht allein weitergehen lassen«, murmelte Mika.

»Kommt mit«, sagte Elias.

Die fünf Lehrlinge bestiegen die Treppe. Sie war breit, nicht steil, aber lang, sandfarben und staubig. Der Tempel selbst ragte hoch über ihnen auf, seine Außenfassade war schmucklos und einfach gestaltet, rechteckig, mit einer runden Kuppel als Dach. Erst als sie oben angelangt waren, sahen sie verhältnismäßig niedere Flügeltüren, die aber geschlossen waren. Die Oberfläche des Gesteins fühlte sich rau an wie Schmirgelpapier, es gab keine Griffe. Elias drückte mit aller Kraft gegen die rechte Tür. Sie ging geräuscharm, aber schwer auf.

Sie spähten vorsichtig in den Tempel hinein. Der hintere Teil war vollständig verfallen. Die Trümmer lagen verstreut herum und wurden von einer blühenden, in sanften Pastellfarben leuchtenden Blütenpracht überwachsen. An den noch vorhandenen Wänden brannten Laternen. Die Decke war bis auf die ersten Meter verschwunden, das Firmament thronte darüber.

Ihre Schritte knirschten auf dem Stein, als sie durch die Überreste der großen Halle gingen.

»Hier ist niemand«, flüsterte Mika.

In Elias regte sich ein ungutes Gefühl. Wo fand das Regenerationsritual statt?

»Seht mal da drüben«, sagte Lielle.

Außerhalb der Tempelruine schlängelte sich ein Pfad vorbei an einem kleinen Wasserfall einen Hang hinauf. Oben konnte man die Spitzen mächtiger Felsbrocken erkennen, die in unnatürlicher Weise aufrecht standen.

»Das ist es«, sagte Raluka.

»Ich glaube auch«, erwiderte Elias, »lasst uns vorsichtig sein. Die Feinde sind möglicherweise auch hier irgendwo.«

Sie gingen den Weg entlang, leise und stets darum bedacht, nicht von irgendwem oder irgendetwas entdeckt zu werden. Es gab viele Sträucher und Felsen, die ihnen als Deckung dienten.

Bald schon gelangten sie an den oberen Rand des Plateaus. Eine bunte Blumenwiese umrahmte die gigantische Felsformation, die meterhoch vor ihnen aufragte. Es waren riesige, teilweise behauene Felsbrocken, die in mehreren Reihen kreisförmig versetzt angeordnet waren, so dass man von außen nicht ins Innere blicken konnte.

Elias ging auf die Knie, krabbelte auf allen vieren in die Wiese hinein, die Halme waren so hoch, dass er nicht darüber hinausragte, und bahnte sich so einen Weg hindurch bis zum Fuß eines Megalithen der äußersten Reihe.

Die anderen folgten ihm auf die gleiche Weise.

Elias hörte Stimmen. Er bedeutete seinen Freunden, in Deckung zu bleiben, und richtete sich vorsichtig auf, um einen Blick auf den Platz, der von den Megalithreihen umstellt wurde, zu wagen.

Der Platz war rund und größer, als man es von außen annehmen würde. Manche der Megalithen in vorderster Reihe waren vorne offen und gaben den Blick frei in ein funkelndes Innenleben voller schimmernder Kristalle. In der Mitte des Platzes stand Kian Shay vor einem großen Globus aus Kristall, der von innen heraus leuchtete. Die Kontinente auf dem Globus glichen nicht denen der Erde. Es musste der Kristallglobus sein, der die Sphäre der Elemente zeigte! Der Schulleiter hielt seine Hände darüber, als würde er einen Zauber wirken. »Wir rufen dich, Ayva, Erdhüterin. Der Kristall der Elemente muss ein Ganzes werden, um die Sphäre zu erneuern«, rief er mit beschwörender Stimme.

Elias ließ seinen Blick schweifen. Es befanden sich weitere Personen vor Ort. Drei davon saßen auf abgeflachten Felsblöcken direkt vor drei der vier größten Megalithen, die den runden Platz in Viertel unterteilten. Eine Person erkannte Elias sofort, es war Isca, die Wasserhüterin, Frau von der Quelle. Sie trug ein blaugrünes Gewand. Der Megalith hinter ihr leuchtete bläulich. Vor dem rötlich schimmernden Megalithen saß ein Mann mit rotem Bart und langen ebenso roten Haaren, muskulös gebaut, der Elias auch aufgrund seiner Kampfrüstung an einen nordischen Krieger erinnerte. Der dritte der Hüter war ein alter Mann, er hatte mandelförmige Augen, langes, grauschwarzes Haar und trug einen Kimono. Der Megalith hinter ihm schimmerte mattweiß.

Außerdem waren da Professorin Eichwald, Elektra und mit dem Rücken zu Elias der schwarze Mönch. Sie standen verteilt zwischen den Kristallhütern.

Da begann der Platz vor dem vierten Kristall-Megalithen, der noch nicht leuchtete, zu schimmern. Plötzlich tauchte dort eine kräftige Frau mit großen, dunklen Augen in einer braunen Robe auf. Ihr langes, schwarzes Haar hüllte ihren Körper ein. Es sah aus, als würde sie sich Stück für Stück aus einem moorigen Untergrund herausschälen, ohne dass auf ihrer Kleidung Erde zurückblieb. Der

Megalith hinter ihr begann in einem braungrünfarbenen Ton zu leuchten. Das Gesicht der Erdhüterin war jung, doch ihre Stimme war heiser, wie die einer alten Frau, als sie sagte: »Der Ruf des Kristalls ereilte mich. Ich bringe euch den Kristallsplitter der Erde. Möge er der Sphäre der Elemente Stabilität, Ruhe und Fruchtbarkeit spenden.«

Kian Shay rief: »Ihr Hüter des Kristalls, gebt nun euren Splitter frei.«

Jeder der vier Kristallhüter hob seine Hände, dazwischen tauchte jeweils ein kristalliner Splitter auf. Sie leuchteten in den Farben der Elemente: weiß, dunkelbraun, blau und rot. Doch schienen sie nicht wie tatsächlicher Kristall fest zu sein, sondern beweglich wie Luft, wie Wasser, wie Feuer und sogar schlammige Erde. Es war eine schillernde Konsistenz an der Grenze zum Immateriellen, in der das Licht sich auf merkwürdige Weise brach. Sie schwebten in die Mitte des Platzes und vereinigten sich dort mit einem hellen Lichtblitz zu einer einzigen, großen, weißleuchtenden Kugel. Die Luft schien zu elektrisieren, die Erde sanft zu erbeben. Aus der Kristallkugel schossen Energiestrahlen heraus und verteilten sich rundherum in jede Richtung. Sie verzweigten sich in tausende Verästelungen, als würden sie ein komplexes Nervensystem bilden.

Elias sah zu Lielle. Sie kniete neben ihm im Gras und hatte der Vereinigung des Kristalls ebenfalls zugesehen. In ihren Augen reflektierte sich das Licht überirdischer Schöpferkraft.

EIN ABLENKUNGSMANÖVER

Wo waren die Feinde? Sie müssten schon längst hier sein, dachte Elias. »Bleibt unbedingt in Deckung«, flüsterte er seinen Freunden zu, die im Gras kauerten. »Ich gehe näher ran.« Er ließ ihnen keine Zeit, etwas zu seinem Vorhaben zu sagen, kroch vor, um einen Megalithen herum und positionierte sich, verdeckt hinter einigen Steinbrocken, an einem Punkt, von dem aus er den gesamten Platz überblicken konnte. Ein ungutes Gefühl beschlich ihn. Irgendetwas war hier. Er sah es nicht, doch er fühlte es.

Zuerst dachte er, es gehöre zum Ritual als Isca, die Wasserhüterin, in ihrer Schneidersitz-Position in sich zusammen sackte. Aber als er bemerkte, wie Elektra sich neben ihr mit entsetztem Gesichtsausdruck umsah, wusste er, der Angriff hatte begonnen.

Da tauchten wie aus dem Nichts an jeder Ecke des Ritualplatzes mehrere Gestalten auf.

Ein sehr großer, muskulöser Mann kam auf Elektra zugelaufen. Es war ein Riese, er würde sie mit bloßen Händen zerquetschen können. Zwei Steine flogen plötzlich hoch und prallten gegen den Körper des Mannes, aber es machte ihm nicht viel aus. Er versuchte Elektra zu packen. Da sprang sie elegant und extrem schnell mit einem Salto über ihn hinweg, indem sie sich von seinem Körper abstieß. Hinter ihm kam sie wieder auf den Füßen auf. Der Riese blickte sich verwirrt um. Sie streckte die Hände aus und wandte sich einem großen Felsbrocken zu. Zunächst bewegte er sich nur zögerlich, kam dann aber ins Schweben. Der Riese hatte Elektra wieder ins Visier genommen und wollte sich auf sie werfen. Da flog der Brocken mit voller Wucht gegen seinen Kopf. Er fiel um wie ein gefällter Baum. Noch im Fallen verwandelte er sich in einen Mann in einer schwarzen Kutte. Er blieb reglos liegen. Der Riese war ein Gestaltwandler.

Neben Isca, die noch immer bewusstlos auf dem Felsblock lag, tauchte plötzlich eine Frau auf. Sie hatte dunkle, lockige, halblange Haare, rote Lippen, trug einen weißen Anzug und darüber einen langen, schwarzen Umhang mit Kapuze. Ihre hellen Augen funkelten kalt, während sie auf Isca herabsah. Sie hob die Arme und murmelte leise vor sich hin. Elias hielt vor Schreck den Atem an, diese Frau verhexte die Wasserhüterin. Was konnte er nur tun? Da wurde die Schwarzmagierin plötzlich von einem Windstoß umgeworfen. Sie fiel unsanft von dem Felsblock herunter.

Einige Meter in der Luft über ihr schwebte der zierliche, alte Mann im Kimono. Er machte eine knappe Bewegung mit dem Handgelenk und eine weitere Böe ergriff die Frau. Sie prallte mit schmerzverzerrtem Gesicht hart gegen den nächsten Megalithen.

Elias' Blick fiel auf den schwarzen Mönch. Er lag auf dem Rücken am Boden. Über ihm befand sich eine dunkle Wolke, in der gefährliche Funken knisterten. Er streckte seine Hand aus und verkrümmte seine Finger, als würde er etwas gepackt halten.

Einige Meter vor ihm stand eine schlanke, große Frau mit langen, blauen Haaren. Sie trug hautenge, dunkelblaue Kleidung unter einem seidigen, schwarzen Mantel. Ihre dünnen, bleichen Arme waren nach vorn ausgestreckt und sie starrte angestrengt auf die Gewitterwolke. Plötzlich verzerrte sich ihr Gesicht, sie fiel auf die Knie und fasste sich an den Kopf, als hätte sie große Schmerzen.

Der Mönch senkte seine gekrümmte Hand, gleichzeitig mit dieser ging auch die Frau mehr und mehr zu Boden. Er rappelte sich auf. Die Wolke hatte sich in Luft aufgelöst. Da traf den schwarzen Mönch etwas am Rücken. Es war ein zierlicher Mensch, dünn und drahtig wie ein Kind. Er klammerte sich am Mönch fest und würgte ihn von hinten.

Der Mönch rannte rückwärts gegen einen der Felsen, um den Angreifer zwischen sich und dem Stein einzuklemmen. Aber ehe er ihn erreichte, sprang der Angreifer nach vorn und drückte ihm seine Hand auf die Brust. Der Mönch schrie auf und klappte zusammen.

Da traf den Wicht ein Stein am Hinterkopf und er sackte ebenfalls zusammen. Elektra war neben dem Mönch aufgetaucht, zog den Bewusstlosen von ihm herunter und fühlte seinen Puls. Der Mönch hob langsam den Kopf und nickte ihr zu. Er lebte noch. Im selben Moment traf Elektra ein Blitz direkt in die Seite. Sie zuckte. Elias blieb fast das Herz stehen. Dieser Blitzschlag müsste einen Menschen töten. Doch sie drehte sich um und sah mit wütendem Gesicht zu der Blauhaarigen.

Diese war inzwischen wieder aufgestanden und fixierte Elektra.

Als Elias die beiden Frauen nebeneinander sah, bemerkte er mit Schrecken, dass sie sich zum Verwechseln ähnelten. Sie hatten zwar verschiedene Haarfarben und Elektra ein trübes Auge, aber ansonsten konnten sie Schwestern sein. Sie wechselten einige Worte mit hasserfüllten Gesichtern, die Elias nicht verstand, dann entbrannte ein wilder Kampf zwischen ihnen, bei dem sie sich hinter einen Felsen bewegten und damit aus seinem Sichtfeld verschwanden.

Dafür gelangten Kian Shay und Professorin Eichwald nun in seinen Fokus. Sie verteidigten sich Rücken an Rücken gegen zwei Angreifer.

Der Schulleiter hatte einen Stab in der Hand, den er geschickt in hoher Geschwindigkeit vor sich herumwirbelte. Er kämpfte mit einem Mann, der fast vollständig in dunkle Kleidung gehüllt war. Die untere Hälfte seines Gesichts verbarg er hinter einer Maske, seine Augen lagen im Schatten einer Kapuze wie bei einem Assassinen. In jeder Hand trug er ein Kurzschwert, mit dem er genauso umzugehen wusste wie Kian mit seinem Stab. Dumpf krachte Holz auf Metall, wieder und wieder. Bis der Schulleiter dem Angreifer eines der Schwerter aus der Hand schlug.

Sofort attackierte der Assassine ihn mit Flammen, die aus seiner freien Hand herausschossen. Kian wich jedem Feuerangriff gekonnt aus. Es war fast, als würde er das Verhalten des anderen voraussehen.

Professorin Eichwald hatte eine Hand gegen den zweiten Angreifer erhoben und wendete den Blick nicht ab von diesem. Es war ein hünenhafter Mann, nicht so groß wie der Riese, der Elektra angegriffen hatte, aber mindestens so muskulös. Sein nackter Oberkörper war tiefschwarz, es konnte keine natürliche Hautfarbe sein. Sein Gesicht war hell, statt Haar befand sich ein schwarzes Tattoo auf seinem Schädel, das sich von seiner Stirn bis zu seinem Nacken zog. Er hatte einen Dolch in der Hand, den er gegen die Professorin gerichtet hielt.

Sie sah ihn mit weit aufgerissenen Augen an und murmelte unentwegt vor sich hin. Plötzlich erwischte sie die Spitze einer Stichflamme des Assassinen an der Schulter. Sie schrie auf. Glücklicherweise fing sie kein Feuer, aber sie kam aus dem Konzept.

Auf dem Gesicht des tätowierten Hünen tauchte ein fieses Grinsen auf, er packte sie am Arm und wollte ihr die Kehle durchschneiden, als plötzlich unter ihm die Erde bebte und ihn von den Füßen riss.

Die Erdhüterin kniete in einiger Entfernung und sah mit finsterem Blick zu dem Hünen, ihre beiden Hände berührten den Boden.

Professorin Eichwald wollte flüchten, doch sie stolperte und fiel der Länge nach hin.

Der Hüne war wieder aufgestanden, machte zwei große Schritte, um zu Professorin Eichwald zu gelangen, und wollte sich mit dem Dolch auf sie stürzen.

Im letzten Moment wurde der Dolchhieb von einem Schwert abgewehrt. Der rothaarige Feuerkrieger war aufgetaucht. Mit einer Stichflamme versuchte er das Gesicht des Hünen zu versengen.

Dieser schrie, als die Flammen nach seiner Wange leckten. Er wandte sich zornerfüllt dem Krieger zu. Dann veränderte er sich vor ihrer aller Augen. Er wurde größer, seine Haut wurde dicker und schuppig, wie die eines Krokodils, aus seinen beiden Armen wurden zwei lange, dunkle Klingen. Er war ein Gestaltwandler wie der andere, den Elektra ausgeschaltet hatte.

Zwischen dem Hünen und dem Feuerhüter entbrannte ein furchtbarer Kampf.

Die Erdhüterin versuchte zu unterstützen, indem sie Risse unter den Füßen des Angreifers entstehen ließ, durch die er ins Stolpern geriet. Ihre Augen glühten dabei bräunlich auf. Es war wie bei Aang, dessen Augen rot geglüht hatten, als er ihnen im Unterricht eine Demonstration seiner Feuermagie gegeben hatte. Bei Elementalisten schien es normal zu sein, dass ihre Augen in der Farbe des Elements aufleuchteten, wenn sie Magie anwendeten. Aber man musste sie schon direkt ansehen, um das erkennen zu können.

Plötzlich fiel Elias ein: Wo war Kayra? Er ließ seinen Blick über den Platz schweifen. Er sah sie nirgends. Warum war sie nicht hier?

Der Feuerhüter erwischte den Hünen immer wieder mit seinen Stichflammen oder seinem Schwert, doch seine schwarze Haut war undurchdringlich wie ein Panzer.

Professorin Eichwald hatte sich wieder aufgerappelt und begann erneut einen Zauber zu wirken, bei dem sie den Blick unentwegt auf den Hünen richtete. Er war mit dem Feuerhüter beschäftigt und merkte nicht, dass sie ihn verhexte. Seine Bewegungen wurden langsamer, sein Gesicht erschlaffte mehr und mehr. Unter ihm riss die Erde auf und er sank bis zur Brust hinein. Er konnte sich nicht mehr rühren. Da verwandelte er sich erneut: In dem Erdspalt steckte nun ein kleiner, fahler Mann mit halblangem, fettigem Haar, dürren Armen und einem schiefen, glubschäugigen Gesicht.

Auf Professorin Eichwalds Gesicht zeichnete sich geradezu Entsetzen ab bei seinem Anblick. »Mork? Wie ist das möglich? Sie wurden für tot erklärt«, rief sie.

»*Ihr* seid bald alle tot«, schrie der bösartige Mann in einer grellen Stimme. »Dreckiges Pack. Verflucht sollt ihr sein.« Er versuchte, sich aus dem Spalt herauszuwinden, schien aber keine Kraft mehr zu haben. Er verlor den Halt und rutschte bis zum Hals hinein, während er seine Hasstirade fortsetzte.

Da schlug der rothaarige Krieger ihm mit seinem Schwertgriff auf den Hinterkopf und sagte: »Halt die Klappe.« Er verlor sofort das Bewusstsein. Zu dritt hatten sie ihn schachmatt gesetzt.

Professorin Eichwald, der Feuerhüter und die Erdhüterin kamen den anderen zu Hilfe. Gemeinsam schien es den Kristallhütern und Lehrern der Akademie zu gelingen, die Angreifer in die Flucht zu schlagen.

Was die Verteidiger vor lauter Kampfesmühen nicht bemerkten, war ein seltsames Flackern des Kristalls der Elemente, der immer noch hell über dem runden Ritualplatz leuchtete und die Sphäre auflud. Die Worte des hässlichen Kerls, den die Professorin als Mork bezeichnet hatte, gellten Elias noch in den Ohren: »*Ihr* seid bald alle tot.« Was meinte er damit? Elias betrachtete den Kristall. Irgendetwas war da. Es war wie die Präsenz von etwas Massivem. Kam es von dem Kristall selbst? Oder von dem Globus? Er musste näher heran. Er stand auf, pirschte nach vorn, geduckt hinter den Felsen, und kauerte sich in erster Reihe zwischen den Megalithen hin. Direkt vor ihm lag die bewusstlose Gestalt, von der er dachte, sie könnte ein Kind sein, aber es war ein erwachsener Mensch und dazu ein gefährlicher Magier, Elias vermutete ein Heilmagier, der seine Kräfte nicht zur Heilung einsetzte, denn er hatte den schwarzen Mönch fast umgebracht.

Der Kampf war noch immer in vollem Gange, aber die Angreifer waren nun deutlich in der Unterzahl. Wo waren eigentlich die anderen bewusstlosen Schwarzmagier?

Plötzlich bewegte sich die schmächtige Person vor Elias. Er duckte sich reflexartig hinter den Felsen, spähte aber gleich wieder darüber hinweg. Er dachte, der Magier wäre aufgewacht, doch seine Augen waren noch immer geschlossen. Wie von Zauberhand wurde der reglose Körper mit extrem hohem Tempo über den Boden in Richtung Kristallglobus geschleift.

Da war etwas, das sich vor ihrer aller Augen verbarg. Elias atmete tief ein und versuchte, empfänglich zu werden, für all das, was hier war. Er würde alles ertragen, was er sah, alles durfte so sein, wie es war. Er sah, wie die Menschen sich gegenseitig zugerichtet hatten: Brandblasen, Schrammen, Herzschmerzen, innerliche, äußerliche und seelische Verletzungen. Er ließ alles zu. Er erkannte die brutalen, grausamen, ängstlichen, verachtenden, hassenden Gefühle und er ließ sie zu. Mondlichtmagie erwachte in ihm und erleuchtete seine Wahrnehmungsfähigkeit.

Da war sie. Kayra. Er sah nur ihre verzerrten Umrisse, aber er erkannte sie trotzdem. Sie hatte ein Messer in der Hand, mit dem sie einen Kreis in die Erde um den Globus herumzog. Der Bereich innerhalb des Kreises flirrte sonderbar. Darüber schwebte der Kristall der Elemente.

Elias erinnerte sich daran, wie er einst einen magischen Schutzkreis um ihren provisorischen Altar herum angefertigt hatte, als er und seine Freunde herausfinden wollten, was es mit dem Wunschkästchen auf sich hatte. Kayra vollzog hier einen ähnlichen Zauber.

Dann fiel Elias eine weitere Person innerhalb des Kreises auf, ein junger Mann. Auch von ihm sah er nur die Umrisse. Er stand am Kristallglobus und hielt die Hand des am Boden liegenden Bewusstlosen, der eben fortgeschleift worden war. Mit der anderen Hand berührte er den Globus. Im Inneren glühte es kurz auf und der bewusstlose Magier verschwand.

Elias erkannte ihn: Es war Demian. Er hatte sich als Anfänger in Bewegungsmagie ausgegeben, aber das war eine Lüge gewesen. So, wie wahrscheinlich alles, was er von sich gegeben hatte. Seine Aufgabe hier war, die bewusstlosen Schwarzmagier einzusammeln und mit Hilfe des Globus' an einen anderen Ort zu portieren. Elias wurde einiges klar: Es steckte nie ein Zwiefältiger hinter dieser merkwürdigen Geschichte. Kayra war die Kommunikationsmagierin und sie verfügte über eine ungewöhnliche Fähigkeit: Sie konnte Menschen unsichtbar machen. Und Demian war ein Hochmagier der Bewegungsmagie, ein äußerst charismatischer und manipulativer dazu. Er beherrschte die Magie des Kristallglobus' und er war der

Erschaffer des Endportals, durch das Elias und seine Freunde beinahe der ewigen Erstarrung anheimgefallen wären. Wut flammte in Elias auf. Er hatte Demian immer verdächtigt, bis zuletzt. Er war ins Wanken gekommen, als Demian so offen mit ihm gesprochen hatte, sich scheinbar sogar mit ihm anfreunden wollte.

Da fiel ihm plötzlich auf, dass die Angreifer sich in unmittelbarer Nähe des Schutzkreises aufhielten, gleichzeitig hielten sie die Lehrer und Kristallhüter fern davon. Ihn traf die Erkenntnis wie ein Blitz: Der Kampf war nur ein Ablenkungsmanöver. Alle Angreifer würden in den Schutzkreis flüchten, sobald er von Kayra vervollständigt worden war.

Demians flirrender Umriss trat wieder aus dem Schutzkreis heraus. Er rannte in hoher Geschwindigkeit auf den bewusstlosen Gestaltwandler, der immer noch in der Erde feststeckte, zu und versuchte, ihn herauszuziehen.

In dem Moment sprang Elias mit Bewegungsmagie aus seinem Versteck und stürzte sich auf Demian. Dieser sah ihn verwirrt an, dann verfinsterte sich sein Gesichtsausdruck: »Du.« Es klang wie eine Drohung. Er schlug Elias hart ins Gesicht. Dieser taumelte zur Seite.

Demian packte erneut den hässlichen Mann am Arm und zerrte daran. Elias fing sich wieder und klammerte sich an Demian. Sie fielen gemeinsam zu Boden. Demian versuchte, Elias wegzudrücken, aber dieser ließ nicht los. Panisch sah Demian zu Kayra. Elias folgte seinem Blick. Sie war drauf und dran den Schutzkreis zu schließen.

Demian nutzte die Millisekunde der Unaufmerksamkeit und schlug Elias mit dem Ellbogen erneut ins Gesicht. Sein Kopf wurde herumgeschleudert. Einen Augenblick lang wurde ihm schwarz vor Augen. ›Nicht ohnmächtig werden, bloß nicht ohnmächtig werden‹, dachte er. Er sah, wie Kayra die Arme hob und etwas rief.

Demian riss sich von Elias los und rannte mit Bewegungsmagie auf den Tarnkreis zu. Die anderen Angreifer sprangen ebenfalls hinein.

Elias musste auch dorthin! Eine Energiewelle durchflutete ihn plötzlich. Er wurde nach vorn katapultiert und schoss Demian hinterher. Keine halbe Sekunde bevor sich eine graue Wand um sie herum erhob, die den Globus und den Kristall der Elemente mit einschloss, hechtete Elias in den Schutzkreis und landete der Länge nach auf dem Boden. Das Licht des Kristalls verfinsterte sich mit einem Schlag.

Elias lag bäuchlings am inneren Rand. Um ihn herum waberte ein merkwürdig flirrender Dunst. Er erwartete, dass die Schwarzmagier sich auf ihn stürzen würden, aber keiner hatte ihn bemerkt. Außerhalb des Kreises sah er die Lehrer und Kristallhüter als unscharf umrissene Schatten. Er erkannte, dass Panik unter ihnen ausgebrochen war. Sie schienen zu rufen, aber er konnte sie nicht verstehen. Sein Blick wanderte wieder zu den Schwarzmagiern. Der seltsame Nebel schien Elias vor ihren Augen zu verbergen, außerdem waren sie mit sich selbst beschäftigt. Sie berührten sich gegenseitig am Arm. Demian vollführte einen weiteren Zauber an dem Globus. Erneut glühte dieser auf und alle Angreifer außer ihm und Kayra verschwanden. Sie flüchteten wahrscheinlich in die Realität.

Kayra stand unterhalb des nur noch matt glimmenden Kristalls. Mit nach oben ausgestreckten Armen wirkte sie einen Zauber in einem Singsang, der Elias einen Schauer über den Rücken jagte. Ihre Stimme war tief und die Adern unter ihrer Haut verfärbten sich schwarz. Elias starrte entsetzt darauf. Er hatte das schon einmal gesehen. Bei einem jungen Mann. In seinem Traum letzte Nacht. Er fixierte Kayra. Wer war sie wirklich?

Plötzlich begannen ihre weiblichen Züge ineinanderzufließen und ein anderes Gesicht formte sich daraus, ein männliches, ebenmäßiges. Der Gestaltwandelzauber hatte sich aufgelöst. Sie war kein Lehrling, sie war nicht Mal eine Frau. Sie war der Schwarzmagier, den der Ceanamca ihm in der letzten Nacht gezeigt hatte. Dieser Magier hatte sich in der Gestalt von Ralukas netter Mitbewohnerin in die Akademie eingeschlichen. Er war es auch, der heute Abend den Nongul in die Sphäre der Elemente gerufen hatte. Nun stand er dort in einem langen, wallenden, schwarzen Umhang und etwas Dunkles senkte sich auf ihn herab.

Elias spürte, wie sich Schwere ausbreitete. Er konnte kaum atmen, sogar die Luft schien zusammen gedrückt zu werden. Plötzlich übermannte ihn das Gefühl einer alles umfassenden Hilflosigkeit.

Der schwarze Magier wurde von einer fließenden, dunklen Aura umhüllt. Und Elias wusste: Er ging mit dem Nongul, den er in die Sphäre gerufen hatte, eine Verbindung ein, um noch mächtiger zu werden. Seine Gestalt war die eines Mannes, aber er war um einiges größer und kräftiger geworden. Über seinen Körper zogen sich dunkle, verästelte Linien. Der Raum, den der Schutzkreis umgeben hatte, hatte sich ebenfalls vergrößert aber auch verdüstert.

Demian stand klein und unbedeutend neben dem Kristallglobus. War es Ehrfurcht oder Entsetzen, was sich auf seinem Gesicht abzeichnete? Sah er das auch zum ersten Mal? Elias erkannte, dass diese Macht, die sich hier offenbarte, etwas Unbekanntes war, etwas, das auch unter Schwarzmagiern nicht alltäglich war: Es war eine Art Nongulmagie, die durch diesen Magier wirkte. Welche Fähigkeiten würden sich daraus ergeben? Das Wandeln im Schatten? Das Wirken von Nihilmalen, die die Schwingungsebene von Menschen absenkten, um sie zu leichten Opfern für die Wesen des Nihils zu machen?

Der Blick des Nongulmagiers richtete sich auf den Kristall. Er sprach Worte in einer unbekannten Sprache und mit einer unmenschlichen, hallenden Stimme.

Elias fühlte sich kaum in der Lage klar zu denken. Diese niedergeschlagene Stimmung drückte wie eine tonnenschwere Last auf seine Seele. Er musste etwas tun, irgendetwas. Er musste sich bewegen, er durfte nicht stillstehen. Immer weitermachen! Er wendete alle Kraft auf, um aufzustehen, und tauchte aus dem Nebel auf.

Im selben Moment senkte der Nongulmagier seinen Blick und sah ihn aus vollkommen schwarzen Augen an.

Einige Sekunden lang sahen sie sich nur an. Dann verdüsterte sich das Gesicht des Nongulmagiers: »Du bist wie eine Ratte auf einem sinkenden Schiff.« Es war nur ein Flüstern, aber es klang durch und durch bedrohlich.

Elias spürte Panik in sich aufkommen. Wie kam er nur auf die Idee, sich dieser mächtigen Kreatur entgegenzustellen? Er konnte sich kaum bewegen, geschweige denn Magie anwenden in seinem momentanen Zustand. Warum war er nicht einfach liegengeblieben?

Der Nongulmagier kam auf Elias zu und mit jedem Schritt sah er kleiner und menschlicher aus, bis er schließlich der gutaussehende, schwarzhaarige junge Mann von nebenan hätte sein können. Er sah Elias mit leuchtend hellen Augen an: »Was wird passieren, wenn ich die Kristallsplitter aus der Sphäre der Elemente entferne? Was wird das für alle bedeuten, die sich noch darin aufhalten?«

Elias erwiderte so mutig, wie er gerade konnte, seinen Blick, sagte aber nichts.

Der Nongulmagier verengte seine Augen zu Schlitzen, während er ihn musterte. »Warum komme ich nicht in deinen Kopf hinein?« Er pochte mit einem eiskalten Finger gegen Elias' Stirn.

Wacker hielt Elias sich auf den Beinen, was Kraft kostete. Die Last drückte ihn nieder, sowohl seelisch als auch körperlich.

»Du hast nicht den Hauch einer Ahnung, mit was du es hier zu tun hast. Vielleicht wird es dir jetzt klar, kurz vor deinem Ende«, zischte der andere.

»Wir haben keine Zeit«, sagte Demian, der noch immer bei dem Globus stand.

Der Kristall flackerte, Elias hob den Blick hinauf.

Der Nongulmagier flüsterte nahe an Elias' Ohr: »Der Kristall der Elemente wird schon bald erlöschen und mit ihm die Sphäre der Elemente. Alles, was dir wichtig ist, wird enden. Und du darfst den Anfang machen.«

Elias stand wie paralysiert.

Der andere berührte ihn erneut mit seiner eiskalten Hand an der Stirn, auf seinem Gesicht zeichnete sich ein halbes Lächeln ab, sein Blick war voller Verachtung.

Elias versank Stück für Stück im Erdboden, als würde der Nongulmagier ihn hineindrücken, tiefer und tiefer. Dunkelheit umfing ihn.

Elias nahm zunächst nur die Umrisse der Umgebung wahr. Er stand auf einem düsteren, nebelverhangenen Feld inmitten von verwitterten Grabsteinen, die teilweise zerbrochen, eingesunken oder umgestürzt waren. War das ein alter Friedhof? War er nicht eben noch an einem anderen Ort gewesen? Wie war er hierhergekommen?

Er machte ein paar Schritte. Der Boden war matschig. Da waren Geräusche, ein Schlürfen und Schmatzen, aber er konnte nicht sofort erkennen, woher die Geräusche kamen, alles war Grau in Grau.

Da war doch irgendetwas am Boden. Er trat näher heran, um es besser sehen zu können. Da fiel er fast in ein rechteckiges, tiefes Loch, das direkt vor ihm klaffte. Ein Skelett hockte darin und beugte sich über eine in ein weißes Tuch gewickelte Leiche. Elias atmete geräuschvoll ein vor Entsetzen.

Das Skelett hielt inne, wendete den Kopf zu ihm und begann aus dem Grab herauf zu kriechen.

Elias wich zurück. Er stolperte und fiel rücklings in den Schlamm. Er raffte sich wieder auf, seine Arme und Hände waren vollkommen verschmutzt. Ohne sich noch einmal nach dem Wesen umzusehen, rannte er los. Aber es war beschwerlich. Seine Füße wurden von dem Boden angesaugt, bei jedem Schritt spritzte Dreck an seinen Beinen hoch. Er wusste nicht, ob das haarsträubende Schmatzgeräusch, das ihn verfolgte, von dem Skelett kam oder von seinen eigenen Schritten.

Da lag plötzlich ein Knüppel am Boden. Er griff danach und drehte sich um. Direkt hinter ihm stand das Skelett und sah ihn aus leeren Augenhöhlen an. Bevor es sich auf ihn stürzen würde, schlug Elias so hart zu, wie er konnte. Das Skelett landete im Matsch.

Elias war schweißgebadet. Er hatte das Monster besiegt. Er atmete tief ein und erbrach sich fast. Die Luft stank plötzlich ekelerregend. Wo war er hier nur? Da sah er aus den Augenwinkeln erneut eine Bewegung. Ein weiteres Skelett kam schnurstracks auf ihn zu. Dahinter tauchte noch eines in der Ferne auf, das schnell näher kam. Sollte er fliehen oder kämpfen? Er umklammerte den Knüppel so fest, dass seine Hände schmerzten.

Das Skelett, das er niedergeschlagen hatte, begann sich wieder aufzurichten. Elias verpasste ihm erneut einen Schlag. Das nächste Skelett stand schon da. Von Horror und Ekel gepeinigt, traf er es am Kopf. Es brach mit einem klappernden Geräusch zusammen, doch dahinter tauchten schon drei weitere Knochengestalten auf. Elias wirbelte mit dem Knüppel wild herum und erwischte sie alle. Sie kippten der Reihe nach dumpf in den Matsch.

Elias' Kleidung klebte nass und verdreckt an seinem Körper. Er fröstelte. Langsam drehte er sich um. Mehrere Knochenmänner standen hinter ihm und wiegten ihre bleichen Körper von einem Fuß auf den anderen. Elias schlug wie ein Besessener auf sie ein. Sie fielen in sämtliche knöcherne Einzelteile auseinander. Doch die anderen Skelette standen schon wieder auf. Und es waren noch mehr auf dem Weg zu Elias.

Es war sinnlos, vollkommen sinnlos dagegen anzukämpfen. Sie wurden immer mehr und standen immer wieder auf. Elias ließ den Knüppel fallen. Er verspürte plötzlich nicht mehr den Drang sich zu wehren.

Die Toten umringten ihn. Doch sie griffen ihn nicht an. Ihre Arme hingen lasch an ihren teilweise verwesten Körpern herab. Sie hatten ihm bisher nichts getan, ihn nicht einmal berührt.

Es war eine seltsame Situation, wie er so dastand. Eben hatte er noch um sein Leben gekämpft, nun gab er auf. Es war keine Verzweiflung mehr in ihm. Er war vollkommen ruhig.

Und es passierte einfach nichts.

Die Skelette waren da und er war auch da. Gerade war er noch von Horror und abgrundtiefem Ekel erfüllt gewesen, doch jetzt war alles Negative fort. Die Todesangst war verschwunden.

»Wir folgen dir überall hin, auch wenn dein Weg in die Dunkelheit führt«, sagten die Skelette.

Da war etwas, das in ihm heraufkommen wollte. Ein Gedanke, ein Gefühl. Mondlicht, der Skelettdämon, die Erstarrung! Er erinnerte sich plötzlich: Der Nongulmagier würde die Sphäre der Elemente zerstören. Doch Elias blieb ruhig. Er wurde empfänglich für das, was war. Ohne Angst, ohne Verzweiflung, ohne Vermeiden, ohne Anstrengen. Er musste nichts tun, außer empfänglich zu werden. Er konnte gar nichts anderes tun.

Und er wurde empfänglich für diesen Alptraum, den er hier vorgefunden hatte. Er nahm sie wahr, seine Feinde, die Knochenmänner, die er zutiefst abgelehnt hatte. Und er nahm sie an, als das, was sie waren, nämlich seine Ängste. Jedes einzelne Skelett war sein persönliches Schreckgespenst. Er wollte sie loshaben, aber er wurde sie nicht los, indem er vor ihnen floh und auch nicht, indem er sie bekämpfte. Jetzt waren sie da und er ließ sie da sein.

Die Skelette standen noch immer um ihn herum. Sie berührten sich gegenseitig und einer von ihnen legte seine knochige Hand auf Elias' Schulter. Er sah in die leeren Augenhöhlen dieses Wesens. Da erglomm ein silberner Funke darin. Dieser spiegelte sich in Elias' Augen und entzündete sich zu einem silbernen Leuchten. Der Ceanamca legte seine Stirn an Elias' Stirn und Mondlichtmagie durchflutete sie beide.

Sie verbanden sich zu einem größeren Ganzen, zu einer ganzheitlichen Gestalt. Sie waren mehr als die Summe einzelner Teile, es war Synergie in reinster Form. Und Elias wusste: Nur durch die Verbindung mit ihm konnte der Dämon von der seinen in die diesseitige Welt übertreten, um etwas zu bewirken. Sie ließen sich vollkommen aufeinander ein, ohne sich dabei selbst zu verlieren.

Elias war er selbst, aber er war auch mehr als das. Er war ein Funke dieser Macht, die über das Leben und den Tod wachte und die eingreifen würde, wenn der ewige Zyklus des Lebens von Erstarrung bedroht war. Mit Mondlichtaugen sah er die Welt und erhob sich.

Innerhalb des Tarnkreises kam ein gespenstisches Wesen aus der Erde hervorgestiegen. Es war groß, ohne Haut und Haar und Fleisch. Es bestand nur aus Knochen. Und in seinen runden Augenhöhlen loderte ein weißes Feuer.

Die schwarzen Augen des Nongulmagiers weiteten sich, als er die Gestalt auf sich zukommen sah. Das Wesen war größer als er und erreichte ihn mit wenigen Schritten.

»Wer zum Teufel bist du?«, flüsterte der Nongulmagier.

»Ich bin wie dein Schatten. Ich folge dir überall hin, auch wenn dein Weg in die Dunkelheit führt«, antwortete das Skelett und legte seine knochige Hand auf die Brust des Nongulmagiers.

Und in diesem Moment erkannte Elias die Wahrheit über Kyle Frost: Er war Kommunikationsmagier der dunklen Elite. Er war einen Pakt mit dem Nihil eingegangen. Und er war mutterseelenallein.

Kyles Geschichte zog im Schnelldurchlauf an Elias' innerem Auge vorbei: Wie er gehänselt wurde, weil er schwächlich war. Wie er drangsaliert wurde, weil er sensibel war. Wie er gepeinigt wurde, weil er anders war. Und Elias sah auch, wie Kyle andere hänselte, drangsalierte und peinigte. Er sah sein bisheriges Leben, seine Leiden und seine Ängste.

Elias war von einer Energie erfüllt, die es ihm ermöglichte, über seine eigentliche Vorstellungskraft hinauszublicken. Er war weiter, offener, lichter, leerer. Er war wie ein Gefäß, in das etwas hineingeschüttet werden konnte. Er würde alles aufnehmen, verarbeiten und loslassen. Er würde sich von allem erfüllen lassen, ohne dass es ihn in seinem innersten Kern verändern würde. Denn dieser Kern war unbestimmt und ewig.

In der gewaltigen Bilderflut, die in kürzester Zeit auf Elias einstürzte, waren drei Szenen besonders eindrücklich, obwohl er diese nur für den Bruchteil einer Sekunde wahrnahm.

Eine dieser Szenen kam ihm bereits bekannt vor: Kyle kniete vor einem mannshohen Spiegel, er hielt einen Kelch mit Blut in der Hand. Durch ein finsteres Wesen im Spiegel wurde der Inhalt des Kelchs verhext. Der junge Schwarzmagier trank diesen und nahm dadurch Nongulmacht in sich auf.

In der zweiten Szene erkannte Elias eine Frau. Sie war an eine Wand gekettet in einem düsteren Raum. Vor ihr stand Kyle. Er hatte seine Hand auf ihre Stirn gelegt und die Augen geschlossen. Seine

Augäpfel bewegten sich unter den Lidern, als würde er träumen. Er nahm ihre Erinnerungen und ihre Identität in sich auf. Ein Nihilegel schlängelte sich durch die Luft kurz über ihren Köpfen. Die Frau rührte sich nicht, obwohl sie ihn ansah. Ihr Gesicht war totenbleich.

Dann verschwand Kyle in der Dunkelheit und ein anderer Mann tauchte auf, ein hässlicher, schmieriger. Es war der Gestaltwandler, den Professorin Eichwald beim Kampf als Mork bezeichnet hatte. Er hielt ein Messer in der Hand. Er flüsterte der Frau etwas ins Ohr. Sie sah ihn aus entsetzten Augen an, gab aber keinen Laut von sich. Morks Gesicht verzog sich zu einem irren Grinsen. Mit einer plötzlichen Bewegung schnitt er ihr die Kehle durch. Ihr Kopf sank nach vorn, Blut quoll aus der Wunde. Es war Kayra, sie war sofort tot.

In der dritten Szene war Elias Zeuge eines weiteren Mordes. Der Ablauf war der gleiche wie beim ersten. Zuerst wurde die Person von Kyle auf magische Art analysiert, um ihr Innenleben genauestens zu kennen, danach wurde sie von Mork ermordet. Auch das zweite Opfer kannte Elias. Es war Chris.

Im selben Moment, in dem Elias all das sah, musste auch Kyle vor seinem inneren Auge sein Leben im Schnelldurchlauf betrachten, ohne den Blick abwenden zu können. Kyle musste dabei seine Verzweiflung, seine Scham, seine Schuld spüren, ohne Filter, ohne Abwehr, ohne Zensur. Er musste sich für all die Gefühle, die er verdrängt hatte, öffnen, all das wahrhaft empfinden. Und es zerriss ihm fast die Seele.

Die Mondlichtmagie schoss in Kyles Adern wie zuvor die Nongulmacht. Sie leuchtete ihn von innen her aus. Seine Haut wurde heller und heller, dabei wand er sich unter der bleichen Knochenhand, die noch immer auf seiner Brust ruhte. Sein Körper zitterte wie Espenlaub. Je mehr er sich wehrte, desto schmerzhafter wurde es für ihn. Die Mondlichtmagie zwang ihn, empfänglich zu werden für sich selbst. Gleichzeitig zog sie die Nongulmacht wie Gift aus seinem Blut, seinem Gehirn, seinen Eingeweiden heraus. Elias spürte, wie das Leben aus dem jungen Mann entwich. Er lag im Sterben.

»Neiiiin«, hörte man plötzlich einen tiefen Aufschrei aus Kyles Innerem und etwas Dunkles schoss aus ihm heraus. Der Nongul war gewichen.

Kyles Blick klärte sich, er war wieder ein Mensch. Mit seinen hellen Augen sah er in die weißglühenden Augenhöhlen des Ceanamca. »Du tötest mich«, flüsterte er in einer zerbrechlichen Stimme und schloss die Augen. Der Ceanamca ließ ihn zu Boden gleiten, wo er still liegen blieb.

Der Mondlichtdämon richtete seine Aufmerksamkeit nun auf den Kristall der Elemente. Das schwarze Ding, das aus Kyle herausgefahren war, hatte sich darum gewunden und verfinsterte ihn vollständig.

Aus den Augenwinkeln bemerkte Elias wie Demian mit Bewegungsmagie nach vorn schoss, Kyle packte, zum Kristallglobus hinüberzog und gemeinsam mit ihm verschwand.

Einen Moment später streckte der Ceanamca seine knöcherne Hand aus und schoss einen silberhellen Magiestrahl in den Kristall hinein.

Alles verlangsamte sich schlagartig. Elias beobachtete winzige Details, die so deutlich hervortraten, wie er es nie zuvor wahrgenommen hatte: Wallende Nebelschwaden, die in Zeitlupe über den Boden krochen, kleinste Staubteilchen und Wassertropfen, die im Licht funkelten, das Pulsieren des Kristalls unter dem Mantel der erstarrenden Finsternis. Alles war Bewegung. Alles war Veränderung. Alles war im Fluss. Nichts stand still.

Die Erstarrung war das absolute Sein, nämlich das Nicht-Sein, und damit das Widernatürlichste der Welt. Sie war das lebensfeindliche Prinzip, das endgültige Anhaften, ein ewiges Ende.

Das Einzige, das der Erstarrung entgegengesetzt werden konnte, war Lebendigkeit. Sie beinhaltete das Leben und den Tod. Alles war vergänglich. Aus dem Alten entstand das Neue. Wenn der Nongul diese Welt einnehmen würde, würde dieser natürliche Prozess enden. Das alles erkannte Elias erneut in einem glasklaren Moment. Und er erkannte auch, dass es letztendlich nicht das Leben, sondern der Tod war, der die Erstarrung besiegen konnte. Elias war nicht diese Macht, er war nur das Medium. Er war nicht der, der entschied. Es war die Urkraft des Ceanamca, die wirkte.

Mondlichtmagie floss in den Kristall und die Spannung nahm zu. Das Knistern von Elektrizität erfüllte die Luft. Dünne Blitze bahnten sich ihre Wege und verursachten flackernde Reflexionen auf den Felsen. Der Moment war gekommen. Elias spürte es mit jeder Faser seiner Existenz. Eine Erschütterung im Gefüge dieser Welt riss den

Nongul in den ewigen Kreislauf hinein: Er wurde vergänglich, er wurde angreifbar, er wurde leidend und er starb nun.

Der Kristall explodierte. Durch die gewaltige Kraft der Sprengung zerbarst die schwarze Hülle, die sich darum gelegt hatte, in tausend winzige Scherben, die mit einem letzten Funkeln erglommen und verschwanden.

Elias wurde aufgrund der Explosion in einer Nebelwolke zurückgeschleudert und landete einige Meter weiter zwischen den Felsen. Der Ceanamca war verschwunden.

Die vier Kristallsplitter flogen wie Geschosse in alle vier Himmelsrichtungen davon. Sie hatten ihre Elementfarben wieder angenommen. Plötzlich beschleunigte sich alles enorm. Elias sah den rotglühenden Splitter wie einen Pfeil auf den Rand des Ritualplatzes zurasen. Da stand jemand, er erkannte sie. Es war Lielle, sie riss die Augen entsetzt auf.

Ehe Elias sich rühren konnte, traf der Splitter sie in die Brust. Sie fiel rückwärts ins hohe Gras. »Lielle!«, schrie er, stand wankend auf und rannte zu ihr.

Der Splitter steckte in ihrem Oberkörper. Sie hatte die Augen geschlossen und bewegte sich nicht mehr.

Er fiel neben ihr auf die Knie. Als er Lielle so liegen sah, zerbrach ihm das Herz. Wirre Gedanken schossen wild durch sein Gehirn. Die Mondlichtmagie war nicht gut. Sie richtete sich zwar gegen die Erstarrung, doch sie beinhaltete auch den Tod. Der Nongul war besiegt. Aber warum traf es nun Lielle? War sie der Preis für diesen Sieg? Musste ein Gleichgewicht eingehalten werden? Verdammte Mondlichtmagie! Verdammter Ceanamca! Hast du kein Mitgefühl? Weißt du nicht, wie der Tod ist für die Menschen? Du weißt nicht, was Leiden ist!

Elias betrachtete Lielle mit Augen voller Tränen. Und er fühlte Mitleid, Mitleid für die amoklaufenden Lehrlinge, für die Verletzten, für die Ermordeten, sogar für Kyle und für sich selbst. All das Leid, das er in sich aufgestaut hatte, brach sich Bahn und schwappte in einer Woge von grenzenloser Trauer über ihn hinweg.

ZEIT FÜR GESTÄNDNISSE

Es war ein gewittriger Vormittag im August, zwei Tage, nachdem die Sphäre fast kollabierte. Draußen prasselte der Regen gegen die Scheibe. Elias saß auf einem Stuhl in einem abgedunkelten Raum mit grauen Wänden und hoher Decke in der Burg. Außer einem Tisch und ein paar Stühlen befand sich hier nichts. Mit ihm anwesend waren Kian Shay, der schwarze Mönch und der Schwarzmagier Mork.

Elias versuchte seine Abscheu gegen Mork so gut wie möglich zu verbergen. Der schwarze Mönch durfte nicht merken, dass Elias mehr wusste, als er vorgab. Er hatte ihnen nichts vom Ceanamca oder der Mondlichtmagie erzählt, geschweige denn, was innerhalb Kyles Tarnkreis passiert war, in den sie von außen nicht hatten hineinsehen können. Sie hatten nicht einmal bemerkt, dass Elias sich in diesem Kreis aufgehalten hatte. Er hatte angegeben, dass er sich die ganze Zeit zwischen den Felsen in vorderster Reihe befunden hatte. Niemand hatte bisher Verdacht geschöpft, dass er etwas mit der Rettung der Sphäre zu tun haben könnte. Es war fast schon ein Wunder bei all den Kommunikationsmagiern. Aber Elias vermutete, dass er unter einem Schutzzauber des Ceanamca stand.

Mork war ein schmächtiger Typ mit verschrobenem Gesicht. Sein schütteres, fettiges Haar hing schlaff auf seine knochigen Schultern herab, die kleinen bösen Augen fuhren unruhig umher und die dünnen, zusammengepressten Lippen verbargen die braunen Zähne dahinter, die nur sichtbar wurden, wenn er sein widerwärtiges Grinsen zeigte. Er war an einen Metallstuhl gefesselt, sogar sein Kopf war über Halterungen fixiert und Elektroden klebten ihm an der Stirn. Düster starrte er vor sich hin. Es war nicht sein erstes Verhör seit seiner Gefangenschaft.

Elias saß seitlich mit großem Abstand von Mork an der Wand, er konnte sein Gesicht von der Seite sehen, aber der andere konnte den Kopf nicht zu ihm wenden. Die ISM und die Lehrer wollten bei einem der Verhöre einen Lehrling dabeihaben und die Wahl war auf Elias gefallen. Aber es würde nicht angenehm werden, hatte man ihn gewarnt. Der Verhörte war ein Serienmörder.

»Wie lautet Ihr Name?«, fragte Kian Shay, der an einem Tisch saß, der in einiger Entfernung vor dem Verhörten stand.

Durch einen verkrampften Kiefer stieß der Mann die Worte hervor: »Ethan Mork. Wo ist der Inspektor?« Mit finsterem Blick fixierte er den Schulleiter.

»Er ist anderweitig beschäftigt. Sie müssen heute mit uns vorliebnehmen. Keine Sorge, wir wissen, was wir tun.«

Ethan Mork machte ein verächtliches Geräusch.

Elias hatte in der Zwischenzeit erfahren, dass Kian Shay jahrelang Chef der ISM in der Realität war. Er kannte sich also wirklich mit diesen Dingen aus.

»Als welche Person haben Sie sich an der Akademie ausgegeben?«

»Chris Brown, hab ich doch schon tausend Mal gesagt.«

Die Szene von Chris' Ermordung, die Elias in Kyles Erinnerungen gesehen hatte, kam herauf. Mork hatte den Lehrling getötet, um sich in seiner Gestalt in die Akademie einzuschleichen. Elias wusste das bereits, aber es so zu hören, versetzte ihm noch einmal einen Stich.

»Wie war es ihnen möglich, unsere Kommunikationsmagier mit dieser Verwandlung zu täuschen?«

»Durch mächtige Kommunikationsmagie«, antwortete er.

»Wer hat diese angewendet?«

»Kyle Frost.«

»Wer ist Kyle Frost?«

»Der größte Kommunikationsmagier aller Zeiten«, sagte Mork.

»So wie Sie der größte Gestaltwandler der dunklen Elite sind?«

Mork grinste schäbig und antwortete: »Nein, anders als ich.«

»Was meinen Sie damit?«

»Nichts.«

Kian Shay musterte den Verhörten und fuhr fort: »War Kyle Frost so wie Sie als Lehrling an der Akademie eingeschrieben?«

»Ja.«

»In seiner tatsächlichen Gestalt?«

»Nein.«

»Für wen gab er sich aus?«

»Kayra Boucher.«

»Sie haben seine Gestalt verwandelt?«

»Ja.«

»Und während des Unterrichts in Gestaltwandel waren Sie es, der die Verwandlungen von Kayra durchführte, und haben damit den Lehrer getäuscht?«

»Ja.«

»Und was geschah mit der echten Kayra Boucher?«, fragte Kian Shay, seine Stimme wurde nun schneidend.

»Kurz vor ihrem Übertritt in die Sphäre habe ich sie getötet«, sagte Mork, ohne mit der Wimper zu zucken.

Der stille Moment, der entstanden war, zog sich hin. Leiser fragte Kian Shay: »Und Chris Brown? Er wäre als Erstnomester das erste Mal hier angekommen.«

»Getötet«, sagte Mork.

»Ermordet, verdammt! Wie machen sie sich diese Morde für ihre Verwandlungen zunutze?«

Mork grinste. »Schwarze Magie, Shay. Von so etwas haben sie keine Ahnung. Wenn Menschen sterben, wird Energie freigesetzt. Man muss sie nur zu lenken wissen.«

Kian Shay sah voller Abscheu zu dem Serienmörder. »Wie sind Sie damals bei der Explosion vor drei Jahren davongekommen? Sie wurden für Tod erklärt. Ihre Leiche wurde über ein magisches Spezialverfahren identifiziert.«

»Die gleiche Antwort: Schwarze Magie. Sie können nie sicher sein, ob ich nicht direkt hinter ihnen sitze. Also können Sie auch nie sicher sein, ob ich wirklich tot bin. Ob das wirklich ich bin, der da tot ist«, sagte Mork und gab ein abstoßendes Lachen von sich.

Der Schulleiter atmete hörbar ein, um sich zu beruhigen.

Schwarze Regenwolken verschluckten das Tageslicht, es schien noch einen Tick dunkler zu werden im Raum.

»Wohin flüchteten ihre Gefährten?«, fragte Shay weiter.

»Das ist mir nicht bekannt«, antwortete Mork.

»Aber sie wären doch mitgegangen, wenn sie gekonnt hätten.«

»Ich wusste es trotzdem nicht.«

»Wer konnte mit dem Kristallglobus umgehen?«

»Demian Anderson.«

»Ist das sein richtiger Name?«

»Nein«, sagte Mork mit zusammen gebissenen Zähnen.

»Wie ist sein richtiger Name?«

»Weiß ich nicht, er wurde mir nie mitgeteilt.«

Kian Shay sah zum schwarzen Mönch, der abseits am Rande des Raumes stand, da wo es am Dunkelsten war. Dieser nickte kaum merklich.

Elias war sich sicher, dass der schwarze Mönch in irgendeiner Weise auf den Attentäter einwirkte, um ihn zum Sprechen zu bringen.

»Haben Sie Demian auch verwandelt? Mussten sie hier ebenfalls einen Mord begehen, Mork?«, fragte der Schulleiter.

»Nein, Demian Anderson ist einfach nur eine falsche Identität, die wir in die Weltdaten eingepflegt haben. Seine Gestalt war nie verwandelt.«

»Warum haben Sie diesen Demian nicht auch in seiner Gestalt verwandelt?«

Mork sah finster zu ihm, antwortete aber nicht.

Stattdessen antwortete der schwarze Mönch: »Das hätte seine Kapazitäten überstiegen. Eine Verwandlung für zwei Personen gleichzeitig aufrecht zu halten ist nicht leicht. Noch eine dritte Person zu verwandeln, hätte zu Fehlern führen können.«

»Demian war nur unser Handlanger. Ein Dunkelmagier«, sagte Mork. Das letzte Wort klang nahezu abfällig. »Wir haben einen Bewegungsmagier gebraucht, der sich mit dem Kristallglobus auskannte, und zwar einen jungen Hochmagier, der als Lehrling durchging. Er sollte die Arbeit machen, bei der man am leichtesten erwischt werden konnte. Wäre er aufgeflogen, hättet ihr Dreckskerle nichts Hilfreiches von ihm erfahren. Er kannte nicht einmal unsere wahren Identitäten. Er bekam von uns gesagt, was er tun sollte, und er tat es. Er wusste immer nur so viel, wie er unbedingt wissen musste.«

»Und wenn er erwischt worden wäre und uns gesagt hätte, dass Kayra Boucher und Chris Brown Schwarzmagier sind, wären sie beide untergetaucht und in neuen Gestalten erneut aktiv geworden«, vervollständigte Kian Shay die Erklärung.

»Ja.«

»Mit welcher Absicht sind Sie mit ihren beiden Verbündeten in die Sphäre gekommen?«, fragte er weiter.

»Die Sphäre zu zerstören, die Kristallsplitter zu stehlen und dabei euch alle zu töten«, war die schlichte Antwort.

Einige Herzschläge lang schwieg der Schulleiter, diese Aussage war ein harter Brocken. Elias spürte, wie sich Schwere im Raum ausbreitete in Anbetracht dieser Dreistigkeit.

»Und wie wollten Sie das anstellen?«

»Zuerst haben wir versucht, an den Kristallglobus zu gelangen. Wenn uns das gelungen wäre, hätten wir die Kristallhüter aufgespürt, sie getötet, ihnen die Splitter abgenommen und wären geflüchtet. Aber dieser Plan ist gescheitert, weil wir nicht an den Globus herankamen.«

»Immerhin hat Ihnen eine Sicherheitsmaßnahme standgehalten«, sagte der Schulleiter. Ernst fuhr er fort: »Als sie festgestellt hatten, dass sie nicht an den Globus herankommen, was haben Sie da getan?«

»Wir haben einen neuen Plan verfolgt.«

»Wie sah der aus?«

»Wir ergriffen mehrere Maßnahmen, um die Schwingungsebene der Sphäre abzusenken, damit ihr Idioten gezwungen wart, das Regenerationsritual früher als geplant zu vollziehen.«

»Was für Maßnahmen?«

Plötzlich blinzelte Mork, seine Augenlider flackerten und er rief stotternd: »Verflucht, ich sage kein Wort mehr.«

»Rede«, sagte Kian Shay laut.

»Wir haben Kontakt mit jemandem außerhalb der Sphäre aufgenommen, um das Einschleusen von Schwarzmagiern zu planen. Sie sollten durch Rituale mit Tieropfern die Schwingungsebene senken. Außerdem brauchten wir sie für den Überfall des Regenerationsrituals.«

»Wie haben sie Kontakt aufgenommen, um dieses Einschleusen zu besprechen?«

»Beim Ausflug in die Realität nach Rumänien. Demian traf dort einen unserer Verbündeten.«

In Elias' Kopf ratterte es. Er hatte dieses heimliche Treffen im Kloster mitbekommen. Dann war es tatsächlich Demians Stimme gewesen, die er flüstern gehört hatte. Er hatte damals vom Kristallglobus gesprochen und den Monat April erwähnt. Chris, also Mork hatte Elias beim Schnüffeln ertappt. Er musste Elias hinaus gefolgt sein. Bei dem Gedanken damals mit diesem Mörder dort allein gewesen zu sein, wurde ihm flau im Magen.

»Wie und wann haben sie dann die Schwarzmagier eingeschleust?«

Mork sagte nichts.

»Beantworten Sie die Frage, Mork.«

»Ende April. Über die Portalhalle. Kyle hat die Portalisten in Schlaf versetzt und Demian hat ein Portal für unsere Leute geöffnet.«

Elias überlegte. Sie hatten also tatsächlich an jenem Abend die anderen Schwarzmagier in die Sphäre geholt. Das erklärte, warum Vladimir vor dem Eingang zur Portalhalle geschlafen hatte. Sicherlich hatte Kyle auch Marc in Schlaf versetzt und Demian konnte das Portal öffnen. Dann war Demian mit den Schwarzmagiern in den Wald gelaufen. Just in dem Moment mussten Elias und Mika aufgetaucht sein. Sie hatten ja sogar noch Geräusche im Wald gehört. Kyle hatte den Schlafzauber wieder von Vladimir genommen, als Elias und Mika neben ihm knieten. Außerdem fiel Elias noch ein: Es war Kyle, der hinter Demian herlief, als dieser an dem Abend das Haupttor passierte. Die Fledermaus hatte ihn trotz des Unsichtbarkeitszaubers wahrgenommen.

»Haben Sie noch andere Maßnahmen ergriffen, um die Schwingungsebene in der Sphäre abzusenken?«, fragte Shay.

»W-wir haben Lehrlinge verhext«, sagte Mork sichtlich gezwungen.

Kian Shay sah zum schwarzen Mönch, die beiden schienen sich wortlos zu verständigen, dann wandte sich der Schulleiter an Elias. »Ist Ihnen im Laufe des Nomesters etwas Ungewöhnliches an den drei Lehrlingen Kayra Boucher, Demian Anderson und Chris Brown aufgefallen?«, fragte er ihn.

»Ja, sie haben Lehrlinge außerhalb der Akademie getroffen und ihnen Holzkästchen geschenkt.«

Kian sah wieder zu Mork: »Was hat es damit auf sich?«

»Die Kästchen dienten als Lockmittel. Und auch als Mittel zur Gehirnwäsche.«

Kian sah zum Mönch.

Dieser ergriff das Wort: »Können Sie uns das genauer erläutern?«

Mit wackeliger Stimme sagte Mork: »Das Wunschkästchen sollte etwas Begehrenswertes unter den Lehrlingen sein, etwas, dass sie unbedingt haben wollten. Zum einen konnten wir sie damit aus der Akademie herauslocken. Zum anderen waren sie leichtere Opfer, wenn sie sich auf ihre lächerlichen Wünsche fokussierten.«

»Opfer für was? Was haben Sie ihnen angetan?«, fragte der Mönch in bedrohlichem Ton.

Mork rief wie unter Schmerzen: »Wir haben sie mit dem Nihilmal belegt.« Er verzog das Gesicht zu einer Fratze.

»Was ist dieses Nihilmal?«

»Ein Fluch.«

»Was genau bewirkt es?«

»Es ist Kommunikationsmagie. Ich kenne mich damit nicht aus.«

»Wer hat diesen Zauber ausgeführt?«

»Kyle Frost.«

Die Stimme des schwarzen Mönchs nahm einen gefährlichen Unterton an: »Wie kam er an einen solchen Zauber?«

»Ich weiß es nicht.« Mork krümmte sich.

Der schwarze Mönch setzte sich auf einen Stuhl. Er sah erschöpft zu Kian Shay. Die Befragung strengte ihn scheinbar an.

Der Schulleiter wandte sich wieder an Mork. »Das Wunschkästchen war die psychologische Waffe, das Nihilmal die magische. Ist das korrekt?«.

Der Schwarzmagier nickte, während er ihn böse ansah.

Kian Shay fragte Elias: »Waren Sie auch bei einem solchen Treffen dabei und haben ein Kästchen erhalten?«

Er schüttelte den Kopf. »Ich habe ein solches Treffen heimlich beobachten können. Ich war mir damals nicht sicher, was das bedeuten sollte. Es hätte auch eine Lerngruppe sein können.«

Plötzlich schrie Mork: »Dreckiger Schnüffler, du hast unsere Pläne durchkreuzt. In der Hölle sollst du schmoren.« Er konnte den Kopf nicht zu ihm wenden, aber es war klar, dass er ihn meinte. Einige Herzschläge lang sagte niemand etwas.

Der Schulleiter ergriff wieder das Wort: »Wie hat dieser Lehrling ihre Pläne durchkreuzt, Mork?«

»Er hat uns ständig nachspioniert und .... er hat sie aufgefangen.«

Kian Shay und der Mönch sahen irritiert zu Elias.

Was meinte Mork damit? In Elias' Hirn ratterte es. Er platzte plötzlich heraus: »Ihr wolltet die Wasserhüterin ermorden!« Es war ihm gerade klar geworden. Sie hatten etwas mit diesem Unfall, der gar kein Unfall war, zu tun.

»Ist das wahr?«, fragte der schwarze Mönch, seine Augen funkelten sonderbar. Sein Gesicht hatte einen Ausdruck angenommen, den Elias nicht zu deuten wusste. Er sah ähnlich aus, wie damals auf dem Balkon bei der Festhalle in der Stätte des Lichts, kurz nach dem Unfall.

»Wir wollten sie ausschalten, um die Hüter zu schwächen. Wir kennen Isca, sie ist gefährlich. Mit einem neuen Wasserhüter wären wir bei dem Regenerationsritual leichter fertig geworden.«

»Haben Sie Isca deswegen als Erste angegriffen beim Ritual in der Wiege der Sphäre?«, fragte der Mönch.

»Ja, sie wurde von mehreren gleichzeitig verhext. Das hat uns verdammt viel Kapazitäten gekostet.«

»Wer hat den Anschlag auf sie beim Hüterfest verübt?«, fragte Kian Shay.

»Kyle hat einen Unsichtbarkeitszauber auf Demian gewirkt und der hat sie ins Stolpern gebracht.«

Alle schwiegen einen Moment lang. Dann fragte der Mönch: »Was für einen Unsichtbarkeitszauber?« Es klang beiläufig, aber die gespannte Stimmung im Raum war fast körperlich spürbar.

Plötzlich schrie Mork wie ein Irrer, so dass Elias vor Schreck fast vom Stuhl fiel: »Lasst mich hier raus! Ich will hier raus!«

Kian Shay sah zum schwarzen Mönch und schüttelte den Kopf.

Der Mönch hob seine Hand. Mork sackte auf dem Stuhl zusammen.

Wieder war es eine Weile lang still, dann sagte Kian Shay: »Kommen wir zurück auf die eingeschleusten Schwarzmagier.« Der Gesichtsausdruck des Schulleiters verdüsterte sich: »Wo haben sich diese aufgehalten?«

»Im Wald.«

»Wir sehen irgendwann jeden, der sich in der Sphäre aufhält, Mork. Sie wissen, welche Macht der Kristallglobus hat. Wie war es also möglich, diese Personen vor uns zu verbergen?«

»Mit einem Unsichtbarkeitszauber.«

»Wer hat diesen Zauber ausgeführt?«

»Kyle Frost.«

»Wie hat er das gemacht?«

Morks linkes Augenlid flatterte, er biss sich auf die Unterlippe, seine Fäuste verkrampften sich.

Elias verstand langsam die Dynamik dieses Gesprächs. Die Fragen bewegten sich im Kreis, um immer wieder auf das eigentliche Thema zurückzukommen: Was für eine Magie hat Kyle Frost angewendet? Es wütete ein stiller Kampf zwischen dem schwarzen Mönch und dem Verhörten von dem Elias und der Schulleiter nur die Spitzen mitbekamen. Wieder kehrte Stille ein.

Schließlich lehnte sich Kian Shay in seinem Stuhl zurück und sah zu Elias: »Herr Weber, Sie haben uns gesagt, dass Sie zusammen mit Frau Lindsey die Beschwörung eines Nonguls im Wald in der Nacht der Abschlussfeier beobachtet haben.«

Elias richtete sich auf seinem Stuhl auf, räusperte sich und sagte: »Ja, das ist richtig.«

»Konnten Sie die Personen, die daran teilnahmen, identifizieren?«

»Nein, sie trugen alle Umhänge mit Kapuzen.«

»Und wie viele Personen waren es?«

»Vielleicht sechs?«

»Waren Sie und die anderen beiden falschen Lehrlinge da dabei, Mork?«

»Kyle ja. Demian nein.«

»Waren auch die Schwarzmagier dabei, die Sie eingeschleust haben?«

»Einige davon«, antwortete Mork.

»Reden wir noch einmal über diesen Ritualplatz, Mork. Wir sind gerade dabei diesen Platz zu überprüfen. Die Schwingungsebene ist massiv abgesenkt worden. Dort hatten sich Ihre Verbündeten versteckt. Ist das korrekt?«, sagte Kian.

»Ja.«

»Wie wurde dieser Platz geschützt?«, fragte Kian Shay.

»Mit verschiedenen Zaubern.«

»Was für Zauber?«

»Schutzzauber, Tarnzauber, Verscheuchungszauber.«

»Und auch mit diesem Unsichtbarkeitszauber?«

»J-ja«, stotterte Mork.

Elias erinnerte sich daran, wie er und Lielle diesen Ort entdeckt hatten, und ein Schauer lief ihm über den Rücken. Sie mussten damals unmittelbar vor dem Tarnkreis gestanden haben, als sie den Haufen aus Findlingen betrachteten. Vielleicht hätte er nur die Hand ausstrecken müssen, um einen der Schwarzmagier zu berühren.

»Ist das ein gewöhnlicher Tarnzauber?«, fragte Kian eindringlich.

»N-nein.«

»Ist das die gleiche Magie wie dieser Tarnkreis, den Sie in der Wiege der Sphäre angewendet haben?«

»Ja.«

Da fiel Elias auf: »Warum haben wir dann die Beschwörung des Nonguls in dieser Nacht sehen können?«

»Beantworten Sie die Frage, Mork«, sagte Kian Shay streng.

»Während der Beschwörung war der Zauber nicht aktiv. Kyle benötigte seine gesamten Kräfte, um den Nongul zu rufen. Außerdem hatte keiner damit gerechnet, dass zu dem Zeitpunkt ein paar dreckige Lehrlinge im Wald herumstreunen«, sagte Mork giftig.

Dann trat der schwarze Mönch näher heran und fragte Mork: »Wie gelang es Ihnen, diesen Nongul zu beschwören?«

»Mit Hilfe der Nihilegel.«

»Sie haben einen Nihilegel in die Sphäre gerufen?«, fragte der Mönch gepresst.

»Es waren über die Wochen mehrere Nihilegel, die wir beschwören konnten.«

»Was ist das für eine Magie, mit der Sie die Wesen des Nihils steuern können?«, fragte der Mönch mit finsterem Gesichtsausdruck.

»Ich sage nichts mehr«, schrie Mork.

»Rede endlich!«, sagte der Mönch mit zischender Stimme und hob die Hand, er stand nun direkt vor ihm.

Mork sah mit weit aufgerissenen Augen zu dem Mönch, Panik lag darin.

»Na los, rede«, schrie der Mönch.

Elias wusste in dem Moment nicht, vor wem er mehr Angst hatte, vor Mork oder dem schwarzen Mönch.

»N-nein«, schrie Mork gequält, seine Hände verkrallten sich in die Armlehnen, an denen er festgebunden war.

Der Mönch ließ seine Hand sinken. Er sah vollkommen erschöpft aus, als er wieder in seine dunkle Ecke ging.

Mork sackte keuchend zusammen.

Elias erkannte, dass die Professoren keine Ahnung von der Magie hatten, über die Kyle verfügte. Sie wussten nicht, dass es für einen Schwarzmagier möglich war, die Macht eines Nonguls in sich aufzunehmen, dadurch besondere Fähigkeiten zu erlangen und auch noch die Wesen des Nihils kontrollieren zu können. Sollte er es ihnen sagen? Dann würden sie vielleicht doch alles von ihm erfahren wollen und er wollte sein eigenes Geheimnis nicht preisgeben. Ein Blick auf den Mönch verriet ihm, dass dieser nach wie vor auf Mork konzentriert war, das sollte sich auch nicht ändern.

Schließlich sagte Kian Shay: »Na schön, Mork. Die Information, die sie uns vorenthalten, ist versiegelt. Wenn wir sie mit Gewalt aufbrechen, wird ihre gesamte Erinnerung gelöscht. Das wissen sie. Denken Sie darüber nach, ob Sie uns nicht freiwillig alles sagen, was wir wissen wollen, bevor wir diese Maßnahme einleiten.«

»Ihr werdet das sowieso tun, Shay. Ihr wollt den gemeingefährlichen Hochmagier, den mordenden Gestaltwandler, ein für alle Mal aus dem Verkehr ziehen. Ich bin eine Legende! Ihr habt alle Angst vor mir, ihr habt Angst!« Mork lachte irre.

Kian Shay zog sein M-Tap hervor und tippte darauf herum. Daraufhin betraten zwei Sicherheitskräfte den Raum, schnallten den Gefangenen los und nahmen ihn mit.

Elias wollte gerade aufstehen, als er wieder vom Schulleiter angesprochen wurde.

»Herr Weber, Sie haben vorher gesagt, dass Sie ein Treffen von Lehrlingen beobachtet haben. Wie kam es dazu?«

Elias räusperte sich. »Eines Tages haben Mika und ich eine Gruppe von Leuten mit Demian in ihrer Mitte im Wald gesehen. Wir gingen ihnen nach und ich belauschte sie. Demian schwatzte den Lehrlingen dieses Wunschkästchen auf.«

»Warum sind Sie damit nicht zu uns gekommen, Herr Weber?«, fragte Kian Shay weiter.

»Sie haben ja nichts offensichtlich Verbotenes getan und ich wollte nicht wegen jeder Kleinigkeit petzen. Ich hatte absolut keine Ahnung davon, wie gefährlich sie wirklich waren und was sie im Schilde führten.«

Der Schulleiter nickte und sagte: »Nun gut, als Erstnomester ist alles neu und man muss sich erst einen Überblick verschaffen, was normal ist und was nicht, nicht wahr?« Er lächelte Elias an. Da war wieder die väterliche Art, die Kian Shay bei der Befragung von Mork vollständig abgelegt hatte. Er fuhr fort: »Aber ich nehme an, dass es auch für Sie nicht normal ist, nachts im Wald herumzulaufen, wenn in der Akademie ein großes Fest stattfindet. Warum haben Sie das getan?«

Elias antwortete: »Lielle und ich hatten einige Wochen zuvor diesen sonderbaren Ort im Wald entdeckt. Sie hatte dort merkwürdige Wahrnehmungen. Aber das hat sie manchmal. Wir haben uns nichts weiter dabei gedacht. Schließlich rechnete keiner von uns damit, dass es diesen Nihil-Wesen möglich war, die Sphäre zu betreten. Erst am Abend der Feier haben wir wieder darüber geredet. Da kam uns das Ganze doch unheimlich vor.«

Die Tatsache, dass ihre Erinnerung von Kayra verändert worden war, ließ Elias geflissentlich weg. Er konnte nur hoffen, dass der Mönch erschöpft genug war, um nicht zu durchschauen, dass sein Gerede nur die halbe Wahrheit war.

»Und dann sind Sie an dem Abend einfach hin spaziert?«, fragte Kian Shay.

»Ja. Wir wollten nachsehen, ob Lielle es sich nur eingebildet hatte oder ob von dort tatsächlich Gefahr drohte.«

Der Schulleiter sah zum schwarzen Mönch.

Dieser saß mit verschränkten Armen auf seinem Stuhl und schien nachzudenken. Dann sagte er: »Lielle Cait Lindsey hat tatsächlich eine erstaunlich talentierte Wahrnehmung. Sie ist mir im Unterricht aufgefallen.«

»Wir sind alle froh, dass sie den Angriff überlebt hat«, sagte Kian Shay.

Elias nickte.

»Das führt uns aber zu einer letzten Frage an Sie, Herr Weber«, sagte Kian Shay. »Warum, um Himmels willen, tauchen Sie mit Ihren Freunden in der Wiege der Sphäre auf?«

»Wir wollten Sie warnen«, schoss es aus Elias heraus.

»Und woher wussten Sie, dass wir dort waren?«

Elias rutschte auf seinem Stuhl herum und sagte dann: »Ich habe zufälligerweise gehört, wie Inspektor McDoughtery mit seiner Kollegin über das Regenerationsritual im Kristallberg redete. Da kam mir der Verdacht, dass die Schwarzmagier dieses Ritual überfallen könnten.«

»Warum haben Sie es nicht einem Lehrer oder den Sicherheitskräften gesagt?«

»Überall explodierte es und die Lehrlinge waren in Lebensgefahr. Die Mitarbeiter waren alle am Anschlag und versuchten, das Chaos in der Akademie unter Kontrolle zu bekommen.«

»Und warum haben Sie ihre Freunde mitgeschleppt?«

»Das habe ich nicht. Ich wollte, dass sie in der Burg bleiben, aber sie sind mir einfach gefolgt.«

Stille trat ein. Die Sekunden zogen sich in die Länge wie klebriger Honig, der nicht vom Löffel abgehen wollte. Elias' Herz schien ihm in den Hals gerutscht zu sein und dort lautstark zu pulsieren.

Schließlich sah der Schulleiter zum schwarzen Mönch, dieser nickte. Kian Shay drehte sich wieder zu Elias: »Das war zwar mutig, aber auch leichtsinnig. Die schwarzmagischen Wachen vor der Portalhalle haben sie fast getötet. Und Ihre Freundin liegt verletzt auf der Heilstation.«

Elias schluckte, sagte aber nichts.

»Frau Lindsey ist ihm gefolgt. Sie hat schon selbst entschieden, was sie tut«, sagte der schwarze Mönch. Er ergriff doch tatsächlich Partei für Elias.

»Na schön, Herr Weber. Danke für Ihre Zeit. Sie können gehen.« Kian Shay nickte ihm zu.

Auf dem Weg zur Heilstation schossen die Gedanken wild in Elias' Kopf herum. Für die ISM war die Nongulmagie, also die Kombination aus Magie und Nongulmacht unbekannt. Es war, als hätten sie einen neuartigen Virus entdeckt, gegen den sie keine Medizin besaßen. Er verstand erst jetzt die Tragweite dieses Problems. Aber was sollte er tun? Ihnen alles über die Mondlichtmagie erzählen? Er durfte nicht überstürzt handeln. Er kannte sich ja selbst kaum aus mit diesen Mächten, weder der des Nihils noch der des Ceanamca. Außerdem spürte er, dass der Mondlichtdämon ihn nicht einfach das Geheimnis um ihn preisgeben lassen würde.

Elias atmete tief ein. Er musste sich erst einmal beruhigen. Er brauchte Ferien, dringend, dann hatte er genug Zeit, über alles nachzudenken und sich klarzuwerden, was die richtigen Schritte sein würden.

Er schob die Gedanken von sich und dachte an Lielle. Er war auf dem Weg zu ihr. Mika, Tiana und er trafen sich gleich bei ihr, um sich voneinander zu verabschieden. Am späten Nachmittag würden sie über die Portalhalle nach Hause reisen. Nur Lielle würde bleiben, um sich noch ein paar Tage zu erholen.

Elias erinnerte sich an den Moment, in dem sie bewusstlos auf dem Boden lag, der Splitter ragte aus ihrem Körper. Es war erst zwei Tage her, aber es fühlte sich an, als wären Wochen vergangen. Raluka war kurz nach ihm ebenfalls neben Lielle niedergekniet. Sie hatte ihren Puls am Handgelenk gefühlt und auf ihre trockene Art gesagt: »Sie lebt«. Es waren die schönsten zwei Worte, die Elias je gehört hatte.

Die scharfe Spitze des Kristalls hätte Lielle vollständig durchbohren müssen bei der Wucht, mit der er sie getroffen hatte. Aber er konnte nicht in ihre Haut eindringen, denn er war in dem versteinerten Schneckenhaus steckengeblieben, das sie um den Hals trug. Das Schutzamulett hatte doch noch seine Wirkung getan, wenn auch auf andere Weise als gedacht. Dennoch war die Wucht des Aufpralls so stark, dass mehrere Rippen gebrochen waren und sie eine üble Prellung davon getragen hatte. Normalerweise würde es Wochen, wenn nicht Monate dauern, bis sie wieder vollkommen schmerzfrei war. Mit Unterstützung der Heilmagier konnte dieser Prozess aber beschleunigt werden.

Elias betrat die Heilstation. Immer noch herrschte hier reges Treiben. Es war das krasse Gegenteil von dem, was er bei seinen beiden Unfällen im Laufe des Nomesters erlebt hatte, als er der Einzige auf weiter Flur war. Glücklicherweise hatte sich das Nihilmal von selbst verflüchtigt, nachdem die Nongule und ihre Macht aus der Sphäre verschwunden waren. Nur wenige der Lehrlinge waren schwerer verletzt worden in dem Chaos, aber viele hatten leichtere Blessuren erlitten. Sie mussten zusätzliche Heilmagier aus der Realität anfordern, um allen gerecht zu werden.

Lielle saß aufrecht im Bett. Sie sah noch immer blass aus und hatte dunkle Ränder unter den Augen, aber sie lächelte.

Mika und Tiana standen um sie herum.

»Na, wie war die Befragung?«, fragte Tiana, als sie Elias sah.

»War okay«, antwortete er.

»Haben Sie rausgefunden, dass wir in die alte Bibliothek eingebrochen sind?«, fragte Mika leise.

»Ach was, das interessiert doch keinen«, beantwortete Tiana die Frage.

»Du hast recht, es ist ja viel spannender, sich über ausgeflippte Lehrlinge, ein paar schwarzmagische Freaks und ihre finsteren Haustiere zu unterhalten«, sagte Mika zynisch.

»Absolut«, erwiderte Tiana und sah zu Elias:»Erzähl mal.«

Er hatte seinen Freunden nicht erzählt, dass er bei der Befragung eines Schwarzmagiers dabei war. Sie wussten nur, dass er als Lehrling, der den geheimen Portalplatz im Wald entdeckt hatte, offiziell befragt worden war.

»Gibt nicht viel zu erzählen. Ich habe ihnen nochmal gesagt, dass Lielle und ich die Beschwörung des Nonguls beobachtet haben und dass wir sie warnen wollten.«

»Aha, dann gab's also nichts Neues?«, fragte Tiana neugierig.

»Vielleicht noch eine Sache, die für euch interessant sein könnte: Der Gestaltwandler, gegen den Professorin Eichwald in der Wiege der Sphäre gekämpft hatte, war der mächtigste Hochmagier dieses Pfads bei der dunklen Elite.«

»Übel«, sagte Mika.

»Ja, übel. Aber das Übelste daran: Das war Chris.«

Einige Momente ungläubiger Stille vergingen, dann ergriff Mika das Wort:»Du willst damit sagen, dass einer der mächtigsten Schwarzmagier der Welt die ganze Zeit in meinem Unterricht war? Neben mir im Wasser geplantscht und ein bisschen Delfin gespielt hat?« Mika schluckte.

Elias nickte. Er erwähnte besser nicht, dass dieser Mann auch ein vielfacher Mörder war.

»Und was war jetzt mit Kayra?«, fragte Lielle.

»Sie ist zusammen mit Demian und den anderen Schwarzmagiern geflüchtet«, antwortete Elias.

»Also waren sie wirklich böse?«, fragte Mika.

»Definitiv.«

»Na toll, Kayra war auch bei mir im Unterricht, also zwei Schwarzmagier als Nebensitzer gehabt. Das startet ja super mit meiner Magentenkarriere. Was kommt nächstes Nomester? Muss ich mit dem Nihil höchstpersönlich Partnerübungen machen?«

»Wenn du weiter frech bist, komm ich in deinen Unterricht«, sagte Tiana.

»Oh nein, alles, bloß das nicht.« Mika hob abwehrend die Hände. Sie lachten.

Lielle umschlag ihren Oberkörper dabei, Lachen tat ihr weh.

»Bitte keine Witze mehr, Lielle leidet«, sagte Tiana mit Blick auf sie.

»Das ist ein heilsamer Schmerz«, erwiderte sie.

»Lachschmerz«, sagte Mika.

Sie lachten wieder.

»Dann ist es jetzt wohl so weit«, sagte Lielle.

»Ich hasse Abschiede«, erwiderte Mika.

»Wir schreiben euch Geburtstagskarten!«, sagte Tiana, da Mikas und Elias' Geburtstage in die Nomesterferien fielen.

»Wir sehen uns ja fast gleich wieder.« Lielle lächelte in die Runde.

»Mal Urlaub von Mika ist auch kein Fehler«, Tiana grinste.

»Hey«, sagte Mika.

Sie umarmten sich und verließen die Heilstation. Sie mussten noch ihre Zimmer auf Vordermann bringen, ehe sie abreisen würden.

***

Elias und Grete saßen am Tisch in Gretes uriger Küche im Landhausstil. Der Duft frischer Blumen erfüllte den Raum. Zwischen ihnen lag das Notizbuch. Beide sahen darauf. Man hörte die alte Wanduhr ticken. Elias sah fragend zu Grete auf.

Sie sah noch immer nachdenklich auf das Notizbuch, schließlich sagte sie: »Ich erinnere mich noch genau, wie du in diesem Krankenbett lagst. Du warst gerade mal zwei Jahre alt. Ich war die ganze Zeit bei dir. Stundenlang bin ich dort gesessen und habe gebetet. Lasst ein Wunder geschehen, lasst ihn aufwachen. Es brach mir das Herz, was mit dir passiert war. Nicht tot, nicht lebendig.«

Sie sah auf und Tränen standen in ihren Augen.

Er erwiderte betroffen ihren Blick, sagte aber nichts.

Sie nahm ein geblümtes Stofftaschentuch aus ihrer Schürzentasche und putzte sich die Nase, dann sprach sie leise weiter: »Du warst schon zwei Wochen in diesem Zustand, da kam ein Mann ins Krankenzimmer herein. Er war ganz normal gekleidet, Jeans, Hemd, auf dem Kopf trug er so eine Kappe, wie sie sie beim Sport tragen. Er war vielleicht um die vierzig Jahre alt. Ich hatte ihn noch nie gesehen. Er stellte sich an dein Bett mir gegenüber und legte dieses Buch auf deine Decke. Ich erinnere mich noch genau, was er damals sagte: ›Wenn er vierundzwanzig wird, legen Sie das hier in seine Nähe. Er wird es finden und mitnehmen.‹ Dann ging er wieder.«

Grete sah beim Erzählen in das Licht der Kerze, sie schien die Szene vor ihren inneren Augen zu haben. Plötzlich hob sie den Blick zu Elias. »Dieser Mann war der sonderbarste Mensch, der mir je begegnet ist.«

»Warum, was war mit ihm? Hatte er leuchtende Augen?«

Grete sah verwundert zu Elias und schüttelte den Kopf: »Nein, ich glaube, seine Augen waren blau, aber sie leuchteten nicht.« Sie überlegte, dann sagte sie: »Der ganze Mensch leuchtete.«

»Wie meinst du das?«

»Das war mehr so ein Gefühl. Diese Person war von etwas Hellem umgeben. Es war wie eine Aura. Das sagt man doch so.«

Elias nickte langsam. Ihm fiel wieder das Erlebnis mit dem hellen Licht ein, das er vor einem Jahr in seinem Zimmer gehabt hatte, kurz nach seinem ersten Traum vom Ceanamca.

»Jedenfalls verließ er den Raum und im selben Moment hast du die Augen geöffnet.«

Elias sah verblüfft zu Grete.

Sie strahlte, als sie sagte: »Du warst vollkommen gesund. Die Ärzte konnten es nicht fassen. Es war ein Wunder.«

Er lehnte sich zurück und sah stirnrunzelnd zu Grete. »Warum hast du mir das nie erzählt?«

Sie sah bedrückt zu ihm. »Ich habe oft darüber nachgedacht, ob ich es dir sage, aber dann hätte ich ja auch von dem Buch erzählen müssen und der Mann wollte, dass du es selber findest.«

Stille breitete sich im Raum aus, nicht eine schwere, sondern eine andächtige.

»Was ist denn mit dem Buch? Hast du irgendetwas Sonderbares damit erlebt?«, fragte Grete schließlich.

Elias überlegte. »Glaubst du an Magie, Grete?«

Sie sah stirnrunzelnd zu ihm, dann schüttelte sie leicht den Kopf. »Nicht an Magie«, sagte sie.

»Sondern?«, fragte Elias.

»Du wirst mich für verrückt halten, aber ich glaube, dieser Mann war dein Schutzengel.«

Jetzt runzelte Elias die Stirn. An Engel glaubte er nicht. Aber er hatte bis vor Kurzem ja auch nicht an Magie geglaubt.

***

Weit entfernt von Gretes Haus hörte man den Aufschrei eines Fürsten an den kahlen Wänden der Katakomben widerhallen: »Was ist das für eine Macht, die dem Nihil Einhalt gebieten kann?« Der Fürst starrte hasserfüllt in den mannshohen Spiegel, dessen schwarze Oberfläche metallisch glänzte wie geschliffener Obsidian. Seine Gestalt spiegelte sich nicht in diesem Mysterium, diesem Relikt aus einer vergangenen, einer untergegangenen Welt.

Der Spiegel war ein Ding wie viele Dinge zwischen Himmel und Hölle, an denen der Mensch wächst, oder aber zugrunde geht.

Und die Geschichte vom Menschen, der das Licht fürchtete, nahm ihren Lauf.

EPILOG

Augen voller seltsamer Lichter,
Blick in den Spiegel der Ewigkeit.

In allem ist das Leben,
in allem ist der Tod.
Es ist das Sein selbst,
das sich darin zeigt.

Hütet euch vor bloßem Denken,
ohne Gespür, ohne Wert, ohne Sinn.

Das lichte Wesen hat drei Eigenschaften:
Es ist empfangend,
schöpferisch,
und weise.

Textverfasser: unbekannt,
Passage aus den Mysterien der Eldevar Traktat III,
Anhang im siebten Buch der Vibráldera-Sage

ENDE

und

ANFANG